浙江文化研究工程成果文庫
浙江文獻集成

浙江文叢

鄭虎文集

〔上册〕

〔清〕鄭虎文 撰
許雋超 陳曉藝 吕亞南 整理

浙江古籍出版社

圖書在版編目(CIP)數據

鄭虎文集 / (清) 鄭虎文撰 ; 許雋超, 陳曉藝, 吕亞南整理. -- 杭州 : 浙江古籍出版社, 2025.1
(浙江文叢)
ISBN 978-7-5540-2815-5

Ⅰ. ①鄭… Ⅱ. ①鄭… ②許… ③陳… ④吕… Ⅲ. ①鄭虎文—文集 Ⅳ. ①I214.92

中國國家版本館 CIP 數據核字(2023)第 243430 號

浙江文叢

鄭虎文集

(全三册)

〔清〕鄭虎文 撰 許雋超 陳曉藝 吕亞南 整理

出版發行 浙江古籍出版社
(杭州市環城北路 177 號 郵編:310006)
網 址 https://zjgj.zjcbcm.com
責任編輯 周 密
封面設計 吴思璐
責任校對 吴穎胤
責任印務 樓浩凱
照 排 浙江大千時代文化傳媒有限公司
印 刷 浙江新華數碼印務有限公司
開 本 710mm×1000mm 1/16
印 張 60.25 插 頁 4
字 數 617 千
版 次 2025 年 1 月第 1 版
印 次 2025 年 1 月第 1 次印刷
書 號 ISBN 978-7-5540-2815-5
定 價 420.00 圓(精裝)

ISBN 978-7-5540-2815-5

9 787554 028155 >

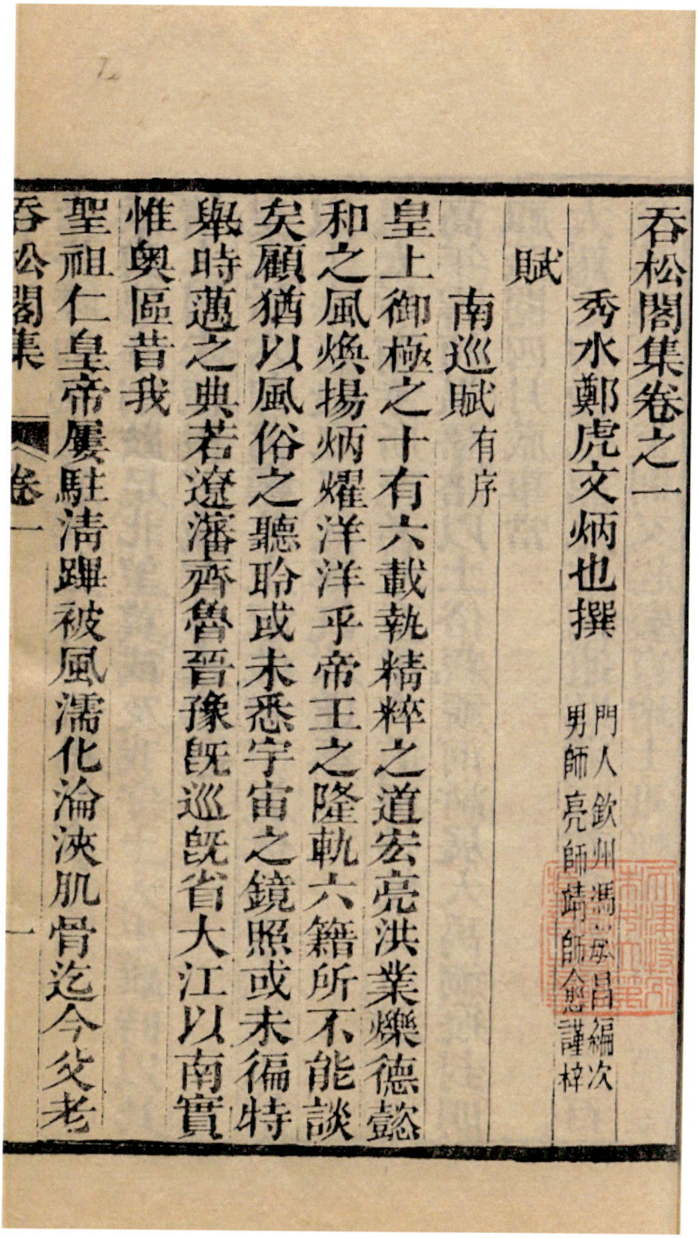
吞松閣集卷之一

秀水鄭虎文炳也撰

門人欽州馮敏昌編次

男師亮師靖師愈謹梓

賦

南巡賦有序

皇上御極之十有六載執精粹之道宏亮洪業爍德懿和之風煥揚炳燿洋洋乎帝王之隆軌六籍所不能談矣顧猶以風俗之聽聆或未悉宇宙之鏡照或未徧特舉時邁之典若遼瀋齊魯晉豫既巡既省大江以南實惟輿區昔我

聖祖仁皇帝屢駐清蹕被風濡化淪浹肌骨迄今父老

《吞松閣集》嘉慶間刻本書影

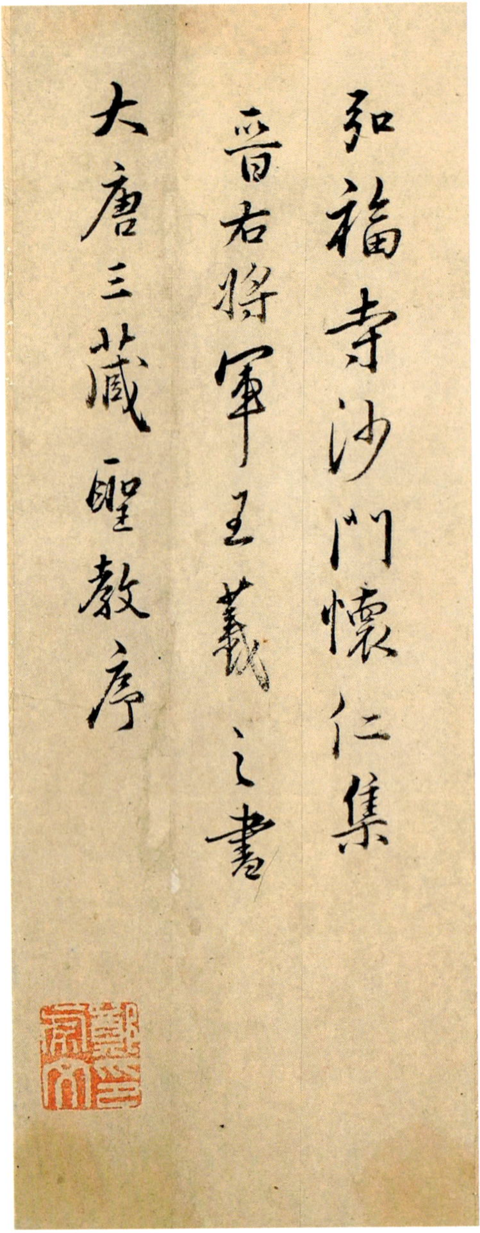
弘福寺沙門懷仁集
晉右將軍王羲之書
大唐三藏聖教序

上海圖書館藏明拓《集王羲之書三藏聖教序》首開鄭虎文題籤

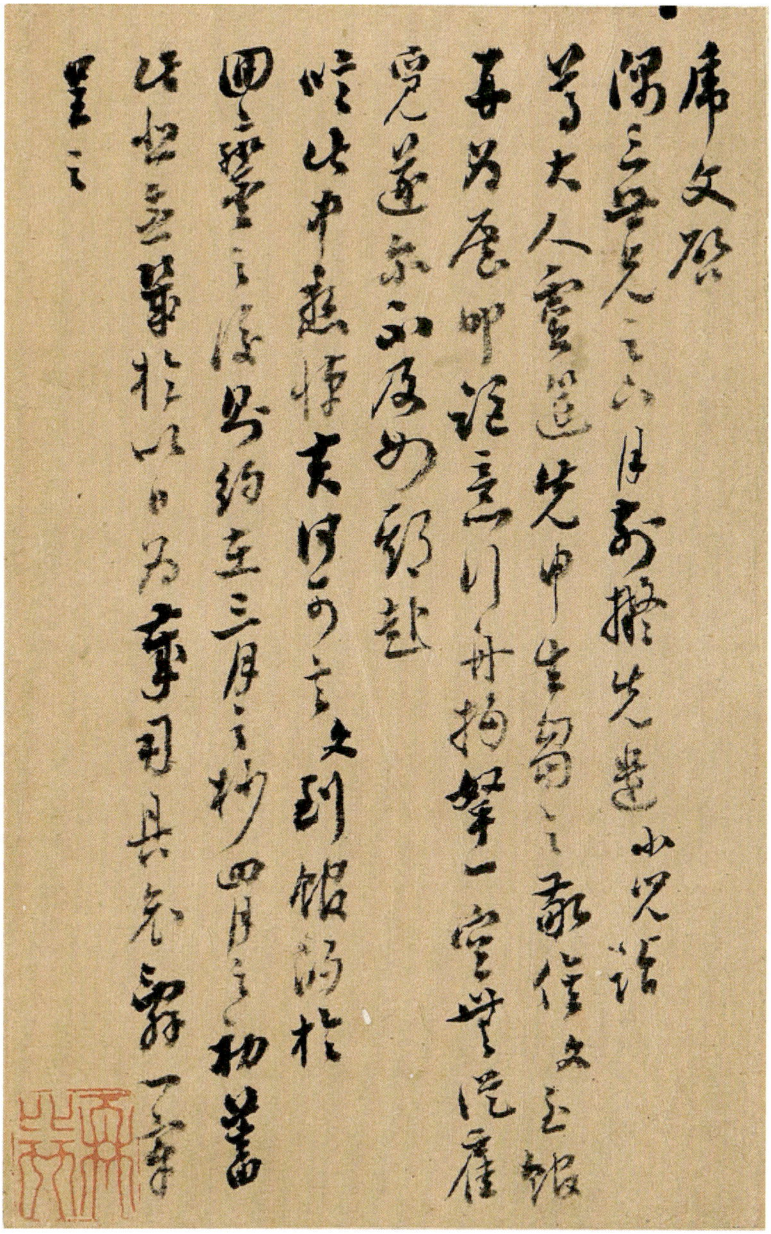

故宫博物院藏鄭虎文札（一）

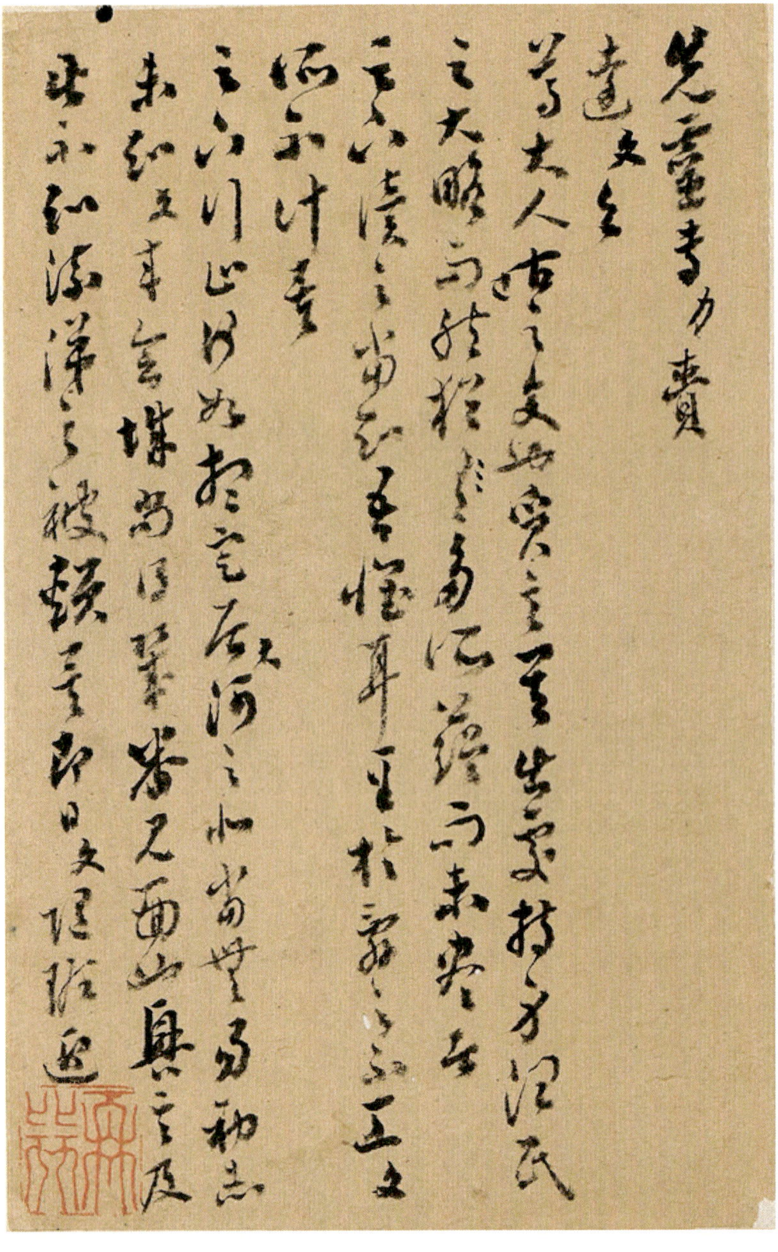

故宫博物院藏鄭虎文札（二）

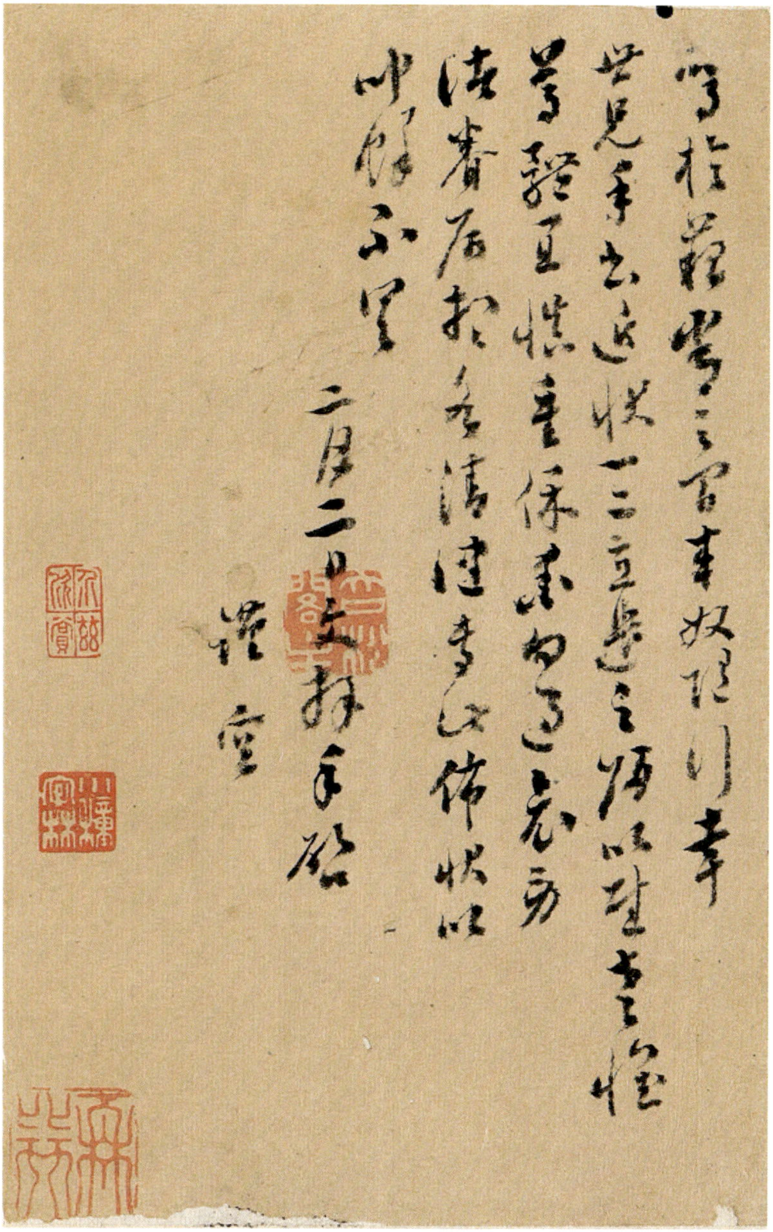

故宫博物院藏鄭虎文札（三）

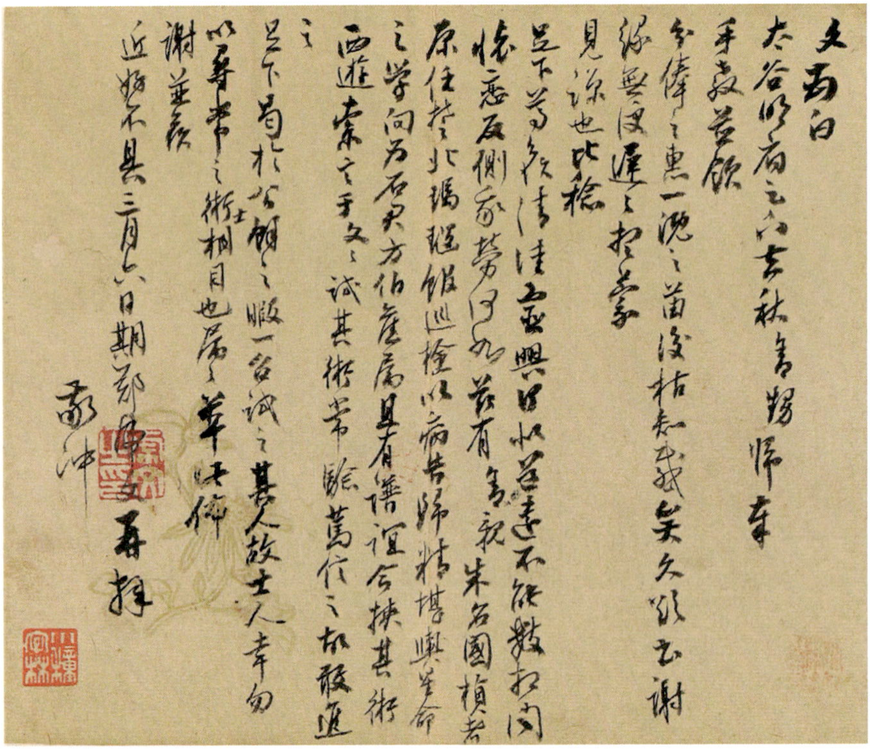

故宫博物院藏鄭虎文札（四）

浙江省文化研究工程指導委員會

浙江文化研究工程成果文庫總序

習近平

有人將文化比作一條來自老祖宗而又流向未來的河，這是説文化的傳統，通過縱向傳承和横向傳遞，生生不息地影響和引領着人們的生存與發展；有人説文化是人類的思想、智慧、信仰、情感和生活的載體、方式和方法，這是將文化作爲人們代代相傳的生活方式的整體。我們説，文化爲群體生活提供規範、方式與環境，文化通過傳承爲社會進步發揮基礎作用，文化會促進或制約經濟乃至整個社會的發展。文化的力量，已經深深熔鑄在民族的生命力、創造力和凝聚力之中。

在人類文化演化的進程中，各種文化都在其内部生成衆多的元素、層次與類型，由此決定了文化的多樣性與複雜性。

中國文化的博大精深，來源於其内部生成的多姿多彩；中國文化的歷久彌新，取決於其變遷過程中各種元素、層次、類型在内容和結構上通過碰撞、解構、融合而産生的革故鼎新的强大動力。

中國土地廣袤、疆域遼闊，不同區域間因自然環境、經濟環境、社會環境等諸多方面的差異，建構了不同的區域文化。區域文化如同百川歸海，共同匯聚成中國文化的大傳統，這種大傳統如同春風化雨，滲透於各種區域文化之中。在這個過程中，區域文化如同清溪山泉潺潺不息，在中國文化的共同價值取向下，以自己的獨特個性支撑着、引領着本地經濟社會的發展。

從區域文化入手，對一地文化的歷史與現狀展開全面、系統、扎實、有序的研究，一方面可以藉此梳理和弘揚當地的歷史傳統和文化資源，繁榮和豐富當代的先進文化建設活動，規劃和指導未來的文化發展藍圖，增强文化軟實力，爲全面建設小康社會、加快推進社會主義現代化提供思想保證、精神動力、智力支持和輿論力量；另一方面，這也是深入瞭解中國文化、研究中國文化、發展中國文化、創新中國文化的重要途徑之一。如今，區域文化研究日益受到各地重視，成爲我國文化研究走向深入的一個重要標誌。我們今天實施浙江文化研究工程，其目的和意義也在於此。

千百年來，浙江人民積澱和傳承了一個底藴深厚的文化傳統。這種文化傳統的獨特性，正在於它令人驚歎的富於創造力的智慧和力量。

浙江文化中富於創造力的基因，早早地出現在其歷史的源頭。在浙江新石器時代最爲著名的跨湖橋、河姆渡、馬家浜和良渚的考古文化中，浙江先民們都以不同凡響的作爲，在中華民族的文明之源留下了創造和進步的印記。

浙江人民在與時俱進的歷史軌跡上一路走來，秉承富於創造力的文化傳統，這深深地融匯在一代代浙江人民的血液中，體現在浙江人民的行爲上，也在浙江歷史上衆多傑出人物身上得到充分展示。從大禹的因勢利導、敬業治水，到勾踐的卧薪嘗膽、勵精圖治；從錢氏的保境安民、納土歸宋，到胡則的爲官一任、造福一方；從岳飛、于謙的精忠報國、清白一生，到方孝孺、張蒼水的剛正不阿、以身殉國；從沈括的博學多識、精研深究，到竺可楨的科學救國、求是一生；無論是陳亮、葉適的經世致用，還是黄宗羲的工商皆本；無論是王充、王陽明的批判、自覺，還是龔自珍、蔡元培的開明、開放，等等，都展示了浙江深厚的文化底藴，凝聚了浙江人民求真務實的創造精神。

代代相傳的文化創造的作爲和精神，從觀念、態度、行爲方式和價值取向上，孕育、形成和發展了淵源有自的浙江地域文化傳統和與時俱進的浙江文化精神，她滋育着浙江的生命力、催生着浙江的凝聚力、激發着浙江的創造力、培植着浙江的競争力，激勵着浙江人民永不自滿、永不停息，在各個不同的歷史時期不斷地超越自我、創業奮進。

悠久深厚、意韻豐富的浙江文化傳統，是歷史賜予我們的寶貴財富，也是我們開拓未來的豐富資源和不竭動力。黨的十六大以來推進浙江新發展的實踐，使我們越來越深刻地認識到，與國家實施改革開放大政方針相伴隨的浙江經濟社會持續快速健康發展的深層原因，就在於浙江深厚的文化底藴和文化傳統與當今時代精神的有機結合，就在於發展先進生産力與發展先進文化的有機結合。今後一個時期浙江能否在全面建設小康社會、加快社會主義現代化建設進程中繼續走在前列，很大程度上取決於我們對文化力量的深刻認識、對發展先進文化的高度自覺和對加快建設文化大省的工作力度。我們應該看到，文化的力量最終可以轉化爲物質的力量，文化的軟實力最終可以轉化爲經濟的硬實力。文化要素是綜合競争力的核心要素，文化資源是經濟社會發展的重要資源，文化素質是領導者和勞動者的首要素質。因此，研究浙江文化的歷史與現狀，增强文化軟實力，爲浙江的現代化建設服務，是浙江人民的共同事業，也是浙江各級黨委、政府的重要使命和責任。

二〇〇五年七月召開的中共浙江省委十一届八次全會，作出《關於加快建設文化大省的决定》，提出要從增强先進文化凝聚力、解放和發展生産力、增强社會公共服務能力入手，大力實施文明素質工程、文化精品工程、文化研究工程、文化保護工程、文化産業促進工程、文化陣地工程、文化傳播工程、文化人才工程等『八項工程』，實施科教興國和人才强國戰略，加快建設教育、科技、衛生、體育等『四個强省』。作爲文化建設『八項工程』之一的文化研究工程，其任務就是系統研究浙江文化的歷史成就和當代發展，深入挖掘浙江文化底藴、研究浙江現象、總結浙江經驗、指導浙江未來的發展。

浙江文化研究工程將重點研究『今、古、人、文』四個方面，即圍繞浙江當代發展問題研究、浙江歷史文化專題研究、浙江名人研究、浙江歷史文獻整理四大板塊，開展系統研究，出版系列叢書。在研究内容上，深入挖掘浙江文化底藴，系統梳理和分析浙江歷史文化的内部結構、變化規律和地域特色，堅持和發展浙江精神；研究浙江文化與其他地域文化的異同，釐清浙江文化在中國文化中的地位和相互影響的關係；圍繞浙江生動的當代實踐，深入解讀浙江現象，總結浙江經驗，指導浙江發展。在研究力量上，通過課題組織、出版資助、重點研究基地建設、加强省内外大院名校合作、整合各地各部門力量等途徑，形成上下聯動、學界互動的整體合力。在成果運用上，注重研究成果的學術價值和應用價值，充分發揮其認識世界、傳承文明、創新理論、諮政育人、服務社會的重要作用。

我們希望通過實施浙江文化研究工程，努力用浙江歷史教育浙江人民、用浙江文化薰陶浙江人民、用浙江精神鼓舞浙江人民、用浙江經驗引領浙江人民，進一步激發浙江人民的無窮智慧和偉大創造能力，推動浙江實現又快又好發展。

今天，我們踏着來自歷史的河流，受着一方百姓的期許，理應負起使命，至誠奉獻，讓我們的文化綿延不絶，讓我們的創造生生不息。

二〇〇六年五月三十日於杭州

前言

許雋超

清代江南，人文鬱興，學者詩人，指不勝屈。嘉興當蘇浙之衝，人民富庶，文教昌盛。順康間，秀水朱彝尊，以文章經術，舉世推爲大儒。乾嘉間，秀水錢載、鄭虎文、王又曾，桐鄉馮浩、汪如洋等，復以一門文學之盛，爲海内艷稱。《清續文獻通考》謂鄭虎文『足與杭世駿、齊召南相抗衡』，殆非虚語。

鄭虎文，字炳也，號誠齋，浙江嘉興府秀水縣人。康熙五十三年（一七一四）正月二十七日生，乾隆四十九年（一七八四）八月十一日卒。乾隆元年舉人，七年成進士。由翰林院編修，仕至左春坊左贊善，湖南、廣東學政。著有《吞松閣集》。事具《吞松閣集》卷首王太岳《皇清誥授奉直大夫左春坊左贊善兼翰林院檢討加二級鄭君墓誌銘》一文。

鄭虎文先世居寧波鄞縣。明初鄭亞昌，官餘姚臨山衛指揮，因家焉，是爲餘姚始遷祖。二世祖鄭良，洪武二十六年（一三六六）舉人，再七傳至高祖敬吾公，皆諸生，世以文行著於鄉。甲申之變，伯高祖鄭之尹，以山西按察副使殉難，二子鄭遵謙、鄭遵儉，皆授官南明，抗清捐軀。曾祖鄭光祚避地秀水之幽湖，不應省試，以紹興府學生員終，自是遂爲嘉興人。

自鄭光祚以下，鄭氏復以文學世其家。鄭虎文祖鄭典，字子韶，餘姚諸生，有《友陶居士集》。父鄭世元，號黛參，雍正元年舉人，以詩文主壇坫者三十餘年，有《耕餘居士詩集》。胞伯鄭挺，字不群，諸生，有《秦濤居士集》。胞叔鄭韻，號蘆村，康熙四十四年（一七〇五）以諸生召試一等，知廣東廣寧縣，有《偶存詩稿》。同祖兄鄭炎，號清渠，諸生，有《雪杖山人詩集》。詩文之盛，萃於一門。

鄭虎文八齡入塾，十五學爲詩，年二十三舉於鄉。乾隆七年（一七四二）捷南宮，入翰林院，直武英殿，在館二十四年，人推尊宿。嘗三充北闈同考官，再充會試同考官，一典河南鄉試，提督湖南、廣東學政，衡文典試，得人甚盛，朱筠、吴玉綸、沈業富、馮敏昌，皆其著者。與修《國史》《會典》《續文獻通考》，總裁劉統勳甚倚重之，許爲『今時鉅手』。歸主徽州紫陽書院十年，杭州紫陽、崇文兩書院五年，提倡古學，藉硯田自給，及門汪中、黄景仁、程敦、袁鈞等，皆有名於時。

爲人篤於天性。少孤貧，奉母至孝，事兄如父，迎寡姊老於家，撫諸子姪，分衣共爨者五十年，親舊待養葬者無虛歲，就食其家者無虚日。家人以空乏告，笑曰：『姑强支持，寒餓當共之。吾寧苦身，無以病吾心也！』持身狷介，無苟取，歲時餽遺，非其人不受。視學湘粤，屏却陋規，自云：『五年楚粤，頗知自愛，凡世人以爲分所應得者，皆謝不取。』人以爲難。有濟世才，爲人決疑獻策，皆中款要。惜平生徒以文學名世，才幹無由發抒，晚年益難自贍，憔悴阨塞以終，識者傷之。

鄭虎文生前無小集行世。諸家史志著録，如嘉慶《嘉興府志》卷七十三載：『鄭虎文《吞松閣詩集》二十卷，《文集》十八卷』。光緒《嘉興府志》卷八十一載：『鄭虎文《吞松閣詩集》二十卷,《文集》二十卷』。丁仁《八千卷樓書目》卷十七,《清史稿》卷一百五十四,復皆著録『《吞松閣集》二十卷』。卷數雖有參差,細按並不複雜,兹以目驗所及,縷述如下。

鄭虎文詩文集,行世僅《吞松閣集》一種。《四庫未收書輯刊》所收鄭虎文《吞松閣集》,牌記題『嘉慶己巳年鐫,欽州馮魚山太史編次,本衙藏板』。黑口單魚尾,半葉十行,行二十一字,卷一至三十六爲四周單欄,卷三十七至四十爲左右雙欄。卷首冠『吞松閣集目録』,其中前二十卷録詩,卷二十一至三十六録文。卷三十七至四十卷,標爲『補遺』,有詩有文。光緒《嘉興府志》著録《吞松閣集》詩、文各二十卷,大致不差。

卷首目録後,依次爲外甥邵自昌嘉慶十六年序,弟子沈業富嘉慶十二年序,同年王太岳《皇清誥授奉直大夫左春坊左贊善兼翰林院檢討加二級鄭君墓誌銘》,王太岳《誠齋鄭先生哀辭》。卷尾列馮敏昌乾隆四十六年跋,四十九年再跋,第三子鄭師靖嘉慶十三年跋。據鄭師靖跋,知鄭虎文殁後,子師亮、師靖、師愈裒集遺文,馮敏昌編校,嘉慶十年十月已開雕。馮敏昌翌歲春辭世,師靖復乞粵東同官援手,續刻後四卷『補遺』,十三年冬梓竣,轉年刷印,故牌記標嘉慶十四年(己巳)。至於卷首冠邵自昌嘉慶十六年序,應爲兩年後所補入。今雖未目睹嘉慶十四年初印本,然此初印本之存在,應無可置疑。

《吞松閣集》四十卷初印本,正文所收,溢出目録五首。且卷八《讀兩女記夢詩因寄》詩,卷三十七重出,嘉慶十六年插入邵自昌序時,正文亦未修訂。今檢國家圖書館、南京圖書館、西南大學圖書館所藏《吞松閣集》，卷首邵自昌、沈業富序前，皆加刻嘉慶十八年曾燠序。卷八以《集詩經四章八句送某太守入都》詩四首，替換《讀兩女記夢詩因寄》詩，因版面不足，復將前《口占》一詩删去。經過此番增訂，較嘉慶十六年邵自昌序刻本，增刻一序二詩，是爲《吞松閣集》增刻本。另，天津圖書館所藏《吞松閣集》，卷八已更易調整，而卷首並無曾燠序，知此一序二詩，亦非同時增刻。

又，南京圖書館藏《吞松閣集》二十卷，著録爲嘉慶間刻本。無牌記，餘與嘉慶十八年增刻本全同，板框缺裂益多。目録與正文，均止於卷二十。另，國家圖書館藏《吞松閣集》三十六卷，著録爲嘉慶二十年刻本，乃鄭振鐸藏書。翻檢一過，實爲嘉慶十八年增刻本，缺後四卷，蓋殘本而已。

此番整理《鄭虎文集》，正文爲《吞松閣集》四十卷，以嘉慶十八年增刻本爲底本，收詩共一千一百四十八首，文一百九十五篇，詞七闋。後輯『鄭虎文詩文補遺』，彙輯散佚詩十二首，文五十九篇。全書共收録鄭虎文詩一千一百六十首，詞七闋，文二百五十四篇。目録、正文不一致者，以正文爲準。另輯附録三種。附録一傳記檔案，彙輯史志中相關傳記，以及臺北『中研院』史語所、中國第一歷史檔案館相關檔案。附録二題贈序跋，依作者年齒爲序。附録三評論雜記。梓行之際，承出版社編輯悉心覈校，謹致謝忱。從遊陳曉藝、吕亞南合作整理，功不可没。甲辰冬，雋超識。

目録

呑松閣集

吞松閣集卷之三　古今體詩

吞松閣集卷之四　古今體詩二

吞松閣集卷之五　古今體詩三

吞松閣集卷之六　古今體詩四

吞松閣集卷之七　古今體詩五

呑松閣集卷之八　古今體詩六

吞松閣集卷之九　古今體詩七

吞松閣集卷之十　古今體詩八

吞松閣集卷之十一　古今體詩九

呑松閣集卷之十二　古今體詩十

呑松閣集卷之十五　古今體詩十三

吞松閣集卷之十六　古今體詩十四

呑松閣集卷之十七　古今體詩十五

吞松閣集卷之十八　古今體詩十六

吞松閣集卷之二十　古今體詩十八

呑松閣集卷之二十六　文二序

呑松閣集卷之二十七　文三序

吞松閣集卷之二十八　文四壽序

吞松閣集卷之二十九　文五記

吞松閣集卷之三十　文六傳

吞松閣集卷之三十一　文七傳

吞松閣集卷之三十二　文八傳

吞松閣集卷之三十三　文九墓誌

吞松閣集卷之三十四　文十墓誌

吞松閣集卷之三十五　文十一行狀誄祭文説募疏

吞松閣集卷之三十六　文十二題跋書後

吞松閣集補遺卷之三十七　古今體詩詞附

附詩餘

吞松閣集補遺卷之三十八　試帖體詩

呑松閣集補遺卷之三十九 文書啓

呑松閣集補遺卷之四十 文序紀行狀祭文贊銘 訓士八則

跋

鄭虎文詩文補遺

鄭虎文詩文補遺

附録

附録一 傳記檔案

附録二　題贈序跋

附録三　評論雜記

吞松閣集

吞松閣集序

曾　燠

北荒明月，西極閬風。東溟鼇戴之山，南徼風棲之石。九府以黄金分牓，千城以白玉爲京。清都太史，坐嘯于清都；碧落侍郎，翱翔于碧落。其中有才子焉，昔者籛鏗述作，列在真靈；顔回鑽仰，崇其位業。亦有蓬萊别院，待白傅之歸來；羅浮洞天，約李紳之再至。放翁爲蓮花博士，曼卿是芙蓉主人。況乎玉樓新造，必徵長吉之文；宫扇遥開，明寫少陵之句。是知星宫月府，得翰墨而彌光；煙岫霞城，無文章而亦俗。予兹讀《吞松閣集》，而益信之矣。

秀水鄭炳也先生，少秉慧業，長擅仙才，得少贛之家傳，紹康成之績學。加以性同明水，體如凝岳，孝弟培其本根，仁義陶其材器。故其爲文也，周情孔思，潘江陸海，不矜浮豔，不落小家。嘗以翰林直史館，纂敘鴻業，鼓吹休明，勒成一代之書，兼有三長之譽。又嘗衡文視學，時人比之玉尺，多士奉爲金科，風氣轉移，化工俄頃。昔有席毗嘲劉逖云：『君文若朝菌耳，豈比吾千丈松，常有風霜！』噫，千丈之松，其先生之謂歟！

一日忘言息躬，静寐成夢，龍驅電策，鸞翥煙塗。微風引其輕裾，皓月送其清影。乍翠屏之四合，有石扇兮中開。喬松萬樹，拂銀漢以横斜；高閣三層，瞰青冥而浩蕩。中間題牓曰『吞松閣』。先生則神王乎一邱，冥悟于前世。風聲謖謖，宏景之所愛聞；露實離離，偓佺之所常服。新宮銘就，便當季孟元卿；異夢告符，不屑誇稱丁固矣。

先生雖玉署之客，而銀魚早焚，指青雲以爲期，度白雪以方潔。無名鎮樸，渾忘顯貴之身；有味居貧，雅稱高寒之境。殆從赤松子遊乎？獨其遺文，足爲世範。虞翻之夢，吞易象者三爻；韓愈之夢，吞丹篆者一卷。以『吞松閣』題其集，蓋先生之志云。予未逮見先生，而交其子師靖，辱請作序，用陳梗概。嘉慶十有八年癸酉孟冬，館後學南城曾燠。

吞松閣集序

沈業富

秀水夫子鄭誠齋先生，殁後二十有四年，遺文在篋。其第三世兄師靖，尉於粤之新安，與先生門下士廉州馮比部敏昌，謀梓而行之，歷四寒暑工竣，書來屬序。業富自維譾陋，焉敢序先生之集！顧念自甲戌禮闈受知本房，數十年來，獎就逾常格，其何忍辭！

方業富釋褐入詞館，學爲詩賦，詣謁請教，先生喜曰：『子所作，温温如王謝家子弟，年少慎力學，當爲吾門高第。』業富悚不敢當，因請爲文之法。先生笑曰：『是未易爲不知者道也。我生平無他，惟於古人所作，縱觀博取，不持意見，但領會其空中流行之一脈耳。釀花成蜜，得魚忘筌，意在斯乎？』因爲細剖其義。是時天嚴寒，先生酌之酒，一燈熒然，娓娓不倦，歸已三鼓矣，蓋仿佛程門立雪時也。越年，先生提學湖南、廣東兩省，業富既違杖履，惘惘若失。然先生每寄書來，所以勖之者，仍不離乎面授之旨。嗚呼！是可以得先生詩文之大略矣。

先生植品孤峻，名重天下，館中先達後進，靡不推重。聞金壇于文襄公，官翰林學士時，以進呈詩册屬爲改正，先生謝曰：『前輩何敢輕議也！』乃别爲一篇以獻，文襄斂手欽服。文襄後當國，重先生，欲得一見，屬同門陳銀臺孝泳數道意，先生姑諾之，終不往，文襄自是不能無槩於中。而先生欲請歸，諸城劉文正公謂曰：『誰不知鄭太史爲今時鉅手！今《國史》《通考》兩書未成，乃舍我去，我將焉倚？』不得已，勉留一載，終以疾辭歸。而是時業富已出守太平，自此不能復與先生相見矣。

先生提學湖南，太平屬蕪湖令鍾人文，曾侍先生，爲余誦先生去湖南二截，一曰：『輿前羅拜各陳詞，左設方圓右進卮。苦道南方風俗陋，野蔬村味獻宗師。』一曰：『遺珠不怨採珠人，一例孤寒感激真。敢信鑑衡公論洽，須知耕讀士風淳。』嗚呼，是又可得先生居官之梗概矣！

夫泰山之高，非益於土壤；河海之深，非就於細流。業富何敢序先生集！亦就先生所以教業富者序之，以先生集自在，天下後學均可師其意而推廣之。至一二軼事，就見聞所及，牽連書之者，亦使後進彷彿先生生平之爲人。異日傳之家乘，登之史書，知先生之生平，固不在《文苑》，而在《儒林》也。嘉慶十有二年歲次丁卯，受業沈業富謹序。

吞松閣集序

邵自昌

秀水鄭誠齋先生，諸子與余爲從母兄弟。先生無遺産，諸子以教讀爲生計，顧遺集未梓，急以爲念。長子師亮手抄副本有許，爲集費傳刻者，付之。既而不果，長子隨没，次師靖、次師愈，馳逐南北，捆載原稿，余始于京師得一拜讀，數年仍不得就。

嘉慶庚申，師靖以微職就挑廣東，于是二子合計，以禾中眷屬諸累細，悉付師愈，師靖則節衣貶食，獨任其事，志在必成。適先生門人廉州馮魚山，以病家居，與之謀，凡選訂排列，鳩工校對，魚山悉任之，資斧不給，並許襄佐。乃刻未及半，魚山即世，幸大局已定，師靖復與相契數人竭力從事，閲四年，竟得觀成。時師愈館江寧，囑序于余。余之才學淺陋，何敢序先生之集！然習聞教訓，歷有年所，安得不即所聞見，敬綴數言，以誌服從？

先生短身而鬚眉秀異，吐音洪亮，雲南傅謹齋先生稱爲『身不滿七尺，而心雄萬夫』，可以想見丰槩。有胞兄經畬，先生敬愛終身，老而彌篤。胞姊適鍾，嫠而靡依，與諸甥俱迓歸，以養以教，姊終，而圖其事者未已。同族子姓，無不覆庇，汲引後進，出于心性。凡事之高曠狷介，博學宏文，以及一材一藝，無不延納。至于忠孝節義，獨行奇節，尤爲表彰揚譽，流連無已。督學湖南、廣東二省學政，寓寬于嚴，至今兩省之士，服膺感仰。性喜談，談多以夜，夜輒漏盡，所言大都經史及事務倫常有所關係。于書無所不閲，談輒援引根據，瀾翻四出。然未嘗見先生常時握卷，詩文隨筆立就，不自收拾，皆諸生及子弟所收，凡刻者四十卷。

夫余所謂『不得其門而入』，乃欲言其宗廟之美，百官之富，必不可得也。惟諸從母兄弟，當艱難困苦之時，卒能舉其集而成之，可爲子孫克承先世法。而余又知之最深，宜爲書記，以樂其成而表其行。魚山于師門之誼篤摯若此，亦世所希。

魚山名敏昌，由館職改比部，身後本省大寮請入祀鄉賢祠，得報可，可以知其人矣。嘉慶十六年辛未，都察院左都御史析津姨甥邵自昌頓首謹序。

皇清誥授奉直大夫左春坊左贊善兼翰林院檢討加二級鄭君墓誌銘

王太岳

亡友鄭誠齋葬之前三月，其孤師靖狀其行誼、官閥、族世、居里，以來乞銘。予覽狀悲涕哽塞，久之乃能抑哀，操筆爲之誌曰：

嗚呼，誠齋豈非窮士乎！少孤，竭力奉母，母病禱於神，請減算畀母，竟如所禱。事其兄如父，迎寡姊歸老於家，撫諸姪諸甥及其子女，分衣共爨五十年，翕如也。收恤宗族子弟，屋宅皆滿，至無以容。親戚故人，待以爲養葬者無虚歲，就食於其家者無虚日，囊篋每爲之空。家人或以告，君笑曰：『姑强支持，寒餓當共之。吾寧苦身，無以病吾心也！』皆笑而退。

性無苟取，歲時餽遺，非其人，雖親舊不受。大官富人贈獻，累數千百金，惡無其名，皆却之若浼。獨嘗遠出教授，資歲糈以給饘粥，猶不足，典衣賣屨，終不怨悔。逮於晚歲，病不能復出，益用坐困，遂乃憔悴阨塞，以及於死。悲哉，悲哉！士固無不窮，而誠齋至此，何其甚也！

抑又有甚者。君有濟用才，而居閒無所施，徒以文學名於世。居京師，搢紳戚好，公私事有疑者，往往得君一言而決。事或不易了，以屬君，從容指畫，咸就條理，身不出户，小大皆辦。爲人草奏，陳利病，輒見採納，施之事，人並受福，而莫知君之爲之也。

爲文章及詩，一宗漢魏，而出入於韓愈、杜甫。歌行超妙，閒乃似蘇軾，其趣博，其指嚴，他人强效之，莫及也。然常隨手散失，獨其門人弟子，時得一二篇，而無有力者爲之編刻流布，故莫得見其全。人之稱君，徒震於其名，口相傳曰「誠齋誠齋」云爾，然則君之文學，世亦未嘗盡知之也。

雖然，誠齋嘗仕於朝矣，始以進士選爲庶吉士，授編修，直武英殿，與脩《國史》《會典》《續文獻通考》。一主河南鄉試，三充順天鄉試同考官，再充禮部會試同考官。教習庶吉士，提督湖南、廣東學政，官至左春坊左贊善，階至奉直大夫，是天子嘗有意用君矣。在館下，人皆推尊宿。金壇于文襄公，嘗因陳通政孝泳要之一見，恨不可得。以病辭職，諸城劉文正公猶以編纂强之留數月，是宰相嘗知君矣。家居病閒，馮中丞鈐首先來聘，往主徽之紫陽書院者十年，歸而主杭之紫陽、崇文兩書院者五年，粤東、大梁、太原、鍾山，皆謝不往，而書幣之使，猶交錯於道。是四方節鎮又多知君矣。嗟乎誠齋！以君才望，使得優遊禁廬，積以歲月，何渠不至通顯！而五十早衰，偃蹇林壑，不惟無所建樹於時，至於朝夕之養，醫藥之衛，亦且無以自贍，豈非命之窮也！嗚呼，又可悲矣！

君諱虎文，嘉興秀水人。雍正癸卯舉人。累贈奉直大夫左春坊左贊善諱世元之子，諸生，贈文林郎、廣東廣寧縣知縣諱典之孫。舉乾隆七年進士，官翰林二十四年，病歸十九年，壽七十一以没，實乾隆四十九年八月甲午。妣曰潘氏，累贈宜人。娶胡氏，封宜人，前君卒。子四人：師亮、師靖，皆諸生；師雍，乙酉順天舉人，有文而殀；師愈，國子監生，爲其世父後。女子四，皆已適人。孫男女亦各四人。銘曰：

行也孰起之，廢也孰止之。謂千載下，又可竢之。已矣誠齋，一邱之土，體魄委之。我銘其埋，尚無死之。

賜進士出身，誥授通奉大夫，國子監祭酒，前湖南等處承宣布政使司布政使，翰林院檢討定興王太岳撰。

誠齋鄭先生哀辭

王太岳

我友鄭誠齋，少時與其同門生袁信吾德達、邵荀慈齊燾、孫中伯夢逵及太岳五人者，爲性命之契，晨夕游從二十年，樂無與比。已而太岳出官隴右，與諸君别既久，而信吾、中伯相繼下世，又久之，荀慈亦死，平生契舊，獨誠齋與予在。而誠齋病幾喪明，頃歲又大病，幸而不死。今年秋，見其子師靖，始得詳其起居言笑，而師靖已遂纍然衰絰，匍匐奉狀，就予請銘，則誠齋又死矣，嗚嘑悲哉！

自古善人君子難得易失，而吾五人，歎更離棄世好，相與爲寂寞之歡，求友得此，又其難也。然而前死三君子，皆不及中壽，予與誠齋别三十年，頽然二老，形景相望於南北數千里之閒，終死不一相見，然則嚮之至樂，及今乃爲大戚。嗚呼悲哉，其尚忍銘我誠齋也！

顧嘗竊念荀慈之死，予既序其遺文而刻之。中伯説經，則荀慈爲之序。信吾之死，則誠齋爲之傳。今誠齋將託體幽宫，非予銘，其又奚屬！於是采掇狀語，條次其事，志而銘之，且爲哀辭，畀其子使并刻之墓石。庶幾地下有知，當復且涕且笑，不異平生抵掌時爾。其辭曰：

嗚呼誠齋！人苦生世，立身不蚤。君有立矣，而廢中道。古云艾髮，服政之初。君年五十，而遽縣車。猗惟孝友，是亦爲政。衰昆嫠姊，同軀共命。育其子女，爰暨乃孫。室之家之，食飽衣温。亦有子姓，覆厥先構。爲言無憂，我完汝舊。九族既翕，婣婭既寧。載歌《伐木》，孔懷友生。或折輩行，孤弱是屬。爾婚爾宦，我諾不宿。凡厥無告，如市斯歸。養生送死，舍我翳誰！俗之媮訛，懵不懷舊。寧爾我詐，我不爾負。敻乎遠哉，先民則然。聞君之風，薄敦鄙寛。胡天不弔，而奪之速。善人云亡，百身曷贖！天之降凶，豈惟厥家。何怙何恃，聚哭如麻。静焉以思，匪天爲此！拮据卒瘏，遂以没齒。人受其福，君罹其菑。委骨幽竁，終天莫開。惟君文章，雲霞星日。散在人間，千百什一。疇爲裒求，蒐亡録存。來者不誣，庶有子雲。顧予闒劣，詎堪爲役。蒼蠅驥尾，辱與朝夕。當時之盛，陳徐應劉。忽焉雨散，零落山邱。幸君憖遺，偕予白首。君今則亡，豈我能久！我之哭君，匪惟君悲。顧瞻身世，更誰我知！已乎已乎，茫茫南北。斗酒隻雞，莫酬夙昔。心之煩寃，寄慟斯文。往告君墓，聞乎不聞？吁嗟我友，無曰幽阻。泉路交期，矢以終古。嗚呼哀哉！定興王太岳撰。

吞松閣集卷之一

秀水鄭虎文炳也撰
門人欽州馮敏昌編次
男師亮師靖師愈謹梓

賦

南巡賦 有序

皇上御極之十有六載，執精粹之道，宏亮洪業；爍德懿和之風，焕揚炳燿〔一〕。洋洋乎帝王之隆軌，六籍所不能談矣。顧猶以風俗之聽，聆或未悉；宇宙之鏡，照或未徧。特舉時邁之典，若遼瀋、齊魯、晉豫，既巡既省。大江以南，實惟奥區，昔我聖祖仁皇帝屢駐清蹕，被風濡化，淪浹肌骨，迄今父老猶咨嗟抑鴻，能道其兒時所覯爲盛事。每聞乘輿他幸，則跂足北望，冀或及我。守土大吏，雖時以其情上聞，未輒報可。歲在辛未，恭遇皇太后六旬萬壽，將上祝純嘏，下展休助。迺允廷臣請，以上辛祈穀之日，熙事既成，遂奉皇太后南幸。所至耆老童稚，夾道呼忭，禁勿引避，時進高年，霽顔温語，諮以土俗。親視河滸，展大禹祠寢，封明祖陵，閲四月蕆事。當大駕之初發也，詔免江南逋賦、浙江新租，計不下三百餘萬。屬車所至，則又起廢官，增士籍，卹商農，賚兵竈，金貂、錦綺、粟帛之賜，靡不徧逮。而一切儲偫供億，無絲粟用我民力者，猗歟何其休哉！ 臣家檇李，仰沐醲化，實切私幸，雖雨露汎灑，不澤一物，然而情各自致也。敢擬漢臣楊雄、班固諸賦，作《墨林問答詞》一首，謹拜手稽首以獻。其詞曰：

有墨林處士，問於藜閣主人曰：『愚聞王者時巡之禮，太乙占，五繇吉。六宗禋，百禮秩。巡功展義，賦政考職。遐邇三古，是祖是述。豈伊不昏勞於馳驅，豈伊不懷安於寧居？ 惴惴翹翹，曾莫以渝，蓋非帝王之彌文也。時則建侯樹國，瓜剖豆分，非若一尉侯，連郡縣，可以便呼吸，易指臂。勿巡以循，勿狩以牧。將恐壅閉扼塞，而澤不下暨，故典重焉。

『今天子挈天綱，提地釐。光宅六合，誕彌八圻。湛恩紛紜，川渟淵奫。滏湧潗涬，旁魄四塞。旼旼率土，沉浸匝洽。炎景之所灼爍，震聲之所摧剥。則黑齒反踵之豪，回首內面；鐻耳貫胸之傑，屈膝厥角。神符天剖，靈契地鑿。昬緯山瀆、毛羽草木之瑞，應圖合牒，肹蠁並作。氣胡不游，風胡不翔！ 瑣胡不頤，闇胡不章！ 雖凝旒黈纊於璇題玉英之內，已追亘卷領與結繩，比踪尊盧與羲皇。顧猶周流省覽，紆軫於吳越之疆，漾舟於斗牛之旁。豈鋪聞遺策，事必宜爾歟？ 奚其輟而勿康也。』

藜閣主人啓然而笑曰：『必若所言，是造禰宜社，不必考其禮；太馭土訓，不必備其職；陳詩納賈，不必詳其事；入門桓楃，不必表其式。而《易》何以占觀省，《詩》何以美由翕？《典》何以書肆覲，傳何以紀歲習？ 虧盛則而缺上儀，鬱英聲而霣茂寔。臆決唱聲，以爲知言，不其慲與！

『往者洪荒之代，么元莫默，亹聞罕漫，無得而徵也；秦漢以還，紛綸膠擾，回昧壞徹，無得而稱也。唯夫帝猷允塞，王道方隆。崆峒道脈，姑射先蹤。温洛珍圖，璇臺二龍。塗山南會，介邱東封。麟麟炳炳，莫不保鴻名而攄無窮。洎我聖祖以上聖之姿，躬下武之運。狹百王而宏化，規萬葉以式訓。典茂乎虞巡，事勤乎夏省。揚芳烈以鴻紛，流休譽於悠永。故今菰蘆澤國，鮐背兒齒之老，猶思繪乾坤之象，近日月之光。喁喁然延頸舉踵，相與致望乎聖皇。

『聖皇臨紫極，式黄圖。宅天衷，運帝樞。燭道光於八表，憺威稜於四彝。長發開其遠祥，定爾固其鴻基。於是指遼陽，歷雲中。柴泰岱，旅神嵩。人天和，萬福同。膏澤瀸，流沆溶。頌聲作，歌春容。斯時勾吴之萌庶，於越之蒸黎，諴諜頟頊，望如雲霓。天子念茲事體大，抑而未之俞也。

『爾乃協洽重光，迴杓建斗。紀二八於寶籙，壽六旬於聖母。天子迴恩遷慮，俙然改容曰：「推孺慕以保赤，所以行慶也；同民樂以悦親，所以承歡也。以天下養，比先王觀，朕其往哉！」乃戒百司練時日，秩禮儀，眂馳道，經度支，減侍從，省車旗。遲鑾輿而未發，涣恩綍以先馳。新租割以半貸，積逋豁以全除。雞竿肅矗以郅偈，貫索隱見於有無。彼姒王之休遊豫助，方斯匪泰；漢章之避車解馬，儷之蔑如。

『於是月在娵訾，日惟上辛。祈穀之禮既殫，巡方之駕斯陳。天子六素虬，駟駠駁。乘玉輿，倚金較。羲和執轡，攝提運衡；纖阿弭節，屏翳扶輪。導以鳳羽雉尾，節以鍚鸞和鈴。附以華轙疏轂，飾以翠帽璇纓。夾以星旍雲罕，翼以重英曲莖。扈以彯纓曳組，雲臺之臣；衛以被繡戴鶡，鈎陳之兵。颯灑轇轕，容裔葳蕤。蠖略萃從，鮮扁陸離。扈扈熠熠，啾啾蹌蹌。如山環水繞，而拱萱幄於中央。時則滕六灑道，落英傑地。縈芝蓋而欬鮚，拂辰常以棽麗。騎騶騣而盃散，車騄轠而帶披。玉龍翔，皓鶴飛。刷燕薊，抹魯齊。沄沄軫軫，以菈乎江漢之湄。

『且夫會稽之爲郡也，上考星紀當斗之次。控粵帶楚，跨豫扼冀。左據括蒼、仙霞、常、玉之險，揭以南鎮，絡以錢塘。甌、鄞、桐、娥，澶漫其旁。右塹洪河長江，隔閡南北。鍾山蜿蜒，抱石城而龍蟠。埋金作鎮，厥跡猶傳。其外則環以溟渤，瀖瀑湁潗，漭瀵泶漫，通蠻達夷。萬里迴復，曾不昏旦。其中則瀦以具區，衆流委輸，瀲灧汒洋，溟濛瀎磄。泊乎浩乎，與海通波。昔者無餘太伯，荒穢肇起。越以長頸烏啄，克剪封豕〔二〕。其後磨牙奮角，負嵎而争於其地者，如蛭之聚蟻焉。龍驤虎視，廓開帝畿。沃衍殷充，甲東南而耀奇。是以魚鹽稻蟹，竹木菓蔬。翟羽筋角，金玉貝珠。奇隙珍怪之族，隱賑崴嵔，是産是鬻。則有五均百隧，奠賈列肆。居則山積，化則波駛。梟翏喤呷，玂讆囂叩。駢坒雜糅，躡舄駕肩。被羅曳縞，颺菁耀鮮。轁顧歋歈，其樂且盤。

『至於近郊遠甸，圩圩鱗鱗。彌博柴虒，脈散綺分。與翼被麗，十千其耘。糾笠翳日，揮鋤連雲。適彼耕鑿，含哺之民。乃若詩書紱冕之盛，翼翼濟濟，是不一世。而又涵濡濯沐，近歷百祀。倫攢甡萃，雲蒸霞蔚，羌難得而覼縷也。夫其山川原隰，民物財賦。案衍糾紛，夥夠繁鶩，燦乎盛矣！然而地大物衆則易蠹也，矜庶恃富則易瘠也，端居承流則易屯也，蔽翳伏匿則易隔也。聖人於斯，豈獲泰而安之哉！

『爾迺御鳳艒，颺龍旂。溯河瀆，艤淮涯。相與循乎袁浦，紛溶容與而上乎金堤。悼窂穾於漏蟻，感憑蘇之怒波。起龍脊之偃蹇，隆石骨於嵯峨。旋鳳駕以南邁，憩平山以婆娑。履巉巖於孤嶼，俯蹙折之盤渦。遂乃經鐵甕，越毘陵。品二泉，亞中泠。瀹槍旗，獻慈寧。錦颿揚，黄頭謳。翔鳥下，沉魚浮。方舟景鶩，汎灩夷猶。

『迺有靈巖武邱，縹渺莫釐。兩峯三竺，六橋雙堤。梅塢雪聚，桃溪霞披。芳草翠合，垂楊緑齊。莌茂凱費，蓁蓁蕢蕢。晻曖布寫，含芬振菲。雖兹事之可悦，良何足以久稽！轉龍艘之萬軸，横浙江而迅飛。探藏書於禹穴，潔粢明於靈祠。肅肅之禮展，虔虔之意舒。惟聖心之虚佇，若猶憑而未攄。已而天步回，斗車旋。睎海隅，瞰鹽官。風和浪恬，不震不顛。唯德振之，是以晏然。言瞻秣陵，翠華聿來。六代殘構，渺焉灰埃。眷彼故寢，加以封栽。卹殷優恪，同揆合符。漢祭周王，禮成過湖。由今論之，不其亟乎？

『於斯時也，道紫闕，侍金根。敞帷宫，肅寢門。萬國歡合，三朝禮申。明大孝於天子，隆尊養於一人。於時闐城溢郭，夾輦隨轅，效嵩呼而祝禔恩者，莫不掎裳聯襟，抃手而歌曰：「煦春暉兮罨慈雲，吐瑞景兮降煙煴。于胥樂兮壽且仁，迓純禧兮彌億春。」

『爾迺祛黼幨，駐襜軺。問疾苦，采風謠。霽咫尺之顔，聯下上之交。農不輟耕，女不廢織。商不移肆，工不曠職。獻芹曝者有賜，瞻雲日者勿叱。而且搢圭建節之羣牧，褫帶投簪之舊臣。排風擢秀之髦士，摛文掞藻之俊民。持籌運筴之大賈，炊霜漉雪之貧氓。負盾荷殳之伍卒，危齒種髮之耆英。寵或章身，恩或復籍。算或減緡，取或破格。匪民則宜，唯我后之德。匪帝則私，惟我民是澤。非唯澤之，又重錫之。有貂有縑，玉粒金錢。霍繹紛灑，如彼流泉。恭儉慈惠，式晏享焉。行炰命爵，電釂星連。舞以霓裳，樂以鈞天。摛於罔極，《湛露》之篇。

『然而天子懼斯民之玩娛習奢，耽毒鴛逸，或長驕淫而益之疾也。迺訓節儉，崇樸素。黜浮靡，敦本務。酌損益之宜，劑盈縮之數。惟阜裕以匡民，必節耗而去蠹。由是百姓斲雕爲樸，背僞歸真。怙侈之習革，嗜欲之源湮。各遵道以得路，偃德風而還淳。於時藻宸章，懿景鑠。光奎璧，包橐籥〔三〕。醲恩覃，衆志諧。皇歡洽，慈顔開。然後先驅案節，遵軌復路。曾不需時，而太和浸潤。滋液滲漉，靡勿布濩。固已唐謡韻乎金石，夏諺壽乎竹素者矣。

『且夫乘乾出震，見離説兑，天道也；孕虞育夏，甄殷陶周，帝則也。覲光揚烈，讓善祝釐，孝思也；巡狩述職，觀民設教，聖德也。愷悌之惠流，神明之道立。於變之俗成，諸福之物集。雖使皋陶善歌，奚斯善頌，子雲、相如之善賦，腕脱舌敝，以揚閎休，恐或未及。而子顧以槃燭之見窺之，是猶睹星曜之依躔，而責天行以少休；幸川瀆之安宅，而願滄海之姑息其流也。豈不謬哉！』

墨林處士規規然，逡巡避席而言曰：『盛矣美矣，蔑以加矣。永寐大覺，謹聞命矣。然余心懵焉，思效歌《擊壤》，而不知所以爲辭也。吾子曷更頌之，以發吾覆乎？』藜閣主人曰『諾』，遂作頌曰：

巡靖蒸民勿敢康兮，熙熙萬物被春陽兮。奉我文母禮肅將兮，文母燕喜壽無疆兮。畇畇南土祖澤長兮，于以綏之赫重光兮。屢維豐年克熾昌兮，於皇欒胥膺天慶兮。

春甸迎鑾賦 有序 代作

乾隆十有八載二月六日，皇帝恭謁泰陵於易州，遂詣房山，展金世宗陵寢。禮成，恭奉崇慶慈宣康惠敦和裕壽皇太后，幸覇州陳水圍。旋率永定而北，周視河滸，既事，乃旋蹕。於是禮明政舉，神和民悦，近畿之士，咸欲叩輪壤，聲釜缶，以自道其懽愉之私。臣某夙以庸劣，塵玷館職，十年被遇，隕越非報。又以勿克終侍闕廷，永負高厚，戀德懷慚，日月俄積。恭聞乘輿經幸，道近臣里，懽與忭會，自忘其愚，輒敢有所撰述，以鋪揚懿鑠，藻飾鉅典，猶欲比於野人芹曝之私。庶幾葵藿傾曦之義，心之區區，聊用自竭，臣頓首頓首。其辭曰：

有析津處士，問於青藜主人曰：『子亦見夫毛羣之穴而處者乎，曾不知澰沴汒洋渤澥之寬也；亦見夫鱗蟲之藪而潛者乎，曾不知嶔崟岩嶙靈嶽之尊也。且日鱻鱻其晶灼矣，而瞽者無與同其明；雷霳霳其磤烜矣，而聾者無與發其聲。聞見相詭，通蔽殊致，非自然之理歟？吾子彯纓曳組，蹈德詠仁。履清班而載筆，偕大雅而爲羣。咀含中秘之書，出入承明之庭，可謂榮矣。然未嘗横豹尾，侍鑾輿。扈清蹕，從野虞。一觀夫左射之禮，三驅之儀。今又脱朝簪，辭禁廬。是《上林》《子虚》，相如之所侈陳；《長楊》《羽獵》，子雲之所鋪聞。徒傳之乎曩篇。而聖天子威稜武節，典業治本，顧莫得而云也。且夫備官未知，文伯所由受嗤也；一隅未覩，平子所爲見譏也。今將語子以近畿之事，春蒐之制。耀於光明，以破子之惑志。

『蓋聞上谷之地，厥有吾邱。自西徂東，實惟覇州。南引齊魯，北抱燕幽。躔箕尾之星次，環辰極於天陬。藩神京而雄左輔，控北都而踞上游。其山則有燕頭南山，隆崇嵂剌。槃回狋嵈，崔錯屹巇。峪窗巧老，夏含冰雪。欝烟雲其參差，與日月乎蔽虧。其水則有會同巨馬，渾清覇沙。漁津金水，吸納子牙。於廓巨澱，含汙匿瑕。藐迴勿罔，夐不見涯。當夫淫霖積漲，時雨驟至。盆翻瓴建，并力合勢。涌沸迅湱，暴灑沆漑。盈科襄坻，瀼瀼湓湓。千支萬派，莫不來注。其狀則湫漻潒漫，瀆沱滈汹。宛潭膠盭，沖瀜淪漣。修堤偃蹇以虹卧，遥空冪歷而鏡連。曉日潋灩以練合，暮霞歙艳而電烶。即目成象，遇物效妍。若陰若陽，怳惚變遷。其旁則有蒹葭雕胡，昌本深蒲。芙蕖含英，芹蘩薦馨。芝以紅蓼，曼以蘼莽。珍林嘉樹，雜插叢生。藩京被隄，迷津耀陂。莽葧對蔚，咇茀芬菲。

『其上則有鶤鶾鴰鳴，鳧鷖鷗鸕。鴛鴦鵝鴨，鵁鶄駕鵞。翂翍翕散，嚶嚶鳴嘐。棲戢水渚，唼喋菱菰。其中則有鯇鮊鰋鯉，鮰鯑鱅鰱。王鱣叔鮪，神魩鴻鮍。縮項巨口，修頷折鼻。詭狀殊種，揚鬐鼓翅。文螺紅蝦，紫蚢元蠣。藻波映流，矜彩競麗。其瀨則有白沙的皪，錦石璀璨。

爛若霞駮，霍若星亂。與波推移，或隱或見。其淵則潛靈孕珍，寶藏繁興。么元莫默，蛟螭之庭。視之無極，察之無端。程形揣稱，羌難得而究言。爾迺申禁禦，典澤虞。習昆明，練水犀。擎斂飛躍，繯橐禽魚。彌高竟深，罘羉周阹。營合圍會，以時而漁。

『天子於是備法駕，奉慈宫。驂瑶水之八駿，翼瑨臺之雙龍。指煙途以發軔，出霄甸而馭風。千乘萬騎，寖威盛容。鮮扁繽紛，衝蓯沆溶。如山敦雲移，而蒞乎虞中。於是從獵徒，截濤瀧。列鶩鸛，馳舽艭。乘虛無，凌蒼茫。聯罛合筌，垂罼頓網。探隈排埼，鈎深掣廣。飛叉電流，激矢雨疾。殊向別追，徽孅霍奕。霆擊飆逝，天動地岌。迺有期門佽飛之侶，鄭叔晉婦之儔。摶空躍虛，泅波没流。入鮫室，犯龍淵。猎神蓍，蹈巨黿。暴沈虎，羼潛牛。摣鯤鯨，生螭虬。獄蜩像，抶妖魆。驅怪物，超忽荒。然後享獠者，勞勤苦。軒行庖，車酌酤。第功論最，均得數獲。

『徧觀夫罻罟之所罣結，矰磻之所羉緤。鋒刃之所揘臠，徒博之所蹈藉。與夫驚怖顛蹶，被創未殊，蠉蠉蟫蟫，僵委相枕者，鱗金雨雪，掩蔽原隰。於是遊觀極，皇心怡。飛畫鷁，颺華旗。導耕父，趨馮夷。鼓吹沸，榜人謳。翔鸞下，潛龍浮。湘靈出，漢女遊。萍獻實，魚躍舟。告貞符，迓洪休。然後發天唱，摛宸章。被絃管，聲鏘洋。藻金石，扇遺芳。絣萬嗣，垂無疆。於斯之時，聖武之所宣昭，威靈之所震疊。僉曰：崇哉乎德！尤宜延光乎將來，比榮乎往牒矣。而子顧懵焉曾未闚夫髣髴也，何其爽與！』

處士之言未竟，主人喟然歎曰：『足下舒電舌而競辨圃，涸藻思而飾瑰辭。雖宣之於敖，成之岐陽，何以尚茲！惜乎沿其流而忘其源，舉其偏而昧其全也。夫從禽即鹿者，將以奉郊廟，供賓客，而非以暴物也；立表祭貉者，將以肅武備，除田害，而非以躭樂也。故取順舍逆，《易》著其訓；合圍掩羣，《禮》設其節。足下何以不此之省，而謬襲彌文以相越？夫美物者，貴依其本；讚事者，宜本其實。一物之失，昔人猶譏。況乎鋪張明威，揚厲偉業。將欲掩光典謨，摛於萬葉。如之何不徵聞覈見，近於此惑也？

『且夫乘輿之時巡也，豈徒蹈衛武期會之信，慕宋宗不追之仁云爾哉！蓋德語其至，道語其要。帝王之事，無加於孝。其孝如何，亦孔之慕。其慕如何，靡瞻靡怙。我栖我棬，我几我筵。眷焉顧之，中心愴然。維暮之春，零露漙漙，迺瞻寢園。寢園非遥，在易之郊。我行欲從，匪夕伊朝。

『迺命羲和，練時日矣。伯夷戒典，百禮秩矣。司空視途，馳道闢矣。載師土訓，咸蕆職矣。於是啓閶闔，乘帝車。環星弁，遵天衢。揭彗星之長髾，曳屈虹之飛旟。翳垂雲之羽葆，夾耀日之戈殳。長離蕤綏容裔以輔轂，應龍濩畧觓麗以承輿。孅阿糾蓼跮踱以左附，鬱儀叫奡怵臭以右俱。祝融翕赫萃從以後護，屏翳葠蒙𡶵翕以前驅。車轇軕，馬騶騣。聲吸嘽，塵滃勃。滂濞緹獵，𤝗𤢖轇轕。淫淫乎，裔裔乎，魚頡而鳥頏者，相轠轤而不絶。

『然後敞龍幄，幸蜺帡。齋越宿，思蒸蒸。躬孝享，臻泰陵。薦彝勺，潔粢盛。告肥腯，羅登銂。伐靈鼉，鏗華鯨。聲繁會，訇雷霆。容飈悠，萬舞盈。玉衣舉，甲帳憑。蕭烟作，杳冥冥。風颾然，神降庭。景福貺，肹蠁增。穆皇之度昭，駿奔之禮肅。焄蒿之氣凝，愛慤之誠屬。彼獻服與視奩，固均美而並淑。抗大澤以礨空，何齷齪而趚起！

『於是旋翠輦以紆軫，指房山而首途。眂石經之鬱律，瞰留臺之嵯峨。竅孔水以庨窌，發憀亮於笙竽。泊甘泉以瀺灂，騈七穴之連珠。兆豐穰而告瑞，占一目之神魚。伊大房之嶘峭，逸羣峯而上躋。冠摘星之岧嶢，帶温泉之流離。豁心目以曠朗，循修坂之逶迤。緬金源之令主，閟幽宮於厜㕒。渺英爽之安屬，凝精誠以接之。護封殖於荒寢，薦蘋蘩於靈祠。矗豐碑以駊騀，負靈鼇而蟠螭。眷祖澤而永懷，庶神武之在茲。

『若夫燕南趙北之區，其地鬱泱，其澤沮洳。昔我仁廟，以佃以漁。爰有離宮，起乎其隅。峗巍聳擢，宏敷煇煌。雲楣藻棁，葩井虹梁。華榱鏤檻，層櫨飛枊。去泰去甚，踈密有章。同規乎紫極，體象乎圓方。天子於是頓駕中宿，裵褢於璇題玉英之内，若將獵而猶未遑也。迺考獻鮪之典，下祭獺之令。申步伐之節，嚴涸澤之禁。然後放乎中流，雷奔電騖。紛紛漠漠，各横分而競赴。

『維時服韎韐，踏虩虎，蒙盾荷罼，環涯涘而列者，捴捴撙撙，如蟻之聚垤焉。其餘踏浪之卒，文身之技。彀勁羽，刃雙鈎。浮巨筏，掉輕舟。布緵罭，施罾罛。相與盤薄乎葦岸，出没乎沙洲。射不詭遇，部不亂行。萬艘魚麗，兩甄翼張。餌貪從逝，避宿掩翔。盈尺乃鬻，數罟則傷。慕天乙之解網，體宣尼之不綱。亮昭仁而訓儉，非耀武而樂荒。故能同美利於億兆，弛厲禁於澤梁。

『爾迺天行星陳，屬車按節。巡河視堤，懋德振洩。則以此水之爲厲也，怒潏碶灂，盤灂淈錯。淵沖漂疾，漻蕩蹙折。盤溘嵤距，刲刲郤郤。沭沭怴怴，滐滃瀄湱。漱野滌荒，磓岳洞碏。逾絶險於孟門，等望洋於海若。聖祖於是提乾綱，挈坤絡。經三辰，緯萬壑。氛祲帖妥，靈象軒豁。堙濁流於一掌，固金湯於萬鍤。祠波神而開宇，名永定以式法。

『今天子又以重離之照，永協帝之譽。述祖德而載光，非已溺而猶慮。廓靈宮之鴻紛，累增飾以崇麗。臭馨香而效牲，肅明禋於罔替。然猶懼典者之不恪於事，而蟻漏之不時也。於是移黃屋，袪黼帷。率厓隒，眺湫湄。皇明四矚，睿畫靡遺。風暖日暄，波平浪夷。如練如帶，環京作維。差羣聖以校德，酌六籍而博依。文王之康功田功，大禹之盡力溝洫。由今視之，良塵垢而糠粃。

『然後旋鑾馭於天邑，式黃序而垂衣。第歌頌於陶唐，貢休祥於神祇。馴龜龍於河洛，擾鸑鳳於郊岐。孳屈軼於軒后，豐蓂莢於伊耆。嘉穎醴泉之瑞，應和氣而並出；三趾九尾之禽，覽德輝而來儀。所以淳風誕彌，浸淫布濩，淪蠻浹夷。凡諸離身反踵，鐻耳雕題。聲教之所未洋，圖籍之所未詳。莫不回首内面，奔走而來王。

『且夫報本追養，徽典綏饗，斯乃重華之所以基帝業也；卹殷優恪，修廢繼絶，斯乃成周之所以懋王風也。蒐軍習戎，有軒轅氏之武烈焉；灑沉澹災，有夏后氏之明德焉。憲章稽古，克勤清問，仰模乎聖祖；基命執中，以厚元元，合揆乎世宗。稱一善而美具，推偏端而義宏。將節舉之則未備，欲悉數之則未終。此所謂狀雷霆者難爲聲，繪乾坤者難爲容也。則又聞之，大孝之德，惟舜克臻。亦越在周，三朝寢門。然而柴泰岱，獵渭濱。未傳其奉握登之輦，扶太任之輪也。今則翼紫闕，拱雲駢。肅問視，勞寢興。侍帳殿，歡慈寧。其愉愉怡怡，色笑之親；洞洞屬屬，齋夔之誠。蓋生民之所未有，後世靡得而稱焉。

『若夫幸并代，涖瀋遼。祠闕里，秩嵩高。巡會稽，遍江皋。湛恩紛紜，鴻儀炳麟。上暢九垓，下燿八埌。此又僕曩者備員於朝，親得之於覩聞者。然事績繁夥，殆不一二數也。

『足下幸生清時，弗克臚聖人之茂典，究王者之上儀。而徒取壯若說，詭譎曼衍。以餘美爲稱首，指暫事爲常典。又且失實，無所宗主。是猶鳳凰翔於霄漢，而弋者罕覯其片羽；神龍躍於雲津，而漁者未覩其一鱗也。豈不惜哉！』

處士於是氣奪口爽，頳首撟舌。惝怳靡散，遷延愧墨。俄換色以覼爾，忽忭手而放頰。起而對曰：『始予昏於大道，闇於舊章。永寐罔覺，躭迷習狂。如嘔啞嘔咿者，失其所以爲語；聾聞罕漫者，昧其所以爲光。幸吾子進而教之。迺今而知大聖人之德，殆將視子姒若塵垢，睨堯舜猶秕糠。與天地乎高深，同日月之文章。雖談天之衍，雕龍之奭。靡詞鋒，疲倦舌。鋪英聲，揚茂實。羌未涉其藩籬，又孰竟其顛末！況以鄙生之面牆坐智，莛擊蠡測，烏從而罄其萬一哉！』迺再拜，歡忭而退。

御射賦

我皇上懋啓文明，光昭武烈。正君鵠而無爲，混楚弓於有截。萬幾清暇，惜分陰而六藝時游；五善兼長，消永夏而三侯閒設。進乎技矣，縱以多能；必也射乎，發而中節。

維時月方及午，日未逢庚。草薰風暖，雨散霞明。濃陰垂而欲滴，纖塵飛而不驚。於是迴雲罕，颺霓旌。肅衛士，陪列卿。樂涼室之閒敞，值芳林之嫩晴。御苑門而洞啓，面廣場之砥平。則有期門佽飛，羽林孤兒。行排鴈字，隊列魚麗。肅肅習習，淫淫裔裔。將申夫助陽之義，以究夫序賢之儀。分兩翼以競進，拱辰極而環之。

天子乃拈射雲之箭，攝雕玉之弧。歌七章於《貍首》，叶九節於《騶虞》。忽送忘歸，脱手則寒星欲迸；乍彎繁弱，投懷則明月同孤。白羽行空，雪飛電掣；鳴髇振響，風激鴟呼。固已動必多連，挺後鏃而屢中；盛還能繼，省前括而相符者矣。然而巧必因難，奇方愈出。正翻舊畫，飛五色以裁雲；的換新規，暈重圓而映日。錦標立處，眇百步而云遥；玉尺量來，僅三分而得一。形纔似葉，誰穿養叔之楊；視豈如輪，錯認紀昌之蝨。將離婁無所於用其明，而更嬴莫能以盡其術。

爾乃明睿外朗，精和內融。道與器兮冥合，心與手兮元同。霹靂馳空，方鈎弦而應響；雲霞散彩，已破的而要中。貫若連珠，異七層之徹札；著同龜麗，碎百尺之懸熊。操縱因心，運神工於獨造；從容中道，揖聖度而彌冲。惟夫神馳手敏，心莊體舒。正其身而有準有則，合其奏而匪疾匪徐。道叶維精，游乎化神之域；妙歸至習，出乎聖智之餘。是以林林總總，雅雅魚魚。咸屏氣以傾竦，争側企而趦趄。駭衆目而霍若，愜羣情而躍如。

臣克奉宸歡，與觀聖美。即事而覘所尚，伏思而究其指。仰虚貯之淵衷，識旁通乎治理。蓋將體天道之張弓，闡周行之如矢。懸仁義爲雲堋，飾詩書爲象弭。故以遊以豫，毋忘觀德之心；不伐不矜，聊寄息争之旨。豈徒移竿標箭，闘絶藝而争長；聽鼓唱籌，同羣才而効伎者哉！

春雪賦 以『陽春布澤，甘雪應時』爲韻

夾鐘應律，太皡呈祥。書陳令節，時獻青陽。日漸舒於紫陌，冰迨泮於銀塘。三素青霄，變同雲而乍合；六街香土，挾微霰以俱揚。曲未唱夫賣餳，忽訝瓊酥點箸；地豈隣夫放鶴，何來玉樹凝霜？

時則普天同樂，與物皆春。鶯舌之幽簧待囀，蝶翎之胡粉方新。杏火紅燒，一分纔破；草茵緑繡，十里初匀。青玉告虔，肅東方以致禮；朱紘戒典，先帝籍以勤民。麥浪初翻，脈已疏於翠甸；秧針欲透，水未漲於雲津。臘前三白興歌，蚤報豐年之信；春後六花獻舞，更

霑渥澤之均。

爾乃錯落横飛，紛紜散布。既作態以雲飄，亦縈空而電舞。輕如貼地之花，漫若垂天之霧。鋸成竹屑，迷離掛月之枝；翦出冰英，粧點啼煙之樹。馬隨曹植，欲舞迴風；衣濕謝莊，疑沾曉露。入昌黎之句，銀杯合縞帶齊翻；撲安石之檐，飛絮與撒鹽並賦。墮珠樓下，片著地而未消；碎玉簾前，響傳空而暗度。刷鷺羽以争鮮，疏鶴翎而失素。埋沙岸之閒鷗，奪蟾宮之顧兔。

將見積似鋪氈，深堪試策。恰同梨夢，人詫成雲；宛帶梅香，時驚點額。凝脂徧地，壓新草之一鈎；零粉粘條，裹垂楊之千尺。蹄輪陌上，還推照乘之珠；桃李蹊邊，好印尋香之屐。春林綴蕊，肯偎煖以旋融；繡隴停雲，自含和而布澤。

於是棹山陰而夜訪，履東郭以朝探。若付錦囊，驢背之生涯愈冷；如烹佳茗，陶家之風味尤甘。淺碧深黄，素心宛在；剪紅刻翠，白戰方酣。眩銀海以生雲，莫認麴塵冉冉；披魚簑而如畫，定兼桃雨毿毿。望失青青，坡難辨六；歸遲緩緩，徑欲迷三。散徹天花，久駐翻傳塞北；賜同時玉，易消肯比江南？

斯時則農慶深耕，人歌瑞雪。漉奕同浮，晶瑩共綴。糝門前之蓬徑，糢糊檜頂獨多時；望水際之花村，歷亂瓦溝纔一瞥。攜鋤踏去，踪跡依稀；戴笠尋來，溝塍凹凸。比如酥之雨，潤澤尤深；較垂露之珠，流膏更别。青帝攬玉龍之轡，宿麥祥徵；勾芒挾滕六之權，遺蝗患絶。

此豈冰壺之水所凝，而實玉燭之光所結者也。

我皇上盛德遐敷，天心默證。青旆揚旂，鸞車載乘。賓日而東作興，祀星而農祥應。登春臺而百物同歡，頒春令而萬方遜聽。瑤林倚日，華催上苑以俱開；玉唾隨風，珠落九天而相稱。所以綏綏應候，藹藹知時。雜二十四風而並到，後三十六雨以先滋。開瓊田以處處，添春漲以離離。鋤月犁雲，定獲豐穰之慶；瞻蒲望杏，不愆耕穫之期。自當拜手颺言，獻擊壤含哺之曲；豈特騁思抽繭，效方圭圓璧之詞！

春色滿皇州賦 以題爲韻

勾芒正位，青帝司晨。太簇調而應律，斗杓運而指寅。開四時於首序，轉一氣於洪鈞。曉日迎陽，燦千門之麗景；和風扇物，盪九陌之香塵。備禮東郊，訝皇州之先到；棲神左个，合海宇以同春。

爾乃太液環南，瀛臺迤北。水溟溟兮橫流，山娟娟兮浄直。宮花放處，剪碎錦以紅飛；輦路鋪來，繡軟茵而翠織。雲凝三素，望縹緲之元君；梅綻九英，散氤氳於薝蔔。華林苑裏，瑞葉蓁蓁；豐澤園中，嘉禾嶷嶷。籠螭頭之御靄，鳳闕雙高；舒仙掌之晴霞，龍樓五色。固已登萬物於春臺，而開一人之壽域。

於是帝里風和，天街日暖。水流則繡轂雕鞍，雲遏則鳳簫龍管。尋香陌上，步石氏之芳塵；醉客筵前，啓裴家之燠館。千絲弱線，柳眼青迴；一道裙腰，苔窠緑滿。徑迷桃雨，鶯出樹以争啣；户掩梨雲，燕到門而自款。露光的皪，鬥雞場上春深；鞭影横斜，馳馬埒邊人散。曉窗紅映，唤起聲聲；遊屐香扶，催歸緩緩。消吟情於玉樹，盡傳東閣之詩；託豔思於金樽，愛覓南隣之伴。

若夫履兹畿輔，畫彼井疆。當土膏之既動，聿田事以相將。黛耜紺轅，方先勞乎帝藉；瞻蒲望杏，遂徧德於東皇。布穀村村，隴上荷雲中之鍤；倉庚樹樹，桑閒提月下之筐。掛緑箬於鋤頭，隨鴉種麥；脱青簑於牆角，帶雨分秧。吠犬出籬邊，破朝烟於繡甸；烏犍眠柳下，滴曉露於金芒。壤擊春農，三輔之人皆近日；星羅春野，四郊之地盡環陽。

要之揚仁風於九土，翔和氣於八游。固不獨帝鄉之被澤，且將合泰宇以蒙休。然而天上新春，必先紫禁；人閒淑景，獨滿皇州。散花下之遊驄，杏園人醉；點橋邊之飛絮，御水蘋浮。苑樹垂紅，輸狂蜂之獨採；爐香攜袖，誤浪蝶之紛投。影動春鞦，愛晴波而自浴；聲傳搏黍，迎朝騎以争謳。修禊心情，三月之風光未暮；賣餳天氣，一囊之詩思堪收。燈火九門，誠太平之有象；絃歌萬户，更樂事兮何求！

我皇上化被熙和，恩深煦嫗。燕谷之律初回，青陽之曲既度。蒼龍闕下，紛玉葉之祥雲；丹鳳樓頭，滴金莖之湛露。供來帖子，慶霄寶字生輝；漏出春光，瓊圃琪花盡吐。披晴曦之靄靄，簇仙仗以煙霏；聽晝漏之遲遲，趨朝珂而電騖。繪天畫日，已窮巖樂之才；暈碧裁紅，敢奏淵雲之賦。

歲寒然後知松柏後凋賦 以『如松柏之有心也』爲韻

萬物氣肅，千林影踈。時栗栗兮應候，聲蕭蕭兮集虚。慨望秋兮先隕，孰抱節兮自如？乃有喬柯，童童雲覆；獨盤孤幹，矯矯龍攄。回首當年，肯逢時而自炫；關心此日，笑非類之俱鋤。是寒歲實見真之會，而後凋爲知遇之初。

爾乃千年化珀，五粒稱松。曾徵丁夢，亦受秦封。植便成行，聽寒濤之謖謖；栽還作徑，剥蒼蘚之重重。千股遺釵，銜來露鶴；十年春雨，養就髯龍。鬱生意於陰崖，豈似凡材變節；盤深根于厚地，不隨頑豔修容。

至若大谷之陽，倒生之柏。影或拖雲，枝如拓戟。霜皮溜雨四十圍，黛色參天二千尺。御史臺邊烏夜棲，長安陵畔蟲互蝕。鳳鸞託處，香葉長青；螻蟻容時，苦心獨擘。作天家之樑棟，應或相求；笑人世之風霜，無能爲役。

然而徂徠藴美，新甫懷奇。扇和風之習習，蔭春旭之遲遲。步閒階以緑滿，度晴陌而香披。半破蹊桃，迎人綽約；三眠岸柳，弄影葳蕤。澹白妖紅，緑散簾前之樹；深黄淺碧，狂横牆外之枝。彼則鬥麗翻新，競吐驚人之豔；此則凌雲棲日，羞呈媚俗之姿。亦有凝脂，喧蜜之游蜂未識；豈無同臭，尋芳之浪蝶安知？未許銜花，却斜飛之燕子；原非歌樹，少絶唱之鶯兒。

相遇殊踈，誰則顧而問者；不知何慍，曷且卷而懷之。

逮夫歲序將終，寒威莫受。霜氣摧枯，風聲拉朽。惠連何處，草衰謝客之池；張緒依然，月冷漢家之柳。古原寂歷，到今剩得楓人；秃幹槎枒，徹夜啼殘鵶舅。於是披榛荒徑，忽驚偃蓋之形；放眼寒郊，乍識蒼髯之叟。不改柯而易葉，翠拂千尋；儼蔽日以干霄，陰横十畝。回問浮花浪蕊，視昔何如；更看豔質濃香，及今何有！乃知勁節不市色以求名，方信真材不炫奇而自久。

所以植根須固，種德宜深。非尋常之可埒，必盤錯以相尋。遇繁華而不動，遺艱鉅而克任。爲實至名歸之象，有士窮節見之心。然使無凝陰之煅煉，終將逐小草以浮沉。便使蔽牛，未免争榮散木；漫傳棲鳳，或且見笑來禽。衆卉欣欣，誰爲同調；寰區落落，孰是知音？要惟鑒具人倫，露文章而抒獨賞；然後材爲國器，施剪伐而貢當今。

我皇上德茂栽培，化深陶冶。楨幹盈朝，梓材徧野。鼓薰風而拂葉，不棄蕭萱；普化雨以津莖，寧遺梧櫝。魁奇負異，邀聖鑒以同歸；磊落呈能，契天心而默寫。笑偓佺之獻實，僅善長生；薄漢武之聯吟，徒侈大厦。廣柏臺之路，前古則庶幾近之；叶松楝之祥，於今則未之有也。幸依舜日，光披寸草之心；永託堯階，枝蔭萬年之下。

校勘記

〔一〕「執精粹之道，宏亮洪業；爍德懿和之風，焕揚炳燿」疑有脱衍。

〔二〕「啄」，當作「喙」。

〔三〕「璧」，當作「壁」。

吞松閣集卷之二

秀水鄭虎文炳也撰

門人欽州馮敏昌編次
男師亮師靖師愈謹梓

應制古今體詩

玉甕歌 有序

玉甕，即元至元間所成櫝山大玉酒海也。上刻魚獸出没波濤狀，甚奇古。舊置萬歲山小玉殿中，爲巡幸宴享之用，事詳《輟耕録》及《金鼇退食筆記》。今皇上御極之十二年，網羅散失，人官物曲，鮮有棄者，而是甕落真武廟爲葅器。慨兹神物，淪棄草莽，乃以千金購之，復御製七古一章，鐫于甕，以垂無窮。轉勅宰輔而下四十八人，相與歌詠其事，勒之承光殿壁，所以感舊物之來歸，識寶器之終顯，而聖人之明德，於是乎遠矣。臣文奉明詔，敬獻《玉甕歌》一篇。其詞曰：

天啓聖瑞玉甕出，維聖克受昭聲歌。臣愚未睹法宫寶，伏讀睿藻心爲摩。甕廣三尺容五石，隨形凹凸浮圓荷。見查他山《櫝山酒海詩序》。刻畫類鑄鼎象物，長風蹴踏萬里波。腥涎怪霧走蛟蜃，呀呷睒瞲騰黿鼉。陽冰不冶陰火閃，怪變滅没吞江河。伊誰鑱削運鬼斧，或巨靈掌吴剛柯。我思此玉當在璞，魄然萬古藏嵯峨。百靈孕含胚太極，潤及草木輝巖阿。元爲聖役剖鑿出，宛轉入世襲臼窠。那知德薄不能有，供玩耳目羞婞婀。如延津劍泗水鼎，神物終化理不訛。於時恭承陛下聖，萬方獻瑞聲猗那。人無遺賢物鮮棄，希世寶肯終烟蘿。熊熊龍氣光夜燭，乃跡而得歸搜羅。轉勑内府輸朽貫，千金易致駟馬馱。陳之廣殿重圖訓，莫如金甌無傾頗。龍翔鳳翥天唱發，四十八人鳴相和。於戲隱見會有遇，委棄道院歲已多。冬葅實腹泥没足，學士憑弔資吟哦。拂拭偶及光萬國，經天不掩同羲娥。甄幽拔隱寄深嘅，誰其會者空摩挲。異物且貴況奇士，努力明聖毋蹉跎！

聖蹟石刻應制

日月河海龍斗祥，四十九表羅天章。絳單衣星亦往矣，麟儀鳳采空迴翔。誰與妙手吴與顧，吴道子、顧虎頭。虚空刻畫摹穹蒼。吾思至人本不相，點睛添頰非尋常。何從彷彿辨疑似，如濯江漢懸秋陽。想當經營極慘澹，百靈萬象紛低昂。墨花繽紛風雨疾，古檜作色猗蘭香。爰垂萬古永勒石，百二十圖森鋪張。趨來面壁肅瞻拜，徘徊殿角心傍徨。禹腰堯項特形似，丹青石刻終微茫。乾坤未識真實相，雲日試仰重瞳光。同揆聖德合先後，宛爾親炙非羹牆。

戊辰聖駕東巡恭紀

皇上御極十三載，斗次值卯歲在辰。月有四日日良吉，式昭姬典追虞巡。燕郊魯甸闢馳道，六飛電抹無兼旬。尼防結翠罨行幄，齋居越宿嚴明禋。履約在御車服燦，揭彼日月羮牆親。龍盤石棟老檜舞，玉書下吐騰祥麟。欃檀攢碧避禽鳥，靈蓍擢秀芟荆榛。九經一畫闡奥義，皇上親御詩禮堂，講《中庸》、九經及《易》。三才衆象羅蒼旻。維時魯堂集觀聽，帝顧而笑咨羣臣。曰余惴惴守厥緒，式我祖訓罔不遵。燔柴輯瑞曠千古，禮配謁聖同所循。乃練時日躋岱嶽，孝奉聖母馳蒲輪。天門日觀共盤互，秦松漢柏空紛綸。夷吾妄耳長卿陋，七十二代非其倫。禋宗肆類肅昭格，受貺錫福和神人。如雲出雨膚寸合，自我不作西郊屯。民無供億吏勿擾，省耕夏諺歌齊民。金錢玉粒野老慶，桑麻雞犬春臺春。搴茭豈屑炎漢比，刻玉直與陶唐均。禮成黄序式端拱，鑪錘萬物歸鴻鈞。

前題

欽惟聖祖歲甲子，奎光玉燭光聲詩。敬祀泰嶽展闕里，更六十載傳於兹。惟皇神聖纘丕烈，念貽厥謀追繩其。曰是典豈不在我，乃眷東顧心則夷。帝曰秩宗掌汝職，汝議政臣究乃儀。斟酌萬古具禮進，練時及吉帝曰咨。咨爾民力吏無擾，其播朕意咸使知。時戊春仲月四日，虬龍騰踏雲雷馳。日車月御供聖母，旌旗拂柳春風吹。蹌旬詣魯謁林廟，四十九表羮牆思。絳衣縹筆神恍惚，玉書麟紱光參差。已入聖域展師席，更式苾祀周諸祠。士蟻於道民擁轂，如獸率舞蹌中逵。帝曰往哉汝臣庶，有事於岱今汝辭。岱司民命爵公等，佐幽贊化功不貲。燔柴示禮崇美報，陋秦漢説誣軒羲。馳驅百靈走羣曜，泥金檢玉空神奇。於是憑軾降清問，雲日競仰無呵麾。微聞野老感且嘆，謂如幼覯神堯時。迺知祖德繼累洽，元氣已沁人肝脾。禮成澤暨帝心喜，巡河拜洛歸京師。天眷明德馨至治，億萬斯載民歌之。非甚盛德孰當此，職是載筆宜爲詞。臣拜稽首謹獻頌，敢配吉甫同奚斯。

平金川恭紀六首

極天威德震遐陬，帷幄無勞更借籌。已掃風雲開雪嶺，却收旌旆下松州。燕隨露布飛丹鳳，鶯和鐃歌逐紫騮。迴首西南青一髮，春光直度萬山稠。

峩嵋橫絶指金川，鳥道羊腸路幾千。域外河山歸禹服，寰中日月共堯天。不矜兵力誇三捷，自有宸謀出萬全。一怒安民功勒石，漢家勳業陋燕然。

上將胷中富甲兵，登壇授鉞命專征。一軍未許驚韓信，五餌何勞策賈生！日下風雷馳號令，春來草木識威名。天誅更不煩擒縱，白羽輕揮瘴霧清。

七旬來格重殊勳，神速今還過所聞。單騎宛同唐郭令，長纓不數漢終軍。身先士卒摩堅壘，手縛降王答聖君。須信英雄歸駕馭，一時龍虎會風雲。

面縛旌門款聖朝，征旗肅肅馬蕭蕭。受降城築桃關遠，赦罪書頒玉壘遥。塞草有情霑湛露，春風無語息鳴刁。寢門爲報慈寧喜，瓊笈金函下九霄。

勳名麐閣議酬庸，祀典虔修識聖容。章服千官齊策廟，梯航萬國盡頒封。天河浄洗初休戰，金甲潛銷更勸農。塹列鵷行瞻舜日，御烟春露着衣濃。

辛未聖駕南巡恭紀六首

特慰東南望幸民，三千路掃屬車塵。經年巽命先頒甲，卜日乾行得上辛。天入斗牛星拱極，地靈吴越物同春。由來帝德隨時運，再閏虞廷紀四巡。

日車月御拱雲軒，帳殿依然肅寢門。視膳共明天下養，扶輪愈識聖人尊。濃傾江海爲春酒，翠削金焦作壽樽。最喜東君能解事，先傳風信到花村。

試刻灘稜驗水痕，黄流無復駭奔渾。隄盤龍脊雄淮甸，波走雷聲瀉海門。聖德滄溟含地軸，皇心太極貯河源。調元自奏安瀾慶，揵石搴茭總不煩。

纔向蓬萊駐羽旗，旋來鍾阜踏厜㕒。三千歲遠猶王澤，四百年前此帝基。備物靈祠臚《禹貢》，潔羞荒寢奠商彝。禮崇明德恩修廢，一體精禋展帝儀。

丹詔争看出紫微，蠲租賜復重民依。歡擎粟帛頒天府，笑指漁樵拜衮衣。泮躍文鱗恢網掣，籠驚鎩羽破雲飛。恩波萬斛量難盡，比似春江水更肥。

鑾輿北至雪如篩，錦纜南迴柳作絲。好鳥能歌千叠曲，閒花齊放萬年枝。江河罨畫魚龍静，雨露生成草木知。上祝岡陵下襦袴，仁風孝德被聲詩。

恭和御製過泰山恭依皇祖詩二首

日觀千盤侵日脚，雲巢駐蹕處百尺倚雲頭。烟中滅没山能幻，天外空濛海欲浮。作鎮奎婁雄北戒，遥瞻牛斗接南州。關心吴越重經此，無事鑾輿肯暫留。

路入南天初破驛，山隨清蹕屢迴頭。萬峯滚滚春濤湧，一氣冥冥夜雪浮。望日有珠騰赤水，爲霖觸石徧神州。舊題仁廟分明在，試和微吟緩轡留。

丁丑聖駕南巡恭紀六首

親奉金根下九天，帝車重指斗牛邊。花迎萱幄剛三月，露灑慈雲又五年。新被綸音歌秩秩，舊除輦路識平平。南巡借得東巡便，知是輿情望久懸。

闕里重修祀典隆，昨年干羽格西戎。受成於學鴻儀備，率祖攸行聖德同。千古薪傳光俎豆，九重春色下龜蒙。禮成南望雲如練，吴越江山御氣通。

最關宵旰是長河，疏築全憑睿畫多。百尺堤高無漏蟻，三春水暖不揚波。雲梯潮落晴雷殷，洪澤風恬曉鏡磨。御艦試看天上坐，安流何用駕黿鼉？

黄流曩歲駭奔渾，惠澤應難屈指論。稻蟹自肥安故業，田廬無恙拜新恩。尚懷饑溺勤清問，重續謳歌答至尊。見説東風隨輦至，一時花草遍村村。

江南無處不宜春，况遇宸遊景物新。柳拂龍旂金作縷，草承鸞輅翠舖茵。解騑爲怕侵禾稼，駐輦多因接士民。扶杖老人聞感歎，天顔温霽似初巡。

停鑾春日樂遲遲，華祝衢謡効媚兹。供億不煩民力裕，太平有象聖心怡。難忘父老申前約，願指江山請後期。文母七旬歌萬壽，稱觴依舊幸江湄。

前題恭紀又六首

鳳輦頻勞一再過，關心蟻漏特巡河。金隄永勒三門柱，玉策長安九曲波。編竹休誇延世績，負薪應陋武皇歌。四旬克奏平成慶，春水中涵聖澤多。

顧俊心殷輯瑞餘，紀恩何止昔年如！臣安家食頒天庾，象指台星傍帝車。士籍頻增仍舊德，頭銜幾輩拜新除。試看先後彈冠至，逵漸飛鴻水貫魚。

一江南北浙西東，春雨隨鑾是處同。賜出天庖麟脯白，捧來文綺鶴頭紅。同年每及扶鳩老，就日還容跨竹童。更聽啼烏知有赦，雞竿百尺漾和風。

旋蹕尼山祀典詳，黌宮釋奠薦馨香。三朝並勒天章焕，初度曾留御蓋黄。古檜靈蓍新雨露，玉書麐紱舊羹牆。由來聖揆符先後，頻駐乾行問講堂。

記取巡方近十旬，不將供億重煩民。敷來膏雨天恩渥，畫出豳風睿藻新。舊識江山彌戀主，重逢花鳥亦宜人。全收春色歸吟管，散作明珠萬顆勻。

六龍還駕五雲間，剛值春闈試事閒。校士微臣榮帝簡，迎鑾近甸仰天顔。典逢五載巡羣岳，光被重霄綴末班。願效吴歈追夏諺，常依北闕頌南山。

聖駕東巡恭謁祖陵恭紀六首

東望陪京瑞靄連，肅將祀典帝心虔。舊除輦道三千里，重展橋山十二年。長白雲開龍虎躍，渾江鏡净日星懸。依然豐鎬遺模在，親奉慈宫下九天。

鑾輿初動駐離宫，款塞降王累譯通。赤子肯遺聲教外，穹廬胥入版圖中。望雲傾日三朝久，測水占風萬國同。默數共球懷祖德，升香應合告豐功。

馳道清風薦早凉，六龍環護大安旁。寢門共仰三朝禮，帳殿親承萬壽觴。駐蹕山川舒藻繡，迎鑾士女話耕桑。遥瞻王氣慈顔喜，舊識枌榆幸瀋陽。
永懷弓劍感秋霜，茂典重修率舊章。陟降神靈通僾愾，肅雍禮樂備鏘洋。視奩獻服遺模遠，翼子詒孫衍慶長。供鯉河龍芝出柱，憑將愛慤致慈祥。
犀衣烟聚胄星敷，立表鳴鐃奏獵徒。吉叶周畋騑六校，仁均商網用三䮒。秋郊農隙嫻軍禮，天策兵威耀上都。從邁番夷衆君長，一時稽首效嵩呼。
唐謡夏諺答君親，記取遼陽第二巡。陵邑他年還望幸，天家無事不宜民。九重雨露隨鑾馭，四海冠裳會紫宸。作賦未能慚侍從，含毫空想屬車塵。

平定準噶爾恭紀八首

萬物歸懷怙冒同，忍教異域阻王風。宏恢踈網收逋寇，直指靈旗策武功。澤並河源流更遠，光迴月窟照無窮。豈容北望持旄地，猶漏天朝版籍中。
小醜逋誅已百年，游魂假息故依然。四征克纘三朝緒，一怒平開萬里邊。昔許並生同覆載，終憑不殺净風煙。仰承付與申天討，武烈應兼孝德傳。
籌邊誰克贊彤廷，聚米無勞畫敵形。睿鑑分明懸日月，天威瞬息走雷霆。一心差許唐裴度，七出應羞漢衛青。功不需時謀獨斷，方知聖德自神靈。

救焚拯溺仗天兵，款塞降王負弩行。許集衣冠班鷺序，便推心腹授龍旌。銜恩應悔遲藩附，鼓勇咸思答聖明。駕馭英雄收指臂，戎衣一着戰塵清。

分途並建統戎麾，北討西征時西北兩路出師壓卵危。砂磧地中鳴鼓角，穹廬天上下旌旗。令嚴刁斗千山静，氣壯風雲萬里馳。夜落妖星當虜陣，軍門投甲受降時。

聞説壺漿夾道迎，雲霓慰望樂重生。倒戈不少如林士，稽首争傳厥角聲。盡許覆盆同日月，肯張京觀築鯢鯨。静涵帝澤伊犁水，好挽晴波洗甲兵。

纔唱從軍便凱歌，格苗嫌已七旬多。輸將不擾芻糧具，晷刻無淹枕席過。雁塞銷兵通宛馬，龍廷勒石負靈鼉。春來正朔頒西極，萬古窮荒被太和。

薦馨烈祖告功成，孝治彌隆繼述情。道美持盈辭顯號，羣臣請上尊號，不許。禮崇歸善晉鴻名。九重章服班王制，萬國共球集帝京。磨盾小臣慚草檄，願揚聖武頌休明。

前題恭紀又十二首

赫濯聲靈懾八方，會歸人盡解遵王。偃兵久懾威稜遠，秉鉞初傳武烈揚。克壯皇猷孚衆望，共行天討迪前光。從今西域諸行國，争集共球八拜颺。

兩朝逋寇未成擒，命將親征一再臨。猶許自新容兔脱，那知怙惡尚鴞音！争同穴蟻移冠履，殃懼池魚潰腹心。東望扶桑瞻舜日，投明擇木下邊禽。

攜弩款塞盡來庭，許繞薇垣列衆星。章服頒時銜帝德，旌麾擁處載皇靈。荷戈人願輸忠赤，橫草功期照簡青。駕馭英雄自神武，蚤從指顧得邊形。

獨持乾斷息羣紛，誰策平戎佐聖君？萬國山川歸掌握，一時龍虎會風雲。建瓴勢已傾蕃部，破竹聲先靖寇氛。試看靈旗臨紫塞，蚤知刻日奏殊勳。

分途並進各争先，雪净春殘路幾千。天入穹廬低似覆，沙平斷磧浩無邊。角聲夜落千山月，雲氣朝騰萬竈烟。號令臨淮軍細柳，士民感悦虜驚傳。

吹律占雲勝氣多，卒然軍勢絶沙陀。烏奔獸竄驚鵰鶻，嶽立川行肅鸛鵝。直壓烏梁吞陸海，平翻伊里瀉長河。會須滅此方朝食，壯士争揮返日戈。

一著戎衣定彼都，犂庭掃穴似摧枯。天兵到處雲羅密，鼠技窮來兔窟無。便擬逋逃延視息，已先係累及妻孥。藁街計日知懸首，投甲如山萬衆呼。

憑叢依社有逋臣，助慝藏奸厥罪均。管敢何緣忘漢德，中行枉自起邊塵。纓縻願乞須臾命，鼎鑊難銷見在身。國有常刑宜釁闕，佇看俘馘獻楓宸。

已翦渠魁赦脅從，壺漿迎路夾重重。乍離水火雲霓慰，纔過雷霆雨露濃。接帳番童歡雀躍，連鞲夷老拜龍鍾。仁難爲衆知無敵，好撫新降籍舊封。

七旬格逆但垂衣，誓告無煩露布飛。地盡海西歸版籍，天開漠北考璿璣。尊親方識乾坤大，蒼赤咸思父母依。却指燕然猶户閾，銘功應笑漢廷非。

師出真同枕席行，敲鞭俄聽凱歌聲。灌烽好挽天河水，脱劒長閒玉帳兵。豹尾龍章頒爵賞，郊宫原廟答幽明。功成禮洽神人悦，肸蠁貞祥効太平。

巍巍盛業古難同，謙益彌深孝治隆。寶號羣尊歸聖母，金函親奉上慈宫。千秋禮樂消兵氣，萬國衣冠被德風。詔下丹霄啣紫鳳，恩敷有截頌無窮。

哈薩喀來朝紀事

惟帝神武祖烈揚，肅清西域威遐方。寸天尺地入圖籍，鳥言卉服遵冠裳。昔平準夷執厥醜，如振槁木手探囊。誅渠釋從布德意，冰龕雪窖回春陽。伊犂西部哈薩喀，曰阿布賴尤雄强。叛夷那木漏天網，聞竄於此期潛藏。帝諭以詔臨以兵，順則汝福逆汝殃。震於雷霆疾風雨，上自台吉下宰桑。連鞲接帳互傳説，流汗相屬走且僵。陳言匿叛我豈敢，往迷未悟今感傷。傳聞小醜遭冥殛，不煩帝鉞污寒霜。脱生縛來誓俘獻，敢助桀犬恣披猖！久聞聖人出中國，束身今藉歸明王。願同太平奉正朔，有事征伐供輸將。陪臣奉表子入侍，效貢聖阜雙飛黄。帝嘉乃誠赦不討，同歸胞與民胥匡。錫之符券誓帶礪，寵以酒醴兼笙簧。四門洞啓九賓設，招携懷遠朝明堂。吾聞西漢事夷狄，班陳衛霍功非常。殘民性命竭武庫，僅而得之失不償。詞臣載筆史記績，封山銘石猶鋪張。豈知聖德威不怒，鞭策萬國如驅羊！揚兵遠服漢大宛，畧地直過唐高昌。三年鬼方那可比，七旬有苗差足當。文忝侍從厠朝列，與覩盛美欽垂裳。九夷八蠻時並集，厖言奇服古未詳。願歌天馬繪王會，勒之金石傳無疆。

乙酉聖駕南巡恭紀四首

歲逢作噩月貞寅，三十年方第四巡。祈穀郊壇熙事備，隨鑾燈火上元春。金根緩度慈雲覆，桐葉初添淑景新。舊闕如繩馳道在，東風爲掃屬車塵。

望幸民知望歲同，三年重見帝車東。斗牛雲日天顔近，吴越江山御氣通。桃李紅肥堯壤露，桑麻青入舜琴風。若爲畫出昇平象，都在千塍萬井中。

叠沛恩膏洽衆心，舊臣新遇拜綸音。孫枝桂子榮喬木，春草香芹出泮林。輯瑞明堂飛睿藻，披沙元圃得兼金。添肥笑指淞江水，一度來時一度深。

三千里路不辭修，只爲痌瘝切噢咻。暢以賜蠲還賜復，果然能助亦能休。曉風楊柳聞驅犢，落日雞豚看杖鳩。豈獨羣黎樂熙皡，花如含笑鳥如謳。

吞松閣集卷之三

秀水鄭虎文炳也撰
門人欽州馮敏昌編次
男師亮師靖師愈謹梓

古今體詩

獨客

獨客凄永夜，白袷生微凉。不寐起復坐，短檠明空房。誰家美團聚，笑語譁蘭堂。膝下繞兒女，牽衣呼耶孃。静聽發深喟，歡聲煎羈腸。憶昨夢慈母，雙鬢添秋霜。向我道瑣屑，語酸聲不揚。不願兒富貴，願兒常在旁。語聲未斷絶，驚寤心徬徨。今夕是何夕，乃在天一方。秋月圓又缺，風雨驚重陽。栖栖遠遊子，豈不懷故鄉？渺渺南湖水，飛飛雙鴛鴦。路遠杳莫到，坐送鴈南翔。微物猶戀歸，汍瀾淚沾裳。

北征别

野桃綴輕紅，溪柳吐新緑。去去從此辭，行行重躑躅。上堂拜阿母，阿母淚盈掬。舉手望北指，哽咽聲斷續。江河浪湧天，灰沙昏兩目。鞍馬素未習，孤征况無僕。暑壁蝎伺人，冬炕煤有毒。晨夕誰扶將，勞勞水與陸。人海苦支離，驢騾强馳逐。矧兹帝皇都，人情異寒燠。無若居鄉里，骯髒少諧俗。事事須在心，瑣屑難盡囑。吾老尚窮健，毋爲亂心曲。況有汝兄嫂，足慰形影獨。只汝身在客，羈旅誰顧復！迢迢路千里，異地安可縮！別後知何如，魂夢遠相屬。握手重叮嚀，音書莫辭數。遊子再拜受，無語整輿輻。慘慘望北行，春風吹槁木。

燕

寧忘今在客，得住即家山。杏雨剪不斷，芹泥啣未還。爲誰身似役，恁地日無閒。門外緑陰滿，依人畫棟間。

遊曹秋岳先生倦圃二首

憔悴灣頭柳，圃在城西楊柳灣。攀條黯自驚。客來休問主，圃易不知名。圃已易他姓。喬木和冰裂，清泉帶雨聲。滄桑吾有感，斜日送餘明。

東風吹不盡，落日滿園林。苔繡南朝石，蓮灰故國心。野花空作色，獨樹自成陰。浩蕩春無主，黄鸝報好音。

種山亭圖

先生愛山入骨髓，種山結茅住山裏。自從宦跡滯京華，冷落寒雲幾年矣。逢人指點畫中山，箇箇青螺平地起。岩嶭屹巘烟冥濛，天低尺五呼吸通。得非煉石乞助補天手，毋乃五丁開鑿施神工。抑或上帝命夸娥，負山來朔東。還疑喬嶽擘自巨靈掌，眼前突兀撑青空。一卷造化無全功，位置豈屑俟與公？誰歟拄杖來庭中，劃然長嘯披清風，其氣直欲吞衡嵩。嗟予困行役，萍踪類逋客。去春走馬登泰山，前歲揚帆掠采石。盪胷豁眼生層雲，捉月騎鯨弔詩魄。頻年遊興豪，泉石膏肓竟成癖。饑驅客帝畿，没馬紅塵深幾尺。秋宵不醉復不醒，暗風吹雨穿踈櫺。買山無錢歸未得，展圖忽見青山青。笑君還山尚無日，君曷坐我山之亭？替君消受此中趣，無使寂寞嗔山靈。

題馬文毅公彙草辨疑後 有序

公諱雄鎮，字錫蕃，號坦公，遼東遼陽州人。以内國史院學士，出撫粤西五載，有德政。會康熙十三年，將軍孫延齡舉兵應吴三桂叛，時撫臣無兵權，遂被圍。公瀝血陳三疏，具言賊可破狀，命子世濟、世永及孫國楨相繼間道赴闕。賊覺之，恚甚，執公并籍男婦四十餘人，囚之。越四歲，三桂遣僞將吴世琮攻殺延齡，復誘公降。公不屈，遂遇害於桂陽之烏金舖，是日從死者凡十有九人。上聞之，震悼，贈太子少保、兵部尚書，謚文毅，建祠桂陽。初，公在囚室，以段秀實自況，大書『擊笏樓』三字於壁間。集晉、漢法帖，依梅氏《字彙》，一一鈎摹之，目曰《彙草辨疑》，蓋寓意也。夫是帖出於烽烟兵燹之餘，而完好如故，知公之精誠有足以自壽矣。其文孫觀察公名曰炳者，欲勒之貞珉，因徵詩，余爲題長句二百九十七言。

恨血灑空草，風吹土花碧。遺墨凛生氣，丹心千載赤。伊昔變故肘腋生，内無戰備援無兵。五嶺萬里外，慷慨陳賊情。顧謂兩子濟永孫國楨，惟汝問道達帝京。三疏瀝盡心坎血，自誓一死無負生與成。嗚呼兮孤臣，吠堯跖犬方狺狺。一朝身陷賊，賫志不得伸。坐卧土窖暗室一千二百日有廿，天愁人怨鬼夜泣，鐵筆淋漓書擊笏。戀君渴驥欲奔泉，磔賊怒猊思抉石。乃知辨疑之志不在草，直向生死關頭認明白。烏金鋪，雲冪冪，晴空一聲飛霹靂。墨痕萬古新，熱血筆尖滴。嗟哉馬公鐵男子，時有《鐵男子》之謡。罵賊全家仝日死。丈夫磊落身可捨，碎則爲玉全則瓦。既不得上馬殺賊下馬作露布，身爲一木支大厦。而乃被拘縶，血淚空盈把。天荒地老總不問，耿耿精誠自揮灑。即今見書如見公之心，吾將持愧天下萬世之爲人臣而懷貳心者。

前　題

老鴞木魅吹腥風，風長日短天冥濛。巢中碧火一縷起，誰提玉龍爲君死？黑雲壓危樓，筆鋒淬寒鐵。白鼉吟霧鬼嘯雨，十指淋漓滿腔血。宛然遺墨炳重離，紙上忠魂招不得。餘腥流盡灘江水，未死丹心獻天子。烏金白曉月影斜，淒淒古血生墨花。

題吴丈小照

之子不可見，開圖面乍謀。遥天低着水，古樹亂當頭。客裏幾年夢，山中何處秋？緣知歸計穩，魚鳥許同遊。

前　題

濮陽仙客仙中儒，童顔鶴髮清髭鬚。含經味道不計歲，中充外澤清而腴。早蜚英聲擅蘭蕙，白眼青睛誇夙慧。積詩萬首書萬卷，不覺行年七十歲。老來萬事恥掛口，門前遮斷先生柳。一輛麻鞋一條竹，打破浮烟放初旭。梅花不散嶺頭雲，白鶴一聲山水緑。君不見，東華門外香土中，馬蕭蕭兮車隆隆，局縮轅下多三公。眼前樂事輸吾翁，羅浮一夢空山空。

夜　坐

坐聽更殘報曉籌，蕭條春思冷於秋。空庭月落聞歸鴈，破壁風寒擁敝裘。海内無家孤客淚，天涯垂白老親愁。人生幾許禁離别，昨日花開今在不？

即事

半卷蝦須蕩玉鈎，蕭閒景物一庭幽。清池得雨青浮面，荒草無人緑到秋。落葉亂驚歸鳥疾，薄羅輕趂晚風柔。望中無限飛鴻影，立盡斜陽不轉頭。

舟過秦郵

不見秦淮海，空懷蘇老知。寒鴉銜日落，流水繞村遲。此意自千古，因風寄所思。開帆向淮北，漂母尚荒祠。

釣臺

千載淮陰道，王孫有釣竿。荒臺秋草没，遺廟古藤盤。兒女重瞳笑，須眉一飯難。摩挲讀殘碣，落日下寒灘。

桃花園圖

名園依笠澤，高會集朋簪。紅雨飛欲盡，碧山青到今。伊人秋水外，荒草暮雲深。寂寞寒流迴，桃源何處尋？

杖藜獨立圖

一輛芒鞵萬刦塵，自攜桃竹自扶身。算來腰脚輸君健，幾箇天涯獨立人。

落　葉

西風吹欲盡，有客忽相思。留戀已無計，飄零各不知。窮來輕聚散，高處上聲屬艱危。眼底竟如此，長歌古別離。

呈博也義上兩兄

十五年來興已闌，先子過先伯父盛湖草堂，家庭詩酒之會，每一舉彌月。没後，垂十五年不復舉矣。舊遊重此續前歡。弟兄無恙貧原樂，骨肉多艱聚亦難。月落河干魂不渡，謂合氷五兄。秋生海國客先寒。及申兄近客閩中。死真已矣生常別，莫把相逢容易看。

哭姊壻鍾四雪艇

頻年集蓼更含辛，祚薄門衰剩此身。異姓與君原並命，至親如我復何人！艱難自昔因依慣，骨肉無多涕淚真。爲爾男婚還女嫁，不知何日了前因！

睢陽吟

路出睢陽郊，步入睢陽城。睢陽新尹吾舊識，曷往見之歡平生。殘衫破帽手懷刺，公然舉足登前楹。忽爾叱問伊何人，側身罄折陳前因。門者大笑揮手頻，君其行矣君勿嗔。我從語君請君坐，主人家住西泠渡。閥閱原非舊縉紳，詩書漸改新門户。素諳心計析牛毛，不覺居官當奇貨。已營橘實尚嫌貧，便鑄銅山未爲富。閨中少婦覓金釵，膝下嬌兒索紈褲。猶然百計費持籌，那有餘膏及親故！誰家少年腰麒麟，朝爲農夫暮貴臣。歸來偃蹇驕其親，區區行路何足論，君其行矣君勿嗔。

潁河橋別邵孝廉笠塘

倉皇行李忒匆匆，屋上飛烏雪上鴻。只此斯須容少立，而今歌哭與誰同？花間百囀催歸鳥，柳外千絲送客風。魂斷潁河橋下水，照人車馬各西東。

贈沈茂才楚望時沈客河北監司幕

『忽漫相逢是別筵』，一般去住各潸然。飄零白帽三千里，憔悴青衫十二年。乞食已無人置璧，曳裾誰信客如蓮？嫁衣製就從頭看，長短因人只自憐。沈著有《嫁衣集》。

淮河遇風

雄哉古淮瀆，橫流何湯湯！旁行指留都，瓴建趨維揚。上游控懷遠，作勢方鋪張。下流滙洪澤，朝宗合清黃。崩騰復紆洄，漫衍無邊旁。吾來值盛夏，雨橫兼風狂。萬山走羣瀑，新漲湮平岡。民田占魚鼈，村舍汙池潢。扁舟逆怒浪，如葉隨風翔。軒然起天末，一落千丈强。乾坤敝摩盪，鯨鵬擺雷硠。萬象幻滅没，一氣旋混茫。暑雲淡無色，夜波騰虛光。龍腥灑微雨，蜃氣迷初陽。還疑泛天河，淼淼凌穹蒼。又如臨海若，浩浩薄大荒。童僕怖欲死，顔色慘不祥。簸蕩連日夕，未卜存與亡。舟人前致詞，勸客毋驚惶。此地乃古險，山陵實懷襄。往往多覆没，殘魂餒殊疆。君既讀萬卷，形勢胡勿詳？勿歌行路難，路難行者傷。勿唱公無渡，欲渡河無梁。激激惶恐灘，莽莽零丁洋。孤臣或涕泣，烈士猶激昂。懼彼蛟龍得，哀此膚髮戕。所以戒登臨，古訓垂煌煌。君胡奉遺體，犯險來輕嘗？主人長跽謝，潸然淚成行。感子行路意，責我言誠當。有妻亦有子，豈不安故鄉！所恨覯閔凶，性命不自將。先靈尚在室，妥侑歸何方？生死寧足計，賫志將誰償？唧哀乞風伯，四顧心徬徨。

樊堂圖爲鹽官高士王仲篪題時高士遊梁苑歸留淮浦故於詩中寓招隱之意焉

樊堂先生天下士，卌年不遇今老矣。生平耻學呫嗶兒，讀破萬卷投筆起。掉頭却走人海中，不肯閉門住家裏。有時高揖凌公卿，懸河滚滚翻舌底。有時瞪目直視堅，塞耳問之不答口莫啓。有時興酣據坐忽大叫，奴而叱之不爲禮。豈無少年舊同學，炙手可熱勢莫比。章惇惡浪元規塵，避之不及走折趾。以此崛强遭世罵，白頭相見無知己。君何爲哉猶皇皇，君其已矣真荒唐！生不願爲上柱國，死不願作閻羅王。頭上角巾折，脚底芒鞵忙。髩毛秃盡鬚眉蒼，拂衣胡不歸樊堂？朝出樊堂遊，長鑱自劚黄精香。暮入樊堂宿，短檠照讀聲琳琅。殘杯冷炙夢杳杳，葛衣席帽神揚揚。招之不出呼不起，管寧一榻袁安僵。君不見，富家兒，肥白如瓠饜粱肉。又不見，貴公子，搔頭弄姿豔羅縠。連雲甲第無幾日，宛其死矣人入室。安得長子孫，老此五畝宅。方知此間樂，此樂人未識。梧桐有陰竹有實，鳳凰翔兮啄而食。山青蒼兮水碧，風悽緊兮露濕。雲容變兮日之夕，君不歸兮將何適？嗚呼，君不歸兮將何適？

舟中月夜憶史三存素二首

君纔服闋我憂居，我去君來願每虚。笑我三年窮不死，不知君况近何如？

懷人無那却成憨，昨夜迷離夢再三。今更欲眠眠不得，爲君一唱望江南。

莊愈盧中翰招飲南湖次韻奉柬兼示徐茂才南田二首

瓣香人去斷清遊，盛宜山居士舉南皮詩社，時先君子與焉。居士歿後，瓣香之遺址既荒，而南湖文酒之會亦絶響矣。掛杖從誰覓阮修？勝地空傳高士會，遺編無復茂陵求。西風湖面菱絲弱，落日堤邊樹影稠。極目蒼茫秋水濶，一痕殘月上漁鈎。

憶昨同爲爛漫遊，幾人有夢到靈修。一時黑白盤中定，百變梟盧掌下求。殘桂點衣秋雨急，寒風吹鬢曉霜稠。豈無稚子敲針法，莫漫江湖下直鈎。

過同年黄震亭齋頭看梅作三首

席帽探梅二月纔，梅花撇我已先開。分明一霎羅浮夢，酒醒月明人去來。

飽閲風霜老更成，飄零於此見平生。到頭便作沾泥絮，不改心腸冰雪清。

少住匆匆事已非，無言有恨故依依。也知容易辭枝去，怕似楊花作雪飛。

題蔣丈白菊屏畫册次韻

多謝扶持力，居然隱逸中。無言淡落日，少住颯秋風。已分抱香老，休矜着色工。天寒倚修竹，翠袖感飄蓬。

哀折枝

老樹孤撑，繁條密映，旁枝醜惡，刺目生憎，風雨連宵，適然摧折。夫美惡同體，榮枯異施，貸之不可，救亦不得，嗚呼危矣。顧枝繁蔭根，條落木孤，雨剪風芟，廓清功勝，撫兹完樹，不無感焉，因成三十韻，以示同志。

老樹萬古姿，卓立張天骨。霜雪蝕煅煉，風霧蒸薰沐。歷兹歲年久，繁條森立竹。童童偃其蓋，展覆彌禹服。孤幹排天閼，盤根轉地軸。騫如鸞鳳翔，怒與蛟龍逐。日月鬱蔽虧，雷霆莽迴薄。嗚呼櫟棟材，終將獻邦國。奈何旁生枝，不材致夭促。有疾苦瘻痡，無用恥拳曲。鴟鴞憑其叢，蜂蠆養其毒。螻蟻緣其巔，虺蛇穴其腹。遂使萬木稠，憎此一枝獨。禾田雜稂莠，蘭室盈薋菉。美惡原異種，貴賤或同蓄。豈若共一本，不絶如緇屬。芟夷藴崇之，庶幾清我目。但恐批其根，未忍爲慘酷。一朝風雨來，倉皇走僮僕。佳樹不改柯，醜枝已僵仆。得氣不自葆，逢春恣衒鬻。外强中已乾，何以免傾覆？一仆不復起，終恐委溝瀆。溝瀆亦不辭，所嗟爾同育。回首望故林，氣象轉清肅。緣知蒼天仁，愛不及烏屋。獨念日下葵，猶知衛其足。不見雨中草，尚能繁厥族。莫庇同根生，傷哉此良木！長歌發哀響，淚雨如撒粟。

落　梅

曾爲看花幾日忙，今朝如此亦凄凉。盤旋欲下愁泥污，歷亂争飛避蜨狂。鴻印淺痕雙爪雪，鶴穿舊徑滿翎霜。迷離月地渾難辨，但覺歸來屐齒香。

垂絲海棠

似憨如黠可憐生，裊裊輕紅照眼明。豈爲含羞流淺暈，多因薄怒帶微頳。晚風摇豔扶難定，曉日融酥畫不成。定合金盤薦華屋，竹籬輸爾笑傾城。

寄答家孟經畬先生二首

北望長淮淚不辭，那堪手把阿兄詩！半生形影依朝夕，八口饑寒痛别離。性命可憐真拾得，先君子得家孟，有『只好涪翁拾得呼』之句，并取以名集。眠餐聊復自支持。客窗病榻凄凉處，除却君知我或知。

可解安心是妙方，其如一日九迴腸。敝裘季子寧雞口，賤客温郎尚馬坊。胯下橋邊頻灑淚，山陽笛裏苦思鄉。何時歸買青山住，風雨同聽夜對牀？

憶家孟客袁浦未回

月照袁江鴈影單，何人爲念客中寒。孤雲無族思歸岫，老馬迷途未解鞍。望我能來真歲似，春初，余擬北上，約相見於袁浦，兄待久不至，屢有札詢。思君不見又秋殘。一番風雨重陽近，愁絶茱萸獨自看。

題姜禹門明府公餘課子圖

惟食愈饑學愈愚，不饑而愚嗤庸奴。扣槃捫燭手摸象，枵然白腹如瓠壺。粗識點畫事章句，摇首捉筆聲咿唔。覆蕉訟鹿夢顛倒，得石自寶人胡盧。熙朝文明賡復旦，闢門籲俊多其途。紗燈玉斧迴日馭，瀛臺棘院輝乾符。甲子秋，駕幸翰林院，賜宴，詔分韻賦栢梁體。宴罷，復幸貢院，御製七律四章勒石，真曠典也。十年樹木待樑楝，千金市骨求名駒。屠沽小兒豈其選，攀援妄欲登天衢。蠅緣蟻附每竊歎，讀書種子其誰乎？江南賢尹老名士，倜儻自與常人殊。千年上下洞觀火，百家貫串同穿珠。讀破萬卷揮手去，一麾出守來姑蘇。襄陽貽謀橘千樹，河陽治績花千株。眼前齪齪那足伍，大笑國士隨樊屠。陽生黍谷愛冬日，繁蠲漢法舒秋荼。訟庭無事優則學，退衙開卷環諸雛。諸雛玉立光照眼，雙瞳剪水唇塗朱。大兒文舉小德祖，慧業自是人天俱。初生師子猶負劍，據地作勢驚於菟。皤溪老人顧而歎，謂爾毋乃耽康娱。騎羊跨竹特游戲，飛堉反蹋休争趨。聖狂一間在蒙養，少不努力空嗟吁。歐陽作相始畫荻，温舒未遇曾編蒲。識字豈便作憂患，雕蟲畢竟羞非夫。殘編陳陳浩煙海，不得要領窮方隅。周禮誤讀亂新法，萊公不學遭譏誣。此中要自出手眼，目空萬古鬯錘鑪。千言北征泣神鬼，一篇原道開榛蕪。其餘諸家工藻繢，蟲鳴鼠唧皆枝梧。若無定見恣泛濫，如涉大海隨浮桴。讀書試問志何等，八字立脚遺圈模。千鈞一髮延閩洛，火傳薪盡追軒虞。自續修綆汲古井，獨飽道味哇羶腴。腰黄眼赤亦瑣瑣，懷鉛摘槧真區區。鵷飛縱復遭鼠嚇，井窺慎勿同蛙拘。嗚呼，當今俗學煽聲焰，誰鼓鄒瑟迴齊竽？化家及國在公等，願君拾級登中樞。佐文贊治起衰敝，甄陶儇薄歸醇愉。文也槖筆忝侍從，爲君更寫持衡圖。

題王石壽春溪漁釣圖四首

昔有渭濱叟，爲漁不終老。脱身事王侯，鷹揚及華皓。功成謝歸國，夜衣走清曉。勞生良可悲，榮名豈堪寶！所以嚴子陵，一竿寄縹緲。千秋溯高風，客星燦雲表。

游魚隱深藻，噴沫相呴濡。淹育既成族，掉泳亦自娱。自謂全其天，乃爲獺所驅。獺驅猶是可，毋爲餌所愚。嗚呼利致昏，君子多憂虞。

人生在天地，百年如聚塵。爲歡苦不早，惜此見在身。默念何不達，役役常苦辛。迫我衣食計，累我骨肉親。如彼含鈎魚，吞吐不得伸。何能揮手謝，從君垂釣綸？

君今在何許，獨放春溪船。投竿坐終日，釣得縮項鯿。攜歸作常饌，大嚼誇烹鮮。酒香隣甕熟，觸鼻流饞涎。擬拔頭上釵，笑探囊中錢。呼兒滿眼酤，獨酌恣所便。一飲輒至醉，枕笠容高眠。客來呼不起，犬聲出籬邊。此境良不易，毋乃非神仙。神仙如可見，孤棹衝溪煙。

吞松閣集卷之四

秀水鄭虎文炳也撰
門人欽州馮敏昌編次
男師亮師靖師愈謹梓

古今體詩 二

寒食前口占二首

每逢殘醉便思家，歸信連宵驗燭花。花落燭銷人未睡，坐看梅影上窗紗。

夜涼如水黯離魂，細檢魚書舊墨痕。消得春寒一百六，淡煙踈雨尚吴門。

趙孝子 有序

趙孝子名如勳，燕定州東馮村人。年十四，父爲同族宋、實、簡三人所殺，姪某首訟宋。宋賄簡承，簡坐死，姪某亦坐誣得罪，釋宋及實。未幾會赦，赦簡出，母某氏時泣語孝子，孝子誓必報。會母老弟幼，不可死，因僞與宋結，歷十有五載。母殁，且服闋矣，爲弟畢娶。既娶之五日，適宋出觀劇，孝子腰斧與俱，即其後而擊之，遂殺宋，時乾隆十一年丙寅七月二十三日也。孝子既殺宋，詣吏請死，吏不爲白，坐辟。獄成，上聞，下所司，比部袁君德達閱案，知孝子無死法，倣古駁復讐議上之，制曰：『甚是。』敕下有司，覆按定擬。嗚呼！而今而後，孝子可以無死矣。夫孝子死，孝子當必不恨。顧君如堯舜，臣有臯陶，而下猶有爲孝子而死者，猶有爲吏而死孝子者，其如天下後世何！因歌以紀其事。

趙孝子，定州東馮細民耳。生不讀書不識字，父殺兒年纔十四。天荒地老冤莫申，鳴冤坐誣兄鬼薪。脅從者簡首宋實，宋實賄脱簡罪辟。簡罪未辟赦且釋，死父含冤生母泣。泣顧幼子呼如動，汝族宋實殺汝親，汝弟幼弱惟汝身。我今語汝知，惟汝識之汝報之。報之以死兒何辭，兒待終母天年時。母亡弟長弟授室。越弟授室纔五日，乾隆丙寅七月二十三日。日之夕，東馮村人夜觀劇。伺宋得隙覘宋出，別墓辭家躡其跡。腰間利斧光差差，如霜似電驚蛟螭。精誠淬礪淚血滋，一十五載神爲持。歸途陡逼格其肘，腰間出斧斧在手。力不敵宋宋欲走，蹶而復起斷其首。大呼復讐須眉張，日月慘淡天昏黄。狂飈動地沙礫亂，若有神助非身彊。嗚呼兮孝子，今無其人古有此。兒童聚觀老翁歎，頃刻喧傳遍鄉里。束身到官官不問，謂爾殺人罪宜死。爰書具獄文下部，司命刑曹赫然怒。駁議上帝帝曰俞，死未可知生有路。嗚呼我皇盛德如天仁，孝子不死萬物春。孝子不死萬物春，嗚呼我皇盛德如天仁！

寄家孟二首

長物空憐出有車，座中有客嘆無魚。若論況味將何似，恐較鄉園或未如。幼子近尤能善飯，孤甥今已畧知書。算來兩事差堪慰，消息殷勤寄草廬。

一囊俸粟尚憂貧，臣朔真慚九尺身。典盡衣裳新到舊，收將券約舊兼新。座中彈鋏添生客，門外催租有故人。莫信士龍多笑癖，近來不覺也眉顰。

寄家兄雪杖山人

青燈照讀想琅琅，雪裏袁安卧欲僵。應怪長貧陳曲逆，豈容終棄孟襄陽！三年笑我還求艾，六日知君尚有糧。兄有《六日糧歌》。每顧衰宗感喬木，故家零落舊冠裳。

寄姪鼎

重話而翁淚滿裾，青衫白首痛何如！半生飄泊無家别，幾卷叢殘課子書。不返羈魂迷北固，空回病眼望南徐。千鈞一髮真延汝，努力艱難未死餘。

寄姪兆龍

傭書負米計何從，念汝慈親老更窮。耳病那堪聞鬭蟻，手龜應已罷丸熊。饑啣竹實啼三鳳，夢醒蘆花送遠鴻。此境只予經歷慣，不禁雙淚灑西風。

次答姊壻胡十八其疑

記别匆匆上小舟，葛衣纔着又羊裘。尋香何處花扶屐，歸夢空憐月滿樓。鄉語漸疎親戚少，歲租頻索米鹽愁。幾時共罨鐺中飯，得飽殘年更不求。

家六姊寄示四十自壽詩次呈

掉頭辭故鄉，轉眼如昨日。辛勤赴窮官，暌離感天秩。幼記牽姊衣，長共繞娘膝。衣綻煩裁縫，辮解索盥櫛。呴嚅如枯鱗，困此網罟密。艱難幸成人，竟爾手抱姪。姊稱最少年，四十慶逢吉。重陽先萸筵，九華進丹術。籬菊亦漫爛，户屨自充溢。乃不忘家傳，用敢以儉帥。兩部息蛙吹，五字嚴杜律。如鶯語三三，似珠穿一一。雲鴻落鳴琴，江峰冷湘瑟。謝彼春前花，擷此秋後實。庶幾善必昌，莫嗟老誰卹？姊詩：『留此殘喘軀，待老有誰卹？』謂艱嗣也。丹頬猶塗朱，鬒髮尚凝漆。徐麟夢豈虚，潘輿暮堪必。獨憐塵中人，目眯亂鴻乙。照我月團團，吹我風慄慄。已念骨肉歡，過隙等箭疾。况復迫季冬，瑣屑愁未畢。寒更不成眠，呵手拈凍筆。

送　春

春來無處不依依，回首何堪事已非！漢苑繁華風落盡，江南消息鴈將歸。愁聽細雨連宵急，笑指殘紅没處飛。却怪狂蜂喧蜜至，尚穿花影點人衣。

讀曹生筠參送春詩復用舊韻

辭春送客兩因依，時其令弟將南歸。可也今纔悟昔非。故國草深人獨去，昨宵花落夢同歸。游絲細細籠煙駐，弱柳沉沉帶雨飛。又是輕寒輕暖候，不堪重試舊羅衣。

久不得家問燈下檢家孟手札感賦

日落見新月，漏鼓聲逢逢。不寐掩關坐，玉蟲絮殘釭。檢書得兄札，胷杵相舂撞。憶昨夢見之，彷彿踈眉厖。嬉戲宛年少，欲語遭驚尨。歎我别來影，一載不得雙。而况四閱月，魚書滯春江。遠不隔萬里，險不阻九瀧。豈以貧病故，下筆艱長杠。離思日氾濫，澒洞愁如洚。前月幸黄九，空函達吴艭。畧爲道瑣屑，稍稍心夷降。頗聞謝人事，改調摹新腔。獨抒鳳樓手，健作龍文扛。一戰馳趙壁，拔幟雄麾幢。行歌鹿鳴至，破浪張楺篗。斷鴈復成字，軟語同雞牕。此願果或未，惴惴心轉慺。從風欲南翔，雲山隔崆峣。相思莫相見，淚作飛流淙。

詠物四首

冷　布

不作綾紋與縠紋，似無如有杳難分。晚風玉女牕前度，吹上湘江一片雲。

藤　枕

圓身方頂復虛中，腰鼓形模織作工。軟美未堪諧繡被，絶憐强項稱吾公。

竹　簟

八尺琉璃滑似油，競傳佳製出蘄州。雨深小閣人欹玉，萬點棋聲下竹樓。

棕　鞋

濯去滄浪兩足塵，棕鞋輕恰稱閒身。緑披簑更青欹箬，西塞山邊絶代人。

古詩爲蜀中戴烈婦謝氏賦

皎皎雲際月，萬里來峨嵋。峨嵋鬱重掩，偏照無圓輝。殘光下孤塚，有女泣且悲。念女出野里，少小罹閔凶。隨兄奉寡母，去楚來蜀中。十四識操作，十五工裁縫。十六及十七，習禮知修容。十八爲新婦，百年從此期。提甕事曉汲，拾柴備晨炊。飢舂盎中粟，寒織機中絲。怡然適荆布，羅綺不復施。亦有膏與沐，教妾若爲姿！亦有鳧與鴈，與郎重相宜。白首願終託，恩愛兩不疑。那知郎遘疾，沉綿實難爲。回頭聽郎語，執手淚不止。恨我命短淺，不得相終始。自卿來吾家，貧賤爲汝恥。誤汝好青春，恩情付流水。勉事新所歡，薄劣不足齒。新婦得聞之，涕淚相漣洏。哽咽方出語，謂言君毋然。憶昨奉君子，纏綿出心肝。君寧不鑒妾，妾身忍獨全。生不共依倚，死當永周旋。郎君含淚謝，氣絶不得言。搥牀便大慟，聞者鼻爲酸。剪却耳後珠，爲郎作口含。煎湯替郎浴，一一親手湔。冠裳至履襪，灰炭同衾棺。事事俱在心，周匝千萬端。三朝大殮畢，五日佛事完。爲郎卜吉地，送葬城之南。歸來掩繐帳，月暗風娟娟。兄公忽見誚，謂汝絶年少。來日苦正多，無兒待誰靠？況本非貴族，應不醜再醮。汝意將何從，曷且爲吾告？新婦仰首答，理實如所云。骨肉奈未冷，斯言何忍聞！請當暫還家，勿復煩紛紜。還家跪白母，浪浪涕沾胷。念女出野里，少小罹閔凶。隨兄奉寡母，去楚來蜀中。不圖至今日，復累母與兄。母爲嶺頭石，兒爲磵底藤。將藤依盤石，生死永不更。阿兄得聞之，悵然問阿母。妹來欲何云，茲焉豈堪久！人生重富貴，恩義難卒守。昔我致不察，一誤適戴某。今果復來還，此事良不偶。阿母謂阿兄，凡事須三思。兄言不煩爾，事非母所知。東隣竊聞信，便遣媒人來。云有蔣家子，妙年二十纔。渾身豔羅縠，炤燿驚同儕。時時跨鞍馬，觀者每塞街。頗識閨中秀，願言求令才。阿兄大歡喜，舉手謝媒人。幼妹方新寡，議婚得高門。明日七月盡，八月及上旬。便可行六禮，永訂百歲姻。越日日良吉，壓壓人語諠。闐門咽鼓樂，絡繹如犇湍。流蘇結步障，旖旎門精妍。錦段數百疋，疋疋紅羅纏。珠光爛盈目，奇隙充金盤。阿女長跪問，問母何事故？毋乃兄不令，以女委朝露。盤石苟變遷，孤藤此焉附！嶺頭與磵底，斯言未朝暮。阿母謂阿女，汝兄實爲此。定不相虧負，慎勿重覼縷。阿女掩面泣，氣咽聲不揚。默念延視息，苟且圖終喪。今既見逼迫，賫志不得將。徘徊對明鏡，流塵暗容光。纖纖出素手，盈盈具蘭湯。潔身恥含垢，新浴成嚴粧。抽取髻上針，拈取篋中線。淚作密線牽，針針刺腸斷。上襦接下裳，紉成合一片。維時近中秋，明月將就圓。團團下庭砌，脉脉經前軒。低頭拜明月，願母千萬年。康强保多福，永永如南山。有女不卒養，中道忍棄捐。恕兒不孝罪，飲恨歸黄泉。潛身出門去，舊路夙所諳。行行見孤塚，青松已丸丸。殘螢點衰草，凉露團秋煙。闃寂墓門合，明滅鬼火然。搶地呼不應，渺焉竟長眠。妾生爲郎主，妾死成荒阡。中元及寒食，麥飯誰與傳？從容出白練，三尺冰絲寒。織作雙鴛鴦，覆以並蒂蓮。可憐合歡帶，乃爲今日緣。迴身掛樹杪，月落峨嵋巔。

送郎曲贈朱存仁二首

送郎明月中，月落空庭空。空庭碧苔長，郎去行踪在其上。弗掃苔，郎還來。郎不來，凄凄舊苔生新苔。

送郎秋風時，風吹馬尾如愁絲。愁絲作結將郎綰，郎趁風歸風不管。但願秋風吹汝還，不願秋風吹汝寒，風寒日落行人單。

毛東鳴爲粵縣尉十有餘年建學校通津梁著有政績落職後築天繪樓於保昌湞江之旁吟詠其上泊然無營殆賢而隱於吏者也因索詩爲題三十韻寄粵

祝融驅鞭奠南極，奔騰萬壑來嵎夷。霍山弄影浮嶽没，怪變不獨羅浮奇。梅嶺之梅桂叢桂，誰肯折此囊中攜？毛君展步果結託，聊資宦跡窮娱嬉。一行作尉滯南戒，牂牁惠澤流清漪。吾思炎荒宅暘谷，文明奕奕光重離。易疏傳注始元變，混沌手鑿開天維。明珠簸弄得天水，一洗缺舌通嘔咿。甘泉白沙倡絶學，白雲碧玉相撐持。以兹星辰燦規外，直與中土争隆曦。即今百年未淪没，右文況際昌明時。惜君坐困百僚底，有志莫展空吁嘻。與民更始首建學，古綆獨汲排羣疑。雖無萬卷繼東莞，石泉猶見遺風遺。嗚呼爾位非刺史，於戲爾名非昌黎。誰敷文教典乃職，事出下吏真慚伊。濟川利涉率視此，恩莫與量功不貲。十年轉徙頭半白，越俎且復遭譏嗤。一朝投劾掉臂去，斷尾自活羞雞犧。越華無靈尉陀死，海天風雨空紛披。種玉亭前芰荷冷，曲江宅畔杉松悲。芒鞋竹杖無住着，樵風待便遲歸期。雞窠且卧託鷦隱，危樓百尺藏㕓㠕。灤洄兩水夾明鏡，糢糊翠岫環蛾眉。風帆沙鳥自來去，汀蘭岸芷相葳蕤。宛然圖畫看不足，實乃天繪非人爲。一隅全勝占百粤，懷君夢落湞江湄。知君雅有濟勝具，惜我未得輕身隨。鐵橋浮碇如可約，麻姑玉女相窮追。便當着屐共幽討，永脱覊絆辭招麾。

再和山樓初成原韻

遠岫青排闥，寒江曲抱樓。客心自朝暮，秋色與沉浮。雨點平沙鳥，雲移極浦舟。誰將摩詰畫，相待少文遊？

題家鏡渟中翰春江曉渡圖二首

一道裙腰趁屐過，緑陰人面曉風和。問君欲渡向何處，隔岸杏花開更多。

青迴雙眼柳三眠，半拂晴波半拂煙。猶是去年春渡處，釣鼇磯下板橋邊。

題徐太史桐村遺照[一]

先人遺集誦題詞，二老風流彼一時。不道相看已圖畫，十年應恨我生遲。

同年王檢討芥子移寓過訪不值

舊識城西路，曾吟小築詩。有《城西小築圖》詩。如何王録事，翻缺草堂貲。寒鵲争新樹，歸鴉急短枝。徘徊暮容色，驅馬過門遲。

竹影

一朝何可無此君，荇藻能作湘江紋。誰簁空中落瑣碎，未脱實相終紛紜。牆頭數竿量曉日，石脚幾箇流寒雲。湖州萬匹絹可得，醉墨徑須呼老文。

蕉影

芭蕉葉大清影繁，掃苔覆壁如雲騫。日不下地扇隱隱，月時到窗風翻翻。誰能盡卷入吟管，吾欲坐蔭臨前軒。落階寒雀不肯去，踏遍鳥跡書千番。

偶成

頻煩敝帚掃氛埃，紙帳蘆簾不敢開。野犬入扉驚客至，隣雞隔屋趁羣來。坐陳俎豆兒同戲，出典釵環僕未回。笑指珠璣誇德曜，昨宵呵凍句新裁。

阮山陽夫子以其邑人邊頤公葦間書屋圖索題得二百八十九言

晚甘園名憶昔見程九，謂蓴江。每譽君賢不容口。爲君索我葦間吟，一諾空寒數年久。朅來舊墨翻新圖，洞庭老手江南無。新圖爲洞庭周牧山作。髯公須眉動欲呼，打門破睡驚僕夫，咄咄師命徵前逋。長安詩家勇嚼鐵，我驚見之口吐舌。手披目眩面空熱，欲訴前遊轉愁絶。前遊六月歲在申，有客招我河之濱，延緣葦岸衝溪苹。清流一曲曲抱城，微風拂拂柳半橫。柴門不啓亦不扃，落英覆户雀噪庭。童迎主出客暫停，時主人未遇。點茶坐客波間亭。十丈居然勝元舍，不見桃源此亦亞。莫是橋西參佐家，錯認已公茅屋下。幾時布襪青行纏，附拓四肘架兩椽，便便與爾酣晝眠。偶來雖覺十分好，苦被催歸欺得惱。苹踪電掃去不來，清景一失煩疑猜。伊誰捆載葦間屋，空中擲下黄金臺。金臺臘月酸風哀，入隙垢面吹黄埃。如復置我臨清淮，一掬水洗雙眼開。嗚呼，安得一掬水洗雙眼開，爲君作詩投瓊瑰！

梅花次韻二首

欲取詩情入畫圖，破慵自着短笻扶。相看白眼狂何似，便落紅塵污得無？對客不妨如我淡，因人未肯笑君迂。孤山老去輸凡豔，愁絶裙腰緑滿湖。

羅浮清夢十年前，斷盡離魂二月天。有約來尋衝曉霧，無緣相對隔朝煙。踈簾捲雨雲遮户，短笛横江月滿船。一自東風怨狼籍，到今流恨出山泉。

邵孝廉立堂難後將依其叔刺史思餘於蘇州詩以送之兼呈思餘二首

人非生空桑，安能立於獨！鼎鼎百年内，依倚惟骨肉。骨肉不自保，此身竟焉屬！鬱鬱田家荆，青青阮公竹。一榮與一枯，人情異寒燠。願言告君子，善刀無自辱。

客傳睢陽信，思餘甫由睢陽牧遷蘇州刺史。熊轂方載脂。仁聲溢甿頌，卿叔良不癡。行當適吴會，五馬何騤騤！流離澤中羽，撫綏實難爲。聞君將往託，勿作依劉悲。豈繫戀升斗，樂此骨肉隨。乾坤本浩蕩，雲日相蔽虧。孤鴈忽冲舉，仰視不可追。哀哉籠中鶴，塌焉翅雙垂！

古詩二首

落落磵底松，霜雪飽所歷。萋萋嶺頭草，迎暉弄晴碧。人生衰盛端，豈伊適相值？託根苟得地，雨露恩早識。不見同根梅，枝南異枝北。

客從遠方來，贈我雙玉環。云是夙所佩，願爲知己歡。玉以比君子，寶此冰雪顔。環以固交深，纏綿永無端。殷勤再拜受，勿作尋常觀。

自題夢遊吞松閣圖 有序

余少時常夢行萬山中，凌絶頂。頂無雜樹，多松，松徑翼然而出者如亭然，顔曰『吞松閣』，字奇語創，殆不可曉。俯視斜日，松陰滿亭，恍然若有所會，遂驚寤。越數年，洞庭周笠寫圖，又數年，復自題其圖云。

君不見，虬龍盤石根半枯，寒濤颯颯秋風呼。青牛白犬互隱見，淋漓元氣神爲扶。手摩松枝口嚼實，縱不作佛仙爲徒。憐余怪魁木同病，擁腫合入天台圖。一朝神遊動魂魄，飛意直欲排清都。兜羅下界俯一氣，峰盤萬仞松千株。松間有徑徑甚紆，蟻行曲折同穿珠。松迴徑盡勢絶殊，懸崕拄石相枝梧。翼然飛閣凌浮屠，重軒三階室四隅。反宇上出觚稜觚，字排銀牓銜高桴，體不類古今尤無。納光激景松在地，老蛟欲舞寒雲鋪。吞松之意毋乃是，以指畫肚兼心摹。維時視日日正晡，罡風吹我行天衢。重岡複嶺鼃黽趨，脚踏鶴背煙糢糊，翻身一覺聞啼烏。烏啼月落清景失，彷佛記憶存形模。形模在畫渺難入，夢亦幻境非真吾。何當杖策果此願，汗漫八極遊蓬壺？不然一棹歸西湖，萬松嶺畔孤山孤，惜未得遂歲已徂。或云事與丁公符，十八年後其公乎？公乎公乎非我志，作詩敬謝五大夫。

送同年周檢討芝山出宰寧武三首[二]

四海雙愁鬢，三年兩客身。未歸猶戀飽，好去莫辭貧。寒日雲先凍，窮荒草不春。一聞行計迫，作惡已兼旬。

廉吏談何易，貧家累恐深。未妨塵在榻，莫負水爲心。花露沾庭鵲，松風動匣琴。政成如報績，吾欲問棠陰。

相失雲邊鴈，相依水際萍。須從今日白，眼更幾時青？別與夜方永，愁兼酒未醒。衝風送鞍馬，寂寞向空庭。

送姪謙之寧武幕四首

朔風忽吹面，使我心骨酸。汝今遡風去，何以庇汝寒？不能爲汝謀，新製羅與紈。解我身上裘，脱我頭上冠。冠裘我所御，十年鮮堅完。舉以被汝體，驅車赴窮邊。窮邊豈辭遠，獨客衣裳單。衣單亦不慮，嚴霜歲將闌。念之不能寐，塌焉摧心肝。

隻身走千里，意若有所圖。今果成此行，庶幾口可餬。向我忽不樂，涕淚相滂沱。非謂慘行色，終恐迷歸途。汝耶没三載，未卜土一區。汝母老且病，望眼空糢糊。煢煢去鄉國，骨肉惟我俱。别我復遠適，疾痛誰與呼？天乎愧汝叔，使汝身羈孤。

窮官不相活，送汝之西陲。豈不念行役，願汝有所爲。寧武雖小邑，民社咸在兹。此中足經濟，求之有餘師。官舍實人海，寵辱争毫釐。舉動互窺伺，賢愚相瑕疵。苟不愧衾影，安足憂譏嗤！和衷乃集事，止謗惟無私。千里始跬步，畢生此其基。

少小不努力，老大徒風塵。一身不自主，去住由他人。此境我曾歷，視汝尤艱辛。汝幸得賢主，與我骨肉親。贏餘固非望，足以安汝身。念汝初入世，野馬驕不馴。勿如在家時，動爲俗所嗔。直鈎不釣魚，炙轂無方輪。丁寧别時語，願汝書諸紳。

寄芝山三首

嘹嘹空中雁，銜蘆來雁門。雁門渺何許，日落紅塵昏。夕薰换荀爐，馥馥餘香聞。餘香易銷歇，隨風散行雲。拂我青玉案，剪我白練裙。剪裙鋪作紙，淚墨相和勻。情長苦語短，悢悢不能申。雁來自有時，雁飛自有羣。鳴聲去不息，欲寄道無因。持書向何所，汍瀾涕沾巾。

沾巾復垂膺，天寒凝作冰。冰凝化爲水，流蕩無憑徵。水流會有歸，離合會有憑。奈無金石壽，迫此憂患乘。昔爲籠中鶴，今爲韝上鷹。願言謝羈紲，施翮從軒騰。

軒騰亦不遠，冉冉芳歲移。少壯苦未樂，白首空相期。晝短秉燭遊，爲歡良已悲。出雲鮮定族，落葉無回枝。即事已萬變，後會誠難知。養蠶織作繭，繅繭持作絲。絲絲自相結，纏綿無盡時。人生重恩義，世事多乖離。願託抱柱信，畢世以自持。

歲暮雜詠六首

日月不可駐，蹉跎鬢屢新。逋從經歲積，人似去年貧。有客思燒鬼，曹生久病未愈。無錢欲論神。依然聞社鼓，萬户太平春。

陋巷春難到，貧家事久諳。犬飢癯似鶴，婢冷縮如蠶。嬌女衣更着，癡兒髮不簪。昨宵渾未寐，敗葉戰風酣。

近接淮南信，家兄館淮上。蠅頭十紙書。只言歸未得，不敢問其餘。活計輸倉鼠，生涯指磨驢。幾時同一飽，風雪卧荒廬？

耘雅堂前月，謂家六姊。梅花溼上春。謂家大姊。三年勞夢寐，雙淚落風塵。歲歉難爲婦，愁多老却人。小樓燈火夜，念及每驚神。

獨客鴈門去，謂自牧姪。殘年事可知。應爲癡叔慮，直作故鄉思。骨肉夢中夢，關山岐路岐。此行如得當，未敢望歸期。

孀姊亦已老，謂家五姊。諸孤況更癡。無家甥似舅，失學母兼師。婚嫁頻年近，飢寒繫我思。愁腸與落葉，如雪亂斯時。

校勘記

〔一〕『桐村』，目録作『桐江』，非。

〔二〕『寧武』原作『武寧』，据文意改。鄭虎文進士同年周世紫，號芝山，乾隆十三年爲山西寧武令。

吞松閣集卷之五

秀水鄭虎文炳也撰
門人欽州馮敏昌編次
男師亮師靖師愈謹梓

古今體詩　三

十友歌 有序

十友者，朱三浚谷、袁大信吾、鍾四千仞、孫二芥舟、金二古矜、邵三叔宀、陳七雪園、周九芝山、王三拈花及余也。

虞山叔宀家虞山學問吾所宗，巨筆不數盈川雄。酸鹹嗜好與俗異，下視得失爭雞蟲。周郎芝山愛如醇酒醲，言之於我介以通，我欣得之雲從龍。水曹仙郎足風雅，古矜。酒徒壓倒王無功。拈花。珊珊美女格最好，誰與敵者太傅鍾。千仞。英雄卓識孫江東，芥舟。持論時欲與我同。太邱先生亦自愛，雪園。不輕絶俗羞圓融。就中獨笑滄州翁，浚谷。俠氣猶有朱家風。舌劍揮霍馳銛鋒，堅屈怪辨驚羣聾，讙聲四合環以從。中有一人貌愈恭，兀然靜坐耳若充。蹇蹇諤諤還雍雍，兹非異人必袁公。信吾。之數子者帝所庸，而我得遇隨萍蹤。我窮無能詩或工，作歌紀之垂昌丰。周九已去，王三外附，故從畧焉。

試燈日雪二首

一夜寒深曉不知，空中玉屑問誰篩？飛來小院花争蕊，點到平橋柳未絲。凍合星樓燈市暗，斜翻縞帶鈿車遲。紗籠銅葉無心問，料理傳柑舊酒卮。

怕守燈輪逐火蛾，不關風雪故蹉跎。頭銜已作條冰冷，心事真同碎米磨。一片色香空裏盡，十年臭味澹中多。依稀却記兒時候，踏遍星橋遶絳河。

寄答楚中李然山太史同年

聚散難爲念，行藏各不知。舊遊星落落，離恨日遲遲。桃雨鶯簧巧，梨雲蝶夢癡。長安春漸好，爲爾話相思。

新春古矜招飲次叔宀韻三首

佳日竟忘永，風光欲趁人。極知無限好，能得幾回新！骨肉平生友，乾坤見在春。蹉跎真足惜，未厭馬蹄頻。

春遊排日好，春色向君濃。腰展風前柳，眉舒雪後峰。舊絃翻别鶴，瘦骨起飛龍。聞已營新樹，鳩巢膝可容。

貪聚不知夜，擡頭月到窗。傳觀驚睿藻，時讀御製賜經畧傅公金川奏捷詩。聞説靖蠻邦。座暖春如海，杯行酒吸江。翻嫌樽俎畔，旗鼓未心降。

首夏偕近齋拈花浚谷雪園叔宀闇谷昆季遊城南王氏園林

我本鴛湖釣魚者，只愛乘船怕騎馬。無因得避馬頭塵，扇障元規亦聊且。江南一別動年年，夢裏春波水接天。消磨上巳桃花雨，辜負清明楊柳煙。忽見街頭賣紅藥，坐惜流光付蕭索。城南水木自清華，十載行踪猶約畧。閒雲出岫鶴辭軒，休沐能來避俗喧。因呼我輩不羈友，共訪王家没字園。園中無聯額，因戲呼爲『没字園』。入門便覺意思好，一味清涼消熱惱。竹下原非爲主來，花間未識緣誰掃？無多亭閣似星羅，一碧池塘新鏡磨。回首誤膺幽鳥唤，穿雲愛趁緑陰多。松風壓頂秋濤急，草色浸溪空翠濕。山成覆簣樹爲籬，隔斷紅塵吹不入。偶來人外十分閒，風景依然似故山。我欲盡捻書籍賣，脱身長寄水雲間。此願終愁墮空杳，高飛愧爾安巢鳥。出門舉手謝園林，潑眼煙光青未了。

芭蕉聽雨圖

一葉復一葉，三葐又兩葐。瀟瀟昨夜雨，策策五更風。清響最宜聽，何人堪與同？從來秋思苦，於此益無窮。

鑑湖曲送别

君家鑑湖旁，湖面琉璃光。田田覆蓮葉，葉葉戲鴛鴦。採蓮蓮葉稀，蓮舟月下歸。鴛鴦暖猶睡，驚起東西飛。朝飛蓮塘東，鬱鬱多喬松。暮飛蓮塘西，青青見孤桐。桐孤不蔭根，松枯摧作薪。願言矢所託，高處愁艱辛。善飛不如棲，高棲不如低。君看焊毛鵠，何如斷尾雞！

訪憨上人同浚谷近齋雪園叔六

能詩愛説杜陵翁，茅屋還來對巳公。破懶已遲三月約，偷閒不速五人同。古苔牆脚秋逾碧，落日雲頭雨更紅。記取來遊好時節，蒲萄未熟半甜中。

送重餘弟幕遊荆溪二首

白紙糊房板作扉，半間老屋一燈微。清言不受排牆禍，積雨渾疑破壁飛。紀實。自爇茶鐺消夜話，對分吟管慰朝飢。細思此境愁還樂，三月風光别後非。

罨畫重尋我舊遊，因君翻動十年愁。春風水榭懷狂杜，秋雨長橋弔孝侯。今日夢魂猶約署，此邦魚鳥足勾留。窮途剩有奚囊在，莫負湖山次第收。

移居後呈叔宀

去此詎云遠，招尋良未虛。已煩驅馬過，那及對門居！昨夜月殊好，空庭水不如。回思同巷日，隔屋定呼渠。

哭門人曹鉉四首

今日真歸客邸魂，生寄家書，有句云：『只算空歸客邸魂。』關河渺渺月昏昏。因風重覓來時路，只恐迷離似夢渾。

誰摹瘦骨貌詩狂，自引青銅自據牀。爲語畫工休着相，只須白眼畫嵇康。

無枝啼煞後棲鴉，暫托空巢入絳紗。爾去巢痕今亦掃，余移寓於生歿後。三年生死一摶沙。

空齋人對玉壺冰，頓使秋來白髮增。記得去年吟夜月，不嫌風露上衣稜。

九月六日登陶然亭四首

有高儂亦登，無高儂便止。登高必求高，營營爲誰使？

佳日逝莫留，不歡計良左。明朝亭上人，何人復知我！

蘆花侵我鬢，蘆葉罥我襟。花含明月色，葉作曉風吟。偶來亭上遊，上去還下來。不如飲菊酒，花向口邊開。

拈花訂九日同人各攜杖頭集師吾草堂詩招叔亼同赴

風光猶及暮秋時，安樂窩中客未知。昨喜汪倫先有約，近傳王湛亦能癡。重陽好赴攜錢會，七子同吟換菊詩。拈花換菊，歲以禄米，有《換花圖》。相待琉璃街畔路，花香燭影爲君遲。

師吾草堂小集即席分賦

汪家探花國俊髦，温其如玉醇如醪。忽先六日招登高，招我六客皆同袍。聯翩走馬城南壕，蘆花瑟瑟風騷騷。就中髪僧興更豪，拈花好談禪，叔亼戲呼爲『髪僧』。詩思湧若秋江濤。有技欲試癢莫搔，不肯獨作嚴分曹。徵詩刻日如追逃，色難衆賓語不囂，啗我許設重陽糕。嗟予方輪不轉膏，下筆點竄防嘲嘈，那能更學寒蛩號！鵝生四足蟹兩螯，或者此事宜老饕。鶴辭軒出鷹解絛。偷閒約赴東籬陶，門遮紅蓼徑掩蒿，宛移秋色來亭皋。賓從雜坐花周遭，提壺撥甕傾蒲萄。隋珠和璧人各操，探懷出手調雲璈。傳觀互讀口目勞，雜以諧謔貶或褒。清言絡繹獨繭繅。須臾月出明秋毫，晚鐘一聲催蒲牢。童僕背憎心忉忉，拳身立寐如懸猱。嗚呼此樂毋乃慆。歸兮雷動車連鑣，犬驚寒巷聲嘷嘷。

送門人孫繩曾隨尊甫芥舟太守之官岳州四首

鬱鬱豫章材，七年露奇姿。初生類凡木，歎息人未知。人知苦不早，坐使芳歲移。睆彼桃李花，含英揚光輝。盛顔忍復惜，自嫁春風時。春風亮云好，飄忽難具思。早芳易衰歇，輕豔不自持。一日如已榮，千載誰見嗤！願保歲寒節，相與同心期。

我未習農事，昔常聞所云。託業在南畝，及時務耕耘。偕我婦與子，相將肆微勤。春耕復夏畦，忽焉已終身。荼性雖自苦，蓼蟲寧習辛？良謂衣食端，致之非無因。平時不爲計，倉卒有窶貧。先難固有道，倖獲非所論。五穀苟不熟，稊稗奪其真。歲月曾幾何，而足供因循。即理具通識，斯言可書紳。

翩翩啣泥燕，雙棲玳瑁梁。呢喃鳴相向，自比鴛與鴦。一朝被彈射，孤雄不能雙。朝出接蟲蟻，暮歸巢空堂。辛勤哺其雛，憔悴無容光。念雛不自活，何時起高翔？願雛各自愛，飲啄相扶將。今日羽翼短，明日羽翼長。翼長足以慰，毋乃憂分張。木生有交讓，鴈序無亂行。永懷同所生，令我心慨慷。

人生如過客，離別安足歎！桑梓不相守，況此羈旅間！始君從我遊，晨夕同盤桓。亦知非久計，聊博須臾歡。未謂遽見及，悵然心煩冤。嚴冬十二月，中夜動征鞍。去去從此辭，何時復來還？元風正淒厲，雨雪滿河關。送君即長路，浩浩復漫漫。仰視浮雲飛，倏忽千萬端。人事無定程，後會良獨難。山川日以遠，歲月日以闌。相見未有期，努力珍眠餐。

歲首同人小集有感

已出山泉既泮冰，漂流蹤跡故難憑。恰看歲首人何在，但覺樽前醉不能。萬里關河同夜雪，百年身世感春燈。當筵幾度傷離別，鏡裏潘毛白漸增。

鑑湖漁隱圖

擾擾車塵似逐逋，雲山如此眼前無。十年遲我黄冠想，未敢陳情乞鑑湖。

答陸宏緒

暖風吹雪踏作泥，泥及馬腹水没蹄。蹇驢駕車路嶔崎，欲出不出心嗟唏。春雲藹藹初日微，映堦殘雪光入扉。懶欹烏帽偏袒衣，愁坐兀睡支雙頤。展君詩讀情庶幾，如手金玉目貝璣，一唱三歎心則夷。我狂未合時所宜，徬徨獨立羞因依，自鳴其鳴聊自怡。君未我識不我疑，君毋乃受人言欺。我不慣譽愓若譏，敢信東野傾昌黎！嗟此道衰知者稀，人人自負遼東奇。君誠異人見不迷，騰踏肯受庸奴鞿。聞昨需次來王畿，行脱簑笠衣紫緋。維帝所簡民所儀，區區詩名安足希！而我亦悔當年非，嘔啞學語隨孩提。願今與世忘於機，落花一任春禽啼。

過同年莊四任可寓齋見白桃半樹掩映簾幙盤桓久之歸而有作二首

不關花早我來遲，腸斷東風此一時。那得從君化蝴蝶，月明深院宿殘枝。

冰心端不羡朱顔，罵煞黄鸝只等閒。生怕連宵風色緊，吹將花片落人間。

周家雙孝子詩

世運覯禍亂，民命鴻毛輕。庸庸萬生死，等與腐草并。是惟有志士，即事成其名。名成遇已苦，良亦非素心。骨肉苟相保，肯與後世争。不幸會見迫，適與禍網嬰。周家兩孝子，實惟涪之氓。云本將家子，改服被儒衿。阿翁老且病，足蹇不任行。一朝寇氛集，慘欲臨以兵。空拳冒白刃，血肉紛縱横。捍父出鋒鏑，弟死兄幸生。死者殉以義，生者養以誠。生死兩無負，志炳日與星。事往七十載，嘖嘖人豔稱。親褒降天語，奕葉光汗青。慶餘及孫子，濟濟王國楨。人言善必報，不爽如懸衡。降祥理固然，於彼無損增。當其見危授，計較絶不萌。人生隳名義，利害緣太明。況於君父間，未容諉難能。於此圖倖免，道途皆行禽。維天重倫紀，藉以扶危傾。如歲設之寒，用表松柏貞。庶幾蒲柳姿，旦夕羞其榮。三朝盛休養，四海安太平。人倫賤奇節，智士多庸情。豈知不朽業，端不以遇成。中庸實至德，修之在家庭。此實非細故，何以式訓型？ 耰鋤有德色，感我心怦怦。

寒山白雲圖

安樂何時賦薖窩，騰騰風脚轉蓬科。回頭欲訂寒山約，借問白雲何處多？

題諸草廬前輩高松對論圖

昔年舊夢尋鵝籠，余有《夢遊吞松閣圖》及詩。雲埋萬壑松環峰。吞松高閣冠峰頂，落日送影蟠蛟龍。猿啼鶴唳動魂魄，恍惚驚寤心忡忡。因圖其狀還自紀，長歌磊落抒心胷。一朝輕身入人海，夢境欲到嗟難重。有時合眼追所見，兩翼習習生清風。今披君圖未終卷，蒼翠便欲侵簾櫳。蟠根曲屈走石罅，虬枝積鐵柯青銅。笙簧間作風過耳，雷雨欲下雲彌空。摩挲倦眼看反覆，髣髴畧與所夢同。嗟予不愛春花紅，愛此百尺君家松。霜欺雪壓苔蘚封，枯菀不受造化功。弄姿那屑隨凡庸，龊龊於世爭纖穠。平生臭味不入俗，朽株枯木悲先容。後凋願結歲寒侶，闇然萬古同始終。羨君得此如勝友，無言相對老益恭。聞將去掃松下石，再拜徑謝蓬萊宮。此時松枝合已東，歸帆待逐南飛鴻。惜我未得抽身從，十年清夢空朦朧。詩成投筆坐太息，烏啼月落天冥濛。

送安溪李積齋農部出守順寧兼懷令弟惠圃太守四首

老作修書客，勞勞管送迎。君來復却去，積齋及惠圃，與余先後同與書局。欲別那無情！明月孤帆影，秋風萬里聲。他年夢今夕，樽酒若平生。

瘴雨蒸雲濕，蠻煙放日遲。山川殊氣候，井邑帶華夷。瘠士貧何惜，官身遠不辭。祝君無別語，强飯答明時。

故國紆征棹，秋江水更肥。帆隨寒鴈到，心與白雲飛。十六年中别，三千里外歸。遥知拜庭下，喜極更霑衣。

却想經行處，扁舟震澤東。停橈住鴛浦，剪燭對髯翁。謂惠圃。倘復懷前好，多因及寓公。爲言無一事，愁坐夕陽紅。

題芙蓉莊圖 有序

芙蓉莊在常熟補溪，爲元初宋處士顧細二公舊宅。宅旁手植紅豆及檜樹數本，後爲錢宗伯别墅，所謂紅豆莊者是也。宗伯殁，樹皆無存。今莊仍歸顧氏，紅豆復生，古湫助教爲圖以誌祖德，索詩，爲題七律一首。

芙蓉夾岸水環莊，門外寒山對夕陽。處士風流閒白髮，尚書勳業付紅粧。荒園易主如江段，舊巷人歸是謝王。却笑溪邊凡草木，欲憑生死閲滄桑。

病中即事三首

蒼然一凝眺，朔氣欲沉山。於此不辭病，因之得我閒。檐虛鵲語亂，石古霜花斑。即目少塵事，客來門晝關。

與世一無想，寸心天地寬。養尊存我拙，適性有餘歡。傖語從兒學，新詩勸客看。隨身竹爐火，冬盡不知寒。

誰與數晨夕，東家有故人。謂叔宀中伯。三賢他日贊，二仲此時隣。玆樂亦云僅，其餘那足論！明年好歸去，同泛五湖春。

病中少司寇錢香樹先生以詩集見賜賦呈五百五十字

斯文遞顯晦，誰其力爲持？孔删與孟説，微言渺難追。皇哉聖天子，垂衣啓文思。揚光被函夏，萬古昌聲詩。誰歟贊鴻業，公遇殊等夷。命公處禁近，重是國羽儀。時時發天唱，屬和公先之。當其奉明詔，下筆無休時。騷騷龍蛇動，颯颯風雨馳。觀者咸愓息，目眩不暇移。須臾輒奏御，屢頷天子頤。有時休沐歸，孤吟或忘疲。間復招賓朋，筆墨相諧嬉。縱横發光怪，濡染何淋漓！偶出傳萬口，一字重鼎彝。吾思古作者，磊落傳清規。或鬥捷叩鉢，或耽吟斷髭。或賦購紙貴，或碑抄手胝。聲名各飛動，簡牒相葳蕤。以彼衆所絶，成我一節奇。耳食容未信，目擊那得疑！于此論學力，豈復名言窺！嗚呼實天授，非人力能爲！念公國重臣，三朝荷榮施。當是皋禹輩，謨贊開雍熙。即今典秋官，民命爲職司。矜慎言反覆，得失争毫釐。抗顏每發論，氣静色愈怡。潭潭鑑秋水，藹藹懸冬曦。已致不冤美，更切無刑期。『致君堯舜上』，在德不在辭。辭其緒餘耳，如彼葉與枝。枝葉不自茂，植根乃其基。方知德有言，斯語非我欺。嗟文少孤露，一飽艱糠糜。長貧困飢走，勞苦同胥靡。焉能薄性命，而獨耽吾伊？感遇或成詠，即目旋受嗤。以兹坐濩落，喟焉慚所知。公胡愛忘醜，每見爲嗟咨。亮欲假羽翼，詎云合針磁？朅來逼歲暮，四壁寒風吹。病夫感物變，心亂如棼絲。驚聞烏雀噪，剥啄知爲誰。云公授詩讀，喜色生雙眉。童扶起再拜，顛倒衣自披。盥手開素帙，横肱據烏皮。過眼亂珠貝，適口非餳飴。於古自然合，爲體無不宜。沉酣三晝夜，病去霍若遺。愈風與驅瘧，惟古或有斯。覯此復何幸，所賜良不貲。獨惜生也晚，從公十年遲。未能竄名氏，附集傳來兹。眷言懷籍湜，永愧昌黎師。

中秋同人小集寓齋

明月如故人，適我願無違。故人似明月，入室有餘輝。有錢沽我酒，無酒典我衣。今此不爲樂，恐爲來者嗤。緬思小山桂，故園正芳菲。誰同花下酌，空掩月中扉。來鴈鳴方急，孤螢見已稀。流光迅駒隙，一往不受鞿。今年今夕好，明月明朝非。當杯已入手，不醉莫言歸。

吞松閣集卷之六

秀水鄭虎文炳也撰

門人欽州馮敏昌編次

男師亮師靖師愈謹梓

古今體詩 四

壬申三月復分校鄉闈次聚奎堂壁間韻

秋月曾窺鎖院深，東風有約許重臨。細研濃汁彈春柳，盡放新鶯出上林。眼暗紅紗難黑白，身經席帽感升沉。煎茶古井休頻汲，留取寒泉照素心。

題夏檢討醴谷前輩十八鶴圖初醴谷尊甫築堂珠湖之濱落成之日有十八鶴來集堂下檢討爲圖以誌索諸同人題余得五言古四章

十八鶴來處，傳聞於此堂。堂中何所有，一碧是湖光。

湖光不改色，喬松媚虬姿。松姿不知老，幾換鶴棲枝。

枝承雲間露，根没雨中苔。苔深坐來軟，望望鶴能來。

鶴來雲入户，鶴去風歸林。風聲起鶴唳，白雲天際深。

送門生周西翔歸省

我交天下士，莫如與子親。非子獨我親，情莫如子真。憶昔事分校，太息龍鸞文。終虛國士遇，聊託知己伸。欣逢聖母壽，孝治宏作人。搜林鮮枉木，頓網無遺珍。春風被空谷，幽蘭薦清芬。良宜自茲遠，詎料終無因！空然抱鄒瑟，躑躅悲齊門。三年坐書局，腕脱十指皴。適聞已竣事，榮以一命恩。縣官詎云卑，疾痛關生民。即境展吾素，亦足資經綸。獨惜廊廟器，相將委風塵。今來就余别，臘月及上旬。似云將母去，歸期約初春。衣裘那辭薄，嚴霜動征輪。君歸志先定，夙昔向我云。未謂此别遽，倉皇值茲晨。留君酌清酒，爲君速窮賓。賓散酒亦闌，素月低霜痕。殘燈照絮語，愴然動心魂。念君客中淚，濕盡南飛雲。今持奉檄喜，歸報阿母聞。潘輿遲來日，萊綵及令辰。人生惟此難，此外非所欣。寒風逼殘歲，朔氣沉朝暾。送君出廣路，廣路渺無垠。别離且未遠，相望已殷勤。

臘月九日招西翔賡雅昆玉小集話别遲賡雅不至

十里城東路，今宵約已虚。便來無解别，此後更思渠。朔雪欺行客，春風在草廬。因君一南望，天末渺愁予。

黄山雲海圖

萬山結重雲，一海鼓怒浪。沉冥晦衆形，變滅現諸相。吾聞日中天，力可掃羣障。獨我身遠日，目不出雲上。乃爲雲所蒙，有眼不能放。山川故清寧，天地本閒曠。何當登日觀，一覽空萬狀？

伏生授經圖

秦火焰乍熄，孔壁書猶藏。濟南老博士，腹笥韜墳皇。錯也往授經，奉詔登生堂。生老苦正言，如譯傳紅粧。今文二十八，一一補所亡。厥後壁經出，真贋已莫詳。百兩撰張霸，遺簡搜大航。朝鮮倭國本，異説争披猖。如彼日與月，幾掩薄蝕光。如彼稂與莠，輒使嘉穀傷。自非際文明，誰克知向方？洪惟今皇聖，六籍資表章。經神與易聖，接踵登巖廊。顧我實蹇劣，鞭策隨羣良。雕蟲技已小，老懶學益荒。發憤事著作，偶得旋已忘。遮眼畏文字，脱腕愁丹黄。空然列侍從，負此粟一囊。披圖感少壯，投筆心徬徨。

江村圖二首

手畫江村近十年，江村空作畫圖傳。鄉心着處無多子，看取昏鴉夕照邊。

不斷江流自到門，門前籬落自成村。得歸此地可忘老，爲客相思合斷魂。

羣仙圖

茫茫人海中，仰望空雲天。天高雲深望不見，此中髣髴多神仙。神仙之説浩圖籍，讀之惝恍如風煙。事非目睹那可説，况欲刻畫鬚眉傳。且聞神仙樂，所樂殊人間。人間自忙仙自閒，遊戲八極窮三千。已超塵劫了生滅，豈屑徵逐繁周旋！圖中靈境究何境，或麟洲麓龍眉顛。鵷鸞花石自幽異，琴書尊斝皆精妍。一人手鉢據几坐，首作雙髻鬢髮元。一人執爵顧而語，欲行不行往復還。就中八人貌尤古，拱立迓客差後先。六爲司樂四童子，人手一器却不前。其餘來者十有五，殊姿異服神蹁躚。或提或挈或捧負，或騎或步或比肩。霞光雲氣間紅白，鴈行魚貫相驅牽。靈芝五色不計歲，蟠桃一熟知何年。爲誰展意肅將獻，寶幢引路懸崖邊。得非三元啓廣會，毋乃瑶圃張瓊筵。奔趨期會走僕僕，迎謁罄折心虔虔。如世俗法賓主禮，餽贈款燕嗟紛駢。吾思惟仙閒乃樂，有事於此那得賢！或云此樂閒乃得，相逢一笑皆奇緣。君不見，下窮無告上達官，膠膠擾擾多憂煎。有誰解脱破塵網，置身直上兜羅綿。圖仙非仙或此意，作詩爲問然不然？

潙寧劉節母詩

亡明劇盜李與張，燎原火熾鼎沸湯。銅街鐵市交虎狼，陊突雍豫連荆揚，血成海水流湖湘。潙寧劉母家南塘，田多賦重煩輸將。僑居應役東郭旁。往來無期居不常，母留夫歸隔城鄉。夫來邀母還山莊，夜起盥漱曉飾粧。丁寧婢子絮語詳，榻懸羅幃桁繡襠。香温睡鴨琴錦囊，鏡奩服笥兼履箱。謹司扃鐍戒慢藏，時啓拂拭如我常。婢子唯唯母出堂，從容轉側容服光。乳下兒才二歲强，花團玉裹膚凝肪。抱兒乘輿從紀綱，五里十里道阻長。目夷猶兮心徬徨，凶威殺氣迷初陽。雲日黯淡天昏黄，鋒連刃接森雪霜，肉飛雨血腥風狂，母時顧僕語慨慷，吾不倖活死亦當，疾負兒逸無偕亡。僕拜受命泣數行，母揮之去奔踉蹌。遲明寇退即鬥場，斂骨就木身千創，面目凛凛神洋洋！嗚呼正氣摩穹蒼，須眉巾幗争低昂，死非不幸生不祥，臨難安用心回惶！嗟余職業專文章，有美不紀慚懦尫。爲招貞魂歌國殤，誰其采之貢帝閶，俾載史册傳無疆。

代詠榆關六景六首

公餘倚策上孤亭，萬里乾坤一抹青。巒勢北來蹲伏虎，濤聲南下走驚霆。有情猿鶴聞幽語，無事魚龍息幻形。山水問誰通至性，摩崖剥蘚記初經。樂壽亭。

閒訪名泉到上方，山容樹色鬱蒼蒼。五星化石珠連穴，小杓分瓶月滿塘。雨過雲霞無定景，風迴花草散諸香。偶來飲水明初志，試酌匏樽自在嘗。五泉庵。

不漱寒泉浴暖泉，穿雲捫石叩諸天。此心冰雪原無垢，濯足滄浪偶作緣。最愛疎林宜散髮，欲迴流水入鳴絃。誰同坡老梨花夢，擬醉濃香碎玉邊。寺多梨花。湯泉寺。

山藏古寺翠千層，路曲飛蛇直引繩。到頂衹餘紅日近，穿松渾與白雲升。花争笑面香難辨，草藉重茵吐不能。却恠遊塵最無賴，東風吹上佛前燈。白雲山慶福寺。

緑浄紅酣不染塵，峰迴路轉欲迷人。夢中曾作桃源客，塞上重逢杏苑春。但遇青山留宿約，未歸盤谷負閒身。愛花差擬河陽令，休沐能來不厭頻。蟠道峪。

問誰鑿破碧玲瓏，古洞懸陽見化工。針孔線光穿屈曲，雲根駒隙度虚空。同明應識無私處，普照多憐在暗中。欲誓丹心指冬日，望天人許覆盆通。懸陽洞。

次韻送周宫允景垣前輩奉使琉球四首

海雲淰淰日荒荒，節使遥傳玉燭光。賜額三朝懸睿藻，班封五等拜王章。詔開窮島乾坤遠，恩重詞臣姓氏香。欲擬聲名誦洋溢，鯨波東望極天長。

曉集瀛仙徧品題，推公持節出金閨。無邊聖澤浮天水，不染臣心在櫝圭。阿閣自來原託鳳，靈芝那復感飛鵷。即看五服章身處，羣羨頭銜愧莫齊。

征西未許請長纓，萬里球陽展去旌。賦海不煩磨盾作，乘槎真似御風行。低昂島嶼隨帆脚，簸蕩星辰落管城。性癖舊傳佳句在，歸來應更使人驚。

病養元田守絳宮，别筵咫尺未曾同。輕塵去浥迎梅雨，巨浪歸乘卷鴈風。手譜神仙臨海上，身銜帝命到天東。兹遊奇絶平生冠，未數當年玉局翁。

史三存素手録拙作百篇因贈

寫我新詩近百番，手胝腕脱肯辭煩？鑄金豈爲憐窮島，偷格非關學老元。聊慰相思存筆墨，好傳此意與兒孫。嗜痂方信多奇癖，敝帚千金價不論。

元夕次章觀察廷階見贈原韻二首

廿年前記此班荆，擁鼻吟招洛下生。借寇海邦符再剖，時左遷刺史。留髡元夕醉同傾。春風畫省明妃怨，桃葉詩邀子敬賡。觀察在閩，有茂陵之聘，未歸而女卒，有《省恨吟》三十首，余與王五六章咸和。不道重逢燈月夜，更無好語只離情。

宦情雪夜剡溪王，興盡歸來卧草堂。杖底江山隨地好，田家歲月拜恩長。年華未覺炎涼判，尋尺休將枉直量。且倒奚囊出新句，費君老眼與推詳。

代送閩中蔡少司寇新終養歸里

昔有老萊子，著綵娛其親。九十如兒時，一笑庭闈春。此意良足貴，難與顯者論。豈不念顧復，家國同此身。自非覯盛世，含意俱未伸。以兹感于役，將母懷風人。風人亦往矣，悵歎多因循。恭逢今皇聖，孝思則萬民。璇宫居視膳，金根出扶輪。文朝與舜慕，聖揆合其真。推恩永錫類，因之及廷臣。明公秉家訓，理學倡八閩。汲古綿修綆，宿火爲傳薪。即今在秋官，冬日融霜旻。青宫資諭教，重是醇儒醇。吾鄉雷學使，貫一先生。清望公之倫。如彼海上山，兩峰峙輪囷。雷已得告去，亦以終養歸。公亦辭楓宸。楓宸仍難忘，誰侍昏與晨？晨昏得所養，菽水良未貧。吾讀陳情疏，惻惻懷苦辛。人生重富貴，古義難重陳。爲公賦南陔，益感聖主仁。

代送梁司業國治觀察粵東次虞山相國韻

別君常憶君，夢魂知憶處。用岑嘉州句。遐心屬高鴻，息影侶蟄兔。屢卜重來期，牽纏苦亢豫。艱難成此行，觸熱即長路。道聞君持衡，舊遊感新遇。適我初解鞍，君亦謝徒御。俄傳下除書，奉詔出槐署。復此嶺表行，梁典試粵東回，即有是命。民事資畫箸。念君飽經綸，政府擅夙譽。梁官中翰時，即入軍機房。致身悉素心，試手觀此去。雖云大魁才，梁戊申榜第一人。宜儲備天顧。豈如授以事，及時展所具。粤東位南離，萬物氣和裕。得君雨露之，帝澤益流注。榮名自飛揚，雅度仍冲素。三台良未遥，九遷詎云屢！自慚控地禽，雲衢接鸞鷺。同受歐陽知，而獨後翔翥。贈言重師命，愁緒彌紛互。期君入覲來，離情慰清晤。

甲戌闈中和金海住先生懷友復用聚奎堂壁間韻

能來夜坐莫辭深，燭影初摇月乍臨。有幾晨昏同燕笑，無多朋舊已山林。春歸上苑人常別，身鎖重闈夢亦沉。那更君詩如錦瑟，一絃一柱愴離心。

丙子秋典試河南闈中呈諸同考二首

塵玷清班感聖明，屢資分校辱文衡。余庚午、壬申、癸酉，三與京兆之試。銜恩又作中州使，署號彌慚座主名。近代蘇韓誰鉅手，幾人歐陸擅真評！平生雅慕諸前哲，忍信紅紗負此行。

試聽蠶聲入夜分，此中甘苦向誰云？負奇敢誤遼東白，執策如臨冀北羣。矮屋風欺三寸燭，秃毫腕脱七篇文。冬烘舊恨銷還在，珍重諸生十載勤。

贈學使孫銀臺虚船先生

曾從季弟挹餘光，公四令弟爲余同歲生。乍飲醇醪味更長。卜宅有懷同庾信，余京寓即公舊宅。空羣無識愧孫陽。使車首路霜初白，官舍留賓菊正黃。翻悔當年意踈濶，熟知門巷未登堂。

讀羅慎齋編修集因贈

照眼新詩夜月明，江東格調舊家聲。甘於諫果三分澁，苦到蓮心一味清。呵壁問天懷屈子，揮毫對客憶禰生。此邦大有元音在，僞體清裁屬老成。

寄沈楚望二首

望行門外沁河邊，望斷音書二十年。老去此身還在客，別來兩鬢可如前？花栽夜合珠爲價，草佩宜男玉有煙。莫學楊朱歎岐路，秋庭人月正同圓。

細雨投空似散絲，客愁君外有誰知？紅蓮翠幙留賓處，白帽青衫贈別時。余內兄官河北監司。乙亥余至署，贈樗莊詩，有『飄零白帽三千里，憔悴青衫二十年』之句。此境已同鴻踏雪，何人重問鶴棲枝？山邱華屋羊曇淚，灑向西風寄所思。

贈別彰德書院長裘明府樹榮二首〔一〕

十六年來別恨長，君須全白我須蒼。宦途已悔留鴻爪，講席何妨近馬坊？消遣閒身供歲月，支持人事閱滄桑。秋風無限升沉淚，一夜驚濤瀉濁漳。

平生踪跡定何如，幻似蕉隍拙磨驢。偶借中州文字役，便尋古鄴故人居。老來子美偏工律，窮到虞翻且著書。無計假觀分手去，囑憑全豹寄雙魚。

孤鴈

徑須長客不須歸，木落巢空舊侶稀。耐守寒冬緣獨宿，怕臨清水爲單飛。濃歡似夢泥邊爪，病骨禁秋月滿衣。漫指鴛鴦留密誓，他生未卜此生非。

古意四首

乳燕試新羽，時去還復來。雌雄忽相逐，故壘空莓苔。

南枝發早梅，折取膽瓶供。霜雪留孤根，含酸耐寒凍。

郎如天邊日，夜去曉還來。長晴不滿望，冬雪已皚皚。

裊裊一遊絲，雙罥東西枝。儂指向郎説，似郎没主持。

校勘記

〔一〕『桊』，目録作『棠』，非。裘樹桊，順天宛平人，雍正丁未進士。

吞松閣集卷之七

秀水鄭虎文炳也撰
門人欽州馮敏昌編次
男師亮師靖師愈謹梓

古今體詩　五

送謙姪幕遊茶陵二首

西征才返又南征，萬里衡陽少鴈聲。四海無家彈鋏客，七旬老母倚閭情。憐伊瘦骨如前傲，奈我窮官照舊清。相對一樽重話別，淚盈殘燭不分明。

周郎謂芝山罷顧曲初停，安道謂建行琴聲尚可聽。拂騎早梅如雪白，迎船香草帶波青。閒收風物歸吟詠，悶借江山發性靈。莫待秋深悲宋玉，花間春露已先零。

過彰德贈裘山長樹榮

隔歲重來晝錦堂，主人顛倒着衣裳。元田自養須眉古，書圃微聞菽粟香。處士梅邊惟有鶴，仙家石畔豈無羊？楚南何物堪相寄，見説丹砂此最良。

食筍

千里來參玉版禪，故鄉風物記當年。牡丹開後櫻桃熟，爛煮貓頭不當錢。

朗陵道中遇雨

雲邊樹似江邊樹，霧裏山疑浪裏山。爲誦空濛坡老句，六橋風雨夢魂間。

新霽望遠山

濃於宿霧淡於雲，濃淡微分翠不分。欲起長卿問山色，十眉那樣似文君？

贈杜確山明府

偶駕星軺過朗陵，蟠龍晴翠濕雲蒸。果然風雨能留客，不信西南竟得朋。碧浪濃翻春滿澗，白衣頻送酒如澠。行人頌德居人慶，杜母來歌我亦應。

次趙誠夫登黄鶴樓韻

平波七里駕飛艭，擬約樓頭醉玉缸。勝地有情通宿夢，余昔常夢渡漢江。行雲無分度晴窗。

余以事未及登樓。鹽艘米舶連吳蜀，市火漁燈夾漢江。俯仰千秋形勝在，壯心知爾未全降。

贈公方伯

夙欽雅望此親承，纔醉醇醪勝飲冰。肘後一時懸四印，時兼攝巡撫、學政、臬司篆。座間方伯是中丞。白雲北望延飛鶴，赤岸南來看徙鵬。時有調湖北之命。待送旄麾還戀別，輕舟江上又催登。余將按部永州。

贈沈觀察作明

曾誦吟篇識隱侯，同鄉同宦不同遊。簪花妙格傳薇省，磨盾雄文濯錦流。一別鳳凰池上客，三遷雲夢澤南州。聞名自昔今成面，梅雨初深麥正秋。

謝長沙張令餉鰣魚

江流活活雨絲絲，正是鰣魚欲上時。指動適從千里至，腹腴頓慰十年思。金盤觸手流膏滿，玉箸分鱗入齒遲。自笑充腸慣藜藿，嘗新一賦擊鮮詩。

鑿石浦草堂次湘潭秦明府嶸韻四首

維舟舊地剩禪牀，新搆誰摹背郭堂？過客依然臨極浦，詩魂曾否戀横塘。草間卧石千年在，雪上飛鴻一向忙。爲問春江何處麗，青燈缺月照荒涼。

老去遊踪偏爛漫，客中古意半蹉跎。每經勝蹟如梭擲，爲怕牢愁觸眼多。鑿石江山渾不老，迴塘風月自相摩。無情被惱緣君句，重取遺編一再歌。

草堂野老賦乾坤，此意千秋孰與論？仙令來時傳立石，山僧歸去掩空村。飄風暮色餘蕭瑟，斷岸危波自吐吞。不遇蘇門舊詞客，縛柴誰啓逐江門？

草堂人合草堂傳，今日堂成信有天。繫榜定知神是宅，披榛畧似海爲田。風騷作主如君少，俎豆斯文屬此賢。不盡遲回江畔意，帆風莫送上灘船。

望嶽

翠濤行晴空，南嶽忽當面。森然動心魂，諦視目雙眩。奔騰出雄奇，盤薄發葱蒨。竟日與之俱，爲客效迎餞。山腰雲氣升，横舒净於練。蕩蕩光明藏，晃漾迷所見。一痕天半青，雲表漏如綫。當是祝融峰，高格成獨擅。吾從萬山來，遊屐已畧徧。見山頗厭山，對之忽忘倦。方知兹山奇，南維藉之奠。昌黎昔南遷，開雲古今衒。而我適然遇，即目該衆善。無雲繪其真，有雲悉其變。所得良已多，何必古人羡？登臨倘有期，杖策從吾便。

寶慶道中

千盤直上俯兜羅，似蟻延緣似磨磨。夾道草香疑有瘴，半山雲影看成波。濤聲不斷鳴泉急，日色微通古木多。遥辨炊煙覓村舍，亂岡平處水田禾。

寄鍾氏寡姊

廿年共晨夕，姊壻鍾國相贅余家未久，殁，余奉養寡姊，撫其子女，于今垂二十年矣。萬里同水陸。手足相因依，自幼老逾篤。有子未能養，形影不相屬。大兒留京師，出入誰顧復！小兒幸我隨，枯腸飽粱肉。兩地心懸懸，誰歟伴孤獨？月殘暗書窗，風碎戛庭竹。無人知此情，嬌女空在目。傷心賦離歌，歌竟不忍讀。

寄内

早歲輕別離，家居迅流電。十年官京師，稍稍酬繾綣。俄承視學命，挈汝來楚甸。休車未兼旬，走似弩離箭。新險試江湍，改陸煩驛傳。觸熱疲登頓，頭目苦瞑眩。初完永州棚，每試一府，諺云『一棚』。披閲手口倦。譬如覆平地，一簣何足算！刻日計後期，彌歲未得徧。岳陽迎早梅，衡陽待春燕。回憶出門時，蒲酒先我薦。余以五月四日出巡。歸來定何日，倘復同此餞。念汝來我家，辛苦共貧賤。貧賤汝不悲，所悲不相見。今更復何如，離淚想被面。懷哉孱病軀，努力加餐膳。

渡瀆江

今日渡瀆水，客心良自怡。至清生色相，深碧上須眉。未覺三湘勝，真于六月宜。懸崖容置屋，老此復何疑？

七夕

此日忽已夕，淡然風露清。客程殊渺渺，離思且盈盈。牛女亦多事，星河空復情。一痕千里月，幾處照人明？

口占

平岡一片樹成林，中有人家住緑陰。應笑道旁車馬客，投鞭空負十年心。余昔題友人小照，有云：『解得投鞭松下立，人間何處不清涼！』

水車二首

形模約畧紡車同，妙轉如環得未窮。致遠溝銜承溜竹，岸旁爲溝，深廣二尺許。破竹如承檐溜者，置溝中，輾轉相接，引水周田中。汲深輪轉灌花筒。輪端環以竹筒，沉則飲水于溪，升則吐水于岸。迎波稍借編蒲力，筒間間以小帆，廣五寸許，長與筒等，水激帆迎，則輪轉不休。激水先資聚石功。溪中聚石阻水，引溜激車。吾欲葫蘆依樣畫，歸傳良法徧吳中。

斷岸深溪隔未通，水車高引落長虹。隨流如閱升沉境，澤物休矜吐納功。霑灑有情聊作雨，吹噓無力不緣風。年來老懶疎人事，過眼機關一鑑空。

度楓門嶺二首

人非猿鳥忽騰空，峭壁懸崖曲徑通。俯視宿雲千片白，高臨初旭一輪紅。盤旋踪跡如行讀如杭蟻，縹緲身形欲御風。昔慣洪波今絶嶺，心恬百怪險夷同。

下山難倍上山難，峻阪千層落轉丸。失足幸無岐路悞，輕身漫説畏途安。人煩擁護休矜獨，地入高危那得寬！寄語同行諸侶伴，憑虛留眼一相看。

下嶺循澗行石壁下

青蒼一片誰斷割，一嶺横分兩峯拆。巉巗斧鑿宛留痕，風雨千年磨不得。行人頭上懸崖懸，雷聲脚底聞鳴泉。眼前有境道不出，山禽無語風飋然。

度磨石嶺觀雲海

黄山雲海世所傳，曹圖洛禋學士有圖潘記稼堂先生有《觀黄山雲海記》歸愚篇。沈尚書有《觀雲海》詩。昔嘗披玩不忍舍，懷此不到空年年。今來楚南度磨石，如石磨磨折且旋。枯蝸升壁蟻出穴，高凌碧落卑重淵。悄如坐我三十六峯頂，俯視下界兜羅綿。維雲觸石膚寸起，澹痕輕素飄炊煙。初升一縷合萬族，漸彌罅隙無旁邊。當其欲合未合間，百重樹杪噴薄無聲有形之飛泉。分流互注各有態，虚空欲碎難雕鐫。遲來惜我未見此，但見浩浩一氣相盤聯。幻參雲水寓色相，妙兼雪月争幽妍。恍疑一拳坐一葉，斷查銀漢浮張騫。還疑岳陽舊夢唤未醒，神遊赤岸君山顛。或云天羞夜郎洗陋俗，《綏寧志》云：古夜郎地。天吴海若紛駢闐。不然夸娥負山送我北海之北南海南，罡風鼓籟聞成連。盪摩星日墮杳杳，平夷凹凸歸平平。就中忽露雙峯尖，光明摇漾青螺圓。與之低昂波下上，俄然近遠風便娟。瀛洲方丈此或然，不爾胡得空中懸？吾聞乾坤大物山與海，表靈藴真窮言詮。惟山有海海有市，變滅諸相真虚元。代傳其説見者少，况我過客尤難焉。登州海市禱乃見，侈神報豐天哀憐。不祈而獲我何德，重是帝命司文權。與蘇殊遇遇差勝，可無健筆追坡仙。坡仙往矣不復作，詩成未擬投時賢。時賢自有黄山在，那識渠陽别有天！

先慈諱日

中元祀典竟虚懸，諱日旋逢又缺然。闕下陳情傷往事，余于壬戌七月二十一日乞假，先慈即于是日見背。客中展拜自今年。妻孥想爲羞籩豆，兄嫂都應問墓田。最得親憐稱少子，報恩空結再生緣。

將去靖州讀趙誠夫留别樓頭山色詩作

渠陽學舍山環立，窗後窗前雲亂入。雨來四壁素煙沉，霽後一簾濃翠濕。樓中來往客如流，樓外青蒼萬古秋。客去山光誰管領，獨將愁黛向空樓。

晨霽發靖州

日日雨，今日晴，天如知我愁山行。山行無塵泥不滑，溪風吹面新凉生。不雨而晴晴亦得，那見天公好看客！人生快意似此無，慎勿恃天心膽麤。君不見，山重嶺複易迷誤，失足豈必皆泥途！

靖州諸生餞余于道問之有名列三等者二首

與前臚拜各陳辭，左設圓方右薦卮。苦説蠻方風俗儉，野蔬村釀獻宗師。

遺珠不怨採珠人，一例孤寒感激真。敢信鑑衡公論洽，須知耕讀士風淳。

黔陽道中

不道人間世，桃源信有之。溪山互迴轉，水石盡幽奇。即境可成悟，欲言良已支。行人上圖畫，相望各相疑。

早發沅州

山徑初平驛騎通，半輪曉月墮空濛。遥嵐籠霧如雲澹，初旭翻江列炬紅。點地明星蘭葉露，噴人香藹橘林風。早行殘夢無須續，領取秋光一望中。

寄兒子師亮兼示姜壻古漁

昨朝得家書，聞汝已開筆。初作時文，俗云開筆。學字未成行，讀書未盈帙。如何便事此，欲速成痼疾。如彼車無輪，何以免覆躓？如彼笙無簧，何以吐音律？效顰襲時姿，那復掩醜質！吾家故清寒，數世綿作述。恒産倚硯田，春耕待秋實。及時肆微勤，後獲良可必。蹉跎悔已遲，可惜惟此日。願同姜家郎，相戒毋自逸。

寄　内

昔不解吟詩，今詩乃清絶。古云窮則工，良爲吾輩設。詎意閨中人，歲歲感離别！無從寄秋懷，稍稍親筆墨。亦復遂工此，詠絮席可奪。初疑兩女頑，弄筆衫袖黑。或恐踈女紅，慈母心不悦。那知見獵喜，揮翰霏玉屑。老婦亦爲之，誰不事塗抹？定知官齋清，吟誦聲不輟。吾聞富家妻，珠玉豔妝飾。又聞貴家婦，冠帔耀同室。驕逸不知檢，往往至顛蹶。今汝獨蕭然，冷淡作生活。固緣吾境窮，亦足徵汝德。此别誠須臾，未抵昔久客。而愈勤所事，内外稟令則。吾懷良已開，安用心惻惻！

寄鍾氏甥女

昨寄朱郎詩，甥倩朱康哉偕余在幕。欲讀不得見。今以二十字，書尾寫離怨。雖未盡諧律，先素薄後絢。真情盎然流，使我淚雙泫。念我與汝母，手足同一貫。愛汝同所生，不以鍾鄭判。汝亦善事我，膝下共留戀。客中苦思家，肝膈如縛線。引之輒痛心，只爲三女伴。女本非男兒，始近終必遠。曾聞葉歸根，幾見弩留箭！而我豈不知，癖愛終莫變。未解造物心，可肯如我願？此願尚難期，離别已成漸。時貞女將于歸。感兹心怔忡，獨悲客誰勸？但囑莊與貞，偕汝攝眠膳。羈懷隔關山，歸信看霜霰。見面慰平安，椒酒相與薦。

寄古漁

愛女因愛壻，情好同所生。況汝抱美質，恭默逾老成。憶汝就甥館，秋月經再明。外静朗内照，衆濁流孤清。寒蟬正繁響，獨鶴殊未鳴。良非矯勉得，肯以久暫更？以兹輙心許，遠到期前程。而翁困宦海，十載羈南征。掉頭不顧家，慘淡勞經營。公餘課子圖，往事空含情。致汝幼失學，歲月嗟峥嶸。朅來就余讀，硯席欣同耕。及余三歲間，謂可成汝名。人事信難料，匪久迫此行。挈之來星沙，一别難合并。緊豈無良師，恐或殊我誠。又豈荒素業，恐或怠所令。誠以世故衰，怠緣宿望輕。宛轉不自決，千里心怦怦。連月家問至，拆書喜且驚。文字改舊格，新詩有清聲。循此得深造，鋭進復永貞。尺木極霄漢，涓流至環瀛。自晝乃成棄，小就安足榮？學成後歸覲，親心良用傾。念汝白雲淚，雙眼那得晴！忍淚專所向，勿以離思攖。懷哉慎眠食，南望秋雲平。

贈沅州瑭使君

行部歷三郡，所覩多高賢。鄭寶慶守吕靖州牧兩使君，治行差比肩。宜今不違古，服膺心拳拳。竭來見明公，净直如池蓮。三公合鼎峙，輝映争後先。入疆田野闢，川嶺皆鮮妍。民物氣和暢，苗猺業歌絃。啓治緬宋代，遞迄元明年。温温被化日，稍稍清蠻煙。終竟雜荒穢，外薄同窮邊。恭逢聖人出，文教敷南天。涵濡百年久，雨露深潺湲。五溪古所棄，而亦歸平平。陞州建府治，政教彌燦然。吾觀此形勢，聚米難盡傳。楚黔倚鎖鑰，山澗迷迴旋。夷漢况錯處，守者稱難焉。惟君握治本，數載仁風扇。革心用我法，化俗從民便。仰承造士恩，聖德罔不宣。頑石被雕飾，祥金入陶甄。以兹盡楚楚，禮樂衣冠全。吾來試多士，搜玉窮藍田。披沙或遇寶，把玩不忍捐。頗聞向多弊，往往煩蒲鞭。今不事聲色，亦不滋尤愆。方知德化深，吾遇良有緣。明山何高高，沅水何淵淵。傾懷亮無極，剪燭題長牋。

雜感十一首

一生落拓本無家，久托閒曹閲歲華。偶點雪泥飛不去，離鴻啼上洞庭槎。

好官多得一囊錢，人盡云云我不然。飲水明心誰與試，亂山深處覓貪泉。

敢詠緡蠻陋楚音，披沙往往遇兼金。扶慵力疾勞披閲，不負諸生是此心。

衡鑒公明萬口傳，過情聞譽亦欣然。那知多士三杯酒，換却勞臣兩鬢元！

自歷湘沅到五溪，晚聽遠柝曉聽雞。兩行燈火三聲炮，逝水東流落日西。

虚堂寂寂夜沉沉，手倦披尋口倦吟。簾内殘燈簾外月，露華燭淚一時深。

向來老懶慣貪眠，一别春明少睡緣。陽羨鵝籠莊叟蝶，不曾輕到枕函邊。

薄寒中體怯單衣，藜藿枯腸不耐肥。乞得菜根滋味好，一瓢糜粥慰調飢。

江南消息鴈難將，風雨聯牀舊夢荒。歷盡三湘周七澤，煙波極目楚天長。

一别梅涇十二秋，來依子舍到皇州。鴻歸燕去如相避，何日蒼髯對白頭？陸氏甥依余于京師者垂十載，近稍能自立。余長姊年六十餘矣，于戊寅之春，就養子舍北來，未到而余已有湘南之行。

孀姊鍾氏寡姊垂垂雪滿顛，兩甥猶是未婚年。分張不忍貧何惜，地下慈親一樣憐。

吞松閣集卷之八

秀水鄭虎文炳也撰
門人欽州馮敏昌編次
男師亮師靖師愈謹梓

古今體詩　六

永順道中

灘行避紆迴，杖策踏蹇嵯。一線争猿猱，雙足不得展。旁臨不測溪，杳冥昧深淺。流目左右顧，頓使心骨軟。奔峭如有循，陡落不留踐。據輿勞挽牽，朽索慮中斷。側足資扶持，長路困重趼。一上直萬尋，十步或九轉。行者偶不戒，骨肉委空窾。徒旅無人聲，過耳但聞喘。有時相驚呼，接口𠮟緩緩。艱難得一宿，同侶慶倖免。楓門與磨石，昔險猶在眼。即事想所經，舊境笑平衍。古稱蜀道難，似此良亦罕。所以五溪外，足跡到者鮮。維皇格苗頑，禮樂化兵燹。人皆樂誦絃，俗亦陋袒跣。設官事撫綏，誰敢力黽勉？貪暴諒非宜，廉仁乃其選。作歌告來人，慎勿辜帝簡。

永順府閒述四首〔一〕

斗大一城耳，森然萬壑秋。有山皆絶壁，無水不懸流。虚牝風聲怒〔二〕，山作怒潮聲，彌日風乃作。晴空霧氣稠。客身憂瘴厲，九月已重裘。

山外原無地，山頭尚有田。刀耕農當鍤，火種野多煙。灌溉難爲力，榮枯只問天。傳聞春夏日，比歲雨綿綿。

民勤憐俗儉，婦女共耕樵。露粟腰鐮刈，山蔬背籠上聲挑。珥渾垂臂釧，裳偶飾鮫綃。蓬跣慙相顧，逢人欲諱苗。

頗愛民風古，猶欣士習淳。到知官吏重，誦得是非真。耕鑿皆安土，文章不致身〔三〕。恍遊懷葛世，絶勝武陵春。

坐聽事待旦寒甚

霧重疑山遠，峰高得日遲。瘴煙收不盡，霜氣客先知。絃誦仍蠻語，衣冠式漢儀。移風吾有責，衰鬢且禁持。

科試諸童有作二首

月没星稀漏點沉，燭花千朵結文心。竝肩不敢横肱坐，昂首微聞抱膝吟。落紙有聲蠶食葉，揮毫流影竹成林。一旬兩度三年過，永順歲科連試。珍重中郎爨下琴。

苗土軍民永分四籍一例同，敢緣固陋薄彝童？未遷莊嶽難齊語，偶上蘭臺辨楚風。海外尚能知白傅，潮陽終不負韓公。輶軒幾輩間關至，誰破天荒萬壑中？

土家竹枝詞九首

土司神座設堂前，門後魚蔬祀祖先。今歲歲除逢廿八，早收雞犬過新年。土家除夕月，大盡以廿九，小盡以廿八，祀土司于堂，祀其先于門後。率用魚蔬，閉雞犬于别堂。

新正各寨鬼堂開，男女神前擺手來。上自初三下十八，一家歌鼓百家陪。每寨設祠，名爲鬼堂。正月自初三至十八，寨民以次祭于鬼堂，男女襍至，羣歌擊鼓以爲樂，名曰擺手。

木叉架屋竹編牆，累石塗泥作火牀。出臼新炊包穀熟，全家齊坐火池旁。室中累石如北地之炕然，名曰火牀。火牀之正中爲火池，以供炊爨。不食米麥，以露粟爲糧，俗名包穀。每日二餐，臨餐始舂穀入釜，熟則全家環池就食。

項飾銀圈耳十環，耳環大于釧，以多爲勝。耳各五環，非富者不能。不冠不履不梳鬟。布裙窄窄才遮膝，水便溪行陸便山。

三月燒山種雜糧，五月家家插稻秧。兩熟收成齊割穗，樹頭千束掛斜陽。所收禾稻，連本掛樹木屋壁間。

木落草枯山獸肥，山開山熟初墾山曰開山，墾而成田曰山熟獸全稀。山農偶出獵狐兔，也説今朝趕仗歸。土司冬日出獵，曰趕仗。

密網環牽獨木舟，手叉漁父伏船頭。一網一舟莫亂放，一叉一箇莫輕投。漁者率以獨木爲舟，繫網船尾，一人手叉，伏船頭視水中魚，以叉刺取，百不失一。

一手牽絲一手梭，一人織出錦江波。那知更有挑花手，牛角如針細細磨。苗錦，土家之女紅也。有織有挑，皆以一人成之。挑以牛角爲針，尤工巧。

女不嫁時阿揑羞，女大未嫁，母家羞之。土家呼母爲阿揑。女若嫁時愁復愁。舅家來催還骨種，無錢將女折肥牛。嫁女之家必厚貨其舅，曰還骨種。貨莫重牛，惟富者能辦，貧家則以一女婚于舅之子，餘女乃許嫁。

十月朔試事畢偕諸友浴于郭外玉屏山之温泉〔四〕

亂山深處温泉多，煙埋雲翳無人過。玉屏之峯翠環郭，泉生其麓臨溪河。岸通樵汲水賈舶〔五〕，疏鑿偪仄開煙蘿。地靈到此惜不得，衆晦獨顯名難磨。我行按試畢科歲〔六〕，士習淳樸躅煩苛。頌聲未敢信碑口，歸旌暫駐來巖阿。因呼朋儕却騶從，微徑确犖周盤陀。隔溪峭壁削積鐵，環泉練帶鋪青羅。一泓下澈鏡開匣，千漚上泛星流波。有聲無臭空是色，鍊陰鑄陽中而和。解衣就浴試深淺，如鼎不沸供摩挲。浮光着體瑩寒玉，伏火入腹攻沉疴。我聞人來春夏日〔七〕，淵深泉没疑傳訛。泉在溪旁，春夏水暴至，泉没溪水中，至秋末水涸乃見。希聲蓄寶似珠玉，方流圓折供描摩。小春天氣風日好，而我適至非天何！自憐此身本無垢，緇塵久染羞婞婀。濯纓濯足興所便，枕流漱流原殊科。昨經茅砰山名歷高望，山名。俯身萬仞如投梭。暫蘇喘息悸未定，得此庶足驅愁魔。獨憐茲泉落蠻徼，欲齒名勝憂譏訶。官清俗儉不好事，誰與點染資吟哦。彝童苗婦恣穢褻，寒猿野鹿相騰那。網羅才俊漏草莽，同此淪落悲蹉跎。披衣太息坐盤石，杖策緩步登危坡。臨流何人問牛飲，閉户有客眠雞窠。幸無盤筵污遊歷，永絶車騎驚麾呵。維名累人終累己，以無名故無轗軻。華清流豔此流潔，俯仰今古生悲歌。芙蓉含笑向幽澗，落日送影銜青螺。徘徊林壑不忍去，留題吾欲鐫嵯峨。

灘行

晴雷殷地秋潮鳴，灘形未見先灘聲。遥看一片雪花白，近之萬斛雲濤傾。濤中亂峯森劍立，峰罅懸流飛箭急。舟輕一葉路盤鈎，一招出險憑攔頭。運招劈浪浪花碎，濺沫飄珠滿蓬背〔八〕。心摇目眩耳風生，一灘過去一舟平。二十五灘齊過後，長年勸汝一杯酒。全舟性命寄汝櫂，慎勿濫用當官錢。見利忘害貪夫然，君不見高魚洞口幾覆船！友舟及高魚洞，以餅餌犒從役，舟人攫食，運招稍遲，幾没于浪。

雨中重行辰沅道中所過村塢諸生咸出迎送吏以非例麾之退諸生云生各預期遠道集此忍以例却耶余爲停輿作禮而去

繞郭沿村管送迎，吏緣破格謝諸生。如余過者經幾輩，謂爾非歟無此情。刻日裹糧皆遠至，連山愁雨况難行。停輿爲答殷勤意，莫向寒宵負短檠。

沅州道中諸生有獻茗飲者

誓飲沅江水一甌，濫分苦茗已懷羞。翻言使者心良苦，此味濃來比得不？

集詩經四章章八句送某太守入都

淑人君子，王之藎臣。式序在位，媚于庶人。無恒安處，一歲食貧。匪究匪棘，以保明其身。

譽髦斯士，作爲式穀。矢此文德，惠此南國。公歸不復，其何能淑。跂予望之，實惟爾公允師。

青青子衿，不義從式。如沸如羹，誰能執熱。斤斤其明，克共明刑。淑問如臯陶，單厥心。

四月維夏，式遄其行。云徂何往，入覲于王。天子是若，休有烈光。歸哉歸哉，俾也可忘。

雨中發沅州漏下二鼓抵懷化驛宿

入夜衝泥到，安居尚苦辛。何堪徒步者，而況執輿人！逸樂原非分，艱難在切身。端居良未悟，風雨告勞臣。

題旅館壁余往返三宿於此二首

兩試沅江近十旬，往來信宿此頻頻。何人掃壁題三過，玉局應憐有後身。

雪上飛鴻迹偶然，池魚盆草忽生憐。方知愛戀生桑下，佛性何嘗斷業緣！

曉行雪中

曉望忽無際，客行知歲闌。記從春雨後，余以二月杪出京。直到雪花殘。南北無窮路，溪山別樣寒。官身有程限，恩重敢辭難！

大霧

昨日雪迷路，今朝霧滿空。衣霑無雨處，人語宿煙中。收拾千山盡，蒼茫一氣同。離聲忽天際，浩蕩没孤鴻。

送趙誠夫北上

此聚未云久，此别毋乃遽！迢迢指後期，道遠那可豫？念君鸞鶴姿，鬱結困軒翥。春風兩鬢吹，星星漸非故。而我亦愁人，觸緒紛哀慕。清湘弔三閭，古井感太傅。空言徒自留，遺恨向誰訴？可憐鵩鳥聲，夜夜聞荒署。雨昏翳燈光，屋漏徙卧具。酒薄不成歡，轉側時至曙。無緣慰離心，聊復整歸馭。湘江水生春，岳麓雪飛絮。絮飛有時銷，春來有時去。惟有送君心，纏綿無盡處。

巴陵道中二首

編蘆架壁草爲房，隨意平沙點鴈行。莫歎萍踪無定宅，年年留眼閲滄桑。

新漲沙洲十畝强，裙腰草緑菜花黄。不愁蘆長添新課，只怕官來要丈量。

三月三日澧州道中

春光匼匝碧沉沉，頓使羈懷出好音。冷暖山川人换眼，榮枯草木歲無心。荒村不省湔裙節，禽語能酬擁鼻吟。只是東風太欺客，全收湖勢作輕陰。

即景四首

娟娟宿霧映春山，横吐修眉直翠鬟。遠近迷離看不盡，眼忙消得此心閒。

東風吹緑上征衣，芳草王孫畫裏歸。忽破村煙迎堠吏，一聲鼓角鷺鷥飛。

馬蹄穿破碧瓏玲，柳陌蘋洲取次經。多謝東皇好描畫，一番勻染一番青。

惜花心性久消磨，花雨深深糁袖多。紅亞籬邊斜竹外，教人無奈客愁何！

梨花

高情真逐曉雲空，過眼迷離似夢中。間柳遮桃最無賴，露痕零落馬蹄風。

澧蘭

花葉碧於染，春風吹更深。蕭踈高士致，雅淡美人心。素影應羞燭，微香欲上琴。無言伴孤寂，相對忽成吟。

小樂府十五首

儂手折蓮蓬，問郎何似我？只爲藕根絲，結得心頭苦。
郎似新蓮花，妾似枯荷葉。花去葉孤圓，經雨還經月。
送郎到江頭，梅子黄時雨。梅青容易黄，雨斷難成縷。
望郎到江頭，秋月沉江底。一點似儂心，落在郎懷裏。
江頭雪如波，江上波如雪。雪裏候歸舟，身冷心腸熱。
郎飲湘江頭，妾飲湘江尾。郎吹氣如蘭，流到儂口裏。

嘖嘖草根蟲，點點堦前雨。總是不分明，如郎共儂語。
難常是春雪，難定是秋陰。儂無怨郎意，天自鑒儂心。
拜月下前除，迴頭見孤影。莫是箇儂來，悄步蒼苔冷。
多謝團欒月，照儂心可憐。儂心不在此，并照那人邊？
折桂置枕函，夢中省不得。微聞鬢邊香，道是歡氣息。
甘蔗煮作餳，餳成蔗空老。但願十分甜，煎熬莫煩惱。
搓花作紅豆，寄儂説相思。相思不相思，問花花得知。
儂心一寸多，種柳還種荷。多絲猶是可，生蓮苦煞我。
儂書寄當歸，郎書寄遠志。榆錢卜平安，反覆知無字。

曾孝女 有序

孝女名衍綸，山東長清人，湖南郴州牧曾尚之女也。年十五，侍母疾，火發寢室，抱母共焚死。郴民哀而祠之。

昔郴有蘇仙，學仙棄其親。留井贍衣食，窮老無兒孫。今有曾孝女，殉母以自焚。郴民感其事，祠之郴江濱。死者長不没，仙者今安存？雖存究何裨，慚此閨中人。

長相思

柳花成團桑葉稀，黄鶯不語春蠶肥。蠶肥絲長繭如甕，一繭雙蠶死生共。東家嬌女罷曉妝，阿母催上繅車忙。繅車咿啞轉鳴玉，繅出雙蠶翠眉蹙。翠眉蹙，長相思，轆轤腸斷車聲遲。

胡侍御衣菴典試楚南以使車歸覲作詩送之

悦親非富貴，揚顯古所榮。所嗟迫王事，屺岵含深情。致身與致養，此事難合并。侍御中州俊，奉命持文衡。湖嶽獻靈瑞，蘭蕙羅秋陰。歸途汝水陽，呼殿驚鄉氓。上堂拜二老，一笑春自生。奉觴侑何物，明月湘波清。流連不信宿，綵衣映飛旌。聖人重掄才，典試洛公卿。使車四方出，絡繹如流星。誰歟似君遇，家國同此行。驛路便鄉邑，庭幃復康寧。非人實天幸，惟德斯福成。人生膝下歡，垂老猶童嬰。感此不能默，歌罷心怦怦。

贈衡陽陶悔軒明府

昨君治益陽，我來歲方晏。醉心飽夙聞，握手恨遲見。今君治衡陽，我去日納餞。重諧故人歡，趁此入粤便。念我乘輶軒，一載周楚甸。急裝避危灘，徧歷煩驛傳。傲吏或偶逢，草具亦時薦。惟君義薄雲，每過被深眷。歡聲到輿臺，瑣節及眠膳。車徒勞遠將，胥役罕中倦。情文妥行居，威令肅卑賤。即此一節奇，已識百事練。昔聞羊裘翁，謂嚴觀察有禧。美君有餘羨。云得公等賢，落落布州縣。天下不難治，獨惜少此彦。吾懷良亦然，即遇感物變。依依冬旭温，摵摵霜葉戰。離顔夫如何，西風皺江面。

清泉行贈清泉尹江蔗畦

我行清泉道，爲賦清泉行。清泉在山山以名，因山名縣清泉清。凡泉名清名亦允，考實徵名亂難準。山多泉多不見泉，不見泉見清泉尹。問尹家何方，岷江入海天蒼茫。江，維揚人。問尹姓何氏，笑指門前如練水。生平愛飲江心泉，滌除凡骨稱閒仙。偶然仙音吐冰雪，月明帝瑟飄朱絃。偶然仙鳧逐鴻乙，峰登迴鴈摩青天。看君眉宇映湘竹，知君吸盡湘江淥。餘波净洗宦途塵，深澤濃沾楚民福。清泉心迹稱清泉，清泉合籍君家傳。將泉比君泉不足，出處兩江君占獨。他時粵使若重經，爲君更賦清江曲。

校勘記

〔一〕乾隆《永順縣志》卷四《藝文志》録此詩，題作《永城閒述》。

〔二〕『牝』，乾隆《永順縣志》卷四《藝文志》作『谷』。

〔三〕「不」，乾隆《永順縣志》卷四《藝文志》作「未」。
〔四〕乾隆《永順縣志》卷四《藝文志》録此詩，題作《温泉》。
〔五〕「舶」，乾隆《永順縣志》卷四《藝文志》作「泊」。
〔六〕「我」，乾隆《永順縣志》卷四《藝文志》作「吾」。
〔七〕「我」，乾隆《永順縣志》卷四《藝文志》作「往」。
〔八〕「蓬」，當作「篷」。

吞松閣集卷之九

秀水鄭虎文炳也撰
門人欽州馮敏昌編次
男師亮師靖師愈謹梓

古今體詩 七

瀧上謁韓文公祠

過者萬萬輩，惟公克烝嘗。偶述瀧吏語，聊託慨以慷。神明豈戀此，祀典乃肅將。瞻彼淇澳竹，有斐民勿忘。草木皆可敬，行樂緣歐陽。盛德必有感，方知人心臧。念公實謫宦，治僅潮之疆。手起鱗介族，被以雲錦裳。宏力具開闢，文教敷南方。煌煌千餘年，俎豆流馨香。今余祇帝命，視學於一方。較公盛遭際，愧公職文章。何以繼公後，克迪前人光。摳衣拜祠下，如在神洋洋。

遊觀音巖

雲摩峭壁平，水嚙石脚瘦。窾空豁深巖，峆岈竅陰竇。杳杳龍蛇藏，業業檐宇覆。誰憑象教力，負石累危構。繫空本無根，隕淵慄誰救？崖垂當户蓮，窗媚隔江岫。輕帆天際遥，落日波面皺。我從湖湘遊，歷覽罕此靚。欣兹據通津，倚岸若迎候。勞人覬賞延，夜泊聽寒溜。

遊飛來寺次梁瑶峰觀察韻

峽江清駛山崚嶒，山寺舊蹟署可徵。前聞二禺後初祖，香遺薝蔔彌邱陵。洞猿不見經石泐，因緣附會繁名稱。我來嶺南適經此，輕舟頗畏風威凌。天公留客便遊覽，足未履岸心飛騰。山僧迎笑冬日暖，醍醐潤渴春雲凝。捫蘿附壁導以登，樹不凋落石氣蒸。石磨雙膝樹拂膺，誰健腰脚我則能。從而後者呼不譍，如墜飲猿聯臂升。往經高望空所憑，輕身健舉同秋鷹，兹小試耳安足矜。休勞坐亭看飛瀑，縈巖絡壁如銀藤。僧言春夏水暴怒，驚雷沸雪添冰兢。我思諸天極樂界，名人刻劃幽奇增。東坡昔謫嶺海外，村童野衲皆良朋。留題坐甜跡偶寄，鑾風吹鬢嗟鬅鬙。當年何人起逐客，千秋勝蹟傳枯僧。賢愚得失吾有感，篷窗不寐吟寒燈。

題松巖福將軍射鹿圖

昔公官上都，公暇試破竹。雹散風蹄輕，羽飲石虎伏。雄心快麗龜，妙繪傳射鹿。念公富文章，壇坫推老宿。况時稽職司，堆案只部牘。乃不忘馳驅，走馬捷飛鏃。運甓同此心，白羽豈徒肉！以兹重主知，南顧咨頗牧。初鎮得白門，移節駐黄木。我時後公來，握手傾素蓄。

披圖看從頭，英氣眉宇撲。緬懷古名臣，將相無定目。世降才益庸，文譽聊自粥。戎機未身嫺，射義徒口熟。惟我熙朝賢，文武藝兼服。即今征西師，沙漠蕩平陸。赫赫傅兆勳，衛霍命奴僕。當其翔廟廊，裘帶何雍睦！一朝秉戎麾，萬里効神速。自非豫所事，事及良朒縮。方知躭晏安，鮮不嗤覆餗。習勞托從禽，公意寓卷軸。詎自矜穿楊，庶克副推轂。文也呫嗶儒，見獵心爲逐。縛袴願從遊，貫蝨差可卜。約公春草肥，學射黃麢麓。

詠連理枝次梁瑶峰觀察韻爲方伯宋况梅前輩賦

蒼龍偃立歲堂堂，離合榮枯那足當！拔地未嫌殊所出，參天原各自高翔。一枝橫度聯同體，萬葉交垂散古香。莫比尋常花並蒂，宋公榕是召公棠。

歲試肇慶幕中友以詩謝餉荔子次答二首

正是新晴四月天，官廚初進荔枝鮮。折隨微雨連枝潤，褪出凝脂落指圓。消渴最宜文字飲，伴君合送海山仙。論園揀樹何年事，先約移家種蔗田。粵多蔗田，利倍菽麥。

簸揚沙汰費尋窺，老去真慙目力微。破倦乍看新果熟，照人欲睹夜珠輝。怪伊多刺應褫服，與我同甘合賜緋。飽食不須愁内熱，坡云三百未全非。

贈顧光禄秋亭二首

峨峨鍾山巔，鬱鬱多珍木。中有貞栢姿，空翠映寒緑。上枝承羲輪，下根潄泉玉。鸞鳳來迴翔，風露足薰沐。如何廊廟材，養真返空谷？空谷無冬春，萬古同轉燭。

逆風來無時，薝葡聞香林。林中何所有，頻迦自孤吟。吟聲悦衆聽，與佛同妙音。我欲從之遊，渺渺恒河深。河深不可渡，空此解脱心。

贈惠州太守李方玉

與君共桑梓，宦跡各岐路。相思不相從，忽忽感遲暮。使星入南天，一覿披瘴霧。鄉音妥羈心，快語傾積素。念惟聖治隆，文教實先務。予祗視學命，嶺外展衰步。微聞此邦材，不斲安朽蠹。狎懦昧所懲，習熟罔知誤。勉思振刷之，更革條教布。人情耽宴安，聞命愕相顧。惟君謂宜然，侃侃勿衆附。爰請自隗始，鵝城試先赴。今兹試士竣，作新革其故。遑云我法行，非君法徒具。獨怪賢使君，熊軾此初駐。指揮得從容，威勸忘賞怒。久兹良獨難，甫爾乃彌裕。方知康濟才，恢恢絶常度。此其緒餘耳，安足相歎慕！羅浮翠可餐，滄溟浩莫渡。君乎善自愛，蒼生待襦袴。

題陶女讀書遺照

玉牒前身本是仙，偶然游戲落塵緣。來時聞作去時語，只住人間十五年。

題洪明府東村竹泉春雨圖三首

修竹鳴琅玕，泉聲與之應。春雨時復來，至音同一聽。

此境山中多，難語出山者。出山心在山，因之向圖寫。

九曜亭邊竹，藥洲池畔泉。私之不可得，即景心茫然。

次寄衡陽丞石文成四首

采風曾泛洞庭湖，宦隱真傳有碩儒。吏部躭書如麴蘖，徐陵架筆是珊瑚。偶揩手版看衡岳，慣吐吟髭落夜珠。髣髴博陵遺韻在，一時崖岸破除無。

鴈帛將來月滿墀，屋梁顔色夢魂馳。方干謂方南堂姚合謂姚以銅俱名士，冀北淮南鬥酒旗。

瘞玉空題貞士墓，閉門誰問子雲奇！那知更有龍眠客，折桂搴蘭贈所思。

鼻觀香參薝蔔林，生天成佛宿根深。門前合有推敲客，橐裹知無暮夜金。枯竹老槐晨夕伴，江聲岳色古今心。肯緣鴈鶩分行進，斷送秋光負寸陰。

未親雅度見虛衷，慙愧明珠抵雀同。無分共調湘水瑟，含愁獨聽海門風。鱷魚徙後難韓子，荔子丹時憶長公。近狀文通若相問，檳榔學食吐成紅。

度秦嶺謁昌黎祠

藍關一徑入青旻，俎豆何年廟貌新？牛女移躔分地脉，雲山終古屬文人。生同磨蝎憐窮命，予身命俱坐磨蝎。來駐輶軒拜逐臣。倘許從公稱後死，願憑神力起凡民。

長樂道中灘行二首

郎嫌急水緩，妾愛圓沙横。水解將妾意，沙能阻郎行。

舟行水無力，舟住沙不知。日日沙水中，消磨鬢成絲。

潮陽道中同甥倩朱熙姪兆龍即事聯句

聞説潮陽道，宜人風物清。穿雲度危嶺，炳也。下瀨報鳴鉦。深淺量波渡，兆龍。高低遠黛呈。田車翻浪急，熙。岸柳卧溪横。村近浮煙翠，炳。山凹得樹平。墟人包飯出，龍。樵女荷鐮行。避栅舟盤磨，熙。連灘水沸羮。沙堆道濟米，炳。石聚武侯兵。過隙雙篙亂，龍。隨流一線縈。延緣遲客路，熙。趺宕暢離情。鷺堠趨津吏，炳。郵籤記水程。花洲朝旭麗，龍。蓮渡夕陽明。雙峽蓬萊險，熙。三河畫鷁迎。移船同卜宅，炳。出谷喜遷鶯。盪槳閒雲度，龍。銜檣塞鴈征。暗香鄰舫密，熙。枯坐客心驚。霧隔花枝隱，炳。風將燕語輕。三年輸宋玉，龍。一笑憶劉生。頗擅陳王賦，熙。誰傳杜牧名？掃愁傾緑蟻，炳。消渴破新橙。舊夢清江月，龍。嬌歌白玉笙。風流豔裙屐，熙。拘束賤簪纓。花鳥留前約，炳。溪山負夙盟。歸帆及春早，龍。芳草正盈盈。熙。

寄俞茂才性亭二首

跋涉五千里，迎君悵已遲。昌黎師有説，俞附俗能醫。分寸陰須惜，膏肓病莫治。辛勤煩夜課，數起問何其。

冷署稀人跡，荒廚足菜根。榻虛塵不掃，襟在酒無痕。差類懸匏地，偏開立雪門。豚蹄有奢祝，絶倒滑稽髡。

潮州府作

蠻俗天所閔，簡賢作之師。得公難其來，因以術致之。竄身抵南服，燭晦符明離。一夕鱷魚徙，萬古瘴霧披。公初不諫佛，諫或信不疑。從容廊廟上，匝洽雨露滋。夫豈一隅漏，而難爲公私！公之不朽業，自在豈必兹。惟兹實賴公，用以昌聲詩。桐鄉朱邑墓，蜀郡文翁祠。古人歿世稱，即境足自資。何庸賤符竹，而必登台司！上表請封禪，願效於文辭。憂患亮難遣，剛耿終不移。獨以吾道南，被之窮海涯。嗚呼古謫宦，此邦實纍纍！類不任以事，拘縛同纓縻。公誠有天幸，俾之展所爲。潮遇良已厚，公亦傳於時。我行韓山麓，載涉韓江湄。江山得姓氏，蒼碧含清姿。美人如可作，榛苓有餘思。

讀潮州府志

守潮僕射韓之先，常袞爲潮州守，民始知學。訓民化俗同於韓。以韓掩常名實懸，顯晦曷故韓曾言。莫爲之後盛弗傳，需殷遇踈愁緣慳。維彼天水生海壖，璞玉未琢琴不絃。乃飾徽軫窮雕鐫，叩音發采清而堅。耳頓易聽目改觀，寄以吾道重克肩。與其鄉人相陶甄，薪火不絶歲月綿。先河之祭韓宜焉，家尸户祝香火繁。祠韓配趙肅豆籩，如至聖宫祀禮虔。當時柳州相抗顔，羅池侯神廟貌鮮，以今視之殊天淵。韓誠有本放海泉，非溝澮盈涸可憐。第無沿流與尋源，汨泥揚波久不湮。韓常顯晦理可研，意或在此非關天。得材教育裁斐然，聖賢用是心拳拳。吾欲師古懶莫前，身如土牛不堪鞭。即今校士楚粤間，得鮮一二周三年。夜不貼席曉不餐，但覺閒處差安便。無稱没世吾亦安，毋徒役役躭陳篇。

小除舟中同甥倩熙姪兆龍聯句

忽忽小除日，炳也。悠悠岐路心。亂山青叵匝，龍。孤塔影浮沉。飛槳乘灘險，熙。迴篙避石侵。寒風輕壓浪，炳。夙霧遠依林。閣雪雲垂幕，龍。先春雨似金。染桃紅欲滴，熙。倚岸豔逾深。未覺輸人面，炳。休教點客襟。無情催歲暮，龍。有伴是鄉音。祀竈黄羊薦，熙。辭年臘酒斟。兒童喧爆竹，炳。椒絮雜謳吟。樂事真堪憶，龍。離懷恐不任。韓江流萬折，熙。秦嶺隔千尋。遠道方伊始，炳。思家不自今。送愁波冉冉，龍。釀恨日陰陰。赴壑蛇將没，熙。銜門燕已臨。消磨短蓬底，炳。歸操譜鳴琴。龍。

過蓬辣灘見桃

蓬辣灘下洪濤洪，蓬辣灘上桃花紅。洪濤駕舟輕一葉，瞥眼花枝空豔絶。摇波拂岸費疑猜，衝寒認是紅梅開。梅開半落桃半破，報道炎州歲方暮。歲云暮矣多離憂，西風獵獵吹船頭。

紅豆和陶上舍篁村韻四首

萬點相思萬刼同，斷腸人獨倚簾櫳。偶迴倦眼看成碧，欲寫閒愁賦比紅。記曲掌擎珠錯落，埋憂身付骨玲瓏。從教灑盡啼鵑血，散在枝頭泣曉風。

斗帳紅珠彼一時，别來容易見來遲。西方秋老人初去，南國春濃物有知。樓外絳雲迷舊夢，窗前朱鳥啄空枝。如何得傍金釵底，方勝同心結綵絲。

誰屑珊瑚綴碧條，也隨桃雨怨風飄。三生未化燒心火，半面渾遮暈頰潮。繫得赤繩珠可合，承來紺袖唾難消。蓮塘一自輕拋擲，驚破鴛鴦夢裏蕉。

記取靈芸别後身，玉壺清淚血痕新。傷心畧似燃於釜，繞宅何緣幻作人？一點紅宜留玉臂，十分圓欲上櫻唇。只嫌不及榴房子，空結團欒未了因。

除夕前一日立春題嘉應州使院觀美樓壁

鎖院驚春到，殘年尚客身。歲增新舊歷，樓閲往來人。遠目窮南北，鄉心共主賓。偶留鴻爪雪，題壁記前因。

答興寧廣文曾璟用前韻二首

猶是書生耳，文章許致身。語君安冷署，如我亦陳人。雪點鴻終去，雲開鴈偶賓。相逢共相勉，陵援謝塵因。

白雪難消鬢，黄金不鑄身。曲江空逝水，風度想伊人。廣文曲江人。苜蓿春堪摘，禺夷日乍賓。願憑雙眼力，消受百年因。

除夕同人讌集二首

梅州弭節歲方徂，試院清嚴一事無。萬户晴雷喧爆竹，滿庭春雨醉屠蘇。坐中北海新樽斝，樓外南宫舊畫圖。徹夜龍鸞紅照室，未須松火鬭齊奴。用東坡松明火詩意。

雅鶩列炬啓長筵，未必團欒遜往年。舊巷郎君多羯末，後堂弟子得崇宣。春融杯氣驅文藻，雨點檐聲當管絃。豈獨鄉音誇有伴，醉眠我欲傚坡仙。

元旦疊前韻二首

一持使節歲三徂，赴壑修蛇繫得無？橐裹金輪漢廷陸，篋中詩現宰官蘇。當時大阮人能説，先季父曾令廣寧。此日南征我不圖。先君子遊粤中，有《南征集》。努力衰年繼先志，莫徒重賦荔枝奴。

辛盤秩秩薦初筵，五日梅江已隔年。鑾徼衣冠尊吏部，逐臣姓氏埒文宣。起衰無力追芳躅，變俗隨人笑改絃。暫緩試期閒歲朔，一杯聊學醉中仙。

試武童馬射再叠前韻二首

校射東郊萬馬徂，書生豪氣未能無。晴飛雨鏃春風軟，青入霜蹄凍草蘇。王會衣冠來絶徼，凌煙褒鄂有新圖。指平西事。墨堪磨盾纓難請，方信耕原合問奴。

分陰是惜謝張筵，校試時，提調例有宴，余却之。錯比元公吐握年。國士知還輸漢相，虎臣名合進周宣。行看健翮摶鵰鶚，願化麤才入誦絃。學敵萬人須努力，圯橋黄石豈無仙？

上元日校射歸途即事三叠前韻二首

射圃歸來日未徂，明蟾猶隱夜燈無。此間可樂不思蜀，到處聚觀疑是蘇。耕硯人捐三尺犢，時禁文童試武者。面山門對十眉圖。惟憐作苦蠻鄉女，半雜樵丁與牧奴。

官清俗儉少歌筵，處士遺風太古年。依廡賢齊椎髻孟，易衣人伴挽車宣。祈蠶不泛元宵粥，仰壢争聽單父絃。無象太平還有象，用東坡句。使星行處亦神仙。

元夕四叠前韻二首

驚心令節惜年徂，火樹星橋舊夢無。是處簫聲傳畫閣，誰家簾影蕩流蘇？燈街看盡魚龍戲，月地描成士女圖。今日鬢絲禪榻畔，兩條官燭一奚奴。

傳柑猶記上元筵，人在東風最少年。骰子暗將心事卜，鸚哥誤把姓名宣。紅牆碧漢三千里，暖玉明珠五十絃。惆悵涼宵官舍冷，蓬球空拜月中仙。

贈嘉應牧詹經原五疊前韻二首

匆匆別恨隙駒徂，校士逢君百弊無。入聽難同焦尾蔡，上書不少敝裘蘇。良苗被隴先除莠，神駿空羣可按圖。千尺梅溪能浣俗，未須解穢倩花奴。

款款深情秩秩筵，多緣生客又新年。鎖闈頓使吟懷壯，灑壁從教醉墨宣。敢壽名山磨斷石，願迴流水入鳴絃。重來荔子丹時候，許贈傾城海國仙。

上元後六日留別觀美樓題壁六疊前韻二首

帆影行隨去鴈徂，輕將歸信託文無。頻登高閣題痕滿，笑指春山睡態蘇。塵壁肯教紅袖拂，隣陰空倩緑雲圖。晚風斜日留人住，幾度憑闌喚酪奴。

閒消茗飲不須筵，此坐經時便隔年。戀客山容雙黛蹙，送人鳥語八音宣。吟殘崔灝樓中鶴〔二〕，譜出成連海外絃。高卧未能留後約，北窗重與賦遊仙。

將軍山

山含春雲青，石露虬骨瘦。倚空有孤撑，跨波得虚覆。壁削平孰磨，罅坼碎如湊。初疑女媧遺，采煉彌缺漏。又疑石髓流，風凝出皴皺。問名訝將軍，倖象殊甲胄。苔蘚偶作緣，土壤不敢垢。樹古蟠蛟螭，屏展界紋繡。上枝蔽危峰，下根貫陰竇。高宜致仙禽，險不隱怪獸。探岳遲巨觀，循江副奇覯。去舟泊中宵，迴榜覩晴晝。酬此隔歲心，如有十年舊。摩崖欲題名，迅帆促歸溜。遊屐空遲迴，山靈笑凡陋。

生得一鼠戲以小玻璨甕貯之

陋質真慙竇甕盛，居然出谷比遷鶯。冰壺朗照原無膽，玉府初登未注名。投器人應憐碎璧，伏身貍已頓堅城。從今長住光明藏，速獄穿墉笑衆生。

題俞性亭望雲圖

吾生故貧賤，卅載困馳騖。欲行不忍行，欲住不能住。凄凉拜堂前，飲淚即長路。馬後多白雲，馬前滿霜露。悠悠征途子，一步一回顧。念君四十年，膝下慰孺慕。生事與死葬，于志已無惡。乃不殊古人，屺岵感同賦。人生逐利名，離別日虚度。掉頭不顧家，如壑水奔赴。可憐密線衣，慈母手親作。著殘賦歸來，清淚灑墟墓。絶裾古今同，覆轍永不悟。而我適蹈之，皋魚痛誰訴？板輿御無時，椎牛祭空具。慙君愛日誠，不以宦遊誤。重君望雲心，不以存没忤。成君嶺海行，良亦以我故。致君栖棬思，圖寫入絹素。披圖感彌深，慙汗紛雨注。

三月十八日試保昌始興大雷雨

驟雨翻盆下，驚霆殷地來。簸檐風亂瓦，入座水平臺。危比巖牆立，奇徵納麓才。行看燒尾去，凡介莫相猜。

雨中試士有感

夜氣昏昏燈不紅，寒星萬點曉煙中。行庭合用乘泥橇，卷幔偏多送雨風。箬笠未歸西塞老，草亭肯負杜陵翁。萬間廣厦真痴想，莫嘆諸生露處同。

書感四首

春色何曾到瘴鄉，一番炎熱一番凉。鶯鶯燕燕都無賴，雨雨風風有底忙！嵐氣升雲沉曉日，水痕如畫上危牆。牀牀漏濕頻移席，銀葉燒殘辟蠹香。

滿室氤氳掃不開，蘭房魚肆費疑猜。花開蝶解尋香去，海上人偏逐臭來。净土諒惟傳佛國，洞天衹合貯仙才。憐余亂絮殘英似，落溷沾泥也是該。

官職身名且莫云，傷春傷别兩難分。染來鬢上寒霜色，添得眉間皺縠紋。容易沉淪惟宦海，不堪留戀是斜曛。如何輕作經年客，辜負荀爐换夕熏。

殘燭風簾不斷流，最難消受是更籌。有人望遠千行淚，比我思渠十倍愁。天外尚遲横海棹，嶺邊初放下灘舟。歸時須記離時候，如霰紅英灑白頭。

扇帳與甥倩熙姪謙兆龍煜聯句

巧製梅花帳，先裁嶰谷筠。炳也。輕雲初落剪，却月爲傳真。熙。破鏡韜文縠，虛絃彀錦茵。謙。一彎舒便面，半榻付閒身。兆龍。紈素班姬怨，芙蓉漢殿春。煜。揚風堪贈客，隔霧已藏人。炳。圓處難名斗，環來欲駐輪。熙。差同諸葛羽，肯污庾公塵。謙。夢蝶飛爭撲，隍蕉卷復伸。龍。紫茸欺塞幕，白氎笑僧巾。煜。未怕炎涼敓，休將甲乙論。炳。窄還容獨卧，雅不稱横陳。熙。羔酒空羣臭，蚊雷净衆因。謙。伴應奴是竹，儉比冕從純。龍。妥我北窗下，同君永夜親。煜。

蠅拂子四首得蠅字

絲絲縷縷似抽冰，非麈非犛價倍增。侔象揣稱聊近拂，旌功署號合呼蠅。慣同畫扇懸塵壁，頻上書牀拂剡藤。愛憩午窗閒欲捉，眼前朱墨又相仍。

黑衣赤幘太生憎，却掃夤緣仗爾能。玉映凝膚人似晳，松搖禪月我非僧。破除物累山同静，斷盡煩心水樣澂。張敬兒言如足用，營營何處不青蠅！

目前擾擾耳薨薨，逐臭屠門附熱蠅。欲假放流簾莫隔，待施誅殛劍無能。推之不去慙徒手，適自何來漫撫膺。老懶倘容操尺寸，敢辭談笑坐麈肱。

忍不能安誅不勝，炎方況少一壺冰。笑持夷甫手中物，净掃苻堅座上蠅。從此冠裳免塵玷，休誇羽翼善飛騰。策勳願比揮軍扇，辛苦飄搖敢自矜？

校勘記

〔一〕『灝』，當作『顥』。

吞松閣集卷之十

秀水鄭虎文炳也撰
門人欽州馮敏昌編次
男師亮師靖師愈謹梓

古今體詩 八

曲江懷古

名賢生長日南州，世守靈祠歲薦羞。天意難迴金鑑録，人心不死曲江樓。曲江有風度樓。文章百粵無雙士，詩格三唐第一流。却笑古今皮相者，獨將風度紀千秋！

連峽

連陽山水勝，往著於文詞。耳目飽實歷，徵聞見彌稀。繫維楚粵界，府此靈異姿。宗海水峻駛，脉衡山逶迤。嶂沓坤軸折，峽開玉龍飛。層崖跨空出，倒峰距波迴。蠹蝕狀皴皺，崩峭危顛頽。刻劃寸膚巧，素繪巨幅披。因緣見諸相，肖物靡不爲。穿劖鮮完骨，洞穴羅星碁。仙真閟異跡，歲久淪煙霏。神淵瀉飛瀑，殊妍而效奇。散之藤蘿間，如雨如綆縻。清音自滿聽，好鳥相與啼。帆風溯流上，延觀覬行遲。行盡心不盡，顧望目屢移。喟焉感造物，蘊真委南夷。畀虎少遷客，榛途孰荒治？空傳含洭道，曾下伏波師。

將雛燕寄王建人

將雛燕，一年一度來相見。主人愛燕兼愛雛，手放珠簾押銀蒜。今年雛燕來，徘徊門巷煩疑猜。往事回頭如在目，老燕前飛雛後逐。穿簾不怕户交花，破夢不愁風戛竹。重尋舊壘歎孤踪，寒銜暮雨啼東風。東風吹淚暮雨紅，隔花人唱悲思翁。

頻　雨

江干一日幾維舟，水氣嵐煙爛不收。寄語離懷無好句，黑雲空壓老夫頭。

初晴望山

五更風定千山霽，一葉舟移兩岸青。似放愁眉開笑靨，緑窗明鏡自亭亭。

羅陽江口阻風有懷樊堂老人口占寄建人

年年來往磕頭風，席帽篷窗笑語同。迴首月斜揚子渡，隻雞何日拜橋公？余曩與樊堂遊淮陽間，數爲石尤所苦，笑謂余曰：『君來風輒相迎，此磕頭風也。』余因成一絶，有『年年來往磕頭風』之句。

龍眼舟中與兆龍煜二姪聯句

火維奠南極，奇隟充海山。諛目地効貢，悦口天不慳。炳也。蚺膽砮石碧，蝶卵繭甕圜。兆龍。雪膚瑶柱茁，霞錦玳甲斑。煜。譜名漏經雅，市異溢闤闠。腥聞羣錯聚，豔吐萬卉殷。炳。佛火燎桑頂，猩紅媚蕉間。龍。傾日以障日，芳魂吐芳顔。煜。花繁元圃勝，果美瑶池班。屠龍問何代，抉目飫此蠻。炳。掛木貫纍纍，瞰空醒鰥鰥。龍。僧繇點難化，克用妬欲删。煜。含黄貌樽古，多白模敦姦。爪利安膜退，液作清淚潸。炳。華沃光欲起，惇啖勇不孱。龍。探珠滿把握，摘星連枝攀。煜。味等荔子美，重比櫻桃頒。雖未薦寢廟，幸不污玉環。炳。奴名冤萬古，丸落珍百鍰。龍。季仲橘柚恥，婢妾梅李頑。煜。炙脯賈三倍，起疾丹九還。宜人陋滋味，令世無痌瘝。炳。朔桃既荒誕，安棗殊等閒。龍。凡實炫甘美，下視同蕭菅。煜。乾嗑夙所嗜，鮮剥亦孔艱。踰淮諒同枳，畫地如有閑。炳。我來歲再昜，行盡溪千灣。龍。坐甑汗泉注，蹋舫腰弓彎。煜。堆盤訝磊落，觸手芬蘭蕑。消渴得津潤，恣嚼酬間關。炳。懷許同陸橘，歸宜壽金萱。龍。望雲目空斷，跨杖術未嫻。煜。當食增哽咽，微吟和潺湲。傳箋不知夕，角聲起棲鵰。炳。

熱水池和壁間韻

兹泉絶勝古湟濱，佛界潛陽地有神。元氣自調寒燠序，净因常結往來人。宅南坎孕離明火，洗瘴天流海角春。濯足未能題壁去，重尋端不怕迷津。

過温泉寺不浴成五古四章呈幕中諸友

昔行湟川道，有泉湟之濱。露浴欣所遇，如沐沂雩春。今遊温泉寺，禪房隔紅塵。池亭翳林木，可以棲心神。而我輒却去，譁然笑諸賓。偶浴不浴耳，此冤非彼親。無言本無意，無意亦無身。莫以今昔故，滯兹去來因。

温泉身可潔，寒泉心可清。偶潔塵垢集，暫清煩冤生。資外中不足，殊跡而同情。何如太虚表，泠然御風行？

客言遠方來，苦此夏日酷。憩陰情亦歡，而況美此浴。榮名與榮願，奢志同不足。即境如已佳，何必更他欲！此語良足用，歸轡期此宿。

涓涓不自絶，似樂江湖寬。去者日已遠，温者日以寒。雜然衆流俱，名實鮮自完。豈不可以濯，冰炭已改觀。出山泉水濁，曠世有同歎。

高涼學使署見佛桑花二首

閲徧滄桑海國陰，漫將姓氏託祇林。粘衣日落秦樓色，食葉風傳梵唄音。戀戀未迴三宿夢，閒閒空負十年心。本無衣被蒼生畧，坐累虚名雪鬢侵。

自榮自落古牆陰，鶴頂猩唇訝滿林。一歲幾人來鎖院，三年兩度得知音。較量長短占桑景，平等春秋見佛心。欲别重期花下宿，莫教斤斧漫相侵。

冼夫人

黄木灣南庾嶺東，夫人祠宇古今同。三朝臣妾明忠順，百粤屏藩漢竇融。肯學蠻夷稱大長，早知都督是英雄。扶南犀杖亡陳淚，愧煞君王辱井中。

宫花行

宫花，明茂名李氏婢也，失其姓氏。貌甚寢，主死，妻亦他適，宫花爲撫其孤以成立，至老不嫁。事載郡志。

李家醜婢名宫花，死没姓氏生無家。玉川似聞陋赤脚，樵青只合供烹茶。婢惟主依主竟死，室中無人乳下子。子有母去諫不留，獨掩荒廬淚如水。可憐不是鬚眉人，夜紉課讀朝負薪，如慈父母如孤臣。昔南粤后劇淫黷，私於漢臣覆其國，玆猶其邦想同俗。程嬰杵臼丈夫事，或猶難之况巾幗。婢何人斯伊何鄉，忽見鴞羣出鸞鷟。當年刺史高羅馮，平蠻翊主夫人功，彼衣冠者眞兒童。高凉山高海若雄，如何靈秀獨向蛾眉鍾？嗚呼如何靈秀獨向蛾眉鍾！

前　題

宫花一婢耳，不識姓與氏。蓬跣無好顔，灑掃供驅使。一朝主死主母去，泣涕請留留不住。爺亡母去兒不知，兒飢索乳懷中啼。舊鬼煩冤新鬼哭，桐棺纍纍風凄凄。風凄鬼哭滿空屋，事死事生身剜肉。晨樵易米兩足皴，夜紡篝燈十指秃。服役不辱婢僕兼，教養無慙父母育。破巢一卵鳳成雛，朽骨三喪牛可卜。東家有少女，羅綺嬌上春，鶯啼燕語愁煞人。西家有寡婦，當户理紅粧，昔爲寡鵠今鴛鴦。鴛鴦失偶不成雙，獨飛獨宿高凉之山旁。羽毛憔悴生雪霜，九十不嫁安空房。遺孤御恩呼阿娘，婢揜耳驚走且藏。我老婢耳分則當，退而執勞如平常。聖賢學問豪傑詣，不在衣冠在徒隷。徒隷亦鮮矣，而况蠻鄉婢。蠻鄉婢，不知名，只知義。名以詩，惜辭費。

前　題

海燕毛羽微，低旁茅簷飛。簷底嗚嗚新鬼哭，雌鸞飛去雛誰育？蓬頭婢，世所輕，撫孤不嫁宮花名。宮花可無偶，主人當有後。主母可棄雛，宮花忍負孤？孤有宮花孤莫惻，天付養孤辭不得。宮花有偶宮花愁，養孤志奪將誰尤？宮花老去孤成家，奇人奇事傳宮花。宮花久咨嗟，兹天幸耳安足誇！君不見，崖門三忠趙孺子，一代君臣付流水，恨血千年海波紫。

化州橘

化州橘紅重球璧，俗名橘紅。柯作虬龍根作石。龍僵石泐老樹枯，元氣不死神靈扶。新枝出土歲年久，不花不果青扶疎。傳聞州家拜而祝，越歲繁生珠滿目。存皮去瓤貢厥包，片片黄雲膚起粟。我來剛見橘垂林，得之重比雙南金。底須藥裹相料理，爲愁衰疾相侵尋。

化州曉發次煜姪韻

嵐氣如煙四野沉，晨雞曉角總離音。懷來蘇澤官衙橘，寫出南陔孝子心。殘月遠山迷夜色，亂蛩怪鳥徧秋林。客愁只有西風解，吹盡餘炎與積陰。

石城弔明吏目鄒公智

瘦馬猶存踣鐵身，公和陳白沙句。一言千古見精神。窮憐掃葉龍泉客，死作投荒海國臣。年少才名宣室賈，生平知己白沙陳。瘴江收骨公何惜，腸斷天涯白髮親。

七月二十三日宿石城大雷雨

滿城渾作鬼神疑，滄海蛟龍起陸時。無月到天雲助黑，迅雷出地雨添奇。聽煩高語聲偏咽，倦欲先眠濕屢移。明日泥途休太息，晚禾新水正相宜。

曉霽發石城既而復雨是日以舟渡者三厲而涉者凡數十處

似憐羈客妥長征，半作天晴半未晴。山暗霧疑文豹隱，海腥風挾毒龍行。補天石破秋雲漏，湧地泉多亂瀑聲。差覺無塵更無暑，葛衣稻隴喜雙清。

新霽曉行即事十首

秋色都從霽色生，最憐沙軟又風清。南來已過黃茅瘴，破曉長途放膽行。

平遠徐熙畫亦難，佛頭螺髻靛光寒。離人忘却修眉樣，天遣秋山雨後看。

淺淺波浮短短苗，淡雲微雨過深宵。曉風皺碧韡紋細，萬顆明珠落翠翹。

纔落雲霄作浪奔，穿田赴壑帶沙渾。羨他不借江河力，自出山溪到海門。

細擘兜羅佛界綿，晴光染出早霞鮮。天公若解詩人意，卷贈琅函五色箋。

淺草平岡看放牛，無人扣角發齊謳。或訛或寢遥難辨，錯認羣烏下荻洲。

高原下隰未全耕，秋草連山一望平。笑我貧無立錐地，攜鋤願作受廛氓。

風物蠻鄉亦可人，詩囊收拾未嫌貧。獨憐無補昇平世，空作天涯萬里身。

身似浮雲足似風，朝朝看盡海雲紅。何時穩坐如禪定，彌勒龕眠嗜睡翁。

壠邊野老輟耕看，傲我田閒歲月寬。故國豈無青箬笠，白頭休戀切雲冠。

廣州使署中秋前得家孟書觸事增感因成五律十二首却寄

暫客三秋燕，孤飛萬里雲。無家耽薄宦，徒穀愧明君。鬢髮已如此，勳名那足云！登高望雲海，蒼莽日斜曛。

熟知鄉國好，況有弟兄親。一別費六載，丙子年與兄聚京師。百齡俱五旬。世無同氣友，誰再少年身！忽憶兒時節，肩隨跡久陳。

宦達且猶爾，於兄更莫論。但憑窮過日，頓覺老催人。傲骨峯千仞，澄懷月半輪。憐余同此況，添得滿衣塵。

寂寞燕臺駿，叢殘季子裘。油帘猶在壁，席帽且蒙頭。醉信乾坤大，閒從歲月遒。君看投筆者，絶域悔封侯。

有子貧家累，無兒老態驚。秋傳珠浦信，月想蚌胎盈。預贈添丁號，重呼拾得名。先君子四旬始得兄，因有『只好涪翁拾得呼』之句，遂以名集。兄亦因以爲號。圖書付他日，富貴薄浮生。

情藉非男慰，斯言良未虛。伴耶翻亂帙，學母繡長裾。愛女無逾我，因兄絶念渠。轉嫌春信早，冰泮意何如？

苦被春霖惱，驚聞米價高。交踈知我飽，辭拙扣門陶。厚禄分多薄，窮邊寄遠勞。來書看反覆，老涙濕征袍。

六姊半存殁，覊孤賸兩孀。鸞分垂老鏡，蘭折未秋霜。陸氏姊壻、鍾氏姊次子，均於庚辰歲卒。夜月哀猿嘯，西風斷鴈行。蕭騷循素髮，是箇與愁長。

舊塋悲剪伐，新墓未松楸。眼盡封堂涙，心傷築室謀。死生踈骨肉，零落到山邱。丙舍何年就，終焉此白頭！

一曲洲東路，橋西二陸家。余家在洲東灣館橋之西。買鄰錢不惜，酬樹值應加。時余舊居主，有索增屋值之信。東閣延秋月，南樓帶暮霞。無人賦招隱，落盡小庭花。

郡接南交遠，城臨滄海深。午風炎更酷，秋霧瘴交侵。歌泣思鄉伴，文章報主心。消磨衰已甚，攬鏡一沉吟。

累重謀生拙，身輕許國難。移文三復媿，大被廿年寒。瓊海星查遠，時將按部瓊州。鴛湖釣石安。相思不相見，努力各加餐。

中秋和煜姪韻

桂花瘴發夜生煙，海角孤城萬里天。過眼好秋如我老，破窗明月爲君圓。客愁暫遣呼中聖，試事初閒號散仙。可憶軟紅塵裏住，自籠驕馬逐輜軿。

雷陽弔寇萊公

中華無地起樓臺，絶徼靈祠闢草萊。孤注讒生蒙帕恥，蒸羊愧煞拂鬚才。北轅不返緣和議，歲幣初增是禍胎。從此中興守遺法，寇公去後李公來。

九日有懷家孟

春幾何時秋又終，路窮南服海空濛。心驚風雨交横夜，夢到茱萸遍插中。欲上擎雷羞落帽，誰同戲馬賦來鴻？歸鄉倘許騎黄鵠，是否臞仙憶長公？

陶悔軒明府母節孝詩

誰言母有子，丹穴無雛鳳先死。誰言母無子，鸞誥龍章榮没齒。哀哉孤兒非所生，卵而育之翼以成。寒冰在衾塵在鏡，空房四壁啼烏聲。烏啼落葉亂如霰，葉底芋魁浄於練。葉炊芋熟兒不饑，淋漓指血沾裳衣。血痕衣上今猶赤，課讀丸熊是何夕？墓門看碧草千回，坊表空留字盈尺。湘江江魚銀作刀，砧落白雪金盤高。遥知偏勸腹腴處，封鮓心傷運甓陶。

江明府蔗畦以余所贈清泉行摹刻於石搨寄數紙賦此誌愧三首〔一〕

迴鴈峯前路，曾經偏使車。舊遊俱往矣，念我復誰歟？怪煞清泉尹，愁翻過嶺書。浮查無定泊，極目海天虚。時余將按部瓊州。

安字難敲月，狂書懶换鵝。籠紗猶未得，勒石竟如何！蟲跡偶留篆，鶯聲署似歌。翻嫌附賢者，惡札久難磨。

奇癖痂堪嗜，虚懷帚亦珍。怪來簪笏地，能結鷺鷗因。淹總皆詞伯，機雲有後身。何時偕二妙，同泛謝池春？

渡海

天水相與際，蒼然入虚空。積氣舉其外，萬象生其中。浩蕩赴心目，相與爲無窮。舟人報安穩，午潮正東風。微茫測半渡，一髪青濛濛。轉瞬達彼岸，日未及下春。昔疑珠崖郡，蛟蜃之所宫。古以禦魑魅，竄逐多寓公。豈知際盛世，天膏洽沆溶。威德暢殊俗，餘力馴魚龍。波夷颶不作，帆影聯飛鴻。擊汰有利涉，望若鮮戚容。安瀾詎非瑞，習故昧所從。但樂聖人世，罔識聖人功。方知聖人大，浩浩乾坤同。揚休欲記勝，才力嗟衰庸。蒼茫一迴顧，萬里鯨波紅。

將去高凉因病復留

整轡即歸路，興言及明晨。維摩忽示疾，變見諸幻因。千里止跬步，四角生車輪。人生在天地，夢幻泡影身。疾病與憂患，于中每相尋。不如南面樂，髑髏得其真。生死等歸寄，家客無冤親。應住便須住，試與達者論。

力疾就道大風寒甚

王事不辭病，晨興戒車徒。嚴冬十二月，動地狂飇呼。雲疑作霜雪，凍欲皴肌膚。人如退飛鷂，匍匐號輿夫。道旁見野老，掛杖酒一壺。殘年租稅畢，入室團妻孥。此樂良自足，而我乃久辜。生年不滿百，少壯況已徂。如何不作計，日暮猶征途！

宿温泉寺以病不浴

力疾破清曉，落日投禪關。山僧笑相迓，腰作枯松彎。云已掃浴室，願客償前慳。入門感所遇，故物鮮自完。庭柯如我病，憔悴無嘉顏。慨然念行役，芳歲忽已闌。須臾賓從至，各各褫衣冠。次第及童僕，盥濯生衆歡。病夫美一睡，無心弄潺湲。宿願終間阻，虚此投征鞍。人事難可料，類作如是觀。轉側不成寐，四壁饕風寒。

那旦登舟是日風始息二首

天外初收退鷂風，暖煙晴日半江紅。車中新婦搴幃出，一笑全身落鏡中。

白沙翠竹媚清遊，碎石柔篙鬥淺流。無數雲鬟排岸立，獨將青眼候歸舟。

題熊觀察繹祖公餘行樂圖七首

舉網羡得魚，漁樂魚不樂。孰令忘江湖，於牣看其躍。《曲江觀魚》。

梅嶺已無梅，賞雪本無雪。郎念如可傳，在目皓已潔。用陶句。《梅嶺賞雪》。

讀書不讀易，寡過良未能。惜哉韓昌黎，憂患彌兢兢。《書堂讀易》。
琴趣不在絃，虞音豈須石！適然與之逢，聲静萬山碧。《韶石彈琴》。
春蕪平似席，春柳碧於塵。未放星流羽，先教蝨視輪。《南軒習射》。
學書通於律，儀舞傳其形。崇臺隱古堞，下筆風泠泠。《九成臨帖》。
蓮心不辭苦，蓮花不辭濃。濃苦孰可愛，爲問濂溪翁。《愛蓮閣》。

春寒二首 以題爲韻

葛屨絺衣嶺外身，不知誰是耐寒人？天遲暖律緣逢閏，海漲新潮始覺春。氣以氤氳彌結聚，物經磨鍊越精神。自調玉燭陰陽順，南北炎凉節候均。

鎖院沉沉夜向闌，坐銷殘蠟膩銅槃。暖風隔面鶯花晚，凍雨侵簾雪霰寒。九十春光憑酒送，五千文字擁裘看。何時與泛西湖在惠州艇，放眼晴波萬頃寬。

和門生張書谷藍關道中韻

乍破濃陰放嫩晴，春山直上曉雲輕。同瞻遷客如生像，誰結斯文後死盟？石點殘棋田展局，嶺横翠幛樹盤纓。羨君收拾歸吟管，笑凭籃輿緩緩行。

清溪道中雨用前韻

只作春寒不作晴，散絲雨脚帶煙輕。漁竿原有披裘約，鷗侶真同戴笠盟。篷底夢驚莊叟蝶，竹邊人濯楚童纓。安車乍度藍關路，珍重天公妥客行。

喜晴復用前韻

猶及殘春半月晴，坐來天上一舟輕。山禽沙鳥聞新語，竹岸花村省舊盟。頻唱蘇詞揮鐵板，偶同髡笑絶冠纓。郵籤報出興寧口，穩放中流自在行。

和書谷疊前韻詩

見日人方信是晴，妄心掃盡宿雲輕。朝朝暮暮原知夢，燕燕鶯鶯浪主盟。如鳥投籠魚在盎，似牛披繡馬垂纓。莫言名教多拘束，苦海回來樂地行。

讀書谷疊韻詩喜而有作二首

快讀新詩對好晴，併來樂事客愁輕。舟中未識誰堪敵，城下何妨我受盟？阿閣鳳寧棲枳棘，渥洼龍合賜繁纓。九重閶闔雲開處，知爾終當掉臂行。

如君端不負春晴，珠玉隨風咳唾輕。公子争傳千首號，先生聊破十年盟。余自患病後，不作詩者垂十年矣。韓門天水欣傳鉢，宋代華陽欲掛纓。珍重霜蹄致千里，莫隨我作磨驢行。

再用前韻示書谷二首

頃刻炎凉變雨晴，天容如繪俗情輕。揚揚世已榮齊僕，碌碌公皆與楚盟。受塊窮辭殞底璧，投梭恥絶坐中纓。美人香草憐遲暮，曾弔湘靈月下行

不經雨後不知晴，磨鍊人心莫漫輕。過眼難留春暖候，轉頭易忘歲寒盟。舞盤讓客誇長袖，汲古同君續短綆。試看扁舟如箭疾，順流行是下流行。

送周生在霦歸應長沙省試四首

昔我涉湘澧，盈筐采蘅蘭。采之欲遺誰，用奉君子歡。江月圓又缺，江水清以寒。三年不能致，悵望空雲端。

雲端見逸翮，毛羽異凡禽。朝飲南海水，暮作扶桑陰。揚和悦衆聽，頻迦聞妙音。知音亮有作，被之熏風琴。

熏風破輕寒，雲外生濃緑。慨然知春歸，如客難信宿。禽聲乍歡晴，芳意初在目。離心積

佳辰，何以慰幽獨？幽獨苦易負，矢志羞榮名。榮名未云賤，苟得良自輕。喬松蔚晚翠，芳甸餘春英。及此送君去，悠悠千載情。

寄師亮四首

避濕緣憂疾，先余竟得歸。一江春水駛，萬里白雲飛。乍上南湖棹，初穿密線衣。殷勤問腰帶，別後瘦還肥。

到及清明候，多因問墓田。將余垂老淚，寄爾灑重泉。極目五千里，迴頭二十年。含飴弄孫事，永斷此生緣。

汝伯親于父，將伊看作兒。問年驚及冠，念我劇傷離。衣食艱難處，晨昏卧起時。併來方寸內，歷亂似棼絲。

裘馬當年客，西風滿籜冠。致身須及早，失學在偷安。齒莫嫌人冷，心因覆轍寒。閉門勤尚友，徵逐謝朋歡。

水中鴈字次韻四首

點破寒塘鳥篆横，羽書飛渡字初成。諒非龜負看同象，恐是龍跳聽有聲。日下文章翻水就，池邊爪觜畫沙輕。偶然戲海原無跡，肯眩雕蟲作意鳴。

寫照清流不厭勤，問誰偷格紀詩勳？曉風皺縠工三折，落日浮金豔五雲。豈有魚書煩寄遠，忽看水面自成文。一丁容易從人識，只恐擡頭錯認君。

錦濯迴文繡未如，濤箋新着墨痕初。平遮藻影迷真本，曲帶波紋類草書。殘月同沉釵股折，横江不卷練裠舒。天邊踪跡隨萍泛，一字師真歎起予！

欲避虞羅寫恨難，鏡中美女格珊珊。豈甘削牘同鷗没，但借奔泉潤筆乾。蘆荻花浮嫌近墨，魴魚尾掉爲磨丹。莫言幻影無真跡，寄語旁人洗眼看。

又疊前韻

萬里音傳絶塞横，河梁舊恨草難成。援毫漫寫澄清志，繪水如聞嗚咽聲。豈有蟲魚堪作隊，怕緣文字便相輕。逝波莫認叢殘影，照見春坊劍欲鳴。

秋風折抹爲誰勤，莫向滔滔想策勳。蠹處魚真侵斷簡，塗來鴉已讓凌雲。銀鈎不信堪垂釣，珠客多應未解文。野鶩家雞無限好，月明沙岸獨愁君。

高低身影惜紛如，憂患多緣識字初。題柱可能煩駕鵲，燃犀只合照傭書。暫留鳥跡波殘滑，淨洗煙痕月練舒。鴈落江空無點墨，從今曳白不慚余。

只恐瀾翻下筆難，書雲心事已闌珊。萍踪合處奇誰問，魚沫噴時唾自乾。好去隨波同數墨，莫來近日共研丹。分明揮翰青霄上，却笑人從水底看。

校勘記

〔一〕乾隆《清泉縣志》卷二十七《藝文志》引是詩，第一首自註作『時余將赴珠崖郡。』

吞松閣集卷之十一

秀水鄭虎文炳也撰

門人欽州馮敏昌編次
男師亮師請師愈謹梓

古今體詩 九

卜節婦

賢哉卜氏婦，守身一何潔！繼室稱未亡，幼子誕彌月。撫孤以事親，孝義等存殁。病感芹冬生，姑病思芹，冬生於庭。夢感骨同穴。其大婦瘞處，久迷其所，夢大婦告之乃得。古有今且疑，聞驚見彌悦。掩骼與周貧，餘美出全節。悉數良未終，須眉愧清德。壽以瓊瑶詞，芳徽永不滅。

阮舍人吾山秋雨停樽圖

秋心已無奈，而况雨聲中。此際只宜飲，此樽誰復同！風寒長夜永，月黑小樓空。哀響自相發，非關竹與桐。

葛仁山同年長松小憩圖

身坐長松陰，耳聽流泉音。泉如鳴琴松落針，樂斯可憩默可瘖。一息萬古深山深，深山非遠棄不尋。車聲滿耳塵滿襟，埋生起死煩人心。葛精形家及醫。人心難常往可徵，君歸我從無滯淫。

桃葉渡江圖四首

渡江迎桃葉，身自爲舟楫。雙楫一舟輕，莫自生驚怯。

驚定却窺郎，背坐羞迴睫。生怕秋風生，波面紋千摺。

千摺抱金山，中泠出其底。一點似儂心，埋没郎懷裡。

懷裡一枝花，春來能結子。子内復含仁，生生自兹始。

湯葯岡同年小照二首

無事此垂釣，不知天地春。青山自滿眼，紅杏欲隨人。水定平於掌，魚貪偶上綸。放竿何所得，一笑剩閒身。《紅杏山漁圖》。

吾亦欲歸耳，無田愁奈何！看君託圖畫，隨意得行窩。鄉有如雲鍤，隣多荷雨蓑。從人學農圃，此願未蹉跎。《禾田逹秀圖》。

送葯岡南歸次留別韻四首

君來我亦乍還京，不道君先別我行。二十年中猿鶴怨，三千里外鴈鴻情。濠魚重閱升沉態，隍鹿誰爭得失名？好在青山容着脚，水宜漁釣陸宜耕。

長往何妨更小留，征衫寒透忽驚秋。一枰已慣輸先手，千佛空憐在上頭。葯岡殿試第二人。不盡關山勞跋涉，無多牖户費綢繆。瓊林花草遊仙夢，併入離懷相助愁。

風力猶欣未折綿，囊琴襆被去來便。落花隨意沿流出，行蟻無心逐磨旋。松菊籬東原有徑，蟲魚硯北好勤牋。故山風景名山業，歸作逍遥物外仙。

我亦思歸舊草廬，買山有願立錐無。隨身瓢笠將何託，落掌梟盧已倦呼。乞食叩門陶令拙，圍腰握臂隱侯癯。明年準訪山漁去，紅杏花開酒重沽。

三月下浣六日雪園給諫招諸同年小飲藤花下有感中伯之殁

紫藤不自樹，階木斯高蟠。引蔓復垂花，纍纍蔭檐端。春歸夏新破，及我初解鞍。招我同年友，飲我琥珀寒。和風襲襟袂，四座生衆歡。主人謂兹花，可作杞菊餐。即境念疇昔，逝者如奔湍。奔湍詎能迴，復此花滿闌。花開客言好，花謝誰當看？及此只宜酒，勿生花下歎。

同年楊大二思陳七雪園胡六星岡熊大學橋羅四旭莊邵四蕢村及余爲雞黍之會月兩舉望前十日望後二十五日爲常期會重九雪園先一日集同人將遊萬柳堂雨阻不果金宫詹海住先生欲入會先之以詩因次其韻

題襟舊會留君在，曩余在都，與同年每月爲文酒之會者十人，今惟余與雪園在焉。傳食頻年慣我饕。余使粤按部時，有句云：『畧同傳食泰。』日落古藤尋宿約，雨深萬柳罷登高。一星躔斗文光耀，八洞名仙異數叨。爲就良辰先雅集，莫言無菊但吟糕。

題大理丞王君若常曾祖中翰家慶圖中翰爲崑山徐相國壻二首

引蔓絲蘿故不長，託根松柏便高翔。那知薇省投簪客，舊是郄家坦腹王。

題詩人已半存没，况此蒼顔畫裏人。不蚤抽身樂團聚，玉峯何日倍還春？玉峯，地名。

中丞儲梅夫前輩雲泉訪僧圖四首

一十六年彈指過，宗伯自題舊句也。吟成又自十年多。披圖試認從來我，鬢影青于佛頂螺。

茅屋難重對巳公，詩情畫意轉頭空。逢人指點雲泉路，中有當年雪上鴻。

書局從公近十年，而今短鬢已蒼然。幸無面目留圖畫，未覺穠華委逝川。

算來閒處莫如僧，若改緇衣我亦能。生怕達官牽率去，教人傳寫入溪藤。

蕢村静中觀我圖

萬物皆有我，我故生衆因。至人乃無我，無我存我真。我我與非我，定知非色身。用色身觀我，自觀如觀人。愛少而憎老，即我分冤親。因觀轉喪我，何如與之泯？佛言觀自在，不以意智徇。定中見水觀，無波亦無津。此爲觀我法，奚以動静論？請君看圖畫，松竹皆含春。求之失所在，即目斯燦陳。無心與遊化，是之謂天民。

消寒十四首次王太守礪齋韻

三生誰共一樓空，忽發鯨音遞朔風。凄緊已敲羈客枕，春容猶在化人宫。乾坤暮暮朝朝裏，今古匆匆擾擾中。若爲夜行人説向，寒宵漏盡曉雲紅。寒鐘。

手理寒衾鐵幾重，消磨永漏是嚴冬。踈疑凍雨傳晨柝，冷咽霜風雜暮鐘。蠟炬淚乾容易燼，地爐火盡不須封。曉籌未報難長夜，絳幘雞人睡正濃。寒漏。

漁舟如鴈集雙雙，千疊晴沙萬里江。罾撒冰絲雲在水，魚跳玉尺雪飛窗。冷煙衰草鋪頹岸，遠火繁星聚野矼。誰是披裘富春客，寒流無主自淙淙。寒罾。

已分崚嶒與世遺，模稜可許便逢時。也知噓氣成雲早，未肯因人炙手遲。貪墨心驚慚守黑，呵毫齒冷罷吟詩。從他鳳咮嗤牛後，留取冰壺照研池。寒硯。

自剔殘燈續短暉，暗窗清影鎮依依。花開隣壁寒猶蕋，焰落孤螢凍不飛。入隙風欺蟲語絮，隔簾霜逼篆煙微。短檠二尺看書便，何必金蓮撤鎖闈？寒燈。

蘆簾紙屋客孤居，土炕煤爐樂有餘。暖老非人衰骨健，澆寒無酒纈紋舒。誰家獸炭香噴鴨，若箇牛衣目似魚。蕙草空殘頻畫箸，火傳薪盡獨愁予。寒鑪。

寒鴉如墨點寒蕪，高趁西風振羽呼。陣比銜蘆鴻影亂，啼憐警露鶴聲孤。雪深古木棲何處，背冷斜陽占得無？歲晚營巢好將子，莫攀鵬翼事南圖。寒鴉。

斂羽禁寒似木雞，司更嬾向短牆啼。門無金距功難奏，名誤真珠見恐迷。風噤圓吭瘖勿惜，雪埋赤幘首頻低。談元未解空求飽，俯聽朱朱逐隊齊。寒雞。

多男多累漫云佳，刀尺聲中繫老懷。鶉結蒙茸殘絮在，海圖坼裂斷痕皆。練裙葛帔他年恨，布襪青鞋舊願乖。差勝長卿餘犢鼻，輕身傭保託生涯。寒衣。

水閣漁莊萬户開，炊煙處處出牆隈。凍雲初引千條直，帶雪徐飄一縷來。老衲定知煨芋熟，村童争拾墮樵回。獨憐懸罄難黔突，饞吻饑腸學望梅。寒炊。

可是桓伊與結鄰，高樓横笛感羈人。牆邊鳳管寒難譜，水底龍吟凍莫伸。聲度江城梅未蘤，暖回鄒律谷皆春。慚余昨自珠崖返，葱葉思翻舊曲新。寒笛。

莫輕悲憤破桐君，猶擬羹牆一見文。絃急條冰依玉柱，腹生寒浪蹙龍紋。歌風暖散盈庭雪，送鴈香遮望眼雲。太息鍾期今老去，山空木落耳無聞。寒琴。

雪滿長空花滿園，方知寒谷即花源。榮枯久定冰霜性，黯澹難招蜂蝶魂。宜酒宜詩宜粉墨，自開自落自朝昏。若爲題品忘言象，也道都無剪刻痕。寒花。『都無剪刻痕』，用黄山谷《雪花》詩語。

歲已闌時夜亦闌，月圓月缺凭闌干。割愁怕見腰鐮樣，照影驚同玉鏡看。兔擁冰輪愁撲朔，桂荒蟾窟感叢殘。寄聲望遠遲眠者，風急霜濃一倍寒。寒月。

鴻臚傅謹齋前輩以移居詩索同館諸人和即次其韻四首

束笋何來集衆香，名卿舊是校書郎。詩徵仙籍羣真會，門受清風廣莫凉。老屋滄桑頻易主，故家風月慣飛觴。而今庭竹初成實，萬里雲霄下鳳凰。

買宅艱於璧易城，九重新見鳳巢成。託兹杖履林泉味，被以文章草木榮。擇里似聞鄰是德，留賓尤愛酒爲名。莫言車馬喧門外，自有西來爽氣清。

公才定合築沙堤，先傍沙堤御水西。好鍊丹心鎔素髮，休吟白日感黄雞。琴囊酒盞容消受，竹鳳槐龍待品題。行馬佇看施廣厦，欠伸莫歎首頻低。

才從筆墨賦相於，趨步粗能學徙居。時余將移寓。若比遷喬非定宅，倘稱同志或收予。掃門昔未題凡鳥，破凍今方出懶魚。介謁願憑張老頌，竊瞻輪奂卜來如。

次吴農部璜移居韻四首

聞擇新枝别故林，喬遷亦可寓升沉。從知穩奠留賓榻，未肯輕收買宅金。庾信誅茅宜入賦，浣花背郭已成吟。倘容善頌招張老，酌酒圍鑪及歲陰。

久從伏櫪識雄姿，今始騰驤副所期。未出吾門應是恨，庚午分校京兆試，得吴卷，力薦不售。初登曹省莫嫌遲。論傳衣鉢慚冰署，願上星辰到鼎司。囑掃新居銘座右，折君官職恐緣詩。

落拓看余現在身，對君如證去來因。摶空懶逐鵾鵬運，得食欣隨鳥雀馴。鬼解摸金同墨吏，余頻失金，或云有物爲之。燕方成壘屬隣人。余與同年章選君習之比屋而居，今即以屋售之，將蹴屋以遷。無聊也作移家計，收拾殘冬待好春。

豈無清夢託觚稜，鄉語關心客思增。霜下東籬千本菊，月中南郭半湖菱。倘營小築堪歸隱，猶戀閒曹爲喪朋。別爾終成揮手去，試留後語作前徵。

礪齋續成消寒詩上下平三十首見示復次其韻

上界嚴鐘度遠空，五更寒勒禁城風。似將霜信傳豐嶺，不遣花深隔漢宫。月冷千門魚鑰外，雪沉萬騎玉珂中。蒲牢殷地金鴉舞，破凍輪蹄動曉紅。寒鐘。

宫漏層城隔幾重，持時添刻記三冬。箭傳乙夜宵初柝，外城率二鼓始傳更。星拱辰居曉未鐘。吐水虬寒殘滴緩，出花聲咽凍雲封。誰憐辨色趨朝客，驚破香衾睡思濃。寒漏。

一罾一葉樂無雙，霜滿丹楓月滿江。雪壓千絲沉凍澤，冰含萬目照篷窗。結隨篝火移星浦，曬趁斜陽上石矼。最愛寒流掣踈網，清宵汕汕亦漎漎。寒罾。

完璞何年斧鑿遺，出山猶是在山時。氣含冰雪如人澹，文隱蛟螭起蟄遲。石黛爲田耕用火，蕉真有葉雪宜詩。近朱近墨澆誰試，折取梅花入凍池。寒硯。

繫繩何必戀斜暉，半壁燈堪五夜依。萬户螢明寒豹静，六街星暗早鴉飛。剪嫌指冷憑花落，吹爲風多起焰微。却憶紗籠官燭夜，獨披絳帳坐重闈。寒燈。

書滿匡牀塵滿居，一鑪長物更無餘。灰温宿火天然活，香吐輕雲自在舒。好與揮毫薰鐵硯，還思炙酒换金魚。崔巍擬續南山句，四坐無喧且聽予。寒鑪。

群飛群集噪平蕪，陣陣驚寒作意呼。歷亂凍雲千點墨，凄迷霜月一輪孤。空村日暮歸來未，枯樹風多耐得無？寄語啼鴉如就暖，國門海鳥信良圖。寒鴉。

一聲唤醒日中雞，喔喔膠膠故故啼。警夢不緣長夜懶，司晨肯爲曉寒迷。霜冠耐冷秋花紫，雪爪留痕竹葉低。倘許朝陽學鳴鳳，九苞五德畧相齊。寒雞。

炙背何如挾纊佳，折緜風力最堪懷。衣裳在笥知誰稱，襦袴興歌是處皆。就日敢嫌衣褐賤，望雲不怨絮蘆乖。從來布被三公業，安穩平津卧海涯。寒衣。

錯認彤雲黯不開，溪邊山角與城隈。浮天冷逼朝煙澹，擁樹寒隨暮藹來。豆粥齊奴燃蠟代，扊扅秦媵鬻牛回。豈徒欒歲殘年飽，煨芋人咸擅鼎梅。寒炊。

莫歎琴材爨火隣，賞音柯竹更何人？儘教寒盡葭灰動，未許愁中柳黛伸。倚徧樓頭明月夜，歸來牛背早梅春。扶風賦手今誰繼，識曲聽真感遇新。寒笛。

錦囊掛壁久閒君，根觸多緣叔夜文。佇月五絃停鶴舞，調絲十指凍螺紋。雉飛寒日雞登木，雪印平沙鴈落雲。莫笑年來箏笛耳，南薰頻向九天聞。寒琴。

曾踏殘紅到杏園，曾浮春水過桃源。而今重入莊生夢，何處真歸倩女魂？與雪争開花頃刻，似梅同傍月黄昏。方知造物無邊力，掃盡人間雨露痕。寒花。

十二番圓報歲闌，清光容易過闌干。瓊枝璧樹全身見，玉鏡冰池對面看。卧犬不驚桐影静，經檐疑鬬雪花殘。坐深未怕衣稜重，照徹臣心似水寒。寒月。

莫道無心碧落閒，爲霖捧日總相關。圓垂綃幕因風卷，迅駕尻輪載雪還。浮動暗沉江畔樹，蒼茫渾斷畫中山。自從出岫迷歸路，老我雲踪未肯閒。寒雲。

是梅稍外是松巔，獨擁寒衾聽肅然。獅吼雷音疑據地，鵬摶雲翼想垂天。灑窗聲更添騷屑，到枕人應損睡眠。可許御風從列子，泠然仙骨起衰年。寒風。

昴中時節漏迢迢，歲一週星未轉杓。天漢垂垂魚火密，薇垣歷歷鴈燈遥。撒沙可許因風起，隕石知難共雪消。無益虚名感箕斗，畧同瓠腹笑徒枵。寒星。

歲寒松頂尚堪巢，老鶴來成萬里交。積雪光中騰白犬，怒濤聲裏蟄潛蛟。冰霜舊性聊存古，雨露前恩漫解嘲。要識天公磨鍊意，樹頭謖謖起驚飈。寒松。

翠袖天寒適與遭，佳人幽谷韻偏高。節含霜氣踈龍骨，實結冰心養鳳毛。暈日粉牆光黯澹，流雲雪砌影蕭騷。竹樓碎玉聽無寐，繼晷思焚永夜膏。寒竹。

參横月落夜如何，迴首羅浮夢裏過。殘雪半林猿掛少，寒香一徑鶴來多。添肥無物同詩瘦，浮白從人借酒酡。報道南枝纔破蕚，已看驚雀上庭柯。寒梅。

閒庭殘歲寂無譁，牆不生衣瓦不花。忽聽雀聲喧日暖，争銜梅影壓枝斜。近棲可比巢梁燕，羣集差同點樹鴉。却憶披綿鄉味好，每占食指便思家。寒雀。

勇氣真堪赴敵場，雄狐狡兔各悲凉。跑空獵偏千山雪，得雋歸來四足霜。枯草隨鷹争矯捷，長空如馬立蒼茫。入裾翻羨司門犬，閒守詩人舊草堂。寒犬。

白馬銀濤一綫横，錢江聞説凍潮平。迴風咽浪難吹地，避射驚雷不到城。消息乾坤歸早暮，吐吞日月驗虧盈。迴頭雪夜衝寒渡，燈火西興卅載情。寒潮。

宿霧巾山雪界屏，蒼然瘦骨自亭亭。窗間相對頭初白，林表遥看眼未青。偶擁歸雲寒漠漠，誰鎔冰雪瀉泠泠？岱宗欲畫如何畫，淡粉輕彈筆乍停。寒岫。

雪暗長空似霧蒸，舵樓人坐最高層。亂垂桿索千條玉，側掛蒲帆一片冰。日愛東升寒隱扇，風宜南渡疾飛鷹。滕王閣下篷窗夢，殘歲人同永夜燈。寒帆。

丁丁聲度白雲頭，驚破空山萬古秋。衝霧山中逃隱豹，搜林斧底落潛虬。斜陽送晚煙光冷，黄葉隨人雪影浮。斬木仲冬王政在，陰陽愆伏更無愁。寒樵。

聲傳山郭或江潯，知是舂揄用力深。杵借月宫宜趁月，粒非金粟勝如金。藍橋不搗雲英藥，皋廡誰憐德耀心？比户連村還殷地，渾疑空外落秋砧。寒杵。

五載湖南又嶺南，官庖藜藿腹難耽。夢挑紅甲歸來晚，飽嚼黄芽味更甘。抱甕何人除雪圃，畫虀有客卧雲菴。由來澹泊堪明志，自芼寒蔬侑一酣。寒蔬。

寒意寒於朔氣嚴，南榮日暖尚重簾。就衰心事隨年冷，欺客風威到骨尖。門外袁安誰掃雪，車中郭賀想垂幨。地爐撥盡通紅火，圍坐先將歲酒拈。寒意。

弄筆難烏舊日衫，折梅指冷達空函。雪泥詩思飛鴻遠，風絮吟聲乳燕喃。偷格定宜兼賈孟，得言吾已喪荆凡。北臺東閣誰同調，賦就消寒手自緘。寒吟。

鬫東鴨

鬫東鴨如鵝，羞客味先此。空憐毛羽佳，緑染一江水。

鹿尾

春生氣於角，冬藏氣於尾。人知鹿不知，感我心惻悱。

冰鮮

昨出冰淵裏，今遊鼎鑊中。生寒而死熱，萬物信爲銅。

野雞

挂竹跨兩肩，雌雄尚成偶。朝飛復朝飛，山梁别已久。

玉田肉

今年樂歲樂，婦子龘團圓。多買玉田肉，還家作新年。

黄芽菜

禦冬作冬葅，黄芽味如故。却憶廿年前，風雪西泠渡。杭州有菜，亦名黄芽。

凍豆腐

怪汝玉精瑩，化作石皺透。匪石焉得剛，寒冰願長覆。

糖炒栗

炒栗以沙耳，曷以名之糖？虚名悦衆聽，喟焉盡寒觴！

年　糕

卒歲肅祀事，屑米先作糕。歷年如歷級，一步一年高。

呑松閣集卷之十二

秀水鄭虎文炳也撰
門人欽州馮敏昌編次
男師亮師靖師愈謹梓

古今體詩 十

紙鳶四首次韻

憑人高送入浮煙，幾許升沉謝輓牽。萬里雲心千尺綫，一朝風力九重天。巢君鳳閣渾難似，道爾鳶肩竟果然。莫倚雄飛笑雌伏，佛光圓處鴿安禪。

高低歷亂破晴煙，繫日長繩是處牽。線索好憑休放手，羽毛未假忽冲天。九霄雲路原無盡，三月風光亦偶然。誰解箏聲作禽語，頻迦音裏一參禪。

宛似游絲欲駐煙，漾空最愛軟風牽。莫輕失手應投地，但肯因人可上天。潑眼春光都好在，當頭雲氣已油然。漫云四大供游戲，罣礙身形不離禪。

轉頭如夢亦如煙，未化形骸偶被牽。歲歲春風來近日，人人鵬翼想垂天。飛騰似此真徒爾，晴雨無端益惘然。悔否空中留色相，逃虛聊復學逃禪。

題礪齋刺史小照四首

虛視我鏡，實視我形。虛虛實實，視我丹青。

至心如鏡，明鏡無塵。即心即鏡，如如之真。

今我故我，二十六年。日如觀河，云胡不然？

新題舊吟，以寫我心。我心匪石，胡轉予于今？

題長沙令沈維基小照二首

郴江兩度使車停，欲採輿歌勒翠屏。流水心情琴在膝，落花庭院鶴梳翎。頭銜合換星沙長，沈由永興移治長沙。眼界遥分嶽麓青。歸問雙梟何處集，春風爲掃緑莎廳。時以才堪刺史入覲。

外澤中充貌盎然，相看渾不似當年。圍腰未稱郊居樂，科頂猶貪野服便。捧日有心雲自白，太夫人在堂。曉星無伴月孤圓。時沈悼亡。掣身朱墨無多刻，及取閒情作畫傳。

送衡陽令陶悔軒還楚

曾隨南鴈度衡陽，迴鴈峰前醉別觴。嶽色江聲魂夢在，停雲落月歲年長。雙梟化處風扶翼，五馬歸來錦作裝。以刺史被薦。此去舊遊如問訊，爲言倦客鬢眉蒼。

次王礪齋同徵公讌詩原韻

羅才頓網窮垓埏，文章寶氣明奎躔。維皇繩武大科舉，鶴書四出招羣仙。遵途同軌接軫至，二百七十人肩駢。君時被徵復却去，祖鞭在握羞争先。重尋舊遊三十載，聚散略似摶沙然。靈光巋存建安子，耆英同聽虞廷絃。機雲新誅參佐宅，韋杜舊指城南天。衣聞、周謨兩嗣君所購宅，即文恭相國舊第。曲欄幽榭風日好，一尊况及榴花前。香鑪茗椀足清暇，台星卿月相纚連。瓊筵綺密座接膝，金波心凸杯增川。高談定合聽滚滚，禮飲未用譏躚躚。酒闌燈灺念疇昔，狂歌醉舞差安便。騷騷龍蛇風雨疾，隱隱金石雲咸宣。仰天搔首寄慷慨，斫地脱口矜雄妍。題名自署竹林七，屬和那許巴人千！偶書一紙示我讀，照眼出水芙蓉鮮。自知才劣難抗手，况處局外慚隨肩。於君雖有文字契，諸貴未得官曹聯。就中宫僚我舊識，呼飲時費青銅錢。從無好語答公讌，豈容惡札塵名賢！山林廊廟偶棖觸，原唱有『山林廊廟成霄淵』之句。鳶飛魚躍空天淵。人生得喪與離合，如草萋碧花蔫綿。歲月有幾供把玩，萍梗適聚聊周旋。當杯入手亦偶耳，得錢沽酒何疑焉。回頭如夢亦如昨，後之視今猶當年。感兹難默奈枯吻，醉鄉邑我逾高遷。

何烈婦 有序

烈婦姓顔氏，名錦環，粤東連平州人，余同年保定令廷楠孫庠生仕芳妻也。昏三日，隨仕芳侍姑赴保定，舟遇刼，仕芳病悸，及署一夕卒。氏觸棺，頭破裂以救，不食七日卒。

粤連平州何烈婦，昏三日行萬里路。曰王舅官在畿輔，江南行次邳州渡。羣虎磨牙霜刃露，夫悸垂絶病沉痼。藥餌羹湯親手作，侍夫若姑瘁兼顧。身代乞天垂默護，天高不聞向誰訴！解裝官齋一旦暮，煅破驪珠碎瓊璐。衾裯冠履服繻袴，自身及棺謹所附。事事精詳咸中度，繐帳張兮靈席布。裳衣設兮芻靈具，燭熒煌兮罨香霧。陳楮帛兮雜賵賻，椒漿奠兮楚招賦。賓來喪兮行鴈鶩，婦拜而起洶號呼。奮身觸棺卒僵仆，陰風吹庭鴞引嗉。閃閃屍屍鬼新故，顱骨坼裂面血傅。頭鬘落兮衣染素，萬點桃花晴血污。倉皇犇趨衆駭怖，争頭環覼立竹篰。姑伏而抱手失措，魂兮歸來哭聲怒。旋甦開目視瞿瞿，欲語含糊斷無句，如絲如綫淚雙注。謝兒不孝姑勿忤，願保康强歸舊圃，兒饑何悲死何懼！七日完兒百年數，郎先妾後相追赴，天上人間會重聚。有情願作連飛羽，無情願作連枝樹。連飛羽宿連枝樹，無滅無生無怨慕。

釣魚潭 有序

釣魚潭，華亭黄烈婦所居里也。烈婦今巡撫湖南喬公光烈女，適余同年河源令黄公槐子某。昏六十日，夫卒，既葬，自經死。

釣魚潭，春水渌，中有鴛鴦並頭宿。荷花垂幔藻鋪茵，好夢初成睡新足。誰家柳外落金丸，可憐正中雙飛翰。雙飛昨日今孤影，一片晴波明鏡冷。鏡冷秋寒潭水深，潭邊楊柳坐鳴禽。金衣公子烏衣燕，比翼同巢託天眷。天眷偏難一物私，雲殘月缺啼孤雌。孤雌啼，風凄凄，魂何逝兮雄之依？生不並宿死並棲，釣魚潭上鴛鴦飛。

三月朔皇上命簡詞臣以備監司刺史之選文以老病未及與

不是輕符竹，深慚寄股肱。循良名易美，父母力難勝。率爾由堪哂，聞之僎亦升。殷勤奉明詔，頭白謝無能。

衰病已如此，踈慵更奈何！漆雕能信未，中散不堪多。即境猶尸素，隨時得嘯歌。含情望春鴈，萬里破雲羅。

題席研農將母居圖 有序

研農，常熟人，爲浙典藏，卜居西湖以奉母。清蹕南巡，研農藝供花木之玩，因拾剩餘，即藉以爲蘭陔之娱焉。

大孝終身慕，承歡萬國心。湖山停輦處，草木得春深。錫類霑烏鳥，分香出上林。圖居志將母，爲補白華吟。

獨活籬邊樹，長生檻外花。仙根移御幄，春色在儂家。萱背遲晴晝，蘇堤送曉霞。趨庭欒休沐，未覺歲年加。

題畫四首

近山入畫青，遠岫與天碧。古木小於釵，蒼苔平似席。

千重萬重山，三間兩間屋。以少而用多，白雲檐際宿。

山石本無始，巖松亦無年。不知龍虎伏，似有風濤懸。

山石本無石，巖松亦非松。秋風拂几席，雲氣生重重。

送史存素歸里二首

疾風横雨氣初平，雲淨長空一鑑明。爲問雪鴻何處跡，不知蕉鹿爲誰争！飛龍藥店稜稜骨，雛鳳丹山噦噦聲。莫道歸裝無所得，半帆凉月送南行。

冉冉斜陽送逝波，卅年青鬢雪霜多。鏖文曾劃鴻溝界，對酒難忘玉樹歌。定後心情同止水，老來光景劇飛梭。盤空歸鶴投孤嶼，萬里秋雲不可羅。

題司城施誠齋掇英圖二首

玉立長身翠竹清，秋風吹袂葛衣輕。掃苔坐久温庭石，閒看家童掃落英。

中秋纔過又重陽，壓擔街頭菊正芳。不及圖中數枝好，抱香能耐北風凉。

題張西潭觀察尊甫梅溪將軍牧牛圖

維農何依牛則依，朝驅之出暮與歸。牛乎汝勞嗟汝饑，爲休其勞釋不鞿。空山春深細草肥，放牛喫作牛毛稀。草稀禾美足食衣，此情非農孰依稀？牧失其牧可嗟欷，不牧之牧圖其微。臂鷹脱韝馬解騑，功成身閒餘不祈。鑄劍作器情庶幾，習勞運甓同一機。牛背之樂安足希，或云其然吾所非。

題西潭爲其尊人作買桐風雨圖四首

愛此數椽屋，蔭以百尺桐。人失亦人得，視此雨與風。

風雨不可駐，餘得桐音清。清音正滿聽，忽焉成古今。

古人亦暫耳，况此庭中梧。因之入圖畫，風雨無時無。

無風亦時風，無雨亦時雨。同音而異聽，薺甘荼自苦。

偕同人遊萬壽西宫登斗姥閣訪菊憫忠寺歸飲羅四旭莊宅漸覺腰脚作楚翌日彌劇五十始衰此其徵矣次金宫詹海住先生韻

重陽日猶暄，催寒喜無雨。破帽不戀蘇，短髮笑吹杜。無心插茱萸，嘉招及衡宇。含黄蟹滿匡，裂字餅割午。越宿已治庖，肯復虚此聚。擇地爲勝遊，衆棄乃獨取。西指萬壽宫，云比魯殿古。叩關恍鄉居，聯鑣駭村姥。殘碑立猶僵，檐壞頹欲俯。策懦雲可梯，穿幽蟻緣縷。高閣窮躋攀，急喘咽復吐。腰脚雖疲勞，意氣自軒舞。下尋栢徑深，子落如滴乳。餘興轉益豪，舊鄰訪僧圃。初余來京，寓憫忠寺之東。似聞陶家籬，遂此菊堪數。遲開妬秋風，空往悵漁父。饑腸促歸心，八座勸芳醹。觸鼻餅餌香，到口不容剖。聖賢本非徒，勝負那欲賭？心醉同山頹，足蹇思杖拄。迴思登陟時，盤薄氣龘鹵。幾成趙客躄，難免墨者憮。慮淺遺後憂，即事理可覩。升高慕騰驤，逐隊失張主。當境不自持，後悔竟何補！空牀卧轉側，雙髀困摩撫。追歡跡易陳，記過句親譜。夷庚步宜安，暮齒勇須賈。不翼良可飛，伏雌亦堪伍。如何曳尾龜，欲作乘風羽？

題查太守儉堂榕巢圖

巢居病木處，聖人憂其顛。爲城郭宮室，俾民樂生全。從兹美安宅，百世以粥饘。誰復侶飛鳥，空遊而虛懸。巢父出昏墊，習巢以巢傳。厥後祖其意，意各有所緣。請毋語遠古，即語君所賢。巢民自明季，（儉堂自歷，引巢父、隨巢子及本朝之巢民以自況。巢民，如皋冒辟疆也。）喪亂迫憂煎。焚林及幕燕，逸翮落虛絃。餘生矢結託，水繪躭林泉。感彼翔集樂，篤兹户牖堅。幸遠下民侮，如參鳥窠禪。人禽不相管，自謂差安便。今君際明盛，簪纓世蟬聯。三冬足文史，五嶺試歌絃。榮以刺史符，授以專城權。諒非枳棘鳥，豈感墮水鳶！胡師擇木智，載詠徹桑篇？滄田矧多變，陵谷彌易遷。區區榕之託，蒙也竊惑焉。君聞默不答，座客起聯翩。舉手向我語，君何見之偏！古來宦達人，得失心悁悁。其嗜在膏血，其鷙如鷹鸇。其術工媚悦，其勞過胝胼。身營廣廈庇，民忍溝壑捐。一朝鬼瞰室，掃迹如風煙。狐狸穴堂寢，苔蘚上櫨栟。不留居者樂，空令過者憐。誰能等喧寂，超然脱拘攣？願民宅爾宅，願民畋爾田。宅宅復畋田，俯仰心悠然。有榕可以蔭，有池可以沿。巢榕而俯池，萬象紛眼前。適然構斯境，便欲忘歲年。去住不自省，成毁非所牽。豈伊厭軒冕，而樂逃虚元。即此以化俗，無懷而葛天。君言不足用，斯言良可編。編成寫圖尾，捲付榕巢仙。

題沈抑恭湘江曉渡圖時抑恭初由長沙令遷東平牧

昔作湘江曉渡人，吹波作雪埋船脣。今作湘江曉渡詩，滿庭凍雪波鱗鱗。雪花易消波易逝，泥邊指爪憐多事。聞君移官魯中都，鳳山林木如畫圖。湘江曉色不復見，絶憐江水如醍醐。醍醐何似似庭雪，臭味色香渾欲絶。冰心一片寄君知，自炙寒燈呵硯鐵。

題陶悔軒合江亭望衡山圖二首

使君舊作衡山長，一日江亭幾度經。笑我兩年湘水客，畫中初見合江亭。

冠山何似衡山好，換眼看來絶可憐。知爾看山有家法，城頭籬下總悠然。

送商寶意前輩出守雲南

十年不相見，相見不須臾。須臾亦云樂，惜此芳歲徂。元風正凄厲，雨雪行載塗。萬里始足下，明發懷征夫。我鹿已在車，我隼已在旗。致身諒有義，遑復躭細娱。留君不能住，送君天南隅。天南何所有，井邑華夷俱。蠻語可以學，陋夷亦可居。譬之風偃草，不擇榮與枯。五嶺緬舊德，六詔懷新圖。治民以獲上，吾道良未孤。獨憐邊地瘠，鍾毓稱絶殊。少人而多物，奇隙充里閭。于闐豔美玉，南海誇明珠。惟滇兼所勝，寶氣無時無。盛衰遞消息，隱見關藏沽。不貪斯可識，因君問何如？

題紀侍御心齋滌硯圖

昨歸自廣南，懶不持一硯。非慕包公清，憎硯墨所戀。披圖省初心，坐井笑成見。至潔不自潔，非潔以潔衒。是潔與非潔，循迹或相眩。中有真相存，歷試真不變。硯乎不辭污，順受同唾面。墨以徵素修，滌以寶初善。詎云涅不淄，而自忘洗湅！獨嗟老氏説，後世樂其便。守墨以草元，終致投閣賤。江漢聖所濯，沐浴帝堪薦。滌研與銘盤，斯意相後先。因懷垢面人，千古使心戰。

九秋詩

秋　蟬

無情一樹碧於前，獨訴牢愁有暮蟬。銜闕未甘隨病葉，投身還恐入驚絃。曳殘聲去風初緊，帶夕陽來月破圓。莫倚能飛雙翼在，天高霜露正淒然。

秋蝶

身不羅浮藹内安，秋來春去恨無端。杏花十里生前夢，楓葉千林刼後看。霜壓定知胡粉重，風嚴深恐繡衣單。抱香枝上尋香蝶，差許同心訂歲寒。

秋燕

呢喃如共語斜暉，去住商量悟昨非。文杏香茅空宿夢，紅衿翠剪得初衣。人間豈少千年別，海外誰真萬里歸！輸爾巢成又將子，雲羅全不礙高飛。

秋柳

無復攜柑載酒行，如簧早謝織梭鶯。彈來濃汁衣如故，化作征衫淚不成。塞上幾人勞遠折，曲中何日許重生？可憐朱勒嘶風馬，猶戀枯條一再鳴。

秋花

不須憔悴怨秋花，零落春風一樣嗟。霜露自天原有意，榮枯于我本無加。維摩雪裏蕉心卷，彭澤籬邊菊影斜。生氣由來香色外，寄言蜂蝶莫相譁。

秋　草

蒼茫衰草接天長，萬里西風夕照黄。埋恨會停鴻爪雪，斷魂先付馬蹄霜。煙光想像宫袍色，履跡分明舊徑香。爲問燒餘春後信，再生可許乞東皇？

秋　風

原是摧花擘柳風，蘭臺詎必爲秋雄。起蘋未覺寒將至，吹面方知氣不同。小院今朝聞落葉，怒濤昨夜殷長空。最憐日暮關山客，萬里驚沙一轉蓬。

秋　雲

白衣蒼狗未同羣，出岫争看海上雲。捧日有心天一握，填河無力月三分。鋪張瑞靄寧煩爾，點綴秋容賴有君。倘許如羅薦刀尺，碎身殘絮不辭勤。

秋　月

佇月停琴賦九秋，如規庭院浸寒流。明河重見懸金鏡，滄海曾聞墮玉鈎。警露中宵驚獨鶴，望雲殘喘息吴牛。懷人欲折淮南桂，聊當梅花寄隴頭。

吞松閣集卷之十三

秀水鄭虎文炳也撰

門人欽州馮敏昌編次
男師亮師靖師愈謹梓

古今體詩 十一

題同年李給諫西華巡視臺灣賞番圖

熟番如羊，生番如狼。狼狠不可使，羊脂味猶旨。驅羊爲狼，懼吏失厥指。繡衣巡行命天子，曰：『汝其往，歲兩周，海千里，惟汝察吏用命不用命，以撫雕頣與黑齒。』女將嫁，刺面頣如網巾紋，不刺則男不娶。又，番俗取葉擦齒，齒愈黑則其齒愈固。豸冠峩峩高切雲，賞番使者臨川君。霜威肅天天爲碧，鯨波萬里恬潮汐。按部來，旌門開，鼓角動地晨衙排。猫鄰麻達，男女同室，未嫁者別居于一室，曰猫鄰；未娶壯番，曰麻達。争頭競進萬萬輩，拳身屏息，伏地頓顙，宛宛如蟻如童孩。乃宣德意，譯以申曰：『嘉汝番，賚以恩。木棉之布色勝銀，綵花胡粉雜帨巾，青錢盤盤貫以緡。剪毛肥羊酒更醇，如賜黼帛歲一巡。』羣番膜拜受而退，歸種浮田急公税。駕竹木浮水上，藉土以種稻，曰浮田。公税寬，熟番安。生番不復出，漢奸不復入，吏無弛防不束濕。男煨芋，女嚼秫，穴地煨芋作食，女之未嫁者，嚼秫爲麯，拌糯米，藏甕中數日，發變取出，攪水飲之，曰姑待酒。達戈紋衣茆作室。以樹皮合藺絲織氈，或以色絲合鳥獸毛織之，曰達戈紋。蛤網籠頭鬢花茁，嘴琴鼻簫自相匹。簫可三二尺，截竹筒竅四孔，通小孔於首，用鼻吹之，亦有横吹者。嘴琴以竹爲弓，長四寸，中虚，其半釘以銅片，另係一小柄，以手爲往復，脣鼓動之。男女以此相挑，意合遂爲夫婦。南社北社舒化日，三十六島永永萬古海氛息，黄門圖之紀厥職。吾爲黄門著其實，繼今往者此其則。

張觀察曉谷招集晚紅堂賞藤花以次趙中翰損之長句見示即用其韻贈觀察

庭羅雀門少題鳳，如兔蟄穴蝨逃縫。叩關有客約看花，破嬾扶衰趁閑空。入門夭矯龍蛇盤，紫貝明珠壓檐重。主人辛苦費三年，汲井疏泥勞灌壅。博得花時一笑歡，痛飲高歌意飛動。前遊彷彿記瀟湘，舊宅披尋懷庾宋。官舍頻開北海樽，大人曾入劉伶頌。余視學楚南時，曉谷觀察鹺政，爲余張樂設讌，予以長句贈之。轉眼君歸我亦還，曉谷以内艱歸，余亦自粤東還。白首紅塵尚隨衆。自慚不及紫藤花，欲借扶持怕嘲弄。秋風擬上天隨舟，余決於今秋告歸。雪圃常依漢陰甕。明年此會復何人，斜日晚紅留宿夢。爲霖願被浙東西，却掃松棚迓騶從。

送汪二稚川歸里二首

折楊柳，楊柳黄，攀條贈君牽我腸。我腸如輪不生角，載君送君與君逐，同向黄山雲下宿。

折楊柳，楊柳枯，風寒雨雪唬夜烏。烏唬急，千里蕭蕭聞落葉，人生消魂是離别。

斷鋮吟爲維揚李孝廉晴山母胡太孺人作四首

斷鋮如鏃，剜我母肉。肉斑斑，血漉漉。血漉漉，兒不知。兒今知血痕，繡鐵腥風吹。

我衣汝鋮，我食汝鋮，斷鋮不鋮，我棄我鋮。噫吁嚱，斷鋮可棄，斷鋮不可棄，穿盡千行萬行淚！

兒見斷鋮，兒願見母。兒不見母，兒也白首。母歸來兮歸來！失母兒，兒誰哀？

一鋮斷兩鋮，一母生兩人。死者從母去，生者守母貧。哀哉兒何以報母，兒不敢以不義汙此身！

題陸訒齋明府遺照二首

問舊誰知已隔生，相看不覺淚交横。語君十五年前事，記否騎驢踏雪行？

眼中人作畫中人，來者因知去者因。今日題君遺照了，明朝我亦便抽身。

題邵太史蔚田收綸圖三首

落日無遺影，逝川迅流波。江天莽無際，日夕風露多。露多猶自可，如此寒風何？
晚收晨復出，不如待其晨。收綸會云晚，未晚欲何云？陰生詎聞道，昕夕非所論。
浩浩江湖寬，魚生於其中。魚釣互悲樂，與之相無窮。適然一放手，寸心天地空。

題秋水歸颿圖四首

棄婦不再嫁，爲人作嫁衣。衣成未將去，反覆恨前非。
君何不解事，將圖索我詩。君歸在明日，我歸竟何時？
君歸卜牛眠，我歸營丙舍。丙舍如可成，垂老師圃稼。
我歸不復出，君歸行復來。來與阿翁語，圖應時一開。

題鍾韻圃同門遺照

卅載同門友，俄然隔死生。付君垂老淚，觸我未歸情。入手扁舟小，隨身一笠輕。如何不早計，圖畫託空名。

李比部封陳孝泳吴璜王曾翼三農部阿侍讀肅彭紹觀王大鶴蔣日綸金雲槐四太史餞别於陶然亭即席賦謝四首〔一〕

城南小别此登臨，一夜西風葉滿林。蘆雪暗侵垂老鬢，鴈書頻託未歸心。東山遊屐隨身便，北海離樽向客斟〔二〕。惆悵庭前易斜日，雲霞雙闕望中深〔三〕。

梅子初黄菊又凋〔四〕，早成歸計滯歸橈。閒身慣作風中鷂，冷眼貪看雪裏蕉。九面帆遮雲漠漠，兩山梅落夢迢迢。迴頭一笑傾盃酒，賢聖都從掌下銷〔五〕。

鴻飛那復計西東，泥爪分明此日同〔六〕。二老風流慚廣受，羣公冠蓋薄嚴終。縱魚不少浮天水，棲鳳須尋向日桐。倘許聲名倚房杜，作經無力謝文中。

不把鋤頭即釣船，湖山是處好隨緣。焚枯火驥張融屋〔七〕，落月梁叉玉局錢。夢裏紛紛争失鹿，閑來站站看飛鳶。諸君脱有經過便，雞黍他年答此筵。

孫輝曾張宏仁胡相良王巨源四進士餞别於陶然亭即席賦贈二首

重上孤亭聽遠鴻，鄉心渾在櫓聲中。屠刀放手摶沙樣，宦海浮杯鑄鐵同。青眼將愁頭欲白，衰顔臨别酒難紅。留連西向憑欄望，一桁秋山氣鬱葱。

努力明時製錦才，美人細意要平裁。捕蟬易使琴心染，千斗難占寶藏開。潦盡寒潭餘涸澤，霜凋病葉剩枯荄。秋懷離緒不堪説，酒醒日斜歸去來。

題同年張有堂宗伯澄懷卧遊圖四首 有序

宗伯晚達，遊吴、趙、齊、楚、梁、宋、秦、晉、黔、蜀之地靡不到。既通籍，視學畿輔，又嘗扈蹕出塞外，足跡幾遍天下。侍直尚書房，則所謂洞天福地者，日游息焉。性嗜山水，其少所讀書處，及生平經歷名勝，皆圖於册，凡若干幅，題曰《澄懷卧遊圖》。自爲詩若記，以書其後，而貌小照於圖首，賜杖立焉。

廊廟林泉事不同，得兼誰似樂泉翁！瞻依日月青天上，收拾湖山大地中。直以身心爲槀本，還根仁智閲窮通。鳳巢阿閣人難見，笑指泥邊認雪鴻。

洞天福地與梁溪，一様圖來入品題。游息箴規師有説，洞天福地，即宗伯侍直處，皇六子圖之，宗伯記其後，有『游焉息焉』之語。逍遥身世物堪齊。手中天與尋山杖，脚底雲升取月梯。人在文王靈沼畔，秋風鱸鱠莫輕提。

松栢身形鶴性情，師儒仙佛又公卿。西池筵上分麟脯，北斗杓中酌雉羹。今代香山移禁苑，當年白傅是先生。自從九老圖成後，應笑唐賢自署名。辛巳，聖母萬壽，宴王大臣年七十以上者於香山，因命畫《香山九老圖》。宗伯時年七十有一，在第七人，適與白傅同次。

已畫須眉御府藏，隨身還自畫滄浪。卧遊圖昔張塵壁，獨樂園今在笏囊。余曩萍踪極嵩岱，年來使節渡瀟湘。不曾捆載歸行橐，對此空令熱我腸。

賦别大司馬彭芝庭先生四首

和梅斟雉莫同看，重説彭籛侍玉鑾。滿腹甲兵推范老，典邦征伐重周官。隱侯聲韻今齊沈，謂歸愚先生。吏部文章舊接韓。謂慕盧先生。鼎足鄉賢應首冠，金甌公望屬朝端。

原是瓊林最上枝，問誰衣鉢副公知？禹皋賡拜敷文命，歐陸聲名稱主師。冀馬乍空羣一顧，浙人猶戀節三持。郵傳南北聽碑口，感誦非關骨肉私。家兄象占、次兒師雍，俱出先生門下。

每呼入座許披襟，谷是虚懷水是心。榻有韓皋三世笏，囊無楊震四知金。聲華柱史猶存古，孝謹恬侯又見今。慚愧迂疎嬾趨走，獨陪公坐不辭深。

半年前寵贈行章，苦爲官書滯去裝。倦羽已輸秋後燕，征衣須耐北風凉。别知客子離心醉，退就郎君絮語長。佇望中朝相司馬，不才甘自老耕桑。

程中翰晉芳曹侍御學閔朱筠王大鶴兩太史餞飲賦别

昨日忽已逝，今日當復然。及此日將盡，促席相留連。煌煌帝王都，長衢交輜軿。爾我如此別，各各張離筵。自從河梁後，贈處咸存篇。人往字不滅，斯意猶千年。人生實偶耳，既偶那得延！萬古視此別，此別彌足憐。感我同心友，觴酌行我前。寒風動四壁，孤鴻號遠天。當杯不能醉，空此心纏綿。

別同年胡六星岡給事六首

山迢迢兮，不我容軺。水漻漻兮，不我容刀。歸哉歸哉，莫知我勞。

我勞如輪，不可以薪。我薪如何，兔絲女蘿。施之纍之，于彼喬柯。

喬柯有枝，心悦君知。君知我心，鼓瑟鼓琴。元鶴不舞，離鴻送音。

芃芃之獸，以南以北。以晨以昏，啣草不食。非食不甘，實懷我特。

別君懷君，知君夢我。願無夢我，恐我夢左。乘雲御風，莫之顛墮。

落月在梁，凝塵在榻。竹痕在襟，棘刺在衲。斯憂之絶，天地其合。

丙戌孟冬將出都長歌寫懷呈諸同年一百韻

我歸苦饑留苦寒，寒不自得饑差閒。彼善於此擇所處，歸心南下如奔湍。昨年牽掣爲兒子，秋捷便欲登春官。兒子師雍登京兆榜，因留待會試。春官報罷始得告，扁舟已泊張家灣。期以六月四日就道，已買舟矣。會《通考》館以余所纂本朝『國用』進，有旨增修，爲諸城相國所款，遂不果行。誰知書局事不了，汗青頭白煩重編。余時心憂惄如擣，諸公竊賀同高遷。人生死前別最苦，謂我與若非盛年。短王惠仲司馬六詔竟不返，宮毛理齋侍御一病嗟長眠。前車已逝來軫疾，那不感此摇心旌！天涯知己得有幾，此意向我絶可憐。憶從壬戌濫一第，席未及煖驅歸鞭。七旬病母不相待，匍匐入户頭觸棺。三年一息出九死，攜孥就食來幽燕。於時游好極豪盛，出連車騎居接椽。就中踪跡誰最密，孫右階觀察陳雪園觀察李惠圃河使邵叔宀編修周芝山檢討朱浚谷駕部袁近齋太守。搜奇鬬險銷夜燭，尋花覓酒衝朝烟。冷曹共悦麋鹿性，傲骨恥結金張緣。禰生漫滅投客刺，杜老羞澁看囊錢。一試御史魚上竹，十年會典蟻生氊。磨驢已分踏陳跡，怖鴿那更遭驚弦！楚猿禍延木垂爈，城火殃及魚思淵。乞身養痾已具牒，時余以病請歸，緣《會典》未竣，不許。死灰被溺還重然。沉淪忽荷天眷渥，稠叠俾掌文衡權。庚午、壬申、癸酉分校北闈，甲戌、丁丑分校禮闈。丙子典試河南，戊寅視學湖南，己卯移廣東。分移襌榞出月窟，揀取紅杏栽雲邊。具茨神芝爛畦畛，淇澳菉竹珍琅玕。大梁歸來滿懷抱，再拜跪獻心虔虔。熱河召對沐温霽，退視日影移花甎。逾年被詔凛冰蘖，單舸按試周湘沅。汀蘭夾岸聊復折，岳雲過眼何曾看！黄陵青草鷓鴣呌，吾家詩句空流連。回鞭更指尉佗國，渡海倒踏珠崖天。瘴侵肌骨霧黯黯，濕蒸瘡痏身斑斑。探春揀樹懷玉局，明珠落掌堆晶盤。佛言醍醐或恐遜，奴名龍眼良非冤。自經七澤度五嶺，賴此一樂償百艱。歸囊漫搨藥洲石，學使署爲南漢藥洲地，有石九，名九曜石，今亡一，多宋人題刻。

壓裝不載端溪田。馬當無靈石尤惡，十日九坐江之干。掛帆未及冬澤涸，望闕已見春花殘。余于癸未三月六日抵京復命，在各省學使之後。捷徑素恥鬬輕矯，後期或恐遭糾彈。幸無譴訶告成事，退就散輩還閑關。蘇門先生我親串，往歲遇我郴桂間。一昔別去歷四載，俄傳抱疾憂沉綿。征衣未脱走相問，慘慘四壁聞啼猿。云才屬纊口珠具，哭而視含心刀剜。孫大宗伯即余抵京日下世，彌留時，有『恨不及見』之語，哀哉！撰方在笥鬼神守，年譜脱手館舍捐。孫著有《讀易撰方》及《年譜》二書。於戲人命實短淺，曾不金石同堅完。因之追傷慶遠守，近齋服闋，補慶遠府，卒於京。一麾未出歸荒阡。更招游魂望太華，白首痛煞河陽潘。謂芝山。區區歲月難把玩，擾擾身世多憂患。既悲逝者行自念，老淚被頰如流泉。解裝作惡卧旬日，痛定稍出從閒觀。鮮衣怒馬少故物，搔頭弄姿皆時賢。刲期會聞及五百，還京匝月，試翰林，余以詩題有訛字，置下等左官。寳氣直欲彌三千。陳人業自慚老醜，白戰況復張空拳。朝宗涓涓行潦竭，注考下下宫銜鐫。將軍數奇枉才氣，虞翻骨相原屯邅。南郭子已嗒然喪，西州路在慘不歡。眼看朋舊半存殁，馬經門巷頻迴旋。蕭蕭打窗風籜卷，耿耿映户明星懸。歸然靈光今偶見，問此素髮誰重玄？嗟余頻年益無賴，天時人事相熬煎。厲鬼甘人血相視，有僕狂疾，自刃死。妖狐胠篋墉能穿。頻失財物，或云是狐所爲。誅茅三間葉一擲，伏枕二豎登兩肩。愁心繁於雨後草，病骨枯似霜中蓮。思歸橋西士龍宅，待牽岸上張融船。誓水無田吾願足，立錐有地天心慳。一朝祝融取之去，十口赤立嗟何愆！家非元參豈堪賀，風破茅屋奚足言！老兄孀姊促歸去，雪片寄我空中牋。商量出處決長往，擺脱羈絆偏鈎牽。小山已負叢桂約，京國尚與茱萸筵。閶闔星回嶺梅放，十月上秋獮禮成回宫，余重修之書乃得進呈蕆事。李郭舟去河冰堅。邵蕢村侍御以終養，邵蔚田侍講以病，並乞歸，訂余同行，今皆先發。無緣穩坐白木舫，改計須辦青行纏。策蹇尚喜行李儉，犯風未怕衣裘單。但聞山東劇飢饉，將恐旅客逢姦頑。或陳危言勸少住，感此厚意生長歎。余生樗散謝尺度，偶落繩墨成方圓。雖蒙器使乖世用，翻以瓠落欣天全。抗塵走俗久未悟，猿啼鶴嘯初知還。百年鼎鼎五十過，痛念少壯清淚潸。八人同産余晚出，余弟兄二人，姊六人，今已亡其四矣。死不復作生老孱。焚須煮藥真骨肉，對牀聽雨疑神仙。此事具在恨離别，少縱即逝難遷延。病妻羸解畫棋局，癡兒近悉躭丹鉛。左家嬌女最憐惜，待我聞已歸寧先。巡簷應愛喜鵲噪，見面定訝霜毛鮮。夜圍燈火話疇昔，坐受雜亂忘喧闐。試思幾人長壽考，歷算至樂惟團圞。况遊江湖足鷗鷺，共著簑笠褫巾冠。高歌痛飲到爾汝，隻雞近局相盤桓。釣鼇磯在城南鴛鴦湖。邊芰荷美，鐵舟亭曹秋岳先生别業。畔花月妍。蠟屐幾兩腰脚健，野航一葉天地寬。秋山春水恣登涉，孤雲野鶴同飛騫。圖形合置邱壑裏，高卧欲到羲皇前。饑來杞菊亦可飽，老至溝壑真堪填。如何周南尚留滯，歸期掐指雙眉攢。東海之濱太行麓，南轅北轍皆平平。皇恩况已起溝瘠，不勞吉日占平安。輕身但去百不顧，東華迴望雲漫漫。長歌抒懷謝公等，聊代招隱歸來篇。

校勘記

〔一〕吴璜《黄琢山房集》（清乾隆刻本）卷八《秋晚同人集陶然亭餞送炳也師南歸次留别原韻》詩四首，後附「原作」，即此四詩初稿。

〔二〕「斟」，《黄琢山房集》卷八作「深」。

〔三〕「深」，《黄琢山房集》卷八作「沉」。

〔四〕「菊」，《黄琢山房集》卷八作「葉」。

〔五〕「下」，《黄琢山房集》卷八作「上」，句意較勝。

〔六〕「日」，《黄琢山房集》卷八作「席」。

〔七〕「膭」，《黄琢山房集》卷八作「積」。

吞松閣集卷之十四

秀水鄭虎文炳也撰

門人欽州馮敏昌編次

男師亮師靖師愈謹梓

古今體詩 十二

次答黄震亭同年二首

白首辭丹地，青山待我曹。琴樽今日對，湖海昔年豪。散木應尋斧，方輪不轉膏。相將事簑笠，息影謝塵勞。

久别申前好，從君得古歡。驅車熟門巷，散髮脱巾冠。鵬折垂雲翼，鷹收掠草翰。投林多舊侣，未怕一枝單。

題沈茂才蘭竹雙清圖三首

幽蘭最宜露，修竹最宜風。風露一時集，萬物咸被蒙。適然與之宜，欲私造化功。造化謝不居，花葉交青葱。

青葱詎云久，蘭萎竹可枯。茂兹雙清德，榮落良詎無！存真不在貌，貌亦真所居。眷焉寄心賞，因之成畫圖。

圖蘭蘭無香，圖竹竹少筠。何如手自藝，耳目得其真？羹牆與雲日，所見孰爲親？聖賢不復作，詩書空自陳。

端午口占

手把蒲觴勸一巡，今年酒比去年醇。肩隨兄姊環兒女，一笑樽前認客身。
金𥫱刮盡散空花，老眼重開對物華。笑折紅榴映衰頰，一枝低壓帽檐斜。

次家孟即事韻二首

一杯相屬莫憂思，彼一時還此一時。試看舊巢移鳳穴，重聽仙樂送麟兒。
弟兄曾慕耦耕賢，二十年來恐不然。今日橋西參佐宅，蕉窗仍共研爲田。

次家孟燈下書懷韻

鬢如落葉共驚秋，梨棗重尋膝下游。萬卷詩書手口澤，百年松檟子孫憂。頂盂尼父麟堪降，腰斧吴剛月可修。味在回甘香在晚，莫輕禪窟便埋頭。

秋草四首次韻

燒痕才没楝花風，憔悴青袍感遇同。蛩語有心霜折盡，螢光無焰月當空。人歸舊徑寒烟重，目斷春暉逝水東。記得裙腰湖畔路，衣香鞭影忒怱怱。

踏青舊侶見來稀，零落池塘有夢歸。花下離踪渾半没，窗前生意已全非。丈夫石老欹霜髮，少女風寒碎藓衣。三徑就荒餘菊在，趁香蛺蝶尚飛飛。

侵簾繞砌劇生憐，狼藉分明認翠鈿。幾處戴霜還戴月，耐他寒雨又寒煙。閒來尚作粘天想，老去空懷紀歷年。留得青青與埋恨，一聲羌笛弔嬋娟。

生來原不愛繁華，點綴何煩借落花。中散眼光迷霧露，江州衫影入琵琶。蕭踈合趁山中屐，匀染聊分雨後霞。莫道彙征占有象，索綯乘屋付農家。

附經畬家孟次韻

一夜嚴霜一夜風，衰顔秋草若爲同。萎根蘭茝香誰辨，寄語薪樵刬易空。曾助劉基吟舍北，也隨宋玉繡牆東。無端落盡青青色，轉燭韶華太遽怱。

後凋物性本來稀，潘石差同白首歸。莫以盛衰爲定論，略從冷暖識前非。雨知倦客肥苔徑，風替幽人剪芰衣。臭腐神奇空一笑，支頤閒看夜螢飛。

凄清未許動生憐，懶比裙腰託翠鈿。放馬天山疑踏雪，用李白『放馬天山雪中草』句。呼龍瑶島爲耕煙。用李賀『呼龍耕煙種瑶草』句。榮枯豈盡關時命，大小何須紀歲年？笑煞人人説青塚，鬚眉千古豔嬋娟。

休從蓂莢問年華，騎馬無心學看花。白露滿庭吟蟋蟀，黄蘆繞宅聽琵琶。豈無籬菊堪延壽，亦有江楓解作霞。輸爾寒氊青一片，好憑故物認吾家。

次答吴茂才翼心

昔韓吏部言文章，獨推李杜萬丈光。維韓配杜蘇伯仲，千古一瓣傳遺香。落落四子先後出，頡頏屈賈參班楊。後有作者悉祖此，寸長尺短難衡量。當今聖人首萬物，磨礲日月陶陰陽。上追四始闡六義，俯視兩漢輕三唐。於時賡颺盛羣彦，吾師太傅推專長。氣吞已小雲夢芥，目短不數曹劉牆。有時咳吐落珠玉，紛吾紉佩搴衡湘。雄談屢折五鹿角，同輩下卧元龍牀。童蒙人皆識姓氏，呫畢士盡懷丰昌。拂衣歸來啓晝錦，字争問奇空江鄉。君登龍門啖牛炙，脱穎錐處平原囊。星河載石豔槎使，桃源款客通漁榔。春風默被花下座，苦心共擘蓮中房。吕公佩刀蔡書藉，鄭家鸕鵠崔鴛鴦。千金高價一言重，待啓雲路延仙裝。九成樂定薦清廟，五等瑞合登明堂。往余軺車歷楚粤，聞君壇坫聲飛揚。手箋古賦三十卷，如輔嗣易郭象莊。寄來五嶺當二月，高榕落葉鋪枯塘。偷閒得空便一讀，頓驅熱瘴添吟狂。因之思君感歲月，修蛇赴壑難遮當。揭來歸掃蔣詡徑，相邀夜醉春盤觴。瀾翻懸河起辨囿，披尋茂草開周行。藹如芝蘭散馥郁，坐覺耳目生妍芳。容光已知照日月，爝火那得争熒煌！憐君饑驅復分手，感我離索思褰裳。龍湫八景山确礫，珠臺一點湖中央。幽人杖履自來去，六月心地皆清涼。新詩胡然眷沉痼，金篦不啻傳奇方。如箕已可鑑毫末，放步便欲誇身强。愈風驅瘧同此手，獻策那被嗤文荒！磊落抑塞古所歎，搔首欲問天蒼茫。入爨桐焦中琴瑟，抵鵲玉碎諧宫商。含和藴奇亦久矣，誰其言之資帝旁。

白蓮四首次韻

暈月裁雲絶世姿，曉風吹影落清池。偶來佛界觀河處，錯認靈妃賜浴時。真種已含花下菂，塵心未斷藕中絲。采蓮妒殺横塘女，皓腕分明出袖遲。

曉煙宿霧卷輕紗，半面猶煩翠蓋遮。十丈紅塵飛不到，一泓秋水澹無瑕。懺除慧業真輪爾，消納閻浮信此花。漫説鑄金曾作炬，久抛藜火謝王家。

自枕村流自倚闌，自摇素羽當輕紈。描成佛座團雲葉，聽徹仙籌點露丸。未放苦心風裏折，好留清影月中看。趁魚白鷺因依慣，肯戀團沙宿遠灘。

懶從花草鬥嫣孄，省得清凉耐得閒。祇覺臺空明鏡朗，不愁月盡夜珠還。東林人已成今古，太液魂應返珮環。剩有吴宫荒徑在，欲攜烟艇問湖山。

附家孟次韻

未解新粧學弄姿，逃虚踪跡寄冰池。底須實地求容足，但守虚衷可入時。厲揭空懷聊踏浪，經綸不展爲悲絲。無情有恨何時見，時事真憐俗眼遲。

明珠何必怨囊紗，一任濛濛曉露遮。混跡敢同蘋較白，澡身還怕玉留瑕。從來色界難真相，不道清流見此花。倘許扁舟傍君子，青鞋黄帽付漁家。

寄言熱客莫憑闌，踈野心情薄綺紈。不怕火雲鎔雪色，枉勞新雨贈珠丸。身疑多寶臺中住，人在光明藏裏看。一種風懷誰得似，荻花凉月滿寒灘。

赤蘋紅蓼總斑孄，世自紛紛爾自閒。捉月騎鯨渾欲去，乘雲化鶴偶然還。鮫宫種玉香遮户，葉嶼停霜水抱環。社想匡廬峰太華，難消宿疾是名山。

盆魚與兩兒聯句

置鏡於盆，環石作洞壑狀，石承玻瓈，盤折庭前。花葉浮沉水中代萍藻，養金魚十尾。魚俗名龍種。

折葉沉爲藻，浮花聚作萍。余。一泓盆似沼，幾點沫成星。師亮。亂碧波同洗，殘紅影共停。師雍。崎嶇迷洞壑，盤薄浩滄溟。余。玉鑑空留色，晶屏互寫形。師亮。暗雲陰雉扇，懸瀑瀉銀瓶。師雍。逃穴渾疑丙，窺淵欲辨丁。余。尺抛霞錦豔，梭擲越羅青。師亮。墨浪翻鱗濕，吟聲用眼聽。師雍。潛非驚獺趁，吹或帶龍腥。余。丈室藏飛躍，濠梁見性靈。師亮。明珠豈圖報，常誦養魚經。師雍。

佛手二首

欲指迷途醒衆生，提攜無力笑空擎。樹頭樹底千千手，多少黄金鑄得成。

出手何如袖手强，如匏且復繫秋光。摶沙放却空拳在，合掌歸來禮法王。

次煜焯兩姪久雨聯句原韻示姪鼎師尚兒子師亮師雍

一雨浹兩旬，柴門斷行客。尋常一面難，咫尺千里隔。詩來映窗讀，餘明黯將夕。老眼開昏花，聞樂嘆皦繹。情知春草深，才許石鼎敵。嗟余故老孱，廢置如舊歷。蕭索愁菰蒲，峭蒨慚竹栢。久聞唾壺歌，倦和檜溜滴。忽披連壁吟，孚尹照肝膈。和音叶塤箎，同氣投芥珀。一字價可千，斗酒詩難百。機雲在上頭，軾轍誰接席？迴頭看兩兒，屬和稿屢易。阿鼎過江來，初脱雨中屐。見獵亦心喜，拔幟馳趙璧〔二〕。相約抗兩雄，作計銷此夕。老夫興亦豪，病眼輕一擲。敲鉢聲嫌遲，叉手韻交迫。詩成互傳觀，辨圃紛得失。尚也非秦人，如視越肥瘠。投之以夜光，詈不一動色。袖手恥張軍，閉口疑杜德。十月稻未收，四望雲尚墨。文字腹可撑，輯懌民豈莫？殘年憂桂珠，誰術擅黄白？余聞顧而笑，此境已慣歷。因之廢吾詩，此日良可惜。

題鳳山福田寺某上人照

福田古寺荒荆榛，師來披榛掃煙塵。普宣妙音萬衆欣，琳宫雲構龍象尊。三千一粟香煙煴，師非他人佛後身，誰其貌之傳千春？我來無言口微笑，松風花雨交繽紛。

七里瀧二首

闔闢乾坤户，陰陽日月遮。萬山蹲虎豹，一水走龍蛇。連峽圖難稱，韓瀧險不加。因懷舊遊處，清夢落梅花。

峭壁開如峽，盤流曲似巴。帆鷹掠危石，堠鷺點晴沙。媚客禽能語，無人樹自花。春光幽絶處，投老託漁家。

釣臺

先生卧不起，以足加帝腹。示之以不臣，帝喻返初服。五月披羊裘，漁釣給饘粥。後世懷清風，爲臺志芳躅。遂使一抔土，千古有所屬。迴頭笑馮鄧，餘子真碌碌。

雨二首

麥壠緣知翠織成，孤篷試聽碎珠聲。睡餘閒起看山色，餅餌香從兩岸生。

縷縷行雲暗翠屏，曉風吹雨過前汀。眼前春色難描畫，樹影溪光一樣青。

上灘行四首

上灘復上灘，灘淺不可上。坐待春水生，春水幾時長？

上灘復上灘，灘險不可上。心夷水自平，因緣净諸想。

上灘復上灘，上到灘盡頭。灘盡復生灘，中道行自休。

上灘還下灘，難易聽所適。下流不可居，退丈寧進尺。

山齋聽雨

初聽滴滴漸浪浪，作去聲盡離聲滿畫廊。欲把鄉心付流水，千灘萬折到錢塘。

白下周幔亭以遊黄山紀勝詩及石刻見遺因贈

因人成事古所難，即我遊山差可見。人行則行止則止，李維岳刺史招遊黄山，幔亭先發，約相待于雲谷寺。已而不果遊。輸爾穿雲躡飛電。君今捆載黄山來，三十六峯爲我羅庭階，不遊而遊真奇哉！米家之筆謝公屐，横絶四海非今才，嗚呼横絶四海非今才！如何碌碌猶塵埃，塵埃苦煞我投劾。歸來計彌瑣，蠹書埋，蠶繭裹。胷懷冰，鼻出火。誰與其朋，我右我左，幔亭幔亭庶其可。我可君不然，如黄山遊君我先，人事難料心拳拳。勸君少住須我閒，與君上下三千年。

送新安李太守暠左官入都十首

漁梁灘下水如羅，清比臣心十倍多。激石衝沙最無賴，争如古井不生波。

問政山頭接紫陽，春風吹落採茶香。人言茶好不如笋，高節凌霄傲雪霜。

問誰合署富民侯，箇箇鹺商是歙州。怪煞使君能澹食，不教飛雪點茶甌。

涵星研子水中藏，三洞端溪較更良。今日重逢包孝肅，不將片石壓歸裝。

數仞牆圍半壁池，几筵新秩禮先師。懷公色笑觀旂筏，思樂重編泮水詩。

望天無復戴盆人，心是菩提鑑是神。石照華陽留作樣，萬年千載不能塵。

欲記攀轅卧轍情，萬民衣上看題名。千絲萬縷心如結，多少深恩結得成。

天門詄蕩九重開，借寇誰陳乞上裁。夜夜鐘聲傳十寺，祝公才去便回來。

山自高高水自流，水流何日更回頭？可憐山上千千石，化作人形望去舟。

海榴紅破熟梅黄，病客依劉卧講堂。閒譜民謡入絃管，欲憑仙李續甘棠。

送兆龍姪歸有感師雍之歿

不悲離别即存亡，天上人間總斷腸。四海儘多埋骨地，百年誰得返魂香！汝歸春草尋康樂，我老西河類卜商。多少閒愁多少淚，山泉萬斛瀉漁梁。

珠蘭次韻

怪君香草得名遲，屈宋當年恨未知。啼眼露含星萬點，斷腸書寄蠟千枝。今宵倦客憑欄處，前度佳人倚竹時。莫向樓頭尋豔魄，一珠一淚記相思。

渡漁梁口占

聞説漁梁新漲高，拍空渾壓廣陵濤。今朝横剪青羅去，一葉輕舟水半篙。

月夜坐道原堂松棚下納凉與門人蔣應岐顧行素昆季袁鈞甥鍾道兒子師靖聯句

地迥知心遠，山高得月先。余。憑闌延暮色，開抱納遥天。應岐。玉宇清于洗，螺屏藹若煙。行素。餘霞收錦段，繁宿燦珠聯。袁鈞。露濯金波濕，雲扶曉鏡圓。鍾道。松棚寒結翠，書幌暖辭氊。珠山。攬手盈何似，疑霜信有然。師靖。光真隨杖履，課暫輟歌絃。余。弟子負牆立，先生倚榻眠。岐。樹龕同偃蓋，葉幄蔭虚椽。素。釵景篩檐密，濤聲壓頂懸。鈞。渴塵消欲盡，爽氣浩無邊。道。西望投歸鳥，東行想去船。珠。謂功偉。螢分羈客火，魚斷故鄉箋。靖。旱魃聞爲虐，炎官正擅權。余。饑軀猶樂歲，儉俗况無年。岐。秧馬虚縣壁，癡龍嬾待鞭。素。雨看書六月，堂幸集三鱣。鈞。箕畢星占好，江關眼慣穿。道。暗峰眉鎖黛，殘夜漏移蓮。珠。荷浄凉何處，蟬踈聽可憐。靖。絺衣坐來冷，十寺曉鐘傳。余。

題許上舍文元教子圖三首

部婁無喬松，荆山藴和玉。蕭蘭詎同根，梟鳳罕互育。造化何容心，萬物自成族。維兹乖與和，一氣殊紹續。胎教豫養蒙，斯訓古所服。準此爲義方，推本端自淑。

奕奕素王裔，鯉伋綿千春。堯舜豈不聖，乃有朱與均。西伯亦至德，管蔡何不仁。同善而異報，非盡關蒼旻。易淫惟富貴，玉汝以賤貧。即事感在昔，慨然今之人。

歙産有汪氏，稚川。余交自當年。守經邃於禮，庶幾今之元。海陽有戴氏，東原。抗志希古先。律歷與象數，一一窮其源。二子孰可友，方矩程瑶田。學耻唐宋後，志邁羲皇前。蘭陵推祭酒，如蜀稱四賢。君皆從之遊，合比膠漆堅。馥馥芝蘭室，泠泠山水絃。觀摩及子弟，俗學良已蠲。

贈金陵岳水軒

君家倦翁住鴛水，蠡湖小築開金陀。平泉花木正顔色，洛陽仙客悲銅駝。滄桑人代不計歲，子姓散落埋煙蘿。水軒先生名德後，振景拔迹昌聲歌。壁經冢書困讐校，劉畧班藝供搜羅。張融船牽桃葉渡，米家舫泊秦淮河。吟鞭慣折白門柳，弄筆時换山陰鵝。後先名流相輩出，煜若列宿尊羲娥。那知才高不入俗，蔡琴卞玉遭譏訶。胷中磊魄何處吐，酒杯好借休嫌他。去作諸侯老賓客，一笑腐鼠真幺麽。代庖聊試宰國手，見獵不動古井波。將軍揖客差自許，廷尉結襪何足多。江山有情展遊眺，歲月無意消吟哦。即今行年已七十，方瞳炯炯朱顔酡。倦遊思歸益好事，欲裒著述窮編摩。新安使君招與共，荆襄一葉投飛梭。如古乞守得鄉郡，黄山白岳爲行窩。嗟余客此耕研石，荒山鍵户無人過。初交幔亭繼吾子，文追建安詩元和。頻揩病眼盥手誦，掃除夙疾降愁魔。獨憐衰病才力弱，無足取重如君何？忝君先世共鄉里，勸君何不歸嘉禾。楊柳之灣倦翁圃，亭猶有竹池有荷。儻君來宅吾終隱，對關二老眠雞窠。

余以詩贈幔亭既失復索書因投以詩

堂堂歲月逝，浩浩陰陽移。既來終必去，萬物咸同之。得喪積世患，存亡使心悲。如彼蠶自縛，膠擾非人爲。古人事不朽，空作後世資。服食求長生，今在有阿誰？如何一物微，已往猶必追。我本未嘗有，安問成與虧？請作墮甑觀，毋令達者嗤！

歙令張蓀圃招余及劉耕南劉拙存兩廣文遊問政山看桂小集斗山亭四首

暫開朱墨却行騶，爲訪名花趁好秋。許脱形骸躭野趣，肯將絲竹惱清遊。煙嵐向客皆青眼，風篠迎人亦點頭。直上華屏最高頂，笋輿渾與白雲浮。

山田盡處竹籬根，老桂蒼皮蝕蘚痕。一徑草深香引路，四圍枝亞翠交門。桂四圍枝皆下垂至地，形如穹廬。有缺處若門，遊者俯首入内，極寛廣。燕飲其下，可置席四。花龕福地藏彌勒，金粟圓光見世尊。寄語村農好封植，百年雨露此中存。

扶藜更上斗山亭，面面窗含遠岫青。萬室鱗差堂户列，雙城帶鎖玦環形。巋然古殿竟誰賦，邈矣昔賢曾此經。湛甘泉嘗講學于此。天爲斯文作宗主，魁杓聞已屬張星。明府頻課士于此。

排日歌筵病莫支，勝遊雅集感心知。座銜山色人俱淡，骨醉天香酒不辭。四海一樽同在客，明年此地最相思。小奚那解留連意，報道斜陽漸漸移。

和水軒木芙蓉韻

絶世才逢絶世姿，疎簾晴日上凝脂。豔情未覺官銜冷，遠道愁徵倦客詩。錦帳重重人共醉，龍香冉冉莫輕施。秋懷一段誰傳得，唤取周家老畫師。謂幔亭。

謝徐太守遜夫饋蠏

今日花前醉合拌，紅薑親手剥尖團。膏脣頗愛含黄美，落指寧憂破甲難。拜賜禮宜同鼎肉，累人心竊愧豬肝。持螯似鼓村農腹，蠏稻豐肥頌長官。

張明府招同人集白雲禪院看紅葉次水軒韻

爲問白雲雲幾重，蕭蕭木落又成冬。青山睡起芙蓉瘦，紅葉寒深琥珀濃。動地雷霆疑破壁，時放爆竹。垂天星斗欲羅胷。圯橋納履如容我，常共留侯事赤松。

疊前韻留別水軒二首

那堪水複又山重，衰病驚秋况已冬。詩槖不辭雲共冷，歸心直比酒還濃。遮來故紙慵開眼，别後新知頗挂胷。記取懷人風雪處，歲寒窗下對喬松。

雲掩荒祠翠萬重，君來如纊挾嚴冬。夢中鴻爪泥痕在，懷裏魚牋墨跡濃。歲月堂堂堆雪鬢，乾坤納納盪雲胷。明年準受參同旨，耳聽元談手拂松。

徐太守次答謝蠏之作會余將歸疊前韻留别

老我青氊病可拌，早歸怕見雪花團。亦知此去重來易，都恐長縫短線難。索畫不辭蛇有足，賭身莫問鼠爲肝。生平落落誰同調，臭味多君似冷官。

留别王敬亭司馬再叠前韻

故紙堆中歲月拌，十番明月見團團。江山有主來何晚，鴻鴈催人别更難。浩浩風塵留面目，稜稜冰雪洗心肝。漁洋家法餘清白，笑指閒官是美官。

留别蔣侍御蓉菴三叠前韻

尚餘故我莫輕拌，食肉由來欠面團。鴉返寒林巢處少，鴈書殘月字成難。衰年宿負償山水，岐路窮交出肺肝。差喜同君便來往，身輕原只爲無官。

臨發寄蓉菴

今日成先别，明年約共來。怕翻新曆看，愁索嫁衣裁。身世蓬雙鬢，溪山酒一杯。因懷同調者，臨發重徘徊。

古詩示書院諸生三首

初日升天東，萬山一時曉。陽坡悦寒林，南榮下馴鳥。重陰閉幽巖，嚴霜戴枯草。草下百蟲蟄，啁哳聲盡掃。豈無晞陽心，土壤與同槁。維天篤因材，聽物自醜好。跬步極千里，舜蹠異分杪。擇處慎厥初，終焉庶堪保。不見同根梅，南枝得春早。

東南號鄒魯，豈不以紫陽？紫陽有靈祠，春秋薦溪芳。推本及自出，道原同烝嘗。祠本朱子外祖祝公宅，朱子嘗講學于此。今祠後爲道原堂以祀祝。上祀等先世，斯禮古未詳。昔人眷遺愛，草木猶不忘。況茲重水木，一氣神洋洋。我來拜祠下，感激心慨慷。嗟彼當途子，裘馬生輝光。朝爲華屋客，夕死衢路旁。小年與大年，莊言詎荒唐！

學以致其道，六堂燦衣冠。而我從之遊，絃誦相與安。一夕朔風起，慨然歲將闌。山雪亦已白，庭草亦已殘。眷言初來時，春光爛煙嵐。巍巍賢關路，拾級可以攀。淼淼漁梁水，一往不再還。別離詎足惜，努力珍華年！

校勘記

〔一〕『璧』，當作『壁』。《史記·淮陰侯列傳》『若疾入趙壁，拔趙幟，立漢赤幟』。

吞松閣集卷之十五

秀水鄭虎文炳也撰

門人欽州馮敏昌編次

男師亮師靖師愈謹梓

古今體詩 十三

古懷德堂五子歌

袁鈞十八最少年，詩書孝弟師其先。其先人者古豪賢，西京家學追談遷。應岐匠心巧不傳，萬象脱手成方員。出入世網空拘牽，行素輟耒來田閒。如乘殷輅樸且堅，出門合轍皆平平。令弟南來與比肩，放筆能和娑蘿篇。鍾道吟聲如管絃，俯視曹伍心夷然。歸裝莫慰囊空懸，腦後脱髮名兩錢。腦後左右髮落大如錢，醫云濕氣所致。

七里瀧阻風聯句

壓頂雲如墨，懸空雨似麻。余。荒城迷遠堞，驚浪捲寒沙。鍾道。碎玉敲蓬急，危帆掠岸斜。行素。打頭風更惡，到眼霧全遮。應岐。悶讀三章詠，愁飄六出花。袁鈞。天低遲日馭，灘迅走雷車。師靖。憶昨吟莊舄，聞歌夢若邪。珠山。鄂君移繡被，商婦奏琵琶。余。凄緊連啼鴈，蕭騷雜暮笳。道。鈞天俄罷樂，博望尚停槎。岐。古戍沿山鷺，鄉心赴壑蛇。素。挽人瀧七里，搜句手雙叉。鈞。集腋裘難就，抛磚玉共誇。靖。夜燃温嶠燭，渴煮太函茶。珠。聊遣歸與歎，還興逝者嗟。余。西臺孤客淚，東漢故人家。道。陵谷憑天意，滄桑幾歲華。素。溪芳羞野牧，碑蘚啄寒鴉。岐。高節峯千叠，遺風水一涯。鈞。昔遊虚杖策，羈思逼蒹葭。靖。曉色占新霽，停橈肅拜嘉。珠。

別袁鈞

而翁延一髮，一髮繫千鈞。念此招同學，因之報故人。火薪傳絶續，頭角見嶙峋。孝弟先公澤，艱難後死身。紫陽吾道在，賀監爾鄉禋。勗志自兹遠，離懷安足論！鑑湖花信早，爲寄隔江春。

別行素南來

乾坤山不斷，日月水犇湍。即事已如此，臨岐彌足歎。舟分吴越界，人作鴈鴻看。努力崇庭訓，西風歲易闌。

灘之水三章示應岐

灘之水，不可上，天河落地翻銀蟒。青天無階水有舟，乘舟直到天盡頭。天盡頭，遠且阻，舍舟而涉石囓我。非石囓我，嗟我計左。

灘之水，盤盤下。有奔雲湧雪之迴川，水怪出没蛟龍蟠。噫吁嚱，蛟龍擇肉而食，磨牙吮血波濤紅，彼從流而下者其安從？我欲告之故，語言不能通。悠悠蒼天，彼何人斯，而知烏之雌雄？

灘之水，如沸羹。沸不可熱，羹不可啜。不啜不熱饑寒多，嗚呼我其奈汝饑寒何！

别應岐二首

三百六十灘水流，下灘還是上灘舟。三章爲詠灘之水，送爾山陰道上遊。

不見而翁已十霜，鴈鴻聲斷楚天長。老來重作傭書客，海國山城各異鄉。

娑蘿子二首

只合諸天净土栽，塵緣未斷落塵埃。向人也作相思樣，龍漢空驚萬刼來。

勺水春迴研石温，娑蘿老樹此蟠根。至今葉底千千子，一朵紅雲一墨痕。娑蘿子色純紅，唯岩鎮吴氏園林一本，中有墨線。相傳其先有爲祭酒者，曾置娑蘿子一粒於研池中，久之而茁，遂移植於地，故其子與世異云。

釣　臺

二十八將戰血腥，雲臺肖像功初成。羊裘老子與何治，故人禮絶諸公卿。於時公卿默不平，豫且欲使神龍驚。荆軻入秦虹貫日，要離湛族殿擊鷹。文曲犯座光熒熒，緋衣懷刃明景清。苟非變故起不測，何物妖異通星精。太史之奏孰所令，毋乃絳灌譏賈生。一朝猜疑起卧榻，何由斧鑕逃誅烹？帝知先生無宦情，重以此奏驅之行。奸不可發留不住，權辭以就先生名。先生歸飛鴻冥冥，釣竿長掛青山青。誅心誰繼春秋筆，千古空傳舊客星。

題雙松圖

茅茨雲牖生祥松，本此式貢鉛石同。徂徠泰岱各挺出，魯僖入頌秦皇封。青牛白犬聚精氣，銅柯鐵榦交迴風。翠如修竹黛於栢，參天一色嘗童童。誰歟老手工畫作，濤飛素練騰雙龍。左如兄兮右如弟，萬古匹配成雌雄。葉裏松子落巖側，粒粒元氣含其中。靈根出地陡千丈，屈曲作勢盤晴空。晴空雲霞爛五采，鸞鶴欲下鏘笙鏞。嗚聲向人作何語，似説丁夢今重逢。惟丁以年兹以世，黑頭世世皆三公。

許既園進士以所藏方于魯吴去塵墨索詩

墨堅詎如玉，易盡難久留。乃以方與吴，珍襲同天球。即物徵所尚，不熟五穀羞。虚名重没世，緬焉眷前修。

嗟此數丸墨，不朽資其功。投閒鬱所抱，虚拘示尊崇。如人托高枕，聖哲齊凡庸。有用置無用，與寶無用同。願君用其良，今古惟所從。墨彼一池水，殺盡千山松。

送幔亭四首

三百六十灘水流，輕舠如箭不回頭。儂心欲化灘之石，步步相迎步步留。

芒鞋直上天都峯，下界未識雲重重。怪底僧房一簾水，倒移黄海送蛟龍。幔亭寓白雲菴，時爲僧所侮。

偶成彌勒閣中形，説法生公聚石聽。宛轉泥犁萬生死，慈悲爲唱度僧經。經係幔亭作。

刻畫瘡痕似箭斑，幔亭患瘡。文身何必陋南蠻？嗜痂世恐多奇癖，歸謝靈休晝掩關。

秋林聽泉圖二首

凛凛霜氣肅，萬物歸其根。緬然睇空山，木葉今幾存？存亦與何事，即目生冤親。稽生抱遐尚，養生以自尊。何如南郭子，嗒焉遺其身。偶成磐石坐，莫計秋與春。

達人坐忘機，喧寂同至聽。山多泉亦多，琴筑聲互應。天風忽吹來，斷續如有贈。感兹惜别心，送爾出山徑。滔滔復滔滔，萬古不能竟。迴頭試觀我，澄然性常定。

題儲汜雲遺照 有序

汜雲名雄文，六雅先生弟，同榜進士，有詩集名《浮青》，爲漁洋所賞。子國鈞，亦能詩。國鈞子成章以照來索題。

罨畫波全逝，經畬堂名徑早荒。鬚眉兩康樂，師友一漁洋。杏苑聯珠樹，蘭堦續錦囊。空憐揮手去，傳世只文章。

題識梁溪老，康熙辛卯歲，王虚舟先生曾題其照，後無繼者。於今六十年。乾坤鴻爪雪，歲月草頭煙。戴笠人千古，遺圖世再傳。相看倍相感，燭盡不知眠。

連枝圖許默齋爲其殤弟仲昭作仲昭封股療親親疾愈而仲昭歿余同年邵薋村來索詩

歲月逝不居，菁華易消竭。彭籛與孔顔，過眼同電掣。即身觀化遷，此事易了徹。籧廬天地心，何必莊與列？獨兹死前悲，骨肉先我别。蓼莪賦哀哀，一讀一凄咽。所賴同根枝，松栢期茂悦。垂髫膝下歡，庶以永耄耋。如何復乖分，形影剩孤孑。俱存既難追，無故語徒設。人非生空桑，太上豈容説？奈何今之氓，尺布忍中裂。原鴒忘哀鳴，瓜車踵敗轍。習故昧厥非，感吾腸内熱。吾觀連枝圖，愴然涕爲雪。延齡既無方，返魂亦無訣。圖此封股身，斑斑尚餘血。圖此松下吟，聲聲永無絶。斯人可以亡，斯圖不能滅。誰將國門懸，爲世式圭臬！

題友人小照四首

不知萬樹梅，何似千頭橘？將奴致襪材，爲妻貎清質。

畫背不畫面，不知君是誰？梅花有真相，何用鬚眉爲？

有鋤可以耕，有廬可以讀。巡檐月隨人，停琴不須燭。

寒梅易開落，明月多虧盈。啁啾聞翠羽，悠悠千載情。

題潘皐南小照

自有此泉後，泉聲無盡時。寒將秋意遠，清與月明知。到海亦何羨，出山空爾思。偶然成小坐，逝者已如斯。

立春前穀日大雪聯句同潘大庚鍾道兩甥姪鼎兒子師靖師愈

穀日春前臘，先開萬樹花。巧疑風落翦，余。密認雨如麻。飛絮粘枯柳，鼎。寒林發素葩。麥畦凝瑞色，大庚。冰澗溢清華。皛皛眩銀海，道。沉沉壓岸沙。珠胎寧待蚌，靖。玉屑豈論車？凹凸平無迹，愈。晶瑩不受瑕。淺深閒試策，余。冷澹學烹茶。昨預傳柑會，鼎。欣逢賭酒譁。令嚴頻蟻泛，庚。坐列類蜂衙。拇戰難憑量，道。鈎藏不厭差。歡逢銀箭永，靖。寒結獸煙斜。醉卧酣無夢，愈。晨吟癖嗜痂。宿酲餘酩酊，余。白戰鬥尖叉。貂續慚兒子，鼎。龍乘托舅家。獻椒陪燕賀，庚。傍砌比蘭芽。迎富羅崑璧，道。稱觴薦棗瓜。趨庭輸對鯉，靖。承命勉塗鴉。團聚貧彌樂，愈。豪情老更誇。不知誰過訪，敲凍泛星槎。余。

題釣魚圖二首

魚樂國前春水春，釣鼇磯畔好垂綸。斜風細雨休歸去，箬笠椶鞋是後身。

不種桑還不種禾，官糧私債不關吾。乞身去作魚蠻子，踏浪從今不踏租。

送保寧太守江越門病起入都

我來自粵君西征，一麾直上青天行。君行我歸客君里，三見山花開落矣。忽聞君自巴西還，爲言養疴歸黄山。壓裝賸有嘉陵石，杜老夔州詩兩册。君才氣吐晴天虹，君顔未老猶兒童。抱嬰保赤賴公等，莫向天都事丹鼎。當今盛治古莫齊，南平緬甸西伊犁。聖母聖子壽萬萬，威鳳來朝麟在圈。君其行矣毋蹉跎，芳草碧色水緑波。送君舟行一翹首，雙闕觚稜別來久。自慚衰病負明時，年年來宿文公祠。

代送徐太守左官入都

新安郡繞千重山，山多土瘠稼穡艱。居耕行商劇辛苦，養廉用儉嘲寒慳。年來風俗稍刓敝，垂頭鎩羽如籠鷴。公身宰官心是佛，慈悲一念周恫瘝。富憐空名實非是，勞恐勿息久且痡。維予用保若嬰赤，庶俗可起無憂患。鶩行羣吏文莫舞，牛毛苛法詩同删。哀茲流民輯鴻鴈，鄰郡被水，民流轉入徽者，君設法安集之。妥以安宅棲孤鰥。君構普濟堂。槖辭暮金盂水净，庭秀蒼蘚蒲鞭閒。冲懷善下谷同量，初衣不浣塵難黳。寒潭秋月宛入抱，春風冬日每在顔。煢煢疲氓與休息，稍稍元氣回羸孱。尤嘉是邦號鄒魯，兼隆師席開愚頑。臨祠釋菜禮朱子，扃院拔士登賢關。洪鈞盡許入陶鑄，時雨那肯遺茅菅。性天未聞端木賜，規矩幸就公輸般。六堂書院學舍有六堂方愛化日永，萬里忽送慈雲還。鼠雖穿墉已具獄，魚不漏網豈保奸？本非一眚點圭璧，視彼萬輩殊蕭蕳。伊誰封章訴心跡，俾吾父母迴車轘？儀封舊傳鳧舄駐，吹毛曾血牛蹄殷。君曾令封邱，以獲巨盜遷官。昨歲晴空迅雷電，積年凶黨投犴獌。歙有爐黨，大爲善良害，公縛其魁，論徙之。寬而不弛威不猛，古或有此今誰班？光如弦望雖偶闕，文炳虎豹寧終跧。乾坤壽域啓二聖，梯航會極傾九寰。普天並沾雨露渥，明公合上雲霄間。隼旟熊軾薄舊物，三槐九棘窮援攀。乘槎直溯雲漢遠，弭楫肯泊漁梁灣。獨憐兹土識短淺，相祝共指刀頭鐶。益州像思鑄金事，漫叟文勒蒼苔斑。士民有《攀援圖》《去思碑》。驂鉤鳩杖咽城郭，花枝香篆盈鄽闠。扶輿而出夾舟走，或泣或跪争嚬嚬。公麾而退止復進，百數十里相旋環。帆輕灘迅忽天際，斜陽冉冉波潺潺。

前　題

徐出栢翳秦同源，秦以傑顛徐遜綿，韓碑偃廟言其然。彭城太末枝紛駢，族十望九彌億年。公抱明德生於滇，累官受禄石二千。由豫歷楚來新安。仁心仁聞如其先，廉静慈惠苛煩蠲。如春露膏功不專，着物物化忘恩冤。鳩生肉骨寧孔瘨，畂田宅宅妥粥饘。馨乃習俗滌厥羶，威克偶試心悁悁。維兹班班耳目前，數不終物舉則偏。此猶跡耳誰克賢，離跡觀德尤難言。昔某以童冠者肩，散木分合溝中捐。非爨下桐柯亭椽，乃斷以吹聲以弦。初就學稱弟子員，願終束身歸陶甄。紫陽山高月正圓，蝦蟆暗蝕妖氛纏。雷憑憑兮驅雲煙，將我月去還九天。下土蟣蝨臣告憐，天聽自民徹八埏。還我月掛黃山巔，三十六峯雲平平。

送權徽州守家竹坪還壽州治 竹坪名肅，廣東香山人

君權郡符剛五旬，茂譽已洽新安民。心如古井波不起，無臺明鏡空纖塵。聞翻舊讞片言折，手握治本先敦倫。有析產事，縣讞久定，君諄諭之，遂同匕箸如初。田荆復生阮竹活，蠏筐蠶績歌成人。準茲立政廣聖化，致民三代風還淳。駸駸雲龍阿閣鳳，一鱗片羽覘全身。嗟余投老此羈跡，口碑耳熟雙眉伸。新聲競作聽忘倦，誰韻金石鏘韶鈞。吹來鳳鳴出嶰谷，箏琶耳洗清心神。憶持使節歷五管，海製珠貝山琳瑉。嶺南吾宗盛文藻，義門舊族風彌新。三洲降神七星墮，英俊紱冕紛雲臻。于時君已奮翮起，圖南九萬搏蒼旻。聞名相思不相識，十年夢斷羅浮春。偶茲萍逢溯水木，雪泥鴻爪皆前因。願君長爲東道主，愧我忝作西階賓。客心才醉公瑾酒，翠黛已爲香山顰。俄驚肅駕返舊治，八公草木催歸輪。歸輪無角不可駐，欲往從之山嶙峋。山嶙峋兮望不極，耿予懷兮平生親。

贈全椒令凱音布

君來新安讞疑獄，忽訪迂夫到空谷。歡如平生肝膈傾，良吏才人兩殊俗。昨尋君談不見君，倦卧山齋睡初熟。打門驚起窗日斜，貽我懷中珠一掬。焚香盥手坐横几，翻去翻來看不足。紀行樂職見臣心，民物溪山收尺幅。合從小謝鬥驚人，君曾攝宣城令。未許河東嗤厚肉。孔删孟説意陵遲，大雅而今竟誰屬！豈無作者世所推，楚相中郎空在目。况行作吏此事廢，尤恐躭吟遭謗讟。君何嗜好殊酸鹹，撚斷微髭不辭秃。平收治象入豳風，半爲憂民賦茅屋。皋賡吉頌溯淵源，兩漢三唐供旨蓄。體兼衆工如造車，祥革巢安同一轂。更調騏驥約琴絲，頓若山安馳電速。禮諧進退樂中音，詭遇何堪與時逐！吾聞言乃心之聲，邪遁詖淫惟所觸。知君治詩即治民，定舉斯心爲民福。北譙聞隸古滁州，可有風流傳永叔？歐公不作凱公來，醉翁亭記看重續。

新安戴太守知誠禱雨雨大沛投之以詩

新安賢使君，下車月方再。時維夏之季，雨澤艱灑溉。初政先憫農，跼跼感敲塊。潔齋肅廟壇，精禱良不昧。離畢月迷茫，貫斗雲靉靆。黄山有潛龍，乘之起潭内。一日雨乍飛，斷續未成態。二日雨漸稠，瑽琤玉聲碎。三日天地翻，萬里瀉鵬背。翔和戢風霆，積氣浹明晦。連朝問陰晴，雨脚猶小在。壑韻收笙鏞，溪漲流沆瀣。青青山田苗，懷新門濃黛。民呼刺史雨，擊壤矢銘戴。刺史謝不受，謂是神所賚。昔聞吾家宏，行春雨隨逮。又聞趙閱中，禱雨應盼睞。使君與抗衡，今古詎異概！嗟余客空山，憂歲等氓輩。豐年旅食寬，盛德亦同佩。浩歌激秋旻，千樹響雲碓。

謝戴守餽肉茗

講堂儘日不開扉，剥啄聲驚雀亂飛。似念老饕分體節，更憐消渴瀹槍旗。龍團鳳餅休相傲，何肉周妻未覺非。晚飯一甌新浴罷，好風輕透玉川衣。

江氏三世孝行歌 有序

新安江昭，明初人，事所後母葉氏至孝。常入山採茶，遇虎，昭呼曰：『吾死不足惜，奈老母何！』虎逡巡去。母病危，刲肝療之，得不死。昭十世孫銘璜，父賈於淮，會明季亂，道阻，或以死耗至，母陳氏自經死。時銘璜猶幼，祖母育之。稍長，祖母病，割股肉和藥進之，立愈。年十八，亂平，得父未死狀，往御之歸。銘璜子漸，漸子世琳，皆常刲股，世琳姊亦割左臂肉已母疾。後適葉氏，夫病，復割右臂，遂以瘡死。其宗人保寧太守權，作《三世孝行略》，余讀而爲之歌。

江門孝行昭實先，昭後節母出腹然。割肝退虎明初年，一生九死惟蒼天。厥後繼者趾踵連，十世而起光迪前，是名銘璜絶可憐！當時明季如沸川，淮揚烽火連新安。父賈不返以死傳，母痛而殉孤線延，祖母如母孤幸全。孤全母病孤涕漣，刲股進之病則痊。久之王路歸蕩平，忽聞父在悲復歡。淮南淮北神飛騫，徒步不遠路且千。御之來歸人聚觀，一堂三代開笑顔。奇童十八名喧闐，其子若孫各象賢，三世刲股如等閒。孫有伯姊與比肩，一愈母疾夫再焉，卒以病瘉館舍捐。徽之望族累葉綿，世以死孝光簡編。維兹江門名不刊，叙而述者宗人權。余幸睹此生長歎，作歌乞向黄山鐫。

績溪道中即事

朝雨初晴又夕陽，煙鬟卷霧出殘粧。村農氣静山同古，野碓聲閒水自忙。霜染寒楓千葉赤，樹團束藁滿林黄。歲收聞説今年倍，爲譜豳風九月章。

績溪尉署壽筵與飲有感

笙歌兩部酒三巡，腸斷當筵白髮人。得養幾曾歡菽水，逮存何必怨卑貧！盤匜如隔前生事，風木空留未死身。燈灺月殘孤館寂，寒衾一夜淚痕新。

得鹿圖

草枯風勁百獸肥，輕弓快箭短後衣，五花驕馬黄金鞿。翻身上馬四蹄疾。風生耳後火鼻出，霹靂應手飛走逸。健兒三五頭虎毛，盧鵲四縱鷹解絛，陵巒越岡追亡逃。草間狐兔不足肉，犄而角之縶其足，生得南山雪花鹿。歸來作脯升圓方，煉丹池某居第有白玉蟾煉丹池。菊花才黄，萊衣跪進千年觴。

題松栢同春圖爲萊蕪令張崑白之翁母雙壽作

堯年松，漢廷栢，宿兔停烏漱雲液。松巢鶴，栢棲鸞，虬枝香葉青團團。誰其貌之雙管下，萬斛雲濤向空瀉。向空瀉，春糢糊，仝根並命相扶疎。武不屑稱將軍，文不樂封大夫，如延津劍其龍乎？龍光熊熊牛斗中，陰陽變化成雌雄。雄將雌兮復啣子，登天門兮睨海水。徂徠新甫是吾家，手茁靈芽種於此。此尺土耳安足容，拔地欲上天重重。天門九重車隆隆，棟梁已入明光宫。迴頭却望同春者，相對無言老益恭。用東坡句。

吞松閣集卷之十六

秀水鄭虎文炳也撰

門人欽州馮敏昌編次

男師亮師靖師愈謹梓

古今體詩 十四

黟縣盧節母二首

事舅存孤此一身，斑斑奩服淚痕新。盧家堂上單飛燕，玉剪常留萬古春。

籜枯慈竹見龍孫，拔地應承雨露恩。簾外黟山眉十樣，從今不染舊啼痕。

題許母莊孺人刲股圖

身非我身親之身，以身還親存没均，區區髮膚安足珍！毁傷不敢重遺體，戒輕用身蹈非禮，孰謂親而不吾以！不爾君父義等夷，致身何獨於君宜，作忠况本孝所移。粥身炫奇或有爲，迹同心乖類非類，要向微茫辨真僞。後儒泥古何太愚，吹毛洗垢無完膚，藉口自便多庸夫。人生難磨惟至性，當其一往百不病，充可作佛亦可聖。梏之反覆計較多，巧託詭避稱中和，誰維綱常挽頹波？孺人愈親幼刲股，七十年來不言苦，子不忍没圖且譜。尚書錢香樹先生爲文弁其端，名論千秋定不刊，昌黎熙甫皆慙顔。斯圖斯文看反覆，一部孝經歸尺幅，巾幗鬚眉願同讀。

題崔景昌明府尊甫小照四首

雨過新凉放晚晴，荷香如洗竹風清。此心絶不關閒事，小坐盤陀佇月生。

紅玉爲顔雪作鬚，賭花笑面没嬴輸。傲他崔護空年少，枉煞春風桃幾株。

蒲葵扇底斷塵根，十賚神仙九命尊。只恐神仙輸一着，蓮房生子竹生孫。

聞説官齋慶八旬，朝衫重换綵衣新。霞觴醉後延清賞，試憑欄杆看錦鱗。

從子煜爲其内寫聽鴻册子索詩爲題四十字

無米炊難巧，勞人思不禁。愧虚宜鴈意，代寫聽鴻心。織錦詎同感，西洲空爾吟。遥天一片影，相望白雲深。

贈新安守張杏莊二十韻

班爵家傳笏，環辰宿列張。圯橋書卷在，鴈塔姓名香。世德榮天簡，南行問海疆。二分明是月，十載暑飛霜。張爲鹽場大使十載。邗水公初治，蓬萊吾故鄉。題輿來禹會，涵澤比錢塘。叔度謡襦袴，君游頌麥桑。攀轅空借寇，有詔忽徵黄。覲日顔如霽，遷喬地更良。千灘迎畫鷁，五馬渡漁梁。禱雨眠龍起，膏苗瑞露瀼。平反蘇滯獄，巡歷戒輕裝。覽秀聊登嶽，休民但芟棠。野無驚夜犬，市不飲晨羊。憶昨移芝蓋，衝炎到紫陽。款門騶從却，入座笑言長。雅臭蘭蘅似，清懷冰玉凉。借將多士色，容得老夫狂。翠黛宜留白，登樓敢賦王。聊歌躋彼句，一上使君堂。

詠物八首謝張杏莊

百八椒珠珠不如，老輪薑桂莫嫌渠。解龜貰酒朝衣典，持爾焚香誦佛書。椒朝珠。

何處神針薛夜來，繡囊内府出新裁。書紳敢佩金人戒，守口如瓶莫亂開。佩囊。

骨裁鳳管千絲軟，面染鴉青十樣工。笑我庾塵蒙不得，多君袖底惠清風。扇。

禪榻茶煙裊鬢絲，羊腸聲觸故鄉思。一杯消渴夢初醒，正是午窗風雨時。龍井茶。

不從籬脚鬥花黄，吹落城頭五夜霜。菊生武林城牆者佳。付與西河喪明者，好煎活水瀹寒香。茶菊。

消夏怕從河朔飲，招凉分得故侯瓜。老夫臢有相如渴，直作安期巨棗誇。西瓜。

藥玉船浮琥珀光，雜然腥熟薦圓方。醉餘一笑起摩腹，自譜先生食憲章。酒脯。

客嫌汙指辭油具，老愛温中戒冷淘。十字舊曾誇賦餅，八叉新許學題糕。糕。

題藝蘭圖二首

春暖作春陰，春泥香滿襟。藝蘭須薙草，愛日莫依林。葉葉調疎密，根根試淺深。不知與何治，辛苦惜花心。

舊譜宣尼曲，神絃楚屈辭。謝家香掩冉，燕姞夢參差。託興詎云爾，爲圖偶及之。問蘭蘭默默，獨立意誰知！

贈儀徵汪秀才容甫

直鉤不釣魚，方軌不炙轂。即物具通識，遇合以我卜。往蹇悔乃遲，慎始保初服。因不失其親，乖或承大僇。獨憐可宗者，如玉嗟碌碌。所以獨行士，果哉委溝瀆。溝瀆良亦宜，親老缺饘粥。禮食權重輕，回面聊自鬻。呼則應馬牛，與不耻嘑蹴。準古奉檄歡，斯意可歌哭。自從秦漢來，阡陌開井牧。士鮮禄代耕，求飽難半菽。況士賤且多，夜光混魚目。習輕厭衆囂，奚辨鵠與鶩？只尺蔽奇士，泥塗困匍匐。文也少孤貧，此味嘗最熟。君況差我同，感我頞頻蹙。恭聞下明詔，遺書採幽谷。經術首所崇，激勸醒迷復。君子應時須，學也中有禄。不干亦不矯，吾道惟自淑。方今歲將周，梅蕊已簇簇。春江待君歸，天上舟行速。

題從子兆龍看劍引杯圖

賣劍耕養身，止酒德養性。身性得所養，居易可俟命。杜句取斷章，竊恐爽厥正。爲圖貌其顏，轉眼異衰盛。衰盛非我真，皮相安足鏡！意或同書紳，隨身用爲儆。汝鬢亦已蒼，汝氣奈猶橫。劍術本未知，不怍言乃病。酒亦小户耳，麤解辨賢聖。次公況醒狂，醉發憂箭勁。少壯倏已非，老去宜自諍。如何尚雄心，一過一圖併。吾懷似古井，無瀾又何競！近更樂瘖默，出口憂語穽。聊當座右銘，用以塞汝請。

贈嘉興守張君梓山二首

由拳界吴越，刺史古諸侯。率屬占馴雉，宜民釋佩牛。金陀清一曲，石佛壽千秋。即境爲公祝，村村聽野謳。

未展升堂禮，真慚老部民。初緣人在客，近苦藥隨身。鼎肉臺蒙餽，辛盤歲不貧。尚容扶杖起，匍匐拜清塵。

蕭山王徐雙節歌

汪家節母王與徐，如月與星光太虛。太虛蒼茫雲似墨，萬古金烏折其翼。素娥飲泣婺女愁，寒輝慘慘蕭山頭。蕭山之麟趾且角，墮地偏愁食於駮。駮自暴兮麟自仁，首靈入囿王之賓。可憐一麟育二母，集蓼茹荼同白首。旌門詔下石隕星，如恒祝月綿修齡。修齡祝月麟獻舞，舞罷迴頭望三五。參商不見斗闌干，仰頭愁煞天漫漫。

安定孝德歌 有序

河南光山縣，故禮部侍郎崇祀鄉賢胡公煦，以《易》學受知仁廟。世宗朝，洊歷卿貳，入直上書房。今皇上篤師傅舊恩，賜蔭一子入監讀書，即今江蘇廉使公季堂也。少宗伯年七十有五，始生廉使。廉使有三兄，皆前歿，四歲失母，八歲而孤。長嫂甘夫人，撫如己子，卒得成立，以昌其宗。甘以節孝受旌於朝，舊矣。既歿之六載，廉使自甘肅移節三吴，恭逢聖母皇太后八旬萬壽覃恩，大小臣工咸得贈其先世，並許貤贈，以慰水木源本之心。顧例未有貤贈其嫂者，廉使瀝情以請，上可其奏，傳之中外，僉曰非節母之孝，無以成廉使；非廉使之孝，無以成節母。然非聖天子大孝格天，錫類萬族，安所得此曠蕩之恩，俾節母、廉使並得以其嘉休茂祉，光惇史而休萬世哉！顧文則更有進者。孝德之成，理固然矣，向非少宗伯績學敦行，克享天心，其能崇本篤親如是乎？醴泉無源，芝草無根，此物之瑞，而非人之瑞，人瑞則必有所自矣。《書》曰『降祥』，《易》曰『餘慶』，良不誣也，人其奈何忽諸！壬辰除夕前二日，朱生熙歸自吴門，携示廉使所輯少宗伯《澹寧居三接乾清宫召對》一書，及陳請貤贈奏草，感不能默，因倣栢梁體，得五十四韻，題曰《安定孝德歌》云。

杏山帝師安定胡，易窮先後羲文圖。貳卿三聖一德孚，西河退老周孔徒。喪明忽痛淚欲枯，一雛初生三鳳殂。雛生失母八歲孤，千鈞繫髮海泛桴。孰卵翼之煦且濡，嫂甘如鄭撫厥雛。與昌黎同宜母呼，丸熊剉薦荻畫蒲。母間有之嫂則無，羹盡轑釜肥饜稃。叔射殺牛讒剥膚，往軌來軫同一模。瓜車之覆誰手扶，身集于蓼口茹荼。以嫂代母答舅姑，求心之安百不須。非報之望名之沽，維名與報終不誣。雛養九苞天九衢，覽輝下集高岡梧。含香白雲贊臯蘇，閶扉肺石成夷途。帝嘉乃勞曰夫夫，内宜絲綸外鉞鈇。其往廉訪邠與吴，昭陽單閼月紀辜。聖母萬壽覃恩敷，追封錫類存殁俱。人榮其先感且吁，於時廉使慘不愉。念嫂六載墓草蕪，迎養未遂心如刳。旌門典已光孀嫠，得隴望蜀計齟齬。貤贈之請其難乎，禮不通問例不符。衆諫獨往决在吾，瀝血草奏陳其愚。臣昧死上謹即誅，維天鑒此心慺慺。天高聽卑帝曰俞，甘盤舊德世不渝。寵以破格睿藻鋪，光賁泉壤私遂烏。蒸蒸孝治追唐虞，曩文侍側槖筆趨，史館濫厠齊門竽。今雖退侶山澤癯，願舉舊職明區區，歌傳萬古鐫琠玗。

癸巳正月二十七日余六十初度聞諸親舊有欲爲余祝生者感而有作得四言五百四十四字

閔予小子，幼罹百凶。十五而孤，戊申之冬。三姊一兄，未字未冠。恩斯勤斯，母氏瘏瘏。時靡有居，寄叔之廬。孔瘨不寧，翩其風旟。亦有姊壻，以庇余生。人之云亡，卵在巢傾。乃育其雛，我子我女。我春我褚，同我室處。哀哀我母，晝紡夜針。夏不袗絺，冬無完衾。勖予小子，涕下綆縻。曰予祖父，詩書自遺。不率厥德，愧彼蠛蠓。不能奮飛，係於徽纆。相對而泣，無聲自零。饕風四壁，寒燈如星。兄及弟兮，言采其芹。載折其桂，觀國之賓。有那其居，鳩亦來止。適遄其行，計偕北指。歲在元黓，月維孟春。拜母於寢，涕下沾巾。愴然生離，永矣死別。神告其心，痛於指囓。急請於朝，夙駕星軺。星軺靡靡，客心怊怊。念我母氏，壽登古稀。羞我春酒，遲我綵衣。兄曰予季，其徯汝戾。胡適不來，破笑爲涕。昔別有母，今歸母亡。母言在耳，母寧兒忘！椆几敦盤，幎冒衾棺。勿躬勿親，何心何顔？乃相乃擇，乃卜其宅。幽幽殯宮，寧此體魄。體魄既寧，歲序聿更。奉我孀姊，言邁於京。兄不我偕，遠送于淮。淮水湯湯，維以永懷。乃恭朝命，夙夜怲怲。巧速拙遲，鑒於明聖。四入書局，三秉使節。五校棘闈，飲水自潔。汎汎虛舟，在彼中流。延緣靡泊，載沉載浮。載浮載沉，二紀于今。鏡彼恒河，面皺霜侵。柅也爲金，鑄也爲鐵。掛冠國門，脱蹝朝列。復我邦族，保我初服。歲時伏臘，娱我骨肉。骨肉無多，逢此轗軻。子夭兄殂，傷如之何！父兮母兮，不我卒養。兄及弟兮，共被同裯。復此乖離，如癡如疑。履影弔形，伶仃涕洟。癸巳王春，月正下旬。日宿於危，二首六身。二十七日雨水，日在亥。絳縣之老，泥塗自葆。誕聞人言，惄焉如擣。於國於家，何修之姱！縱浪大化，泛如棲苴。敬告諸舊，毋予謑詬。尚其聽予，予口誈譳。

兒子師靖就昏常德時梁瑤峰先生由湖北移撫湖南寄呈四首

千佛名中第一人，兩湖先後拜恩新。地分五嶺通南極，月帶三星拱北辰。衡嶽春雲如寫照，湘江秋水不生塵。輶軒憶昔經遊處，聞説蠻鄉俗更淳。

勳猷著述與科名，得一猶難況合并。班令才空青簡盡，鄴侯功自白衣成。文章命世真經濟，温飽無心見性情。試數黑頭公幾輩，伊人清望屬蒼生。

紅豆吟成十二年，懶魚歸壑鶴飛天。臨池每愛蘭亭本，止酒猶虧司業錢。鴈足空函傳白下，蔗漿老境只青氈。尚思不朽因公等，益贊臯賡取次編。

濯錦坊中古井邊，雪泥鴻爪舊因緣。藏書夢斷山齋竹，簪髻人懷幕府蓮。爲遣癡兒作秦贅，聊將里曲叩湘絃。倘呼問訊慚蓬歷，多恐旁觀一粲然。

寄呈常德守周十一叔曼四首

五馬前頭鹿夾輪，使君此日正行春。桃迎皂蓋團紅雨，柳染青旂颺麯塵。比户醇醪薰欲醉，訟庭芳草織爲茵。村村岸岸花源路，莫向漁郎更問津。

風交蹄跡鴈銜舟，鎖鑰衡湘控上游。青入滇黔天一髮，氣蒸雲夢地千漚。西京高爵專城守，南服提封賜履侯。驛騎鋒車聞絡繹，時用兵緬匪。凝香可得似蘇州？

自别春明歲序沉，頻看除目惜分襟。磨牽黑衛陳陳迹，鶴養丹砂漸漸深。識路夢知尋鴈爪，當筵客記啖牛心。武陵花片多難忘，小友相煩問卯金。己卯，余科試常德，有劉姓童子名天祐，年十三，補武陵縣學弟子員。其父由庶常出守四川某郡，遺腹孿生二子，童其長也。能詩，余常燕之使院中。

向平心事費調停，反荷爲裝得未曾。生怕登龍嗤碧鶴，本非良玉愧清冰。隱之廉想貧餘犬，阿智癡如凍後蠅。差喜館甥歸絳帳，春風茂叔許親承。

東坡石銚即用原韻二首

西湖南海試烹泉，一勺曾涵萬里寬。刼火煅餘茶味苦，臣心清比玉光寒。不辭揚沸腸空熱，尚想鐫題墨未乾。病眼摩挲元祐字，當年誰似石工安？

不起松風不注泉，虚中無物本來寬。消磨磾磈薑鹽味，蕩滌心情冰雪寒。鍊石天留雲氣古，烹茶人去水痕乾。品題莫問居何等，瓦釜匏罇也自安。

梅豪亭歌

冰肌玉骨香爲魂，澹不入俗惟梅真。愛花慣説林處士，水仙配食同精神。亦有歌豪杜公默，到今傳者寧不聞。一狂一隱殊顯晦，或者天意非關人。獨憐梅妻死更續，暗香踈影非陳根。豐山山下茅屋古，一樹手植今猶存。元精淋漓沁石骨，蒼蘚剥蝕斑龍鱗。寒霜壓枝入簾户，青子落地繁兒孫。詩人精魄想寄此，老幹獨葆乾坤春。文豪按部事幽討，手撫遺植悲沉淪。梅豪亭繼放鶴建，兩亭遥峙争嶙峋。天風鼓琴香雪亂，頻迦送音花雨紛。冷眼不受凡豔蔽，暖吹欲使朽骨温。泥蟠龍卧七百載，敗鱗殘甲皆鮮新。乃知無名名更遠，羅浮官閣空埃塵。滄桑死生那足計，奇葩定不荒荆榛。含酸且復忍寒凍，東風有信來花村。

前　題

推倒楊朱墨翟，扶起仲尼周公。用杜默《送石守道》句。徂徠臭味先生同，學海也作泥蟠龍。龍歸何處豐山麓，山繞梅花花繞屋。春風爛漫七百年，元氣淋漓真宰足。先生筆距猛如鷹，三家名埒歐廬陵。南山鳳鳴和且清，有道出則天下平。相公愛才有如此，無地容狂抱香死。香不滅，龍歸來，梅豪亭着山之隈。冰心重活鳳池水，數點梅花子朱子。迴頭却望徂徠松，虎倒龍顛僵不起。

前題

鳳池水，泥蟠龍，生不相遇今初逢。一株老梅七百載，如漢廷柏秦年松。根蟠蛟螭轉地軸，枝停日月摩蒼穹。有時兜羅綿界雪作花，金鴉脚底霜爲封。有時風團雪花化爲實，垂珠覆葉交青葱。香如詩魂樹詩骨，精靈萬古天爲通。不然赤明龍漢歷千刦，何得含酸茹涷獨立空山中？吁嗟乎師雄，三豪名埒歐文忠。南山鳴鳳久心折，曷不貢之明光宮？卒使此花抱香老，羅浮夢醒悲填胷。勸君地下勿悲詫，人生百年過耳如飄風，死後歲月真無窮。所以没世名，聖人責其躬。猗蘭一操萎空谷，到今楷檜封植爨牆同。君其遇兮魂奚從，文光下照春溶溶。紫陽夫子昌黎公，謂朱學使筠。手扶雲漢開榛叢。乾坤草亭杜陵翁，配以梅豪江之東，豐山一拳齊衡嵩。老梅得氣亦顔色，無言桃李嗟飄蓬。

雲霧松歌

山松莫若黄山奇，聞者未信見亦疑。松不麗土戴之石，根松絡石相交持。風來撼之勢欲拔，不膠而合終難離。霞烘日炙雨少澤，奚恃以養蒼然姿！騰空奮起還偃伏，盤鈎拓戟虬其枝。千年一握鬱精氣，參天怕使天公知。黑入太陰白摧骨，波松視此真卑之。不資灌溉謝培護，而汝獨壽云何宜！吾思黄山雲霧窟，氤氳摩盪無休時。元氣所化生氣足，霏霏著物生華滋。引流汲井亦堪潤，先後天異分醇疵。况石土耳山作骨，中有石髓如凝脂。人得服者恒不死，次亦往往登期頤。松固得髓育其本，胚胎此實長生基。雲蒸霧沐復天降，一物共荷乾坤慈。此中具有太極理，狀之恥作雕蟲辭。嗚呼松兮好自保，出山容易根先移！

浙江文化研究工程成果文庫

浙江文獻集成

浙江文叢

鄭虎文集

〔中册〕

〔清〕鄭虎文 撰

許雋超 陳曉藝 吕亞南 整理

浙江古籍出版社

呑松閣集卷之十七

秀水鄭虎文炳也撰

門人欽州馮敏昌編次

男師亮師靖師愈謹梓

古今體詩 十五

送河南王參軍憬齋歸就廣文四首

我出君相送，君歸我未歸。河梁今日夢，泥爪轉頭非。草戀春暉暖，凫還故國飛。此行誰得似，密線保初衣。

偶得無絃趣，輕携單父琴。忽嫌趨走拙，重續去來吟。清白鴛湖水，慈悲石佛心。自君之出矣，落盡小山金。

合作宫牆吏，頭銜亦自佳。去同鄉郡乞，老守太常齋。巢父新詩卷，無功舊酒懷。諒知高興在，未覺壯心乖。

我老君非壯，臨分那不驚！挾山難後會，如漆暗前程。投嶼鶴斯遠，在山泉更清。相將各努力，莫忘歲寒盟。

江貞女詩代某明府作

江家貞女夫氏楊，女字未嫁夫早殤，單飛孤雌永不雙。掩奩脱珥淚洗粧，麻衣奠墓從姑嫜。姑痛而昏乃病狂，刀杖刺擊人走藏，女也侍側如故常。含悽飲血十九霜，刻劃肌膚背負創，積誠格天母則康。有姪失母三歲强，撫而育之如女長，非子而子義所當。以之嗣夫夫不亡，夫亡不亡死奚傷！死而從夫生不祥，歸全示疾辭岐黄，含笑入地歌鸞凰。余尹兹土職激揚，質言紀事鐫山岡，黄山白嶽增清光。

題馮秋鶴梓里佃漁圖 有序

乾隆戊寅、己卯，余視學湖湘，時柯堂中丞適撫其地。越十有五載甲午季冬，公子秋鶴以手作《梓里佃漁圖》索詩，得讀中丞所題斷句二章，則庚寅中丞捐館舍前一月遺墨也。錢文端公題圖，致公子書，有『傷逝念舊益深』之語。余亦同此感，爰題二百五十九字。

中丞令子皆翩翩，長君秋鶴真胎仙。超然不受世網牽，自愛梓里圖漁佃。趨庭進圖詩學傳，五十六字非陳編。需時續題乃弗延，如麟歌絶悲終天。新廬舊廬故依然，寸田尺宅迹未湮。墓草已宿遺墨鮮，空想落筆如雲煙。圖裝成册詩手箋，哀哀痛過劬勞篇。文端燕許筆如椽，賡和題識星日懸。此已不朽餘可蠲，而况哀薄同寒蟬。吟號豈合宫商宣，欲辭難默心悁悁。憶昔泛舟採蘅茎，洞庭之濱衡山巔。與中丞公鷺序聯，宛爾鄉曲歡周旋。金貂珠履圍綺筵，紅燈緑酒酣歌絃。摶沙一聚仍空拳，雙溪冉冉疾逝川，山邱華屋膺悲填。既痛逝者益自憐，雪泥鴻爪同後先。家鄉景好風日妍，佃漁可侶閒且便，何不樂此消餘年？會龍橋頭新受廛，願與公子結勝緣，煙波共載天隨船。

題張翌唐茂才洗研圖

聞君書名吾耳熟，鐵門限斷人購蓄。長縑素練相追飛，十研供磨嫌未速。腕走清聲萬壑松，松煙落波埋蟄龍。池水可墨蛙可黑，前張後王君齊蹤。貌之八圖人未見，索吾新詩爲開卷。臘梅含黄天竹紅，正值辛盤展芳燕。一時四座共傳看，停杯有客生長歎。云兹寄託有深慨，惡圓及天宜同觀。墨爲肉刑名甚污，以墨名貪詎堪慕！一錢可選萬鍾加，絲染何人保其素！墨將磨人人未思，匿瑕含垢何其癡！童乎勿嫌十指禿，主人心事童應知。我聞此言顧而笑，此意何須寫爲照！墨者自忙洗者閒，各適其情肯相誚。客言不用吾且歌，吾歌洗研安知它。歌成擬换黄庭帖，只當山陰道士鵝。

六月二十七日晚渡漁梁即事

竹徑松陰暑不侵，晚涼乘便一披襟。亂雲襯綺重重墨，斜日燒山面面金。落漲水堪浮馬渡，浴波人作戲魚沉。最憐碧樹蟬鳴好，來伴先生捉鼻吟。

消暑六首以題字爲韻

立竹循檐覆以松，打頭濃翠落重重。蕭閒庭院添風味，高下簾櫳避日春。爲愛通明容透漏，不勞舒卷稱疎慵。望天漫道如盆戴，未許炎官邂逅逢。松棚。

誰識當年居士簾，最宜竹屋與茅檐。散絲密線煩千結，高節浮筠信兩兼。入燕無風垂亦得，卜人有粟啓何嫌！湘雲撒地紅塵隔，一任燒空夏日炎。竹簾。

華皖無煩魯大夫，自裁冰簟自編蒲。一方好藉留賓榻，午睡宜承漫汗膚。夢斷懸弧懷董澤，味貪嚼蠟喚青奴。小奚奉作橋衡樣，請就松階待月鋪。蒲簟。

八尺龍鬚爾是朋，睡痕雙頰印條冰。鏤金不類憐强項，枕石差同勝曲肱。好夢回頭仙未得，異書充腹秘何能？半牀最愛穿窗影，錯認溪邊月掛藤。藤枕。

海上空聞脆石椶，一朝披拂感流風。綢繆細瑣皆經緯，條理分明具始終。敢助清談供把翫，肯投禪窟墮虛空。蠅蠅狗狗營營甚，閒伴龍泉掛壁東。椶拂。

赤羽不飛飛白羽，虛空習習生風雨。西凉簿可効一揮，諸葛君誰繼前武？斷翎無力謝摶空，團扇驚寒重懷古。仰頭雲際佇來鴻，肅肅秋聲滿江浦。羽扇。

贈江使君蔗畦十二首 有序

乾隆戊寅春，文視學楚南。時蔗畦九兄令清泉，治行稱最，文用心折，爲作《清泉行》以贈，遂訂交焉。已而去楚，蔗畦遷乾州司馬，權守長沙，尋左官爲池州别駕。乙未攝治徽州府事，計文乞病歸里，來主紫陽書院講席者，已八年矣。迴憶訂交之初，垂二十年。中間一相見於京師，再相見於新安，皆以事牽率，卒卒未盡所懷。自客空山中，素心晨夕之樂，殆未嘗有，今乃得之吾蔗畦，抑亦羈孤貧病老境中一大快意事也。撫今念往，棖觸百端，殘歲催歸，益復不能自默。爰成五律十二章，以繼曩者《清泉行》之作云。

十八年中事，摶沙放手空。吾衰霜後草，此聚雪邊鴻。不盡飛騰意，相憐出處同。何時潁川守，起作漢三公？

竹冷魚難上，風嚴鷁退飛。尚遲都尉拜，已息漢陰機。守豈榮鄉郡，歸争豔錦衣。江村感喬木，重認舊茅扉。

習坎水彌潔，經弦月倍明。温温聊與試，赫赫敢收名。黄海恬驚浪，湯泉止沸羮。徙薪勞至計，風鶴戢心兵。黄山中，有潛山、太和客民之來業開墾者，十餘年中，日益衆，徽人畏惡之，訛言日興。君徧行深山中按視，妥客寧民，訛言頓息。

宦况餘塵甑，初衣剩酒襟。未營桑百本，那問橘千林！澹泊有其素，榮枯無此心。難消惟結習，衫袖墨痕侵。公餘閑日作擘窠大書。

衡麓清泉尹，長沙太守符。棠陰曾芨憩，蘭畹未榛蕪。江上青峯遠，人間帝瑟無。瀟湘翻舊録，愁絶鴈聲孤。《瀟湘聽雨録》，令兄賓谷先生所著。賓谷新殁。

愛日敦孺慕，白雲勞遠思。養惟官俸薄，孝以令名遺。九秩健於少，百齡慶可知。起居榮八座，福善理何疑！

丹穴雛皆鳳，清聲徹遠天。長君受知於學使謝公，聞將以優行被薦。談遷本家學，終賈况英年。斗已龍光射，雲還鴈字連。坡云萬事足，爲誦一欣然。

此境亦殊樂，其他不必云。况君未遲暮，於世已升聞。黄蓋寒迎日，虔刀夜吐雲。自民天聽徹，真授答辛勤。

金川萬里外，聞已奏膚功。大地民皆樂，兹邦歲獨豐。安徽被旱災，惟徽州一郡有年。使君行部處，十月小春中。磨盾慚衰廢，爲歌紀德風。

憶昔傾肝膈，重逢託主賓。乾坤雙白鬢，邱壑一閒身。妥以容狂地，兼之有故人。自蒙三過後，添得六堂春。

千尺賢關路，從教拾級登。時廣肄業生童之數。搜羅寧厭廣，頑懦亦知興。深課留窗月，繁吟過耳蠅。眼前覘士氣，頓覺十分增。

垂老才先盡，離帬目久盲。余丁亥病目幾瞽，且喪子。分甘同退院，重與訂新盟。君復與余申來歲之約。春草思君地，丹楓醉客情。有懷傾不盡，風雨聽雞鳴。

江節母俞孺人詩

未亡身外一毫無，霜鬢全凋淚眼枯。雪壓雕欄餘獨活，塵封筠管失蒲盧。以夫兄子爲嗣，旋以兄無後歸宗，尚無後節婦者。浙泉流恨江同遠，婺女當空月並孤。忍死白頭誰料理，殘年送盡夜啼烏。

題張太史映斗爲其太夫人所寫還珠亭圖

昔聞太史賢，今乃知母德。還珠與還帶，感召良不忒。不忒非母心，行所無事耳。適然與相忘，過眼已没齒。没齒不没名，結此感者情。人情良足用，令我心怦怦。怦怦亦何事，念彼見金夫。思歸引未闋，金谷草應蕪。

題小照照圖一鮮衣怒馬又圖一丐乞食馬前丐貌與照同

以我乞人，我以形屈。以我乞我，我以心絀。不知何不足，於我而有是乞？是非羞惡，人心之良。禮義廉恥，國維斯張。奈何作達而罔辨，此幾希之存亡。得毋見施施而來，鮮衣怒馬。噱爾蹴爾，自謂豪者。那知扶服馬頭人，彼我原來只一身。孤憤滿腔圖不盡，錯將平等認冤親。

贈平湖明府劉鴈題二首

換治依然是海疆，調自海寧。重君最迹漢循良。就加寵命銜初轉，晉秩別駕。共照清襟暑亦涼。來暮有歌真望歲，去思何地不栽棠。即今九派當湖水，試較恩波孰短長？

馬嘷五舍接吾廬，余家會龍橋北，魏塘之首也，南對漢塘，五十里至平湖。一聽風謡一起予。良御非因前轍鑑，下車已歎積薪如。絃歌濟濟翹材館，家室溱溱入夢魚。吾是鄰封老農圃，受廛願託帶經鋤。

余卜居東郊劉君及台州守衛詣鄞令張天相義烏令商文超遂安令胡師亮各割俸以助詩以誌感

投林倦鳥没棲枝，明月誰憐匝樹時？此日竟符張老頌，諸公與致草堂資。好移長史牽船處，快詠柴桑繞屋詩。廣厦庇人先及我，不徒饘粥荷恩私。

承劉君頻餽米炭食物詩以致謝

家居王粲亦依劉，不數分金管鮑儔。庖廩便蕃時有餽，薪鹽瑣屑總爲謀。猪肝廉吏慚何似，菜把門生比得不。從此先生欣飽腹，掩關肯事繞村求。

爲院中肄業生某送江別駕蔗畦權守徽州得替回池州八首

晝錦官銜敞，鄉邦愛日臨。豐碑萬民口，喬木百年心。符竹君恩重，箕裘祖德欽。江祖以守徽家焉。傳聞清白吏，暮夜已辭金。

骨肉疎遊宦，公在官，不携眷屬。情懷宛軸薖。夢同和靖鶴，書謝右軍鵝。上德辭凡譽，清心養太和。誰家官閣畔，羅綺雜笙歌？

户絶驚眠犬，途清攫肉烏。五袴今頌歎，三善昔留蒲。循跡輕唐漢，詩名重白蘇。問誰優仕學，得似使君無？

邕經摹漢隸，新篆搨秦碑。羲獻何煩爾，真行偶及之。諸家該衆妙，一字總堪師。聽事看懸榜，斯文信在兹。

負望星雲重，憐才性命同。籠中收上藥，爨下出焦桐。日月無遺照，乾坤本太空。持兹相明主，重見闢門風。

往者翻疑獄，迴天徹覆盆。一端留惻隱，萬物荷生存。有道危言行，無私等怨恩。周行盡公輩，刑措不須論。

黄海來耕者，連山自結棚。居人疑盜藪，訛語觸心兵。風鶴聲無恙，弓蛇疾恐成。按行占遇雨，辛苦怙民情。

數德難終物，談天枉費辭。但將心款款，齊祝去遲遲。旌旆已前道，溪山空後期。江村江故居歙之江村一片土，留與繫歌思。

又一首

公先守歙遂家此，江村奕葉瓜綿綿。遷揚百祀公繼武，鄉郡符竹煩兼權。故家喬木蒼蘚古，舊巷燕子春風顛。公巡而觀感且歎，馬行躑躅車迴旋。蔭庥祖德綏乃位，用康厥家世永延。『聦聽祖訓，詎忘舊章，懼凉薄弗蒙蔭庥，以綏乃位；輯和邦人，非曰臨汝，惟父兄克念永世，用康厥家。』公榜聽事兩楹云云。書以自勖勖桑梓，堂皇銀榜青瑶鐫。于時慈雲展黄海，雨露澤豈宗枝偏！獨嗟來暮去偏速，欲挽無計空流連。天眷民隱俾重涖，扶鳩跨竹歡逾前。謂宜真授行即拜，齊祝久住遲高遷。如何暫來復却去，期月之可猶慳焉！如甑夢溢饑未愈，如纊思挾寒猶然。旱苗待槁剛得雨，枯魚收泣方臨淵。忽奪之去望終絶，那不相向泣洏漣！念公心清比盂水，兩載刑措懸蒲鞭。式敦宗族肅禮讓，不假嚬笑袪貪緣。刑家及國切痾癢，率屬以正先潔蠲。棼絲塵案掃欲盡，影蛇宿疾痼莫痊。兹鄉山多棄不墾，農負耒至如流泉。結棚莳藝滿巖谷，藏奸藪盗人疑傳。訛言日驚等風鶴，鈎稽故事虚文牽。公聞單車輒就道，徒步出入窮幽元。籍登其數責所主，立法善後嚴紛駢。隱憂衆惑豁然解，舉一例百賅其全。維今文治邁往古，詔督四海搜陳編。四庫館啓富圖籍，文淵閣設新官聯。公家文坫主江左，三江欲掩三蘇賢。黄門身後公豈愧，生花妙筆光奎躔。文昌在天一星漏，流耀偶到黄山巔。以兹承化篤上理，治後刀筆先歌絃。扃門兩試絶私竇，精心萬選無遺錢。紫陽徽國講學處，舊設書院鋪寒氊。年來得師漢後鄭，賢關草木皆鮮妍。平時説公時在口，云同臭味蘭與荃。數年耳熟一朝見，束身竟得歸陶甄。嗟某井蛙細民耳，爬沙妄欲緣青天。舍耕操筆逐隊至，寶山久住空兩拳。身如土牛不受策，饞過麯車枉流涎。何蒙採擇及葑菲，公刻書院課藝，蒙採録入選。兼承指畫分媸妍。誨同子弟不知倦，愛結肺腑何能捐？頑金猶容入歐冶，美玉那許埋藍田！一物荷慈默自感，萬物在抱恩無邊。公宜作相天下福，方隅詎得留旌旜！公今往矣鶯出谷，鵬化九萬摶風便。楓宸佇看列槐棘，台階盡仰持衡銓。所嗟去德日以遠，回頭往跡如奔川。望塵視昔倍感愴，某心隱若遭烹煎。溝中斷瘠分終棄，誰與斵削施朱鉛。懷不得語鬮生口，默難自息吟聳肩。繪天已自陋窺管，嘶風況愧同寒蟬。聊賦耕鑿諧擊壤，盡剖肝膈傾長牋。詩成再拜送公去，佇立悵望空雲煙。

題葉太史函齋畫松卷子

柯如青銅枝虬龍，託根莫是徂徠峯。迴頭歲月記髣髴，堯年甲子秦年封。太陰雷雨一朝起，飛入先生圖畫裏。長風過後怒濤平，天花亂落松間子。

題歙令楊祈迪太夫人照

鱣堂遺構遠，花縣板輿新。水石娛遲景，松筠貌此身。默含封鮓意，流示化梟人。不信看圖畫，羅紈謝綺春。

題休寧令楊先儀尊甫照

君之伯子吾所賢，蘭馨蕙馥懷當年。來官休陽不及歲，坐席未暖驅歸鞭。迎君官舍吾未見，但道夔鑠人中仙。平生豪氣老益壯，鵰鶚尚欲搏秋天。披圖傳神出阿堵，光射紙面明星然。伯也在侍履舄舄，一揮鸞尾仁風扇。仲才弱齡事研席，讀父書學蟲魚箋。竹孫个个籬脚出，桂子粒粒天香全。關西夫子種清德，與漢世世簪纓聯。君繩祖父昌厥後，徵之前事何疑焉。獨憐吴楚雲樹隔，良覿那卜將來緣！余衰甚矣久廢學，近苦寒疾尤沉綿。感兹難默詩代柬，聊同鴈帛衡陽傳。

送張杏莊移守雲間四首

鎖鑰江南重海門，久懸冬日待春温。看攜天上香烟出，去灑雲間雨露恩。喬木世家前相國，甘棠遺笏在諸孫。從兹歘歷兼中外，軼臬超藩詎足論。

松江聲樂練江愁，古寺寒鐘咽斷流。沙滿漁梁難放手，雲辭黄海亦迴頭。飛鴻人有公歸怨，發笱誰爲我後謀？衣上萬民心上事，一絲一線一綢繆。

流寓兹邦歲轉蓬，數來賢主獨輸公。交如水乳原無迹，臭比芝蘭别有同。已賦郊居歸沈約，尚留師席款王通。自慚爲客渾忘客，送往迎來一病翁。

吴淞百里接鴛鴦，每想蓴鱸當故鄉。曾點芹泥營燕壘，待迴玉剪宿雕梁。離音下上初成别，絮語呢喃許共商。若使巢痕掃還在，春風重上主人堂。前松江守鍾君光豫搆書院未成，杏莊擬往成之，延余主講云。

蔗畦以公事赴白下留詩集屬點定未返而得替當去會余以病急歸不及待因題其集且以言别四首

全豹初窺意惘然，古今格律漢唐年。折君官爵多因此，老我生涯亦可憐。游夏一詞真莫贊，春秋三傳豈無箋？流傳敢請從隗始，便擬鎔金鑄浪仙。

典郡詩人例得名，致身若箇是公卿。翦花須悟真先假，弦月何妨缺後盈！借酒澆胷添壯氣，將珠抵雀減吟情。焚香盥誦年來句，字字都從血性生。

孔删孟説已千秋，魚躍鳶飛可自由。何必杜陵方信史，却防楚相是名優。幾希旦晝修辭本，蔽陷離窮尚口羞。太息詩亡修綆絶，更無人向返躬求。

樽酒何當與細論，追風促駕去如奔。待歸未果天將雪，此别偏長客斷魂。講席重來惟我在，蒼顔一笑爲誰温？遥知春草相思地，忍踏苔階舊履痕。

乙未人日從子煜五十初度時煜猶居母喪投之以詩二首

人日剛初度，而年亦五旬。須眉成老輩，風雪入新春。鴻爪東西迹，鱣堂繼述身。迴頭念慈母，於此益霑巾。

荆樹交庭翠，蘭芽入户香。客深方解樂，貧定不知忙。茵草敷書帶，近講康成經學。囊詩貯佛桑。庚辰、辛巳、壬午，從余於嶺南，詩最富。傳家惟恃此，努力愛流光。

吞松閣集卷之十八

秀水鄭虎文炳也撰
門人欽州馮敏昌編次
男師亮師靖師愈謹梓

古今體詩 十六

鷩閨二首

葉剪胡金貫以繩，善鳴物莫與争能。偶經摇漾聲相切，如代傳呼喚欲膺。静裏簾櫳通處處，望中樓閣徹層層。有人粧罷還傾聽，幾度開匳翠黛凝。

静掩深閨驀地鷩，誰敲葉葉一聲聲？依稀天上雲璈奏，彷彿簷前鐵馬鳴。每趁春風傳款款，何來粧閣唤卿卿？緣知鸞舞迷雙影，爲放菱花閃月明。

題兆龍從子坐愛楓林晚小照

車以資我行，停亦便我坐。念兹坐斯須，觸序歎改火。霜林晚雖紅，那及春婀娜？況歲行復闌，僕僕猶道左。寒風促登車，策莫歸計妥。四角生雙輪，蝸舍學繭裹。去來信春秋，色相齊物我。如何戀空華，岐途往彌夥？即身示所明，吾生已勞瘅。

題省機圖

三百六十五，度盡天無窮。星家省其餘，布諸十二宫。虚五以整御，用與大衍通。弈者準其象，方罫開洪濛。奇以爲偶本，太極位厥中。從兹出萬變，一貫可以衷。聖人不復作，理昧機心庸。黑白差貴賤，生死争雌雄。習或溺賢達，業或儕商農。妄託聖所許，飽食以自功。游民國之蠹，機事禍所鍾。兹其小者耳，滔滔將安終？先生静者流，經緯羅心胷。含耀不自吐，一悟參萬同。入機與出機，省亦知安從！不如與之泯，浩浩憑天公。先生聞我説，一笑楸枰空。

偕兒子師愈姪孫奎外孫姜道謀赴新安夜泊七里瀧連日風雨灘水大發泊舟不定數易其處

昨日雷催雨，今朝雨挾風。灘高聲動地，江潤遠浮空。别夢蛟龍得，貧游骨肉同。羈心篷底燭，銷盡五更紅。

輓江夔州守權六首

不道重來失典型，高山流水故人情。手翻遺集心無那，碎盡簷前積雨聲。

不辭蜀道上青天，兩度王尊叱御前。聞護儲胥曾出塞，欲磨盾鼻寫金川。

雄關鎖鑰重夔州，襦袴聲交上下舟。廉吏可爲歸思促，輕裝三峽謝黄牛。

歸來安樂賦行窩，袖底清風被物多。廣受賜金原憲粟，口碑無字石誰磨？

喪明吾昔替君哀，薤露歌曾手自裁。今日掌珠聞照乘，定應儒釋送將來。

偶客天都已十霜，看君出處哭君喪。去來今信一彈指，爲問白雲何處鄉？

題徽州別駕嚴春林學易圖

仲尼學易以知命，學知相深無窮期。五十同義傳改字，以經就我義則岐。知非無過兩相證，聖賢立説無游移。漳浦卓識後鮮繼，君圖得之心孔怡。羹薵牆孔凛所見，研硃詎屑同經師。有道而仕優則學，白茅藉用潔不淄。謙承大有乃得豫，棟隆之吉其安辭？洪惟聖祖昌絶學，折衷周易追庖羲。我皇繩武四庫闢，三千年少遺書遺。班揚之才馬鄭學，彈冠結綬肩相差。君不此進祇乃德，六爻三極心常儀。巽而説行利攸往，觀民觀我時其宜。不以言學以身學，通經致用非君誰！余初見君不數面，温温已式恭人基。今心折君緬往論，猶昧厥本尋其枝。願從焚香與静坐，加年庶及朝聞時。惜君徙治余且去，春林移治池州。秋風吹心如棼絲。

程孝廉瑶田歸自京師出所作九穀考及花譜見示遂題其册

打門聞君來，顛倒衣裳著。握手喜相視，兩頰猶沃若。七年積羈心，一昔知聚樂。問君歸何操，行卷貯空槖。九穀偶成考，今古費搜索。格物先儒疎，稷黍名實錯。幸來客幽燕，農士互商度。首種惟高粱，賤食比麤惡。厥宜疏食名，目驗論非鑿。從兹辨菽麥，間亦逮蓬藋。更譜庭中花，清夜助深酌。詩之復圖之，聊以寄所託。聞之鼓衰疲，懶魚亦思躍。假觀走長鬚，飽閲恣大嚼。不惜手自鈔，老眼花争落。爾雅可補遺，郭註遜精博。君詩陶韋間，君書晉唐格。今復工繪事，俗韻謝丹堊。莫盡君之才，即此見其畧。人海汎虛舟，浩蕩無住著。油油與之偕，寧静以澹泊。知君豈無賢，忍令常寂寞。物兆况已徵，華跗見臺閣。佇看腰下黄，素馨比芍藥。

題休寧戴厚光詩藁二首

人在松蘿翠接天，出山又泛五湖船。珠蘭茶好蓴羹美，詩味居然占得全。

聹聳年來病不支，笑聞鬥蟻決雄雌。雷音忽弄頻迦舌，勝飲治聾酒一鴟。時余病聾。

贈楊歙令祈迪

一點泥痕便十年，客中聽盡武城絃。數峯只愛湘靈好，三事無如宓子賢。自笑老僧宜退院，空懷佳研作閒田。去年蒙贈研。催人巖桂香初發，猶戀秋光待月圓。

題福别駕禄春夏秋冬四照四首

三公先佩吕虔刀，次第看酬汗馬勞。君嘗從征緬甸。退食還躭書味好，和音最愛鶴聲高。偶閒斷事如銀手，差許留春養鳳毛。此日緋衣映紅雨，他年柳汁上青袍。《芳園課子》。

轉頭已過暮春天，他日趨庭子在川。消暑不教篘蔫酒，栽根須念藕如船。花時客拄仙人杖，幕裏歌傳緑水蓮。看取錦舟攢佛座，座中擎出掌珠圓。《荷池觀子》。

鈴閣無塵爽氣收，輕飔簾外送凉秋。木樨香自雲邊落，金粟光從日脚浮。七寶宫中差可託，小山叢裏若爲留。濟川已幸蘭橈具，桂楫還宜月窟求。《桂林種子》。

翹首觚稜又幾年，熏衣欲賦早朝篇。玉珂戴雪趨雙闕，鳳閣將雛上九天。賡拜願循皋益跡，《列女傳》：『陶子生五歲而佐禹。』曹大家注：『陶子者，皋陶之子伯益也。』公卿慚作紀羣傳。非貪富貴圖忠孝，付與箕裘屬勉旃。《早朝帶子》。

次答童二樹自題墨梅大幅歌却寄 有序

二樹以高行名於世，所至與天下諸名士游處，常爲祭酒。性愛梅，因愛畫梅，得其神。矜許與，重然諾，遇人有緩急，力必爲之盡。顧人易得千金於二樹，而獨不能得二樹梅一枝片葉，世珍球壁矣。文與二樹故同鄉人，而文内兄胡觀察韭溪子某，又二樹婿也。各以宦游，無緣合并，於是熟二樹名垂二十年，卒未之識。丁酉夏，吾禾沈生又希謁二樹於東都志館，語間及文，遂潑墨作老梅一枝，横空倒垂，蒼然自遠。詩題枝間，感激豪宕，着花數點，生氣溢出，而書亦絶去時態，吾家廣文不得獨擅三絶矣。又希歸，屬以持贈，驚喜奉受，張之素壁，坐卧其下，如與二樹樂數晨夕也。文老病，自廢久矣，何圖得此於二樹！爰次原韻，仍屬又希呈之左右，非敢云酬，永以爲好爾。

軼埃壒兮超樊籠，仙籍不借蓬萊宫。姑射之山渺何許，綽約處子垂房櫳。肌膚冰雪遠塵垢，下視壑谷羞羣公。今無其朋此誰氏，二樹其號姓則童。生平愛詩兼愛畫，筆不去手身扶笻。冶容媚人賤桃李，老豔諛目嗤楓蓉。冰魂月魄玉爲骨，清夢慣繞羅浮峯。羅浮天際遠莫到，狀得粉本孤山東。公孫劒器醉巔草，妙悟自發心葩中。此藝事耳聊所託，沾沾譽者真童蒙。五千言經抉其髓，三千年事羅於胷。卷而懷之無所用，高卧自許羲皇逢。是梅非梅畫非畫，意思畧似妻梅翁。嗟余老矣未識面，年迫日索悲殘冬。隴頭梅花筆端落，丈幅卷寄春濛濛。長歌三百五十字，如數晨夕款曲通。念同鄉井託親串，流寓各地誅茅蓬。從君悔遲墮塵網，俯仰得失争雞蟲。口傳耳熟三十載，伊人不出聲隆隆。今朝見梅如見君，一枝老幹横晴空。根不着土花不落，永永萬古常丰茸。他年見君如見梅，槎枒面目高人踪。開闢二老儻相對，名山業許相勤攻。獨憐樵風不予便，雪泥鴻爪何時同？

二月二日到崇文書院越二日雨又明日雪登四賢祠樓望雪用東坡北臺韻二首

連朝寒雨正廉纖，邀勒春光朔氣嚴。亂放林花粘粉蝶，盡雕山骨出形鹽。沉沉雲影濃鋪海，皛皛湖光遠接簷。南北竟求迷望眼，插天不見兩峯尖。

推窗千片落驚鴉，老不禁寒鬥兩車。未辨閒行披鶴氅，早催清夢落梅花。兜羅世界原同色，粉本湖山信作家。禮罷四賢憑檻立，北臺欲和手頻叉。

到院日金少宗伯海住先生先時枉顧不值詩來訂招湖舫小飲次韻奉酬

高卧東山户不開，重公一出又空回。先人許附月中桂，生客招尋雪裏梅。杖履願隨閒處樂，鶯花敢望後時來。行廚何事頻移具，趨侍琴尊盡日陪。

夜飲中丞署不得出城宿仙圃劉明府寓同龍莊汪進士

讌罷歸迎燭影紅，石頭泥滑怯衰翁。眠宜仲舉常懸榻，去類東坡暫點鴻。尚論喜逢天下士，素心許共使君公。老難聚會貪深坐，禁得春寒五夜風。

作家信以修金屬仙圃捎寄詩以代柬

客來湖上僅兼旬，不斷鄉愁是米薪。乍喜書傭初受直，欲傳鴈帛更何人！想君或已歸帆動，命使將毋去鷁頻。付與一緘還再拜，濕雲濃鎖萬山顰。

廿六日連雪甚大次姜壻韻

積未能消滴有聲，錯傳花信落花輕。菜知抽甲紅全褪，麥未含芒浪自平。寒對鏡光真動膽，醉看雲氣若餘酲。司春却笑煩滕六，爲禁煙還放雪明。

題黃信生獨立圖二首

不求援繫謝扶持，萬古真難着脚時。笑煞蒼茫吟獨立，江心來覓化龍枝。

試尋我與孰非人，那得逃虚寄此身！須信立人先立己，油油原與物皆春。

花朝金少宗伯招邵侍御蕢村及余湖舫小集並命兒子靖愈入席侍飲先之以詩次韻奉酬

清游老興劇飛騫，近局招延禮不繁。百五春光湖上好，十三年事酒邊論。笙歌未許隣舟密，童冠皆知化日温。請續花朝訂寒食，試聽鶯語寫吟尊。

酬金少宗伯以律詩未盡所懷復成七古五十韻

西湖一别四十年，年年夢落雙峯巔。况聞地靈遘佳運，幽奇蒙翳咸披宣。六飛四巡奉慈輦，瓊樓玉宇雲霞聯。御題紀勝景四十，德言紹衣仁皇篇。奎光下燭澤普汜，禽獸草木增媗妍。諸臣在朝或在籍，賤逮童孺皆瞻天。與覩盛美飽遊歷，守官我獨嗟匏懸。鄉人指點狀所見，南望輒歎遲歸鞭。歸來十載客黄海，喚渡慣踏江干船。客心如麻過如電，掃跡不到西湖邊。嗣聞維摩示微疾，予告歸結湖山緣。欲往從之輒引去，三山縹緲家神仙。天如鑒此作之合，漂萍忽傍歐公泉。六橋雪後印泥爪，四賢樓上棲青氈。琪花供自衆香國，世界换作兜羅綿。心知天公好看客，洗塵爲我鋪瓊筵。老償夙願比啖蔗，狂思學步追前賢。起看像設酹以酒，北臺高唱彈孤絃。樓頭望雪，用東坡北臺韻。興闌燈炧忽棖觸，獨處孰與同吟箋？惟公名卿父執友，子弟畜我形骸捐。别周星紀快重聚，酌我許飲梅花前。空濛雨苦遊屐阻，瀲灧晴愛拏三舟便。先之以詩後期日，攜樽挈榼衝朝煙。素心無幾慎選客，鐵肝烏府同招延。歲寒只許三友共，春光合醉千觴連。勝情勝事及豚犬，蓬壓轉怕乾餱愆。如泉源源百壺送，輕橈緩緩雙堤沿。十眉圖環遠岫碧，一鏡界破晴湖圓。柳塵初起草新緑，風日美矣花嫣然。良朋佳節值名勝，高會便欲千秋傳。花朝此席倚公重，修禊未許蘭亭專。迴思春明休沐出，燕或接席歸連軿。隻雞斗酒真率會，但恨無此佳山川。以今視昔樂復樂，喜心倒極悲膺填。霓裳共奏鹿鳴賦，天衢訣蕩驂連蜷。白駒一逝繩莫繫，晨星幾箇珠難穿。巋然二老幸無恙，杯酒不惜相牽纏。人生此樂良未易，幸而得之皆天全。愛公彌性老逾壯，知公戀闕憂難蠲。伯夷寅清帝所眷，青宫况久資陶甄。上有堯舜下禹稷，己飢己溺須身肩。方今宵旰軫民隱，河工水利心拳拳。聞將南幸率舊典，迎鑾駐問知安痊。喜公精神甚矍鑠，後車定載還幽燕。於時繡衣跨驄馬，從公且復相聯翩。台星朗曜少微隱，飛沉俯仰成天淵。行擲書本手牽犢，課兒自種南山田。今朝此會那復得，園桃隄柳空娟娟。及時行樂縱即逝，此席暫緩終當遷。得錢沽酒便相覓，請從此始無疑焉。

代友題我我周旋圖 圖兩像，一畫作僧像，懸之室中

昔聞善財童，參學靡不到。今讀遺教經，戒必離憒鬧。寂以守一真，喧以會衆妙。途殊而歸同，惟我執其要。茫茫苦海深，假面作啼笑。對鏡不見身，欲覓竟誰告！往余静中觀，友有

《静中觀我圖》。所得亦稍稍。未忘我爲我，聊復貌其貌。君今殆化乎，變見破拘繞。圖君形中形，遺我求彼肖。肖彼謂我同，我若翻彼效。已各成鬚眉，原不殊老少。此如日孤懸，一線穿萬竅。又如兩月相，揑目非病眊。此中別有存，虚實皆幻造。無言指迷津，永寐乃大覺。瞻圖矢皈依，膜拜稱佛號。

題秋林覓句圖

春林爛於霞，秋林澹如水。水葆無盡光，霞飛偶成綺。感兹逝者心，古井波不起。升雲亦成霖，功不尸一己。微吟託深衷，磐石坐不徙。蕭蕭眄庭柯，即目已秋矣。高情遠色香，孤根孕紅紫。覓句詎無言，得意或忘此。昭文不鼓琴，誰與參厥旨？

題某中丞悼妾某宜人詩後

燭尚能癡酒亦愁，人間何物解忘憂？蓮花折盡終難折，寸寸相思不斷頭。
度索仙桃相對紅，一枝結子一枝空。核中仁是西池種，雨露常含造化功。
穴許同時没受封，刹那因果證仙蹤。紅顔幾輩歸黄土，可有人能似箇儂。
鬢絲禪榻坐方深，怨鶴啼猿感不禁。二十五章如錦瑟，一絃一柱愴人心。

有客攜示武林諸名宿題俞蒼石荷溪泛月圖詩且索句實未嘗見圖也爲題七古一章

昔讀西洲曲，不見闌干垂手人如玉。今讀荷溪泛月詩，不見輕舟盪槳摇空緑。蒹葭蒼蒼露作霜，伊人宛在水中央。而今花與人俱遠，秋月西湖又早凉。

題林樸存遺照二首

圖貌真身總寓形，如飛鴻爪月中停。吾今也踏西湖月，不見當年處士星。

世乞題辭遍藝林，題辭人感去來今。不知何與先生事，孝子仁孫萬刼心。

送邵太史二雲北上二首

東越無雙士，南宫第一人。珪璋名特達，徵召典重循。四庫開書局，羣才薦席珍。就中推博物，夫子茂先倫。

一點臣心赤，千秋汗簡青。范張欣接踵，馬鄭失前型。詩雅閒箋疏，蟲魚訂郭邢。書成儻相念，寄讀及衰齡。

題靈石令牧山胡君桂仙秋櫂圖 有序

君浙之山陰人，注籍大興，登康熙丁酉科京兆榜。至乾隆丁酉，君年八十有五年矣，適就養于令孫仁和令嘉栗署，重赴鹿鳴，一時傳爲盛事。即于是秋成圖。今學使彭公元瑞主是科鄉試，爲文以記，而書之圖。牧山索題，得長律四首。

北溟雲翼起扶摇，月窟初探傍九霄。已豔科名週六甲，况逢明盛歷三朝。年當丁酉鵬飛歲，秋記錢塘鼇子潮。重赴鹿鳴光鉅典，好編周雅入虞韶。

蓬萊注籍地行仙，杖履逍遥不計年。繞膝芝蘭成立竹，自天綸綍賁華巔。孫枝已續甘棠化，晝錦彌增綵服鮮。花縣板輿何似此，木樨香泛六橋船。

輕橈划碧幔垂青，有客研丹貌鶴形。倘悟心齋空可繪，似難皮相筆猶停。澄波萬頃歸襟度，古岫千盤見性靈。如此須眉問誰肖，君家安定舊儀型。

一别春明已卅秋，重逢我亦雪盈頭。常青松栢由天縱，無價湖山盡日遊。仙佛身形藏尺幅，乾坤胷次入扁舟。披圖人莫疑和靖，斠雉飛鳧或與儔。

吞松閣集卷之十九

秀水鄭虎文炳也撰

門人欽州馮敏昌編次

男師亮師靖師愈謹梓

古今體詩　十七

吴家雙節婦

吴家節婦郭家女，三載結褵喪其侣。老姑頭白乳下雛，祝融助虐錐真無。無錐有鍼育其子，子長授室姑慰矣。那知湘竹未收痕，庭前謝樹摧孤根。孤根芽茁三枝玉，剜盡兩孀心坎肉。號咷又痛火焚巢，負姑出熖膚髮焦。老姑活兮婦垂死，婦有婦兮願身抵。禱神神聽若或使，夢飲甘泉霍然起。冰霜歷盡表松筠，雙節旌門萬古新。聞説竹孫如嶰谷，鳳律能諧聲六六。他年大樂奏鈞天，尚恐遺音感獨絃。

題友人學圃圖

學圃有同志，吾以顔吾廬。余以『學圃』顔書室。廬旁一畦菜，躭兹味清腴。役役久自負，歎息荒不鋤。君圖亦題此，述德敦遠圖。秋花麗春景，名同而意殊。殊有不殊在，均託言之虚。

茲言老未踐，留作何年須？ 君儻菊可采，吾亦菜可蔬。 往還脱有便，信宿圃中居。

題趙功千先生遺照先生子一清余門下士也亦已物故

『白鷗没浩蕩，萬里誰能馴！』杜陵以自況，維君與之倫。 杜往不復作，君亦辭紅塵。 有子篤家學，著述誇等身。 桑經與酈注，訂正稱功臣。 茲編府延閣，身歿名千春。 往余與之密，庭訓時復陳。 未訂紀羣好，謬託孔李親。 今茲展遺照，浪浪涕沾巾。 形容自存想，鬚眉同此神。 如鷗没不見，萬里空前因。

題嚴立堂祖臯圖二首 有序

明司農嚴公，有園在杭城之東，奉母，母没，志臯魚之痛，因名曰『臯園』。 立堂，其五世孫也，七歲而母歿，長而泣思遺容，圖之册，居行與俱，晨夕潔羞膳以進，事之如生，以『祖臯』名其圖云。

七歲泣孤雛，思親貌作圖。 鬢霜天共老，血淚海難枯。 庶以精誠接，從茲生滅無。 南陔迴落日，常照白華敷。

孝德孫承祖，含酸死事生。 園林已塵刼，風樹復烏聲。 不盡圖臯淚，難傳刻木情。 客星如有象，應傍婺星明。

題某小照二首

徑不開三松不孤，忘天彭澤我師乎！　如鯨莫以重觴計，看取長瓶卧也無？

坐聽濤聲石已温，白衣野馬信乾坤。　少微含曜台星朗，金少宗伯、汪徵君，先余題照。　照見鬚眉萬古存。

次寄童二樹二樹善畫梅時嚴冬有二蜂集於梅上禾中沈又希爲詩歌其事東都士人和者甚衆二樹亦自疊五十韻寄觀索和

蝶有翅，蜂有鬚，尋香性不貪枯株。　枯株且然何論畫，墨瀋詎當春膏濡！　老幹故没骨，晴雪難上膚。　一逢開歲一迎歲，蟄物時未驚雷蘇。　二蟲何來遽集此，繞幀似覓花間居。　維翁生理足方寸，十指拂拂陽春俱。　冥心真宰直上訴，河伯助潤崧神呼。　中丞使院仙令宅，先後怪事傳東都。　衆詩其事寄索和，累贈彌復珍其圖。　隴頭一枝香易歇，羅浮五更夢亦虚。　何當化身學蜂蝶，游戲生死忘榮枯？　榮枯生死孰真假，體物惟此誠難誣！　誠故生滅不生滅，質疑寄與心區區。

殘雪次韻五首

纔趁春來又却歸，怪伊消息一冬稀。便留頃刻花終幻，若比堅牢玉恐非。流水有情渾欲化，迴風無力不能飛。從添萬斛恩波廣，三白同功莫漫譏。

來從何處去何歸，空色因緣悟者稀。到地偶然成小住，瑞冬聊爾補前非。已空爪跡鴻難覓，好證禪心絮不飛。從此無聲并無質，無香無色謝嘲譏。

雪作春花春與歸，愛看花積惜花稀。留賓僮説烹茶好，映讀人愁轉眼非。銀海迷離猶夜色，金鴉儵閃又朝飛。重陰漸退陽初泰，塞北江南莫共譏。

上元客去未言歸，雪送舟行雪又稀。若見寒條千片落，應懷親舍二毛非。偶成寄跡留難久，笑指逢春凍不飛。聞説孝廉船正發，相看席帽可貽譏。

萬玉妃將歸未歸，殘脂零粉詎全稀。冰心誓日難禁架，水鏡臨風省是非。黯澹花魂梅可伴，糢糊蟲篆雀争飛。不磨而磷淄還涅，捹作投階碎璧譏。

輓台州司馬梁恒齋三十六韻 名徽

古昔多上壽，世降中壽難。七十稱古稀，於唐良已然。維君庶幾此，詎云不其延！而况三不朽，永命奚以年！　君族望于晉，紱冕相蟬聯。　簣序扇文譽，鹿鳴登歌筵。　其才備文武，其學志聖賢。　型家篤儒素，貧不羞粥饘。　化俗本仁恕，猛不誇鷹鸇。　牛刀試一割，奉檄來烹鮮。　易地不易治，誠求厥心殫。　剡章達宸聽，輒以君名先。　權守數大郡，苞苴絶夤緣。　三言式聖訓，六事師周官。　庶幾滌瑕垢，無從漫腥羶。　題輿允時望，剖竹宜真遷。　如何月之恒，將望乃忽絃。　廉來尚嫌暮，寇去争籲天。　大吏以情請，逝水行許還。　方還復中斷，永作歸海川。　入覲猶在途，儵閃館舍捐。　浙東西之民，號吽如狂顛。　無識與不識，言及各涕漣。　碑已勒萬口，囊不名一錢。　八百桑未辨，千頭橘寧安！　諒宜嗣朱邑，百世肅豆籩。　緬彼無稱者，過眼如風煙。　君今已不朽，耄期何有焉！　僕也荷謙德，孔李託周旋。　與君生先後，僕病如枯蓮。　巾車噬言邁，謂先着歸鞭。　胡圖君遽及，塌焉摧肺肝。　往君爲我書，素榜室中懸。　物在人已亡，對之不忍觀。　呼兒謹收取，奕葉寶所傳。　傳此萬古情，永永相纏綿。

虞山沈氏張節母詩二首

鏡裏孤蓬鬢，堂前兩白頭。　晨昏勤定省，門户費綢繆。　石闕銜雙輔，刀環誓九幽。　如何老姑淚，先爲未亡流！

有子懷初免，如雛翼以成。　四科文學地，五夜誦絃聲。　風木魚猶泣，琴笙鹿自鳴。　瀧岡留往躅，鴻筆表幽城。

題甥壻朱生熙調冰圖

朱生昂藏清而癯，如鶴長脛鬨瘦軀。羽毛修潔姑射雪，飲啄肯與凡禽俱。翩翩才不盡書記，代庖借箸時所須。楚吴甌越歷徵聘，知己首數中丞吴。今巡撫蘇吴公名檀。中州司寇尤愛重，胡尚書名季堂。腎腸心腹相爲敷。羣傒交幣慎去就，不屑貨取惟心孚。即今貪風扇人海，幕僚沉溺悲淪胥。或託膠漆恣乾没，或穿徑竇同穿窬。上下鈎貫左右望，如猿聯臂相牽扶。優娼酒食鬨成市，輿馬僕從光照衢。官爲孤注供博進，民非羊豕遭封屠。一朝身敗名亦裂，不齒鄉黨愁妻孥。就中緊豈無介士，標榜不及身羈孤。鄭璞長價荆玉賤，韓裴遇合今誰乎？吾憐生恬似古井，濁水自照牟尼珠。浙西漕賦督觀察，僮僕賓從皆歡娱。陋規更比正供急，刻期更不煩追呼。猾吏恃此益放手，破例横索心膽麤。惟生洗手事贊畫，寸心虚室懸冰壺。庸夫少見多所怪，或疑僞或嗤其愚。或驚盛事交口譽，流聞到耳生嗟吁。廉雖自信俗未變，一鱗片甲真區區。那知仙禽逐雞鶩，長嘶顧影慚真吾。倘能試手展素抱，周官六事夫豈誣！如今公卿不薦士，同升雅誼長荒蕪。咄哉朱生好立脚，人而無恒非吾徒。修齊内政足平治，松栢本性超榮枯。飯蔬飲水足自樂，知白守黑言非迂。何妨衆醉我獨醒，一任鬼笑人胡盧！生聞吾言肅然起，啓匣手出調冰圖。自言此義斷章取，炎官火繖無時無。醍醐飲便心地冷，汗垢不受清涼膚。請公題幀識明訓，爲熙百世留圈模。嗚呼此意詎堪没，安排筆研呼奚奴。須臾歌成秋月出，凉風颯颯凋庭梧。

題沈舍人叔埏尊甫月樹先生遺照

漆書竹簡廢自秦，文變今體子墨新。人人信手亂塗抹，如花落聽溷與茵。此孽實自造字始，天知其然爲含辛。淚雨撒粟鬼助哭，示意萬古期同珍。先生一誠凛三畏，帝感而詔假以人。麻衣有僧擅奇術，顧歎虞翻骨相屯。云惜字紙首百善，奎文盍取還蒼旻。鬼神屋漏本素蓄，一言誓以行終身。䵷筐蝸壁恣搜剔，斷文零落歸陶甄。穢濯以水聚而火，貯之潔器投通津。癖同嗜欲結痞瘵，勞忘寒暑無昏晨。必恒其德敬勝怠，一端已具文之純。非邀福應彊事此，惠迪之吉宜駢臻。五福備四富則缺，補以多男良不貧。文明肇開光祖德，薛家威鳳徐家麟。歲惟庚子駕南幸，行在詔羅觀國賓。長君賦手抗揚馬，鳳池已滌田間塵。君家狀頭謂沈公名廷文者。本故物，上林看占明年春。於時鄉黨共嘖嘖，先生往矣名益振。余聞人言唯且否，謂迹易襲心難真。真雖一念天可格，誠至不息斯通神。六書况是關作述，上帝秘惜他非倫。肅瞻遺像考軼事，區區果報安足論！爲是感召出方寸，保佑維德天所申。

題趙甥涵春水汎舟册子七十韻

余叔而外祖，買紅壻而翁。廣寧啓甥館，季父時爲廣寧令。嗚鴈聲噰噰。而之曾祖考，六詔方憑熊。兩家耀門伐，春朝日初東。余時尚提抱，欲述昧往蹤。周星感物化，萬刼一轉瞳。余本薄禄相，失怙剛成童。季父俄亦逝，暮色凄窮冬。而翁侍偏親，甘旨愁闕供。鴛湖偶放棹，夜語篝鐙紅。椽筆或一揮，欲挫吴興鋒。索書置懷袖，雅扇購芳風。扇館名。昌谷梳頭歌，爲我寫一通。釵落無聲膩，謂愛此語工。手翫口洛誦，此景宛在胸。恩科迫秋試，初元紀乾隆。載筆偕余孟，謂經畬先兄。皋廡託飱饔。褚堂舊門巷，看柳還問桐。含悲問姊氏，墓已宿草封。而才六齡耳，畏舅生客同。而姊呼不出，蔽面垂簾櫳。小聚亦差樂，搏沙放手空。一别三十載，各各如轉蓬。而翁困飢走，余宦拙更窮。天涯隔音問，幽夢懷昌丰。歸來省存殁，半入鬼籙中。慶弔禮都廢，骨肉恩鮮終。叩門喜甥至，戊子春初融。揩眼認風貌，觸我心忡忡。自言後母孀，有婦可任舂。姊嫁弟猶穉，赤手難彌縫。忍棄舉子業，聊以幕代傭。言深淚縻綆，坐久氣吐虹。是父必是子，庶幾亢厥宗。感我西河痛，丁亥中冬，余新喪次子雍。念我寧陽公。從兄亦老矣，何年繼生崧？從兄時年六十九，後五年癸巳殁，無後，余以伯父秦濤公長子溥第三男謙爲之後。從兄名繩甫，字及申，義取《嵩高》之詩也。當杯不成醉，悲喜心交攻。相將款一飯，草草亦忽忽。分手指後期，共聽南屏鐘。那知客黄海，去來隨燕鴻。數經武林道，問訊空喁喁。邑在井詎改，家疑蔀其豐。疾去類枉矢，倦歸等弛弓。無心更留訪，十年結深衷。邇者講席移，崇紫託衰慵。余戊戌主崇文書院，己亥移紫陽，庚子還崇文。六橋與三竺，往往一支筇。懷人眷前諾，雙堤眄遊驄。謂是而更非，勞勞使心恫。菉竹看成簣，蒼葭萎枯叢。逾冬復春仲，驚喜足音跫。披幃把臂入，拜跽禮勿庸。怪問爾何在，隔我塵幾重。爲言客初返，徙宅膝可容。舅儻惠然顧，早韮或晚菘。翦毛許我獻，貧恕禮不恭。余聞笑撫掌，曉事信阿儂。從兹暢來往，饋問煩奚僮。可憐渭陽情，比似春波濃。春波瀉胸懷，盎盎復溶溶。持此寫爲照，舟作穹廬穹。不繫且復繫，一醉堯千鐘。西湖山水窟，終古鬱青葱。逝者千萬輩，變滅歸冥濛。即余憶疇曩，載酒翁與從。花雨媚遊屐，麯塵糝孤篷。宛然此圖畫，踪跡未朦朧。人生無賢愚，終化鶴與蟲。昔夢已鹿蕉，今夢復鵝籠。如何不自醒，悲嘑學寒蛩？休矣無復語，虛舟汎鴻蒙。

立冬前一日侯官明府張君潤謝事歸里道出武林過訪賦贈

才見即成別，此心安可云！看君鬚似戟，老我眼生雲。懊恨秋同去，須臾日又曛。何堪沙際鴈，鴉軋太殷勤。

差喜桐鄉社，今知在八閩。官清茶味苦，民醉海波醇。梟落仍爲烏，驂迎舊是筠。徒中起安國，終作漢名臣。

浦江明府薛君葦塘罷官歸將開講席於青浦之新宅與余相聚湖上有贈因次其韻

三徑初休五斗勞，雙梟穩踏九峯高。新巢定燕依書幌，古研含星起墨濤。肥入浦陽留化雨，歸尋度索種仙桃。問奇擬過揚雄宅，他日扁舟載濁醪。

讀葦塘論制義斷句用前韻賦贈

暗度金針筆舌勞，階升還恐仰彌高。門前凡鳥題成鳳，天上黄河瀉作濤。謬種世傳鑽後李，害心誰悟食餘桃！醍醐一滴親嘗處，勝飲千鍾寶甕醪。

葦塘餉藥酒兼以方至再用前韻賦謝

酒可消愁亦破勞，莫嫌酒價十分高。多君氣味杯中聖，助我瀾翻舌底濤。老去共參三竺佛，醉餘空憶九重桃。叨頒式法堪傭保，拌得閒身事積醪。

庚子除夕湖州太守永公蘊山遠以食物餉遺因賦贈長律四首

六龍幸後使君來，卧治須資汲黯才。苕霅兩溪名勝蹟，蠶桑百室利源開。虚堂清遠縣冬日，署有堂，宋管夫人畫百鴿于壁，隊剥畧盡，尚存其四。公爲葺堂，而寶護之，顏其額曰『清遠』。瑞雪嘉平上早梅。鞭得聰明迎富貴，歡聲萬户啓春雷。

清才絶似杜樊川，宦蹟分明與後先。好句已添春柳色，公有《春柳》詩，次王新城《秋柳》韻。狂名肯藉水嬉傳。石尊共飲難爲伴，畫鴿閒棲不計年。管領風光賢太守，匆匆三月笑坡仙。

翟門羅雀亦尋常，廣絶交文枉激昂。若盡如君敦故舊，不知何地着炎涼！牽舡苦念張融屋，背郭俄成杜老堂。一段風流播人口，濂溪庭草即甘棠。原任常德守周公叔曼，歸自塞外，寄孥楚中，薄遊吴興。公爲定居于禾中，管鮑之誼，近世罕有。

冒昧行轅一刺通，轉頭泥雪過飛鴻。忽驚餽歲分甘至，乍喜荒厨俊味充。橘佐傳柑宜令節，鹿堪作脯壯衰翁。畫投木石飢難療，玉局酸寒未許同。

送沈定夫赴皖應農大中丞之聘二首

先生北郭我城東，只尺翻疑萬里同。何日共巢松蓋鶴，頻年陳迹雪泥鴻。倦辭聘幣門如市，閒愛郊居賦益工。不道征帆又相促，落燈時節正春風。

昨歲蓬廬荷枉存，沉綿牀榻失迎門。壯懷有觸同千里，祖席何緣共一樽？病中肝風身半癱，時余病癱幾危。老枯心血眼雙昏。屬君行卷煩相寄，抵爇名香號返魂。

維揚騰越牧唐君思以行卷見遺因次以贈之

世間何物身所有，求非所有行滕肘。不羞扶服乞人憐，幻景榮華幾堪久。無諸所有真有存，三無先生信吾友。唐自號三無先生，言寒無衣，食無肉，居無屋也。躍馬天南磨盾心，談兵玉帳懸河口。唐時在騰越，適用兵緬甸，常獻策于大將軍某公。廿年鴻迹雪泥空，一劍隨身詩萬首。老來豪氣尚凌雲，搜奇直欲追邱墳。已聞荒徼清蠻瘴，且向詩壇掃俗氛。先生緯武復經文，倜儻風流世罕聞。看取名流奉模楷，欲將姓氏埒三君。

次唐君松江辛丑正月十一立春夜雪詩

點綴風光一番新，破年殘臘過初旬。無瑕玉笑投諸暗，頃刻花先占得春。地以鴻飛留爪迹，天將白戰督詩人。王家鶴氅如堪共，謂定菴孝廉。乞與尋梅稱客身。

送從子兆龍入閩兼示楊方伯廷樺陸二尹潮愈從子鼎二首

停車圖得又揚舲，龍有《停車圖小照》。相逐飛鳴感鶺鴒。有客乘槎真造次，鼎于去冬航海入閩。送君語燕復丁寧。春江潮落兼天碧，霞嶺雲開一髮青。記里不須煩置鼓，却搜行卷紀重經。龍曾隨阿少宰雨齋視學八閩。

不須襆被歎饑驅，且倩緇塵染鬍鬚。夫子清聲楊伯起，達人明德陸當湖。二尹爲清獻公後。輓推有恃歸應速，事友能兼道豈孤！此去連枝華萼茂，一時比得召棠無。

送姜埍貽績西遊謁其師畢大中丞於西安二首

西征竟著祖生鞭，山隰榛苓有夢牽。分陝自來尊旦奭，後堂何幸厠崇宣！蒼生早入恫瘝抱，故舊看垂骨肉憐。恩重師門須努力，莫將姓氏辱名賢！

江南草長亂飛鶯，無那春光惱別情。壯志且拋家萬里，清時休憚客孤征。潼關四扇金城固，華嶽千盤鐵索輕。憑仗兹遊添著述，可能賦手敵西京。

煙缸二首

澹巴菰又俗名煙，藥譜葩經孰補箋？食氣味殊香以臭，作辛性合桂同編。辟除穢惡氤氲内，感召陰陽燥濕先。好貯磁缸便攜取，詩箭茗椀與流連。

那用窑分定與哥，玉缸雅製豈争多！輕安穩似銚無脚，點染青于黛掃蛾。維肖以形名肇錫，類稱其伐氏同科。却愁煙禁同鴉片，觚不觚將奈爾何！

賦謝徐王村徐友餽菊二首

有約重陽負好音，陳生彙木有看菊徐王村之約。秋英開落不關心。已飛十月嶺頭雪，纔見一枝籬脚金。城北徐公真好事，牆東宋玉合躭吟。含黄蟹美酒初熟，村酒名『十月白』。我主花賓相對斟。

種菊怪伊如種桑，桑田菊圃總輸糧。葉堪供税登蠶箔，花不收租費酒觴。爲趁農閒尋樂事，最佳風趣愛秋光。評君合在羲皇上，準擬扁舟過草堂。

詠菊四首

衰翁無復望腰黄，日瘦腰圍一握强。怪爾頭銜署金帶，不知晚節可能香？金帶圍。

細於鶴羽裁爲瓣，圓似雪花搓作團。麃眼籬邊斜月透，清光如卵上枝寒。鶴翎雪。

風采蓮鬚滚作毬，飛來籬脚上枝頭。隱君不污楊妃指，何事鬚端一捻留！蓮鬚毬，瓣端微紅。

一枝本色一間色，惟黄正色居其中。生非同根合三姓，與去聲爲人後將毋同。三接菊。

吞松閣集卷之二十

秀水鄭虎文炳也撰

門人欽州馮敏昌編次
男師亮師靖師愈謹梓

古今體詩　十八

題嘉興楊太守春園掬月圖

捏目看月月兩輪，掬月無月月滿身。輪以迹寄非實相，無輪有光月之真。惟真常存光不滅，受光於陽陰精結。繼離以坎揚餘輝，魄不專明功與埒。偶王在亶義則同，潔清肯著纖塵蒙。釀成天漿溥膏澤，施不擇地恩靡窮。物歸其功默不受，汲汲行天効奔走。朓朒弦望非我爲，桂兔蟾蜍亦何有！名不必晦功不尸，惟君目存心感之。金波如水掬不起，爛然盈手惟所持。持之不得無不得，代日普照無偏私。轉恐浮雲愛烘託，玉府清虛障羅幕。蝦蟇爬沙亦可憂，周防稍踈慝間作。二患不作三讓成，暗室長夜開羣盲。天地人我知四集，虛室生白同此明。吾疏其後義無忒，肯落禪鋒幻空色。非規非頌亦非誣，家訓官箴此其則。

題寧紹觀察印公憲曾照

吾年垂七十，君亦六十餘。久別忽相見，羨君顔猶朱。昔君起粤令，郎官拜除書。旋登御史府，給事黄門廬。今以觀察使，榷關海之隅。憶自庚午秋，辛丑迄歲除。掐指三十載，逝者真須臾。喜君涖吾浙，仁風扇先驅。民謂邇父母，行當慰飢劬。此情詎易饜，此情亦堪吁。官守位上下，轉捩如户樞。不要而執要，何以應時須？算緡重商政，賈舶交檣艫。山海互盤錯，幽遐費爬梳。承平百餘祀，習俗躭燕娱。繭絲與保障，兩者煩躊躇。如何破拘掣，而不踰圈模。是責良已重，捍海責更殊。維皇軫澤國，憂我民爲魚。隤山斧其骨，刊木計以株。築塘數千丈，那惜帑藏虚！執扑走羣吏，邪許羅萬夫。日月勒程限，賞罰嚴錙銖。俾君董其事，清晏資良謨。心堅石不爛，誠格海可枯。安瀾績幸奏，吾邦其庶乎！知君不辭瘁，但恐君恩辜。君恩良不辜，但恐霜侵鬚。君圖貌何日，中充而外腴。周旋得我我，燕坐敷氍毹。一卷可千載，憑几如據梧。下車曾幾日，此境空難摹。吾久老且病，丈室棲團蒲。貪閑畏人事，感此心煩紆。度以小人腹，爲君轉愁予。忝我一日長，私愛徒區區。如彼控地禽，而謂鵬計蹠。先生信休矣，幸君勿胡盧。

題袁簡齋前輩隨園雅集圖 有序[一]

簡齋先生壬寅暮春寓居西湖，將爲天台、鴈蕩之遊，命題《隨園雅集圖》。某老病癈詩久矣，且臂弱不能作書，辭先生不可。越日圖來，且告行，遂書四十字於籜石閣學所補園中蘭梅之右方云。

或補園中花，或題詩中畫。西園與隨園，袁王各成派。先生曰其然，此可破詩械。行矣疾爲之，春江片帆挂。

輓周幔亭三首

幔亭原是幔亭仙，今日摶沙放手然。一輛芒鞋一條竹，打開雲霧上青天。

窰變杯歌四座驚，汪髯親口説君名。那知十五年中別，黄海凄凉萬古情！予主講新安之紫陽，汪明經稚川以幔亭《窰變杯歌》示予，因訂交焉。幔亭既歿，而稚川亦于庚子歲下世矣。

新安兩度記揚舲，嬴得龍蛇滿翠屏。幔亭遊山，題勒極多。太白樓頭歌管散，空留一卷度僧經。幔亭去新安，著《度僧經》，貽某寺僧。

江貞女 有序

貞女江氏，吴門士族也，許字吾里沈定夫先生子方川。未昏，方川殁，女改服，請終守。母族欲奪其志，自沉於水，以救免，遂病。感夫入夢，醒狀在目，宛然不迷，兩姓哀其誠，乃歸沈，時乾隆庚子季冬也。長吏書『松嶺冬秀』四字，旌其門。吴明府繼長爲傳，聞者争歌詠之，余成五排二十韻。

吾友瘦腰子，潛光動列卿。老忻珠在掌，種得玉連城。冰待三春泮，門遲百兩盈。共傳孔鯉對，俄喪卜商明。女也悲何極，天乎斷此生。射屏空見雀，移樹欲遷鶯。身委流波逝，心期止水清。詎符妖夢踐，聊正未亡名。同室纓冠救，于歸秣馬迎。斬焉衰絰至，雜以笑啼聲。合卺呼新鬼，靈幃誓宿盟。奠筐親獻贄，洗手退調羹。立後慈能撫，宜家孝且貞。采風傳茂宰，濡筆榜柴荆。日月懸松嶺，輿臺簇鳳笙。共姜詩可續，季子傳先成。口誦心如杵，碑銜眼不晴。欲絃彈寡鵠，無手掣長鯨。八詠懷重屋，三霄接翠甍。此中孤鶴唳，清夜徹環瀛。

送嘉邑金明府仁以病乞假北歸

可惜公歸去，程門雪已融。明府受業朱笥河學士，時笥河甫下世。奠楹尋闕里，遺帳愴扶風。清白心堪告，青藍色頓空。笥河余門下士。臨分一翹首，寂寞感衰翁。

輓金少宗伯四首

笑謝閻浮界，歸全極樂身。到無慚愧地，證得去來因。明鏡原無物，恒河總不塵。經書佛滅度，字字性光真。

禮樂春官長，文章帝子師。輶軒隨所到，桃李頌無私。受物同虚谷，清心比素絲。即今公往矣，不忒想其儀。

予告歸來日，糠粃我在前。兩年分講席，三月記賓筵。戊戌三月，公招飲湖舫，時座有蕢村侍御，未幾下世。有客悲長逝，如公慶樂全。到今一迴首，獨立轉凄然。

蓬瀛介雅集，屬序未成章。九九詩如懺，公自壽詩八十一首。三三徑欲荒。萬松文律在，公主敷文書院，書院亦名萬松。今雨墨痕香。公有《今雨堂詩墨》。回首須臾耳，湖山已夕陽。

賀沈定夫得子二首 有序

中秋歸自湖上，聞定夫有弄璋之喜，擬趨賀，以病阻，忽忽又小春矣。東坡先生常以研賀晬日，而繫以書文。頃適有舊徒庚子探花程名昌期者，餽龍尾研二，因藉以補三朝彌月之慶。坡賀書云『毋乃太早計』，然轉眼便見成立。文非僅云爾，且以爲大魁之兆焉，率成二律。

香巖濱一曲，圓折夜騰文。竹老番初上，桃新實有蕢。青箱宜小字，粧閣豔朝雲。笑問瘦腰子，添肥日幾分？

養疴歸聞喜，秋殘冬又初。試啼宜復爾，賀客已遲予。手藉坡翁研，詩先晬日書。他年供對策，早計未云疎。

慈舟圖

乘桴聖有歎，從者其由與？桴材無所取，反袂成麟書。萬古遺寶筏，生民免淪胥。慈舟載幾許，我濟人其魚。公私判儒墨，陋矣溱洧輿。或云彼善此，一念資懺除。懺除亦空幻，實地有其初。

題袁生陶軒荷净納凉圖

惟時極炎凉，愛必矯所盛。矯以劑其和，愛詎乖厥性！凉非必我賢，炎非必我病。如何寓諸圖，若以分穢净？炎凉異冤親，是非果誰証？其然豈其然，微意吾敢請。請之默不答，池荷濬相映。

題文伯仁桃源圖二首

避地本無地，花源自有源。沂雩春未暮，得意可忘言。

桃織一溪錦，松衣萬點苔。文點畫松，松身好點苔，人語云：『文點松，文也文，點也點。』一般家法在，錯引問津來。

左紫 牡丹名

紫雲誰割餉閒身，傳硯堂張溪寓齋額也前瞥見新。妃子衣裳宜間色，君王亭閣未殘春。黄乎遇爾應虚左，白也詩之更絶倫。爲拂書牀馬肝石，吟成如對倚闌人。

題胡宜人像贊後四首

兩輔雙頤略似真，蓋棺貌得尚精神。宜人殁後三日，顔猶如生。無言注目空相視，遮莫猶憐老病身。

四十二年電火光，閨中老友忽分張。今歸謁舅須嚴事，好代慈親問燠凉。

記數辛壬到癸年，季冬之望月初圓。七旬眉案空雙舉，彈指三生一逝川。辛丑之春，余謂宜人曰：『癸卯余待若初度之日，同慶七十。』亹省人事，不意宜人遽殁。

卿歸安宅我銘宫，左席雖虚穴已同。孤往轎車憐婦伴，彭殤一樣雪泥鴻。靖兒婦周氏，後宜人十有四月亦殁，從宜人出殯于墓田。

贈維揚李晴山先生七十韻

馮生萬物同，負異豈横目。不有千載名，僵殞等飛伏。余少禀嚴訓，文行義兼服。頗亦志古人，失學困煢獨。負米孤雲飄，隨風不成族。無緣帶經鋤，那得便笥腹！浮塵汙初衣，貧養學干祿。一官不逮存，慘聽鸜鵒哭。永懷誓墓心，竊恥有道穀。歸留故青氊，主講紫陽麓。載移西子湖，埋首事課讀。人患好爲師，而我尤自恧。斯道嗟久荒，何以宏教育？惟我李夫子，曾閔繼芳躅。心腸冰雪清，氣味蘭芷馥。或被春風和，或凜秋霜肅。物各自領之，了不設寒燠。博文與約禮，敎學斯共淑。濟濟安定門，衣冠總殊俗。懷哉許白雲，師道尊輦轂。先生倘嗣音，澤被鄧林木。儲材貢之廷，文治彌郁郁。如何抱遺經，皋比擁私塾。昔登千佛經，元燈此焉續。舉棊忽不定，坐歎失老宿。辛卯科會試，先生卷已定元，已而屈作第二名。扶風帳重開，長吏船屢卜。甘貧慈母心，非禮義不辱。介節人所驚，盛德天必福。雙雛發清聲，鳳律諧六六。看成堯年松，侍采陶令菊。獨憐老未傳，辛苦事俯畜。而我亦同之，彌復傷局促。連行斷飛鴻，孤影凄寡鵠。子多景升豚，孫非謝庭玉。女子從子子，繞膝咸待鞠。或歎寒無裩，或泣食無肉。啼笑雜呌呶，欲怒不忍扑。亦有彈鋏驩，相與飯脱粟。亦有僮而孤，收卹延故僕。嘈嘈五百指，人不飽半菽。蚌殻分作居，索綯可乘屋。設庇廣厦心，那不致顛覆！記自庚辛來，如隄潰不築。周遮手障難，冥茫心兵觸。既辭湖之濱，又泛海之曲。迫起退院僧，重點見跋燭。託鉢稱人師，誑佛宜地獄。心織血已枯，口講氣不屬。新故况兩忘，傳習寧再熟。用古注意。禦冬如有求，安所豫旨蓄。食志賢彭更，毁畫䩄自鬻。即此苟得心，信道慚未篤。禮食較重輕，進退如桎梏。離羣而索居，自訟徒自鞫。阿咸渡江來，三載數我告。敬傳先生命，索我草尺幅。爲言往者歡，逝矣不可復。七十兩老翁，異地安可縮！筆踪幸惠存，宛睹舊眉緑。奕世載此心，未用競雞鶩。余聞輒愴然，迴腸轉車軸。先生先我心，抛磚願先瀆。臨池媿未工，高閣況久束。病腕悸不持，安敢逞巧速！遷延及兹冬，衰疾狀彌酷。近逼歲在龍，常恐賦成鵩。諾責負良友，立起以自督。況苦闇室居，久罕覯朝旭。百里半九十，失脚難再贖。用罄平生懷，批答幸我勖。

寄贈石門金明府嘯竹

公尹吾邑自庚子，我也戢影東臯農。東臯去城十里許，掃迹不入如逃空。亦思躋堂介眉壽，老廢拜跪成踈慵。鵲聲噪晴梅雨雪，暖蘇病骨春融融。眡歌孔邇已盈聽，半刺未敢名先通。胡然高軒過窮巷，呼殿不設昭謙冲。叩門致辭一且再，渴懷云積三年中。行抛手版逝將去，幸許一見抒心胸。聞言推枕起太息，此意今人誰復同！衣裳顛倒出聽事，肩扶小奚手拄節。聞名沐化今識面，金篦快刮盲老公。余曾病瞽。青天白日洞肝膈，含音吐律聲鐘鏞。十年刀筆非所事，兩科游賜參其蹤。披懷互對各傾倒，謙光下挹忘卑庸。公初下車首勸學，口講指畫開聾聵。鴛鴦不驚湖水静，稻蟹肥美蓮芰豐。士民口碑傳以熟，謂古叔度今文翁。惜公之去望公復，公果復矣不我從。移棠語水芰而憩，公奚忘我争喁喁。我尤辱愛切私感，豚犬慚殺孫江東。屈我父母齒伯仲，不遺下體采菲葑。匍匐救以麥舟贈，生壙死穴堂斧封。聾雛書紳泣以志，銜卹感矢終天終。嗟余親串不一族，魯髯孤露鍾麻窮。荷公謬取作僚佐，散材匠石煩包容。袁郎清才許獨秀，蓮幕初日光芙蓉。學優而仕仕兼學，文章政事相磨礱。得此蓋寡公獨爾，仰止明德山非崇。二三知己昔者友，雪泥消盡無留鴻。筍河學士年最少，往摩其頂剛成童。學成名立列侍從，英才百輩歸陶鎔。青藍冰水吾滋媿，班揚馬鄭古比隆。追懷春明寵餞席，深杯絮語燈花紅。歸除三徑佚以老，更無一事關其衷。集端一序墓一石，美不吾没過吾攻。屬以史筆紀厥實，楷模後學傳宗風。一諾已任千載責，如何先我歸幽宫！昨回閩嶠駐使節，如電一過真匆匆。時君款飲魚樂國，重提愁對春觴濃。河汾文獻悲忽没，河汾弟子欣初逢。從來出治學有本，其流自遠其源充。松茂栢悦故同性，膠粘漆合非人功。獨憐語默既乖異，幸被風草當衰癃。今雖去公百里近，病夫無力推孤篷。公來不時我難往，那共敲鉢連詩筒。殘年經簝日逾短，此日可惜心忡忡。念公索書兼索句，我非韓杜非張鍾。感不匿醜呵凍筆，頻搓兩手揩雙瞳。胸無好語語樸率，草草惡札何能工！用塞公請志吾意，歌傳世世懷昌丰。

寄懷畢中丞秋帆二首

伯仲唐虞舜五臣，文章况又壓羣倫。昔推詞館無雙士，今數封疆第一人。吐握柯傳公旦則，風儀金鑄曲江身。保釐弼亮多嘉績，繩武千秋祖德新。

德星聚井集羣英，争傍台垣効所明。中丞幕中皆知名之士，如王觀察芍坡、洪孝廉稚存，皆予弟子也。永憶關中蕭相國，長懷制府李西平。周公召伯同分陝，晉國昌黎各擅名。我若來爲長揖客，五侯也合重君卿。

又三首

空函鴈足漫相投，久遲魚箋歲已遒。小子居然猶可造，先生休矣復何求！徹桑鳥感完巢德，銜索魚悲沸鼎遊。苦海茫茫終滅頂，慈航不渡更無舟。壬寅，姜壻貽績，中丞年家子，曾具啓，懇于浙中吹噓置硯之所，余亦以謝賜金附狀，久未得覆。

七十老翁何所求，用舊。從人呼馬亦呼牛。簞瓢未具慙顏路，狏犬無多媿仲謀。敢乞劉公書一紙，非貪李氏橘千頭。但堪菽水供親養，便使爲傭也不羞。癸卯，余去崇文書院，爲退院僧矣。家食不足，欲令諸子出謀一館，以資膏火，亦告情于公，乞書如姜志。

典質頻將筐篋搜，更無長物費餬謀。王孫畫久珍先世，宗伯書藏到白頭。未忍殉身同禊帖，敢逢烈士贈吴鈎。救貧割愛沽求賈，輕重連城屬卞侯。先世所珍趙吴興、董宗伯及顛醉風真蹟，寄正法眼。

姜生西謁秋帆中丞余成長律五章詩以代柬於姜之行復贈以言兼示中丞

太白與武功，聞去天尺五。太華爲爾兄，崑崙爲爾祖。登之小泰山，部婁何足數！君子貴上達，有力須自努。藉手獻兹策，批抹道斯古。尚惜炳燭光，磨治玷期補。幸勿置一笑，棄我如聾瞽。

平湖令張顧堂封母石太孺人七十壽言 有序

己亥秋七月，顧堂爲封母石太孺人開七秩介壽之筵，徵詩以侑觴。時余在客，未之與。越歲既久，顧堂編次諸詩入家乘，求余詩不得，因復徵補，并彙其曾大母節孝，大父孝行詩啓以示，並得讀太孺人《自壽七歌》，倣工部體者，其義則聖賢之經訓，而詩格真浣花之的嗣也。余念少躭吟，嗜杜詩，至老卒不得窺其堂奥，讀是歌，竊謂浣花老人今復出矣。爰不敢以不文辭，乃累叙節孝世德，而終以私淑之意。凡得五言七百四十字，依樂府分解之體，合爲一章，書之册以獻。

往余祗帝命，視學於湖湘。湘潭漢臨醴，前漢爲臨湘地，後漢爲醴泉地。易名自蕭梁。梁名湘潭，以昭山之昭潭名也。此邦足文憲，甲第紛相望。翼軫故楚分，得氣占星張。楚分野當翼軫，今則適當星張也。應瑞兆厥族，濟濟臚冠裳。孝友溯周雅，姓氏流馨香。敷文沭聖化，特達皆珪璋。

憶余初入仕，詹事名九鎰。翔巖廊。館閣推老宿，曾挹蘅蘭芳。南來見學博，名九鐔。共事煩贊襄。知非控地禽，決搶羞榆枋。即見徵所聞，休問彌洋洋。謂如鄧林木，無枝不龍翔。一解。余初溯江上，按試趨衡陽。小泊江之滸，雉堞環千檣。有客指告余，此是孝子鄉。烏衣比王謝，豈獨誇文章！爲言孝子事，刻畫須眉詳。肅聽色慘沮，四座心激昂。仰望衡面面，俯視江蒼蒼。如見孝子心，萬古同久長。二解。哀哀四齡孤，痛母罹凶禍。鴟鴞毀我室，狐兔穴我墓。母也手抱兒，結茅卧草土。誓同墓存亡，將身禦豺虎。朝拜日與星，夜沐霜與霧。至誠格天人，亦莫余敢侮。同穴志幸伸，甘寢即長暮。三解。苦節聞之朝，帝命旌以坊。建祠曰崇節，祀典肅烝嘗。孝子奉母主，别墓依祠堂。敬事如生時，哀奠如初喪。幽明感以氣，侍養真無方。非不念顯揚，如在誠安將。五載終此志，母子靈永康。是爲終身慕，今古誰頡頏！四解。余考古孝門，其澤流孔長。昔在祥與覽，肇基開諸王。一門盛冠蓋，兩晉連三唐。公鄉道州牧，翁姓名運標。少登進士第，尋親歌楚招。孤征徧南服，足繭窮三苗。神明示之兆，負骨歸餘姚。已而官厥土，孝德治不勞。五解。福善天之心，孝以仁爲根。仁爲德之元，天地恃永存。生理苟綿綿，是爲萬福門。詎同佛氏説，屑屑推前因！六解。德門積三世，公現宰官身。況奉晝荻教，經訓尤紛綸。七歌擬浣花，一斑露全神。茹荼等啖蔗，蓼蟲不忘辛。用以述先德，用以迪後昆。于家可訓子，于國可訓臣。一讀再三讀，吾欲書諸紳。宜公孝弟慈，藏恕而喻人。七解。吾友豢龍氏，曾作當湖長。寇君不可借，萬衆心養養。去思托歌棠，銜碑亦鏤板。争送手一册，受載車兼兩。以之壓輕舟，廉石詎可倣！公來繼其治，積薪喻非罔。八解。公舉壽母觴，扣轂合轅壤。今將次其章，檢視戒鹵莽。謂余逸其名，責補贖疇曩。文忝舊史氏，紀載故所掌。況藉世德傳，可令千古仰。遂昧續貂譏，轉殷執經想。九解。昔有宣文君，隔紗授周官。

而母工杜律，古調留孤絃。儻不吝指授，願列弟子員。朝聞亦可矣，駒隙愁華顛。攄懷白所志，用托蔓萊篇。十解。

癸卯十一月望夜夢中得此身應與鶴同歸之句其康成起起之兆歟醒而異之即用此句成長律五首

此身應與鶴同歸，成佛生天願不違。萬象能空原極樂，百年易盡孰知非！怕留華表荒唐語，笑謝腰纏自在飛。迴首乘軒經幾輩，問誰早息漢陰機？

多謝神明示以幾，此身應與鶴同歸。未堪處士生爲伴，似許丁仙死共飛。萬里翺翔天宇濶，九皋消息太音希。却愁同入東坡夢，猶向人間着縞衣。

屈伸來往化之機，一息猶存尚庶幾。何境不隨川共逝，此身應與鶴同歸。上天下地無空濶，履薄臨深在隱微。留得寸心生滅外，聖賢仙佛詎云稀！

老病全憑一杖依，衣裳舊樣短長非。循牆考父常如僂，減帶休文不計圍。是狀恐非金可鑄，此身應與鶴同歸。獨憐未了君親責，縣解終難免後譏。

林逋去後爾誰依，夢裏來招結伴飛。想客孤山成舊雨，約尋瑶草叩仙扉。三年奩掩初分鏡，一桁塵封慣典衣。瘞鶴已留宏景筆，此身應與鶴同歸。

校勘記

〔一〕袁枚輯《隨園雅集圖題詠》録此詩，尾署：『壬寅穀雨後六日館侍鄭虎文。』

吞松閣集卷之二十一

翰林院編修臣鄭虎文纂修

國史勳親王大臣傳一

和碩鄭親王濟爾哈朗傳

濟爾哈朗，追封和碩親王舒爾哈齊第六子也。舒爾哈齊，顯祖宣皇帝第三子，太祖高皇帝同母弟，初授貝勒。蜚悠城長策穆特黑者，本東海瓦爾喀部人，苦烏喇之虐，乞攜家歸附。太祖命舒爾哈齊，同貝勒褚英、大貝勒代善，率兵三千往徙之。兵至蜚悠城，烏喇以衆來戰，敗之，盡收其環城屯寨五百户而歸。賜號『達爾漢巴圖魯』。辛亥薨。順治十年，追封和碩親王，謚『莊』。

濟爾哈朗幼育於太祖宫中，號和碩貝勒。天命十一年四月，從代善征蒙古五部，有功。天聰元年正月，同貝勒岳託、阿濟格，從大貝勒阿敏征朝鮮。及明島帥毛文龍大軍薄義州，克之，遂進拔安州、定州，擣毛文龍所居鐵山，直逼朝鮮平壤城。朝鮮遣使來請和，議未決，阿敏有異志，欲屯種以居，因令直趨朝鮮王京。時岳託察其情不可，勸止，邀濟爾哈朗議。濟爾哈朗曰：『兵不可深入。聞去此三十里，有平山城者，可駐兵，以待和議之成。』遂引軍駐平山。朝鮮王李倧遣使至，議歲貢，許之，遂定盟，振旅歸。五月，從太宗伐明，出寧遠舊邊，同大貝勒莽古爾泰等，率偏師往衛塔山糧運，遇明兵，擊敗之。從攻寧遠城，與明總兵滿桂兵遇，力戰被創，氣彌奮，大敗其衆。

二年，同貝勒豪格，討顧特塔布囊。初，顧特塔布囊自察哈爾竄居蒙古地，遇來歸我國者，輒行截殺，至是伏誅，收其部以歸。三年九月，同德格類、岳託、阿濟格，率兵往畧明錦州、寧遠，焚其聚積而還。十月，太祖親統大軍伐明，濟爾哈朗同岳託攻大安口，毁其水門，乘夜進兵，明馬蘭營參將率兵來援，我前鋒軍擊走之。比明，見明援兵立二營於山上，濟爾哈朗先縱兵往敗其衆，追至馬蘭營，既而岳託復敗遵化援兵。是日自辰迄巳，五戰皆捷，馬蘭營、馬蘭口、大安口三營俱下。遂引軍趨石門，復殲明援兵於道，城中兵皆慴服，不敢出。十一月，會大軍於遵化城。十二月，同貝勒阿巴泰等，率兵往焚明通州船，遂攻張家灣，克之。

四年正月，叛將劉興祚逃歸山海關，與袁崇焕同赴永平，聞我軍將至永平，遂趨太平寨，道殺蒙古之以所俘來獻者。濟爾哈朗與阿巴泰往捕之，追及於山海關，斬興祚，擒其弟興賢以獻。時大軍既克永平，進趨北京，與貝勒薩哈璘統兵一萬，駐守永平。察倉庫，閱士卒，置官吏，擢明道員白養粹，廢員孟喬芳、楊文魁等，併以書招永平所屬州縣。於是灤州州同張文秀，遷安縣知縣朱雲台，副將王維城、參將馬光遠、守備李繼全、千户錢奇志，皆相繼降。三月，阿敏來代，即同阿敏等往畧迤西一帶，降榛子鎮。是月師還。

五年七月，初設六部，遂理刑部事。八月，從太宗伐明，圍大凌河城。時芬古率本旗兵圍南面之西，濟爾哈朗軍爲後應，旋與代善等攻克明臺，留兵守之。十一月，與多鐸往截塔山以東邊海隘口，俘百有餘人。

六年，太祖征察哈爾還，復議伐明，大軍次木魯哈喇克沁地方，與岳託等率右翼兵，畧歸化城、黄河一帶部民，俘獲以千計。

七年三月，築岫巖城，以兵駐守。五月，與阿濟格、杜度，往迎明降將孔有德、耿仲明於江上，明兵及朝鮮兵來追者，遥望我軍，皆驚遁，遂獲降人以歸。

八年，太宗征察哈爾，留守盛京。

十年四月，改元崇德，晋封和碩鄭親王。十二月，太宗征朝鮮，復留守。三年，大軍伐明，奉命率本旗兵，自前屯衛，會大兵於中後所，攻克模龍關及五里堡屯臺。四年，往畧明錦州、松山，與明兵遇，九戰九敗之，俘獲二千三百餘人。時有蘇班代、阿巴爾代者，蒙古多羅特部衆也，先降明，居杏山西五里臺。五年五月遣使來，請以三十户降附，同豫親王多鐸，郡王阿達禮，貝勒羅洛渾、博洛等，率師千五百人往迎之。瀕行，太宗戒曰：『敵見我兵寡，必來拒戰。可分兵爲前、後、中三隊，前隊拒戰，二隊應援。』遂奉命行。

夜過錦州城南，至杏山，令來使潛入臺，告蘇班代、阿巴爾代，携其家資牲畜以行。比明，杏山總兵劉周智率馬步兵沿城布列，阻我師。錦州、松山守將偵我兵寡，亦各以兵助，分翼列陣，進逼我師。我師佯退，敵兵呼噪而來，縱兵反擊之，身先陷陣，與諸王、貝勒親自搏戰，大敗之，追奔至城下乃還，斬明副將楊倫周、參將李得位。復與羅洛渾分軍，破兩營兵於城南，乃整師歸，賜御廄良馬一。

九月，同阿濟格等率兵，代睿親王多爾衮圍錦州、松山，師至錦州，敵伏兵皆驚遁。又遣輔國將軍滿達海，擒斬明運糧兵於杏山、塔山之間。六年三月，復同阿濟格、多鐸等圍錦州，繞城立八營，浚濠築塹，爲久困計。於是城中蒙古諸木齊、吴巴什等縋書，刻期獻東關以降，許之。至期，爲明總兵祖大壽所覺，欲執諸木齊等，諸木齊等亦率兵拒戰，聲聞關外，濟爾哈朗與諸王、貝勒，率大軍至城下應之。關内蒙古兵縋繩以登我師，我師畢登，與蒙古共擊明兵。明兵敗入内城，遂據其關，遷關内諸蒙古於義州。是役也，降明都司以下等官八十六人，男婦六千餘口。捷聞，太宗大悦，令八門擊鼓召衆，於篤恭殿宣捷。

四月，明兵自杏山趨松山來援，與阿達禮、羅洛渾率右翼兵，伏錦州南山西岡；阿濟格、多鐸率左翼兵，伏松山北嶺。令前鋒軍往致師，敵至伏起，前後夾擊，大敗之。五月，又敗明經略洪承疇兵六萬於松山北岡，斬首二千級。六月，多爾衮、豪格率師來更代。將受代，聞明關内援兵自松山趨海口，復與多爾衮等合兵擊敗之，追至松山城濠而還。八月，洪承疇等率兵十三萬來援錦州，太宗親統大軍征之，命留守。九月，復從圍錦州。十二月，承疇以兵六千，夜犯正紅、正黄兩旗營，濟爾哈朗令軍各依汛地，沿濠射之，敵敗去。會松山城門閉，不得入，盡降其衆。

初，我師之圍錦州也，自六年三月至七年三月，錦州糧盡援絶，祖大壽坐困。至是聞承疇被擒，松山已失，乃率衆出城請降，納之，遂議進取寧遠之策。四月，同多爾衮等率兵攻塔山，克之。進攻杏山，城中懼，開門降，乃籍俘獲之數以聞。七年，賜鞍馬一，蟒緞百。八年，世祖章皇帝嗣位，以濟爾哈朗與多爾衮輔理國政。九月，同阿濟格率兵攻寧遠，拔其城，斬遊擊吴良弼。進克前屯衛，斬總兵李賦明、袁尚仁。中前所總兵黄色棄城遁，取之，遂班師。順治元年，晉封信義輔政叔王，賜金千兩，銀萬兩，緞千疋。五年三月，貝子屯齊等，訐告兩旗大臣謀立豪格，濟爾哈朗知而不舉，議罪，降多羅郡王。閏四月復爵。

九月，爲定遠大將軍，討湖廣流賊李錦等。十月，道出山東，時曹縣爲土寇所據，移師往勦，生得賊首李名讓、張學允，曹縣平。六年八月，抵長沙。時僞總督何騰蛟及馬進忠等據湘潭，一隻虎據辰州，杜允熙據永興，王進才等據寶慶。大軍自安陸府渡江，令順承郡王勒克德渾，固山額真阿積格尼堪，統八旗前鋒護軍爲前哨，自率大軍繼進。抵湘潭，賊出三門迎戰，我師分擊之，生擒何騰蛟，奪門入，拔其城。率兵由永興趨辰州，一隻虎遁去，尚書阿哈尼堪等敗王進才等兵於寶慶，克其城。又連破南山坡、大水、紅江等處賊兵，凡二十八營，寶慶平。進攻靖州、衡州，斬僞總兵陶養用，追敗僞伯胡一清兵於廣西，遂入全州。於是道州、黎平府及烏撒城等處，皆以次克獲，凡收復府州縣六十餘城，擒斬僞王以下文武官以百計，湖南、貴州悉平。七年正月，振旅還，賜金二百兩，銀二萬兩。嗣以與多爾衮不合，罷輔政。九年，晉封叔和碩鄭親王。

十二年二月，上疏言：『太祖高皇帝開創之初，日與四大貝勒，王、大臣及衆台吉等討論政務得失，咨訪兵民疾苦，使上下交孚，鮮有壅蔽。故能上合天心，下洽民志，掃盡羣雄，肇興大業。太宗文皇帝纘承大統，紹述前猷，亦時與諸王、貝勒、大臣，講論不輟。且崇獎忠直，鼓勵英傑，録微功，棄小過，凡下詔布令，必先講求其可以順民心，垂久遠者，然後施行。又慮武備廢弛，不忘騎射，時駕出射獵，諸王、貝勒置酒讌會，以優人演戲爲樂。太宗皇帝還自獵所，克勤郡王以聞，太宗皇帝勃然怒曰：「我國肇興，治弓矢，繕甲兵，視將士若赤子，故人争効死，每戰必克，以成大業。朕嘗恐後世子孫，棄我國淳厚之風，沿習漢俗，即於慆淫。今汝等爲此荒樂，欲國家興隆，其可得乎！」遣伯索尼再三宣諭。今皇上詔大小臣工盡言無隱，誠欲立綱陳紀，綿國祚於無疆也。

『臣以爲平治天下，莫要於信詔令、順民心。前降諭軫恤滿洲官兵疾苦，聞者無不歡忭，嗣又派令修造乾清宫，詔令不信，何以使軍民服從？伏祈效法太祖、太宗，不時與内外大臣詳究政務得失。凡事必預爲商搉，然後頒之詔令，庶幾見諸施行，法行令信，可以紹二聖之休烈矣。抑臣更有請者。垂休典謨，廣昭令德，莫要於設立史官。聖主統一中原，事事以堯、舜爲法，但起居注官尚未設，臣竊惑焉。古之聖帝明王，進君子、遠小人、順天心、合民志，措天下於太平，垂鴻名於萬世，良於史臣有賴。今宜倣古制，特設記注官，置之左右，凡嘉言懿行，一一記載，於以垂憲萬世，傳之無窮，亦治道之一助也。』

世祖嘉其言。五月病劇，車駕臨問，問：『王叔有遺言乎？』泣對曰：『臣受三朝深恩，未能仰答，不勝感痛。惟願以取雲貴，滅吴三桂，統一四海爲念。且滿洲甚少，而能破流寇，取京都者，應加撫恤。』世祖垂涕曰：『天何故不令朕叔長年耶！』言已大慟，詔圖其像，留宫中。及薨，輟朝七日，賜祭葬，所給銀兩，視定例倍之。置守園十户，以子濟度襲。十四年，立碑紀功，稱『忠冠當時，功昭後世』云。康熙十年，追謚『獻』。

濟度，濟爾哈朗第二子，順治八年閏二月封多羅簡郡王。九月，封世子，尋命議政。十一年，授定遠大將軍，同貝勒巴爾楚渾等統兵征海寇鄭成功，至福建，海寇遁。十三年，僞總兵黄梧、副將蘇明等以海澄縣降，降文武僞官八十餘人，兵一千有奇。十四年正月，令副都統覺羅阿克善率師沿烏龍江，由山徑趨福州，遇賊衆，擊敗之。又令護軍統領巴克圖擊走賊之拒守侯官者，師抵福州，敗賊水師於烏龍江，追至大漳河口，獲其船。時泉州、惠安、閩安，及漳浦海島所在，並有賊，分遣護軍統領覺羅雅布蘭等往剿，焚其船，斬獲無算。先後降僞都督、總兵一，副將五，偏裨以下五十餘人。四月，班師獻俘，世祖親臨藩邸勞之。五月，襲封和碩親王，仍號『簡』。十七年薨，謚『純』，第三子德塞襲。

德塞，順治十八年襲封和碩簡親王。康熙九年薨，謚『惠』，無嗣。

喇布，濟度第二子，康熙七年封三等輔國將軍。九年，襲封和碩簡親王。十三年，雲南逆藩吴三桂反，命爲揚威大將軍，鎮守江南。十四年九月，安親王岳樂由江西進攻長沙，復命率江南兵二千，赴江西鎮守。十二月，逆藩耿精忠圍東鄉，擊敗之，斬賊將朱三，圍遂解。十五年二月，擊敗賊將王用等於鄱陽，斬獲無算。五月，先後招撫南康、吉安、饒州等處，降僞官四百五十餘人，兵一萬五千有奇。七月，僞都督楊益茂據金谿，擊破其木寨，斬三千餘級，克復之。十月，破賊於萬年縣，復攻賊於五都、馮家山等處，賊悉遁。

十二月，逆藩尚之信遣人齎疏詣軍門乞降，具以聞，許之。先是，閩粤諸寇侵江西吉安等處，諭令檄諸將刻期勦滅。既而賊陷醴陵，窺平鄉，有旨切責以逗遛不前，老師糜餉之罪。十六年正月，江寧將軍額楚等與賊將韓大任戰於吉安螺子山，失利。喇布復請調南康兵協攻，聖祖命户部侍郎班迪等赴吉安，嚴察罪狀以聞。七月，招撫江西各屬僞官一千九百餘員，兵三萬七千四百餘名。又聞吉安逸賊韓大任屯聚於寧都、樂安等處，調兵三路進勦，并行文招撫之。韓大任旋自寧都奔竄，侵擾泰和、萬安等州縣，勑令嚴檄護軍統領哈克山等，急行勦滅。十七年正月，哈克山等敗韓大任於老虎洞，燬其營，斬首六千級，擒殺僞官三百餘人。賊勢窮蹙，奔福建，詣康親王傑書軍降。

十一月，奉命同内大臣阿密達，前鋒統領希福等率兵進攻衡州。十八年二月，由茶陵抵衡州。月之十三日，用夜半奪門入，吴逆僞帥吴國貴、夏國相遁去，遂復衡州，降僞總兵卓英等八員，兵二千名。三月，分兵以次克復衡州所屬諸縣，遂令提督趙賴率兵克取寶慶，先後降僞將軍全鉞、僞總兵曾大捷、姜繼尚、僞副將周嘉貞等。六月，疏請留烏喇寧古塔兵，與岳樂相機進勦，聖祖許之。

八月，遣將軍穆占克復新寧。新寧賊遁，據武岡，命喇布與岳樂剋期進取，以定靖、沅等州。喇布頓兵不進，聖祖復嚴責之，仍令會岳樂平定靖、沅。十月，降僞副將張朝貴等七十一員。十九年正月，昭義將軍馬承廕標兵以糧匱鼓噪，喇布撥餉給之，兵遂戢。三月，承廕叛降吴逆，喇布與鎮南將軍莽依圖、總督金光祖等率兵分路進擊，敗賊於武宣，復其縣。乘勝前進，定象州，遂取柳州，馬承陰率衆詣軍門降，柳州平。十月，僞將軍饒一龍以慶遠降。二十年，師還，薨。二十二年，追議吉安螺子山失利罪，削爵。

雅布，濟度第五子，初封三等輔國將軍。康熙二十三年襲封和碩簡親王。二十九年六月，噶爾丹深入烏朱穆秦地，上命裕親王福全爲撫遠大將軍，恭親王常寧爲安北大將軍，雅布副之。七月，參贊福全軍務。八月，敗噶爾丹於烏蘭布通。三十五年，從聖祖征厄魯特，由中路進兵，噶爾丹遁乃還。四十年薨，謚『修』，子雅爾江阿襲。

雅爾江阿，康熙三十六年封世子，四十一年襲封和碩簡親王。雍正四年，以耽飲削爵，弟神保住襲。

神保住，雅布第十四子，康熙五十五年封三等奉國將軍，雍正四年襲封和碩簡親王。乾隆十三年，因令王府内監扑兄女削爵，以濟爾哈朗之弟芬古二世孫德沛襲。

德沛，贈簡親王福存子，雍正十三年封三等鎮國將軍，旋授兵部左侍郎。乾隆元年，授古北口提督，二年授甘肅巡撫，晉湖廣總督。四年調浙閩總督，七年調兩江總督，十三年襲封和碩簡親王。十七年薨，謚『儀』，以濟爾哈朗二世孫奇通阿襲。

奇通阿，贈簡親王巴賽子，雍正四年封三等輔國將軍。九年襲父巴賽爵，封不入八分輔國公。乾隆十七年襲封王，二十八年薨，謚『勤』，子豐訥亨襲。

豐訥亨，乾隆八年封三等輔國將軍。二十三年，以三等侍衛班領，奉命率健鋭營兵，隨議政大臣舒赫德等往征準噶爾部，由阿克蘇進兵。二十四年正月，遇賊於呼爾璊，擊之，取霍集占壘，追逐其衆。賊據塹拒，復奪塹，連晝夜接戰，馬創，易馬以進。夜出取水亭、雜布河，連却賊於渡口，又隨官軍解黑水圍，敘功授二等侍衛。六月，奉旨：『豐訥亨打仗處，甚屬奮勇，授鑲白旗滿洲副都統。』又從攻巴爾楚克至伊犁，中途搜勦擒馘賊衆，併連次獲馬數十餘匹，先得頭等功牌四，三等功牌一，給雲騎尉世襲。二十七年，凱旋，管健鋭營事，賜雙眼孔雀翎。二十八年，授鑲藍旗護軍統領，未幾，襲封王，授鑲黄旗領侍衛内大臣，仍管健鋭營事。

巴爾堪鄭親王，濟爾哈朗第四子也。順治十一年，封三等輔國將軍。康熙十三年三月，逆藩耿精忠反，其黨犯江南徽州，八月，奉命同江寧將軍額楚討之。九月，破賊於績溪，斬三千餘級，復其城。又敗賊於黟縣，至董亭橋，賊兵五千據橋以阻我師，擊斬畧盡。進，破休寧土寇於奇台嶺，又敗賊於新嶺，復婺源縣，遂進取江西饒州。十一月，抵樂平，有叛將陳某率衆來拒，迎擊敗之。賊糾餘黨，邀我師於鄱陽雲吉峯下，又大破其衆，師至饒州，賊棄城遁。

十四年四月，復同額楚率兵攻萬年之石頭衛，敗耿逆僞都督兵四萬，破賊五十七營，獲船二百餘，遂進攻安仁。賊將以舟師八千來拒，大破之，賊棄礮走，我師追擊。會大風，賊船不即前，即以所棄礮擊之，船焚，溺死者甚衆。又擊賊於南頓山，大敗之。五月，師至弋陽，賊將蔣德洪率兵五萬，據西岡橋拒敵。僞總兵柯昇以五千人自廣信來援，立六營，同額楚等奮勇前擊，斬賊二萬餘。隨趨廣信，賊遁，復其城。十一月，進攻貴溪、永豐、玉山、鉛山等縣，悉破其衆。乘勝長驅至浙江，又敗賊於江山、常山，斬二千餘級，俘獲二百人。捷聞，聖祖遣侍衛關保至軍前勞之，賜佩刀一。

十六年，隨簡親王喇布征吉安，與吴逆僞帥韓大任戰於螺子山，失利，削爵，仍戴罪効力行間。進征蓮花山，陷陣被創，易馬復入，遂大敗之。創甚，語都統額和納等曰：『吾身爲宗室，不能臨陣而死，今創發耳，勿令家人以陣亡冒功也。』遂卒。事平，喪還京，聖祖命内大臣輝塞往奠，追封三等輔國將軍。雍正元年，追封不入八分輔國公，謚『武襄』，子巴賽襲。乾隆十七年，以孫奇通阿襲封王，贈如其爵。

巴賽，康熙二十一年封三等奉國將軍，尋任副都統。三十八年，坐事降三等侍衛，旋革職。

四十年，復由佐領，累遷至正黄旗滿洲都統。五十七年，任寧古塔將軍。雍正元年，敘父巴爾堪舊勞，追封不入八分輔國公，以巴賽襲父爵。四年，授揚威將軍，前赴阿爾泰軍營，七年還京。九年，以副將軍同靖邊大將軍傅爾丹，征準噶爾噶爾丹策零，於和通胡爾哈諾爾地方，陣亡，謚『襄愍』。子奇通阿襲。乾隆十七年，以奇通阿襲封贈如其爵。

和碩肅親王豪格傳

豪格，太宗文皇帝第一子也，生而英毅，多智畧。初嘗從征蒙古董夔、察哈爾、鄂爾多斯諸部，功最，授貝勒。天命十一年，隨大貝勒代善征蒙古五部，有功。天聰元年，太宗伐明，至廣寧舊邊，豪格同諸貝勒往衛塔山糧運，前軍猝與明兵遇，時明兵二萬，我軍以八十人擊敗之。二年五月，同貝勒濟爾哈朗討顧特塔布囊，誅之盡，收其部以歸。

三年十月，從太宗伐明。十一月，大兵進逼北京，大貝勒莽古爾泰率諸貝勒迎擊明寧遠巡撫袁崇煥。錦州總兵祖大壽援兵於廣渠門外。敵以重兵設伏於右，莽古爾泰令諸貝勒擊其右，違者罪與避敵同。豪格如命，衝敵右，敗其伏，餘貝勒由中路乘之，敵遂潰。又同貝勒岳託、薩哈璘率兵圍永平府，别攻香河縣，克之。四年正月，與岳託還守瀋陽。五年七月，太宗西征，命與貝勒杜度、薩哈璘居守。六年五月，太宗征察哈爾，遂伐明，豪格從濟爾哈朗畧歸化城等處，有功。六月，晉封和碩貝勒。

七年六月，詔問群臣，用兵明與朝鮮、察哈爾，宜何先？豪格奏云：『錦州、寧遠，攻之無益，何也？我國攻城之法，彼盡知之。況我兵曾攻之而未得，若復令攻之，必有畏難之意。雖得錦州，此外七城，尚煩攻取。若徒得一城，其餘皆堅壁不下，彌旬曠日，恐老我師。今宜盡率我衆，及邊外新舊蒙古，從舊道而入，爲書頒示各屯寨，告以我願和而彼不肯和之意。仍傳諭各城，則彼處人民雖被創痍，將自怨其主，無尤於我。如此，則我兵勇氣自倍，而邊外蒙古愈加勉勵矣。若馬匹疲斃，即以所獲之資買馬，其餘並以製衣，則嗣後進兵，人人奮勇，靡有退志。再用更番之法，俟秣馬肥壯，益以漢兵，攜巨礮，分兵兩路，一從寧遠入，一從舊路入，夾攻山海關。得之則已，不得，即屯兵彼地，遣人往招流賊，諭以來歸，撫輯其衆。不然，進攻通州，得與不得，姑久駐其地，往偵流賊情形。彼方分師捍禦，我伺其懈怠，乘夜襲之，事可圖也。總宜乘時急進，若坐失此機，必將後悔。至於朝鮮，且暫行撫慰，俟我與敵國勝負既定，再爲區處。察哈爾近則相機而行，若離興安嶺二三日程，雖追無及。謹抒鄙見上陳。』

八月，與阿巴泰等畧明山海關，有功。八年七月，伐明，分兵四路入，太宗親統大軍，由宣府趨朔州。豪格率揚古利，毀邊牆，大兵遂由上方堡分道進。旋同貝勒多爾衮畧朔州及五臺山而還。復從攻大同，擊明援兵，走之。九年，與多爾衮、岳託、薩哈璘爲元帥，統兵一萬，往收察哈爾林丹汗子額爾克孔果爾額哲。師至西喇朱爾格，遇察哈爾汗妃及台吉瑣諾木等，以千五百户降，遂抵託里圖。託里圖者，額哲所駐地也，會天大霧，乘其無備，遣額哲母蘇泰太后之弟南楮等，先往見額哲母，諭以奉命招撫意。額哲母令額哲率衆，宰桑迎諸貝勒入，遂定盟，次日率所部降。時鄂爾多斯濟農來招額哲，已盟，且行矣，追還濟農，令毀盟，且還額哲所遺物，濟農聽命。

是役也，額哲以古玉璽獻，文曰『制命之寶』，元順帝奔應昌時所失，林丹汗得之於元後裔博什克圖汗者也。師還，抵歸化城，岳託以疾留。豪格同諸貝勒略明山西邊郡，連敗明兵，遂由平魯衛直抵長城，毁寧武關，入略代州、忻州。忻州兵出拒，敗之，又敗明兵於忻口。追至崞縣，乃整師出，復敗明兵於平魯衛，遂會岳託於歸化城，班師。崇德元年四月，晉封和碩肅親王，兼攝户部。尋坐黨岳託，且漏上言，有怨上心，降貝勒，解部任。九月，隨多爾衮攻明錦州，旋仍攝户部。

十二月，太宗親征朝鮮，與多爾衮分統滿州、蒙古，及外藩蒙古各左翼兵，别從寬甸入。二年正月，入長山口，昌平民皆奔山，立寨自固，攻克之，敗安州、黄州兵於寧邊城下。寧邊帥率兵往援其王，遇麾下别將，擊敗擒之。師次宣屯村，村民言，安州帥聞其王被圍，往援，行三日矣。即疾馳一晝夜，及之於陶山，破之。九月，以固山額真俄莫克圖欲脅取外藩蒙古台吉博洛女媚事豪格，奪爵，罷部任。三年，同多爾衮略明邊，毁邊牆入，敗明兵於豐潤縣。降高唐州，遂略地至曹州。明兵阻水毁橋，以拒我師，因列陣誘敵，潛師渡河，遶敵後敗之，遂下東光縣。又敗郭太監兵於滹沱河，破獻縣，所至克捷，俘獲無算。四年四月，師還，賜馬二匹，銀萬兩，仍攝户部，尋復原封。十一月，同貝勒多鐸伐明，寧遠兵出北山岡拒戰，敗之，陣斬總兵金國鳳及其二子。

五年六月，同多爾衮、杜度、阿巴泰築城屯田於義州。七月，刈錦州禾，敗其兵，克臺十有一，自是屢有斬獲。至九月，代還。六年三月，同多爾衮圍錦州，以多爾衮輕違諭旨，豪格亦坐罪，降郡王。旋同多爾衮，代濟爾哈朗，督師圍錦州。五月，擊斬松山援兵二百餘級。六月，復敗山海關援兵，獲馬五百餘匹。時明經畧洪承疇率各路總兵，統馬步卒十三萬，援錦州，兵勢甚盛。我軍初遇，敗其三營。八月，承疇兵犯我右翼，復擊敗之。太宗聞承疇兵來，親統大軍，自盛京疾馳六日，將抵松山，遣大學士剛林，諭二王先駐高橋，俟大軍至，合圍松、杏。二王馳奏：『奉旨屯高橋，倘敵兵爲我所迫，錦州、松山兵内外夾攻，協力死戰，而欲自高橋來援，勢難速至，不如請大軍暫駐松、杏之間。』太宗可其奏。尋同多爾衮還守盛京。十月，復命從圍松山。

七年二月，松山副將夏承德，密遣人請降，太宗許之，用爲内應。時豪格同王、貝勒，率兩翼兵梯城南，先登，遂克松山，擒承疇及巡撫邱民仰，總兵王廷臣、曹變蛟、祖大樂等。四月，同濟爾哈朗攻塔山，克之。七月，敘功，復原封。順治元年，以語侵多爾衮，爲固山額真何洛會所訐告，坐言詞悖妄，奪爵。十月，世祖既定鼎燕京，大封諸王。念豪格從定中原有功，仍復原封。是冬，山東土寇竊發，奉命往征，遂定濟寧，撫輯降將許定國官兵萬餘人，破滿家洞賊巢十餘處，復用土石堙塞二百五十一洞，土寇畧平。二年，命阿巴泰代，豪格還。

三年正月，爲靖遠大將軍，率衍禧郡王羅洛渾、貝勒尼堪等西征。時陝西流賊，邠州則有宋大傑、賀洪器、齊勳、張國棟，慶陽則有石二，延安則有劉文炳、康千總、郭天星、張破臉，漢中則有賀珍，興安則有二隻虎、孫守發，徽州、階州則有武大定、高如勵、蔣登雷、石國璽、王可成、周克德等，所在蠭起。豪格至，則斬石二、康千總，降齊勳、張國棟、石國璽、蔣登雷、王可成、周克德，餘悉潰散，盡復所陷州縣，陝西平。十一月，整兵入蜀，至南部，偵知賊首張獻忠據西充縣，令護軍統領鼇拜領兵先發。隨統大兵繼進，抵西充，獻忠悉兵來拒，麾兵奮擊，斬獻忠於陣。復分兵搜勦餘賊，凡擒僞王以下文武官二千三百有奇。四年，勦定遵義、夔茂、榮昌、隆昌、富順、内江、資陽諸州縣，破賊營一百三十餘處，蜀寇悉平。五年凱旋，世祖御太和殿宴勞之，尋爲多爾衮所搆陷，下獄卒。

七年，世祖親政，念其枉，復封和碩肅親王，立碑表之，子富綬襲。十三年，追謚『武』。十四年，再立碑，以紀其功。

富綬，順治八年襲封和碩親王，改號曰『顯』。康熙八年薨，謚『懿』，子丹臻襲。

丹臻，康熙三十五年從聖祖西征，四十一年薨，謚『密』，子衍潢襲。

和碩禮親王代善傳

代善，太祖高皇帝第二子也。性忠果，英勇過人，從征哈達、輝發、葉赫等國，論功授貝勒。瓦爾喀蜚攸城人，苦烏喇國布占泰之虐，乞附于我。丁未歲，太祖命與貝勒舒爾哈齊、褚英等，率兵往徙之，乘夜行。夜晦，光見大纛，上取視，無有；復樹之，光如初。舒爾哈齊疑之，欲回兵，代善不可，遂進兵，盡收環城屯寨五百户，令侍衛扈爾漢護之先行。布占泰邀諸路，不得進，次日大軍至，代善及褚英各率兵五百，分路夾擊。代善從馬上攫貝勒博克多冑而斬之，並斬其子，生擒貝勒胡里布及常住父子。時天大雪寒冽，敵兵棄甲走，僵仆相屬，斬獲無算。太祖嘉其功，賜名『古英巴圖魯』。

癸丑年，太祖征布占泰，代善從。時烏喇三萬人，越伏爾哈城而軍，衆皆願戰，太祖欲緩之，將遣使申諭。代善進曰：『我士飽馬騰，利在速戰，所慮者，布占泰不出耳〔一〕。今彼兵既出，平原曠野，可一鼓擒也。』太祖從之。時布占泰令步軍列陣以待，兩軍距百步許，代善隨太祖親突陣，大敗之，遂克其城。布占泰遁走，代善復統精兵截戰，又敗之，布占泰僅以身免。

天命元年，太祖正大號，授大貝勒四人，以代善爲首。三年，太祖伐明，大軍兩路進，會天雨，太祖欲還軍，代善曰：『我與明和好久矣，因其不道，是以興師。今既臨其境，若遽旋師，將與明復修和好乎，抑相仇怨乎？軍行遠地，誰能諱之？天雖陰雨，禦雨有具，何慮焉！且天降此雨，以懈明邊將之心，使吾出其不意，是雨利於我，不利於彼也。』太祖善其言，遂進兵，下撫順、東州、馬根單三城及堡寨，共五百餘處。大軍已出關，明廣寧總兵張承廕等來追，時太宗爲四貝勒，與代善率兵迎擊之，盡殲其衆。

四年正月，往守札喀關。二月，明大發兵，四路來侵，太祖率師親征，代善先行，遂過扎喀關，集兵以待。太宗以祀事後至，謂急宜往護界藩山築城夫役，遂赴界藩山，斬敵百人，敗明總兵杜松等於薩爾滸山。時明總兵馬林營尚間崖，總兵潘宗顏營斐芬山，互爲犄角，太祖命步兵接戰。方傳諭，敵兵自西突至，代善呼曰：『兵已進矣。』即怒馬迎戰，直入其陣。諸貝勒繼之，敵遂敗，斬獲過半。明總兵劉綎由寬甸路來犯，據山岡以拒我師。太宗督兵上擊，代善率左翼兵自西夾攻之，敵大潰，殺劉綎於陣。

八月，太祖以葉赫貝勒金台石、布楊古，助明來侵，往討其罪，執金台石於東城，殺之。布楊古及布爾杭古居西城，聞之懼，代善諭降之，葉赫悉平。六年三月，大軍取瀋陽，敗明來援瀋陽總兵李秉誠兵，逐北四十里。七月，鎮江城守將叛投明將毛文龍，同莽古爾泰率兵，遷金州民於復州。

十一年八月，太祖上賓。代善於諸子最長，而功德隆茂，衆望尤屬太宗。代善子貝勒岳託、薩哈璘共議，告代善曰：『四貝勒才德冠世，深契先帝聖心，衆皆悅服，當速繼大位。』代善曰：『此吾素志也。』遂作議書，言紹承大統，必得聖君，始能戡亂致治，以成一統。自顧德薄，願共推戴四貝勒嗣位。入朝，遍示諸貝勒、大臣，衆皆喜，以告太宗，辭讓再三。代善言益切，衆議亦堅，太宗乃從之。

十一月，率兵征蒙古喀爾喀扎魯特部，執貝勒巴克與其二子及喇什希布、代青桑噶爾等寨，十四貝勒殺鄂爾寨圖，盡俘其衆而還。天聰元年，與貝勒阿敏及子貝子碩託，率兵攻明錦州，圍其城。三年十一月，從太宗伐明，逼北京，敗明大同總兵滿桂、宣府總兵侯世禄援兵于德勝門，追殺至隘口，幾盡殲。十二月，隨太宗攻薊州，會山海關兵來援，距城二里許與我師遇，遂立營，環車楯鎗礮以自固。代善麾左翼四旗護軍，攻其東面，破之。

四年，明兵部尚書劉之綸率兵至遵化，營於山。環山圍之，招之綸降，不從，遂縱兵擊破其營，無得脱者。五年，明臺軍殺我遊牧兵，掠駝馬去，同貝勒濟爾哈朗以礮攻克其營，留兵守之。時我師圍明大凌河城，明遣兵援，距城十五里而軍，右翼兵衝入，敗之，生擒明監軍道張春等。春見太宗不跪，太宗怒，欲誅之，代善進曰：『我前此所獲，無不收養。且此人既以死忠爲貴，奈何殺之以遂其志乎？』太宗悦，遂赦春。

六年，征察哈爾，遂伐明，奉命同莽古爾泰統軍繼進，受和而還。八年，復從太宗伐明，出榆林口，與子貝勒薩哈璘、碩託等，率兵自喀喇俄保入邊，攻克得勝堡，城守參將李全自縊，遂駐兵朔州。十年四月，改元崇德，大封功臣，晉代善爲和碩兄禮親王。十二月，從太宗征朝鮮，受其降以歸。三年，太宗征喀爾喀，同鄭親王濟爾哈朗等留守，並監築遼陽都爾鼻城。八年八月，太宗上賓，世祖章皇帝嗣位，郡王阿達禮及貝子碩託謀立睿親王多爾衮，代善發其謀，俱伏誅。碩託爲代善第二子，阿達禮則其孫也。

順治元年，朝元旦，世祖命上殿毋拜，以優異之。五年薨，子滿達海襲。是年新定例，凡諸王葬，給銀五千兩。世祖以代善功德茂著，倍賜之，立碑紀功。康熙十年，追謚烈，復立碑以表於墓。

滿達海，代善第七子，天聰二年，從大兵圍明錦州，邀明杏山軍餉於海上，盡取以還。崇德五年，復從圍錦州，擊敗杏山援兵，又以礮擊破松山騎隊。六年五月，封輔國公。八月，從肅親王豪格，駐防松山，以本鎮兵擊敗敵衆。明經畧洪承疇統兵來援，從大軍破其三隊，承疇兵復來犯，力拒之，人馬俱創。豪格往援於陣，易以馬，比易馬而敵衆大至，裹創力戰，殿後而還。明總兵吴三桂依山結營自固，以偏師往毁其營。十一月，從豫親王多鐸畧寧遠。七年，從鄭親王濟爾哈朗伐明，俱有功。八年，掌都察院事。

順治元年，從睿親王多爾衮入山海關，擊破流賊。二年，隨英親王阿濟格勦逐流賊於陝西，扼黄河渡，克沿邊三城及延安府，又追賊至湖廣，屢敗之。是年，晉封固山貝子。三年，從靖遠大將軍豪格征四川，破流寇張獻忠。先令搜勦漢中賊，圍高如礪等於三台山，降之。四年，分畧下各府州縣，川寇悉平。六年四月，襲封和碩禮親王。七月，授征西大將軍，與兄謙郡王瓦克達，征大同叛鎮姜瓖。八月，克朔州馬邑，降寧武僞總兵劉偉、僞道趙夢龍等，静樂、寧化等所悉平。九月，克汾州府，斬僞巡撫姜建勳、僞布政使劉秉業。十月，復平遥、太谷兩縣。時潞安府賊分兵拒沁州，又圍遼州，遣貝勒拜音圖，統領索渾馳赴沁州，賊聞風遁，遂拔之。趨潞安府，僞道胡國鼎來戰，擊斬其衆。又遣鎮國公漢岱、統領希爾根，赴遼州擊賊，大破之，屯留、襄垣、榆社、武鄉皆降。是月召還京，尋掌吏部事。八年，改封號爲巽親王。九年薨，賜祭葬如禮，謚『簡』，立碑紀功。子常阿岱襲。十六年，追論父滿達海諂媚多爾衮，奪謚及碑，降常阿岱爲貝勒，以代善子贈親王祜塞之子傑書襲。

傑書，順治六年封多羅郡王，八年賜號康。十六年，既襲爵，仍號『康』。康熙十三年三月，逆藩耿精忠據福建反，浙江、江西震動，聖祖命爲奉命大將軍，率師進勦。十月，賊將徐尚朝犯金華，遣副都統馬哈達擊破之。十二月，又敗賊於紫瑯山、焦園等處，先後斬賊數萬。徐尚朝復犯金華，副都統巴雅爾戰於積道山，敗之，遂復永康、縉雲二縣。十四年二月，我師運礮至上虞，賊將方懋功邀諸路，擊破之。僞帥馮公輔自義烏遁，統領希佛敗之於苦竹，復武義、義烏二縣。僞總兵沙有祥踞桃花嶺，梗處州路，馬哈達等進勦入處州，賊退仙居，副都統穆和林又敗之於白水洋，直抵城下。賊將曾養性益兵助守，我師三面梯攻，賊夜竄，伏兵起，盡殲之，遂復仙居。

三月，平南將軍賴塔連敗僞將軍馬九玉於衢州。時馮公輔復據宣平，我師進攻至大旗口，公輔殊死鬬，我師奮擊，奪隘入。徐尚朝等連犯我軍，先後敗之於十八都石塘、石佛嶺、大王嶺、東隴隘口、上套寨、下五塘等處，斬獲無算，遂復松陽縣。八月，我兵自土木嶺進勦，曾養性拒守黃巖，遣寧海將軍貝子傅喇塔圍之，賊潰圍出，黃巖降。又敗賊於上塘嶺，復太平、樂清、青田等縣。九月，又敗賊於衢州北原口山。賊據夏州、河西，屢犯我軍，皆敗之。十一月，傅喇塔進攻温州，連敗賊於南江石塘。十五年三月，圍温州，敗曾養性兵四萬，立營江岸，扼賊入青田路，賊勢大挫。又擊賊於八帶橋、張村，大破之。五月，馮公輔陷宣平，旋復之。

六月，傅喇塔率師過三角嶺，破曾養性於古溪路，遂抵温溪渡口，復敗賊將馬成龍等。八月，大兵抵仙霞關，僞參將金應虎迎降，進攻浦城、建陽二縣，建寧、延平望風歸順。耿精忠震懾無措，遣子顯祚來迎我師，傑書遣使齎勅諭示之，耿精忠降，遂入福州。是時，渠賊雖平，餘黨及海賊猶未盡滅，遣使招撫耿繼善，繼善逃，僞黨乘勢據邵武，穆和林擊敗之，復其城。海賊鄭錦以兵寇省城，將軍喇哈達敗之於烏龍江，復泰寧、建寧、寧化諸縣及汀州府。十六年正月，穆和林復上杭、武平、永定及江西瑞金等縣，贛州路通。大兵進攻興化，破海賊三十六營，復其城。三月，克泉州，賊棄漳州遁，海澄等十縣皆降。十月，參領都克納等敗賊於龍溪、班山等處。十二月，賊犯泉州，都統楊鳳翔擊走之。

十七年三月，破海寇於漳州。七月，泉州、惠安復陷賊，副都統禪布討復之。十二月，賴塔敗賊於柯鑑山、萬松關，副都統紀爾他布等敗賊劉國軒於江東橋，又敗諸潮溝之間。副都統胡圖敗賊吴淑於石衛。十八年正月，巡撫吴興祚等又敗國軒於郭塘，賊自是不能成軍矣。五月，國軒復犯江東橋，我兵又敗之。十月，連破賊於東石、鼇頭山等處。十九年三月，鄭錦聚黨海中，窺廈門，遣副都統鄂申進攻，賊遁去，復大定、小定地方。大兵進取玉洲，擊劉國軒於石馬、海澄，皆下之。克銅山，降僞將軍江機等三千餘員。全閩底定凱旋，聖祖率諸王、大臣郊勞之，旋命議政。二十九年，以厄魯特噶爾丹叛，命率兵往會撫遠大將軍裕親王福全軍，旋命駐防歸化城。三十六年薨，謚『良』，立碑紀功，子椿泰襲。

椿泰，康熙四十八年薨，謚『悼』。子崇安襲。

崇安，雍正十一年薨，謚『修』，以傑書子三等輔國將軍巴爾圖襲。

巴爾圖，乾隆十八年薨，謚『簡』，以崇安子多羅貝勒永恩襲。

多羅謙郡王瓦克達。瓦克達始封鎮國公，晉封謙郡王，無襲。

瓦克達，禮親王代善第四子也。天聰元年，隨太宗伐明，軍至寧遠，總兵滿桂率衆拒，大敗之。追至寧遠城下，殲其卒，時瓦克達以力戰被創。崇德五年，從睿親王多爾衮攻錦州。見錦州兵之出樵者，即率兵十餘人，越前鋒統領布顔軍，擊斬之。七年，大軍三圍錦州，列巨礮城北，明經略洪承疇率騎兵來奪，同輔國公滿達海力戰，却之。會天雨，敵復來戰，又敗之，復進擊承疇三營步兵。時軍將費雅思哈失馬，與之累騎而出。甲喇章京哈寧阿墮馬創甚，敵兵圍之數重，復入其陣，挈之以歸。

順治元年，從睿親王多爾衮定燕京，同貝勒碩塞等破流賊李自成兵於山海關，又追奔至慶都縣，敗之。二年，流賊自西安南走荆襄，隨英親王阿濟格，帥師往勦。比至湖廣承天府，賊衆千餘方乘船揚帆遁，同鼇拜提精卒，登岸叢射之，賊被射及溺水死者不可勝計，悉取其船以濟大軍。

先是，兄子阿達禮於崇德八年，以謀立多爾衮伏誅，坐罪黜宗室。至是敘功入宗室，封三等鎮國將軍。三年，以蘇尼特部騰機思等叛奔喀爾喀，從豫親王多鐸往討之。師至烏里雅蘇臺河，擊斬喀爾喀布、顔圖台吉等十一人。進至布爾哈圖山，降其族二十五人，又擊土謝圖汗、碩雷汗兵，俱敗之。四年，晉封鎮國公。五年，往就英親王阿濟格軍，戍守大同。甫至，適總兵姜瓖叛，陷朔州、寧武等處，貝子滿達海率兵往討，瓦克達從。六年，復朔州馬邑，降寧武關、静樂縣、寧化等處。是年冬，滿達海回京，以瓦克達爲征西大將軍。

七年，平潞安、平陽、澤州，降僞總兵申亥、郭中傑、魏閔等。先是，明大學士李建泰已納欵，至是復與姜瓖合據太平縣。我師至，圍其城，别遣游騎斷其餉道，越二十餘日，詣軍門降。瓦克達英勇素著，所至皆不戰自潰，馭軍整肅，勦撫兼施，由是平陽所屬州縣悉定。八年，晉封多羅謙郡王，命理工部事。九年正月，以縱醫人何大福詈辱屬官，招摇不法，解部任。八月薨。初，山西遭姜瓖之亂，瓦克達駐平陽，戢軍安民，平陽民德之。薨後，建祠致祭，榜曰『多羅王廟』。康熙十年，追謚『襄』。無襲。

輔國公瑪瞻。無嗣。瑪瞻，禮親王代善第六子也。天聰元年，大兵畧明山西邊郡，命隨貝勒多鐸率兵入寧遠、錦州界，牽明兵，使不得援山西。崇德元年，封輔國公，隨武英郡王阿濟格等伐明，克十二城而還。三年，隨貝勒岳託伐明，由北京至山東，所向皆捷。尋卒於軍。無嗣。

固山貝子博和託傳

博和託，贈饒餘親王阿巴泰第二子也，初封輔國公。崇德元年，隨豫親王多鐸征朝鮮，圍其都城，朝鮮王遁守南漢山城，進圍之。時瓦爾喀在朝鮮者，凡二百户，皆來降，朝鮮巡撫、副將，各率兵援南漢山城，博和託同貝子尼堪等破走之。旋與色勒阿爾津、勞薩、吳拜分守要隘，擊朝鮮兵之來援者幾盡，自是朝鮮王聲援俱絶，太宗統大軍親征朝鮮，遂降。

三年，隨睿親王多爾衮伐明，自董家口東入，畧燕京西六府，達山西界，師還，賜銀二千兩。六年，圍錦州，同多爾衮駐杏山。七年，代父饒餘貝勒阿巴泰戍錦州。八年六月，隨巴泰伐明，分路入邊，會師於延慶州。九月，入長城，畧保定府，至安州師還，賜銀三千兩。十月，與輔國公芬古，更番駐防錦州。順治元年，隨睿親王多爾衮入山海關，破流賊有功，晉封固山貝子。五年卒，謚『温良』，子彰泰襲。順治八年，封鎮國公。九年襲父爵。

康熙十二年，逆藩吴三桂反。明年六月，命參贊安遠靖寇大將軍貝勒尚善軍赴楚，至岳州圍之，浚濠築塹，爲久困計。時賊水路餉道未絶，彰泰謂尚善曰：『我軍一意圍城，恐無濟。願領水師，斷其糧道，水陸夾攻，庶岳州可下。』陳説再四，不從，遂具疏以聞。得旨，遂親領水師進至南靖江奶子山，遣兵大破僞將軍杜輝於陸石口。又連營白米灘，困其舟師，斷賊餉道。十八年正月，賊帥吴應麒始以饑困棄城走，遂克岳州。尋領撫遠將軍印。二月，隨安親王岳樂擊賊於雙井堡，礮火及身，矢囊焦，意氣自若，戰愈力，賊大敗，遂復華容、石首二縣。三月，命率兵就岳樂軍於衡州，進取寶慶諸處。八月，岳樂既克武岡州，餘賊潰遁，彰泰追及於木瓜橋，殲其衆。

十一月，命岳樂還京，以彰泰爲定遠平寇大將軍。十九年四月，敗賊於江西橋，復沅州，又復靖州，降其僞官及各土司。六月，進征雲南，時四川遵義府復陷於賊，聖祖命速取貴陽，仍分兵取遵義。而四川將軍吴丹等曾奉有『取遵義後，亦進兵貴陽』之諭。彰泰疏言：『貴州地方褊小，糧餉難得，再應川兵，必致匱乏。』遂寢前旨，一時兵民聞者感之。又疏言：『臣知蔡毓榮奉調遣漢兵之旨，但今進取貴州，滿、漢既已合兵，若各自調遣，恐於事機有礙。』得旨，令俱關白大將軍。於是事權畫一，所向成功。

九月，率兵由平遠衛進取貴陽。時賊將張足發等於鎮遠府大路兩旁山上，各立一營。復營於中路，深濠固壘，爲死守計。彰泰止勿攻，令總督董衛國攻鎮遠衛關口，奪取十向口、大安門，出賊不意。足發惶遽，迎降，遂取鎮遠府。又遣將追餘賊至偏橋衛，降之。十月，克平越府，破新添衛。吴三桂孽孫世璠棄貴陽遁，師至貴陽，分兵取思恩府，攻奪雞公背、鐵索橋諸險隘，遂敗賊於安籠鋪，降毛口賊，奪鐵索橋，貴州平。先是，聖祖命平定貴州，即攻遵義，彰泰以雲南乃賊巢穴，疏請專意雲南，駐師候旨。時平越府復陷於賊，分兵往攻之。

二十年正月，聖祖以彰泰不急追躡敗賊于雲南，切責之，遂於是月進師。時征南大將軍賴塔率廣西兵先抵雲南，彰泰麾兵疾馳，二月至江西坡，賊帥綫緎宵遁。追及砂子硝，賊列陣以象戰，我兵分三隊奮擊，自午至酉，賊敗遁。又及之於臘茄坡，復大敗，遂復新興所。斬僞總兵王某于陣，復普安州，遂與廣西兵合進至雲南，距城四十里立營。賊將吴國柄等以兵萬餘，驅象來戰。彰泰率兵陣於左，賴塔率兵陣於右，自卯至午，賊殊死戰。彰泰密遣前鋒統領阿納哈率前鋒兵攻其兩旁，賊陣始動，大兵繼之，逼賊至歸化寺，大敗之，陣斬吴國柄及僞將軍、總兵等九員，俘獲無算。遂進圍其城，立營於近城之南壩薩石衛、走馬街、雙塔寺、得勝橋、重關等處，以扼其吭。仍廣布檄諭，宣朝廷威德，招降從逆官弁，於是大理、姚安、永昌各僞鎮俱降。僞帥馬寶、巴養元等逃至烏木山，遣都統希佛等擊降之。

八月，聞將軍噶爾漢、總督哈占等率兵來滇，因上疏言：『逆賊馬寶等已降，夏國相黨羽解散，惟吴國柱在鶴慶、麗江，尚未勦滅。見在都統希佛、提督桑格率兵追捕，兵力足用。據報將軍噶爾漢、總督哈占，率兵已抵貴州威寧，此兵至則雲南糧餉不敷。臣等公議，令哈占兵還四川，噶爾漢兵至日，以斥役補充缺額，兵量行減汰，則糧不至多糜矣。』聖祖遂令哈占兵還四川，餘還京師。

十月，即軍前授宗人府左宗正。十一月，逆孽吴世璠自經死，賊將獻城降。時諸將有言軍士勞苦，宜許搶虜以爲賞賜者，彰泰曰：『搶虜則民散，民散則我軍何由得糧！非計也。』乃與賴塔等議，先遣將軍穆占馬緝入城，撫安民人，清理倉庫。然後大兵進城，戮世璠屍，梟示，餘秋毫無犯。降僞官五千六百餘員，兵三萬三千六百餘名，獲大小金印二十有一，金册八，銀印九十有二。

時三桂壻夏國相、賊將胡國柱皆遁，遣總兵李國棟追夏國相至西板橋。國相窮蹙，詣軍門降，遣都統希佛追胡國柱，至雲龍川之青里屋，國柱自經死。夏國相與僞國公馬寶等俱俘送京師，於是雲南全省底定。二十一年凱旋，聖祖親率王、大臣等，至盧溝橋南迎之。二十二年，議彰泰在岳州時遷延歲月，應坐罪，其恢復岳州、雲南等城，勦賊歸化寺，功罪相抵。得旨如議，仍以功績入封册，賜金二十兩，銀千兩。二十四年，以濫舉屬官，罷左宗正。二十九年卒。

子屯珠，康熙十一年封鎮國公。二十七年，以庸懦降鎮國將軍。父卒，降襲鎮國公。五十六年，任禮部尚書，五十七年卒，贈固山貝子品級，謚『恪敏』。以子門散宗室安門嗣，子逢人降襲輔國公。乾隆十二年卒，謚『恭恪』。子盛昌，襲封奉恩輔國公。二十二年，侍班失儀，削爵。二十三年，封鎮國將軍，旋復原封。

校勘記

〔一〕『布占泰』，原作『占布泰』，據上下文改。

吞松閣集卷之二十二

翰林院編修臣鄭虎文纂修

國史勳親王大臣傳 二

原封和碩英親王阿濟格傳

阿濟格，太祖高皇帝第十二子也。生而英勇，屢專征伐，積戰功授貝勒。天命十一年，蒙古五部背盟，隨大貝勒代善往討之，執斬其貝勒十五人而還。天聰元年正月，從大貝勒阿敏等征朝鮮，屢破其城，朝鮮力屈請和。五月，從太祖伐明，同大貝勒莽古爾泰等率偏師往衛塔山糧運，敗明兵二萬餘人。我師圍寧遠城，明兵千餘人掘濠相拒，以車爲營，阿濟格擊殲之。其帥滿桂盛兵出城，環列火器，太宗欲進擊之，三大貝勒並以距城近，不可攻，諫阻甚力。獨阿濟格欲戰，太宗因率以前，命侍衛諸將俱戴兜鍪，馳馬突陣，敗其前隊騎兵。追至城下，大殪之，溝塹皆滿。諸貝勒繼至，愧且奮，不及胄，亦馳而進，分擊其步卒，積尸遍野。

三年九月，同貝勒濟爾哈朗等，略明錦州、寧遠等處，焚其積聚。十月，太宗親統兵伐明，分三道進，阿濟格同貝勒阿巴泰等率左翼四旗及蒙古兵，從龍井關入，克之。擊斬其將易愛等，招降漢兒莊城及潘家口守將，民間秋毫無犯。

十一月，明山海關總兵趙率教以精兵來援遵化，率左翼擊敗之。方追奔掩殺，太宗大兵至，遮擊其前，戰益力，斬率教於陣，其將弁亦俱就戮。遂進兵逼燕京，明寧遠巡撫袁崇煥、錦州總兵祖大壽來援，命同莽古爾泰等迎擊，敗之。追至城濠，阿濟格馬被創死，始退還。十二月，同阿巴泰等略通州，焚其船，攻張家灣，克之。尋從太宗至薊州，遇明山海關援兵五千，距城二里許，立營相拒，與諸貝勒等衝入，悉殲之，所乘馬被創死。四年二月凱旋，敵兵於中途據山築壘，同諸貝勒擊斬其衆。

五年八月，大兵將伐明，奉命同貝勒德格類、岳託，率二萬人，先由義州進，屯於大凌河以俟。明錦州援兵六千乘大霧來襲我營，敵將至，忽有青氣自天衝入敵營，霧中開如門，進攻。頃之霧霽，敵兵走，追擊至城下，生擒其將，獲其甲胄器械，及馬二百匹。太宗親幸阿濟格營，以金卮酌所携酒賜之。阿濟格自恃其勇，每與敵戰，必衝鋒陷陣，尤善以少勝多，太宗常諭戒之。

九月，錦州兵逐我偵敵者至小凌河岸，突近大營。太宗甫擐甲，御前兵不滿二百，徑度河，衝入敵陣。阿濟格繼至，敵復出步軍，列濠外，以騎兵翼其後。阿濟格直前衝之，破其步營，斬副將一人。於是太宗以所統兵付阿濟格統之，尋復與代善等破敵於大凌河。後以擅主弟貝勒多鐸婚削爵，旋復之。

六年四月，從征察哈爾，大兵次木魯哈喇克沁，令統左翼兵，往略宣府、大同沿邊察哈爾部。六月，至宣府，明兵大懼，盡出其所貯犒邊之物以獻。七年五月，孔有德等自登州由海道來降，爲明兵所截，朝鮮復以師扼之，奉命同阿巴泰往迎其衆，勒兵江岸。敵軍見之，皆慴服，度不能當，遂引退，有德等始得完其輜重以歸。

六月，太宗欲伐明，命諸貝勒陳進取之策。阿濟格曰：『我兵所以不即發者，爲耕種故耳。臣意耕耘既畢，即可興師，至收穫之事，雖婦人稚子，亦可委也。若留重兵而廢時日，則彼國中將有備，内亂或漸消矣。今皇上宜親駐邊外，命諸貝勒將帥率馬步大軍，直入其邊，逼取城堡，招納人民，撫其降者。然後相敵形勢，酌量緩急，以定進取。計之得也。』

八月，統兵略山海關，俘獲甚衆。八年七月，攻保安州，克之，進拔靈邱。崇德元年四月，敘功，晉封多羅武英郡王。奉命統兵伐明，連破其邊城，七戰皆捷。遂直入長城，越保定府，至安州，克城十二，與敵五十餘戰，皆勝之，俘獲人口牲畜幾二十萬，生擒其總兵巢丕昌等。又遣固山額真譚泰等設伏，斬遵化三屯營守將。師還，明守邊將以精卒躡我後，遣兵還擊，殲之。凱旋，太宗出盛京地載門十里，迎勞設宴，命於御座右側坐，親以金卮酌酒賜之。

十二月，太宗親征朝鮮，令駐防牛莊。二年，以貝子碩託等攻皮島久未下，命引兵一千往助之。至軍中，夜勒兵，令固山額真薩穆什哈督前鋒進，續令固山額真阿山等率鋭卒，乘小舟，疾攻西北隅。令兵部承政車爾格，督八旗及孔有德等兵，乘巨艦，從地道逼其城。又令固山額真石廷柱等，從北隅督士卒力戰，數路俱集，敵不能支，遂克皮島，斬其總兵沈世奎及各路兵將之來援者，俘人户三千有奇，船七十，金寳牲畜無算。捷聞，太宗遣使褒諭之。

四年正月，率兵至大淩河東，揚言欲以紅衣礮攻臺，守卒懼，降者凡七屯。四月，畧連山，獲人馬千計。六年三月，同鄭親王濟爾哈朗圍錦州，掘濠爲久困計。其外城守門蒙古諸木齊、吴巴什等，密遣人請降，明總兵祖大壽夜整兵自子城出，將擒之，爲吴巴什所覺，鬭且譟。阿濟格乘夜至城下，先登，助蒙古擊大壽，大壽敗入子城，遂據其外城，徙諸木齊等及明兵之降者於義州。

四月，同濟爾哈朗敗明援兵於松山北嶺。六月，復敗明關内援兵，追及松山城而還。八月，明經畧洪承疇率總兵吴三桂、王樸等來援，兵號十三萬。太宗親征之，大破明兵，三桂等各潰遁，阿濟格追勦至塔山，獲筆架山積粟以歸。尋復往塔山，邀擊明兵之敗遁者，殺獲無算。又同睿親王多爾衮攻克敵臺，生擒其副將王希賢等。

吴三桂之敗遁也，明錦州、松山、杏山、高橋各路兵，猶固守不下，太宗命阿濟格，與諸王、貝勒分兵圍之。十一月，洪承疇夜發松山兵以襲我營，阿濟格督兵沿濠射之，敵敗回松山，城閉不得入，遂降其衆二千餘人。七年二月，遣兵畧寧遠，以計誘敗其追兵。三月，遣前鋒兵助我軍之拒敵於高橋者，敵懼，不戰而退。追之，遂踰寧遠城西十里，審視其糧運海道，寧遠兵出犯，又擊敗之。八年，同濟爾哈朗統兵攻寧遠，移軍城北，填濠塹，布雲梯，以礮破其城。進破前屯衛，斬其總兵李賦明、袁尚仁，及將弁三十餘人，兵四千餘級。明中前所總兵黄色遂棄城遁，進拔之。

順治元年四月，從多爾衮入山海關，破流賊，定燕京。十月，晉封和碩英親王，命爲靖遠大將軍，由邊外趨延綏，斷李自成歸路。二年，入邊，沿途勦賊，八戰皆捷。秦地州縣，攻下者四城，降者三十餘城。時自成已爲豫親王多鐸所破，棄西安，趨商州，世祖命多鐸還河南，取江左，而以阿濟格追勦流寇。方自成南走時，率西安馬步賊，尚十有三萬，其湖廣襄陽、承天、荆州、德安四府，所設守禦賊，亦七萬，合計二十萬，聲言欲取南京，水陸齊下。阿濟格亦分兵水陸，躡其後，追及於鄧州、承天、德安、武昌、富池口、桑家口、九江等處，連破走之。賊衆漸散，乘勝窮追至賊老營，復大破之。自成窘，僅以步卒二十人竄走，爲村民所困，不能脱，自縊死。獲自成兩叔及僞汝侯劉宗敏，皆斬於軍前，自成妻妾及僞軍師宋獻策、僞總兵左光先等，皆就俘。計追躡自成，及分翼出師，凡十三戰，皆大捷。

又左夢庚者，故明寧南侯左良玉子也。方泊軍九江東流大江中，聞阿濟格至，執明總督袁繼咸等，率總兵以下官，馬步兵十萬，舟艦四萬餘，詣軍前降。計所下河南屬城十二，湖廣屬城三十九，江西屬城六，共六十三城，盡設官撫定。閏六月，捷聞，命侍臣赴軍中慰勞之，凱旋，賜宴午門内。當阿濟格出征時，脅巡撫李鑑釋免逮問赤城道朱壽鍪，又擅至鄂爾多斯土默特地取馬，至是議其罪，降郡王，尋復之。

五年七月，統兵勦天津、曹縣土寇，滅之。十月，喀爾喀二楚虎爾行獵近邊，出駐大同。十二月，大同總兵姜瓖據城反，附近十一城叛應之，賊兵四出，攻掠城邑。阿濟格聞變，即統兵夜往圍大同城。事聞，特命爲平西大將軍，征姜瓖。六年正月，賊黨劉遷攻代州，據外關，遣端重郡王博洛等往援，破之，斬賊渠郭芳遷遁去，四月復左衛。

六月，致啓於多爾衮，言多鐸功小，不當優異；濟爾哈朗乃叔祖之子，不當稱叔王，當以己爲叔王。多爾衮乃廷數其罪，令不得與部務及交接漢官。八月，復征大同，僞總兵揚振威斬瓖降，入城盡誅其從逆，吏民撤大同城。睥睨下五尺，遂班師。八年正月，多爾衮薨，阿濟格赴喪次，旋即歸帳。其夜，諸王哭臨，阿濟格獨不至，而私遣人召其子親王勞親往。世祖將來迎喪，阿濟格又不去所佩刀，多爾衮近侍額克親、吴拜、蘇拜等，乃發其意圖攝政事。濟爾哈朗等即於路監守之，至京議其罪，應幽禁，勞親應削王爵，降貝子。議入，世祖從之。閏二月，以初議阿濟格罪尚輕，下諸王、大臣復議，移繫別室，籍其家。子勞親等皆黜宗室。

十月，監守者告，阿濟格言欲於獄中舉火，論死，得旨賜自盡。十八年，令阿濟格第二子傅勒赫子孫，仍入宗室，封傅勒赫第二子構孳爲輔國公。康熙元年，贈傅勒赫爲鎮國公。四年，復封傅勒赫第三子綽克都爲輔國公。三十七年，坐事削爵，子普照襲。

普照，康熙三十七年封，五十二年坐事削爵，以弟經照襲。雍正元年，以軍前效力，仍封輔國公，明年卒。十年，坐事追削爵。

經照，綽克都第九子，康熙五十二年，襲兄普照輔國公。雍正十年，坐事削爵，以兄閒散宗室隆德子璐達襲。

璐達，雍正十年襲封奉恩輔國公，乾隆六年卒，謚『恭簡』。子麟魁，乾隆六年襲封奉恩輔國公，十年，坐素行悖謬，削爵。綽克都孫閒散宗室興綬子九成，乾隆十一年，襲封奉恩輔國公。二十五年，坐值班時隱匿金水河淹斃人事，削爵。子謙德，乾隆二十五年，特旨降襲三等鎮國將軍。

追封和碩穎親王薩哈璘傳

薩哈璘，太祖高皇帝孫，禮親王代善第三子也。天姿聰敏，通滿、漢、蒙古文義，屢從征伐，所向有功。天命十一年，封貝勒。四月，討多羅特部，斬其台吉古魯。八月，太祖高皇帝崩，薩哈璘與兄貝勒岳託，密議擁戴太宗，告其父大貝勒代善，代善遂與諸貝勒定議，奉太宗即位。十月，隨代善北征喀爾喀扎魯特部，有功。

天聰元年五月，太宗伐明，與兄岳託、貝勒豪格爲前鋒，以偏師往衛塔山糧運，進圍寧遠。遇明總兵滿桂兵，奮擊之，被創，戰益厲，大兵乘之，殺敵幾盡。三年十月，大軍伐明，次喀喇沁之青城，代善、莽古爾泰密請班師，太宗不懌。薩哈璘與兄岳託進見，決策進取，從之。進逼北京，同諸貝勒擊敗明袁崇焕、祖大壽援兵。又南略通州，焚其船，克張家灣。還，攻克香河縣，敗明三河縣山後之蒙古兵。進克永平府，與貝勒濟爾哈朗留守之。有李春旺者，訛言將屠城，斬以狥，諭降遷安縣、灤州，及臺頭、建昌兩營。又擊敗明樂亭、撫寧諸縣會兵之攻灤者。凡守永平四閱月，以大貝勒阿敏代還。五年七月，初設六部，掌禮部事。是月，太宗伐明，與貝勒杜度、豪格留守都城。六年，同濟爾哈朗等，畧歸化城。黃河諸路，授蒙古貝勒之歸誠者以牧地，約法申禁，俘蒙古千餘人而還。

七年，詔問羣臣：『用兵宜先何國？』奏云：『明與察哈爾、朝鮮三國，論其緩急，當寬朝鮮，拒察哈爾，而專事明。蓋察哈爾，其勢如蟲食穴中，必將自盡，不煩急圖也。至於明，我兵少緩一年，彼必固守一處。臣意謂當視我秋成豐歉，乘彼禾稼方熟，即往攻之。進兵兩次，必有端緒。初次激勸士卒，量留兵以防察哈爾，輜重器械，務從輕利。上與諸貝勒率精騎直入，畧其城堡，即速出邊。至第二次，則上且勿往，命已出痘貝勒，率兵自一片石入，奪山海關，則彼寧、錦諸州爲無用矣。不然，仍從故道入，相度地形，奪其糧餉充足之地，據守勿歸，一二三年中，必可底定矣。』是年，同貝勒阿巴泰等，畧明山海關。

八年二月，同貝勒多爾袞，以師迎明降將尚可喜，攻廣鹿、長山二島，俘獲不可勝計。六月，從代善入明邊，克得勝堡，攻懷仁縣，畧代州。率本部兵乘夜拔州西崞縣，還敗代州兵，追北至城下，乃與大軍會。九年，太宗以宗室者天潢之戚，不加表異，無以昭國體。命禮部分別名號，薩哈璘定議太祖庶子，稱阿格六祖，子孫稱覺羅。覺羅令繫紅帶，遂著爲令。

薩哈璘明達政體，通知古今掌故，國家典文制度，多所裁定，太宗深倚重之。先是，諸貝勒大臣以遠人歸附，國勢日隆，合詞請正尊號，不許。是年，薩哈璘同貝勒多爾衮等統兵往收察哈爾林丹汗子額爾克孔果爾額哲。額哲聽命，獲玉璽還，復固請，太宗仍不許。

薩哈璘乃令内院大臣希福等，奏曰：『臣等屢次陳請，未蒙皇上俞允，夙夜悚惶，罔知所措。伏思皇上不受尊號，其咎實在諸貝勒。諸貝勒不能殫竭忠信，爲久大之圖，徒勸上早正大號，是以皇上不肯輕受。今諸貝勒誓圖改行，竭忠輔國，皇上宜受尊號。』太宗善之，曰：『貝勒薩哈璘爲朕深謀，欲善承皇考開創之基，開陳及此，實獲我心。其應誓與否，爾身任禮部，當自主之。諸貝勒果誓圖改行，尊號之受與不受，朕當再思之。』翼日，薩哈璘集諸貝勒於朝，各書誓詞以奏。太宗以内外諸貝勒勸進之誠難固讓，而朝鮮通好之國，應與共議，因命使使朝鮮。薩哈璘復與諸貝勒遣人偕使臣同往，風諭之，朝鮮亦具表勸進。太宗乃即帝位，改元崇德。正位凝命，肇基太宗，首建大議，則薩哈璘也。

崇德元年正月，得疾，至五月病革，議封爵，未及而薨。太宗親臨入哭者四，自辰至午乃還。猶於庭中設幄坐，不御飲食，輟朝三日，追封和碩穎親王。六月，太宗在翔鳳閣，夢人請曰：『穎親王乞賜一牛。』如是者再，寤以問内院大臣皆未知所謂。後閲《會典》，凡親王薨，初祭例賜一牛，始大異之。以聞，太宗即命禮部致祭，賜以太牢。康熙十年，追謚『毅』。

子阿達禮，崇德元年襲封多羅郡王。三年，從征喀爾喀。六年三月，同武英郡王阿濟格圍明錦州有功，賜鞍馬、蟒幣。十月，大兵將入明邊，與豫親王多鐸營邊外，以牽明師。八年，世祖即位，以與貝子碩託等謀立睿親王多爾衮，伏誅。

多羅順承郡王勒克德渾。勒克德渾，薩哈璘次子，兄阿達禮伏誅時尚幼，亦坐罪黜宗室。順治元年，世祖命復入宗室，封多羅貝勒。二年七月，奉命爲平南大將軍，代豫親王多鐸平兩浙。時故明福王朱由崧已就擒，魯王朱彝垓據浙東，稱監國。僞大學士馬士英等率兵渡錢塘江，欲盜據杭州，去城十里，列五營，分兵擊追之。九月，遣副都統朱瑪喇等，破士英於餘杭，復敗僞總兵方安國於富陽，斬僞副將以下七人。師還杭州，道遇賊兵，又大敗之。後士英、安國復渡江來窺，爲副都統季什哈等所敗，殺溺無算，杭州、紹興等處悉平。

十一月，命同鎮國將軍鞏阿岱、都統葉臣，討流寇一隻虎於湖廣，自江寧率舟師，溯江上。三年正月，抵武昌，偵知岳州總兵叛，降僞總督何騰蛟於長沙，遂遣護軍統領博洛惠等追擊，遇賊千餘，掠臨湘，殲之。進抵岳州，叛將駭遁，降其副將黑運昌。師至石首縣，聞流賊渡江攻荆州，遣尚書覺羅郎邱等率兵潛赴南岸，伺賊渡江，盡收其戰艦。而自統大兵，晝夜疾馳，於二月三日昧爽抵城下，出賊不意，分兩翼衝入賊營，大破之，斬獲甚衆。是日薄暮，郎邱等亦盡獲戰船以歸。

次日，分遣奉國將軍巴布泰等，追賊於安遠、南漳關、王嶺、襄陽府諸處，捕勦殆盡。進次彝陵，流賊李自成弟李孜、僞磁侯田見秀、僞義侯張耐、僞武陽伯李佑率僞將帥三十九人，馬步賊五千有奇，詣軍前降，獲玉璽一，荆州平。五年，晉封多羅順承郡王，同鄭親王濟爾哈朗統兵討湖廣賊李錦。六年，大兵自安陸渡長沙江，聞僞總督何騰蛟據湘潭，率衆抵城下。騰蛟出三門迎戰，大破之，生擒騰蛟，拔其城，遂進師廣西。僞帥趙廉寇全州，率前鋒統領席特庫等擊敗之。賊渠曹損子據永安關，復分兵破其營，斬關入。賊更聚黨萬餘，寇道州，又敗之。七年凱旋，命議政。八年，兼理刑部。九年薨，康熙十年，追謚『恭惠』。

子勒爾錦，生有神力，順治九年襲父爵。康熙十一年，掌宗人府事。十二月冬，逆藩吴三桂反，由貴州犯湖南，聖祖命爲寧南靖寇大將軍，統兵南征。十三年正月，師抵湖廣，時常德已陷，即令都統鄂内馳赴襄陽防守。三月，賊將劉之復率舟師犯彝陵，遣護軍統領額司泰等擊之，賊大敗，遁歸宜都。十四年六月，疏請增戰艦，斷賊餉道。

七月，賊將張以誠、王會等侵南漳，又陷穀城，遣貝勒察尼率兵往復之。九月，復請增兵，造輕箭簾車、礟車，以便衝擊，均從所請。十二月，復疏言兵力不足，請益以禁旅，聖祖以其遷延時日，切責之。十五年三月，始統兵自荆州渡江，遣參領卦爾察敗賊於文村，又敗之於石首。所遣察尼、多莫克圖等，戰屢捷，賊皆潰遁，松滋、枝江、宜都諸縣，及澧州、常德，以次恢復。十九年，聖祖命進取重慶，中途還，上疏自劾，遂削爵，子勒爾貝襲。

勒爾貝，康熙二十一年薨，無嗣，弟楊奇襲。

楊奇，康熙二十六年薨，無嗣，弟充保襲。

充保，康熙三十七年薨，無嗣，兄布穆巴襲。

布穆巴，康熙五十四年，坐以御賜鞍馬給優人，削爵，以勒克德渾第三子諾羅布襲。

諾羅布，康熙五十六年薨，謚『忠』，子錫保襲。

錫保，雍正七年，世宗命攝振武將軍，討準噶爾。九年八月，晉封和碩順承親王。十一年，以調遣失宜，怯懦畏葸，削爵，罷大將軍任，子熙良襲。

熙良，雍正十年封世子，十一年坐父罪斥，旋襲父爵。乾隆九年薨，謚恪，子泰斐英阿襲。

泰斐英阿，乾隆二十一年薨，謚『恭』，子恒昌襲。

追封多羅克勤郡王岳託傳

岳託，太祖高皇帝孫，禮親王代善第一子也。幼育於太祖宫中，愛之，比長有謀勇，授台吉。天命六年，大兵畧明奉集堡，將旋，有厮養卒指言明兵所在，岳託同諸台吉追擊之，摩其壘而還。繼攻明瀋陽城，我師方追，敗明總兵李秉誠等援兵於同塔鋪，岳託會兵同逐北四十里。八年，喀爾喀扎魯特貝勒昂安執我使者送葉赫，被殺，奉命同台吉阿巴泰等討之，斬昂安父子，收其妻孥民畜，並執鐘嫩貝勒子桑土之妻子以歸。

十一年八月，太祖高皇帝上賓，岳託與弟薩哈璘，以太祖文皇帝有聖德〔一〕，密議推戴，告其父代善曰：『國不可一日無君，邦家大事，宜早定策。四貝勒才德冠世，深契先帝聖心，衆皆悦服，當速繼大位。』代善曰：『此吾夙心也。』遂夜作議書，翼日以書徧示諸貝勒、大臣於朝，遂定議，奉太宗嗣位。

同弟薩哈璘、貝勒豪格隨父代善征蒙古五部有功，是歲封貝勒。天聰元年正月，同大貝勒阿敏、貝勒濟爾哈朗等率兵征朝鮮，攻義州、定州、漢山三城，克之。渡嘉山江，克安州，至平壤，其守將棄城遁。師次中和，諭朝鮮王李倧降，議未決。時阿敏懷異志，欲直趨朝鮮王京，遂進師平山營，李倧挈孥奔江華島，遣其臣進昌君來求和，衆議許之，阿敏不允。岳託知不可止，策馬還本營，密與濟爾哈朗定議，駐師平山城。遣副將劉興祚偕進昌君往諭李倧，倧報命，願歲貢方物，岳託慮蒙古與明乘我師出生變，遂許之。既盟，告阿敏，阿敏以未與盟，縱兵大掠，勸之不可。復令李倧弟李覺與阿敏盟，乃班師。五月，從太宗伐明，同諸貝勒往衛塔山糧運。又從圍寧遠，並有功。八月，敗明兵於牛莊，獲其船，斬首三百級，擒守備一人，千總二人。二年五月，同貝勒碩託、阿巴泰，率兵略明邊，至則隳錦州、杏山、高橋三城，毁十三站以東墩臺二十一，乃引還，賜馬一匹。是行於途中，聞顧特塔布囊竄居蒙古地，輒截殺我國降人，偵探得實，驛使以聞。

三年九月，同諸貝勒略明錦州、寧遠境，焚其積聚。十月，太宗伐明，師次喀喇沁之青城，代善、莽古爾泰見上，請班師退，太宗意不懌。岳託同諸貝勒見，告之故，因力贊進兵，至午夜議定，遂同濟爾哈朗攻大安口，毁水門八，乘夜敗馬蘭營援兵於城下。比明，遵化援兵來，營於山之林木間，顧謂濟爾哈朗曰：『吾當獨往取之。』遂馳擊，大破之。是日自辰至巳，五戰皆捷，馬蘭營、馬蘭口、大安營三城，皆相繼降。

十一月，同阿巴泰邀擊宣、大二總兵兵於順義，遂克順義縣。大兵進逼燕京，明總兵滿桂、侯世禄以兵來援，從父代善擊敗之。遂圍永平府，克香河縣，降其副將孟喬芳、楊文魁、遊擊楊聲遠。

四年，與豪格還守瀋陽。五年七月，攻明大凌河，太宗親統大軍自白土場趨廣寧，岳託率兵二萬別由義州進。八月，會大軍於凌河，圍其城。十月，明總兵祖大壽請降，以子可法質，太宗許之。可法見諸貝勒欲拜，岳託曰：『戰則爲仇敵，和則爲兄弟，何拜爲！』命以國禮見。問：『爾等死守空城，何意？』曰：『畏屠戮耳。』岳託曰：『太宗時，以遼東久抗不降，故誅之。殺永平人，乃貝勒阿敏所爲，已論繫之矣。今皇上自即位以來，敦行禮義，政治一新，撫養黎民，愛惜士卒，仁心仁政，爾等豈不聞之！』復用好言慰遣，揖使乘馬去，大壽遂以其城降。翼日，命同諸貝勒統兵四千，僞爲漢裝，偕大壽作潰奔狀，夜襲錦州，會大霧止。錦州夜聞礮聲，謂大凌河守兵潰圍出，分路來迎，遇我師敗之。是年，初設六部，命理兵部事。

六年正月，上疏云：『先是，克遼東、廣寧，其漢人拒命者悉誅之，後復屠戮永平、灤州漢人，縱極力撫諭，人亦不信。今天與我以大凌河漢人，正欲使人皆知我國之善養人也。臣愚以爲，若能善撫此衆，嗣後歸順者必多，且更宣明前事於衆，則人皆信服矣。善養之道，當先予以家室。凡一品官，以諸貝勒女妻之；二品官，以國中大臣女妻之。其大臣女，仍出公帑，以給其需，若諸貝勒大臣女，有欺凌其夫者，咎在父母，犯即治罪，則安敢逞！倘邀天眷，奄有其地，仍各給還家産，以養其生，彼必欣然悦服。如謂彼歸順之人原有妻室，諸貝勒大臣不宜以女妻之，此實不然。彼雖離其家室，孤踪至此，諸貝勒大臣以女妻之，豈不有名！且使其父翁衣食與共，雖故土亦可忘也。即有一二懷異心而逃者，決不爲怨我之詞。若不加撫養，將操何術以取天下乎？又，各官宜令諸貝勒，人給莊一區。此外復令每牛录，各取漢男婦二名，牛一頭，編爲屯人，給二屯。其出人口耕牛之家，仍令牛录以官值償之。復察各牛录下寡婦，給配各官從人。至明之兵士，從前棄鄉土，離妻子，窮年累月，戍守各城，一苦也；畏我兵誅戮，又一苦也。此等無業之人，不能治生，或資軍糧以自給，若有身家者，豈猶戀此軍餉乎？今慕義歸降之漢兵，須令滿漢之賢能官，先察漢民女子寡婦，酌量給配。餘察八貝勒下殷實莊頭，有女子者給配。如無女子，令各收養爲子，爲之婚取，免其耕作軍興，則隸戎伍。其餘更令殷實商賈，分給婚配，一一區處，仍各賜以衣服，毋致一人失所，則人心歸附，而大業可成矣。』疏入，太宗嘉之，納之。五月，同諸貝勒署明歸化城等處，俘獲以千計。九月，同貝勒德格類開疆，自耀州至蓋州以南。

七年六月，詔問用兵，疏言：『時不可失，事宜勇斷。宜乘此時，於山海關、通州、燕京三處，先圖其一，以立丕基。皇上春秋鼎盛，不乘時立業，後悔何及！如進兵長城，皇上與貝勒之未出痘者居守可也。』是月，奉命同德格類率左翼冷格里葉臣，右翼伊爾登昂阿喇，漢軍都統石廷柱，元帥孔有德，總兵耿仲明，統兵萬餘，攻明旅順口，俘獲無算。

復奏言：『前蒙聖諭，留一固山額真守旅順口，臣等思彼地空曠可虞，今留葉臣伊爾登爲兩翼主帥，其下每旗留官三員，兵二千五百名。漢軍以遊擊圖賴主之，統備禦二員，兵一百名駐守。牛隻恐到冬疲瘦，未之留。臣等思所處之地，雖曰阻水，然不可踈防。況應設哨處甚多，可否移駐金州，設瞭哨，迤邐至旅順口止。攜兩月糧，餘者棄之，惟皇上裁酌。又蒙諭厚待孔元帥、耿總兵，臣等自思，亦極力優待之矣。但當拔城時，其所屬將士俱入城內，官員房屋及富民列肆，皆爲所占取，俘獲人口，指稱親戚，挈之而去。臣等雖微有不平之意，未嘗少露。第遣巴克什語云，爾元帥、總兵，雖任意攜取，我等並不介意。若部下假名，大肆搜括，則凡我冒鋒蹈陣之士，以何爲賞？竊慮三軍懷怨，再遇攻戰，無以使之踴躍趨赴也。彼口雖佯應，而貪得之心，已形於色。故將彼所攻取者，盡數與之。嗣後但以親戚爲言者，亦任其領去，據云止七百四十八名，以臣等觀之，尚多於此。臣等於初六日，自木場驛起行，頗有俘獲，歸期尚難預定。如抵我國邊界，將礮車留蓋州，以所獲之人留於後。惟攜入官之物，與臣等偕行，不敢稽遲也。』師還，太祖迎於郊，宴勞之，親以金巵酌酒賜焉〔二〕。

八年二月，奏准馬匹倒斃，擇牛录下殷實者，酌免丁徭，責令買補。又進減牛录下厮養卒，得旨，惟哨長得用，餘悉裁罷。九年，同貝勒多爾袞、薩哈璘、豪格率兵，往收察哈爾林丹汗子額爾克孔果爾額哲，至則諭降之。師還，諸貝勒入畧明邊，岳託有疾，分兵一千及降民，留駐歸化城。

會土默特偵告博碩克圖子，遣人偕阿魯喀爾喀及明各使者至，遂伏兵邀之。時有毛罕者，密往告以我師所在，趣之還，伏起，遂斬毛罕，誅其黨，并擒明使者。隨命土默特捕斬喀爾喀之盜匿馬駝者，因部分土默特壯丁三千有奇爲十隊，隊以官二員主之，授以條約，並頒條約于鄂爾多斯，咸聽命。崇德九年，晉封和碩成親王。旋以狥庇莽古爾泰、碩託，且有離間濟爾喀朗及豪格於上之心，論死，太宗特寬之，降多羅貝勒，罷兵部任。未幾，復命理部事如故。冬從征朝鮮，有功。二年，會命射，以臂疾辭，諭之再三，始引弓，弓墮地者五，遂擲弓而罷，以驕蹇論死。太宗復寬之，降固山貝子，罷部任。三年正月，復封多羅貝勒，攝固山額真事。

八月，命爲揚威大將軍，貝勒杜度副之，統右翼兵，與左翼奉命大將軍睿親王多爾衮，分道伐明。岳託兵至牆子嶺，毀邊牆，入密雲，總督以兵六千入保牆子嶺，堡外立三寨爲犄角，我師攻其寨，拔之。復連敗明兵，獲敵卒，知堡堅且有重兵，不易拔，嶺東西高處，有間道可越。於是分兵兩路，攻其前，以牽敵師，潛以兩路從間道踰嶺入，克臺十有一處，所向皆捷。尋以疾薨於軍。四年三月，多爾衮捷奏至，太宗覽無岳託名，驚問知病卒，慟哭久之，令且勿使禮親王知，爲輟膳者三日。喪還，駕至沙嶺，設幄遥奠。還御崇政殿，命王以下及諸大臣往奠，奠畢乃回宫，詔封爲多羅克勤郡王，賜馬五，駝二，銀萬兩。子羅洛渾襲封貝勒。康熙二十七年，聖祖爲立碑以紀其功焉。

羅洛渾，崇德四年襲爵。五年五月，有蒙古多羅特部蘇班代阿巴爾代者，初降於明，至是密遣託克託内來約降，同鄭親王濟爾哈朗率師往徙之。夜過錦州，至杏山，令蘇班代阿巴爾代各挈其孥與其牲畜以行。比明，錦州、松山、杏山合兵七千，來截我師於杏山城外。我師佯退數里，敵噪而前，反兵縱擊，大破之。追殺至城下，復分兵攻其城西二營，拔之。師還，賜御廄馬一。

九月，同濟爾哈朗，代多爾袞、豪格，督師圍錦州。六年三月，明師援錦州，率右翼兵設伏於南山西岡，敗走之。六月，多爾袞、豪格來更代，將受代，合兵擊敗明山海關援兵，追及松山城而還。八月，太宗親征，從克松山，有功。八年正月，以怨懟非議，又敏惠恭和元妃薨時，絲竹不輟，論罪削爵。五月，復原封。順治元年，以從定燕京，破流寇有功，晉封多羅衍禧郡王。三年，同豪格征蜀，薨於軍，賜䘏如禮，謚『介』。子羅科鐸襲。

羅科鐸，順治五年襲爵，八年改封號曰『平』。十五年，隨信郡王多尼征明桂王朱由榔於雲南，破僞晉王李定國，參贊有功，賜蟒衣、弓刀、鞍馬。康熙二十一年□月薨，謚『比』。子訥爾圖襲。

訥爾圖，康熙十八年封長子，二十二年襲爵，二十六年以毆斃無罪人，及折傷人手足削爵，弟訥爾福襲。

訥爾福，康熙二十四年封固山貝子，二十六年襲爵，四十年薨，謚『悼』。子訥爾蘇襲。

訥爾蘇，康熙五十八年，從撫遠大將軍允禵收復西藏。六十一年，攝大將軍事，尋撤兵還京，兼攝上駟院。雍正四年，以貪婪削爵，子福彭襲。乾隆五年卒，仍命以郡王禮葬。

福彭，雍正十年，攝鑲藍旗滿洲都統，尋授宗人府右宗正。十一年，命爲定邊大將軍，督師北征。師還，十三年協辦總理。乾隆元年，攝正白旗滿洲都統，尋攝正黄旗滿洲都統。三年，命議政。十三年薨，謚『敏』，子慶寧襲。

慶寧，乾隆十五年薨，謚『僖』。無嗣，以福彭嗣子慶恒襲。

慶恒，訥爾蘇孫，貝子品級福秀子，出嗣福彭，遂襲爵。乾隆十九年，攝鑲紅旗漢軍都統〔三〕。二十六年，任宗人府右宗正。二十七年，攝鑲藍旗蒙古都統。是年，坐旗員冒借官銀，降固山貝子，餘任悉罷。

喀爾楚渾，岳託第三子。順治元年四月，隨睿親王多爾衮定燕京，敗流寇李自成于山海關，又追敗其兵於慶都。二年，封鎮國公。三年正月，隨肅親王豪格西征。五月，同貝子滿達海，率兵進勦流賊於陜西，降僞官參將石國璽等五十二人。賊首高如礪遁守三台山，進師圍之，豪格用降將周德昌爲内應，破平之。遂從征四川，俱有功。

五年，任鑲紅旗固山額真。六年正月，同敬謹親王尼堪討大同叛鎮姜瓖，至太原府，賊兵由寧武關迎戰，敗之。進圍寧武，賊乘夜犯我鑲紅、鑲黄兩旗營，擊走之，取右衛城，連戰皆捷。

十月，晉封多羅多貝勒，尋攝理藩院事。九月卒，謚『顯榮』，子克齊襲，聖祖立碑旌之。克齊，康熙六十一年卒，子魯賓襲。

魯賓，康熙二十三年封固山貝子，雍正元年改降襲。四年，以舉動狂悖削爵，旋封輔國公。乾隆八年卒，謚『恪思』。先是，乾隆六年，以弟奉國將軍品級蘭鼐子奉恩將軍宗智嗣，未襲卒，宗智子訥穆金襲。乾隆九年，降襲奉恩將軍。

巴爾楚渾，岳託第四子，順治六年，封多羅貝勒。九年，任固山額真。十一年，隨鄭親王世子濟度征海寇鄭成功，有功。十二年卒，謚『和惠』。無嗣。

巴思哈，岳託第五子，崇德四年，封鎮國將軍。順治六年，晉封多羅貝勒。九年，隨敬謹親王尼堪征明桂王朱由榔於湖南。尼堪戰没，坐罪削爵。十二年，任鑲藍旗固山額真，旋授鎮國公品級。十五年，信郡王多尼征明桂王於雲南，命爲參贊。雲南平，賜蟒衣、鞍馬。十七年，追議征雲南時，撤永昌門兵，致軍士入城擾民，降鎮國將軍品級。十八年卒，子固克度渾襲。順治十八年，降襲三等輔國將軍品級。康熙四年卒，無嗣，以巴思哈第三子庫布素渾，降襲三等奉國將軍品級。十二年，晉封三等輔國將軍品級。三十四年，以病削級，子蘭鼐降襲三等奉國將軍品級。五十八年卒，子宗智降襲奉恩將軍品級。乾隆六年，出爲伯父輔國公魯賓後。八年卒，弟宗喜降襲雲騎尉品級。

追封多羅誠毅貝勒穆爾哈齊傳

穆爾哈齊，顯祖宣皇帝第二子。性驍勇，每遇戰攻，輒冒矢石，先登陷陣，賜號『誠毅』。歲乙酉夏，隨太祖率步騎五百人，征哲陳部。值大水，遣衆還，留八十人前畧地。加哈人蘇枯賴虎，潛告哲陳部主，於是託漢河、章甲、巴爾達、薩爾滸、界藩五城，俱集衆以待。我兵既深入，見敵衆之驟合也，懼，惟穆爾哈齊及近侍顔布禄、兀凌噶，隨太祖直前奮擊，射殺二十餘人，敗其衆，敵奔界藩，争渡渾河而遁。時熱甚，太祖少憩，起追之，穆爾哈齊隨太祖至吉林岡，見敗兵五十餘人，皆争投岡。太祖去盔纓，隱身待之，射其前至一人，貫脊而殪。穆爾哈齊復射殪一人，餘悉墜崖死。太祖曰：『今日之役，以四人而敗八百衆，天助我也！』天命五年卒。順治十年，追封多羅貝勒，謚『勇壯』。子務達海，以軍功封貝子。

鎮國公屯齊傳

屯齊，顯祖宣皇帝曾孫，贈貝勒圖倫第二子也。崇德元年，隨英親王阿濟格伐明，有功。四年五月，隨鄭親王濟爾哈朗，署明錦州、松杏等處，九戰九勝。時屯齊被創功最，於賞格外，加賜銀百兩。八月，封輔國公。六年三月，隨濟爾哈朗攻明塔山。十月，隨睿親王多爾衮圍明錦州。

順治元年，封固山貝子，隨豫親王多鐸破流寇，平陝西，定河南，並有功，賜圓補紗衣一襲。二年，從多鐸下江寧，明福王朱由崧遁走太平，與貝勒尼堪等率兵追之，至蕪湖就擒，賜金百兩，銀五千兩，鞍馬一。三年正月，隨肅親王豪格西征，五月，同尼堪破流賊賀珍，解漢中圍。時二隻虎孫守法陷興安，進師至漢陰，賊遁去，遂復興安。五年四月，命爲平西大將軍，同固山額真宗室漢岱，率兵討陝西叛㺯，平之。九月，攝鑲藍旗固山額真。十二月，同謙郡王瓦克達，往就阿濟格軍，駐防大同。六月，晉封多羅貝勒。

九年，隨定遠大將軍敬謹親王尼堪，征明桂王朱由榔於湖南，尼堪戰没，遂代爲定遠大將軍，督師進勦。十年，進攻僞安西王李定國於永州，至則定國已度龍虎關遁去，遂進師寶慶。至周家坡，遇僞將軍馮雙禮、白文選、馬進忠等，率衆四萬，據山扼險，以抗我師。會日暮天雨，列陣相拒。是夜僞秦王孫可望自寶慶以兵來合，衆號十萬，屯齊分兵縱擊，大破之。師還，追論尼堪戰没，坐罪削爵。十二年，復授鎮國公品級，旋封鎮國公。康熙二年卒。

子富爾泰，降襲輔國公品級。二十二年，坐事降三等鎮國將軍品級。四十年卒。

原封固山貝子温齊傳

温齊，鎮國公屯齊第一子。順治六年，於屯齊封貝勒後，如例降封固山貝子。康熙十四年，隨貝勒洞鄂征叛將王輔臣於秦中，克復關山關、秦州、禮縣、清水、伏羌、西和等處，温齊皆在事有功。既而洞鄂爲輔臣所欺，代疏請赦，賊遂不可復制。洞鄂被議，温齊亦坐罪，降輔國公。十七年，征吴逆，安遠靖寇大將軍貝勒尚善卒於岳州軍中，命貝勒察尼代其任，以温齊爲參贊。十八年，克岳州，温齊等率兵追逆賊吴應麒至二百餘里，因未攜爨具，引師還，應麒遂遁去，坐是削爵。

子額爾圖，康熙七年，以温齊封貝子，如例降封鎮國公。五十七年卒，子愛音圖襲，康熙二十六年，封鎮國將軍。四十六年，坐事削爵，後襲父爵，降封輔國公。乾隆六年卒，謚『敏勤』。子吉存，雍正六年封三等鎮國將軍，後襲父爵，封奉恩輔國公。十二年卒，謚『勤僖』。子特通額襲。

原封多羅貝勒拜音圖傳

拜音圖，顯宗宣皇帝孫，追封貝勒巴雅喇第三子。天聰八年，受三等昂邦章京，隨貝勒阿濟格，往迎察哈爾來降之土巴濟農。九年，授鑲黄旗固山額真。崇德元年，隨阿濟格伐明，入長城，略保定府，攻安肅縣，克之。六年，從攻錦州，助睿親王多爾衮，敗明經略洪承疇兵於杏山。順治二年，隨豫親王多鐸南征，敗流寇賊將張有曾、劉方亮於河南。兵下江南，克揚州，以舟師破敵於瓜州。又同貝勒博洛，率兵攻杭州，下之。是年，封一等鎮國將軍。

四年，征喀爾喀部有功，封鎮國公，尋進固山貝子。五年，隨英親王阿濟格駐防大同。六年，從巽親王滿達海征叛鎮姜瓖，克沁州，復敗僞道胡國鼎兵於潞安府，晉封多羅貝勒。九年，以阿附睿親王多爾衮削爵，幽繫死，黜宗室。

輔國公品級扎喀納傳

扎喀納，顯祖宣皇帝曾孫，贈貝勒扎薩克圖第一子也。崇德三年，隨睿親王多爾衮伐明，毁邊牆。入至涿州，分兵八道，扎克納趨臨清州，渡運糧河，破山東濟南府，還破天津衛，所向有功。四年師還，賜馬、駝各一，銀二千兩，封鎮國公。尋以不追蒙古人之逃匿伊魯者，降輔國公。六年，從攻錦州，明經畧洪承疇以兵犯我鑲紅旗汛，急擊敗之。又同輔國公芬古，沿海追擊明總兵吴三桂、白廣恩、王樸等敗兵至塔山，明兵赴海死者，不可勝計。

七年，同輔國公博和託戍守錦州。及代還，追議從攻錦州時，遇敏惠恭和元妃喪，效哈寧噶父戲舞，大不敬，削爵，黜宗室。順治二年，叙從多爾衮定燕京功，仍入宗室，授輔國公品級，同鎮國公傅勒赫，率兵駐防江南。五年，隨謙郡王雅克達，就英親王阿濟格軍，駐防大同。六年，晉封固山貝子。九年，命從敬謹親王尼堪征貴州，賜蟒衣、弓矢。貴州平復，從征明桂王朱由榔於湖南，戰於衡州，尼堪陣亡，坐罪削爵。十二年，復授輔國公品級，十六年卒。

子馬喀納，康熙四年，降襲三等鎮國將軍品級。四十三年，因較射不嫺，削級。雍正十一年，以閒散宗室瑪商阿瑪稷子，降襲三等奉國將軍品級。乾隆十四年，子英禄降襲奉恩將軍品級。

校勘記

〔一〕『祖』，當作『宗』，因涉前文訛誤。
〔二〕『祖』，當作『宗』。
〔三〕『鑲』，底本奪，據國史館檔案補。

吞松閣集卷之二十三

翰林院編修臣鄭虎文纂修

國史勳親王大臣傳 三

弘毅公額亦都傳

額亦都，姓鈕祜禄氏，世居長白山，後太祖隸滿洲鑲黄旗〔一〕。幼時，仇殺其父母，額亦都以鄰人匿之得免。年十三，手刃其仇，避走嘉木湖村，依於其姑某。居數歲，太祖高皇帝過其地，識爲真主，請事。太祖白於姑，姑止之，不可，遂從行。歲癸未，初從太祖討尼堪外蘭於圖倫城，先登，攻色克濟城，掩敵無備，取之。又别率兵攻舒爾格布占，克其城，太祖知其能，日見信任。丁亥，命督兵取巴爾達城，至渾河，河漲不能涉，以繩聯軍士浮河，魚貫而渡。夜薄其城，率鋭卒先登。城中兵猝驚起拒，跨堞而戰，飛矢貫股，着於堞，揮刀斷矢，戰益力，被五十餘創不退，卒拔其城而還。太祖迎於郊，燕勞之，其所俘獲，悉以賜，遂賜號『巴圖魯』。

薩克查之入寇也，額亦都率數人禦敵。敵敗，從之夜入其城，進攻，連克尼麻喇城、章甲城、索爾湖村，功最，師還，上迎勞如初。界藩有科什者，以勇聞，盜九馬遁，單騎追斬之，盡返所盜馬。嘉木湖之貝渾巴顔謀叛附哈達，命討之，誅其父子五人以狥。額亦都驍果絶倫，挽弓十石，能以少擊衆，所向克捷，太祖用是益器之。癸巳，葉赫合九國來侵，太祖陳兵古勒山，命額亦都以百騎挑戰。敵悉衆來犯，奮擊斬九人，敵却，大兵繼之，殺葉赫貝勒布寨，九國之師皆潰，遂乘勝畧諸賽寨，及卓佳村。會我軍有齊法漢者，戰殁，額亦都直入敵陣，以其尸還。

命同扎訥殷路者，九國之一也，其長搜穩塞克什既敗歸，復聚七寨之衆，守據佛多和山。命同扎爾固齊噶蓋等，以兵千人圍其寨，三月下之，斬搜穩克塞什，賜上所乘馬，以旌其勞。丁未，從貝勒雅巴喇，征東海渥集部，有功。庚戌，命招撫渥集部之那木都魯、綏分、寧古塔、尼馬察四路，降其長康果里等十九人。復乘回兵，擊取雅攬路，俘萬人而還。辛亥年，同額駙何和里等，征渥集部之虎爾哈路，克扎庫塔城。天命二年，同安費揚古，攻明馬根單、花豹衝、三岔兒堡，並克之。

四年，明經畧楊鎬率六總兵統兵二十餘萬，分四路來侵。大貝勒代善出禦明總兵杜松、王宣、趙夢麟兵於撫順，過扎喀關，議駐師僻地，以俟太祖。太宗文皇帝時爲四貝勒，謂界藩山有築城夫役，急往護之，宜耀兵向敵，以壯夫役士卒之膽，不當駐僻地示弱。衆議未決，額亦都曰：『貝勒之言是也。』遂進師界藩。會太祖大兵亦至，指揮夾擊，大破明兵於吉林崖及薩爾湖山，明三總兵皆殁於陣。還，破明總兵馬林於尚間崖、劉綎於阿布達思岡，額亦都皆在事有功。連歲太祖親征，各部之不用命者，若哈達、輝發、烏喇、葉赫，以次削平，額亦都在行間，輒爲前鋒，用兵垂四十餘年，未嘗挫衄。每克敵受賜，輒分給將士之有功者，不以自私，太祖特優遇之。

當天命建元之初，國人有訴於額亦都者，額亦都受理其事，太祖罪之。因遂定大臣聽受私訴之禁，然心知其忠誠，寵顧不少衰，初，妻以帝族之妹，後以和碩公主降焉。累官至左翼總兵官，一等内大臣。天命六年，卒於位，年六十，太祖親臨，哭之慟，祭葬如禮。太宗文皇帝天聰元年，追封弘毅公，配享太廟，議功，授子遏必隆一等總兵官。世祖章皇帝復建碑墓道，用表勳績焉。

車爾格，弘毅公額亦都第三子也。幼隨太祖高皇帝於軍中，積功累爵至輕車都尉。嘗專征東海瓦爾喀部，大勝，師旋，太祖迎於郊，燕勞之。又念其父勳，晉爵子，賜勑准免死三次。天命十一年，八旗初設八大臣理旗務，以車爾格任鑲白旗。天聰元年，同貝勒阿敏等征朝鮮，有功。五年，任刑部承政。七年，命畧明錦州，斬七人，擒把總一人，兵九人。八年，明副將尚可喜來降，同内院范文程等往招以歸。崇德二年，征皮島時，屢違軍令，又嘗爲武英郡王阿濟格，索俘獲婦女於睿親王多爾衮，坐罪削職，罷刑部任。未幾，起爲副都統。三年，授工部侍郎，尋遷户部尚書，考滿授騎都尉。順治元年，世祖章皇帝定鼎燕京，推恩舊臣，加一雲騎尉。二年二月卒，子法古達襲。

圖爾格，弘毅公額亦都第八子也。自少隨征，積功累爵至輕車都尉。天命十一年，太宗文皇帝即位，八旗八大臣下，每旗又各設二人，備屯戍，决獄訟，號十六大臣，以圖爾格任鑲白旗，尋遷都統。又念其父勳，晉爵子。天聰三年，從太祖伐明，克遵化城，有功。四年二月班師，命貝勒阿敏等守永平，而以圖爾格同都統納穆泰，率兵守灤州。五月，明合兵攻灤州，與納穆泰分汛固守，間簡精鋭出城殺敵。敵轉攻納穆泰所守汛，圖格急遣阿玉石分兵往援。會火及城樓，有執纛者乘雲梯登，阿玉石揮刀斬之，奪其纛，敵稍却。時阿敏聞灤州被圍，不急救。及遣大臣巴都禮率兵數百來援，用三鼓突圍入城，而城已垂破。

未幾，明兵發巨礮攻城，城壞，城樓焚，圖爾格度力不能支，率衆潰圍，奔阿敏軍。阿敏大驚，棄永平遁，諫之不聽，殿後，全師而還。於是議棄永平罪，以不能力諫，削世職，解都統任。五年三月，我師攻明錦州，令率護軍駐錦州、松山間，夜截明兵之赴松山者，斬首二十級，敵敗從之〔二〕。我軍有星訥者墮馬，敵還取星訥，圖爾格從三十騎馳之，翼之出。五月，聞明人將城大凌河，命同納穆泰往覘之，俘其人畜以歸。七月，起爲吏部承政，從太宗攻大凌河，分圍城東面之北。城中突出兵，犯我南礮臺，圖爾格不及騎，徒步擊走之，遂略松山。八年三月，略錦州，並有功。夏，太宗伐明，入大同，命同副都統勞薩，率兵駐張古臺河，以扼敵師。

九年，率左翼兵，從貝勒多爾衮往招察哈爾，降其長額哲。還兵，略明山西，分兵三隊，爲前鋒，自平魯衛入，毀寧武，躪代州，乘勝至忻口，遇伏敗之，追至崞縣，殲其衆。還經平魯衛，衛兵邀我師於途，親陷陣，殺敵百人，敵遁走入城，不敢出。去之，策敵必復至，設伏以待，而身爲之殿。明錦州總兵祖大壽，合大同總兵王某，率兵三千來追，返兵，用步戰，衝其中堅，伏起夾擊，大敗之，乃徐引兵出邊。十年，叙功授一等男。崇德元年，復任鑲白旗都統。是年，隨武英郡王阿濟格，攻明昌平、雄縣，並先登，克之。二年閏四月，以罪黜。

初，圖爾格尚和碩公主，公主所生女爲貝勒尼堪福晉。福晉無子，詐取僕女爲女，至是事敗，圖爾格亦坐罪論死。得旨免，削職，八月，仍令攝都統事。三年，隨多爾衮伐明，破太監馮永盛、總兵侯世禄兵。復用都統拜音圖，敗敵於董家口，毁邊牆，入奪青山關，下四城。五年，隨多爾衮圍錦州，取其禾，連破錦州、松山兵。又同都統葉克書，率兵三百，伏烏忻河口，伺錦州牲畜出牧，駈之歸。敵衆千餘來戰，葉克書馬中箭蹶，敵兵之〔三〕，圖爾格射敵，敵殪，救之上馬，併力衝殺。敵敗復合，凡六戰六勝，身被二十餘創，猶殿後力戰，悉保所俘而還。晉爵子，尋擢爲内大臣。

六年，經畧洪承疇率兵十三萬援錦州，太宗親征。既敗承疇兵，命隨阿濟格邀擊明敗兵于塔山。時明總兵曹變蛟、吴三桂、王樸等各引本部兵遁，而變蛟兵夜衝鑲黄、正黄兩旗汛地，突犯御營。時守營右翼大臣及侍衛等皆未至，圖爾格發矢，連殪二人，率衆併力攢射，變蛟兵始敗去。又值豫親王多鐸設伏，敗吴三桂、王樸兵於高橋。

七年，同饒餘貝勒率師伐明，直抵山東兖州府。俘明魯王朱以派，及樂陵、陽信、東原、安邱、滋陽諸王，並各王府宗室官屬幾千人，下三府十八州六十七縣。八年班師，賜銀千五百兩，十月，晉爵二等公。順治二年卒，年五十，以子科布梭襲。九年，追謚『忠義』，配享太廟，立碑墓道。雍正九年，賜號曰『果毅。』

内國史院大學士剛林傳

剛林，姓瓜爾佳氏，滿洲正藍旗人，世居蘇完。初仕爲筆帖式，掌繙譯漢文。天聰八年，以漢文考試中式舉人，授内國史院承政。崇德三年，奏設内院六部，承政以下官，各爲五等。六年，奏請於滿、漢、蒙古内考取生員、舉人，俱報可。

當是時，太宗文皇帝四征不庭，疆宇日闢，剛林屢奉命往軍前宣布威德，咸當上意。積功授騎都尉，累官至内國史院大學士。崇德八年，郡王阿達禮以謀逆誅，剛林故隸阿達禮，因逮繫。念其曾先事首，免罪，撥入正黄旗，供職如故。

順治二年，叙開國功，加二等輕車都尉。三年，奏請舉行鄉、會試以收人才，從之。四年，充會試主考，殿試讀卷官。會考滿，晉一等輕車都尉。五年，上以其贊理機務，忠勤懋著，授三等男，賜名『巴克什』。六年，恭修《太宗文皇帝實録》，充總裁官，再充會試主考官。是年，奏請臣工章奏，天語批答，應分曹編緝，以垂法戒，備章程，爲纂修國史之用，報可。七年，繙譯《三國志》成，賜白金、鞍馬。

八年，纂修《明史》，以《天啓實録》頗有缺失，崇禎事跡無考，請敕内外各官，懸賞購求，以期必得。其有野史、外傳、集記等書，並令訪送備采，章下所司。是年，多爾袞僭逆事發，坐阿附，下刑部，議罪狀。獄具伏誅，藉其家。

文淵閣大學士文貞公李光地傳

李光地，字晉卿，福建安溪縣人。國初，閩中山海盜賊未靖，時光地年十四，舉家陷賊，猶時取賊兒書讀，賊帥奇之。仲父日爆糾衆與戰，以次拔歸。康熙九年成進士，改庶吉士，十一年授編修。明年，充會試同考官，以親老假省，道聞二藩並撤之命，憮然曰：『旦夕其有變乎？』十三年春，耿精忠叛，提督王進功以泉州叛應。會進功走福州計事，光地即就城守賴玉，謀據泉結漳以拒之〔四〕。不密見殺，功未就。俄而海寇鄭錦入泉州，光地乃奉親潛竄山谷間。

又度二賊久搆，必俱敗，因密草疏機宜曰：『臣自二賊搆亂以來，遁逃山谷中。賊遣人延致，至於再三，臣抵死固拒，幸到于今，未汙清節，以辱朝廷。然踪跡孱危，尚未知草莽孤臣，復能幸全腰領，以再瞻天日與否？蟲蟻微命，無足言者，臣不敢自惜。獨至于一隅安危，大勢所繫，敢冒萬死，蹈不測之禍，希徹天聽，惟皇上垂察焉。臣惟八閩疆宇褊小，糧稅稀薄，今自二賊蹂躪，兵革不休，椎骨剥膚，民以大敝，而賊之勢亦窮矣。此時官軍誠宜以急攻爲主，不可置此一方，曠日持久，恐粤東、江右，必生他變。然所謂急之之道，不可不審也。今耿逆方悉力於仙霞關，鄭賊亦併命於漳湖之界，獨汀州一道，與贛州接壤之處，防備極疎。耿逆置守禦，不過千百疲卒。竊聞北來大兵皆於賊兵多處，盡力鏖戰，而不知出奇以擣其虚，此計之失也。以臣愚度之，仙霞地連浙江衢州等處，杉關連江西廣信等處，漳州連惠州廣城等處，此三者本地經制之兵，堅壁深藏，虚張聲勢，自足以控制羈縻之。至於汀、贛一道，宜因賊防之疎，選精兵萬餘人，或七八千人，詐爲八廣之兵，道經贛州，遂轉而向汀界。贛州至汀州，七八日耳，而汀州至福州、泉城，來往非月餘不至，比二賊聞知，則大軍入閩久矣。此所謂避實擊虚，迅霆不及掩耳之類也。

『此時賊方悉兵外拒，内地府州縣盡致空虚，所在殘黎，望大師之來，正若時雨。出汀州小道横貫其中，則三路之賊不戰自潰矣。漳州守臣黄方度嬰城固守，以待大師，此不可以不急救。而汀州、漳州，地畧相屬，接引尤極便易。臣乞皇上密馳詔旨，勑總兵官間諜虚實，隨機取效。仍恐小路崎嶇，更須鄉兵在大軍之前，步兵又在馬兵之前，庶幾萬全，可以必勝。臣今者雖已爲樊鳥湯雞，然葵藿之心，晞見太陽，尚幾幸於萬一。倘有可采，伏乞睿鑒施行。緣在患難之中，奏對失體，仰惟聖明照亮。』

時道路梗阻，置疏蠟丸中，謀請叔父日煌導家僮夏澤出關，間道走京師，因同里内閣學士富鴻基奏之。聖祖手自削蠟，出疏覽之，動容稱歎。十五年，賊果敗，耿精忠降。明年春，鄭寇亦遁，奉命大將軍康親王傑書列奏不從逆諸臣，首以其名上聞。得旨：『李光地不肯從逆，差人密奏地方機宜，忠貞茂著，深爲可嘉，著從優議叙。』遂進官侍讀學士。是時，鄭錦僞將劉國軒犯海澄，而白頭賊蔡寅，亦於十七年之閏三月擁衆二萬，圍安溪。光地時居父喪，乃啓康親王傑書，乞資糧，募鄉里健兒，得百餘人，親鼓勵之，扼險防禦。又料賊雖衆，糧必乏，檄諸鄉毋資賊糧，賊饑困，解去。是年夏，國軒破海澄，還兵圍泉州，諸縣皆不守，賊斷萬安、江東二橋，南北援絶，泉州旦暮且下。光地使從兄光斗，由西道迎寧海將軍喇哈達之師於漳平；母弟光垤，由北道迎巡撫吴興祚之師於仙遊。光垤路與賊三鬬皆捷，遂奪白鴿嶺。光斗導喇哈達，自大深出，經湖頭，光地率鄉里平險隘，治浮橋，具芻糧以資軍，兩師俱至，賊遁走。

當圍急時，守者懼不能支，光地潛遣人從水關入，語之曰：『勉守城，吾已親救矣。』救未至，報者愈迫，光地將印信、絹書，復潛示城中，城中守益堅，以故卒得解。自閩亂數年間，大師至，城邑以次收復，餘黨尚多嘯聚，至是始廓然胥靖。事聞，聖祖嘉其功，晉内閣學士。十九年還京，詔入直理事。時厦門雖平，海寇尚踞臺灣爲巢穴，澎湖爲門户，數出入窺伺，閩患終不息。聖祖欲命將征之，而朝士或持賈捐之棄珠崖之議。光地獨獻言，寇魁死，諸子幼，部下陳永華頗得士，今亦死，腹心潰矣，文武争權，民不堪暴，望王師如時雨。然風潮信候，非土人不習，得閩將率閩兵擣之，决沮敗，後皆如其言。

二十一年，以母老侍歸籍，二十五年七月還京。九月，充經筵講官，旋改翰林院掌院學士，明年，命教習庶吉士。三月，以母病乞歸省，尋還京。二十七年，以光地曾於上前盛稱德格勒學博文優，德格勒亦奏稱光地知兵，宜用爲總督、提督。又毁熊賜瓚所學甚劣，因御試德格勒、熊賜瓚二人，以辨真僞。而德格勒文詞粗鄙，下廷臣議，請坐光地以妄奏之罪。聖祖曰：『念其任學士時，凡議事，不委順從人。臺灣之役，人皆謂不可取，李光地獨言可取，此其所長。除此事外，別無妄奏之處，姑從寬免。』九月，充武會試正考官。二十八年，調通政使司通政使，旋擢兵部右侍郎。三十三年，丁母憂去官，三十五年服闋，命以原官提督順天學政。明年，就補工部侍郎。又明年，改兵部，兼右副都御史，巡撫直隸。

三十八年，奏蠲紅剥船災田歲租。先是，通州六州縣，額設紅剥船六百隻，剥運南漕。其每船所給贍田，遇水旱，例不蠲免，至是援民田例入奏，從之。三十九年正月，奏陳盤察錢糧虧空之法。一，雜項錢糧，應同正項盤察；一，盤察例限，宜量爲寬展；一，虧空審明那移之後，當分錢糧多寡定罪。工部議行。七月，進清苑縣、安州所産嘉禾四十一本。四十年，奏裁河兵一千二百名，以節冗費；捐馬廠熟地，以業窮民。先是，畿輔歲有水患，光地初任巡撫，時有議開畿內河道，合漳、滏、滹沱諸流爲一者。光地以爲壞民田廬，不便，且水合流，害滋甚。當是時，聖祖親巡視，光地仰承睿畫，隄子牙以障漳、滏，開柳岔以平桑乾。於是劾河道總督王新命不職，有旨撤回，一以河工事委光地。至是年，永定、子牙兩河工竣，凡浸没者悉爲沃壤矣。四十二年，晉吏部尚書，巡撫直隸如故。

四十四年，召拜文淵閣大學士。時聖祖覃研經籍，表章儒先，會修《朱子全書》及《周易》《性理》諸書，皆以光地領其職。嘗奏言，經學修明，則國運休盛，案諸史書，灼如龜鑑，聖祖深然之。又嘗兩充會試總裁官，釐正文體。五十四年，以老病，乞解任葬親，命給假二年，懸缺以待。比歸朝，請尤力，五十七年卒於官，年七十有七。聖祖命恒親王允祺，率内大臣、侍衛，奠茶酒，予白金千兩，議卹如禮。賜謚『文貞』，有旨悉取平生著述進呈。子四人，鍾倫、鍾修、鍾佐、鍾佺。

刑部尚書魏公象樞傳

魏象樞，字環極，號庸齋，其先世居江南之鳳陽。明永樂初，有明威將軍者，從代王之國大同，世襲大同衛指揮使。其支子遷蔚州，遂世爲蔚州人。

象樞少讀書嚴重，無子弟之過。明崇禎壬午秋試舉於鄉，本朝順治三年成進士，選庶吉士，明年改授刑科給事中。以明季大弊未革者，若督撫按聽用之官舍太雜，道府州縣之胥隸太濫，疏請清理，報可。五年，轉工科右給事中，尋轉刑科左給事中，劾安徽巡撫王懩狥庇受賄，罷之。六年，充會試同考官。八年，世祖章皇帝初親政，免天下額賦，罷城工，除加派。其時有司有以私徵侵帑坐罪者，上疏極陳其弊，請飭州縣，各依易知單，造格眼册，註明人户姓名，糧銀款目，及蠲徵各清數，呈大吏覈驗，印發開徵。又請定藩司會計之法，以杜欺隱；立内外各署治事之限，以清稽滯，皆報可。九年，轉吏科都給事中。

十年，會大計，連上四疏，皆言計典。其一言糾拾之舊制宜復，言官不宜反坐，下所司議，遂著爲令。因奏白順治四年，糾拾被譴吏科左給事中劉楗冤，得旨復職。是年，以九卿科道會議阿逢哈哈番任珍落職怨望罪，大學士陳名夏等漢官二十七人爲一議，議上失旨，科臣坐狥黨負恩，罪應流，有旨釋免，各予降罰、留原任，象樞供職如故。明年，大學士寧完我，疏列陳名夏悖逆稔惡諸罪狀以聞，詞連象樞。初，象樞誤參司官錢受祺擅委中軍，下部議降級，名夏票改罰俸。至是謂象樞爲姻親黨護，逮問，白其誣，免議。旋以名夏父子濟惡，言官不先事發，六科之長皆鐫秩一級，象樞降補詹事府主簿，累陞光禄寺丞。

十六年，以母老，得請終養，家居益潛心於宋明儒先之學。康熙十一年，母憂服除，用大學士馮溥薦，授貴州道監察御史。滿歲，晉四品卿銜，仍掌御史事。屢有陳奏，大要謂先教化則宜崇臣僚之家教，急治河則宜蓄任使之人才，正人心則宜戒淫巧，勵天下則宜輯禮書，聖祖皆是其言。是年冬，擢都察院左僉都御史。明年，轉順天府尹，除大理寺卿、户部右侍郎，尋轉左。在户部，方西南用兵，上籌饟三疏。其畧曰，確估價直以清浮冒，嚴覈關税以防侵漁，慎用藩司以清錢糧，從之。尋命同侍郎班迪清理部庫。

十七年，陞都察院左都御史，首疏申明憲綱十事，聖祖嘉其切中時弊。以嘉定縣知縣陸龍其清介，舉之；鎮江府知府劉鼎溺職，絳州知州曹廷俞貪劣，劾之。又以磨勘順天鄉試卷，陳科場八弊，請設内簾監試御史，以重關防。陳學政十弊，請據爲三年考覈之實，廷議並著爲令。

十八年，遷刑部尚書，疏請留御史臺，爲朝廷整肅綱紀，上可其奏，遂加刑部尚書留任。遵諭舉廉疏，薦侍郎以下有清望者十人，皆次第擢用。是年京師地震，召對畢，同列皆退，象樞請留，密奏：『此非常之變，惟重處索額圖、明珠，可弭此災。』聖祖曰：『此皆朕身之過，與伊等何與！朕斷不以己之過，移之他人也。』不許。十九年，真授刑部尚書，尋命同吏部侍郎科爾坤，巡察畿輔，稱旨。二十三年，以病乞休，許之，賜御書『寒松堂』額，寵其歸，因自號『寒松老人』，以志恩遇。著有《寒松堂集》。

二十五年，卒於家，七十有一，賜祭葬，謚『敏果』。雍正八年，崇祀賢良祠，復於本籍賜祭如典禮。

太子太傅中和堂大學士文襄公圖海傳

圖海，姓馬佳氏，父名穆哈達，世居綏分，滿洲正黄旗人。圖海天性忠慤，具文武才，初仕爲筆帖式，尋加員外郎銜。順治二年，改國史院侍讀。八年，遷内秘書院學士。

九年，恩詔授騎都尉世職，越歲晉弘文院大學士，充議政大臣。十二年，加太子太保，命攝刑部尚書事。明年考滿，加少保，廕一子入監讀書。十五年，命同大學士巴哈納等，校訂《大清律》，旋以承審江南鄉試作弊事遲延，削加銜。明年，又以侍衛阿拉那，毆公額克戴清家奴於市，下刑部，圖海審理失實，論死，有旨免，削職，籍其家。已而，上念其枉，十八年正月，世祖龍馭上賓，遺命起用，聖祖仁皇帝御極，即於是年授正黄旗滿洲都統。

康熙二年七月，蜀流賊郝摇旗、劉體純、李來亨等嘯聚湖廣鄖襄山中。命爲定西將軍，副靖西將軍都統穆里瑪，率禁旅，會楚、蜀之師討之。至則與總督李國英、提督鄭蛟麟、總兵俞奮起、于大海、署護軍統領根特等，連營困之。賊以兵三千犯奮起營，圖海親率兵邀擊，敗之。賊又連犯諸營，各分兵夾擊，咸潰散。未幾，郝摇旗爲都統杜德擒斬於黄草坪，劉體純亦相繼破滅，惟李來亨擁衆據茅麓山，恃險負固。圖海等率兵圍之，絶其聲援，外則搜勦餘寇畧盡，賊勢窮蹙。來亨闔門自經死，僞公、侯、將軍以下，僞官五百八十餘員，兵八千八百餘名降。執斬新樂王及僞官七人，兵六十一人，俘其家口三千餘衆而還。

六年，晉弘文院大學士，加世職爲一等輕車都尉。會恭修《世祖章皇帝實録》〔五〕，充總裁官。七年，命測驗儀象；八年，録刑部重囚，並稱旨。九年，奏乞解機務，專力戎行，上慰留之。十一年，命清理刑獄。十二年冬，吴三桂叛；十三年，耿精忠亦叛。聖祖以籌餉需才，命攝户部尚書事。

十四年三月，疏請敕禁外省軍需，不得私派夫役，不得先期拘集錢糧，不得額外科斂。詞訟重者速審速結，小者不得濫准，滋累衙蠧，土豪不得魚肉善良，奉旨飭行。是月，察哈爾布爾尼刦其父阿布奈以叛。阿布奈者，安親王岳樂之郡主額駙也。時從滕長史辛柱間行赴京告變，乃命圖海爲副將軍，同撫遠大將軍信郡王鄂扎，率師往討。四月，師次達禄，布爾尼設伏山谷，而以兵三千人來拒我師。我師進攻，伏發撓亂我土默特兵。因分兵迎擊，賊以四百騎繼至，親禦之，力戰敵兵，殲焉。布爾尼悉衆出，用火攻，復大敗之，降其都統晉津。布爾尼復收潰卒，連戰連敗，遂不能軍，以三十騎遁去。時科爾沁額駙沙津，以兵會勦，遇布爾尼于扎魯特境，追及斬之，並斬其弟羅不藏、都統布達里。察哈爾平，於是誅阿布奈及其餘子，而迎郡主以歸。

五月，還軍西安。當是時，貝勒洞鄂攻叛將王輔臣于秦州，我軍運送紅衣礮者，阻賊仙逸關，不得進。圖海疏請增發滿兵二千，勦滅關賊，疏通道路，上從之。尋班師，聖祖御南苑之大紅門迎勞之，敘功，晉一等男。

十五年二月，聖祖以貝勒洞鄂攻陝西平涼未克，命圖海爲撫遠大將軍，率護軍每佐領各二名赴陝，總轄全省，貝勒洞鄂以下咸聽節制。賜御用冠服團龍補服黃帶，上親乘馬二，散馬二百。三月至平涼，明賞罰，申約束，軍威大振，賊衆聞之懼。諸將請乘勢攻城，圖海曰：『仁義之師，先招懷而後攻伐。吾奉天威，討茲凶豎，無慮不克。顧念城中數十萬生靈，無非朝廷赤子，遭賊刦持，至此覆巢之下，殺賊必多。俟其向化歸誠，以體聖主好生之德，不更美乎？』城中軍民聞者莫不感泣，咸思自拔以出，賊勢由是日蹙。

五月，奪虎墩山。虎墩者，在平涼城北，高數十仞，賊守以精兵，通西北饟道。圖海曰：『此平涼之咽喉也。得此饟道，則城不攻而下矣。』即率兵仰攻，賊萬餘用火器下擊，以死拒戰。圖海令番休迭進，自巳至午，戰益奮，斬僞總兵二人，賊被殺及墜崖而死者無算，遂奪其墩，據之俯視城中，如在掌握。因發大礮，擊其城中營，城中洶懼，輔臣乃乞降。隨以其情上聞，詔赦輔臣罪，撫慰之。

六月，圖海劄授七品官周昌爲參議道，賫詔入城。翼日，輔臣遣僞布政使龔榮遇等，率士民獻軍民册。又遣其子繼楨等繳所受吴逆僞敕印劄，輔臣猶疑懼觀望。復令周昌同其兄子前鋒侍衛保定往諭，乃率衆薙髮降，令副都統吴丹入城撫定，秋毫無所犯。時平凉被圍日久，城中食盡，加以鋒鏑之餘，死亡過半。因令地方官賑窮乏，掩胔骼，其老弱之轉徙不能歸者，遣將士分送安插，遠近怗然。

初，周昌往招輔臣時，昌言母孫氏殉夫死，願以身報國，爲母請旌，因請往。至是奏旌其母，又奏蠲秦省被兵及轉饟各州縣賦，皆從之。是月，遣振武將軍佛尼勒，敗賊將吴之茂於牡丹園，又敗之西和縣。北山將軍穆占進攻樂門，敗賊於紅崖，復禮縣。於是固原僞巡撫陳彭、慶陽僞總兵周養民、嘉峪關僞總兵王好問、關山僞副將孔蔭雄共率僞官九百餘員，兵四萬八千餘名相繼降，關隴悉平。八月，奉上諭：『圖海器識老成，才猷練達，贊襄機務，宣力累朝。以文武之長才，兼忠愛之至性，勞績茂著，克副倚任，朕心深爲嘉悦。於軍功議叙外，應從優加恩，以示朕眷注勤勞，酧答勳庸至意。』遂晉封三等公，世襲罔替。

時漢中、興安賊，猶據守平凉，慶源初定，人心未寧。奏請宜分兵防守諸隘，緩攻漢、興，别遣一旅赴湖廣，會勦吴逆，上命圖海率精鋭以行。圖海以陝西反側未安，慮有變，九月疏陳其狀。聖祖因授穆占爲都統，佩征南將軍印，率師赴楚，留圖海鎮守陝西。十二月，議敘漢中、興安奏調綠旗兵，檄提督孫思克赴秦州，趙良棟赴鳳翔，以將軍侯張勇、將軍王進寶，各引兵助之，期以明年正月二十日，如所約至。下張勇等會議以聞，勇等謂宜視夏秋收穫豐歉，再圖進取。圖海以漢、興山路險峻，多霪潦，賊守益堅，請如前奏。十六年正月，議上，上慮克復漢、興後，宜設重兵，轉饟不易，若俟夏秋，則頓師縻饟，亦屬非計。諭令各守諸要隘，分兵赴荆州，會勦吴逆，議遂寢。三月，招撫韓城等縣僞總兵喬斌以下官百有餘員。四月，遣兵進逼禮縣驛門，先後敗賊於五盤山、喬家山、塘坊廟、芭蕉園、沙窩諸處，復塔什堡。九月，賜服物並御製詩二章。

十七年二月，奏請分兵兩路，進取漢中、興安，旋奉密諭止之。閏三月，將軍佛尼勒等敗賊於牛頭山、香泉四州。總督周有德等敗賊於秦嶺，復潼關堡五寨。四月，慶陽賊袁本秀作亂，發慶陽、宜君、延安三營兵，會王進寶兵討之，斬本秀於衛遠溝，及其副賊，餘衆潰散。十二月，疏請輕騎赴京，面奏事宜，許之。十八年二月還陝，五月，賊犯棧道益門鎮各口，奏請提督趙良棟進臨武寨，相機而行，俟擊破賊壘，分道征進。

時湖廣、廣西平，聖祖諭亟殲寶雞之賊，恢復漢、興，以平蜀地。七月，破益門鎮賊，賊毁偏橋，兵不得進，疏其狀以聞，聖祖以其怯懦易退，嚴之。九月，進取漢中、興安，分兵四路，圖海親率將軍佛尼勒等，由興安進，總兵官程福亮爲後援，駐守舊縣關。諸路將軍畢力克圖、提督孫思克等，由畧陽進。總兵官費雅達等由棧道進，總兵官高孟爲後援，駐守寶雞。提督趙良棟由徽州進，尅日並發。

十月，圖海師次鎮安縣，分兵爲二隊，進攻僞總兵王遇隆於火神崖，敗之。渡乾玉河，奪梁河關，僞將軍韓晉卿遁入四川。是月，王進寶復漢中，趙良棟復徽州、畧陽，畢力克圖復成縣，又復階州，降僞副將王光生以下官十九員，兵三百二十名。十一月，復興安，降僞將軍謝四、僞總兵王永世以下官三百八十二員，兵萬四千三百餘名，平紫陽、石泉、漢陰、洵陽、白河，及湖廣竹山、竹溪、上津等縣，皆下之。是月，畢力克圖遣參將康調元復文縣，僞洮泯道王文衡降。先是，王進寶、趙良棟捷奏先至，聖祖以圖海、畢力克圖等遲緩，切責之。至是捷聞，得旨嘉獎，下部議其功。命率大軍之半駐守鳳翔。

十九年正月，命赴漢中轉饟，以濟蜀師。九月，陝西總督哈占，由保寧江直上擊賊譚弘，命發兵爲聲援，以分賊勢。是月，獲奸民楊起隆。初，起隆於康熙十二年，詐稱爲朱三太子，謀作亂於京師。正黄旗周公直家奴陳益，聚數十人於家，將起應之。公直首其事，圖海即率兵圖之，陳益等悉就縛，至是并獲起隆，送京師。

二十年正月，賊犯四川敘州諸處，調副都統翁愛率所部兵往援。復奏請親行，諭仍駐漢中，防守秦蜀。十二月，以疾解兵柄，還京師，因具疏乞休，聖祖慰留之。卒於位，累官至太子太傅，中和殿大學士，兼正黄旗都統、吏部尚書。封三等公，世襲，謚『文襄』，賜祭葬如典禮。

明年，《太宗文皇帝實録》告成，以圖海曾充監修總裁官，追贈少保，仍兼太子太傅，御製碑文，立石墓道。雍正二年，加贈一等忠達公，配享太廟。尋命建專祠，復御製文，刻石以旌之。陝西士民感念舊德，並令崇祀名宦，春秋致祭焉。

校勘記

〔一〕『後』下疑脱一『從』字。
〔二〕『五年三月』，底本作『五年□月』據國史館檔案補。
〔三〕『敵』下疑有脱字。
〔四〕『之』下疑有脱文。
〔五〕『寶』，當作『實』。

吞松閣集卷之二十四

翰林院編修臣鄭虎文纂修

續文獻通考 四

國用考案十一則

臣謹按，經國之用博矣，而足用之要術有三焉，曰生之有道，取之有制，用之有禮而已。我朝自開國以來，崇本抑末，敦實去華，無徵發期會以病農，無奇技淫巧以病工，無加徵重稅以病商賈。即偶有征伐，而民不饟；間遇水旱，而民不饑。省方問俗，清蹕經臨，頓宿供帳，絲粟不擾，用是民得寬其手足，盡力生産。田無曠土，市無閒廛，衣食既裕，輸將亦輕。所謂本富爲上者此也，則生之爲道得矣。

臣恭讀《實録》，崇德三年，太宗文皇帝諭曰：『朕蒙天垂佑，各國臣服，財用饒裕。當此之際，我國新舊人等，若不急加養之，更於何時養之！』大哉聖謨，此真天地父母之心，肇開鴻業之本也。嗣是累朝繼述，彌迪前光，求所以惠我民者，惟恐不及。世祖章皇帝甫定中原，凡故明加派，以及荒闕諸賦，亦既除洗盡矣。聖祖仁皇帝御極之五十一年，詔天下丁賦，據五十年丁册爲額，永不加增。世宗憲皇帝念江南之蘇、淞，浙江之嘉、湖，賦額較重，清釐減免。

我皇上善繼善述，先後蠲除，共六十餘萬兩。若乃念左藏之充盈，嘉民生之悦豫，暢兹嘉樂，益茂隆施。則若康熙三十年、五十年，雍正八年，乾隆之十有一年，賜復蠲租，普周四海。他如恭遇國家慶典，聖駕時巡，隨地隨時，除逋免賦，古之所稱爲曠典者，今則直以常例循之。故沐浴膏澤，帝力幾忘，歌衢擊壤之風，豈獨堯民爲然歟！

至於小遇災傷，蠲賑並舉，痌瘝饑溺，列聖一心。顧臣不必備徵前事，即我皇上念切民依，發帑動輒數千百萬，此皆耳目所親見，婦孺所能言者。至于宫府之内，服御之具，莫不躬行儉德，用率臣民，聖聖相承，訓謨具在，不愆於用，而又不苟於用如此。然後知生之有道，取之有制，而又用之以禮，宜乎財用足而藏富於民，永永無弊也。

按馬端臨《考》，惟漕運、賑卹、蠲貸，各爲一門，餘均以歷代國用統之，未爲明晰。臣等恭循昭代典則，分列九門，首節用，昭盛德也；次庫藏，慎典守也；次賦額，次用額，明量入爲出也；次會計，允出納也。由兹五者，而制用之道備矣。於是舉其用之大者，則有俸餉、漕運、蠲貸、賑卹，謹述其制，釐爲四門，然後良法美意，燦然秩然。以視《周官》九用之式，不啻彼列其綱，此詳其目焉。《易》曰：『節以制度，不傷財，不害民。』此之謂也。然則若漢之均輸，唐之租庸，區區小補之術，皆無足比數者矣。

右《國用考》總案。

臣謹按，《大學》傳平天下，終以生財生衆爲疾，必要以食寡用舒，而後財可恒足，則節用尚矣。堯舜茅茨土階，大禹惡衣菲食，文王卑服康田，稽古準今，若合符節。伏稽我朝開國之初，太宗文皇帝首以崇尚節儉，誥戒臣下。聖子神孫，遵祖訓，式舊章，莫不躬儉德，爲天下先。百餘年間，海内殷富，民氣和樂。

皇上綏定西陲，拓地二萬餘里，而閭閻不知，帑藏不匱，此可以思其故矣。蓋三年耕，必有一年之蓄；九年耕，必有三年之蓄。然後以三十年之通制，國用不加賦，不吝施，而用自裕。夫不節則財不可得，而蓄不蓄，則用不可得而制。然則節用者，制用之本也，故敘《節用》，恭録列朝聖訓，弁之卷首焉。

右《節用》。

臣謹按，庫藏之設，前代不盡可考。惟馬端臨《考》詳載宋制，則元豐之庫已三十有二，而激賞、封樁，大觀東西之庫，猶日增。以偏安一隅之國，而金帑山積，至指爲瓊林大盈之比，抑亦侈矣。明則甲乙等十庫外，又有天財、通集、東裕、珍寶、東庫及諸磁庫，蓋亦不可得而數也。

我朝内府之庫六，户部之庫三，而天下之財賦，胥筦於是。宜若儉于蓄聚，而不足于用者。然而蠲復之詔歲頒，賞賚之典月舉，初無損于紅腐貫朽之盛，此豈有異術歟！夫以漢文之富國，後人猶推本于躬履朴儉之所致，況以聖人節用之道，行之者乎？臣故序《庫藏》于《節用》之後，用昭我國家之恭儉有制，信足彰信兆民，垂訓萬世也。

右《庫藏》。

臣謹按，故明末造，軍役繁興，征斂無藝。自我世祖章皇帝定鼎燕京，即詔天下，征收錢糧，悉依萬歷年閒科則。除一切遼餉、邊餉、練餉、房號各色苛派，民獲蘇息。列聖相承，恭儉有制，口賦不算，浮糧盡蠲，維正之供，永垂定額。兹據《會典》，兼考乾隆二十九年奏銷册，彙登田賦及諸課税實數於篇，以著國用之所自出。其各賦沿革事例，均分見本考，不複載。

右《賦額》。

臣謹按，國之用，經費其大端矣。於經費之中，頒之式，而準是以爲損益，則有定用者，有定額也。非經費之用，預其事，而多方以爲儲偫，則無定用者，亦有定額也。常用有額，而量入爲出之法具；待用有額，而有備無患之慮周。臣故敘《用額》於《賦額》之後，俾人知天下之財，還爲天下用之，而聖朝經國之猷，亦畧見於是矣。

右《用額》。

臣謹按，俸餉國家經費之大者，無以裕之則財匱，無以制之則用耗。歷代以來，豐嗇俱弊。本朝定王公百官俸銀禄米，已足贍身家，勵廉隅矣。世宗憲皇帝於内官增給禄米，外官增給養廉。今我皇上於内官又增給恩俸，體卹周至，霑被優渥。至於簡兵而餉不空糜，足餉而兵皆宿飽，法意良美，允宜宣示萬世，以垂法式。兹叙《俸餉》則本之《會典則例》，養廉則本之《户部則例》，先書見行定額，於每條之首。而歷年更定沿革，則又恭依《實録》，分條序見焉。

右《俸餉》。

本朝逮下之恩，於在廷諸臣常禄之外，龍光下被。舉凡御書之寶，天府之珍，固已錫予便蕃矣。至於撫卹禁旅，自康熙年間，設立官庫，貸餉以資其生。至四十五年，免未完銀至三百九十五萬餘兩。旋罷官庫，復設總庫，至五十六年，又免未完銀至一百九十六萬餘兩。我皇上登極之初，復借支餉銀，至乾隆三年，仍盡免其所未完者。他若發帑取息，以待兵丁吉凶之事，則由京師而及駐防，由八旗而及緑旗，靡不周遍。而且遇巡幸則有賞，遇出征則有賞，遇災歉則有賞，渥澤殊恩，沉濳匝洽，宜乎士飽而馬騰，度越千古也。

至於吏胥匠役，各給廩餼，猶古者代耕之義，然而其人微矣。乃臣恭閲記注，乾隆三年上諭：『外省有荒缺賦銀之處，向例在知府以下等官俸工内，扣除抵補。朕念佐雜微員，力量單薄，不應在扣除之内，已於乾隆元年三月内降旨，諭令在督撫司道大員，及府縣正印官俸内，酌量均攤，以抵所缺之數。今思官有崇卑，役無大小，微員俸工既免其均攤，其餘各衙門人役，皆當差効力之人，工食銀兩，藉以養贍其家。若因荒缺扣除，則餬口無資，情有可憫。此項兼計十二萬餘兩，著於乾隆三年爲始，各省大小衙門，人役工食，皆準於地丁項下，照額定之數全行支給，免其扣荒。使執役之人，均沾恩澤。』臣伏讀之下，念以吏役之微，上廑宸衷，古聖人痌瘝饑溺，未有若斯之詳且盡也。第内外吏役繁多，數目零雜，不能備登，謹於《俸餉》篇末，附著萬分之一焉。

右書《俸餉》後。

臣謹按，漕運自明開會通河，始罷海運陸運，而爲儹運。自支運變爲兑運，又爲改兑，始罷民運，而專以軍運，法綦善矣。顧明臣邱濬言，唐宋之漕卒有番休，今則歲歲不易。宋勞船有載鹽之利，今則其勞百倍，一歲之間，大半在途，無室家之樂，有風波之險云云。以今考之，運丁有贍用之屯田，有官給之行月，有民輸之贈貼，而且貿遷有無，賈獲三倍，以船爲家，歲樂團聚。其視濬所言，不啻方圓黑白之不相入也。

然即濬言推之，知明之司漕者，率皆左軍右民，交兑之際，軍日益横，需索無厭，民不任漕，而其苦或且十倍於漕。此我朝改軍民交兑爲官收官兑，天下所以稱便也。

夫漕供天庾，比他賦爲重，例不放免。列聖以來，稍遇災歉，或蠲全，或蠲半，或緩徵，或壓徵，或截留，或折色，其有可以便民者，固已無所不用其極矣。至於運軍，明則軍也，今則民也。明則瘠民以肥軍，又瘠軍以肥官，而漕政弛；今則官不得扣尅以病軍，軍不得勒索以病民，而漕政肅。額鮮侵虧，期無違悮，民忘其徵斂，軍樂於委輸。《易》曰：『損上益下，民悦無疆。』此道得也。兹叙《漕運》，分爲五條，曰規例，曰限期，曰漕官，曰官船，曰倉庾。每條首列現行事例，而歷年沿革則各附於後焉。

右《漕運》。

臣謹按，會計之名，始于禹，至周乃具其制。漢興，倣羣吏致事之文，令郡國上計，法尚未備。唐元和始有國計簿，然藩鎮强，法不克舉。故言理財者，莫詳於宋。乃論宋者，咎熙寧之變法，而不深咎變法之所自。

夫嘉祐以前，諸郡積留錢物，省、司殊不究知收支數目，攢簇不就，而主計者不知出納，弛放至此，用安得不匱，法安得不變！至變之不善，轉以向之弛放爲寬大，豈知變法之害，皆廢法者致之。使誠月要歲會，綱舉目張，出入無蠹，上下交足，雖有如王安石、曾布者數十輩，豈能恣其變亂哉！臣用是知理財之道，誠莫先於會計也。獨是會計者，君相之所不自爲，黎庶之所不與知，專而責之於有司，分而寄之於群吏。貪官滑胥，樂其縱而自便也，則相與上下之。故會計之説，歷代重之，卒未有能既其實者。

我國家崇德初年，即令户部立錢穀簿。嗣是以來，疊命修《賦役全書》，除煩去苛，條分縷析，固已按籍而稽，易於運掌矣。至我世宗憲皇帝振刷吏治，肅清虧空。我皇上仰承先烈，總攬乾綱，懲貪警惰，罔有不恪。初無事於根括驅磨之文，而會計之道得焉，何則？貪墨之風靖，斯會計之法明；會計之法明，斯出納之數實。然後利不中飽，澤必下究，上不病國，下不病民。此真操會計之源，以治其流者，豈規規於拘轄鈎管之末，所能善其事者哉！臣故恭據《實録》記注，采之以著於篇，而揭之曰《會計》，所以昭其法也。

右《會計》。

臣謹按，《周禮》荒政十有二，首曰散財即振也，謂之曰財，則不止於委積矣。遺人掌鄉闢之委積，以待艱阨，廩人周稽民食，食不能人。二鬴者，則令民移民就穀，穀即鄉闢之委積也。後世發粟振饑始此，其亦荒政散財中事歟？抑荒政以待大祲，而移民就穀，歲或有之歟？顧救荒莫急于振，亦莫難於振，虚餙覆蔽，匿不上聞，一難也；勘報往復，民不及待，二難也；漏畧侵冒，澤不下究，三難也；奸民倖災，扇惑要挾，四難也；儲蓄無備，轉輸不繼，五難也。故曰救災無善策。

歷考前古，惟宋差善。其所最著者，則富弼之於青州，滕甫之於鄆州。弼之時，河朔饑，而民流於青；甫之時，淮南、京東饑，而民流於鄆。然則其時全活者，獨流民之在青、鄆者耳。河朔、淮南、京東，未聞有所以處此，則孤老篤癃之不能爲流民者，可知矣。

夫水旱風雹之在天地，如人之有疾病然，雖善養生者不能無，而惟善養生者不爲害。所謂聖人平天地之憾者，正在乎是。我國家聖聖相承，太和之氣，翔洽宇宙，災沴不作，俗用康阜。然而如傷在抱，不災若災，周諮嚴諭，先事彌惕。用是雖一時一隅之旱澇，臣工無敢有掩飾不入告者。而且嚴奏報之限，先撫卹之令，則無不及待之民矣。責親勘於大吏，榜振數以示民，則無不下究之澤矣。恩明政肅，災寧則奸弭；發倉截漕，朝令而夕行。所謂五難者，殆無一焉，古未之有也。然則荒政之善，莫逾我朝矣。臣故叙《振卹》，而疏其畧於卷首焉。

右《振卹》。

臣謹按，馬端臨《考》，自漢迄宋，蠲租賜復之詔，畧可指數。降自五朝，代不數見，準今律古，曠典殊恩，未有如本朝之盛者。臣伏讀《聖祖仁皇帝實録》，康熙四十九年，將蠲免天下錢糧，因諭户部：『方朕八齡，踐祚之初，太皇太后問朕何欲？朕對：「臣惟願天下治安，生民樂業，共享太平之福而已。」迄今五十年矣，惓惓此心，未嘗一日少釋。每思民爲邦本，勤恤爲先；政在養民，蠲租爲急。數十年以來，除水旱災傷，例應豁免外，其直省錢糧，次第通蠲。一年屢經舉行，更有一年蠲及數省，一省連蠲數年，前後蠲除之數，據户部奏稱，共計已逾萬萬。朕一無所顧惜。百姓足，君孰與不足！朝廷恩澤，不施及於百姓，將安施乎？』洋洋聖謨，千萬世下，猶當仰見大聖人父母斯民之心。嗚呼！此仁皇帝之所以爲仁也。

臣又伏讀《世宗憲皇帝實録》，雍正七年，以河南民風醇樸，向義輸忠，因諭曰：『因荒歉而蠲免正賦者，乃振窮卹困之意。若群黎共敦善行，以迓天休，屢歲有秋，災祲不作，則賞善旌良，朕之加恩沛澤，更爲愉快。着將雍正七年額徵錢糧，蠲免四十萬兩。』又以廣東雨澤均調，百穀順成，諭曰：『此皆該省人民革薄從忠，醇厚良善之心，上天垂祐，而錫以豐穰之所致也。』遂亦蠲免額賦四十萬兩，因而徧及各省，一例通蠲。夫因歲豐而蠲賦，嘉俗善而寬租，此尤前古之所未聞也。

我皇上御極以來，繼述爲心，痌瘝在抱，免歷歲之逋懸，減額徵之賦税。巡方所至，蠲復頻仍，災沴偶聞，徵徭罷輟，敷仁均惠，淪廣浹深，固已靡歲不有，歲不勝書矣。乃猶恭依聖祖仁皇帝恩例，於乾隆十年，普免額賦；於三十一年，普免漕糧。推曠蕩之鴻恩，萬民同體；洽昇平之惠愷，列聖一心。猗歟盛哉，蔑以加矣。兹用編輯，垂休萬年。第端臨《考》，蠲、貸並名，今則專叙《蠲免》，而貸粟止載例而不載事。以初貸後免者已入蠲免，宜從省文，故改《蠲貸》爲《蠲免》云。

右《蠲免》。

吞松閣集卷之二十五

秀水鄭虎文炳也著

門人欽州馮敏昌編次
男師亮師靖師愈謹梓

文一　書啓

與友人論功過格書

先生易某友『功過造命格』爲『改過造命格』，且著爲論。以世俗求福田利益之人，先生乃引之以至於聖賢之道，此如苦海慈航，不擇人而渡之盛心也。顧吾不知先生必欲人之信其説而從之乎？抑不必人之信且從，而姑自善其説乎？吾有以知先生不徒自善其説，而必欲人之信且從也。欲人之信且從，而驟以聖賢責之，其人而聖賢之徒歟？則必無事於功過造命格者也；其人斤斤於功過，而曰『造命』，則其人非聖賢之徒也。非聖賢之徒，而語之以聖賢，是之謂失言。且非特失言也，其失有不可一二數者，請爲先生談其粗，可乎？

孔子曰：『富而可求也，雖執鞭之士，吾亦爲之。如不可求，從吾所好。』夫執鞭求富，視行功過格以祈福者爲更下，然而且曰『吾亦爲之』，不啻縱其心之所往，而後徐示以窮而思返之路，此真救世婆心，醒世妙用。後之解此者，獨有孟子耳。故齊王之好貨好色，好勇好樂，無不可曲順其意，而爲之説。此即《法言》不改巽與之言之法也。蓋進言之道，必至法、巽兩盡，而其人終不悟，然後謝絶之，庶幾無憾於己，無負於人。不然，吾實無術，而徒咎人之不我從乎？

夫無術，不學之故也，吾自愧之不暇，而敢委過於人乎！此其道必本之以忠，行之以恕，而善其忠恕之用。又必知經知權，而後可不爽其分。然人則有知忠知恕知經者矣，而率不知權，何則？泥於宋儒『聖人達權，賢人守經』之説，而不知經、權非判然兩物，缺一不可者也。試思素位之道，有終身不變者，有萬事萬變者。不變爲經，萬變爲權，然無此不變者，何以權此萬變者乎？則不變亦未始非權，一時無權，必失一時之輕重；一事無權，必失一事之輕重。蓋即道之不可須臾離者。

孔子謂『可與立，未可與權。』蓋言能立之人，未可便許其能權，非謂立以前，全不知權也。然則離權守經，吾恐所守之經，猶之芻靈木偶，未必果合於道。而此不合道之經，使僅以之律己，尚不失爲必信必果，硜硜之小人；而宋儒則往往以此律人，於是千古以下無完人，而爲善者懼矣。

昔冉子爲子華之母請粟，此繼富也，然而與之釜，與之庾矣。使無五秉之與，孔子無言也。衛輒之難，子路死之，子羔去之。使其宜死，則去者非也；使其宜去，則死者非也。而孔子皆無貶詞。蘧伯玉值甯氏之難，先事而出，事定而歸，其於君國死生治亂，若秦之視越。使無孔子『卷懷』一語，稱之爲君子，後儒又不知作何許痛詆矣。此權之所以不可不知也。

夫不知權，將并不知經，而不知經權，則由於不知忠恕。顧忠在內，微而難盡；恕在外，顯而易知。欲考其心之忠不忠，必驗於行之恕不恕。而求恕之道，則『躬自厚而薄責於人』一語盡之矣。以之立教，所謂善誘也；以之用人，所謂器使也。以之治民，則寬以得衆也；以之禦亂，則疾不仁之不爲已甚也。是即所謂恕也。然此又非聖賢薄待天下，謂莫己若，而不以責己者責之也。

如惑憂懼三者，聖人實自知其不能無；耄期倦勤，聖人實自知其不能不倦。自知不足，而敢以有餘責人乎？蓋其爲心也小，小故謙，謙故虛，虛故明。明於己，故知己之多所不能，而責之必重以周；明於人，故知人之多所難能，而責之必輕。以約人與己有同責，經也；責同而輕重異，權也。中心之謂忠，如心之謂恕。此本忠以行恕，順而不逆，經也。如心以出之，而不必其得我心；不必如心以出之，而後可以得我心。此用恕以全忠，逆而後得順，權也。失之毫釐，差以千里，微乎其微矣。而所以扼其要者，不外《大學》『所藏乎身』四字。故孔子誨人，不曰『君子求諸己』，則曰『古之學者，爲己而已矣』。嗚呼！此真聖人終身行之不能盡，所謂堯舜猶病者也。脱有不檢，始於自信，果於自用是已，而非人所謂攻其惡。無攻人之惡者，或且反用之，而其歸不可知矣。

古之人所謂心用廩廩，而口常吶吶也。其敢率然自許曰『吾其中人以上者』乎？其敢率然許人曰『爾其中人以上者』乎？自謂中人以上，則以賢自居也；謂人中人以上，則且以聖自居矣。揚雄擬《易》而作《太元》，擬《論語》而作《法言》。河汾事事規撫孔子，彼其人皆雄視百代者，後人猶緣此而嗤鄙之，况其遠遜古人者乎！

故天生德於予，非孔子不可爲是言；舍我其誰，非孟子不可爲是言。且孔、孟之爲是言，亦各有所爲也。陳蔡之厄，雖大賢，不能無『吾道非』與『道大莫容』之疑。其下此者，愈不能無疑，疑則必將變易所守，而伐檀削迹，微服過宋，禍更烈於陳蔡，故聖人懼焉。爲是言者，欲諸弟子及天下萬世，知凶暴之必不能逆天，而修德之足恃，所以爲教也。

至孟子則憂世苦心，即是語和盤托出，幾於聲淚俱盡，蓋有不堪讀者，豈侈詞乎哉！故人之立志，誠不可不高，而持論不可過高，過高必有行不掩言之病。且人亦不易從，必將違而去之。欲益於人，人未受益；無益於人，轉損於己，不可不慎也。先生今者執一行功過格之人，而期之以聖賢，使其人自知聖賢之必不能爲，而又知行功過格之不足取重於君子，勢必并此行功過格之心，而盡去之矣。

夫今天下之人，苟皆能行功過格以求福，則求福之心，雖非而爾室屋漏時若有臨上質旁者，司其善惡，而降之殃祥，其不至折而入於不可知之域也，必矣。久而與安，習且成性，安知不并此求福之心，漸消漸泯乎？即不必果能消泯，而已事乎此者，益堅其心；未事乎此者，咸尤而效。由家而鄉而邑而郡，不居然比户可封乎？鼓之舞之，因勢而利導之，内則守經，以竭其忠；外則用權，以達其恕。未必非聖賢因物濟物之苦心妙用也。奈何遽責人以所難，難而或廢然自沮，其於餼羊存禮之心，不能無憾矣。然而先生之心，聖賢之心也；先生之説，聖賢之説也。人生無往非過，何有於功，此一言非責躬甚厚，力行内訟之功者，必不能道。

顧乃易其『功過』之名爲『改過』，而猶仍其造命之説，則似猶有世俗之見者，何與？夫命者天也，天之尊，以崇效卑法，上下同流之。聖人雖曰參之，實則贊之而已。故先天曰弗違，後天曰奉天時。如子之於父，繼述焉爾；如臣之於君，無成代終焉。爾無敢改父之道，而輒以帝制自爲者，請即以孔子證之。

孔子之作《春秋》也，後儒謂賞罰予奪，上及天王，聖人直以天自處。其説一出，遂使學禮從周之聖人，陷而爲自用自專，生今反古之罪人，而千古莫悟其非。夫王者之迹熄而《詩》亡，《詩》亡然後《春秋》作。《春秋》，所以存王迹也。王迹者何？禮樂征伐是也。存王迹者何？歸禮樂征伐之柄於天子也。故書王以明共主之當尊，書時書月以明正朔之當奉。使果黜天王而改夏時，是身以僭亂訓天下，而謂可以罪天下之僭亂者乎？

即其中或書爵或不書爵，或書葬或不書葬，葬或曰或不曰薨，或地或不地，皆因魯史之文。而魯史則又據列國赴告之文以書，非孔子可擅自筆削者也。然則所謂筆削者何在？筆者，筆之而存其事；削者，削之而去其文。其去者，無關於王迹者也；其存者，必中有美惡焉，王迹之所繫也。據事直書，而美惡自見；美惡自見，則亂臣賊子之罪，雖孝子慈孫，百世不能改矣，故足懼也。彼亂臣賊子不懼其君，不懼其父，篡且弑矣，豈獨畏匹夫一字之誅乎！

然簒且弑者，故未嘗明告天下，以簒且弑，必又從而爲之辭。則惡名之昭布森列，猶其心所懼也。今而直書其事，傳之無窮，後之讀是書者，始知名之不可磨滅，而其心稍戢焉，故曰『《春秋》作而亂臣賊子懼』。聖人爲萬世慮，欲救簒弑之禍什一於千百中，其心如是，其義如是，名雖作而實未嘗作，所謂『知我惟《春秋》』者，此也。

然而《春秋》，魯史也，掌之有其官。凡非其官者，無得侵焉，侵官，罪也，况國史乎！以國史爲私書，罪且隣於僭矣，故又曰：『罪我者，其惟《春秋》也。』烏敢以二百四十年南面之權自予，如後儒所云者哉！後儒之論聖人如此，於是自命爲聖賢之徒者，放言高論，入於悖逆而不自知。僕每讀其書，未嘗不惡其妄而哀其愚也。今區區一求福之功過格耳，幾亦欲以天自處，而侈其事曰造命。夫造者，自無之有之謂，惟天育物，故謂天曰造物；惟天化物，故謂天曰造化。今以造物、造化之命，而欲以下土之蟣蝨，起而造之，何其悖歟！

《論語》曰『知命』，知之而已；《中庸》曰『俟命』，俟之而已。《孟子》曰『立命』，或謂『造命』即『立命』之義。不知命何以立，不過修身以俟，猶是《中庸》『俟命』之説也。俟之何如，不過殀壽不貳，猶是《中庸》『居易』之説也。命有壽，其存養之功，不以貳；命有殀，其存養之功，亦不以貳。其貳者，雖壽而不過百年，命不得而永之；其不貳者，雖殀而可以萬世，命亦不得而促之。此所謂自立之道，不係乎命者，故曰『立命』。命固非吾之所能造，『造命』之説，皆不知命者爲之也。故聖人重知命。先生方謂功且不可居，豈反謂命或可造乎？毋亦稍失輕重矣。

倘謂『造命』二字可存，則『功』字并可不必易，何則？功過，對文也，猶言得失耳。書其行之得者爲功，書其行之失者爲過，沿襲舊名，用資考課，非矜而自功之也。且功亦豈聖賢之所諱哉！日知其所亡，則知不必諱；月無忘其所能，則能不必諱。孔子自敘生平，曰立，曰不惑，曰知天命，曰耳順，曰從心所欲不踰矩，歷歷自著其功之所就如此。蓋不自明其所已至，并無以策其所未至，故功在民物者宜忘，而功在身心者不宜忘也。然此猶爲自治者言耳。若以之教人，則更不然，必將示之以所易，而動之以所欣。

夫仁道至大也，若聖門諸賢，列國名卿，孔子類皆不許其仁。然而，『我欲仁，斯仁至矣』。則又言之甚易。此與孟子『人皆可以爲堯舜』同意，所謂示之以所易也。齊宣有不忍一牛之心，而即許以保民；而王滕文有爲國之問，即許以新子之國。所謂動之以所欣也，然則效且可言，況於功乎？

且子之告由曰『知之爲知之』，使自識其功也；『不知爲不知』，使自識其過也。謹而識之，積而久之，學日益進，理日益明。向之所識爲功者，追其後考之，烏知非功，又烏知非過？前之鑒，後之師。則書功書過，未必非强爲善者，一銘座書紳之意，而又奚咎焉！先生之論，未免過信宋儒守經之説，鮮因時度物之權。責望庸愚，同於豪傑，忠則有之，恕則未也，蒙竊不能不爲先生惜焉。

嗟乎，巧僞萌生，狂愚鬬進，紛紛而接於目者，非特無中人以上之人，亦安所望中人以下之人乎？ 中人以下，猶是孔門子禽、孺悲一輩人，即孟子所云一鄉之善士者，尚不足以當之，況敢言中人以上乎？

僕生六十年矣，求爲鄉黨自好者，且未之及，何敢希心聖賢，侈談大道！ 然而慕賢好善之心，未盡汩没。每歎先生安貧樂道，不求聞達，教子弟以孝弟力田，化鄉人以忠信篤敬，聞過而喜，見義必爲，抑亦可爲勇行之君子矣。僕何幸，以垂老之年，辱有道之知，輒欲從先生作平原十日遊，相與上下其議，惜乎道遠晤稀，卒不可得。兹承下問，用敢獻其所明，並據素所欲傾寫於知己者，不自知其言之瀆也，夫豈敢自逞其辨乎！ 大叩大鳴，小叩小鳴，聊用吾叩，徐俟蒲牢吐響，俾聾者得春容，以盡其聲云爾。幸垂教焉。

爲友人與某太守書

某公閣下：竊念寒門，辱與公有孔、李之睦者，於今二十有六年矣。先嚴爲某指數浙東名宿，必首及公，時雖弱齡，亦耳熟焉，志之不敢忘。徒以稚齒，無緣自通，又隨侍滇南，隔濶萬里，慕德懷賢，日月俄積。歸里後，恭聞剖竹皖城，移旌黄海，郭伋筠驂，任棠盂水，古風載穆，益用心儀。第念某年未及冠，遘此閔凶，忍死須臾，以圖妥靈奠生，而又窮迫無可告訴。因憶疇曩所聞於先嚴者，文章氣誼，莫如明公，用附鄭宫贇赴徽之便，泣請引手之援。而民遲廉公，尚歌來暮，欲即策蹇迎謁，又以艱於斧資，盤桓不進。遥瞻旌節，以日爲年，不得已，具書畧陳顛末，惟仁人君子聽而哀之。

先嚴素性清慎，宦無餘財，不善事上，卒與禍會。辛卯正月十九日，自滇赴京，四月廿五日下刑部，七月廿九日以痰疾卒。長途登頓，獄户悲凉，父子二人更相爲命，尚待雞竿之赦，遽罹鵩集之凶。其罪則百身莫贖，其事則徒手難支。賴先嚴同譜諸大人，及丁侍御、戴比部兩公相助，庶得凶禮粗具，旅櫬言歸。已於十一月三十日抵里門，停棺丙舍。然而老母諸兄，尚留南詔，長途累重，正不知歸計何如！死别生離，一身并集，此皆某等罪孽深重，天降酷罰，視息空延，死有餘責，尚何心顔開口向人，道説長短！然有不容不告哀於左右者。

某家故有老屋數椽，薄田數頃，自經籍抵，歸無立錐。即今某孤踪萍泛，寄跡無所，况家口垂三百指，又非十笏五架之地，可以容膝。而滇南啓行，約在初春，度夏首必到。使事不預圖，則宿食靡托，既不能代亡親而苟活，又不能安老母於初歸，此某所以椎心泣血，旦夕不能自存者也。

近已訪有一椽，價議千金，促立契約，先須半價，否則他屬，失此更無可售之宅。某故洗手隻立，又身長異地，故鄉無幾相識。加以患難之餘，爲衆所棄，齒序卑幼，益不見接。雖戚黨間有力者，皆視如秦越，往與之言，徒取憎厭。古所云施德於不報之地者，計唯大賢能之。用敢跋涉千里，佈其悃忱，伏望追往念存，同我憂患，惠分清俸，榮拜仁粟，俾某輩獲一問視老母寢膳之所，則雖死之日，猶生之年也。極知公廉不自潤，瀆請非情，急而相求，尚祈破格以濟。不即殞滅，誓必酬報，惟公鑒焉。

抑更有請者。某百端交集，勢難久客。三月望前，準擬返棹，如得候公下車後成行，實諧夙願。或公未即得替，則草堂之資，尚懇飭妥役賫赴來徽，俾某得虚往實歸，以集厥事，尤所仰望也。臨啓不勝激切待命之至！

爲胡海南徵刻時文啓

自《六經》作，而古今之文章，皆原本於是。然各得其性之所近，以成一家言，不必盡軌於道。而溺於其辭者，往往躭之，亦得不廢於世。若制科文代聖賢立説，又國家資此取士，以儲卿相之用，同於虞廷敷奏之言，故繩尺獨嚴於他文。所由『清真』之訓，發自天衷，永爲萬世法式者也。然持此以求天下之文，或合或不盡合，夫豈抗而不從歟？抑亦欲從末由耳。

夫文之真者必清。顧清非腐木濕鼓之謂，苟得其真，縱横奇變，而亦不詭於正。易奇而法，經已先之，故韓之《原道》，可翼孟子；杜之《北征》，可嗣變《風》。然則斤斤於尺寸間，求合於先民之面目者，陋矣。蓋求清者必於真，而求真者必於理。理不明則辭不達，强而達之，皆詖淫邪遁之流耳，其可代聖言，而用爲敷奏之具耶？

嗟乎，子禽以聖門之弟，而猶疑仲尼之賢；子路以升堂之賢，而不悦南子之見。賢者如是，凡人可知；親炙如是，後世可知。讀遺言而得其心，良亦難矣。朱子《集傳》之作，後人猶不能無毫釐之疑，况衍《傳》而爲熟爛講章者，亦又何説！今乃不尊經而尊《傳》，并不尊《傳》而尊講章，徒視《四子書》爲弋取科第者所有事，而不知奉爲物躬致用之本。譬之門外人，欲道其堂皇廊廡之高卑廣狹，且不可得，况能數其室中所扃鐍弆藏之珍美乎？此理所以不明，而文之真者難也。

愚謂人不能爲聖賢，必不可不爲聖賢之徒。要當兢兢業業，以《四子書》爲守身圭臬，榮利之念，不設於心。而後旁通他經，參證諸史，歷之身世是非得失之故，確有見於聖賢之言，真足合聖凡，賅古今，無鉅細，若蓍蔡之必驗者。然後本所躬行心得之理以説經，則朱《傳》猶筌蹄耳，何講章之説者存，又何先民之格者存耶！如是以爲文，雖不敢謂無言之不幾於道，而畔道之言，庶乎其寡。用以敷奏，吾知他日明試之功，可即於其言決之。拔十得五，由此無爽聖天子諄諄以『清真』爲多士之文體訓者，意固在是，豈徒以文爲哉！

僕曩者竊欲推廣聖訓，願與天下有志斯道者，共進於是。徒以才力薄弱，近益衰病，棄此不事久矣。今安吴胡君海南，負儁才，操選政，其所梓行不脛而走，已徧大江南北。猶以爲未盡天下之奇，將欲令海内之通都大邑、名山巨川足跡無不到，資以助其文章雄傑之氣。而因搜奇訪逸，捆載歸來，編次成集，欲上繼俞氏《百廿名家》，下掩蔡氏《三十名家》之選。而首途新安，訪余山中，爲道説胸次，觸余數十年鬱鬱未展之懷，因傾囷倒篋出之，聊爲主文坫者，進其一得之愚。且以告世握靈蛇之珠，操崑山之璧者，慎勿靳罔象之求，陵陽之採，各出其秘，以襄兹集之成。則景星鳳凰，僕且争以先睹爲快矣。

徵家兄經畬先生壽言啓

余同懷兄名象占，字觀我，號經畬，廩膳生。先世由甬東遷餘姚，國初始遷於嘉興之秀水，凡四世矣。曾祖父、祖父皆明諸生也，不仕，後以子若孫貴，均得贈官。先大夫黛參府君，雍正癸卯舉人，以詩文主壇坫者三十餘年，著有《耕餘居士集》，行於世。年四十，兄始生，生之夕，先大夫夢有作樂驅象若虎者，入寢室，寤而猶聞樂聲，越四載，文生，因各以象、虎命名，志夢也。

兄生數歲，如成人，遇賓祭禮，若素習者。稍長，通七經，好治古文詞，時藝品在艾東鄉、高東生兩先生間。乖時好，久困場屋，或規之，答曰：『言，心聲也，違心適俗，小事且不可，况經義乎？』卒不悔。家故貧，徒四壁立，意氣豪邁，睥睨一切。善飲，飲酣縱談天下事，辟易四座，陳同甫、辛稼軒一輩人也。

性坦易，於人無所不接，獨不喜見要人，而世之齪齪者，尤所畏惡。嘗遊淮揚閒，富人盛供張欵之，且請留，笑謝曰：『吾不耐此！』去之。故山左大中丞李公清時者，文同年生也，時以詞臣出守嘉興，數延問經史疑義，甚懽洽，然語不及公事，中丞心重之。乘間言曰：『學官例舉優行生於學使者，學使者貢之禮部，率不稱，吾將藉君以式多士。』兄瞿然曰：『某之不足辱公命，固矣。公以某弟，故知某，舉某，人皆以爲私。某不足惜，義不可以累公，果爾，某不復見公矣。』中丞太息罷去，後嘗爲人道其事云。

兄年十九而孤，時有處姊三待字在室，文未聘，而兄亦未娶。喪及昏嫁事，兄以一手揞拄，困益劇，無以供菽水，則請於先太宜人，謀出爲負米計。文曰：『剛正詳密，弟不如兄；屈己同物，兄不如弟。弟請爲行者。』於是兄日夕侍太宜人側，而太宜人有夙疾，歲數舉發，發時輒惡聞一切聲，聞則驚眩昏絶，侍疾者屏氣，至不得息。兄與諸女兄更迭扶侍，往往彌月廢寢食。又疾非人參不治，太宜人憐其貧，却勿御，則詭言以湯藥進，乃飲，坐是多積負。度索負者至，迎止之，終不令太宜人知也。弟兄垂老同匕箸，奉孀姊於家三十年，今甥且有子八齡矣，猶自課之，未嘗有倦色。丁亥之歲，文病目幾瞽，凡藥兄必手閲煎和，日三四臨視，夜則露禱於神。明年，文子師亮病，亦如之，其至性如此。

兄少負奇氣，有經濟才，思立名於世。久之不遇，逃於禪，閉門持貝葉如枯僧。顧遇有感觸，英氣勃勃出眉宇閒，蓋猶欲用其所未足也。元配徐孺人，繼配熊孺人。女三，長者殀，子未生。己丑十一月朔，六十初度，文敢粗陳梗概，乞言於當代之有道德而能文章者，藉以爲介壽之獻，且使余兄得附鉅製以傳，感且不朽。

吞松閣集卷之二十六

秀水鄭虎文炳也著

門人欽州馮敏昌編次
男師亮師靖師愈謹梓

文二　序

張明府陸宣公翰苑集注序〔一〕

余觀唐宋中興名臣，有王佐才而未竟所用者，陸宣公、李忠定公二人而已。嘗愛讀其集，謂足壯膽識，益神智，出入輒以自隨。今老矣，無所復用於世，又病廢學，二書束而不觀者已數歲。今來新安，得見歙侯張君蓀圃所著《宣公翰苑集注》，徵引繁博，考核精詳，於唐事尤詳焉。顧念是集非經生家辨囿之所聚，詞章家漁獵之所及。上之奏議，無所用其體；下之帖括，無所資其助。夫孰從而好之讀之注之哉！

今之所好所讀所注者，或詩或賦，或古今試帖，或賦彙諸題，撏撦勦販，用爲剽竊之具。而小夫俗儒，人手一編，珍爲鴻寶，雖六經諸史，未盡寓目，其他則又何及！而君顧讀人之所不必讀，注人之所不必注，果好其文與，抑不徒好其文與？昔者蘇文忠公嘗好讀宣公文，故其稱之曰：『智如子房，而文則過；辨如賈誼，而術不踈。』迄今考之，文忠亦殊無愧斯語，蓋其素所蓄積然也。然則文忠，其宋之宣公乎？而君則今之文忠乎？不然，而何勤勤於是也！

嗟乎，宣公當日，使無延齡之讒，必不貶；即貶矣，被召不即死，且復相，其所成就當不止是。乃身既放黜，而唐亦終以不競。以視文忠之以新法謫，忠定之以和議沮，千古一轍，其可悲也。

余家宣公故里，東郭外有石梁，以公得名。兒時過之，長老爲余道公生平，心慕之，用是愛讀其文。既通籍，奉使嶺表，泛海抵瓊臺，經文忠、忠定二公貶所，俯仰憑弔，未嘗不歎古今來用者不才，才者不用，如三公者，正復何限！徒傳其區區之心於殘編斷簡中，以供有心人感慨慕悦於易代之後，斯誠其遇之窮乎！抑亦有世運焉，不可得而强也。

君今以盛年，遭際堯舜之世，膺民社，稱循良，駸駸乎向用矣。志宣公之志，學宣公之學，而遇又過之，不可謂非厚幸。將來樹立宏達，以不同乎古人者，繼古人後，而是注其職志也。余自顧少壯碌碌坐廢，撫卷追悼，彌慚昔賢。因爲之序，以告天下欲讀有用之書，儲經濟以翊休運者，請自《宣公翰苑集注》始。

金陀薈萃序

嗚呼！吾今而知文章之事，天必有所大不忍於人者，而後生聖人以作之，復生聖人以述之，千萬世遂以有其事而不可廢。何以明其然乎？吾蓋讀《金陀薈萃》一書，而知之矣。

《金陀薈萃》者，金陵岳君水軒，因其先世宋鄂侯名珂者所輯《金陀粹編》，增訂而成之，而《金陀粹編》則鄂侯爲其祖忠武王辨誣而作者也。昔忠武爲檜賊所搆陷，死獄中，孝宗白其誣，追復爵土，贈卹有加。至今忠武之心，所謂如青天白日，奴隸皆知其清明者矣。

顧當檜誣而殺之之時也，御札則收之矣，功狀則削之矣，熊克、王伯庠之輩，則曲筆而記録之矣。使鄂侯不積數十年卧薪嘗膽之苦心，捃摭掇拾，徵信考疑，條列而上之於朝，則《宋史》檜黨之筆傳於後世，後世必以爲史册所載，未盡失實。則建儲一奏之疑於邀名，淮西逗遛之疑於怨望，棄山陽而保江之疑於失計，人誠不能不高忠武之功，誠不能不哀忠武之枉，而終不能不訾忠武之心。夫殺其身，滅其家，而白其心，忠武之所甘也。王其號，榮其嗣，而没其心，忠武之所痛也。且非獨忠武之所痛也，古今來忠臣義士往往仰天椎心，至於斬頭陷胸，而不能自明者，又豈少哉！此鄂侯所以抱區區之心，而不能自已者也。

顧吾聞之，唐張巡、許遠之守睢陽也，城陷身死矣，其時猶有疑遠辭服於賊者。昌黎以爲兩家子弟才智下，不能通知前人事，因書巡《傳》後，以最其迹，而後其論乃定。使鄂侯亦如巡、遠家子弟，識不足於考据，才不足於記載，苟爲陳請，漏畧蕪雜，無足取重，必不能宣付史館，據爲典要。而又無昌黎其人者，一言以證明之，則鄂侯亦徒抱此區區，不能自已於其祖之心，而卒莫之有濟也。

然則忠武之忠，鄂侯之孝爲之；鄂侯之孝，鄂侯之文爲之。而忠武之必有鄂侯，鄂侯之必孝而能文，則非人爲之也，天也。使天而不必生鄰侯，或生矣而不必孝，即孝矣而不能文，則顧天辨冤之録必不奏，忠武之心必不白，而檜之罪亦不著。忠武之心不白，檜之罪不著，則人皆樂於爲檜，而不樂於爲忠武。樂於爲檜而不樂於爲忠武，是胥天下而入於禽獸矣。天不忍人之夷於禽獸也，故畀之以文章，文章者，所以拯人於禽獸之具也。推而論之，孔子之修《春秋》，鄰侯之撰《粹編》，皆是物也，故作述之事重焉。

顧鄰侯作之曰《粹編》，水軒述之曰《薈萃》，而仍繫之『金陀』者，何歟？《粹編》志辨誣也，《薈萃》志增輯也，易其名者，懼亂舊也；易名而仍繫之『金陀』，不忘祖也，孝也。吾觀晉南渡衣冠之盛，首數諸王，推其先，皆祥、覽後，則孝弟之流澤長矣。蓋忠以其義烈之名名萬古，孝以其仁愛之澤祥百世，理固然也。即如今婦孺所共指爲忠臣，甚且道説前事，感憤激烈，不啻欲代爲剚刀於仇者，忠武而外，則蜀漢之關壯繆也。顧民皆嚴事壯繆，過於忠武，其後鮮克有聞者。若忠武之距今，且六百有餘祀矣，猶有裔孫威信公鍾琪者起於本朝，爲世名將，定青海，平金川，豐功偉畧，論者謂不愧忠武。而水軒之才，余則謂其又甚似鄰侯也。嗟乎，明德之後，必有達人，人亦何憚而不爲忠孝也哉！

胡明經廷璣五經隨筆序

經學始於漢，盛於宋，而宗主各殊，聚訟之風，亦緣是滋甚。夫經以明道，聖人所用以教萬世也。自秦火後，出諸煨燼剥蝕之餘，掇拾補綴，其贋訛勢固難免。既不能起聖人而親質之，則惟斷之於道，用以自治治人，期無謬於聖賢而已。今乃假爲釣聲粥世之具，矜其醜博，敢爲大言，幸前人千慮中之一失，攻之以爲勝。無論其未必勝，即勝，而其心則穿窬之心也。聖人復起，奚所逃於聞人之律乎！

余謂儒者治經，所以治其心也。果能心經之心，行經之言，則無言可也，而有言亦可；言經之言可也，而不言經之言亦可。即宋程氏之《易本義》，胡氏之《春秋傳》，不必其果合於《易》與《春秋》之本旨。顧其著書以扶世立教之意，與其生平行事不相違戾，是誠無愧於聖賢之徒。即其自爲一書，亦有裨世教，未容訾議。而況《書》之古文，《禮》之《周官》，皆古帝王治迹之所在。其列諸經也舊矣，百世下，乃欲起而黜其僞。

夫仍其僞，未聞聖人之道加晦也；别其僞，未聞聖人之道加明也。而蚍蜉撼樹，不自量度者，亦明知其然，乃無所顧忌，悍然相率而爲之。其他箋疏傳註之傳，而入主出奴者，黨枯竹，讐朽骨，耗年壽，禍梨棗，益復趾踵相接而未有已，是誠何心哉！世既寡學，人尤易欺。而士之有聰明才力者，國家利禄之途，收之不能盡。其人類皆不甘没没於世，而又無得於反身爲己之學，故遁而託於此以自見，是以説經之人日多，而致經於用之人日少也。嗚呼！本實先撥，尚何枝葉之未有害哉！

績溪胡生匡憲，其大父某君，亦窮經士也，手采諸經漢、宋諸儒之説，輯爲一書，未嘗問世，以之教授其鄉，而俾子若孫世守焉。今讀其書，薈萃羣言，間參己意，信以傳信，疑以傳疑，無臆決之誣，無觝排之習，其視釣聲粥世者之用心，相去誠不可以道里計。然而釣聲者聲集之，粥世者世惑之，而君顧泯泯以没，刺繡紋不如倚市門，不遇之慼，豈獨在窮達哉！

松溪書屋圖序

新安士之健於文者，有六君子，汪君在湘其一也。君以名諸生，五應省試不第，棄去，抱遺經誦之，旁及子史百家之學，恢博貫統，靡所不究。足不入城市，城市人亦罕與接，惟其徒五君子者從之遊，則兩忘其趨。五君子者，鄭用牧牧學宗宋儒，戴東原震學宗漢儒，皆休産也。君少同筆研，嘗合刻經義數十首，朴山方先生序而行之，所謂《新安三子制藝》是也。其三人則同邑宗人，稚川肇龍以經，程易田瑶田以詩，方晞原矩以文，皆互相切劘，務爲根柢之學，而六君子之名乃大著，四方知名者客新安，必得其接引爲重。而君尤愛閒惡囂，客非因五君子以通者，鮮得至其室。獨專静純一，於學如飲食嗜欲之不可離，絶與世之學者異。

夫世之學者，工剽賊，熟揣摩，媚語言，巧趨蹌。得則奮鱗翼，乘風雲，沛然而有餘，而君故無此利心。否則弔詭鶩博，高自標置，攘袂矯俗，振其華耀，可以閉户塞竇，而煽聲譽。又不然，箋疏注説，轇轕下上，所謂黨枯竹，護朽骨，窮老盡氣，莫得而本者，嘐嘐然輒自謂可以萬世，而君則又無此名心。夫利利也，名亦利也。太史公曰：『設爲名高者，安歸乎？歸於富厚也。』今之學者，其能異是乎？ 異於是，而卒不懈於學，是猶不羡魚而結網，不數獲而從禽，漁獵者必竊笑之矣。

雖然，農者逢年，賈者倍息，藝者粥技，傭者計直，天下未有爲其事而無其報。惟責報於學，往往有所事非所報，所報非所事者。君故絶意仕進，無望報心，所謂弗言禄，禄亦弗及者也。若彼五君子，或舉於鄉，或貢太學，或猶爲學官弟子。其中年最少者，獨晞原耳，然已四十餘矣，率沉没困厄無所遇，甚者屑屑爲衣食猶不贍。而名出其下萬萬者，連畛而起，或且遂持衡出，而稱量天下士，嗚呼，此天下所以多苟且之學也。

然則得報者不必學，學者必不責報，五君子豈獨異於君哉！ 特未能如君决然舍去，爲可惜耳。然此亦遇爲之，君倘同其遇，恐松溪書屋之席，亦卒卒未暇暖矣。即如僕者，少孤露，長而饑驅，既通籍，浮沉者數十載。今且老矣，猶操兔園册子，作三家村中老學究生活，以給饘粥。雖欲從君吟弄風月於溪聲松影中，豈可得耶！ 然則名山不朽之業，天實畀之君矣。僕雖衰頽，幸未入地，猶願掃除暮氣，率五君子，爲君鼓吹而羽翼之。君其勉旃！

俞桐園琴譜序

新安程孝廉易田，嘗攜琴來山中，爲余彈《陽關》《平沙》之操，聽之忘倦。并出其所作《琴音譜》讀之，心異之，而弗能知也。已而又得見俞君桐園《琴譜》，譜類世所共習者，而特加詳焉。

桐園琴師也，易田常師之矣。顧其譜言法而不言音，意者音其可無知與？然則琴音之說，其可廢與？桐園曰：唯唯，否否。夫音生於絃，絃運以指，指必有法，循法而後可以正音，正音而後可以知音。至於知音，則心手化，物我忘，窅然與神明俱，冥然與天地合，此高山流水，有心者所以歎；鶴舞魚跳，無知者所以感，蓋不可得而法求矣。然舍法而欲蘄至乎是，是猶掩目思視，却行求前也。

且天下何所不有其始乎？水之源也以濫觴，雲之興也以膚寸，物之育也以胎卵，木之華也以苞萼。無始而又焉得有終，造化猶爾，况人事乎！而善始之道，則必授之以法，若耒耜以爲食，蠶織以爲衣，規矩以爲器，律吕以爲樂。推而占天之以璿璣，測地之以圭臬，卜筮之以蓍龜，莫不有一定之法，以範圍其神知，而使之有所依。亦猶琴之摟搥擽捋，縹繚擻搠，擘托挑抹，勾剔打摘諸法，爲調手運指者所不得外焉耳。

《書》曰：『若升高必自下，若陟遐必自邇。』故雖聖如孔子，志必以學；帝如堯舜，治必以政。何則？學與政，爲聖爲帝之法，非是不可以爲孔子、堯舜。且非特不可以爲孔子、堯舜，行仁有術，齊宣恩且及物；不學無術，霍氏禍且覆宗。法之不可不謹也，獨琴乎哉！

故某之爲是譜，不敢於法之外深言之，懼學者矜奇弔詭，以敗吾道也；不敢於法之中畧言之，懼學者承訛襲謬，以誣吾道也。然則某之所言，始事也，學者所共由也；孝廉所言，終事也，作者所獨得也。由所共由，以幾於得所獨得，夫安知不更有出於孝廉所得之外者乎？則某與孝廉之所爲譜異而同，同而異者與？

余聞而歎曰，嗟乎，桐園其隱於琴者乎！何其言之合於道也！余初聞桐園常傾囊以急友難，又常獲棄嬰乳之，還路遺珠鈿金釧於其主，心故重之，今而覺余向者猶未知桐園之深也。爰次其言，以爲之序，俾師桐園者，毋僅以琴盡桐園也可。

欵識追序

巴君聖羹，世多稱之曰『巴老梅』，名其詩也，往余嘗爲文題其梅花册子。嗣君予籍亦能以詩世其家，工畫善隸書，尤精篆刻，時從其尊甫執友汪明經稚川遊。稚川經師也，通六書之學，能辨釋石鼓文字及周秦閒古篆，論者謂近代鮮及。嘗客京師，毗陵劉少司空，時侍讀上書房，傳皇八子命，摹印以進，一時聲噪都下。予籍既從之遊，悉受其法，學益進。今年夏，乃取薛氏尚功《鐘鼎彝器欵識法帖》範金代石，摹搨如薛本。既成，命之名曰《欵識追》，稚川愛而序之，謂勝薛氏，余視之良然。

余聞昌黎曰：『志乎古，必遺乎今。』而篆古文也，其學廢絶久矣，世無師承，學復不易，而又不適於用。非時所尚，其孰從而好之？好之，獨吾一稚川耳。夫稚川之學於古篆，其餘事耳，當代一二好古之士，視稚川亦如三古法物，愛之慕之，摩挲而寶貴之，以爲此傳器也。然而習與處者，熟視之，若無覩矣，甚且或畏惡而訕笑之。嗚呼，此有志乎古者，昌黎所爲樂而悲之者也！

顧予籍以少年負雋才，宜乎勇於爲人，不自貴重如柳州者，乃能爲世所不樂爲之學，親世所不樂親之人，予籍其亦近於古者與？雖然，志乎古者必遺乎今，然非遺乎今者，必無以志乎古。篆之道如是，凡非篆之道盡如是，余願予籍之毋以篆自小也。

今予籍將省其尊甫於漢水之陽，爲述余所重於予籍，而并有厚望於予籍者，序以寵其行。且問訊老梅，而寄以詩曰：『老梅胎古香，結子異桃李。酸甜問何如，知味今鮮矣。』

崔氏族譜序

嗚呼！崔氏，吾禾之孝門也。江晴秀才爲葭州牧栩谷猶子，而余兄女壻葭州子仲圭，故其内行常耳熟焉。葭州兄弟三人，其季弟早歿，遺孤二，長即江晴也，育於伯叔父以長。已而葭州亦殁，距今且八九年矣。

江晴羣從舅弟，衣冠蹌濟，又各挾飛騰之才。然事無内外鉅細，咸取世父進止，莫敢專輙殊異，以取子弟之過。兄弟再世同財，余嘗樂爲人道説，以爲其風近古。及讀江晴所輯《族譜》，然後知其先有嚙指血書詞，叩閽救父之孝子，用克委祉於後，繼繼承承，世濟厥美也。

江晴少孤，然不啻在蔭庇下。使如世之少年，幸不至酒食游戲相徵逐，則役心於囊篋細碎，以自封殖。即不然，懷鉛握槧，釣聲粥世，弋取科第爲名高，幸而得之，即侈爲顯揚繼述，而人亦多艷稱之。其人視同室或不啻行路者，而奚以譜爲！顧亦有事此者，則又攀附牽連，亂宗誣祖，不孝之罪，抑又甚焉。嗚呼，不此則彼，世蓋往往然矣。

今江晴方少年，能爲世之所不爲，而於《譜》又能不爲世之所爲。唯痛代遠地遷，不能通知前人事。即此幸有存者，而又不早加訂正輯録，蠹蝕散亡後，益訛舛，致先世之武功孝德，劬躬燾後，其所以廕庥吾世世子孫者無傳焉，是蔑祖也。蔑祖者，不可以爲子。然則江晴之修是《譜》，所以爲子也，猶其曾大父救父之心也。昔處其變，今處其常，事異而孝同，吾故曰：『吾禾崔氏，孝門也』。夫豈誣哉！

送王十一敬亭之建昌守任序

徽郡古歙州地，自唐以來，號稱富州，然實瘠土也。郡多山，可耕之地少，土穀不足贍民食。其可漕以濟者，江西十之七，蘇杭十之三，率牽挽溯灘而上，連雨水暴至，甚則撓敗廬舍，蕩没人畜。不雨，十日輒憂旱，彌月則溪涸不可漕，民且饑。聞國朝定鼎之初，多山寇，道梗，往往有抱金玉而餒墻壁者。故俗賤本，富性纖嗇，篤治生，雖士人皆兼治商賈業。於是商之雄於吴越荆楚間者，歙以鹽，休寧以典，婺源以木，皆徒步赤手，致貲巨萬，比於封君。其不能商而傭於商者，亦皆擬於商，此瘠土之所以擅富名也。嗚呼！獸肥則獵者至，魚牣則漁者集。

夫豈知獸與魚，搶攘於鋒鏑網罟之加，乞須臾之命，而不可得乎！然而求富者，猶且赴湯蹈火，趾踵相接，而卒莫之悟也，悲夫！

敬亭爲漁洋先生再從孫，以名諸生起爲令，歷江南震澤、武進諸劇邑。治最被薦，召對，上以爲可大用，記其名，即遷徽州司馬。司馬，閒曹也，廉俸不足以更費，又例不受民詞，雖才嵘不得施用。故凡令之當轉官者，樂州牧而惡司馬。其得司馬者，又差以徽爲善，以地多富民也。

君下車，慨然曰：『官當富民，民不可富官，且某之先人命之矣。先人當易簀之夕，索筆書六字授某，曰：「寧清貧，毋濁富。」某將守以没世，敢負君賊民，忘親喪己，以取罪謗哉！』於是絶請謁，簡呼召，杜倖門，塞奸竇，貳守率屬，不阿不侵，不暱其志，不尸其名，聽事羅雀，訟庭草深，上敬下愛，懽然一心，蓋已四年於兹矣。今聞命守江西之建昌也，不色喜，且用爲懼。叩之，則曰：『民貧俗薄，難治，恐不勝。』

余告之曰，治之難易，不在民而在官；官之賢否，不在才而在德。廉者，德之基也。我朝聖訓，其所以箴凡百，有位者三言，首曰清，即《周禮》六事，以廉爲本意也。廉以事上，上信之，故志可得而行；廉以式下，下化之，故澤可得而究。志行而不格，澤究而不屯，雖欲無治，不可得矣。

余往歲聞有白下詩人周生者，來遊黄山，將歸，君諗其貧，即脱所御裘以資其行。已而權知池州府事，逼歲除，幕中客有告歸省者，索脩脯，無以應，請於客，即以客所緘留笥中衣質錢與之，其意度磊落，故自不屑屑計此。然宦且十年矣，非廉吏何遽至是！則豈有廉如君者，而猶不足於治歟！

且余聞之，君曰『民不可富官』，君之所以治徽者，信矣。『官當富民』，則將用以治今日之建昌，無疑也。君而不勝任，其誰勝者，而奚以懼爲！惟念余以老病引退，課徒新安，辱與君及遂夫太守，有異姓昆弟之好。而又樂兹土之山水清佳，風俗茂美，欲移家來爲部民，耕釣以終餘年，此志未決，而君已棄我去矣。遂夫賢聲久徹宸聽，其除拜，度亦在旦夕。人生聚散，如摶沙然，放手輒空，余又語默殊勢分，當乖分。且貧病衰朽，意趣殆不似今世人，每默誦杜老『别筵』『何地』之句，棖觸生平，百端交集。况復素心人，重閲河梁之境耶！

徽之士人將爲君立石，乞余文以志去思，諾之，而未有以報。念君既行急，而余又先君作歸計，益復不能自默。因畧言素所心折於君者，爲他日刻石張本，且書之以贈。異時，君當凝香燕寢之暇，出此册，展誦一過，髣髴如見紫陽山中寓客，於雪泥鴻爪間也。

獻陵崔明府景昌選唐詩序

獻陵崔景昌，初罷贛榆令歸，閉户讀《全唐詩》，録其心所賞者，釐爲如干卷，藏之巾笥三年矣。旋復起知溧水縣事，將謀梓，書來乞序。

余故未見兹選，乃叩以決擇取舍之所在。而景昌曰：『唯唯，否否。某非真能知詩也。知詩者，必其人博學多識，又能知其人，論其世，意逆志，得如與作者共切劘一室中。得則相嗟賞，失則相糾摘，而後其決擇取舍，庶有當焉。某則夫何能！且非獨某不能也，即如《三百篇》爲詩之權輿經也，太史掌之，朝廟歌之，聖人删之，歷代儒者博考而詳説之，宜無復有疑義矣。然而開卷一篇，或以爲美文王，或以爲刺康王，齊、魯、韓、毛，固已互異其説。《采蘋》則教成而祭之詩也，《禮》有其文，而以爲大夫妻助祭。《何彼襛矣》則平王宜臼之孫，下嫁齊桓也，《春秋傳》有其文，而以爲平正之王，齊一之侯。且不知騶虞之爲官，六駁之爲榆，王芻編竹之爲菉竹。水莫分乎淇澳，沱罔辨乎荆梁？指太原爲今晋地，謂南仲非宣王臣，此皆人物地理之班班可證，而失之者，隨舉其凡，不勝指屈。他若淫貞美刺，臆度而武斷者，抑又多矣。

『夫説經且然，况後此之詩，授受無本，知之益難。宜乎讀嗣宗《詠懷》，而不知其悲當塗之亡也；讀景純《遊仙》，而不知其傷典午之亂也；讀《蜀道難》，而不知豺狼之憂，非爲工部也；讀《洗兵馬》，而不知紫芝之喻，非爲鄴侯也。既無真解，孰爲定評，各是其見，以進退古人，古人未必受。然而村嫗白傅，女郎昌黎，矜己欺世，侈爲大言者，且響應踵接矣。請即證之前明。

『明之先，爲騷壇主盟者茶陵，繼茶陵而起者，即攻茶陵。攻茶陵者北地，繼北地而起者，即攻北地。其後或兩是之，或兩非之，或參合其是非而兩用之，卒莫有能别白而定一尊者。言人人殊，天下事類然，獨詩云乎哉！然則吾有詩而吾作之，以致此紛紛者，可無問也。非吾詩，而吾選之，以致此紛紛者，可無爲也。然而某猶且爲之，則以某向者嘗奉教於夫子矣。『夫子曰：詩者，性情也。汩其性情之人，必無詩；汩其性情之詩，必非詩。詩異而性情同。言其異，吾與吾且異；言其同，則吾與人，與古之人無不同。故作詩者，必不屑屑於工拙也，足乎性情而可矣；讀詩者，亦不必屑屑於工拙也，得乎性情而亦可矣。某用是説以求唐人之詩。

『某於某之性情，或有得焉，或無得焉。於是去其所無得，而存其所有得者，朝於斯，夕於斯，行住坐卧，沉潛反覆於斯。久之而栩栩然，蘧蘧然，如莊周蝴蝶之是一是二，而不知某之爲唐人歟，抑不知唐人之爲某歟！則以爲某之性情存焉耳。夫性情，故某之所自惜也，因而存之，且因而梓之。若云某知詩，而有所決擇取舍也，夫何敢，夫何敢！』

余聞而喟然歎曰：『善哉！景昌之言詩也，雖善言詩者，無以加於兹矣，余何贅焉！』爰即次其言，以爲之序云。

曹明府震亭重刻文集序

兩京之文，變而爲六朝，其高華典貴，去古爲近，誥敕牋表，咸用是體。故金華殿中人語，非塗巷寒乞相者所能道，昌黎排之，以矯時弊，非篤論也。其體始於魏晉，盛於宋齊，極於梁陳，變於初唐。梁陳以徐、庾爲之魁，初唐以王、楊爲之傑，楊近徐，王近庾，變而未離其宗。其後玉溪猶爲六朝之餼羊，而宣公實爲宋人之先河，愈趨愈下，古調亡矣。

我朝陳檢討擅名一時，其集爲枵腹者所屬饜，剿販既多歸獄，作者不知檢討，故盈川之雲礽，不可得而没也。震亭先生後檢討起，而力與之角，幾欲上掩前賢。其學富若生畜，其才雄若江海，駢散諸體，並入古作者之室，而駢體尤爲世所崇奉，汪、沈兩尚書序而行之，人口傳以熟者久矣。已而板燬於火，流傳浸寡，士之欲讀先生文者，往往以假觀傳鈔爲苦。顧先生文不苟作，所作必孝義忠烈事之可傳者。而可傳之事，能得先生文者，則其鄉之人爲多。鄉之人懼板燬，而先人之事遂以無傳也，於是請於先生，重鐫舊本，復增所未刻者爲如干卷，既成，屬序於余。

余曰，昔昌黎《平淮西碑》勒石未久磨去，百世誦之，比於典謨雅頌，卒以不朽。先生之文，所謂讀萬遍，抄萬本，口沫手胝者，已畧似之矣，夫傳豈在板哉！雖然，此仁人孝子之心，先生所不得而辭也。且使世之欲讀先生文者，便於購取，則嘉惠後學，尤先生所不得而辭也。然則余何能序先生文，先生文又何待余序！聊述其重鐫之由，用表先生仁里風義之重，而爲言文之必傳，有不係乎板之燬不燬者，以廣其意云。

順德羅孝廉天尺詩文稿序〔一〕

羅孝廉以詩文雄踞壇坫者三四十年，嶺南人推名宿，率以孝廉爲稱首。松巖福將軍者，今之杜武庫也，以國家肺腑親，出爲大帥，與余後先涖粤。折節下士，獨心重孝廉，欲延致孝廉，孝廉卒不至。其移鎮七閩也，孝廉乃自爲照及詩，以遺將軍，曰：『將軍欲見某，某山野之鄙人也，不足辱將軍。雖然，厚意不可没。今行矣，敢以照往，如某親見將軍，送將軍行〔二〕。』時松巖過别，攜照示余〔三〕，相與咨嗟久之。嗟乎！貴極富溢，塵視儒素，趦趄囁嚅，奔走權要，史册所載，耳目所及，皆是也。如將軍、孝廉者，不可謂相得益彰歟！余用是心知孝廉，顧以未得盡讀所著爲恨。

順德高明府坤曰：『此吾治之賢者也。今皇上登極之元年，丙辰恩科舉於鄉，一試南宫罷歸，以親老不復出〔五〕，今年已六十餘矣〔六〕。某尹兹邑，數敬禮之，以風示其邑人。而孝廉之遠引遜避〔七〕，過於古所稱非公事不至室者，其人良足傳矣。顧其人可傳，而少所著述者不傳〔八〕；著述可傳，而無與傳其著述者或亦不盡傳。太冲《三都》，元晏一序，公其有意乎？』余笑而頷之，未之應也。

兹余即日得替去〔九〕，高明府彙寄孝廉所著，具書申前請〔一〇〕。余自維固陋，不足以傳孝廉，孝廉亦不必藉人，而自足以傳。第念明府重孝廉，因欲傳孝廉，以力學敦行，化其邑人。如孝廉其禮賢下士〔一一〕，猶之松巖將軍，而尤爲有裨風教，余何敢以去留異〔一二〕！則余雖不能以序傳孝廉，或可以序風多士，而助明府之治〔一三〕，不亦可乎？且松巖知孝廉，松巖不及序，而余序之，亦所以成松巖之志也。異日當别録一通，寄質松巖，並索松巖序，以復於孝廉，孝廉以爲何如也？

見山堂詩稿序

見山堂詩，孝廉沈君某之遺稿也。君爲吾浙前輩西園先生子，西園先生以詞臣被知遇，爲文章宗匠，君日侍左右，親得諸庭訓者深，故於學無所不窺。而尤留心於古今興衰治亂，政治得失，生民利病之要，雅欲以經濟顯，不屑屑爲經生家言，詩故非其好也。閒遇酒酣耳熱，朋好酬唱，矢口發音，衆咸動色，斂手推服。而君顧意不自得，隨手棄去，逮君之没，罕有存者。其嗣君往往搜羅於戚友亂帙壞壁閒，積十餘年，得如干卷，梓而問序於余。

余讀而歎曰：君之詩，殆異乎人之爲詩者也；非異乎人之詩，異乎人之詩而不本於性情者也。蓋今之工詩者，吾得而知之矣，大抵取漢魏六朝唐宋元明之詩，規規焉以求其合者爲能矣。此無論其不合也。即合矣，吾不知漢魏六朝唐宋元明之詩，必如是否也；吾又不知漢魏六朝唐宋元明之人，設生此時，其詩必如是否也。使古人不必如是，而吾必欲如是，是誣古人也；使古人必如是，而因强吾之不必如是者，以就古人，是誣吾也。

夫古人與吾之性情，不必盡同；吾今日與明日之性情，亦不必盡同。人且不可以今日爲明日，况可以今人爲古人乎？蓋性情之不同，如其面焉，不可得而襲也。今有人自憎其貌之老醜，而因欲追己少時肥美娟秀之狀。或遠慕古人之所稱子都、宋朝者，輒爲塗澤面目，剪刻鬚鬢，以示於人，人固鮮有不驚駭而嗤鄙之者。即令其人引鏡自照，有不面熱發赤，忸怩而不自得者乎？而世之自匿其性情，規規焉求合於漢魏六朝唐宋元明者，何以異是！然則君之詩，吾誠不知其何如，獨愛其異於塗澤剪刻者之所爲，亦曰君之性情存焉耳。

獨是君以佳公子爲名孝廉，負倜儻才，其志甚不欲以詩傳，而詩亦幾幾不傳。乃卒别無所傳，而僅僅傳此不欲傳之詩，亦可慨矣。君之長君抑恭，與君同中壬子科，用明經入太學，充八旂教習，出爲永興令，往常問字於余。余後抑恭一載視學來湖湘，喜其治永有聲，又重其能裒先集於散亡之餘，俾勿隕墜。於是君之詩不傳而已傳，君之才不遇而且大遇，余於抑恭卜之矣。故不辭而爲之序云。

藏密詩鈔序

乾隆二十六年辛巳冬，長洲沈尚書入都恭祝聖母皇太后七旬萬壽，隨以其所選本朝《别裁集》進。上以是集首列錢虞山詩爲不當，親灑宸翰，斥爲亂臣賊子，令重加詮次，恭刻聖訓，弁諸簡端，所以垂教天下後世之意，至深遠矣。

原夫《詩》之爲教，盡於《虞書》『言志』二字。志有所不容已於言者，因而質言之，則爲賦。志有所不能質言，而仍不容已於言，因而即目假物以言之，則或爲興，或爲比，要皆以達其志而止，故曰『詩以道性情』。由性情而有諷刺，由諷刺而有美惡，由美惡而有勸戒。諷刺、美惡、勸戒備，而風俗之盛衰，政教之得失，胥於是乎見。故天子采之，以觀政於列國；聖人删之，以垂訓於萬世。故曰：『王者之迹熄而《詩》亡，《詩》亡然後《春秋》作。』詩之所係，其重若此，後人徒以格律聲韻當之，陋矣。

自漢以下，代所崇奉者，前有陶、謝，後有李、杜。謝以縱遊死，李以汙逆廢。今試取其詩讀之，謝惟工於摹寫山川景物而已，其中無有也；李則非恣於宴遊，則溺於神仙。使與虞山之支離汎濫於禪門釋藏，以自文其醜者，同一科斷，固屬冤酷；然坐以誅意之條，則詖淫邪遁，孟子之所辭而闢之者，閒亦有所未免。以視陶、杜深醇懇摯，無一言之相畔於道者，不能無純駁之異，何則？其志殊也。

夫射與書，一藝耳，猶曰志正則體直，心正則筆直。獨於詩，謂可羊質而虎皮，鷙翰而鳳喙，言之不慚，聞者相煽，率是以往，其爲患害甚大。聖明用是兢兢於放淫詞，正人心，以上接孔、孟之盛心，而特於虞山之詩發之。世之爲詩者，夫亦可反而求其本矣。

大鴻臚建水傅巖溪先生，今之耆儒也，由詞臣歷臺諫，以終養歸。歸二十載，復出爲清卿，公退輒讀書至夜分不少休，年六十餘，目力如少壯。上知其勤，嘗垂問，嗟歎久之，文時竊聞而心慕焉。丙戌之秋，文以病乞歸，告期於先生。先生則出《藏密詩鈔》三集，命爲之序。

文受讀卒業，掩卷而歎曰：『吾向者見先生之面，今而後，乃見先生之心也已。』先生之詩，曰：『江漢水之大，溝渠水之微。大不遺涓涓，其量乃無虧。高目而下耳，虛以會衆思。大哉知如神，在昔予多師。』此《歸滇集》中之《江漢詩》也。『殘月破天光，雞鳴動海色。孳孳亦何爲，舜跖分頃刻。牧羊從後鞭，搏兔用全力。夜氣存幾希，兢兢復惕惕。』此《重秀集》中之《夜氣吟》也。二詩直是程、朱一輩人口中語，豈復可以詩人求耶！其他於君親兄弟朋友之閒，往往纏綿悱惻，情見乎辭，而又若有所勿克盡者。嗚呼，先生之性情，可謂得其正者矣。

夫性情者，詩之府奧也。由是動於其志，形於其言，必先自有其不可磨滅者在，而後千百萬世，亦遂不可得而磨滅之。不然，志既卑下，言皆不根，誇目眩俗，性情益漓。彭澤所云『稱心而言』，工部所云『開懷無愧辭』者，從未夢見。猶欲以優孟爲楚相，以虎賁爲中郎，是烏足與先生較工拙也！

今上以文思之聖，化成天下。誠得如先生者數輩，贊宣聖謨，提唱風雅，於以正人心，厚風俗，而昌詩教，其爲裨補，又豈徒懷握鉛槧，潤色鴻業云爾哉！文少懶惰不學，於此事本無所得，近益衰病，漸欲撥棄文字，歸爲老農。偶讀先生詩，譬之病酒戒飲者，忽聞麯香，不自禁止，輒復言吾志，以復於先生。先生其幸有以進我也。

姜古漁詩序

余友禹門太守長君夢田孝廉，工於詞，余既序而行之矣。其季弟古漁，余壻也，少學於余，嘗從遊京師、楚粵。間課以詩，骨雋上而味清遠，無『朱門酒肉臭』，每脱口，輒嗟賞之。已而禹門守淮安，歸侍五載，禹門卒，又三載，而余女亦卒。卒之明年，爲乾隆辛卯歲，古漁應京兆試，瀕行，出詩如干首，乞余評點，且以夢田例，請余讀之。其間多粤吟，俯念疇昔，不自知其老淚之被面矣。

憶余之許字以女也，禹門初令吴縣，古漁才六齡耳，能把筆作擘窠大書。稍長，從禹門於太倉、蘇州、淮安。而其亡兄杏村，時以孝廉起家，爲蜀石泉縣令，一時門户輝赫，賓從咽闐，而古漁則翩翩以佳公子名，然則古漁故膏粱裘馬中人也。顧獨雕琢肝肺，苦吟自怡，苟非得諸性情，其所牽掣而汩没之者，觸耳目皆是，奚必工此！『窮而後工』，斯語良不足爲古漁道。然而數歲以來，初哭其兄，繼哭其父，近且又哭其妻。老母含辛，遺雛飲泣，塵生賓榻，雀噪空門，一彈指頃，而古漁則竟窮矣。嗟乎！窮者不必工，而工者將必窮。憂患始於識字，官職折以詩名，蘇、白同歎，理固然乎？

夫古今人之窮者不必傳，窮而傳者，亦不必詩。傳其詩，并傳其窮者，其人且尸祝萬世，幾與聖賢豪傑等。而聖賢豪傑，如《卿雲》復旦，《大風》猛士之歌，又未嘗不以詩傳。然則古漁無咎工之足以致窮，當憂窮而不益進於工耳，古漁勉乎哉！顧余病且老，退爲耕農，近樂喑默，以休餘年。往見世之負時望者，喜爲人作序，輒引爲戒。今獨於夢田、古漁，再請而再應之者，感於心而不能已，所謂長歌之悲，過於痛哭者也，豈謂余言之足重哉！

張太守杏莊詩序

《五經》惟《詩》之變風變雅，多委巷間兒女子言，乃亦尊之曰『經』，至與《易》《書》《禮》《春秋》等。而小子有詔，雅言必先，所云無邪、達政、專對者，聖人存其説，罕通其義。顧説者蜂起，作者踵接，至實徵諸身心家國閒，得一言之效於用者蓋寡。豈人材不古若，與性情失其正，而《詩》之本先亡也？

嘗考春秋時，君卿大夫無不深於《詩》者。不特季札請觀周樂，能知鄭之先亡，秦之必大；寧俞不拜《湛露》《彤弓》，穆叔不拜《文王》《肆夏》，能先得聖人正樂之心，均爲當世所莫及。即如夷吾誦簡書之句，而捄邢紓難；平仲誦《大明》之章，而彗星罷禳。楚莊以能述《周頌》而霸，衛獻以不知巧言之卒章而亡。啓狄之禍，諫以《唐棣》；藏冰之道，得諸《豳風》。而且謀帥武事也，必推説禮樂敦詩之先；穀穆姜婦人也，能歌《绿衣》以答其臣之勤。當是時，聘問燕享，歌詠有節，揖讓有儀。而七子垂隴，六卿餞郊，嘉樹甘棠之譽，郤環獻馬之會，彬彬乎稱極盛焉。

洎乎昭定，世卿擅晉，伯業浸衰，楚氛愈熾，吴越遞雄，王業卑，文德替，此風遂淩夷不可復睹矣。孟子曰：『王者之迹熄而《詩》亡，《詩》亡然後《春秋》作。』説者謂《詩》亡於平王之東遷。余謂平王東遷，雖天子之政在諸侯，猶假尊王之名，以令天下。雖采風之使，不下逮列國，而賓主賦《詩》見志，猶守舊章，是迹故未嘗熄，《詩》故未嘗亡也。至大夫專政而後，未熄者熄，未亡者亡，《春秋》不得不作矣。

夫《詩》始文、武，述王化也；迄於幽、厲，以著其衰。《春秋》始桓、文，紀王迹也；迄於定、哀，以著其熄。故孔子一言以揭《春秋》之全，而曰：『其事則齊桓、晉文，重二伯之能存王迹，故專言之。』此孟子所謂『《詩》亡而《春秋》作』之微旨也。然則《詩》與《春秋》同義。《春秋》則游、夏莫能贊，非聖人不能作，何獨易言《詩》哉！

降而求之，惟漢唐差爲近古，本經取則，則有韋、孟諷諫，束皙《補亡》，沿波討源，不乖厥趨。嗣宗放達，淵明高潔，眷懷故君，異轍同軌。阮之《詠懷》云『是時鶉火中，日月正相望』，志曹芳之廢也。陶之《擬古》云『種桑長江邊，三年望當採』，志恭帝之弑也。志婉而痛，辭微而顯，黍離麥秀，嗣響無愧。有唐挺生浣花，一代詩史，風雅之變，此其流極。至於青蓮之《古别離》《蜀道難》，漫叟之《春陵行》，香山之《新樂府》，則亦板蕩之遺音也。

他如昌黎《南山》，意侈而文辨；盧同《月蝕》，義正而辭淫。無當懲勸，均宜舍旃，畧舉數家，用標法式。裁量古今，萬緒一揆，然後知謝朓之句，不必驚人；陰、何之心，亦徒自苦！然而論詩者，猶斤斤議工拙於格律聲韻之閒，以漢晉唐宋時代之遠近爲升降，虎賁中郎，典型奚在！良由文武道喪，風教凌替，性情日汩，人材日下，無惑乎去古益遠也。

我皇上聰明天縱，緝熙聖學，陶鑄百代，含吐萬象。元音布濩，風流景從，熙熙慕思，庶物蒸變。雖弇鄙朴愚之士，咸思耀於光明。《南風》之歌，仰邈前徽；《康衢》之謡，俯冠來籍。唐哉皇哉，斯亦景運之所際也！

吾友杏莊使君，爲相門羣從，沐浴日月之光者數世，盛年以名孝廉吏維揚，筦鹺政。維揚殷盛靡麗，人交走恐後，膠黏羶附，宦忘其遷。使君去之日，如其初來。其守徽也，徽山郡，守者咸樂其無事，與之爲無事，事滋廢。使君至，則以精勤振刷之，疏滯積，修廢墜，塞奸竇，昌文教，朞而郡以大治。其聽疑獄，則鉤距不設，物無遁情。某鄉有老嫗，及其幼子若女三人一夕死，令疑其傷類自毒以斃者，使君頷之，密察得殺人者。既定讞，呼囚母與囚訣，囚與母相抱泣，使君亦泣，他日爲余道其狀，猶貌若有戚戚焉者。嗚呼！哀矜勿喜，得性情之正者也，詩之本，其在是矣。使君雖不言詩，余固已知使君之詩。

今則受其全稿讀之，於《老馬歎》而知其能忠；於《重過桑園》，而知其能孝；於《哭兄勉弟》，而知其能友；於《罵鬼》，而知其所惡；於《題門》及《竹窗放歌》，而知其所好；於《焦山古鼎歌》，而知其重廉節，惜令名。至於愁霖苦旱，痌瘝保抱之心，見之吟詠者，幾於每飯不忘。

然則使君之詩，非僅詩也，即其所以爲治也，庶幾有得於無邪、達政、專對之旨與？不然，而何以及是！異日殿邦納揆，賡颺廟廷，鏘洋金石，比隆《雅》《頌》，非使君，其又誰屬耶？雖然，是未可一二爲淺見寡聞者道也，聊書所見，以復於使君。使君深於詩者也，尚其有以垂教之。

校勘記

〔一〕乾隆張氏希音堂刻本《翰苑集注》，卷首冠此序，尾署「乾隆戊子季秋月，秀水舊史氏鄭虎文序」。

〔二〕羅天尺《癭暈山房詩删》（清乾隆二十五年刻本）卷首冠此序，尾署「乾隆壬午孟冬，秀水年愚弟鄭虎文序」。

〔三〕「將軍欲見……送將軍行」，《癭暈山房詩删》作「將軍欲見某久矣，厚意不可没。今以照往，如某見將軍，親送將軍行」。

〔四〕「松巖過别，攜照示余」，《癭暈山房詩删》作「時松巖過别，猶攜照示余」。

〔五〕「以親老不復出」下，《癭暈山房詩删》有「遂以終隱」四字。

〔六〕「六十」，《癭暈山房詩删》作「七十」。

〔七〕「遜避」，《癭暈山房詩删》作「退避」。

〔八〕「不傳」，《癭暈山房詩删》作「不能傳」。

〔九〕「兹余即日得替去」，《癭暈山房詩删》作「兹余奉旨得替，计日首途」。

〔一〇〕「請」，《癭暈山房詩删》作「約」。

〔一一〕『以力學敦行……禮賢下士』，《瘿暈山房詩删》作『以盡化其邑之人，咸力學敦行；如孝廉其禮賢愛士』。

〔一二〕『余何敢』上，《瘿暈山房詩删》有『夫文風士習，學使者之責也』十一字。

〔一三〕『助』，《瘿暈山房詩删》作『成』。

呑松閣集卷之二十七

秀水鄭虎文炳也著
門人欽州馮敏昌編次
男師亮師靖師愈謹梓

文三　序

沈定夫詩序

昔大禹八年在外，而作《禹貢》；周公居東三年，而賦《東山》；孔子删訂《六經》，亦於轍環歸老成之。即自漢迄今之以著述傳者，半出於勞臣遷客，足跡徧天下之人。其諸伏身鄉井，跼影闉闍者，猶之盆魚籠鳥，不足與知溟涬寥廓之高深也；村農市夫，不足與知朝廷宗廟之巨麗也。或泥古而乖今，或篤近而忘遠，即有所作，如蛩號鼠唧，萬聲一揆，聽不留耳，故當世罕聞，後世莫述。

『丈夫志四海，萬里猶比隣。』此陳思之詩，陳思之志也，而建安七子，陳思遂爲之冠。此以知文章能事，必屬之善遊人，而詩則尤資之，何則？詩本性情，而性情之爲物，無形而能形形，無聲而能聲聲。且舉萬有之形聲，以爲其形聲，彌天地而皆是，亘萬古而不滅，此其象如火。然火爲日之精，散而孕於木，若石之中未始見有火也。於是燧取諸日，鑽取諸木，搏取諸石，而火乃生。又於是緼以承之，膏以沃之，風以鼓之，而火乃熾。火之未生，有精而無形；火之既生，有形而無質。無質故無物，寓無物于物，而無物之非其物，即詩之元機真諦也。

然則詩之情不可無，若燧若鑽若搏者以引之也；辭不可無，若緼若膏若風者以達之也〔一〕。引之而情生，達之而辭生。情生於所引，則興之義也；辭生於所達，則賦與比之義也。賦比興三者，觸於境而寓於物，境不親歷，物不備知。則塊然者内不足於情，其爲情也僞；枵然者外不足於辭，其爲辭也鄙。不僞不鄙，則二體立，三義備，而後可以嗣響風騷。故有唐一代，言情維《北征》，賦物維《南山》，爲百世冠冕。然豈不讀萬卷書，不行萬里路者，所能道隻字哉！

吾鄉沈君定夫，於書無所不涉，通刑名法家言，而一歸本於儒術。少負經世之志，無所遇，去爲諸侯賓客。今老矣，名益重，賢公卿交走幣於君之門，君苦之，然亦不能辭也。用是於天下吏治民情，土俗之沿變利病，頑良瘠肥，皆其所口講而指畫者也；日星河嶽，鳥獸蟲魚草木之驚心駭目，殊形詭趣，紛紛綸綸，不可殫論者，皆其所網羅而捆載者也。

而且荒壟殘碑，憑今弔古，登山臨水，送遠懷人。則凡孤臣孽子，勞人思婦之憂思而憤懣者，若瘖寐通之，而歌泣共之者也，於是乃一發之於詩。其爲詩也，蹈實而虚，耀暗而明，隱見合散，悠揚奔騰，儵閃變化，而莫主其形名，與吾所云火之説者有合焉。嗚呼！可謂善達其性情者矣。然非君之善遊，不能盡發其胸中之奇於詩如是也，詩之必資於遊也，信矣。余因讀君詩，而若有所會，爰書之以爲序。

吴興沈君詩序

癸巳仲夏，杏莊太守自皖歸，以吴興沈君《楚吴吟草》見示，曰：『此君鄉詩人之全豹一斑也。屬介言，以質於君，且以序請。』余諾而未有以應也。會病痁，痁已宿疾作，沉綿枕席者數十日。小瘥而腰脚作楚，不良於行，閉目晏坐空山中，客鮮至，至亦戒門以絶。雨後風颯颯作秋聲，覺新凉襲人，寧神便體，既適且閒，因讀沈君詩。余故未識君，今識君於詩中，蓋亦懷才不遇，而棲棲將老於行者也。

余自念少孤貧，未冠即乞食江南北間。已而通籍，去鄉井者，垂三十有餘祀。老疾引退，歸才七年，而六年客新安。差喜雲門、天都，近在咫尺，歙故富州，意必有好事者，攜持病夫，一覽其勝，轉恐老乏濟勝具，坐使山靈笑人。乃久之寂然，終歲託宿朱子祠下，如奉祠者，足跡不出庭户，過此歲月，知復有幾！而此味酸甜，孰嘗未艾，每誦『無多骨肉貧猶别，不盡江山老更遊』之句，輒嘅然也！

沈君爲梁隱侯後裔，代多聞人。入本朝，以才名顯者，項背相望，其熟於人口耳者不具論。猶記余十許歲時，侍先子左右，每聞有客自吴興來爲信宿留，客輒盈座，詩酒之會，連日夕不少休。僮之操筆侍飲者，皆竊竊然背罵吴興人。因問吴興人於先子，先子曰：『此操堂先生之弟，孝廉同叔也，狂於詩酒，世皆目之爲癡。』因爲誦浣花句云：『世人皆欲殺，吾意獨憐才！』

其後先子即世，孝廉亦卒不遇以死，余不知孝廉與君族屬遠近，君猶能誦其遺句否？能掇拾其遺句，俾有傳於後否？嗚呼！有才無命，則已如此矣。

今君抱經濟，善吟詠，遊諸公卿閒，諸公卿争以上客客之。唐之名人，多有以書記薦登於朝者，我朝亦許大吏以幕僚名上聞。則君他日遭際，遠過君家孝廉，可即於君決之，豈必長此僕僕然！而青衫幕客，烏帽詩人，草檄陳琳，登樓王粲，老驥之悲，唾壺欲碎矣。此余所以重君之才，如重同叔之才。讀君之詩，如讀同叔之詩，輒自傷少壯迄兹暮齒，所謂合充水手，何止知津者，視東坡爲過之。詩能窮人，曩未之信，本身徵古，今乃大悟。近知懺除，誓不復作，冀天或憫其悔過，而予之以安，此余自識病而藥之之良方也。

今君於詩，如嗜酒躭色者，甘其毒，而不知將與命讐也。余不忍私，敢爲同病者進其方，如信其方之必可用，而從吾藥，真吾同志矣。他日苕溪鴛水，或相過從，默相契於無語言文字中，則請以兹序爲車笠之盟可也。

黄歙遊草序

詩何自始乎？曰始於性情；性情何自始乎？曰始於未有天地以前。夫仁義禮智信謂之性，喜怒哀樂謂之情。從乎無可名之中，强而名之以性，名之以情，且名之以仁義禮智信，喜怒哀樂，而當其初，則固未嘗有也。未嘗有，何以知其有？於其所必不容已於有者而知之，而名之。故名之，非必其如是，而惟其不容已者爲必如是，凡天下之自無而之於有者，皆然也。

故未嘗有天地，以不容已於有天地，而遂已有此天地；未嘗有人，以不容已於有人，而遂已有此人；未嘗有仁有義，有禮智信，有喜怒哀樂，亦以不容已於有，而遂已無不有。於是有而畜之，則爲德；德而率之，則爲道；道而宣之，則爲言；言而歌詠之，則爲詩。詩不期怨而怨，故怨而不怒；不期樂而樂，故樂而不淫；不期哀而哀，故哀而不傷。以此不怒不淫不傷之哀怒樂，措之天下，則政舉而化成；垂之萬世，則道明而教立。數之所自至，理之所自及，勢之所自趨。當其無，不能爲有；當其有，不能爲無。皆此不容已者爲之也。而名人之所不容已者，則爲性情。

故必不容已於有而有，爲真性情；亦必不容已於有而有，爲真能道性情之詩。嗟乎！天下之不容已者，不可得而已也；天下之不容不已者，不可得而不已也。已其所不容已，而不已其所不容不已，則其害遂有不可勝言者。其在天地，則有薄蝕陵闘，震崩沸竭，與夫沴伏氛祲之患；其在人，則有奸貪暴悖，劫殺死亡兵革之禍。中於人心，而形之謳吟詠歎，則佞而諛，僞而辨，文而侈，分離乖隔，生心害政，是之謂淫辭。

夫『治世之音安以樂，亂世之音怨以怒，亡國之音哀以思』。詩者，音之通於樂者也，故其盛衰常與世運相準。故聖人欲驗性情之邪正，則采之以獻於朝；欲一性情之皆出於正，則删之以式於後。正性情以正詩，治之於其本也；正詩以正性情，治之於其末也。治之之道，微乎其微，孟軻氏所謂『故而已矣，故者以利爲本』。故曰不容已者，詩之所自始也，非是者無詩，何則？彼之所謂性情，非吾之所謂性情也。

金陵岳君水軒，爲忠武二十二世孫，文章經濟，負天下重望。年已七十矣，未嘗一日用於世，而卒未嘗一日不用於世。不以其不用也，而有所戚；亦不以其未嘗不用也，而有所矜。蓋其性情，有不容已於天下之故，因有不容已於天下之事，亦遂有不容已於天下之遊。故遊不必黄、歙，而亦不必不黄、歙；詩不必黄、歙遊，而亦不必不黄、歙遊。稱心而言，愜心而止，不知有今人也。有今人，則今人而已矣，并不知有古人也；有古人，則古人而已矣，然亦不必不今而古之也。

惟古於詞必己出，則昌黎乎？行乎其所不得不行，止乎其所不得不止，則東坡乎？蓋自有其所不容已於性情者，而鬱結焉，而磅礴焉，而曼衍焉，而浸淫焉。如火之炎炎然，水之混混然，雲之油油然，風之蓬蓬然。根於生天生地，遞相生而忽得之於詩者，所謂不容已也。惟其不容已，故不可廢；惟其不可廢，故必可傳。凡古詩之傳者如是，而君之詩已如是，則余説君之詩，亦止於如是，而《黄歙遊草》，其一斑也。

若夫偉畧崇情，式孚物聽，功在國而不有，民載德而不尸，其赫赫照人耳目者，當世名公卿，皆數言之矣。余因而重之，是所謂可已而不已者也，是又兹集之罪人也，故不復贅。

寧波王鈍夫詩序

《咄咄吟》者，癡道人之所作也。癡道人者，王君鈍夫，余同門生袁太守近齋師也。近齋嘗爲刑曹郎，通律意，余時在書局，與修刑典，讀律，疑若罪有輕而律故重，罪有重而律故輕者，舉以叩之。近齋云：『古人定律，非即一罪定一律，當增減論之，衆律定，而後一律乃得其平。』因即所叩之罪與律，減之至笞一十，增之至於死，而罪與律輕重咸盡。又如余意疑所當輕重者，而增減之，以各至於盡，則非罪盡而猶有餘律，即律盡而猶有餘罪。余因歎近齋律學之深，而古律之不可以意變也。顧竊訝近齋以諸生初仕爲郎，何遽能爾！近齋則爲余言鈍夫，蓋鈍夫故諸侯之老賓客也，余自是始知四明有鈍夫者。

已而近齋爲永北守，及期以憂歸，會復起，竟卒。又數歲，余以老病引退，攜其孤鈞，讀書新安紫陽書院。鈞好詩，偶爲余誦其鄉人與近齋相贈答之什，有句云：『山客有材工炒栗，野人無識解鋤苗』。嗟賞久之。因問得其姓氏，則鈍夫也，余然後又知鈍夫能詩。明年，嗣君某集其遺稿《咄咄吟》上、下二卷，及諸雜文，具書以近齋爲言，屬鈞以序請，乃得盡讀其詩，且讀其自著《癡道人傳》。乃益知鈍夫故賢而隱於幕者，而惜乎僅以詩見也。

夫古今來公卿士大夫，下至庸販奴虜，莫不以巧捷相慕悦，取愛重，何則？巧者有餘，拙者不足，天之道也。昔者太史公謂，刁閒獨收取，桀黠奴使逐利，起富數千萬，此真善用其巧者。得是術而精之，非獨宜於富，即以之取高爵厚禄，無不效。富可致貴，貴可致富，富貴則禮義生，名譽集，顯於天下，施及後人。

若夫巖穴之士，砥行立名，而不免窮餓無所遇；即遇矣，既没，卒亦無一瓦之覆，一壟之植，以庇其子孫，論者鮮有不以拙爲病者。嗟乎！拙於逢人者，謂之狂；拙於謀己者，謂之癡。異名而同源，要皆拙之盡境也。今之世，孰自甘於此者！而鈍夫故若甚樂乎癡，而取以自名，其果癡者耶？抑不癡而託乎癡，以逃焉者耶？不然，或因人之癡之遂不辭而云然耶？惜乎不得起鈍夫而問之也。

往余與近齋官京師，蕭然處人海中，稱大隱，人咸目笑之，因賦《十癡詩》以見志。二十餘年來，近齋已化爲異物，遺孤孑然，貧不能養其母。而余亦病廢歸田閒，旦夕且入地，猶强起事課讀，以給饘粥。方自咎癡之爲疾，漸老漸篤，將遂不起，以至於死，所謂『既痛逝者，行復自念』也。今讀《癡道人傳》，則又令人爽然自失矣。

嗚呼！鈍夫之《傳》，傳其癡也；鈍夫之詩，詩其癡也。世無癡者，其孰傳之而孰聽之，則序真余事矣。乃爲之序，而歸其嗣君，且告之曰：『其謹藏之，甚無令天下之不癡者見也。』

徐太守遜夫罷官歸送行詩序

余以馮大中丞柯堂先生之招，來主紫陽講席，至自戊子之暮春，而太守遜夫徐公，亦於是月至。至則謁子朱子於書院，退而慨然以重學勸士，昌文教爲首務。

院初創於乾隆歲之辛未，因紫陽山朱子舊祠爲之，凡六堂，堂爲學舍各十有一。太守歲録生童之優者，肄業於院，月四課，太守主大課二，院長主小課二。大課殿最賞罰各有差，小課有殿最而無賞罰。課日，廣文之監院事者涖其事，歲久即怠，日濫以荒。公謂不更制，不足以振，乃曰：『課數遽且率，無當，宜汰小課一課。爲天子贊文治儲才，守土者宜咸與，月之首課，太守專之，其一府倅若令遞主之。至期，主者必涖，扃院設餐，盡日毋宿。小課不會，傳題，至日集卷，賞罰視大課殺之。監院時其勤惰優劣，月以聞，毋爲蔽匿。』其他條教，各有更定。一旦張下，六邑諸生交口傳告以徧。於是老師宿儒，向之恥應院課者，皆稍稍至。久之，若他郡非徽産者，或數百里，或千有餘里，有負笈來請入院者，公皆收之，士氣大振。去年秋，余自審衰病，神智短淺，去取甲乙，瞀亂失次，不足稱公意，言於公，請歸，公曰：『與吾共此者，獨君耳。君去無繼者，勉留以就吾事。』余重公意，且故樂公之安余拙也，乃爲公留。

今年春，余來，公竟被議去。嗟乎，公去，余其尚可留乎！且公去，則公拳拳於諸生之心，後之人能繼與否不可知。能繼，則諸生之幸也；不能繼，則諸生之不幸也。幸不幸，天也，非人也，諸生其如公之去何！顧諸生有不能已於公者，於是爲詩以自言其志於公，余則述公志爲序，合而書之册，以贈公之行。公行，余亦從此逝矣。

姜夢田詩餘序

姜孝廉夢田，余同年生朱君浚谷之館甥也。浚谷精音律，喜度曲，酒酣耳熱時，輒按拍歌。或聞歌而善，則倚簫和之，雖名優老伶，交語雜坐，不以爲忤。嘗謂余曰：『子毋以歌曲爲小道。歌曲，古詩之流也。蓋古無不可歌之詩，不可歌，則音律乖，而依詠和聲之道廢，豈聖人訓詩之法歟？故衰周以後，無可歌之詩矣，漢以樂府續之；漢以後，無可歌之樂府矣，唐以詩餘續之；宋以後，無可歌之詩餘矣，元以歌曲續之。僕是以求端於歌曲，而窮變於詩餘，將以復樂府之舊，而窺古詩之真云爾。』其持論如此。故生平酷愛填詞，往往至神妙獨到處，雜之北宋諸名作中，未易優劣也。

浚谷意氣豪宕，余嘗見於廣座中抗言發論，如驚飈迅雷，辟易四坐，奴視庸衆人，庸衆人莫不驚怪詬詈之。由庶吉士改官兵部，棄之歸，放迹湖山間。遇有所纏綿悱惻，酣嬉淋漓，與夫驚憂感憤，不自聊賴之際，悉寓之於詞。詞益工，然多不自省録，迄今猶時時於曉風殘月中，得之歌者之口，則皆絶調也。久之竟卒，予聞而悲曰：『《廣陵散》自此絶矣。』

初，浚谷無子，有女某，盡傳其學，浚谷曰：『此不可爲庸人婦。』會孝廉尊甫禹門太守方令吴縣，見孝廉於官署，讀其詞善之，字以女，喜曰：『蔡姫圖書，有所歸矣。』既於歸，不數歲，先浚谷卒。浚谷既無子，而孝廉喪偶獨居，悲不自制，則取女所口吟手録者，哭而聚焚之，於是浚谷之著述畧盡矣，悲夫！

今孝廉自集所著詩餘如干首，問序於余。余念浚谷若在，必能道其苦心得力之處，而惜乎其不及序也。乃浚谷不及序，而余爲之序。余雖不能知詞，猶能知浚谷，則以知浚谷者知孝廉之詞，而孝廉之詞可以序，亦可以傳矣。嗟乎！孝廉之詞傳，而浚谷之詞不傳，傳不傳之間，豈非天哉！

詩問序

余友王君季龍，新城司寇文簡公從孫也，以名家子，工文詞，爲諸生祭酒。起家令毘陵，有聲被薦，遷新安司馬，嘗權知府事，廉静慈惠，民忘其賢。顧心獨愛重士，而新安士之老宿務經術，否則專治舉子業，其爲詩者，率以試帖爲圭臬。又鮮師承法度，音節諧者，十不一二。君憂之，因出所藏公《詩問》凡如干條，梓以式多士，其意可謂勤矣。

余惟詩自漢魏以降，遞有盛衰。至我朝，直軼元、明、南宋，而上方駕北宋，駸駸乎復神龍、天寶之舊，則公一人之力也。國初詩家，力掃鍾、譚，歸於大雅，廓清之功爲甚鉅。然獨尊茶陵，痛詆北地，持論未允。公出而折衷之，尋源返始，標揭宗旨，倡率海内。其爲詩也，五言短古出入於右丞、蘇州之閒，其佳處可以嗣響魏晉。七言古以杜、韓、蘇三家爲準的，求之元、明，吴淵穎、高青邱，其伯仲也。輞川五絶，龍標斷句，古今特絶，而公實兼之。其諸律體，要亦不作中唐以後人語。蓋才大而不矜才，學博而不矜博，卓然爲一代稱首，真詩家之正宗也。

公之序《曝書亭集》，曰：『錫鬯之文，紆餘澄瀹，蛻出風露。』又曰：『詩則捨筏登岸，務尋古人不傳之意於文句之外。』其所以美竹垞者，即公之所以爲詩，公之所以爲教也。嗚呼，盡之矣！公有五七言古詩選本，余嘗謂此爲苦海慈航，每取以課子弟。因念漢魏詩寄意深遠，古今之評隲者，都未明晰。爲之句櫛字比，力抉作者、選者之苦心，疏之以便傳習，意謂粗有所見，獨以不得見公，親質其是非同異爲恨。

今讀《詩問》，證之選本之去取，及余所論説，隱隱皆若有針芥之合。然後歎《詩問》出，而天下之言詩者，必讀《詩問》，而後可以讀漢魏六朝之詩；必讀漢魏六朝之詩，而後能决擇歷代之詩，以端法式，而不詭於道。則其人雖不能繼公之後，爲公之詩，亦庶乎可以自信矣。然則司馬刻是編，嘉惠後學，豈獨爲一方之詩學計哉！余故論公詩之所宗主，并及余向之私淑於公者，爲世之讀《詩問》者告焉。

武林陳庶常宗五遺文序

余於戊午、己未之歲，滯留京師，數聞人稱武陵陳君宗五，會宗五試詞科，報罷去。越十載戊辰，宗五成進士，入詞館，名益譟。時祁陽文肅公方參政，故兄事宗五者也，於是人争下宗五，而亦有言交宗五於余者，余笑謝之。蓋意宗五能文章，有縱横才，余固弇陋異趣，而宗五亦於是歲歸，尋殁。殁後數載，人亦無復言宗五者。余同年生胡給諫中咸，宗五之故人也，宗五交滿天下，顧心獨重中咸，中咸不妄交一人，亦心獨重宗五。宗五殁，中咸落落無所與處，時從余遊甚歡，因出所藏宗五詩古文，屬余序而傳之。

余讀其文，率多奇古雄傑之氣，蓋昌黎之雲礽也。詩尤醇，五言諸體清腴渾朴，胎息盛唐以上。其餘亦皆能自道胸臆，不隨人作活，必傳於後無疑也。余聞宗五當日負盛名，遊京師，京師貴人禮之如故等夷，或且折節嚴事之。貴人之門故多士，從旁竊窺，咸用心折。於是時髦新進，名譽未立，懷握鉛槧，造門促膝，請與爲密。宗五接之，什百其曹，曾無倦色。貧賤患難，士所常有，宗五遇之，若痛在己。醵錢揮金，百千萬里，聲應氣接，不可測識，亦用自困，蓋往往而劇。於是天下無貴賤，争求識宗五，宗五亦復牢籠揮斥，酣嬉淋漓，無不與人狎者，意氣之盛，可謂壯矣。

然則宗五宜可立致通顯，何乃偃蹇抑塞，垂老始得以其名貢禮部！廷試對策出，一時傳都下，翕然有第一人望，已而落十卷外，若無所異於常衆者。中咸曰：『此宗五之所以爲宗五也。某與宗五處久矣，其人負經世畧，重然諾，輕財，尤不喜見要人。要人强邀之，或謝不往，即往亦不數數。遇所不可，輒面折之，不少假。宗五故弟某，常呼某曰：「六弟富貴命也，不可爲權勢屈。」蓋其自守如此。性又至孝，當未遇時，每試，必母夫人敦迫乃往試，已即歸侍，温温若無意仕進者。既遇矣，隨以省母歸，會母殁，一慟嘔血數升，遂以不起。跡其平生，殆篤於性情，而不殁於榮利者歟！』

嗟乎，當世之篤於性情，不殁於榮利者，獨吾中咸耳！不謂中咸稱宗五，而亦若是。向使宗五不若是，中咸必心薄宗五，絶宗五，必不眷眷於宗五，則宗五之不苟於自處可知矣。獨怪宗五以彼其才，何不收光斂耀，令闇然不見有可驚駭慕悦之處。則流俗之譽，必無得及我，天下後世，亦無得以流俗所譽疑我。而顧不免爲皮相者所歎，豈其才之爲累歟？抑有所不得已而然歟？或其視世人如醉者之視二豪，而油油與偕之意歟？惜乎不得起宗五而問之也。

今者宗五之墓木拱矣，世之知宗五者，無復知矣。而余猶得論定所著，并詳其人，以告來者，則中咸不忘死友之力也。宗五真知人善交哉！

車學博騰芳制義序

壬午孟冬，余試事既畢，行且得替去。海豐學博車君，已先期乞休歸番禺，年八十矣，其徒將謀梓君文，而請序於余。余自維少孤失學，又惰不自策，而性尤不喜制科文。雖僥倖一第，實於此事無所通曉，余之言，何足以重君！顧余自楚來粤，首詢粤之名宿，人輒舉羅孝廉天尺、何進士夢瑶及君名以對，且曰：『此「嶺南十子」中所遺之三老也。』及按部惠陽，始得見君，且盡讀君之詩文。

君之詩文，無體不佳，而余尤喜讀君之詩，尤喜讀君之五言古體詩，以爲可以嗣響江門，轉惜江門較多禪語，爲不及耳。余聞君少年受知惠紅豆先生，一時與羅、何諸君，後先接跡，狎主文壇。海内知名士，無論識與不識，争以先睹爲快。於時『十子』之名，幾欲上掩三家，嗚呼，可爲盛矣！

予奉命視學兹土，意謂三家疏源於前，十子沿波於後，庶幾流徽未沫，繼起彌繁。乃三載以來，網羅搜剔，亦畧盡矣。非特根柢經術，浸淫乎古，如君輩者不數覯，而向之所謂十子，亦已不復盡存。其存者，君與羅、何二君而已，或仕或不仕，咸未竟其所用，今且老去，各閉户著述，罕與世接。又以學使者例不得與粤之士人通款洽，以故僅得見君，君又有官守，不得與予如鄉黨閒舊游好，朝夕過從，上下今古，以罄所蓄積。近復謝歸，而予亦即日待命，馬首北向，俯仰之閒，其於盛衰之感，爲何如耶！

夫人才盛衰，雖關氣運，亦賴有主者。故唐有昌黎，而李翺、張籍之名傳；宋有東坡，而山谷、少游之才顯。粤有紅豆，而君輩亦得以文章馳譽當代。計今去紅豆涖粤時，纔數十年耳，而才已遠不逮昔，豈盛衰之説耶？抑亦無主之者故耶？余視紅豆，不能無愧焉。

雖然，余之愛重君，與厚望君之鄉，願有繼君輩而起者，其惓惓之心，猶之紅豆當日之心。則余雖不能知君之文，而不能不序君之文者，誠有所不能已於言者在耳。至於君文之佳，譬如交、廣之珍異奇隙，有目共賞，余故不復贅。

王廣文思廬制義序

名山大川，天以之刻雕厚坤，藻飾區宇，所謂大塊之文章也，故人之得是氣以生者，往往以文章顯。浙東之天台，故興公所稱山嶽之神秀者也，比之方丈、蓬萊，爲靈仙之窟宅，不死之福庭，而台郡寔治其所。又外負大海，泱漭澔汗，與天無極，沐日浴月，百寶鱗萃。生其地者，率淵懿醇古，不必盡以文采著。其以文采著者，則又閎通博辨，絶出流輩，蓋山海間氣之所鍾然也。

乾隆初元，詔開博學鴻詞科，少司馬齊公以諸生應詔，入詞館，躋卿貳，爲皇子師者，垂十有餘年，名動朝野。於時之同被徵者，又有侯明經嘉繙，世所稱夷門先生者是也。夷門之内弟秦孝廉沐雲，年齒後於侯，名相亞，是皆台産也。余兄事夷門，弟畜沐雲，而於少司馬爲同館後進，故盡得讀其所著述，棲奇麗古，飫目厭心，所謂閎通博辨者，即其人歟！君與三人同郡治，鄉之人推爲老宿，以歲進士爲吾郡嘉學師有年。士之服習其訓者，品益醇，而學亦日進於古。君爰集經義如干首，梓以爲多士式。余讀而善之，謂向所見三人之文，殆同源而異流者也。

余嘗謂兩浙之人，浙以西文勝學，浙以東學勝文。文勝者不足傳後，學勝者不足行遠，失則均耳。然學，本也；文，末也。不可得兼，擇而處之，毋寧舍末而崇本，何則？崇本者爲君子，趨末者爲小人。人故未有自安於小人之人，獨至於文，則徽倖心勝，有猝入於小人之歸而不悟。此所以舉業小道，有志者恒凛凛於詭遇之羞也。君於浙東學勝之地，而擅浙西文勝之長，可謂本末該備者，傳後行遠，夫何愧焉！顧念君文中充外腴，無山澤蔬筍之氣，宜必遇；苟遇矣，何遽不若詭遇者之倖獲速化！而顧遇不償學。或者以天台之山，不列五嶽，事闕常典，亦猶羽人高士，蟬脱塵壒之外，有非名爵所得而貴，故其地之人，亦多豐於才而嗇於遇歟！

憶昔丁亥之歲，沐雲以瑞金令改降學博入都，道由拳，訪君於槐堂，遂過余舍，爲余言作令時事，因及君。謂今始獲從君後，得以餘年爲朝廷申庠序之教，庶幾無失吾素。迴念同學如夷門者，一爲丞倅，遂没齒無復與士人伍，則某不可謂非厚幸矣，因大歡笑，時余以爲知言。未幾，沐雲再被議，奪職罷歸，窮老衰病，未知其近作何狀也。

今君秉鐸兹土，上重其品，下式其訓，所以自效於世而被之人者，不以吏治，而以文學。此固夷門、沐雲所願望不可得者，而君固已得之，不可爲不遇。且師道無尊卑，一也。君之爲士子師，夫何異於齊公之爲帝子師！亦視其所爲師者何如耳，遇不遇，豈在區區勢位間耶！然則君不詭遇之文，即君真遇合之文，此則君之所以爲文者歟！

高要王明府永熙制義序

山陽周明經白民，以文名於時，垂三十餘年，卒不遇，以其學倡於鄉。鄉之人經其指授，爲文章咸有法度可觀。用是江北諸郡，稱文之近古者，淮爲最。顧其人率爲白民所掩，莫能振奮獨出，自名一家言。而王明府後，白民興，爲諸生有聲，貢太學，試輒屈其同舍生，同舍生咸心怗，莫敢枝梧。君之師陳觀察玉盟，余同歲生也，時官京師，數語及君，故心知君。然余既荒落，愧不敢交天下士，君亦落落不妄詣人，以故卒不得見，然心折於君者久矣。

已而，余有視學之命，由楚移粵，而君爲嶺南賢令長已數歲。余因得以試事過其治，握手如平生歡，君則盡出所著制義示余，且乞余序。顧余少孤家貧，鐖驅失學，通籍後，獲從當世賢士大夫遊，又頻與京兆禮部分校之任，始覺懭悅迷謬，莫適所主。既懼且悔，乃稍稍涉閱自明以來諸大家文，粗識門户。性復頽惰，不肯竟學，故於制科之文，迄無所得，然則余何能知君之文！第受而讀之，甫一過，目眩心動，累日不能已。如余頃之適珠崖，汎大海，放乎中流，風起雲涌，怪變滅没，低昂萬象，心識其狀，而不能舉似者。然後歎君故常從白民遊，白民能以其名掩他人，而不能掩君者，君文良足自樹也。

獨是右文之世，持衡鉅公，如敬輿、永叔者不少，而君卒以場屋困。吏治之選，書生充之，不以傲忤，即以拙廢，而君顧獨以政事顯，豈果文之不足憑歟！抑文人之不可測歟！或曰：『非也，文人之遇，不必盡以其文，亦何莫非文之昌其施，以被諸世者耶！』則文也進於道矣，明府其庶幾爲有道之文乎哉！

張明府蓀圃制義序

余友張君蓀圃，幼以神童名，年未冠，文譽噪雲、代間。學使今少宰德公奇其才，拔第一，令讀書晉陽書院。院多藏書，恣觀之，不數月竟，同院生叩之，應口誦，衆乃大服。試輒冠其曹，雖老師宿儒，名出其下，怗怗不敢出聲氣。當世知名之士遊於晉，或爲書院長，咸引重君，君殊落落，不以屑意。

會大中丞喬公光烈時爲監司，駐蒲州，閔其士之不學於古也，乃延山左故某縣令牛君運震爲之師，且欲藉君以風蒲士，書招君，君於是受學於牛。已而，代牛主講院者，爲山陰胡徵君稚威，則嘗與牛以博學鴻辭徵而被放者也。徵君恥世俗學，治古文，自方昌黎，謂惟桐城劉君耕南可與抗手，餘皆目笑之。時與諸徵士會輦下，名獨與長洲今尚書沈公埒。未幾，尚書以詩受知遇，賡颺之隆，伯仲臯禹，今垂百齡矣，神明不衰，而徵君竟偃蹇漂泊，且困以死。人謂尚書性和易，士無賢不肖，皆樂親之；徵君鋒穎廉利，少許可，卒坐是無所遇，而士更以此重之。於時客於蒲，蒲之人無能受其學者，極亟稱君，呼爲小友，蓋以鄴侯器君也。

君既盡得其所學，歸而閉户事著述，慨然有千載之志。丙子舉於鄉，丁丑試禮闈，本房沈公得君卷，首薦斥，對房錢公見而惜之，力言其文於主司，乃得售。沈名栻，今爲河東運使；錢名載，今宫詹。宫詹故與徵君同被徵，而亦恥爲世俗之學者也。然則君之文，即遇合間，已可覘其崖畧矣。

余之主紫陽講席也，後君涖歙之二年至。至則聞君以古學倡多士，而月課之於斗山亭，斗山亭者，明湛甘泉所講學處也。初，耕南與徵君同被放，後爲黟縣學官，久之不樂，謝病去。會君來，君聞耕南名於徵君者舊矣，遂禮請爲士子師，歙之素勵名節，掃迹長吏之庭者，至是各執經以見，君遇之，皆如故等夷。近世士大夫少工舉子業，帖括外都不省記，既得志，臭味遂與士人絶遠。若出爲守若令，益卒卒無暇日，或與士大夫接，稍稍及文章事，輒以迂濶蒙誚讓。宦遊者故不事此，樂其便甚，或輕折辱士子，博强項名，而詭託爲自完計。不知其所爲不自完者，害且百，罕所顧。顧獨慮是，是其所深嗜而篤好者，固在彼不在此也。然則君之化民成俗，皆本學古之獲，以效於事，區區之文，固其緒餘，而時文猶未足爲君重，然亦豈無本者所可與之較量工拙哉！

余往者得見君所注《陸宣公集》，已讀而序之。兹復出制義如干首，問序於余，曰：『兹編某課徒時所作，爲揣摹者示圭臬耳。念時文非性所嗜，不多作，即作率爲人持去，罕存者。今此事廢矣，姑勿計佳惡，欲梓之，俾無散亡。第篇帙儉，奈何！』余曰：『徑寸之珠，光可照乘；盈尺之璧，賈逾連城。文又多乎哉！雖然，今天下能以古文爲時文，而爲君師胡徵君所心折者，獨耕南在耳。君之文，徵君存，徵君序之；徵君亡，耕南序之。而余何能！』因爲述君之學問淵源，其來有自，書以復於君。君以余文請之耕南可也。

彭廣文璞齋制義序

乾隆戊子春，余應徽州守李公招，主紫陽講院，至則具樂張燕，羣公咸會。時君亦與，年七十有五矣，於廣坐中目之，終燕無惰容，心異之。一日君來，語良久，稍稍及文字，意氣飛動，口滾滾如萬斛泉，沸潏溢涌，不可窒逆。余震其辨，咽塞不敢出一語。已而讀其文，則咀含英華，招擢胃腎，光奕奕出紙墨上，益知學有原本。因舉詢君鄉之名能文詞若某某者，而及君同姓孝廉晉函，君泫然曰：『某從祖行也，少與某學同一師，名先後，今竟不遇且死矣。』

嗟乎，晉函當日以諸生遊京師，余曾識晉函於竇京兆東皋座。京兆故以經義自負，斥天、崇以後爲僞體，而獨師荆川。顧心折於晉函，及桐城劉君耕南、維揚馬君立本、順天陳君伯思，以爲此四君者，其所爲必傳於世無疑也。且曰：『今天下文極盛將敝，敝必反古，反古，四君文必式天下。吾與若謹俟之。』余用是知有四君。已而，余得交伯思，又嘗從余視學湖湘間，故知之益深，信京兆語非妄，亟欲得盡交三君。而三君或就卑宦，或貧遊，各散去，不復來京師。憶聞京兆語時，垂二十年，僅僅得交一伯思，而余亦謝病歸矣。

余既歸，不敢復交天下奇士，近又嬰疾益衰，神志荒眊，舊學廢失。今徒爲取足衣食計，率然來爲人師，此真所謂自欺而罔世者也。君顧不察，以爲知言，出所著文乞余序。余近評點院中諸生文，甲乙棄取，往往持卷終日不得決，率以瞀亂失次如此，余何足言君文，以取重當世！

雖然，余恨不得交晉函，讀晉函文。今得晉函從孫又文如晉函者而交之，而序之，而余於晉函可無憾矣。於時劉君耕南亦在歙，於君爲僚友，因得相見，並索得其《海峯時文》刻本讀之。而曩者京兆所稱之四君，余不啻已交其三焉，嗚呼，何其幸歟！

余聞維揚馬君，常出爲令，罷歸，手定其文梓之，未及行世而卒，與晉函没歲先後閒。劉君用明經爲黟縣學博，今已請老，去爲民閒師。伯思五上春官，輒報罷，獨年齒後三君，未即棄去，亦未知其後竟何如也。四君既不遇，四君文或知或不知，世莫有宗之者。聞君今年秋，作計應省試，將昌其文，以堅後學之信，則京兆所倚以式天下，贊文治者，必於君乎遇之。余將資君釋憾於三君，且爲吾伯思策，用以勸世之治此業者。

周廣文聖瀾制義序

乾隆乙酉、丙戌閒，余與君遇於京師，君出其經義如干首，爲余曰：『吾師楊文叔先生，嘗序以問世，今集平生之文可存者，將盡梓。顧吾師亡矣，無知吾文者，子其爲吾序之。』余諾之，而未有以應也。會余以病乞歸，君旋亦出爲臨海廣文，摶沙放手，不復可聚，宿諾之寒，垂十載矣。

兹乙未獻歲之九日，君扁舟過鴛湖，訪余於洲東漁舍。余窮老衰病，久謝賓客，聞君來，急披衣出迎，握手相視，則皤然皆成老翁。君長余六歲，而余年亦且已六十有二矣。憶余二十許歲，時楊文叔先生主敷文書院講席，吾浙名宿，咸聚書院。書院課藝，不脛而走徧天下，天下年少，手是編弋取甲乙科者，趾踵相接。而浙東文之得與是編者，君之外，侯明經夷門而已。夷門卒不第死，而君用孝廉，爲臨海學官，三年罷歸。歸尋舊遊，當日書院中，與君名相後先者，或遇或不遇，十無一存。而君猶據皋比，揮麈尾，爲文壇祭酒，遇不遇，直如夢幻泡影耳。

即如余者，與君同鄉舉，竊禄詞館，浮沉者幾三十年。歸而貧不能家食，課徒新安，終日坐深山中，蕭然如退院僧，默念往事，雪泥鴻爪，其可把玩者奚在！顧猶得以餘年，抗顔爲人師，取足衣食，其出處得失，意謂與君近之。然則論列君之文，以傳世行遠，宜莫余屬。然余素寡學，於經義尤功淺，門外人語，不足爲君文重輕。

獨念君文之選入課藝者，其餘潤所丐，皆已换骨仙去，人每以一鱗片羽爲恨。今則盡出全豹，霑被後學，行將家有其文，譬之《論衡》，人必不得私爲枕中之秘矣，此則可於君文决知其然者。至君謂余知君文，宜序君文，余則何敢！聊書此，以復於君，用以償十年之宿諾云爾。

古懷德堂課藝序

新安紫陽書院，因紫陽山子朱子祠左右建學舍，凡爲堂六，古懷德堂其一也。院長寓齋，舊在祠後道原堂右偏，居山之半，余老病，苦登頓，迺占兹堂以休焉。歲自戊子，率生徒讀書堂中，以春仲來，以冬之孟若仲去，率歲得八閱月。月三課，積五載，得課藝如干首。其肄業於院，及與課而來不及歲，或去來無常，得文少不能成帙者，皆不入選。其選者，人各一帙，帙各一序，序則詳於人而畧於文。以人之是非有定，而人之是非乎文者無定，余故不欲以是非先也，且余豈必以其文之云爾哉！

昔柳子厚云：『人生少得六七十者。』今余則已六十矣，又久嬰疾病，正氣耗敗，身手悸顫，遇客至扶掖，再拜便喘咽不得出聲氣。長來覺日月益促，歲歲更甚，昔疑其言，今乃信之耳。猶幸不即入地，又得素心人相與樂數晨夕，浩歌先王，抗迹人外，當此之時，幾不自知爲何世人，意頗樂之。已復自念聚如摶沙，放手輒空，其與存者幾何！每聽兒輩誦《蘭亭詩序》，蹙然有感於生死之哀。

因念永和諸賢，猶得令千載下彷彿遇諸賢于崇山峻嶺，茂林修竹之閒，則右軍一《序》之力也。余是以有兹集之訂，將以記磨驢之陳迹，留鴻爪之泥痕，而文其寄焉者也。然則感同昔人，才不逮古，恐使蘭亭笑人之終竟没没耳。『莫爲之前，雖美勿彰；莫爲之後，雖盛勿傳。』昌黎不我欺也。余與諸君子共勉之而已。

沈子孟文題辭

吾鄉沈生子孟之爲文也，必斂抑才氣，研鍊風骨，刻削磨礲，不欲以聲華耀。而儁桀廉悍之氣，爞然如干將之出匣，令人不敢迫視，豈文端使然哉！

子孟爲名家子，受其家學，以詩名禾中，禾中人往往掇拾其句，口熟以傳。子孟故抑然善下，若無以自異於羣衆者。性善飲，然不數數，即飲亦不及醉。醉則目光爍爍，如流星射人，輒睥睨今古，揮斥人物，見者目之爲狂，吁！此即子孟之所爲文也。孫可之曰：『文章如面。』世有欲知子孟者乎？知其文，可以知其人矣。

袁匀圃文題辭

余同門友袁太守近齋子鈞，十歲而孤，倚兩母以給饘粥，晝則命從隣師習舉子業，夜歸發篋陳父書課之。閒舉書中疑義叩鈞，鈞能答，喜；不能，輒相對涕泣，曰：『無嚴師，其如此子何！』已而余歸里，以書招鈞，則大喜，立遣鈞渡江從余來新安，前後凡五載，學以大成。

初，余與近齊官京師，鈞生方數歲，穎悟殊常兒。一日，近齋抱之膝，指壁閒字令識，顧謂余曰：『他日敢以此子屬公。』余笑應曰：『「文王，我師也」。周公師，容外索耶？』近齋正色曰：『君看今插脚人海中，能保此初服者有幾人耶！少年鋭進，後更不知何如。膝上文度，烏知非即此子！必以屬公，公毋以我言爲戲。』自是數相過，亦數及之，然不意斯語之遂留死約也。

今鈞之所學，使第資以弋時譽，博科名，不復後於世之能者矣。雖然，而亦知而翁所望於後者，不僅此乎？內不欺其素志，外不没於浮榮，此則而翁之所以自勖，亦當日余與而翁所共相勖者也。嗚呼，鈞其勉旃！

程彝齋文題辭

槐塘程生敦，少嘗客蘇杭閒，從其賢士大夫遊。好子史百家之言，而薄制科文爲不足學，超然有高世之志。歸而讀不踈園主人汪君在湘《西湖紀遊》心折，曰：『不意柳州近出吾里。』遂往師在湘。

在湘固嘗受經學於婺源江氏永，受古文法於桐城劉氏大櫆，玆士之學者也。既見生，大嗟賞之，復進生於余，學爲制科文。余老病荒陋，無以益生也。而生終不喜作時文，時强之乃作，作輒離奇變滅，絶出筆墨町畦之外，非埋頭兔園册子者胸腹閒物，世故目生狂者。余曰：『生不狂，生其狂於文者歟！』一年，在湘病殁，屬課其幼子於生，生遂去，故所得止此。嗚呼，在湘可謂知人能得士矣！

汪蒙齋文題辭

余序程生文畢，次及汪生漁村之文，甫執筆，而泫然出涕曰：『此吾友在湘之子文之可以問世者，而惜乎在湘之不及相與論定也，悲夫！』憶己丑之春，在湘率生而拜於庭，曰：『吾重公之文，尤重公之德。今命子某，朝夕從公而熏習之，俾得孝弟醇謹，以克自立於鄉黨，幸矣。其諸浮榮虛譽之足以喪我真者，某甚懼焉。』余時歎其言爲知道。

自是生讀書山中者三載，循循無子弟之過，而學日益進。其爲文也，噌吰鏜鞳鐘鏞之音，黼黻絺繡廊廟之采，所謂火色鳶肩，騰上必速者也。余善之，開舉以示在湘，在湘不色喜，徐曰：『某之子從公遊，能讀《曲禮》矣。』嗚呼！在湘之所望於生者，甚遠且大。今没，而登生之文於是集，毋乃非其志歟？雖然，文，經義也，奚病！生其毋忘先志，勉而至於道焉可爾。故書而授生，曰：『若其志之。』

顧後齋文題辭

有明一代諸儒，無愧孟子所謂『豪傑之士』者，陽明先生一人而已。我朝陸當湖、湯文正均大儒也，陸訾王，而湯則師淑之。湯之本身徵民，其視陸，異乎，不異乎？世之妄欲附朱子，以弋萬世名者，斥王，且上斥陸爲異端，此真南雷所云朱子之輿臺僕隸，朱子所必『撻而逐之』者矣。

上虞顧子衣言，少習舉子業，已乃棄去，用朱子法，敦飭素履，而務講求經濟有用之學，則師陽明。余聞而過訪之，留信宿，命其二子以師禮見，執事左右，進退必式於禮，有古隱者風焉，自是數有書相往復。已而與辨《論語》忠恕之義，《春秋》聖人以天自處之非，衣言大屈服，固請退就弟子之列。嗟乎，此聖賢聞過則喜，邇言必察之心也，衣言其亦今之豪傑歟！

衣言長子行素，次南來，嘗從余受經，皆能文。而行素文則清瘦廉悍，態色都盡，真能得衣言之教者。存行素，所以存衣言也。

魯鶴汀文題辭

余女夫魯生鵬南，初來學新安，課之，得『楚狂接輿』全章文一首，余歎曰：『魯氏有後矣。』既采録其文，復進而告之曰：『余録汝文，非私汝而導以虚名粥也。念汝家自方伯以下，洎而祖而翁，皆以文章起家，爲越著姓。汝以少孤，不絶如綫之身，上紹先緒，嗚呼難矣！余憶而翁繼而祖令粤之香山也，香山人曰：「此吾公之子也。」而翁亦曰：「此猶吾昆弟、昆弟之子也。」上下交忻，民以大和。余時視學五管，聞而賢之。又嘗過而翁於清遠官舍，見而翁同産者咸在，怡怡融融，如兒童時。余與汝家再世稱同譜，故相愛，至是益賢而翁，遂許以幼女婿汝。汝時著采衣，女奴抱紅氍毹，謁余夫婦於舟中，年已九齡矣，今當猶及記憶之也。已而，而翁同知臺灣府事，其治狀不詳聞。顧臺灣世所視爲銅山金穴者，而而翁曾不得有以遺汝，如古所謂「木奴千頭」者，余用是知而翁之必將有後也。雖然，有後者，天也；爲之後者，人也。人有其本，而文則末，時文又末之末耳。汝今奉寡母，居窮鄉，見聞既陋，習俗易移，余又衰病，如風簾殘燭，無幾足恃。隔濶江關，十寒一暴，嗟乎，魯生亦自勉之而已，余何言哉！』

兒子師靖師愈文題辭

余選懷德堂六子課藝，甫卒業，六子以余子師靖、師愈文進，合辭請於余曰：『願先生録之，以終是選。』余不可，則又曲援『内舉不避』之説，固以請。

余黯然者久之，顧六子而言曰：『余非以余子故而缺之也，余有悲焉，不堪爲諸君子道爾。余初有子四人，伯師亮，仲師雍，靖、愈其叔季也。愈出爲亡兄經畬先生後，則又余從子行也。四子中，惟雍蚤慧，年六歲，能倣漢魏作古體詩。十五登京兆榜，通《禮經注疏》《左》《國》《史》《漢》及星家日者諸書。兄無嗣，愛雍，欲嗣雍，而雍竟殞。已而請嗣於兄，兄曰：「必他日文能如雍者，愈其可。」於時亮、靖、愈三子咸從兄學，然卒無能及雍者。余每見雍遺文，輒老淚迸落，飲食爲之廢失。兒輩見余如此，隨取匿去，終不令余見也。今諸君子論文忽及靖、愈，靖、愈而諸君子猶以爲賢，余益痛亡者之不及令諸君子見也。不然，區區課藝耳，何嫌忌，而必靖、愈是靳哉！』

於是六子咸避席以對曰：『願先生無悲也。昔童烏九齡與元，以附子雲而傳。先生當代子雲也，而雍詎止童烏比！即視長吉之僅以詩名者，勝矣，雍故未嘗死也，年壽修短，夫何足云！願先生采靖、愈文，并請采雍文一二首附刻，以光兹集。不然，某等文何足問世！願先生無辱也。』余重違六子意，乃用其言，録而序之如此，第恐他日諸君子重讀是文，又不知爲余作如何感慨爾。

校勘記

〔一〕底本『引之也』下脱一『辭』字，據文意補。

吞松閣集卷之二十八

秀水鄭虎文炳也著

門人欽州馮敏昌編次

男師亮師靖師愈謹梓

文四　壽序

陳侍御玉盟六十壽序

乾隆丁丑十月二十有二日爲同年生陳侍御玉盟六十初度，凡諸僚友咸躋堂稱觴。觴畢，各出所將爲壽，玉盟皆謝不受。余獨以窮懶健忘，失日後期，不及厠衆賓後。越數日，玉盟來謂余曰：『曩日者吾年五十，丁子南屏嘗爲文以述吾志。子知吾猶南屏也，願以例請。』

余應曰：『唯唯否否，此非余之所能也。子獨不見夫世所爲祝嘏之辭乎？其壽而爲達官顯者歟？其辭不必自爲徵也。若門生屬吏，僚寀姻戚，及諸後進士，各依類分曹，曹推一二曉事者司其事。豫具啓，啓書某於某年月日，幾十大慶，凡在某某，誼合製幛，幛儀人若干，醵金某所，至日親詣申祝云云。啓尾或別具柬，書司事者名，命役持啓，無風雨蚤暮，傳知應與者，與者書姓名於啓右，書知字於名下，如押契然。既徧按名索幛儀，儀必如所書數，致司事者。司事者乞人爲文，文詳壽者氏族里居科第，及所歷官階，文章行誼，凡古聖賢豪傑所不能兼者，悉舉而爲譽。而後終以岡陵松柏之頌，爲文率多駢體，以非駢體爲不莊重藻麗，失敬謹意。此則祝嘏之一格也。其壽而非達官顯者，與其家之子若孫，乞能文者爲徵詩啓，而係名於戚友之在朝者，預期鐫板，印以朱文，每一紙附五色箋一，或素册一，分致朝臣，轉轉相授，苟通籍者咸不免。而官翰林者尤坐此困，以官閒又宜詞章也，積數日，便堆案戢戢如束笋比，心甚厭之。顧催詩者踵至，不得已，乃書應所請，殆類負逋人迫追呼者，粗了便大快，固不暇計其所作果有當壽者與否。此又祝嘏之一格也。是二格者，皆非余之所能，即能，亦不足爲吾子壽。

『且子五十以前，南屏言之矣，余不能有加於南屏也。五十以後，若典試東、西粤，東、西粤稱得士。爲祠部郎，受知高郵王文勤公，公古狷者，少所許可，獨器重之，被薦入諫垣。今數年矣，矜名節，持大體，無賢不肖，皆相推重。是固有不言而共見者，余又何喋喋焉！且天下之諛詞多矣，習於諛，則不諛亦以爲諛。余甚懼人之視余文，亦猶夫世所謂祝嘏之辭也，而余何以文爲子，又何以余之文爲！』

玉盟憮然良久，曰：『嗟乎！世所謂壽，非吾所謂壽也；世所謂文，非吾所謂文也。吾聞耄而好學，賢侯猶勉；既衰之戒，聖哲彌勤。昔者仲尼自序，始於志學，迄於從心，率十年一變，靡有止境。下此者，不必有其學，然亦未嘗無其變，變而之上者有之，變而之下者亦有之。其變而之乎上下之間，當其時不知，過後知之，故《語》曰：「往者不可諫，來者猶可追。」幸其知而能改也。當其身不知，他人知之，故《詩》曰：「豈不懷歸，畏我友朋。」懼其知而自勉也。吾誠不知今之吾，有變於疇昔否？或變而有上下否？皆將於子之文徵之，而子奈何欲達官顯者我也！

『抑又不獨此也。往憶壬戌之歲，同譜官京師者咸在，燕笑徵逐，無間昕夕。越五年丁卯，爲南屏作序之歲，其明年，南屏作令去。自兹以往，或宦遊，或以病歸，或罷黜去，如落花敗葉，飄灑零散，不可復合。又遠或萬里，近亦數千里，雲波阻絶，音問疎濶，迴首歡悰，渺隔身世。獨南屏幸留此序，每當嚴冬永夜，擁裘坐禪榻，風四壁起，砭人肌骨，寒不得寢，輒篝燈展誦一二過，便曠若復面。用念停雲落月，古人所藉以慰索居者，亦賴之乎篇翰也。況吾與子均非盛年，雪泥鴻爪，往跡可覩。今猶及欒數晨夕，顧不得子一言以爲吾箴。設一旦後之感今，亦猶今之感昔，不其晚歟！』

玉盟之言未竟，余肅然起而謝曰：『余過矣，余之不知子也久矣。信如子言，余得長從子遊。異日者七十介壽，且願偕同譜諸君子，操筆以從，而今何敢辭！』因退而述余與玉盟之所言者，以爲之序云。

祖節母楊安人壽序

乾隆庚寅四月某日，爲祖節母楊安人設帨之辰，年七十有七矣。其嗣君貳尹公，將預舉八旬之觴，凡諸僚友欲爲文以獻，咸造余而請曰：『母德宜以「列女」入國史。子舊史氏也，願文之。』余曰：『諾，敢聞其畧。』

則爲之言曰：『母故陝西漢興道喬松公女，字陝西糧儲道耀南公長子，州司馬國静爲配。楊、祖二門，皆以從龍功，著籍漢軍，世爲貴臣。母以女公子，式訓圖典，早布令譽。年二十來歸，歸五十日，而司馬下世。國俗，滿州婦少寡者，雖巨族嫁勿禁，漢軍如之。母素習於古，非之，至是誓必死。翁知其狀，謂曰：「死易耳。吾老矣，既痛國静，設復痛汝，無以堪，此以死痛，我惟汝生，而事死者之事，俾死者如無死，亦惟汝。汝其勉之！」母跪泣受命，退而截髮以誓。越十年，爲雍正初元癸卯之歲，始得以國静弟南陽太守厚菴子鋐爲嗣，即今歙之貳尹也。顧當其初，太守及兩弟皆少，猶有在襁褓者，母事堂上如子，畜諸叔如兄，數十年勉自活，以畢翁志。事聞，受旌於朝，時年蓋已五十有一矣。』余曰：『是全德也，余願託之以傳。』

則又言曰：『母幼以孝稱，既嫁歸寧，侍左右如兒時。一日，父病且篤，禱於神，割股和藥以進，飲訖而愈，里中人神之。至今訓其子若女者，猶舉以相勖云。』余曰：『孝哉！忘其身以戚其親。』則又有起而相質者曰：『虧體非孝。且女子已嫁，義從夫，不得以身爲父死。世有以此爲母議者，奈何！』

余曰：『此昌黎所謂小人不樂成人之美，設淫詞而助之攻者也。夫區區之股，孰謂投之必效者！茀當其父萬死無一生之時，救之不能，殉之不可。窮思而猶有割股之説，世不經用，苟用之可救而不用，是吾死吾父也。即不效創父之遺體以報，死父何病！且又未必不效，故決然行之，要迫於欲生其父之心不自已，亦不自知也。

『昔衛甯武子百計而不能免其君於死，至賂醫使無酖其君，醫不可，然猶求薄其酖。夫薄酖而不死，天下未嘗有之事而武子若幸其有，此非至愚者不爲。故孔子不謂之忠，謂之愚；忠可及，愚不可及。何則？忠者知義不可不忠而忠，愚者并不知所爲忠，性也，非義也，此忠之盡也。割股之愚，與武子賂醫同，而皆能回天，必死其君若父之心，是天且許其愚，以成千古之奇，而人顧不之許乎！

『至女子之於父，已嫁與未嫁有殊，性必不殊，篤於性而不使其過乎義，惟聖人能之。下此，如子路之於君，不得不謂之忠；申生之於父，不得不謂之孝。過於忠，過於孝，忠孝者有之，不忠不孝者無之也。嗚呼，忠孝而不過者聖人！聖人既不能爲忠孝，而過者賢人，賢人又不可爲，宜乎天下相率爲庸人，而不知恥也。母之爲節爲孝，余方將即割股一事，信其悉本至性，以行乎所自然，非規規求合於尺度者比，而世顧議之。此議者之陋也，於母何損！』

則又皆合詞以請曰：『果爾，則義皆得書。子他日復入直史館，願持此論，以開執議者之口，則子之所以壽母者遠矣。今請先書之以爲壽。』余乃退而次其言爲序，以申岡陵之祝焉。

程孝廉母夫人吴太君七十壽序 代作

丙戌冬十月二日，吾鄉程孝廉某母夫人吴太君，春秋七十，鄉之縉紳學士屬與孝廉遊者，謀舉觴稱壽，而乞言於某。某聞歸太僕言，生辰爲壽之詞，非古也。世顧靡然相尚，請者應者雜然相投，已而各不相仞，此風會之最不可解者也，而余何能焉！

或乃進而言曰：『子深於禮者也，子亦見夫今之世乎？時俗澆漓，家訓刓敝，寒素單門有不知其先者矣；閥閱貴胄有不知其族者矣。甚至入仕而冒異姓，修譜而聯貴門，竄易祖禰，貿販譜牒，雖士大夫不免焉。吾封公慨然於族法之不講，浸衰浸薄，胥子姓兄弟而路人之，不啻胥高、曾、祖、考而路人之也。於是建世祠，修祀典，序昭穆，聯族屬，推而上之，僾乎愾乎，百世如接也；推而下之，秩然藹然，百世勿替也。親親尊祖敬宗收族，一舉而備焉，抑亦可以稱矣。

『且夫祠祭之禮，古今異制，世固有援古人大宗、小宗之説，以議封公者。夫始封之諸侯，不敢祖天子也，天子之祖，有天子祭之也；始爵之大夫，不敢祖諸侯，諸侯之祖，有諸侯祭之也。適士官司，以上有司，祭者亦然。今也率循古法，大夫不祭高、曾，士不祭祖，則胥而爲若敖之餒而已矣。且兄爲庶人，弟爲大夫，大夫主祖禰之祭，庶人幸得分其餘餕。今將使庶人以宗子立廟，大夫供其牲物，而庶人主其禮，曰：「孝子某，爲介子某薦其常事。」其可行乎？時異俗殊，禮之窮而不得不變也久矣。然則封公之祠，其列祖列宗，所謂亡於禮者之禮也，其末俗之禮宗歟？其德門之孝子歟？吾子當必有以處此矣。

『顧其事之經始也，未必無庀之者，而太君實慫恿之。既而鳩工庀材，積日累費，未必不絀於力也，而太君實經營贊襄之。迄於今，封公往矣，太君之修飭扆序，蠲潔豆籩，與夫收恤宗黨之孤寡乏絶者，俾無恫我先靈而化爲異物，則猶封公之志也。漢班固曰：「士食舊德之名氏，農服先疇之甽畝，商修世俗之所鬻，工用高曾之規矩，粲乎隱隱，各得其所。」此西京之盛也，今乃於太君之家見之，是非獨一家一鄉之祥也。子曷書之，俾介壽者致三祝之詞乎？』

言未已，某起而謝曰：『有是哉！惜余未之前聞也。』爰書其言以爲壽。

福建延建邵道元公克中六十壽序

今皇上乾隆之四十八年七月朔，爲建延邵觀察元公六十之誕辰。時公踐任已再期矣，屬吏有謀爲公壽者，聞則戒曰：『毋妄言，言且罪及。』衆噤不敢出聲氣。予有舊游宦其地者，數通問，間叩公治狀，則云：『某無以云也。意《魯論》「居敬行簡」，「學道愛人」兩言，殆於兼之。所尤難者，勤劇而不廢於學，偶指數當代之名能文章者，必首稱先生，時時爲某言先生不去口，故治有原本。今觀察壽，先生其能壽之以文乎？某不敢請。其幸許之，是先生所以光昭觀察之德，而我吏民且邀福於先生也。』予頷之。且念與公不相見者垂三十年，其作尹於松也，去吾里近，病不能往。予今年且七十，益衰，而公亦甲子一週矣，其能無言乎！言雖鄙，不足重公，則請爲彼都士大夫作乘韋之先焉。

公爲先中丞某公子，毓德紹祉，延畀斯遠，幼從考歷宦滇、黔、粤、晉、甘、凉以長，飽飫聞見。性沉厚宏雅，力於根柢有用之學。蚤慧，以宿成初爲國學生，年十八，棄應童子試，太傅錢文端公時爲學使，賞其文，謂必遠到，拔冠其曹。辛酉舉於鄉，已而游學吴越湘漢間有年，復入滇黔，滇黔人曰：『此吾公之子也。』争相延致，愴然感之，乃襆被歸，文名噪都下。而公故泊然無所營，七上公車，三薦不售。今總憲王公與爲文字交，相引重，辛巳偕試禮闈，諸老宿咸以第一人待之，已而王果魁天下。或謂公曰：『此先驅也，行及若矣。』時有旨簡舉子之才者，出爲令，因勸勿應，公曰：『此天子恩也，薄視之，大不敬。且令不卑，即卑，治亦可効。且一令賢，則一縣治；一府之令皆賢，則一府治。推之而省，而天下，而天下亦治。吾請爲其卑者。』遂簡發江西，初仕樂平，尋移廬陵。

廬陵劇邑也，公治以簡嚴，十年民大和。嘗權寧州，江西民險健，好訟樂鬭，稱難治，而寧爲之最。公九月而案牘爲之空，迨去，民遮道留者數千人。其去廬陵亦然。節相高公以國士目之，被薦入覲，上識其名，真授濟南府同知，權海豐、樂陵兩縣，除害馬，徹覆盆，治如廬陵。蘇撫吴公，故海豐人，常舉以厲其屬，故公之未守松也，吏民習於聽久。至則廉儉慈惠，與民益，去刑争末事，而又踈亮捷給，鮮有漏失。未四年，遂有觀察之命。三郡居會城上游，爲七閩西北之屏蔽，邵武土田夷曠，而延建束水襟山，號爲奇峻，宋元末常爲盜藪。我國家治平百有餘年，溪山清夷，民氣和樂，而文命之敷，於斯爲盛。搜遺簡而盡出，頒御書以永藏，公際其會，來鎮兹土。兹土則紫陽、龜山兩先生講學處也。公本經術之學，宣上德意，景賢率屬，宜乎其治有合於先賢雍偃所云，而信告者之不妄歟也。

予於公治松之三年，歲辛丑，就醫雲間之張溪，主王給諫宅者三月。張溪人數來道説公德，即童孺亦爾。予笑顧給諫曰：『此浣花老所謂「説尹時在口」者也。』今年復館張溪，凡來語者，口不及新尹，而惜公之去則無異詞，此非所謂『在位無赫赫聲，去後常令人思』者歟！

予老矣，期公來治吾浙，或尚幸一見，慮不及待，用是不能已於言。雖然，竊願更有進也。古云：『行百里者半九十』。予雖戢影田野，衮影閒彌切廪廪。公行且大用矣，幸守是道不變，以揚休命，以永終譽。敢藉以獻，用代臺萊松栢之頌云。是爲序。

秀水縣丞梁寅東母黄太君壽序

吾邑丞署，昔傳有芝生庭，因名堂曰『瑞芝』，載之邑乘，跡亦舊矣。乾隆甲申，嶺南梁君來踐位，奉節母黄太君，色養於兹堂七年矣。庚寅秋，恭遇皇上六旬聖節，明年又恭遇聖母皇太后八旬聖節，休祥貞符，肸蠁并作，大孝之化，仁壽之澤，誕彌匝洽，靡有遺類。君曰：『盛哉乎，此千載一時也！顧孝之錫類，極之錫福，如雨露施生，予不擇地。惟物自受。若罔獲承，是勿克蔭庥教孝，而接邦人於道也。』

乃即乃圖，兹堂是新，廉用積餘，工逸事遂，以固以安，咸就其素。洎乎太君設帨之辰，鉶鼎薦羞，尊壺泛醽，服綵介爵，子姓敘升。禮備其物，樂合於庭，金貂珠履，盈乎賓位，揚和矢音，珠玉其輝。余客未歸，愧弗克與也，雖然，竊亦願有獻焉。

余按《瑞應圖》，曰芝英者，王者親延耆養老，有道則生。《瑞命記》曰：『王者仁慈，則芝草生。採食之，則延年不終，與真人同。』凡服之者，或萬歲，或千歲，上之可以長生，下亦得身輕齒固而壽。其説散見諸書，要亦未必盡誣，然而儒者咸不道，豈真芝之不足爲瑞歟，抑瑞之不徒在芝歟？

考之前代，自漢武時芝生甘泉，詔赦作歌，登諸樂府。其後郡國有産者，咸各表上。魏青龍初元，且以『神芝』名其園。至宋祥符，其流益濫，吏民倖恩，窮搜遠采，靡然趨之。南豐作《芝閣記》，猶追慨其事，而惜其不行先王之治也，芝其果足爲瑞歟？今國家治平百數十年矣，太和之氣，淪深浹高，山川雲物草木之瑞，何歲蔑有！我皇上輒抑而勿使告也，即有告者，亦未嘗宣付史館。蓋不獨芝而已，而芝之銷藏委翳於蒿藜榛莽之間，山農野老不復知爲瑞，誠有如南豐所云者，則瑞之不在芝也信矣。

唐時零陵郡有乳穴，吏貪，穴人以乳盡告；吏廉，則又以乳復告。邦人不知，則以爲祥也而謡之；穴人知之，則以爲非祥也而笑之。柳州曰：『謡者之以爲祥也，乃其所謂怪者也；笑者之以爲非祥也，乃其所謂真祥者也。君子之祥也，以政不以怪。』旨哉言乎！吾於斯得兹堂之説焉。

蓋署之有堂，其未名爲『瑞芝』也，居之者不知幾何人；及其既名之也，居之者又不知幾何人。居是堂而有母，有母而壽者，亦不知幾何人，然皆未之有聞焉，何則？芝瑞而人不必瑞也。今君佐令治一邑，廉明慈惠，皇仁敷宣，民氣和樂，天厤薦臻，歲以屢豐。兩岐同穎者交乎阡陌；遺秉滯穗者盈乎篝車。不芝之芝，其爲瑞也大矣。以此上之朝，其視建初沈豐之獻，大業文操所圖者，孰爲賢？以此悦其親，其視抱樸之末玉脂，赤松之餐青莖者，孰爲美？

聖天子以達孝立尊親之極於上，而君亦得順承休命，合四境之歡以壽其親。則其瑞正不必芝，而芝之瑞，若必得君之孝，太君之節。君與太君又克覯生民未有之景運，以厚集其福，而後克稱其瑞之實。則雖謂芝之瑞，自今日始；瑞芝堂之建，亦自今日始，何不可者！用敢竊取《柳州記》復乳穴之義，託於張老善頌之説，以獻於君，且以申臺萊之祝焉。是爲序。

廬州太守李松園五十壽序

乾隆辛卯之歲，李使君松園以比部郎出守江南之廬州。明年仲冬，五十初度，其僚屬謀一言以爲壽。知使君廉，懼不納，乃寓書新安，屬序於余，冀以余故，幸或不見斥，而藉以稱躋堂之觴焉。余惟古今來下之事上，與上之所以責望於其下者，亦大畧可睹矣。兹顧以區區文詞，爲祝嘏具，而意猶若難之，斯亦獨絃古調之異於所聞者也。

夫郡守秦官也，視古諸侯，專生殺予奪，得自達於天子。漢因之，尤重其選，宣帝謂『與吾共治者，惟良二千石』。故其時多循吏，爲後代冠。余謂朝廷設官，所以爲民，而最與民親者，莫如令。一令賢，則一縣治；天下之令賢，則天下治。天下之治不治，視其令；而令之賢不賢，視其守。顧由守以上，而道而臬，而藩而督、撫，雖其人皆廉明公正，力誠足以制令之不賢者，使有所顧望畏忌，而亦足以牽掣賢者，使不得盡其用，甚且或益之累，何則？地分濶絶，不若守與令親之爲能悉其隱也，故終不得不委其權於守，而守之責重矣。

我皇上慎簡内外諸臣，非素所心重者，罕畀兹任。使君自甲戌春釋褐，入詞館，以文章名。洎改官刑曹，首尾十載，能立堂上與大吏争可否，大吏以爲才。遇秋審，輒倚辦如左右手，多所平反，積勞上聞，故有是命。而使君之先司寇公，所稱天下無冤，高于公之門者，舊矣。繼武高衢，甘棠吴楚，則又綿歷者載世。明德之後，必有達人，而使君興焉。其被帝眷也如彼，而其承先緒也又如此，宜乎使君之治廬，益用廪廪也。

夫廬爲古形勝之地，南負大江，東據巢湖，西扼申、蔡，北達徐、壽，故淮西之根本，中原之門户也。水陸輻湊，民物繁庶，往代多事時，必以廬爲重鎮，其守此者，率劫劫無暇日。今國家治平，百有餘年之久，其陳烽故壘，剗削消磨，已無復有存者矣。使君慎守其持盈保泰之心，從容坐嘯，求所以撫循而噢咻之者，又已異於俗吏之所爲。政通人和，上下休豫，則如歐公所云：『宣上德以與民共樂，刺史之事也』。雖日奏燕樂之歌，人習獻酬之禮，吟詠舞蹈，於以藻飾觀聽，摛乎無窮，奚不可者。則祝生之禮非古，而即是以通人情，而導和氣，從宜之爲禮，或亦君子之所不廢歟！

抑又思之。五十服官政之年也，而聖人知命，賢者知非，咸於是乎在。蓋五其十而奇者偶，十其五而偶者奇，奇偶交而生，生者無窮期，此《易》之道也。故孔子曰：『五十以學《易》。』天地生成之數，必至是而備，則人之參天地者，其學亦必至是而成，是以聖賢率兢兢言之。然則賓用稱祝，主因受規，如川之頌，何必非告子湍水之喻乎！聽德之聰，於斯爲美矣。余屬與使君有一日之長，故不辭而爲之説，俾諸君子書之屏障，而藉手以獻焉。

楊封翁德光暨淑配徐太孺人六十雙壽序

蓋聞東皇有『木公』之號，西池表『金母』之稱。翼大鳥而同登，子蟠桃而載熟，類荒忽而莫究，故薦紳所難言。乃有緱嶺吹簫，鳳鸞並駕；藍橋搗藥，杵臼相莊。自兹以還，靡得而紀。他若壺公橘叟，酒母綦娘，或怡雲茹芝，或拔宅奔月。或青瞳緑鬢，或長爪纖眉，琴瑟奚調，藁砧安在！猶且垂彌文而炫俗，標靈跡以摛華。况乎處士則名儷華山，夫人則地鄰南岳。正則以庚寅初度，絳人之甲子雙週，慶及同牢，介兹眉壽。既已擗麟烹鳳，會綺席於三元；可無寶思雕章，代靈文於十賚者乎？

恭惟某翁遠胄三鱣，舊家五管。生而有兆，曾開關尹之蓮；弱不能言，早識香山之字。某太孺人麒麟降瑞，蘭蕙爲心。宜爾家人，中雀何殊占鳳；歸於夫子，日南原是關西。固已聯曜羲娥，麗同明於合璧；不凋霜雪，篤連理於喬松者矣。

原夫作善降祥，惟仁克壽，事難悉數，畧有可言，庶明基福之所由，共識遐齡之有自。聞之先河後海，祭不忘源；共樹分條，誼先敦本。武儲精於遠邇，會式訓於慎追。良懼數典之忘，用肅事亡之教。故歸藏有禮，兆域斯營，五尺封衢，萬家規冢，重之銘志，愛及松楸。

自夫代俗放紛，宗支散落。雲礽綿歷，漸迷堂斧之形；舟壑頻移，遂忽庭堅之祀。翁則義斯率祖，仁以收宗。顧南海之孫枝，芝蘭在目；望西江之先壟，宿草關心。詎云古者不修，將恐怠而失守。爰醵金而將事，序昭穆以更番；率常歲以程期，視燕鴻爲來往。樵蘇之禁，百世彌虔；霜露之思，千里如在。蔡順遶墳之泣，右軍誓墓之心，方之於今，差無慚德。

若夫生則型鄉，没而祭社，匹彼名宦，是曰鄉賢。或如元方之流譽閭門，或如少游之見稱里黨，或如郭有道之雨巾化俗，或如陶徵士之籬菊逃名。分若相乖，合則同趣，上則抗行顔、閔，次亦繼軌巢、由。官司因而上聞，朝廷許之崇祀，允兹茂典，寔在嘉修。

乃有城闕青衿，儒流白腹，久腐殘骸於草木，欲歆故鬼以籩鉶。徒以王濟雄布埒之心，劉寵擅選錢之技。邑中言偃，學道操刀；泉下澹臺，由徑入室。新泮璧而輸金注，即銅山以鑄口碑。豈無父母之言，衆皆以目；如救鄉鄰之鬬，我獨纓冠。面折孫宏，長孺何嫌戇直；經援衛輒，不疑立解糾紛。此其侃侃之操，齗齗之論，偶露端倪，式孚物聽者也。

所以信無宿諾，譽美鄉評，惜欬唾之如珠，重齒牙於振鐸。則有頭陀古寺，净惠精藍，未樹鼇碑，將平鴈塔。欲種鶯林之樹，議若聚蚊；待恢鷲嶺之基，功難覆簣。願觀成於不日，期借重於一言，季布諾而金滿祇園，靈光存而鶡翔寶地。成人之美，意在斯乎；佞佛之譏，知不然矣。

其他孝謹以守身，淡薄以明志，謙厚以御物，敦睦以齊家，莫不總制清衷，朋儀令則。陽城之里，薰德而善良；彦方之鄉，畏聞其姓氏。由今徵之，不益信歟！至於鳧鴈相宜，琴尊在御，室有任春之婦，野傳饁餉之賓。議酒食而無非儀，主蘋蘩而深敬戒。鍾禮郝法，寔用兼之；謝絮劉椒，曾何足尚！所謂清塵克奉，嘉耦相從，叶彼刑於，永兹好合者也。

由是繞膝皆龍，無雛不鳳。五桂則燕山並茂，一枝則郄氏先開。九烈彈衣，名登千佛；三刀入夢，舄化雙鳧。當趨庭奉檄之期，正攬揆齊年之歲。板輿接軫，度石鏡以同明；畫艦移雲，指錦江之方至。椿枝萱草，合號冬青；綵服錦衣，共觴春酒。河陽滿樹，祥開並蒂之花；單父鳴琴，静譜長生之曲。歌袴襦而祝嘏，合民庶以延洪。壽星來躔井絡，愛日初上峩眉，猗歟休哉，蔑以加矣。

往者屬余有文字之司，謬與嗣君成孔、李之睦。繼持使節，兩度藍關，雖近鄭公之鄉，未披樂生之霧。兹值蘭陔設帨，芍藥翻階；鈴閣懸弧，黄花被徑。祝海籌之並進，藉鯉對以遥傳。願指後期，更述古稀之慶；儻尋前語，庶酬良覿之歡。

徽州守李君維嶽母太恭人壽序

蓋聞金母參兩儀而貞觀，玉女毓三氣以綿祀。表靈邃古，冠藉羣真，上哉敻乎，維風可觀也。若夫息柳釀花之媪，連眉篆膝之形，駕鶴驂龍之侶，碁娘酒母之名，紛綸葳蕤，倜儻譎詭，莫不高會三元，俯宏十賚。斯皆韜精幽鄙，乖則閨闈，猶克詳固洪聲，延歷遐算。而況肇允才淑，式瞻清懿，天錫厥祉，帝崇之封，家蔭慈福，民歌燕喜，非甚仁壽，孰能與於斯乎！

恭惟李封母王太恭人，瑯琊洪胄，東海名族。馴雉之隴，丹穴皆祥；還珠之浦，璿源斯在。疏基自遠，禀訓在庭，琢玉之教靡愆，聞琴之慧夙著。懋乃鞶帨，爰及圖書。顧史宏式陳，詩緝蘋藻。金鑾之刊，北山方斯爲劣；織素之握，彤管曾何足尚！洎乎卜鳴鳳以相攸，託蟠根而御李。皋蘇明德，聿起達人；臺府勢門，載宜之子。維一齊之爲禮，必二物之是經。絲枲酒漿，先勞乎卑幼；蘋蘩鳧鴈，均孝於饋享。人稱冀缺之賓，里頌班超之婦，用能無違琴瑟，克贊藁砧。

當我封翁給諫公，鳴鹿登朝，含雞伏省，參屬地官，踐職司度。清通簡要，峻拔斯稱；根括驅磨，底慎靡忒。既而妙簡南臺，旋登左掖。繡衣行部，張文紀宣八使之威；黄散封章，許孟容繫四方之望。

維我太恭人黽勉有無，攝治内外，待漏先問夜之勞，議獄識求生之語。固已言靡出梱，德懋同牢矣。而且鑒於小星，蔭彼樛木，緐瓜綿瓞，接萼聯跗。佑啓後人，過周氏之生四乳；式昭前典，符獻公之子九人。均育明慈，因心必盡，訓勞戒逸，率由不忘。用能垂裕後昆，迪光郎署，允兹嘉選，實惟長君。履白雲而視牘，操丹筆以司憲。卹刑祗舜，明罰率周，不疑讞獄，必告於親。歐母述言，逮聞自昔，春暉之照斯融，夏日之威頓霽。帝顧惟穆，公望允歸。

乃寄專城，作守古歙。江南爲財賦之區，天都實神靈之宅，溪山盤互，民物恬熙。股肱非長孺而奚託，襦袴傒叔度於方來，下車之初，害馬斯去。盂水自盟，葦杖不試，疑獄無枉，宿訟交讓。雨露澤而與物偕春，日月明而容光必照。於是乘農時之隙，割俸入之餘，物土量事，慮材計徒，飾宫牆之美富，奠城郭於固安。俎豆肸蠁而香升，樓櫓岧嶤而霞起。修廢舉墜之典隆，成民致神之道備。

若夫惠濟待賻，出内維允。紫陽課士，黜陟無爽；德禮並流，風草咸化。雖中牟之飛蝗不入，會稽之夜犬静吠，方斯蔑矣。此皆本慈推愛，用孝敷仁。奉黄門之輿，則倚閭祗誨；却監魚之鮓，則飲水承歡。維時雨之流膏，悉慈雲之彌覆。然而事罕前徵，説疑歸善；試最往跡，粗陳一端。則有表海告饑，維桑同患，釜魚舒鱗，澤鴻委羽，念此胞與，愴然聽聞。毁家破産，粥餓廩流；坎瘞道殣，乳育棄子。纓冠之救，誼不後隣；保赤之仁，訓宜在位。所由提絜無聞，抱嬰有則，仰模慈旨，益暢休風者歟？

爾乃歲在著雍，月維仲吕，抽堯蓂之四葉，逾絳甲之二期。句補《南陔》，籌添海屋。衢歌巷祝者，雷動而風馳；跨竹扶鳩者，麕至而鱗集。則以東里衆母之戴，推本於所生；寇君一借之請，傾懷於此祝。雛雉歸仁，豚魚孚信，非可要也，庸得辭乎！

某等託契使君，綴名下吏，不能自嘿，彌愧無文。聊言氓庶之情，共獻岡陵之頌云爾。

徽州司馬王君敬亭母太安人七十壽序

夫敬儀戒遂，先典攸高；箴逸勸勞，往哲是與。故績笥傾金，朋餐捐鬢，掩陷牆之獲，卻監池之魚。雖軌躅云渺，而風徽自永。若夫恩逮宵征，感殊旦掃，賓無供饌之嫌，野息援琴之操。方進織屨，蔚爲前師，過庭澧泉，由其載涌。固宜基德綿祥，延慈益算者矣。

惟我王封母李太安人，表海勢門，猶龍茂緒。四世而上，玉佩三元；三葉以來，人彯朱紱。肇惟才淑，離我家艱，先德韜光，同氣孤輔。言觀維則，禀訓在心，惠問穆宣，前徽允迪。迺有舊巷參華，藉甚六卿之胄；河陽累德，殷乎一遇之感。維主婦之義隆，斯同牢之禮重。爰以鍾傅之聘，遂同聲子之歸。宜爾居室，則先孝思，盤匜未親，蘋蘩彌肅，追遠於魚菽之辰，妥靈於松楸之次。疏數在心，誠敬罔替。而且無違之訓，造次以之；正位之道，率由斯至。宜乎琴調在御，繁類螽斯；鏡掩流塵，同規畫荻者歟！

令嗣司馬公，當太恭人之來歸也，年方毀齒，弱未勝衣，寒不絮蘆，愛逾出腹。無楊厚之僞疾，非王延之躍魚。鬻裝毀産，取則前良；作被收朋，宏風後起。聿成鸑鳳之才，終按蛇珠之劍。不卑柳下，遂屈毛公，勖以家訓，期以遠圖。□禄必辭，富丞奚負，而無玷爾守，以貽子罹。歐述崇公之治獄，劉率元佐以織絁。對而爲言，差無慚德。

於是鴻騫舊吴，鶩行羣史。鉤稽逋賦，溝瘠涵春；保障災赤，壺簞饁餉。思我民譽，燕乎上聞，剡章斯陳，民社攸寄。姑蘇實神州之奥壤，毘陵尤南國之通津。紱冕雲興，接閈列宅；帆檣川騖，芥聚繩縻。信衣冠之都會，亦淵藪乎姦渠。神明所照，鉤距靡用；竊妻胠篋，暴客咸誅。僞牒私章，罪人斯得，罕假赭汙之術，益宏葦杖之仁。允升物望，克簡帝心。

會巡方而飭典，體輟驂以肅事。置頓惟儉，寧民以廉，乃對行幄，遂除新命。爾乃仲舉題輿，天都叱馭，曹惟冷署，歙故富州。稱大賈者，萬竈飛霜；擬封君者，千金比屋。張奂之金勿視，任棠之水逾清。往攝郡符，非輕京兆之五日；近權隣守，不名劉寵之一錢。繼聲召、杜，贊規龔、黄，共載如專，先憂寡豫。章服與緼緒同寒，聽事與衡門等逸，非矯節以動俗，實衹訓以悦親。風草維和，豚魚不爽，莫不延光愛日，歸德慈雲。

由是扶鳩驂竹之衆，飲羊叱犢之氓，戴縰垂纓之彦，含經味道之儒，躋彼公堂，介我眉壽。傾城舉落，摩肩隘途；擊壤扣轅，矢歌成韻。司馬公皆抑而勿許，謝不爲通，述乃訓言，承之歸覲。時銜衛幕之恩，請效萊衣之舞。太安人則愴然予考，不逮生存；顧此未亡，何喻窮咽！徽章所以物躬，燕喜非以明孝，苟煩我民，永愧厥子。退而志之，今其敢忘！

夫君親之道，忠孝殊迹；庭闈之私，慈愛均用。乃一門兼善，二極同歸。士行服訓於益我，公權莫辨其所生，方斯蔑矣，屬在僚舊，夙欽典型。惟重七之良辰，正古稀之初度，非敢沿情恒軌，取黷清衷。第念人瑞家祥，胥爲國慶；斷機效績，式著前經。若使惇史宜書，可令彤管云闕；爰託進頌之體，用展載筆之職。仰模淵旨，爲嗣君竊比於書紳；籍獻《南陔》，爲壽母迴顔於封鮓云爾。

孫學博麗春尊甫桐軒先生六十壽序

歲次著雍閹茂，病月辛酉朔既望之三日，松陽學博孫君之太翁桐軒先生六十初度。其鄉之屬與學博游者，咸思所以爲先生壽，而介以乞言於余。余憶二十許歲時，嘗見先生兄柳樊孝廉制藝於坊刻中，心善之，然而未嘗交孝廉，則亦未知先生即孝廉弟也。越四十年，來主崇文講院，而學博適監院事。學博以終、賈之年，出爲儒師，今大中丞王公器其才，委重之，名壓曹輩。顧見其遇院中諸生，執禮謙下，無幾微矜亢之色，見於顔面，竊歎異爲不可及。乃今而知德器之厚，實先生有以篤之也。

先生爲北山公季子，弱冠而孤，居喪以毁聞。事程太安人，能色養，五十而慕，宗黨稱焉。異母兄三人，世所稱『柳樊先生』者，其叔兄也。仲以孝行，受旌於朝，並先後即世。先生痛之，益嚴事伯兄以父禮，而白髮蒼顔，追隨燕笑，融融怡怡，無異推梨讓棗時也。家有千指，同財共産，不封殖爲私計。凡諸服物器用，財賄人班，歲會均量周平。羣從子姓，瓜綿竹立，諸父如父，諸子如子，仁風和氣，翔游一堂。古所傳九世同居，七百口共食者，其肇基諒如是矣。吾見世之人，富則争錐刀，貧則視秦越，分離乖隔，而鬬同室者，所在多有。先生顧獨承父兄世濟之美，力修内行，以成教於家。今年且杖鄉矣，固宜名書於閭史，齒尚於有司。所云象以三光，享以三豆，禮以三讓，樂以三終，而後告於先生君子者，先生其人也。

古鄉飲酒禮，卿大夫歲屬其民，而飲國中之賢者，故其時民習於尊賢敬老之義，亦各退而修於其家。故《七月》之詩曰：『爲此春酒，以介眉壽。』《良耜》之詩曰：『有椒其馨，胡考之寧。』〔一〕迄今誦之，猶可想見風俗淳美，民氣和樂，知其漸摩者深矣。三代而降，禮廢不舉，此俗之所以日偷也。然至今日，猶有亡於禮者之禮，則祝生之謂矣。夫祝生非古，而於《七月》《良耜》之所詠歌者，或庶幾焉，故有其舉之莫敢廢也。况先生行誼，非所謂國中之賢者歟？雖不獲與名憲乞，亦當備位陰陽。

爰即覽揆之辰，用申養老之典。賓主之儀肅，隆殺之義辨，親愛之心達，愷樂之和洽，郁郁乎其有文，秩秩乎其有序。今之禮，猶古之禮也。禮以人異，不以古今異，豈與世之溺於俗，而侈其事者同乎？余雖充沃洗聽政役，以襄慶禮之成，所不辭矣。敢奮筆以代惇史之書，而爲歌詩介雅者先焉。

浙江按察使孔公六十壽序

粤若素王命世，曲阜疏基，陶鑄羣倫，綿歷千祀。抗尊乎堯、舜，等壽乎乾坤，遐哉邈乎，弗可尚矣。自時厥後，遺芳靡絶，爰洎漢代，尤挺名流。臨淮以《尚書》奮迹，武都以《春秋》見稱，北海之座客常盈，御史之家傳罔替。徵諸往牒，難以究言；並纂清芳，永言休譽。逮炎趙之中葉，涉漸江而奠家。信安沿洙泗之流，祭酒託夷、齊之讓。承休濟美，於古爲昭；發慶延洪，其來有自者矣。

恭惟大人支分太末，族望金陵，鍾阜則虎踞龍蟠，句曲故洞天福地。維神降之不偶，亦明德之再昌。性秉夙成，學崇往訓。詩禮之澤，允迪前光；曾、閔之稱，式孚物聽。《小雅》歌其棣鄂，嘉樹美夫田荆，固已月旦歸賢，鄉鄰薰善。况乃含咀百氏，枕籍《六經》，驅《左》《史》於毫端，坐班、揚於腕下。邱遲之錦，江令之花，吞篆之才，吐鳳之作，自古難之，方斯蔑矣。

乃以昭陽作噩之歲，發策决科之秋。鵬翼摶風，龍梭騰壁；雲衢聯轡，綾餅融酥。花映宫袍，日下一枝紅杏；氈書淡墨，省中千佛名經。簡自臨軒，副兹司績非蘇不可；相亦有言，得王遂清帝之所歎。待轉銜於柏府，俄飲痛於烏私。借培六月之風，尋起九臯之鶴，初還舊省，仍列左曹。維龍集於庚辰，聖人錫類；慶慈壽之七十，明詔開科。肅駕輶軒，搴芳楚澤，誓水而蒸湘寫照，衡才而歐、陸齊名。士慶其逢，帝嘉乃績，與參小選，旋進南宫。昔裴楷之清通，王戎之簡要，阮咸之萬物不移，韋陟之遺範在是，殆於兼之矣。

於時拜司監而衣繡，指於越而懷冰。南服雄藩，東陽奧壤，滙江源於七里，鎖霞嶺之重關。銅山騰寶藏之輝，石城寓軒皇之迹，允兹賜履，寄以分巡。至則露冕而行姑蔑之區，降禮而合聖人之族。蒸蒸乎孝弟之治，薦諸廟庭；洋洋乎風化所覃，及於甌歙。韓魏公之榮，晝錦曾何足云；徐達夫之祖，偃王彌非其匹。

洎乎秉麾西渡，移治新州，三郡鬱爲名區，四民樂其素業。禮樂詩書之俗，紱冕雲興；桑麻稻蟹之鄉，帆檣櫛比。都會所在，蘖牙其閒，漸爲澆風，號稱難治。惟夫先聲遠揚，後予胥怨，如邇父母，如豐歲年，望而得之，化斯神矣。由是權陳臬事，疊被剡章，會述職以來朝，降除書而真授。遂乃總壹品類，肅清紀綱，審詳形宥之條，明慎冤疑之獄。刑三千之屬惟允，罰二十以上必親。薄元相之耽遊，湖山可負；戒李咸之痛飲，賢聖都忘。故能法省秋荼，吏無束濕；温流冬日，下鮮覆盆。于定國之民自不冤，張釋之之法在必信，此之謂也。

爾其歲紀屠維，杓擕東井。三百六十甲子，亥字剛逢；一萬六千春秋，椿齡初度。溯童迎於跨竹，教民七年；豫鵲架於梁河，先庚三日。斯時也，瑞藹充閭，凉颸拂户，笙歌妙靡，觴觶泛浮。則有蠟鳳諸郎，香囊群從，連城是玉，照乘皆珠，各繞膝以稱觴，亦分行而舞綵。所謂一門獨貴，五世其昌者歟！若乃懷蛟夢舄之賓，彯纓飛組之彦，跨鶴驂鸞之侣，扶藜擊壤之民。莫不聯襶襃裳而至，扣轅擊缶而謳，雖謝德者不居，而歸仁者難恝也。

某等分居屬吏，恩被餘光，飲鴽水而知源，仰尼山而企德。欣十一郡壽星降祉，看三千年桃實登筵，爰疏嬰赤之情，籍獻岡陵之頌。佇見龍章瑸錫，躋九老之崇班；鳳德遥承，綿百世之鴻緒。敬題銀管，用進霞觴。

湖南布政使李公六十壽序

松園方伯去江西觀察，而來爲吾浙廉使也，歲在庚子。越二祀壬寅，晉湖南布政使，是年仲冬十有四日，爲公六十初度。先是，公守廬州，僚屬以公五旬，議行祝生禮。知公廉，樽酒豆肉不可以入，迺乞余文爲公壽，公頷之。今年春，浙之守令有造余以例請者，余未之應也。今公棄吾浙去矣，古者贈别率以言，余與公厚，又老病，益不能默，且宿諾在，不可以負。則書吾浙吏民去思在口之碑，送公行，而即用爲臺萊之頌焉。

公山左名族，起家爲詞臣，用刑曹郎，知廬州府事，語詳余前序中。已而移守江蘇，權常鎮道榷關，晉江西驛鹽道，權按察使，所治皆邇浙，賢聲流聞，聽習以熟，民之懷而慕思久矣。公入境，聞漕政刓敝，廉其實，則以令必倚辦於吏，吏老於事，糾結詭變，不可究切，習爲故常，吏莫何問。公謂漕關天庾事，莫與校大，顧弊如歲差然，其積甚微，非以甚密之法治其微，微積至於不可算數，則治之益難。於是誅漕吏之尤無良，不聽令者數十人，羣吏震悚，民以大和。

時制府陳公，故相國文某公子也。往相國撫江蘇，改倉斛爲小口，口減舊十之四，而崇其身，以容所受米數。奏上，得旨著爲式，頒之天下，浮收之弊，於是噤不得施。制府率守先烈，與公一心，故公得行其志。公官比部，單精刑名家言，至是益敬畏，反覆按牘，求其平，往往至廢寢食。罰笞杖以上率手定，受訴牒必究，必白所枉，而罪其誣，毫毛無所縱舍。故雖山海窮僻奥遠處，若聲響應，而姦宄無所宿。或有病公勞且苛者，公聞之，曰：『皇上明慎用刑，而辭勞避苛，逸己狥物，持法必不當。且無論當不當，其心可誅也，吾何敢，吾何敢！』

初，公欲清漕蠹，愛公者以侵官諫，則謝曰：『按問有罪吏，臬司職，非侵官。且避侵官，得罪朝廷；不避，得罪同官，擇禍故莫若輕。況同官賢者也，其許我矣，何避爲！』蓋公之心一於誠，執事必敬，質直詳密，無所回撓。又樂廉儉，自刻削，鉅細式度，罔掛於過差，論者謂有古大臣風焉。

湖南帶江控湖，溪山盤錯，苗猺雜稠，不與浙同。而俗儉農勤，穀賤食足，治之反易。況以公臨之，風草之應，異迹同揆。計及公懸弧之日，三月而頌聲可作矣。獨惜浙之民人，届期咸願歌《毳衣》《甘棠》之詩，效春酒兕觥之獻，而賫志莫申，各懷怨思，余故撮舉公治浙之大端，而質言之。原夫民之所以不忘公者在此，書之以爲信史，非祝釐常詞文而僞者類也。

至於余，與公且有私約。公再十年而七十，余且七十有九矣。當是時，公非外秉節鉞，則内掌絲綸，下之以文獻者，宜可捆載。而余猶得操筆爲公壽，書之屏幛，設之廳事，指示衆賓，道説前事，俾老朽姓名，忽復籍籍人口，此亦吾師生間一盛事也，公其毋忘！　是爲序。

校勘記

〔一〕『有椒其馨，胡考之寧。』出《詩經·載芟》篇，作者誤爲《良耜》篇。

吞松閣集卷之二十九

秀水鄭虎文炳也著

門人欽州馮敏昌編次

男師亮師靖師愈謹梓

文五

記

爲平陽守徐君浩作平陽書院碑記

平陽之有書院舊矣，歲久廢不治，絃誦歇絶，士氣衰沮。乾隆二十七年壬午冬十月，余來守是邦，稔其狀。明年春，乃進諸紳士，而告以宜修復之故。衆志騰悦，醵金宣力，計日蕆事，大中丞和公亦既勒石以紀矣。丙戌之夏，余量移太原，諸紳士復以經費規畫，久懼失考，宜書以示後，且謂余故茲事之先河也，相率走太原以請。余喟然曰：

諸君子亦知士之有學，猶工之有肆乎？聚而攻其業焉，則勤惰工拙判矣；聚而程其功焉，則賞罰榮辱判矣。勤惰工拙，賞罰榮辱，相判相形而相激，苟非下愚大無恥之人，未有不面熱汗下，愧勵自奮者。故曰：『君子學以致其道，百工居肆，以成其事。』自太學而府而州縣，莫不有學，亦莫不有師。然求所謂聚而攻其業，程其功者，惟書院畧與太學等，以故歷代重之。今皇上諭改書院山長之稱爲『院長』，省會書院長更替，大吏必以其名聞，五載第其成效上之。

並飭大吏，毋以居父母喪者爲之師，區區書院一席，上廑睿慮，至於嚴重如此，良以書院與國家之學校，實相表裏。惟是書院之建置難，建置而欲其久遠則尤難，何則？天下書院之在省會者，率多用國帑養士，一切規爲式法，著爲律令，故莫之敢廢。又其力足以具書幣，走數千里，延名人主講席。淹通醇雅之士，往往都出其中，下之亦皆能掇取科第以去。其列在郡縣者，責在守土官，官廉俸所入，不足分潤，少分以倡。而邦之人無與應，則恡於力也；朝至夕遷，過若傳遽，則促於時也。有其力與時矣，而或不樂事此。此所以偶事興舉，旋即寢罷，教衰政厖，而莫之省憂也。

往余同年生，前觀察薊寧莊公有信，其先守河南時，斥佛寺爲學舍，罰僧田爲膏火，規度斯宏，裕用不涸。迄於今，彬彬乎詩書禮樂之盛，傑然與天下省會之書院相埒。然則苟有如莊之樂事乎此，而又能因其時，用其力，善始圖終，必無格之使不得行，行之使勿克繼，如前所云者，亦在乎任其難者之毋以難自疑畏焉可耳。

今兹書院，亦既撤而新之矣。然無閒田以輸歲租，無公帑以給餼廩，將使司教者枵腹而談經，負笈者裹糧而執業，此必不可行之勢也。爰復告於上官，謀之紳士，先後共輸白金六千兩，而以典商任之，歲收其息以供經費，然後規模麤具，久遠可期。追維經始之年，迄於斷手之歲，凡四易寒暑，而後予修復之初志，始克告成勞於兹土，而予已移守太原去矣。嗚呼，豈不難哉！

夫知其難而爲之，始事者之責也；知其難而護持之，繼事者之責也。後之君子，誠能仰體聖天子崇重書院之盛心，豫學校選造之地，茂閭閻絃歌之俗。將見進一簣於九仞，疏萬里於濫觴，則余其椎輪爾，嚆矢爾，予其能無厚望歟？

爰書以塞請者之意，俾歸而刻諸石。其捐金襄事之王君某、劉君某、郭君某，例得附書，庶後之人有可考而知焉。

爲友作廣州海幢寺毘盧閣記

乾隆甲子歲，余銜恩命典廣東鄉試。既蕆事，一日却騶從，跨小舟，泛珠江，覩所聞海幢寺者，因得識住持法真上人。上人導余以遊，遊竟，則指殿東隙地，告余曰：『此創寺五世師阿字和尚所欲搆爲毘盧閣，而未就者也。今且垂百年矣，毘盧佛相故在，今猶借供某閣上。』言已，意有不自得者。余既罷遊歸，旋亦去粤。越二十有二年，法上人書來，以閣告成，且乞余言以落之。

余維當代有道德而能文章者，不乏粤産，其客遊海幢如余者尤衆，而余生平遊歷招提蘭若，亦不下數十百處。顧獨法上人眷眷引余爲方外交，閣成乞言，不以屬他人，而屬之數千里外，二十餘年偶有一面之余，其中有所爲決擇耶？有所爲愛戀耶？其無所爲決擇愛戀，而適然爲之耶？意者如佛氏有所謂因緣者在耶？

余素不治佛氏書，嘗以學作楷，手寫《華嚴經》一部，始知華藏世界，有所謂『毘盧遮那如來』者。既而遊海幢，則又知有所謂『未成之毘盧閣』者。今則又知海幢寺真有是毘盧閣者，是皆不可不謂之因緣也。然余目中固未嘗真見有毘盧遮那如來，亦未嘗真見有供奉毘盧遮那如來之毘盧閣，則又不知於我乎因緣之畢竟何在耳！余聞《華嚴》言，登彌勒閣者，不得其門，彌勒自後至，彈指而閣門開，閣中即具千萬閣，閣閣現彌勒身，閣閣現登閣者身。非一非萬，是萬是一，以今之閣況之，孰爲真耶，孰爲幻耶？

夫世以目見爲真，心見爲幻者有之；以心見爲真，目見爲幻者有之；以有心有目有見爲幻，以無心無目無見爲真者亦有之，是皆不可得而口説也。余謂無真幻中生真幻，是爲因；有真幻中復生真幻，是爲緣。而實皆生於人之心。既生於心，因遂有不可辭之事，亦遂有不容已之言。然則彌勒之有是閣，而實未嘗有是閣；毘盧之未嘗有是閣，而忽已有是閣。余目中未嘗見有彌勒閣，并亦未嘗見有毘盧閣，然余心中忽已有是毘盧閣，猶之心中故嘗有是彌勒閣。心生有，有生因，因生緣，緣生事，事生言。事生於不可辭，此法上人之所以成斯閣也；言生於不容已，此法上人之所以乞余言，以記斯閣也。其真耶，其幻耶？余不得而知之矣。

他日者，倘得及余暮齒，復尋曩遊，上人作彌勒彈指法，導余登閣，因以心中閣證目中閣，是真是幻，當與上人共參之。然恐即此一念，復生後因矣。是爲記。

爲羅侍御暹春作遊二閘記

乾隆乙酉三月九日，陳給事雪園招客作二閘遊。二閘去東便門外六七里許，故通津也，京師士大夫休沐之暇，不遊城南之陶然亭，則遊二閘，歲或一至焉。不得東道主人，或竟不一至，至則又往往薄以爲不足遊。余通籍二十有四年矣，陶然亭子憶不十上，二閘之遊凡三至。今以給事居城東欄杆市，於二閘爲近，請爲遊主人，余因得復至其地。

是日招客六人，而五不至。鄭炳也、熊鶴嶠兩翰林以疾辭，金詹事雨叔、謝光禄未堂、胡給諫中咸以事辭，能作客者，獨暹春而已。於是攜十三歲兒子某就給事，給事與其比鄰姚安伯比部父子，子某給事壻也，賓主五人，僕從亦五，車出東便門登舟。舟二，舟首尾長丈餘，廣三之一，一艙容小几，几可方坐八人。上爲蘆棚，可欠伸，兩舷爲欄干可倚，面面皆空，可四望。乃命僕一人治茶酒，供小飲，戒舟徐行。二舟挽以二人，一篙一舵，坐首尾。行可五六里，至二閘，閘流有聲，激石跳珠，旋渦湧沫，作溪澗湍急狀。酒罏茶肆，鱗比閘上，遊者往往於此小憩取醉，輒亦自此返矣。

自二閘而三而四閘，各有舟，不相通行。通州倉粟米之運貯京倉者，皆漕此，遞易以達。其水發源於西山之玉泉，瓴建瀑注，迅逝易涸，必閘蓄之，乃可舟。既步下二閘，易舟，舟如前，又行可六七里，至高碑店，即三閘也。

是日日暖風寒，遊者夏冠而春裘爲稱。即命酒，酒不敵風力，五人稱量而飲，可一斗，缾罄不醉。草波聯碧，雲木浮翠，遠近四合，映人鬢鬚，意甚樂之。乃扣舷而歌曰：『芳芊芊兮緑莎，碧鱗鱗兮流波。春將逝兮可奈何，王孫不歸兮奈若何！』客有從而和之曰：『方舟兮雙橈，蕩微風兮逍遥，望美人兮不可招。日之夕兮心勞，與我期兮塘之坳。』歌竟，顧視日影，冉冉向暮，風益急，蹙波迎船，舂撞有聲。挽者溯風而歸，疾於去時。或請曰：『盍令少延緣，以竟所樂，可乎？』余曰：『不可，是亦勞者求息意也。』遂聽之。既歸，給事命志之，乃退而爲之記。

重修徽州府學記〔一〕

徽郡之有學，自唐始。其後再遷而一廢，廢而復建也，則始營於元，增拓於明。洎我朝康熙之乙未，又撤而新之。於是廟之殿廡廚所，門欄橋池，學之堂舍齋閣，祠廨射圃，咸備無闕。已而歲久不治，陊剥穿漏，棟榱折撓，春秋上丁釋菜，卒遘風雨。則流離震撼，惴惴惟傾躓壓覆是懼，蒼黄狼籍，儀式乖舛，無以妥靈蔭庥，觀示下邑。太守山東李公嵩初下車，慨然曰：『成民致神，先務斯急。不即不圖，罰其在予。』乃告邦人。邦人協謀輸財贊勞，一力齊事，垂四年，而李公去。繼董以今太守滇南徐公碩士，又一年，工告訖功。邦人咸願紀其成勞，以章兩使君德，而乞余文之。

余來主紫陽書院講席者二歲矣，樂其地之山水清佳，諸生又能安余之拙，而服習其訓，悠然有終焉之志。顧衰老昏眊，遺忘謬訛，日益增劇，慚欲辭去。會適有是請，竊願假此與院中二三子言别，託於仁者之贈，且因以告吾同志曰：

士生聖明之世，其所宜自守，以期處不負己，出不負國者，有兩言焉，曰義曰利。蓋利之爲物，與義相倚伏。非有冰炭水火相絶甚遠之形，雖古今聖凡貴賤，以及非種異類之屬，咸無能棄去，而人禽幾希之介，顧即於是判。故聖賢持之甚嚴，而辨之尤甚力。

國家設學，以育天下之才，將欲陶冶而成就之，以儲心腹耳目臂指之用。而又患上之無以致其下，下之無以進於上，於是不得已而有科第之設。其貢之鄉，貢之禮部，貢之廷，猶是司馬三升論辨，而官之爵之禄之之制也。『使民興賢，出使長之；使民興能，出使治之。』古今通義，而人顧視爲榮身肥家之具，以一切僥倖苟且之心應之。董子曰：『皇皇求仁義，常恐不能化民者，卿大夫之意也；皇皇求財利，常恐匱乏者，庶人之行也。』士將爲卿大夫，而有庶人之心，國家亦安所賴哉！

夫伊尹，聖也，而孟子稱之，不過曰：『禄之天下弗顧，繫馬千駟弗視。』顔淵，賢也，而孔子稱之，不過曰：『一簞食，一瓢飲，在陋巷，人不堪其憂，回也不改其樂。』若無甚奇節偉行足以震耀天下耳目，而遂已獨有千古者，何也？蓋人必忘乎世，而後世可得而托；必重其身，而後身可得而致。故學而遇，不敢負所遇；學而不遇，不敢負所學。遇而竟其用，不敢苟所用；遇而不竟其用，不敢苟所遇。然後大可爲名臣，小可爲良吏。斷斷之心，上格於君；蒸蒸之化，下被其俗。以一身利天下，不以天下利一身，所謂以義爲利，不以利爲利者也。故人當患科第之難稱，不當患科第之難取；當使科第以吾重，不當使吾以科第重。如南宋之末，文信國、陳宜中、留夢炎三人，廷唱皆第一，千百世下，其是非榮辱，不待智者而後辨也。

徽之先賢，朱子而外，若二程子，世鮮指爲徽産者。鄉之人，猶原其所自，合祠崇祀之，名其地曰『程朱闕里』，以垂休乎無窮。而自宋迄今之以科第顯者，鮮克齒之，且欲舉其姓氏，而已渺不可得，然則科第之不足以爲利也審矣。

雖然，科第非義，無科第之心者，利亦爲義；科第非利，有科第之心者，義亦爲利。出乎義，入乎利，其間不能以髮。故不處富貴，不去貧賤，即可爲不違仁之君子；未得患得，既得患失，即爲無所不至之鄙夫。其端甚微，其痼甚深，而其溺人尤甚易。誠能以程、朱之學爲學，以伊、顔之心爲心，以貢舉爲必不可倖，以學校爲必不可辱，以身心家國爲必不可負，窮不戚戚，達不泄泄，生不碌碌，死不泯泯。則無論其在天下，即於其鄉，安知不貳紫陽之席，而四闕里之座乎！則義固未嘗不利，而人奈之何弗思也。

徽郡僻在萬山中，非舟車所衝，罕遊販之迹。其俗醇一而易治，民皆勤生嗇養，敦本好義。士尤重經術，矜名節，持清議，雍雍乎所謂東南鄒魯者，信矣。余旅人，無以爲助，聊本予素所勖於二三子者，推廣其詞，以宏賢使君興學飭教，敷宣聖化之至意，書之俾刻於石。

重修歙縣學宫碑記

歙大尹張侯蓀圃，以名進士踐任，下車行釋奠禮，詣學，學之不葺舊矣。君循覽辨隱，度曰：『是不可緩，緩且圮；亦不可迫，迫且擾。余尸兹土，責其奚辭！』顧初涖，又會重建郡學，事不得連舉。越三年，則出廉奉以倡，而徐聽邑之人自爲占輸，無徵要呼督期約，一切經營，迹而因故爲新，事以辦治。始乾隆三十四年己丑二月，訖三十六年辛卯四月成。成之歲，恭遇聖母皇太后八旬萬壽恩科，邑之第進士者五人，二人詞館，士皆驚喜傳説，歸勤於侯。

侯曰：『國家學校之設，豈區區科第足以完厚責，塞衆望哉！雖然，天下之賢才，率育朝廷，其聚而貢之也，舍科第無他途。則科第之盛衰，與賢才之盛衰相表裏，是誠宜爲兹土與尹兹土者幸。然遂欲侈其効，以爲余功，且謂學校興育巨典僅如是止，則非余之所敢聞也。我朝文化覃洽，浸淫汎灑，雖荒徼幽翳，伏匿之士，靡不含和吐音，振景拔迹，有聞於時。況歙古名州，賢哲項背相望，是不一世。譬諸佳研良墨，甘筍苦荈，皆兹土所自饒，貪天功爲己功，余則何敢！且修廢舉墜，成民事神，守土者責也，非以邀福譽。而是説則尤近堪輿家言，儒者所勿道，歙人坐此惑者衆。余方愧薄劣，無以革陋習，而顧敢承之，以益之疾乎？余自念涖此六年矣，爲諸生搆書院於問政之麓，月率一課，親定甲乙。其耆宿之有德望者，暇輒賓禮之，以文行相切劘。予所期於士者，甚遠且大，而顧曰科第云乎！

『夫人而果賢且才者，與科第可也，不科第亦可也；非賢且才者，與不科第不可也，科第愈不可也。其已得科第者，非已賢之才之，而試以天下國家之任者乎？其未得科第者，不亦賢之才之，而儲夫天下國家之用者乎？名重者，實不得輕；施厚者，報不得薄。及之而知，履之而艱，故事不豫者後必悔。予今者冰淵臨履，日益滋懼，深悔早歲幸成速化，素蓄無本，而惜乎其晚矣。然則士亦思所以無悔於異日者，慎無徒艷心科第之盛，而以苟且之學應此，則予所未逮，而竊有望於歙之賢者爾。』

侯之言如此，有述以告文者，歎爲知言。已而侯屬筆於文。文憶曩者作郡學碑記，意與侯言畧同，因即次其言，而爲之記云。

徽州太守徐君遜夫德政碑記

徽郡歙之西鄉曰巖鎮，有人所畏惡，競指而名之曰『鑪』者。其爲鑪，非水非火而沸者烹者，封劄而燔炙者，噓且扇者，寒附熱者，羣聚而熾其焰。誘諸富子弟入，入輒焦灼麋爛，以至於盡；其不入者，中以陰事，或誣刼之，必饜所欲乃已。用是人人惴恐，相戒毋陷入，入且死。吏緣爲奸，相助作聲勢，涖此者，率惑於聽，罕究切之，故縱以久。

太守徐公治徽及期，廉得其實，曰：『此害馬也，不去必敗羣，需之益張，勢將燎原。』疾縛鑪魁二生至，褫其服，論徙之，徒黨解散，民以大和。未幾，公左官去，徽之民奔走叫號，怨怒聚泣，所在皆是。其鄉之士大夫，謀勒公德於石，而屬其記於紫陽書院長舊史氏文，爲文道説前事。復進而言曰：『非特爾也。吾郡古稱富州，富故貧者之資也，資之衆且久必貧，名存實亡，循責無已，萬目睽睽，困莫收卹。公來，酌水與誓，手摩撫之，含飴哺糜，如乳愛子。凡諸彌文苛法，呼召役辱之患，苦吾民者，禁督皆絶。民終歲户外無一吏人跡，屬不慈狎，死條守要，砥節廉静，歲以再和，民氣完實。譬之病者初起，方恃以生，而公已棄吾去矣。』

文聞而歎曰：『此古仁者之治也。非磨以歲月不効，無奇功近名，人不能爲，亦不肯爲，而公獨爲之，嗚呼難矣！若夫大憝巨猾，患不治，治得一健者，害可旦夕已，視此猶易。顧公持重自卑，言語嘔嘔，貌若恇怯寡斷者，遇事乃如驚霆迅雷之暴怒猝至，已輒復其故常。威因物生，怒不留已，仁者必勇，公之謂乎？且聞公之被議也，以庫役盜金去，逸四日而獲，盡還所失金。事將論報，或諷寢其事，公曰：「不可，寢則罔上，罔上必縱惡。罔上縱惡，其何以令！令而效之，又何誅焉！誅之，是誅其類己也；誅類己而不知恥者，是謂心死。心死，不祥莫大焉，而余何忍諸！」卒論報，遂坐是去。嗟乎，天下之粥欺蒙詬，蹈危鬬捷，而以循聲聞者，踵相接也。公顧不用是爲自完計，確然不欺其志，於進退利害之閒如此，公真可以屬大事者。今天子神聖，幽敻蔽翳，靡遺靡阻，磨刮洗濯，物無枉材。豈緊如公而以左官終者，則徽之大被公惠，必在異日，徽之人可無悲也。』則皆再拜稽首曰：『是吾民之願也。』乃爲之記。

公名碩士，字遜夫，雲南嵋峨人。用孝廉，爲雲龍州學官，歷知河南寶豐、封邱縣，同知河北安陸府事，所至皆有德政云。

爲徽州守汪夢齡作婺源江先生從祀紫陽書院朱子祠碑記

先生姓江氏，名永，字慎修，婺源之江灣人。年八十二，以明經終於家。後十年壬辰，皇上詔求天下遺書下直省，督、撫、學臣轉下各郡縣，悉心搜採以進。時督學使者，翰林院侍讀學士朱公筠，歲試按部至郡，首取先生所著書二十餘編，繕寫進呈。并飭有司，諏吉具禮，迎先生主入郡城紫陽書院，從祀子朱子祠。而夢齡以權知府事，既承命，未及將事於祠而去，思留文勒石，以式久遠。顧恨不能通知先生事，因索得先生高弟休寧戴孝廉震所撰先生行狀讀之，然後嘆先生真粹然古之醇儒也！

狀言，先生少就外傅，見明邱氏《大學演義補》之書内徵引《周禮》，因求《周禮》全文誦之，自是旁通《十三經》注疏。凡古今制度，及步算鍾律聲韻，地名沿革，一一詳究，得其本始，蓋於書無所不通，而於《禮經》尤功深。先生常以子朱子晚年作《儀禮經傳通解》未就，黄氏、楊氏相繼輯續，猶多闕漏。乃依《周官經》五禮舊次，著《禮經綱目》八十八卷。書成，值朝廷開《三禮》之館，館中諸公檄取先生書，送館備參訂。已而，先生以友人招，一至京師，總裁桐城方公苞素負其學，聞先生名，願得見。見則以所疑士冠禮、士昏禮數事爲問，先生從容置答，乃大折服。而荆溪吴編修紱亦質以《周禮》中疑義，先生於是有《周禮疑義舉要》一書。

是時，諸公欲以先生名上聞，而先生遽謝歸，不果薦。居數年，上思用經術之儒，命大臣各舉以聞。會方、吴諸公已各去位，而婺源令陳某，有子在朝爲貴官，欲爲先生進其書，來起先生，先生以老疾辭，不起。其後戴震入都，大司寇秦公蕙田客之，見書笥中有先生《歷學》數篇，奇其書。戴震爲言先生，司寇撰《五禮通考》，摭引先生説入『觀象授時』一類。而《推步法解》，則取全書載入，恨不獲見先生《禮經綱目》也。

當是時，朝廷之貴臣咸知先生，咸資折衷於先生之書，而先生卒不遇以殁。當未没時，士之從先生受學，以經術名者，徽爲盛，戴震其最著者也。洎先生殁，貧不能庇其子，鄉之士益信經術爲迂濶不足用，雖戴震輩斷斷然持師説不少變，卒亦無有能信從之者。於是干禄之學盛，而士風始稍衰矣。

學使朱公，當代之韓、歐也，素以古學倡導後進，爲世儒宗。今承明命，益重厥事，即用先生以式多士，而誘進之。由是先生之書，塵封蛛網，庋之高閣者久矣，先生之名，其幸而不與農夫野老，同腐草木者，亦僅矣。一旦而著述登之朝，祠祀崇其禮，嗚呼，又何其盛歟！

宋自韋齋先生篤生徽國，祠徽國者偏天下，而紫陽之名實兹祠爲之權輿。越六百餘祀，至本朝，吾先生乃以其鄉人起而配之，所謂『修德必獲報』者，信矣。夢齡故越國後也，徙於浙者，百有餘歲矣。嘗游嘉禾之鴛湖書院，院有陸當湖先生祠。院中人爲言，當湖未從祀孔子廟庭時，即祠祀之，如古先師禮。然則今先生之從祀，猶之祠當湖也。他日兩廡之席，且爲先生虚左以待矣。是爲記。

鄭氏祠堂碑記

吾宗觀察君鍾山，重建巖鎮洪橋宗祠成。既升主合享，退而思紀成勞，爲先世較德，焯勤以訓，世守惟敬，著厥跡於繫牲之石，於義其可。乃命其子比部君宗彝，告於紫陽書院長舊史氏虎文曰：

『周自宣王封母弟友於鄭，厥後子孫以國爲姓，遂爲滎陽鄭氏。後漢有諱熙者，生二子，長曰泰，次曰渾。渾之後顯於北，與崔、盧、李並稱四大姓；而泰之後，三國時仕吴，爲平難將軍，徙居丹陽，爲吾族過江始祖者，庠公也。四傳至亨公，爲黟防拓使，因家湖田之雙橋，始著籍於歙。唐末，司徒選嘗兵扼黄巢，以功顯，其兄凡造遷律村。村有書院，爲防拓二十世孫，南唐御史海公遺址，宋宣和間，郡馬某改上律寺，召僧居寺守冢，是爲鄭氏八派統祠。八派者，御史子諱再能，生九子，其一絶也。第九子惟政公，由律村遷官塘，官塘之族，自後或遷南山，或遷長齡，或遷大橋。而洪橋之族，實元吉公爲始遷之祖，有祠祀始遷祖以下，明嘉靖間，大參雙溪公所建，是爲洪橋族專祠。

『專祠歷今垂三百載，廢不治，而統祠亦久爲僧踞，同他寺兩祠，且就湮。先大夫訥菴公喟然曰：「吾祖若宗，世載明德，紹開厥家，委祉於後。後世彌遠，罔思歸成，薦饗日慢，其奚丕承厱麻，以永無極！維世發聞趾美，延緒集余，余其敢不事事！」是時洪橋之祠廢，而橋亦闕敗，行者病涉，先大夫曰：「是不可以不先。」乃成橋，次將及祠。會牽以事，訖不得施，未幾即世，遺命屬之鍾山。鍾山夙夜惴惴，懼不克逄將承應，以爲先人羞。

『伏念鍾山與弟元鑑，仰託祖德，濫名天家，疊被恩命，思即本職，自效頂踵。徒以凛遵嚴命，遺紹在躬，棄所付與，出玷孝治，用守初服。率弟元鑑及子宗彝，經營相度，天予吉壤，卜食維墨。爰舍舊址，徙建新祠於厱山潁水之陽，始自乾隆丙戌，越歲己丑，凡卅有五月，工告訖功。於是享有室，祧有樓，燕有堂，賓有館。門廡廚廄，於制靡闕，桷榱楝楹，廉階庭陳，以髹以黊，以篤永久。

『於是謹率族屬，奉主備物，將事祠下，祼獻登降，式禮莫愆，洋洋蹌蹌，神人具和，揭虔妥靈，庶當先志。而上律寺，則前此已理而歸之，僧宇傍祠，曠復故迹，蓋勤歷二世，今而乃克有濟，嗚呼，可謂難矣！

『昔者魯僖公作閟宫，周天子命史克作頌，被之管絃。今鍾山既匆克致身卿相，邀寵帝命，以假先靈，僅保墜緒，私祠是崇，奚足示後！然而辭餘一力，裒貲積勤，致此非易。後之人享有丕祉，勿綿孝德，怠守祠祀，興且復廢。鍾山念兹不能自克，是非乞有德而文者述之，不足以昭示吾子若孫，敢請。』

文愧其辭，難之。顧念維觀察幸一出，可立躋卿貳，乃退服子職，修廢舉墜，迪維前光，可謂大孝。烏衣王氏，貴盛與六朝相終始，原其發跡，本之祥覽，惟孝庸德，食報尤遠。今洪橋祠甫成，而觀察子宗彝，第壬辰進士，爲刑曹郎，準古例今，引緒始此矣。文故北鄭之裔也，與南鄭系絶遠而源同，自隨宋南渡，世爲越人。乃文通籍三十年，猶僑居檇李，勿克歸守祠墓，子姓散落，歲祀廢闕，承命執筆，汗淚交注。因歎觀察之孝可以風勵天下，遂次其言書之，俾刻於石。

重建普圓院碑記　代作

普圓院在巖山塢，吴越王於石晉天福二年建，即劉宋元嘉中釋慧琳講所也。亦名資巖，南宋爲永福寺，分上下院。尋爲大吉祥寺，元初毁於兵，至元元年，僧圓來力復舊觀，功德稱盛。時又名大永福寺，自明迄今，代更興廢。至乾隆庚寅，僧明瑞嗣修，則已餼羊僅存，而『普圓』之名微矣。

今皇上御極之四十有五年，龍集庚子，恭遇上七十聖壽。豫歲命下，所司率舊典，戒備南幸，蓋視黄、淮堤工，且豫爲浙民籌海患也。乃發帑具供帳，戒毋用民力，勑罷吏民建經壇祝釐例。凡所幸臨，潔穢葺敗，毋崇飾侈麗，諸不在令者準此，禁督皆絶。於時開恩科，廣士額，賜復蠲租，湛恩覃洽，古帝王劬躬壽民，損上益下之盛，蔑以加於此矣。

某等則相與謀曰：『明旨煌煌，孰敢不恪以取禍。適顧自念守位保禄，怙恩養安，而我皇上自春徂夏，經途三千，如日行晝，罔淹晷刻。比於先王觀而豫遊闕焉，君勞臣逸，其何以堪處！且思編户細民，遇有重客，莫不除室掃門，敷席治具以竢，所以崇禮也。今天步賁臨，而國家之賤，有司誠無敢託於崇禮重客之義，而顧可若是恝乎？』則有進而言曰：『崇禮莫若因舊，因舊莫若佛地。崇禮，忠也；因舊，儉也；佛地，敬也。一舉而備是三物，必當上意。』

衆謀既同，乃考志乘，得永福古刹於西湖之西，距行宫五里而近。跡其地，則西接靈隱，東達天竺，北山峙其後，呼猿面其南，石筍孤聳，嵐翠四合。左銀沙，右金沙，夾鏡縈帶，清音滿空，僉曰：『此可以供宸眺矣。』即而圖之，規制既立，且議復初名爲『普圓院』，聞於大吏。大吏曰可，隨具圖説入告，得報，乃仍故增新，一力齊事，經始於己亥之季秋，訖明年仲春落成。内分東西界，以金沙之流泉東爲普圓院，則永福之舊也；西則鄴公菴，菴爲宋杭守祖無擇所搆，祖封鄴公，故名，今爲小有山房。其東西有亭，曰雨花，曰福泉樓，曰海日，皆仍舊名。樓後白衲菴遺蹟在焉，白衲，即圓來常衣白衲，因以爲號，且名其菴云。合諸所新建屋宇之可以閒計者，凡五十有三。

是役也，興廢復古，節財崇儉，體上心也。三月四日，鴐由鹽官遵海而南，幸會城，旋移蹕駐西湖。於月之十一日幸普圓，顧訪名跡，上爲霽顔，良久還行宫。翼日，出御書額聯及御題七言長律一章，羣臣跪展盥誦，仰見龍章鳳篆，與佛光交輝互映，藻耀巖谷，萬衆流聞，莫不朋悦。各各合掌頂禮，同聲誦佛號，祝皇帝萬萬壽也。於是摹刻聯額，榜懸寶殿，恭勒御題於石，盤螭負鼇，永鎮萬葉。退而序次其事，用以奉揚聖德，且爲茲院志遭遇之隆焉。是爲序。

徽州府别駕福公南徼行役記

徽州通守福君禄者，滿洲鑲白旗人，通滿漢文，善書，有幹畧。初官工部屯田司筆帖式，堂上官才之。乾隆丙戌秋，雲南木邦土司僉圍，苦緬匪侵暴，率衆内屬，且請討。上許之，命明公瑞爲將軍，率兵由木邦，出宋寨以進。别遣副將軍，由老官屯出猛密司，取道會擣阿瓦城。時工部侍郎珠魯納奉命爲參贊大臣，以兵數千駐木邦，輯寧僉圍部落，且爲明將軍援。參贊奏請君爲記室，君於是年九月六日就道，行三十八日抵永昌，出龍陵關，過芒市，至怕兔及兩軍大營。兩將軍各分道進，君隨參贊至木邦，時十一月中旬也。

木邦樹栅爲城，周里許，門四。北門外有溪，名清水河云，緬匪昔常與中國互市於此。其地多瘴，清明後瘴發，觸之者死，玀猓咸竄避山谷，霜降乃出。玀猓者，夷民也，時經寇鈔，人無一跡，參贊乃宣上德意，命其長招徠之。城外立四營，一設西南隅，以扼敵衝；餘分設東、西、西北面爲犄角，各分兵固守，而以副總兵官若參、遊一人轄之，城四門分守亦如之。撫集夷衆，訓練士卒，申防警備，部署初定。而兵以不習水土病，病且死者，日見告矣。

明將軍既深入，哨卒日數輩往，初聞吾兵屢勝，已而奪得宋寨賊栅。旋聞將軍親率弁兵，斬木運土，梁博白江濟師，君曰：『博白橋，險隘也，恐將軍不能分兵守。我處又未奉檄調，即調，兵少且病不足用。况距此遠，哨不時返，奈何！』參贊韙其言，謀未決，賊已毁橋，躡大軍後。大軍取猛密司，道以退，參贊聞報，謂有進無退，退妄也，罪之。未幾，有哨卒被傷歸，云賊遮道，不得前。參贊遽欲提兵赴援，疑所往，懸賞購玀猓，四出探路，十無一還。俄而歲盡，賊兵驟至，壓西南營而陣，且樹栅爲久困計，我兵急攻之，不克。

當是時，兵死過半，餘皆殘病尪羸，告急有文，而内援不及。參贊曰：『不可以坐斃也。』於丁亥正月六日，親出搏戰，君亦率家僮從之，軍殊死戰。俄而一僮中鳥銃，破腦死，君不爲動，戰益力。自辰至申，殺傷相當，凡三日三合戰，賊衆日滋，我兵益寡，既病且餒，人無固志，遂堅壁待救，賊環攻，晝夜悉力拒之。至十八日夜，外三營破，參贊謂君曰：『某奉職無狀，死有餘罪，誓與此城存亡。有遺奏付汝，必達永昌，毋死。奏所不具，口盡無隱。』君跪泣受奏，懷之。

明晨，營盡破，城陷，參贊自剄死。君斂其尸，將一僮，馳東門出。出陷壕溝中，溝深，一躍而起，若神助焉。遂驟馬，從東北無賊處，犇亂山中，回視烟焰燭天，呼號殷地。正悲愴間，見賊數人來追，射之，殪二賊，餘乃退。前行遇泥淖，廣數十畝，試之，馬陷不可出，北有峭壁，倚空而立，木叢生石罅，蔽壁如翠屏，乃棄馬攀樹，與僮猿引而上。上無路，且迷其方，依定南針取道東北，以刀披榛莽而行。行七日，得小徑，饑甚，剥蕉白食之。是夜病嘔且殆，明日昏卧草上，謂僮曰：『我死矣，若速去，得生歸，以我死告。』僮請留，君瞑目麾之，泣而去。卧兩日，若有撫其體者，脱然愈，乃起强步，日數里。自後間遇玀猓，宿其寨中，市米作飯，裹餘糧負之，拾柴爲炊，日飲糜粥二頓。

如是者又數日，面高山插天，半如蟻緣，磨旋而上，四日登其巔。下見人馬蜂聚，軍帳星羅，疑之，山民云：『副將軍全師退屯於此。此雙緬寺，吾中國地也。』於是乃下山，始得飽食，行三十里，至怕兔，始得乘驛。迴憶出鋒鏑，犯霜雪，饑不得食，病不得息，摩腹跪肘以爲行，草覆土籍以爲卧，蓬首垢面，膚裂足皴者，蓋已垂二旬矣。君至是出懷中奏，視之完封無恙，泣曰：『吾今而知可無廢參贊之遺命矣。』由是入關，抵永昌，以奏呈果毅公今相國阿公，上聞。隨於四月二十一日抵都，至圓明園，召對稱旨，累官至今任。

余主講新安久，交君亦三年矣，數爲余談其粗，苦不能詳也。聊敘其詞，爲《南徼行役記》。

胡宜人像記

是爲宜人病革時，畫工所初作像也，衆以未肖，令改作，而此圖則弆藏之，余既題贊及斷句於彼圖幀首矣。念宜人後余一歲，以乙未生，生六十七年，以辛丑卒。營葬彌歲，雲閒王給諫顯曾精形家言，爲余得吉壤於會龍山以東正天圩之原，去郡一舍而近。

王猶不敢自信，質之晉陵董助教達存。董以數學名天下，年八十有一，已卧疾，視之圖曰：『可。一六二七本河洛，西水環南絡巽角，放乎丑艮歸大壑。月波涵天藏化籥，六七八九運靡錯。』且爲諏日，於癸卯七月十七丙午日己亥時，曰：『是地必是日乃吉。』於時苦積雨，至日雨漸疏，日下春陰雲解駁，至時而月中天矣，衆皆以爲神。是役也，給諫主之，武林馮君達佐之，董命其鄉人李君同春亦至，而董則已先九日死矣。嗟乎！余宦京師，先後垂二十年，視學楚、粤者五年，病而歸。家有四百餘指，無宿儲，課徒給朝夕。無論無力延名地師、卜吉壤，即有吉者，不克得，又何以葬？乃郭、楊、廖、賴近出吾黨，董且延慨慨之息，若待成吾事而終，其尤可感也夫！

其餘賻贈以襄事者，方伯則有楊名廷樺，李名封，覺羅名祥鼐；廉使則李名天培，運使則沈名業富；觀察則印名憲曾，衛名詣，元名克中；太守則金名雲槐，郡丞則劉名雁題，楊名先儀，李名洗心暨其弟儋州牧玉璋；大令則張名天相，邱名廷瀾，李名宗建，莊名瑛，汪名焕；學博則王名念典，凡十有九人。京宦半之，則吴副憲玉綸，蔣府丞曰綸，曹鴻臚學閔，彭少詹紹觀，王庶詹大鶴，施太史培應，馮太史敏昌，皆割俸以助。而王給諫、董助教，且猶爲匍匐之救焉。

於是含殮以迄窆送，始克成禮，非特宜人獲寧幽宫，而余之生壙亦於是具。迴憶先大夫没十有七年，乃得與先太宜人合葬於九里滙之鄉，余夫婦可幸可慚，尤可痛也！用復敘而記於圖之首，以示世世子孫，其毋忘焉。

校勘記

〔一〕葉爲銘輯《歙縣金石志》卷九録此文，尾署：『右贊善兼翰林院檢討，翰林院編修，庶吉士，武英殿行走，教習庶吉士。充會典、方略、續文獻通考、國史四館纂修官，充乾隆庚午、壬申、癸酉三科順天鄉試同考官，甲戌、丁丑兩科會試同考官，丙子河南鄉試正考官。提督湖南、廣東兩省學政，記録四次，秀水鄭虎文撰。』

吞松閣集卷之三十

秀水鄭虎文炳也著

門人欽州馮敏昌編次

男師亮師靖師愈謹梓

文六　傳

台州守備鄭公之文傳

鄭公之文，字貞卿，號衷素，休寧新屯里人。少從父賈于山東之臨清，遂用臨清籍，中順治己丑兵部進士，官浙江寧紹台道中軍守備。守台州時，國家初定鼎，閩賊鄭成功據臺灣，數出剽畧，爲沿海諸郡患。而山寇乘閒竊發，台尤苦之。公至，則扼險以遏羣盜之出入，用諜擒斬其魁，捕殺畧盡，民以安堵。

守台五載，爲順治之十三年，叛將馬信作亂，公手射信，斃之。其明年，鄭成功遣賊數千，用木罌法，人挾磁礶，礶插荷葉，潛浮海，乘潮而上。公望見，知賊計，亟登城守，賊果大至。攻圍月餘，城陷，猶巷戰殺數百人，力屈被執。賊愛其勇，脅降之，不從，絕粒五日，不得死。駡賊，賊怒，倒縛公于雲梯，鞭之，駡益厲，遂殺之，取其首而去。公有僕朱姓者，走賊營求之，哭不絕聲者數日夕。賊義之，歸其首，乃得殮，而歸骨于故里焉。

當公之至台也，以二妾一女從，至圍急，公語之曰：『城陷，吾義當死，汝等各自爲計。』二妾曰：『君不負國，妾忍負君！』即自經死。女年十二，亦大呼，觸階碎首死，凡從死者十有八人。公配畢氏，以不從公于台，故得全。康熙二年，詔求公後。公一子早卒，以兄子以祝嗣，予世職拖沙喇哈番。以祝卒，子賢政嗣；賢政卒，襲滿絶封。乾隆三十二年，復有旨，録緑旂死事者後，得十有四人，而公爲之首，命襲職恩騎尉，世世勿替。

章節母徐宜人傳

節母姓徐氏，越之上虞人，明經仲仁女，歸會稽章處士匡義。處士故越右族，世所傳『道墟章』者是也。父致忠，明六安長史，初娶于言，生子四人；再娶于葛，生處士及匡正。匡正夭殁，處士幼孤，貧不能自存，就甥館從婦翁學。學成應童子試，屢蹶，益發憤，卒不遇，以困而死。死之日，節母年三十，慟絶，欲從死。念子女幼，死則無所託，乃勉自活，獨持門户，垂四十餘年，内外斬斬，雖甚貧，不妄有所乞假。常乏食，得食，則以食其子若女，及一僮之供樵蘇者，而自咽糠籺，雖稔歲率如是。

諸子稍長就外傅，盛夏，人一苧衣，衣垢，澣而後出。夕必課其書所受於師者，疾病寒暑不以間。嘗冬夜課讀竟，坐燈下作履，漏盡，殘月將落，明星熒然，饕風挾霜，颯颯入户。顧視諸兒寢正熟，遽呼之，不應，因自撞擊令起，疾趣詣塾，諸兒致有驚怖得疾者，用是無敢驕惰廢學，皆克自立，顯于世。姑葛早亡，別葬某所，歲久，墓日隊剥不治。節母痛，欲爲營治兆域，且附窆處士及匡正之匶，而難其費。乃并日夜操作，累取其直，不足則又減日所食者，而銖積之，久之卒成其志。

節母少習勤苦，服食有節，其後常不使過之。然好施與，不封殖爲子孫計，凡於宗黨之孤寡乏絶不自振者，必厚遇之。嘗曰：『積貲不如積行。窶者見贍者嗇，則鄙之；及贍而仍爲人鄙，則弗如其窶也。』以故末年歲入常有所赢，輒散盡無所惜，鄉人至今稱之。

初，長史之殁也，處士方在抱，則以屬諸兄，而命之曰：『及冠受田，授室畀宅』。已而棄勿顧。處士衣鶉結穿，漏不蔽體，獨悵悵行道中，婦翁遇之，不之識也。詗得其實，爲泣下，因聞諸當事。當事者以爲言，則薄割所有，資處士，處士得不凍餒死。及是而諸兄子姓之襲先業者，日貧困，棲止墓舍。節母每展墓，數相見，愀然不怡，輒脱簪珥，以周其乏，終不以往事爲忤。

嗚呼！義利之辨，不明于天下久矣。往見富室貴族，其父子兄弟，別居異食，瓜剖豆分，專利取盈。不奪不饜，分離乖隔，夷于寇讎，卒之强弱同盡，莫救于敗。而當其憑籍餘業，未即顛隕，或儼然列于士大夫，與當世事，人無敢誦言其非，且轉相暱者，往往而是。及一旦失勢，即向之所暱者，隨起蹈籍之矣。而况處積不能忍之，勢將必報；即不報，無不用是相傳説訕笑以爲快，願以行路處之，且不可得，其他則又何説！節母顧不藏怒宿怨，以倖其敗，又從而加德焉，其何達于大義，而篤親親之情無已也。

向使節母屑屑計及施報，如流俗人所見，必甚明于成敗利鈍之説。則當夫死子幼，又貧無卓錐地，豈能逆知其後之必有所就而爲之？爲之而偃蹇困頓，以至于老，未必果食報；或食報，而年又不及待。縱年及待且食報矣，而積終身之憂，取償于垂暮及身後不及知之事，非講求于生死輕重之義甚悉，如古聖賢者，必不出此。而節母坦然行之，不惑于成敗利鈍之説，其所見爲甚大。區區骨肉閒施報細事，宜其不悖于道也已。嗚呼，若節母者，豈不毅然丈夫女哉！

節母卒年七十有二。子男子三，長如璋，某府經歷；次如璧，知某州；次大倫，同知某州。女子二，適某、某。卒之後四十年，天子詔旌其門，越明年壬戌，如璋子鑣成進士。辛未六月，鑣出知應城縣，將行，乃撰次節母行事，以告其同年生鄭虎文，曰：『吾恐日月遂徂，後之人不能通知前人志。願因子之文，以傳於後，敢再拜，固以請。』文不敢以不文謝，謹按其所撰次行事，而爲之傳。于其行，書而歸之。

蔣母胡孺人傳

孺人姓胡氏，浙之德清人，刑部尚書惠衡之孫，知永平府事某之女。適長洲蔣氏，則刑部郎某之婦，廣文某之配也。孺人生未彌月，妣裘太安人卒，以故永平公絶愛憐之。性莊重明慧，幼如成人。其隨永平公之順德别駕之任也，年甫數歲，即能綜理家政，人稱爲能。年十九，來歸廣文，廣文素以文章馳名吴越閒，性落拓，不事生産。又好客，客雜沓造請，酒食供張，贈遺費擿，奩中資畧盡，孺人無愠色。姑章太宜人殁，則獨主内政，尤凌雜繁重。洎廣文之官潁上，並以嫁娶委孺人，孺人一手搘拄，三十餘年，雖甚憊且病，率强起視事如常時。

孺人故女公子，而蔣又巨族，居吴門。吴門俗淫靡，雖編户女，驕逸不事事，矜飾樂遊，轉相慕傚，莫醜其行。孺人顧獨無纖芥矜貴態，凡諸烹飪縫紉瑣細事，咸躬親如貧家婦。嚴冬常襲一裘，裘敝，毛落且盡，衷敗絮衣，衣穿漏不可補。子婦爲製新衣獻，重違子婦意，服數日，即却不復御。性不佞佛，而茹素戒殺，食鮮兼味，其勤儉蓋天性然也。

雅好施與，姻黨中有所乞假，靡不饜其意而去。往有隣婦病者，醫云必得參乃可起，則日分所服之半與之，隣婦得不死，其輕財好義，雖其他皆類此。孺人之初爲婦也，堂上猶重慶，逮事兩代，得其歡心。居舅姑喪，哀毁特甚，遂嬰疾，嗣後每舉發，往往而劇。又以母早卒，不得見，偶感觸，輒流涕至廢寢食，用是家人相戒，言毋許及裘氏。

其臨殁之月，返德清故里，展先塋，淚涔涔覆面，拜不能起。留數日歸，歸數日無疾而卒，年五十有一。丈夫子六人，學文、國華、學禮、起元、學書、學義。女子子一人。孺人既卒之四年，歲丁丑，國華成進士，歸吏部爲選人，將南歸，乞余文以傳孺人。孺人，我姨也，稔知其賢，即爲書素所得于聞見及國華所述者遺之，俾附家乘，令後之人可考而知焉。

黄氏三節母傳

新安黄君星淮及其弟灝，以乾隆丙子歲來應京兆試，問字于余，余因得與遊處。是秋灝魁其房，星淮報罷去。明年春闈，灝亦報罷，將告歸，請于余曰：『吾黄氏自始祖漢尚書令諱香者，以孝義稱，代多傳人，而婦以節著者尤衆。顧未有如吾高祖母、曾祖母、祖母，三代以苦節聞者，願得先生之文以傳。先生其無辭！』因出其狀于懷，且再拜以請。

余讀其狀曰：『高祖母姓汪氏，前襄陽衛參軍，今贈中大夫諱麟英之孫，少尹諱可銘之女，吾高祖父文學公諱康民之配也。生有淑德，每羣處，輒異常衆，衆咸異之。既來歸，却鉛黛，事操作，以勤儉爲家人先。佐讀勸學，相勖以遠大，未嘗以家事遺高祖父憂，用是高祖父得肆力于學，爲名諸生。未幾，高祖父卒，生子一，諱于承，即曾祖父處士公也。

『曾祖父幼稟母教，工文章，顧獨不喜仕進，而士之以才馳聲東南者，皆樂與之遊，雖年少，名與賢豪長者齒。娶曾祖母李氏，爲易村文學諱萬英之女，生二女一子。子纔二齡，曾祖父卒，曾祖母欲以身殉，高祖母曰：「死節與存孤，孰大？吾已熟籌之矣。吾今以自勸者勸爾，爾其毋拂吾志。」乃勉自活。曾祖母故嚴重，寡言笑，處閨闥，整肅如朝廷。祖父上舍公諱孚公，即其二齡子也，絶愛憐之，然不少假易，因得成立，讀父書，爲士人。休陽邵明經諱曰濂者，奇祖父才，字以愛女，時祖母年十八，來吾家，故富家女，又盛年，未嘗有驕惰色。凡飲食衣袵，旁及爨濯之事，必躬親之，兩姑稱之曰賢。

『方祖父之遊學芝城也，念祖若父不幸早世，門户衰薄，不發憤爲自樹計，局縮里巷閒，且遺先人羞。將負笈遊，則顧視此身孑然，誰復爲重慈職問省，委曲如老人意者！久之未發，祖母乘閒言曰：「君行遲遲，毋乃以重慈繫心乎？門内事，吾任之，君第往，毋以爲念。」祖父遂行。未幾卒于芝城，訃至，祖母一慟仆絶。少閒復蘇，默自責曰：「死易耳，奈弱息何！且我有遺腹，免身幸或生男，義皆不得死，死且重傷兩姑心。兩姑脱有不測，負死者，不可。」遂强起，稱未亡人，飲痛制淚，侍堂上色笑，竟日無戚容。及退處，襟袖皆濕，終其身，未嘗見齒。

『其課子也，非甚病，毋許輟讀。間不如指，輒爲道先世艱難狀，因感動相向，痛哭失聲。以故吾伯考諱雨蒼，先考諱翢中，皆克自樹立。而先考明經公，即世所稱「香雪詩人」者是也。蓋高祖母年三十而寡，八十有一歲卒；曾祖母年二十三而寡，五十有八歲卒。事均載徽州府及休寧縣《志》。祖母年二十二而寡，六十有九歲卒，雍正元年，被詔旌門，崇祀節孝祠，此三代苦節之概也。灝生晚，不能詳先人遺事，幸吾考、吾母，時時爲兄星淮及灝涕泣言狀，故能得其大略如此。』

嗚呼！如灝所狀三節母，洵足以傳矣，而何籍余之文爲！余即欲文之，不若灝之言質而事核也。因即取其狀，删節而潤色之，亦曰：『此灝之志也。』夫此非獨灝之志，而亦天下孝子仁孫之志也夫！

吴中丞傳 代作

公姓吴氏，諱士功，字惟亮，號淩雲，一號湛山。先世有仕元以武功顯者，曰文盛，世居江西。其遷河南固始之張庄，則自八世祖巍始，代有醇德。大父宏緒，父用烈，皆常出其家財活難人，人謂吴氏有陰德，其後必大。

公天資絶人，未冠以博贍稱，爲文恥詭遇，困場屋者二十年。雍正壬子、癸丑聯捷，選庶吉士，乾隆丙辰散館，改吏部，累遷至郎中，遇事能立堂上與大宰争是非。己未遷湖廣道御史，尋掌京畿道，數上章言事，有直聲。旋爲閩督摭他事入公名，劾奏落職，事下刑部，白其誣，奏復公官。公不爲謝，或勸公，公曰：『故彼職也。』壬戌出爲山東濟東道，居後母喪，起爲直隸大名道，移山東兖沂曹道。是年屬郡饑，上幸山左，奏其狀，轉督糧道，遷鹽運司使。

六年，鹺政畢舉，頻攝治藩、臬事，大吏賢之，再以循卓薦。甲戌，遷西安按察司使，丙子移湖北。秦民愚，輕犯法；楚民黠，善舞法。公兩治之，獄多平。尋攝巡撫事。時廣濟縣民苦私徵久矣，公立縛羣吏至，置之法，諸官吏聞風，皆斂手不敢爲非。丁丑秋，遷西安布政司使，冬移直隸，明年三月再遷西安。尋命巡撫福建，猶留陝，七月涖閩。

公所至，以民食爲根本，尤重救荒。初在山東，歲旱蝗，大吏怒捕蝗令，欲悉劾罷去。公争之，則請親往，疾馳烈日中，日數百里，至則蝗立盡，不爲災。西安延、榆、鄜三郡，歲不登，路及踐險，賑粟不時達，民旦夕且死。公更運法，飛輓立至，籍其積年逋懸，數上聞，盡予除免。及踐閩任，外則臺灣以颶風告壞民田廬，殺人畜；内數郡旱，種不入土，民大饑。公不暇他事，立條上，發粟緩租，貸種食，各事宜行之，民用完聚，無流亡。南洲者，閩之盜藪也，在江中，阻險。有劉良福者，踞爲巢，與副賊遊艷艷等十八人，放賊四刼，官吏皆恇怯不敢問。又有巨盜林成功，亦聚黨數十人。當是時，閩苦盜，盜且及江浙，公至不數月，次第就縛，誅其魁，餘皆待以不死，閩盜平。又奏寬臺灣私渡之禁，便閩粤人之在臺著業者，得迎父母妻子，以自完其家。臺民德公，至今語及前事，猶感激泣下也。

公之爲政，剛而不殘，仁而不弛，爲外吏二十年，持是道不變。在閩三載，被上眷益厚。辛巳，以承問提督馬龍圖侵餉事，坐失出逮問，旋釋之，命往北路軍營効力，明年有旨放歸。又五年乙酉，九月丙申卒，春秋六十有七。初，公還里，二子均官京師，請歸省，不許。上每見公二子，必問公年齒衰旺，人以告公，謂公將復用。公曰：『吾罪人也，苟復出，必以死報。』既而自循其鬢髮，則又嘆曰：『吾已不堪復爲世用矣。』卒之夕，呼其家人曰：『語兩兒，好爲之，以贖乃父負國之罪。』言訖而逝。

公祖宏緒，父用烈，以公貴，均贈中大夫。祖母楊氏，母王氏，繼母陳氏，均累贈淑人；夫人任氏、李氏，累贈亦如之。子二，玉衡，刑部郎中，知湖南永州府；玉綸，乾隆辛巳進士，翰林院檢討。

論曰：予聞公曾大父自榮，與弟自顯相友愛，殁而命與同塚。又聞公幼侍母疾，禱于神，請以身代，若神許之愈，然後知孝友之流澤長也。嗚呼，休哉！

皋蘭三梁傳

皋蘭梁氏，世業農，以謹厚著稱于鄉，自吾友比部郎濟瀍，始以甲科顯於時。其先河東人，始祖某以衛千户，從明肅藩屯皋蘭，遂家於蘭之梁家山。梁家山以梁氏名，故皋蘭山之南山也。自某以下，凡十餘傳，至正邦。正邦生三子，長檜，次梃，次梓。梃生濟瀍，濟瀍貴，正邦及梃皆得贈如其官，而梁氏遂爲皋蘭之右族矣。

初，正邦自念世茂隱德，欲以儒學昌其嗣，徙邑中，令子檜、梃受經於蕭明經光漢。光漢故得其邑人段氏之學，以宿儒爲世師。段氏名堅，明正、嘉閒知南陽府事，史稱循吏第一。其學宗朱子，至今蘭之學者，所稱爲『容思先生』者是也。以故光漢之門稱多士，而檜、梃爲尤著。

檜字泗選，性莊嚴，不苟言笑，亦以段氏之學教授其鄉人。常爲諸生祭酒，每升講席，生徒環侍，雖盛暑必正衣冠，危坐竟日，無惰容。於書無所不究，而尤邃於《易》，精占驗，用酌禾稼早晚多寡之宜，以待歲之豐歉，率奇中。然終不及他事，亦不知其術之所自得也。年六十五，以明經終。

梃字殿選，用明經，爲鄠縣訓導。鄠縣令重之，事以師禮，五載，諸生無訟者。以老歸，卒於家，年七十二。爲人和易，不校横逆，不務俠義名，而能急人之危。常有縣胥悮徵逋賦至梃所，梃曰：『已輸矣。』胥怒且詬，即引謝，延之座，且設饌。已而胥悟，惶遽請罪，梃慰遣之。又有族人貧甚，發憤棄妻子去，梃爲卹其家。數載歸，會梃殁，夫若婦爲執服三年畢，涕泣再拜而去。其爲坦易篤實，雖其他皆如是。兄檜弟梓，其所爲亦皆如是，故人謂三梁有古學者風焉。

梓字陛選，幼學於兄檜，通《毛詩》，不慕仕進。其言曰：『讀書非爲利禄計。近見教子弟事此博富貴者，率少所成就，甚且家中落同游民。余聞伯兄數稱司馬温公，御子弟以分職授事之法，其法即諺所云「士農工商，各執一業」也。余用自訓，且以訓吾子弟焉』。梓故隱於市，精心計，歲得所贏，輒以資檜、梃。檜、梃用得肆力於學，以克成父志，梓不爲無助云。年六十二，先梃卒。

論曰：謹厚之風，近世亦少衰矣。徵之往籍，如遷《史》所傳萬石君者，漢後鮮聞也。今三梁或仕，或不仕，或且去而爲賈人。乃聞其侍母疾，廢寢處，累月日彌謹，執喪哀戚甚悼。屏佛事，廬墓，垂老兄若弟同居，怡怡如兒時，至今其鄉人稱孝友者，於三梁無異詞也。今濟濹且貴顯矣，余觀其於衆中，恂恂如不能言，非其家孝謹之澤深歟？嗚呼，豈不賢哉！

李孝廉晴山母胡太孺人傳

母姓胡氏，江南金壇人，年二十，歸江都光禄寺寺丞李公中菴爲繼配。凡三十年而寡，又二十三年而卒，春秋七十有三。光禄生子四人，長雷，次沅，次湘，次道南。雷字震百，道南字晴山，母所出也。

光禄家故饒於財，而受産獨薄，又性樂閒静。初未有子，以兄某爲後，則悉委以家事。光禄殁，資産立盡，告於母，將棄宅償負。世傳邗江玉山堂，爲四方名流文酒遊處地者，即李氏故居也。於時或勸母宜詰責其數歲所出入，母不可，僦居挈二子出。久之憊甚，復棄去，則誅茅編蘆以棲，深廣尋丈，用席障卧處，而外爲座，以待二子師友之至。地窪，每大雨，水挾諸穢四集，浸淫室中，母處之晏如也。母資女紅給朝夕，不給，則日市餅，人食一二枚，不再食。又不繼，則貰取之。會歲盡，晴山命婦取先人所遺水玉印章二，將謀貨以輸餅直。婦失手，章墮地碎，婦泣，母笑曰：『操此章以乞哀富者，非吾志。今章碎，絶妄念，甚善，何泣爲！』餅師感之，爲折券棄責。

維揚爲國家東南鹽賦所出地，地多商，土人化其習，競走利。母惡之，戒兩子毋與富家兒遊。雖族屬，勿令妄有所往，以故有力者相環視，鮮肯引手援者。當是時，所後子某亦出事鹽筴，稱富商，族衆復勸母與理前語，母曰：『吾囊且不爲，今安忍！吾將以貧賤勵吾子，安事此！』衆歎息而去。用是二子類皆廉静强毅以自克，一意刻苦於學。學既成，晴山補博士弟子員，有聲。時當塗吴孝廉鋭，故安溪先生門弟子，來爲江都廣文，且主安定書院講席，極愛重晴山。一日，偕江寧程孝廉文過其舍，曰：『願作竟日談，毋客我，即以飯飯我。』晴山唯唯，時家方斷炊，無以應也。未幾，母呼晴山入，持黍肉出飯客，客去，晴山跪請所自，母指榻後蘆壁曰：『頃解衣穴此，浼隣媪質錢市以享客。』晴山爲泣下，至今維揚人猶能道其事。

晴山兄震百能文，會母喪，哀毁卒，晴山益不自聊賴。入應省試，不第，乾隆己卯秋，始以《詩經》魁其房，距母殁時已十有二年矣。母遺斷鍼滿篋，晴山時時撫之泣，知晴山者哀之，爲作《斷鍼吟》，聞者競和，流傳及余，余粗知母及晴山狀。乙酉冬，晴山來京師，延之家塾。每夜語歡甚，閒舉所聞母一二軼事叩之，輒淚下，哽咽不能語，遂不復問。退而掇拾所聞於揚之人者，爲之傳，示晴山。晴山且讀且泣，曰：『君能言道南之所不忍言。』於是乎書而歸之。

趙玉傳

趙玉母某，故天津名倡也，以九月七日生玉，因名菊姐。年五歲，隨母侍客坐，退而問其父曰：『母奈何與客同卧起？』父曰：『貧故耳。』則又曰：『貧奈何令母與客同卧起？』父不答。語其母，母泣，女亦泣。未幾母死，父將攜幼子乞食遼東西閒，乃以女與其村人郭氏子志爲童婦。越歲，女年十二矣，翁將粥女以償博負，詭爲己女，質鳳山古樵宅。古樵更名玉，字阿冬，玉紀色，冬紀時也。主婦某夫人笑曰：『冬寒玉温，可以暖老矣。』

其明年，古樵出爲學使者，玉從某夫人行，命掌財賄，出入惟謹，某夫人才之，言之古樵。古樵故勝國某侯裔也，倜儻負大畧，官翰林十餘年，鬱鬱無所展布，則益樂恬退。家故貧，不置姬媵，畜一老妾，供盥櫛而已。四方文士持謁請見者，填溢門巷，輒引疾謝，堅坐一室，竟日不聞人聲，見者疑爲枯僧。及與談古今忠孝義烈，旁及勞人思婦，生死患難離别之事，則又纏綿往復，情益濃至，人用是得窺古樵矣。其校士也，不假手幕客，每扃試，連日夕不就枕，某夫人聞而憂之。一夕秉燭至，漏下已四十刻，呼諸侍婢不應，因自撞擊令起，起猶喃喃作夢中語。夫人曰：『此輩何足侍君！君勞矣，無解事者時，君寢食曷謀之？』古樵笑曰：『世無曹公，安所得知心青衣耶？』夫人曰：『易耳，吾當爲君力致之。』笑而去。

越夕二鼓，忽傳呼曰：『知心青衣來矣。』擁而至，視之則玉也。古樵笑問曰：『若知吾心乎？』答曰：『玉不知公心。知公心者，夫人耳。』古樵善其對，呼之前。時玉初受髮，垂垂被兩耳，膚鬢相映，人燭互輝，不覺心動。麾衆出，遽擁持之，遷延却立，面若有甚戚者。驚問之，則曰：『玉非郭氏女，郭氏婦也。』爲叙述前事，嗚咽不能竟語。古樵曰：『然則若曷爲來？』曰：『夫人命玉，其敢辭！且深知公必能全玉，故來。』古樵曰：『若誠知心，第善事我，我當以女畜之。』因留侍左右，而卒不及於亂。同室者害其寵多，語侵之，古樵謂玉曰：『虚名耳，奈何污若！將與若别居。』玉曰：『别居，庸得白乎？神明知之，何汙爲！』遂遇之如故。

已而還京師，京師大饑，畿南諸郡多流亡，村無遺民。玉請訪其父若翁，不得，則日夜涕泣祈死。有媪來傭工，玉與語，識郭氏，能道其翁死及其夫志流落狀，即令求志。得志於天津某村丐者中，攜之來。古樵曰：『吾以女畜若，今嫁與贅，惟若意，吾終不令若失所。』玉頓首泣曰：『玉事公數年矣，公真聖人佛祖也。徒以此身既他屬，義不敢辱公。私願先公死，再易女身以事公。公今何忍嫁玉！玉身事郭，心事公，必不生出公門。天日在上，實聞此言。』遂壻志。

志故鄉愚，又凶暴蕩佚，既昏，飽食無所事，則日事博飲，與市中無賴子弟遊。夜或不歸，歸必醉，醉輒調玉於衆中，玉正色拒之，怒。閒令盜主人財，及服食器用，皆不可，愈怒，詬且撻。古樵聞以叩玉，則曰：『此兒女子事，不足煩公。』猶隱忍左右之，然自是幽怨抑鬱，無復好顏矣。久之，志益横。會歲暮，古樵售住宅爲卒歲計，移家具之新居，大雪寒甚，勞家人以酒。志醉與家人鬭，刃及其胸，古樵不得已縶之官，謂玉曰：『若歸志，志去，若不得獨留，奈何！』玉泣，古樵憐之，復釋志，凡二載，三縶三釋。會古樵以病乞假將歸，志欲挈玉以去，玉曰：『吾不可以負公。』遂仰藥死。目不瞑，古樵祝之，撫以手，乃瞑。舉尸入棺，忽淚涔涔下，如生時。古樵痛之，殮以禮，葬之廣渠門内紹興義園。計事古樵者十年，昏三年卒，年二十有一。

論曰：别嫌明微，禮也。士君子潔身遠汙，形迹之閒亦大矣，况男女之别哉！雖然，抑亦可謂難矣。觀玉守身不亂，迄於以死報其主，雖古義烈何愧焉！嗚呼，悲哉！

亡兒師雍傳

師雍姓鄭氏，字仲默，號簡園，余仲子也。生有夙慧，初學步，聞吟聲，輒獨往聽，竟日不移坐，吟已乃去。始而以爲偶然，既而常然，屢試之，無不然，人咸以爲異。雍生於京師，未嘗識伯父母，伯父母使來，必隨衆恭問起居如成人。六歲愛誦漢魏樂府，七歲就外傅，與兄師亮偕出入。晨起稍後，則泣請於母曰：『他日願覺我，毋恤我幼。』

初學詩，作《拜新月詞》，其詞曰：『緩步出中堂，下堦拜新月。但願月常圓，不願月常缺。』『拜月月不知，月色何皎皎！清輝滿我衣，一曲蛾眉好。』余讀而疑之。會風過，微聞花香，即命之詠，應聲曰：『團圞坐明月，風過香入懷。欲覓無處覓，疑是蜂鬚來。』余因摩其頂，顧謂内子曰：『吾家自高、曾來，代有傳集。今得是兒，足亢吾宗矣。』

明年戊寅，余被視學之命，五載隨歷楚、粤幕中，賓從咸以少客客之，往往好雜舉史事，與諸長老博辨其是非同異。余惡其多言，戒之，退而作詩二章以自箴，曰：『人無多言，多言敗德。語穽自陷，滅頂奚脱。艮輔戔口，吉躁孰擇。不言不能，時言罕得。戰戰兢兢，維謹是則。』『横逆無報，爾汝勿答。召謗集尤，不謹自責。如泉斯流，如括斯釋。俄而忘之，人永懷慝。知而悔之，駟不及舌。萬言萬當，良不如默。』由是深自檢制，言笑式度，其强毅自克如此。

一日，余按部歸，燈下考羣兒課程，雍以五七古各二章進。其七古一《饑鶴行》云：『吾聞凡物各有食以生，不食不生求乃得。得不可苟豈惟人，鳥之於食亦有德。上而鸞鳳安可能，下而鷹鸇何足稱！飛鳴飲啄類難數，獨愛野鶴羽族靈。昂藏長身少人識，不肯收養有饑色。天池無萍不結實，元圃有芝不得食。鶴毋乃愚人竊譏，豈不能求至於饑。嗚呼噫嘻！鶴非不饑，心恥素餐空因依。又思同類則同性，乘軒非狂此尤聖。依人亦所不得已，饑飽雖異性常定。以饑求食心所難，饑者自如飽者安。如不當食寧終饑，惟饑知其不素餐。』一賦《木從繩》云：『繩直木曲自相反，以繩直木直亦同。繩之於木本無與，能用之者須羣工。繩具其直籍人見，匠具其智資繩功。苟無其繩匠難斲，木亦終曲何所從！嗚呼，木亦終曲何所從！』

其五古一《謝蓮歎》云：『物非根不生，無根難久持。折蓮插瓶中，既與根本離。蘂者尚未放，顔色忽已非。歷亂紅裳謝，慨然發嗟咨。棄之腐草中，亦隨腐草萎。以蓮比腐草，貴賤人所知。及其既謝日，相去無毫釐。花開則愛之，花謝則棄之。豈惟此花然，萬物皆如兹。嗚呼君子名，人何不惜爲！』一賦《水底霞天》云：『舒紅於太虛，倒影於清水。願借風翦利，剪取水中綺。半幅爲我裳，輕舉自此始。與之遊六虚，無爲在泥滓。』余初讀其七古，喜曰：『此君子之言也。』繼讀其五古，不覺愀然，抵詩於几而歎曰：『其童烏乎，其長吉乎？何其言之不祥也！』因勉以敦本務實，練才培德，積學以期世用，毋徒以曠達自廢。雍唯唯，承命而退。

壬午冬，余還朝，遣犟歸里，獨以雍自隨。明年初作制義，愛羅文止、金正希、章雲李、彭仲謀四先生文，下筆即得其似。又明年，受《三禮》及勾股法於歙縣汪明經稚川。乙酉登京兆榜，闈中得其卷，以爲老宿，及揭曉，知爲雍也，名大噪。余亦私心竊獨自喜，微察雍意，泊如也。是冬，延維揚李孝廉晴山爲之師，晴山故孝子，性孤介，少所諧合。時有達官以重聘聘晴山者，晴山曰：『吾不以彼易此。』獨愛重雍，雍亦心折，服習其訓，學益進。丙戌會試，薦不售，余以病乞假，從余歸。丁亥，余卧疾垂八閲月，雍隨兄亮侍左右，融融怡怡，未嘗見有憂色，然而其神傷矣。

初，雍每夜課，往往至漏盡，雖嚴冬不少輟，因得寒嗽之疾。至是疾大作，復爲醫者所誤，遂卒，年十有七。雍白皙豐頤，眉目如畫，見者目爲偉器。顧性超曠，絶嗜好，氣味如枯僧然。稍長，畧涉世務，益厭苦之，輒慨然作冲舉之想。生平惟篤好書，病中於亂帙中撿得《六壬》《奇門》《演禽》諸書，猶鶩精沉思，必盡徹其奥乃止。嗚呼！此讀書種子也。讀書種子亡矣，尚何言哉，尚何言哉！

雍既殁，其兄亮集雍詩古文經義，各如干首，跪而請曰：『此雍之遺草也。雍自以少作不足存，多散逸，存者僅此，願大人採録焉。并請爲立傳，附之家乘，以傳不朽。』余曰：『殤不具禮，何傳爲？』亮曰：『雍名已貢於朝矣，汪童子之例，疑可援也。敢請。』余曰然，乃泣而爲之傳。

祖節母家傳

歙貳尹祖君恪鋐，治歙以廉能名，常攝行歙、黟、休寧、太平諸縣事，所至有惠政。余以主紫陽講院，客新安，數相見與語，必出於正。或曰：『此母教也。』己丑冬，報政最被薦，將入覲。

庚寅夏四月，爲母豫稱七十觴，乞余文爲壽。未幾，母病卒，貳尹將持喪歸，復造余，頓首涕泣，請立傳垂家乘，且備送史館。不獲辭，乃次其事，作《祖節母家傳》。傳曰：

母姓楊氏，陝西漢興道爲賈女，陝西糧儲道、世襲輕車都尉祖公允焜長子，州司馬懋均之繼室也。祖與楊同籍漢軍，又官同省，遂締昏。母年二十來歸，歸五十日，懋均病卒，百計求死，以救免。舅泣謂曰：『死易耳。吾痛懋均，設復痛汝，無以堪，且死。吾死，是以不孝重死者罪也。且汝死，立孤誰與撫者？汝必勉之。』母跪受命，退而截髮以誓，終侍堂上，力靡不盡，曰：『吾不忍令亡者死而猶視。』

懋均有弟三，其季幼，姑屬母育之，撫同其孤，所後孤恪鉉，懋均仲弟南陽守某子也。年五十一，受旌於朝。越十年，恪鉉爲歙丞，迎養於署。又六年卒，春秋六十有七。母訓子嚴，雖既仕，未嘗有所假。歙故沃土，而官丞尉者，貧易惑志。母曰：『吾家勳臣後，世受國厚恩，不可爲不義辱。』凡出入，纖悉必察，屢空宴如也。恪鉉數權知縣事，愈益困，得替，率資典質乃得去。母聞之，輒喜曰：『吾無憂矣。』卒之夕，恪鉉以公事出，幾不能具含殮，同官者事之，乃成禮。

論曰：余聞母常封股和藥療其父疾，立愈。嗚呼，忍此猶求殉其夫之烈心也。子路死忠，申生死孝，君子原其心而悲之。觀過知仁，雖聖人有不忍没者矣。而世顧齗齗然執過高之論以議其後，噫！固矣。

吞松閣集卷之三十一

秀水鄭虎文炳也著

門人欽州馮敏昌編次
男師亮師靖師愈謹梓

文七　傳

雲南永北府知府袁君傳

袁君近齋，用乾隆辛酉舉人，中壬戌金甡榜進士。試刑部，大司寇張文敏公材君，予提牢。提牢滿歲，即真授主事，既免考察，君遽得之，疑爲私人。時副都御史仲公永檀，以言事下獄，病篤，君據例請文敏以仲病狀上聞，俾出獄視疾。仲故君座主，文敏用以誚君，君曰：『此刑部例也。以例請，是提牢職，非私仲。仲故當死，死亦可於獄，獨刑部不可違例，死仲於獄。由提牢，提牢亂刑部法，刑部亂天子法。某何人，將恐有任其咎者。』文敏不應，亂以他語，同列皆引君衣，令退。君端立不動，争益力，文敏大發怒去，而仲竟死於獄。是時君直聲聞京師。

君方質有氣，當義則奮，劬躬熹物，一於誠仁。既爲刑官，治律例如治經，搜逖疑互，離厖會紛。雖叢劇促數，横竪鈎貫，吏不能欺以輕重，用是奏獄同官必推君草章。草章，俗謂之『主稿』，主稿者，必議稿於堂上，與堂上官相可否，俗謂之『説堂』，鬭捷市聲，賢能者所争也。君則主稿，而委説堂於同官之争爲賢能者。或咎君，奈何不自爲計？君曰：『死獄至刑部，十不一生。吾欲生之，而專其功，争者必求殺之，是彼之决於殺，吾成之也。今歸彼以功，彼樂以生人爲功，且助我。吾之自爲計，不亦善乎？』君守是道不變，人敬愛之，無論識與不識，相語咸稱『夫子』，無字君者。他有疑獄，持不相下，得君言立解，多所湔白。

余嘗爲君作《趙孝子歌》。孝子定州人，名如壎，幼時仇殺其父。既長，積十五年，母死葬，遂殺仇，詣獄就死。吏以故殺論抵，事下君司，君爲倣駁復仇，議上之，孝子得減戍，其出人於死類此。大吏倚重之，歲秋審，率屬君總其事。庚午，充順天鄉試同考官，稱得士，今某部員外郎顧君懋德，廣西左江道秦君廷基，皆出門下。在刑部，首尾十年，累官至郎中，出爲雲南永北府知府。

永北治金沙江外，萬山中無屬縣，民獠錯處，貧瘠頑悍，禮教衰廢。其俗無子，子婿不立宗法。奴婢之異主者相匹偶，各役於主如初，不共居室，夜則就婦宿，生子從父，生女從母，役屬亦如之，乖離忿怨，毒聲流聞。

君至，則理諭法禁，俗立丕變，羞前之爲。疏渠墾荒，省耕贍農，興學勸士，口喣手摩，如母母子，削衣貶食，絲粟不染，居二年，郡無遺便。大吏某徵金，無以應，怒使某官假他端來，陰刺君事，毫毛無所得。歸白君治狀，大吏慚服，行薦君。會君丁繼母憂，諗其貧，資之以歸。歸作《東歸篇》。今約其述治永北時事載於篇，讀者可以知君矣，其畧曰：

『滿目荒荆榛，山城一壺繫。縣隔金沙外，誰復思撫字！地僻雜夷獠，生獰多猛氣。利乖父子恩，詬誶況兄弟。族亂宗法亡，無子子贅婿。錮婢囮梟雛，生子非伉儷。濟濟膠庠英，耳不聞六藝。吁嗟俗如此，掉首不忍視。疲氓似巢禽，板屋架巖際。一月春雨生，耡耰兼姒娣。樂歲一飽難，身無完衣衣。甫釋行李艱，又對此凋敝。龔黄召杜賢，才薄何由繼。鬱結摧心胸，設施慮無自。爲之董塾師，訓課依傳記。時復慮囚餘，親指六經義。放衙行田閒，勞勸不辭瘁。譬彼親涖。爲之浚故渠，宛轉引灌溉。爲之營始耕，開倉給廩餼。爲之平舊征，銖粒必蠶三眠，温厚以爲飼。又如病起初，藥石忌猛厲。綢繆二載中，稍稍起顛躓。嗟哉風木悲，北堂凶問至。方寸既已摧，何能復談治！』

君初在滇病濕，既歸，以哀毁勤瘁，時復作劇。服闋，授廣西慶遠府知府，未行，竟以是疾卒於京師，年四十有九。君學有體用，可用康天下，而窮於郡符，又無年，柳州所謂『萬不試而一出』者也，悲夫！

君諱德達，字信吾，近齋其號。先世居江西之南昌，自宋南渡，遂世爲浙東鄞縣人也。

汪霖傳

汪君名霖，字雨蒼，號榆園，歙西巖鎮人，唐越國公華四十一世孫也。生有奇稟，年十歲應童子試，即冠其曹。長負大畧，喜讀書，尤熟朱子《綱目》，日夕不去手，恥齪齪守章句。家故饒，業鹺，父殁中落，業敗，搆外侮者數歲。事已，喟然曰：『讀書會有用，安事呫括？』遂棄而自放於世。

君身長不滿七尺，英毅精悍，雖强武者遇之，皆自失。常遊武林之西湖，衆無賴子弟數十百人，方刦持一新安客，勢洶洶張甚，薄視之，則故人也。君怒，奮臂排衆直入，翼故人，縱横出數十百人中，數十百人咸自盪擊顛踣，股栗匍匐，有僵不能起者，君顧視大笑，徐把臂去。又嘗渡錢唐江，潮怒舟没，同行舟盡没，君攫身入巨浪，左右騰躍提擲，盡出溺者，排岸觀者如堵，呼聲若雷，皆以君爲神人也。於是人争傳君材武，有願奉千金，請授技者。君麾之去，自悔曰：『以拳勇名，非夫也。』終身不復言技擊。

性好客善飲，飲酣，縱談前代興亡治亂，賢奸義烈事，輒抵几，慷慨若不自勝，坐客皆竊竊詫歎，以爲狂。蓋君志欲大有所用於世，顧以呫嗶之學爲不足重，而初猶力足以貲郎起家，否則出其武畧，亦可以科第致通顯。皆不樂就，没身賈人中，鬱鬱無所試，故亦往往而悲也。

君既不遇，生産日薄，則又盡傾其資，倡族人立取先世所累棺未瘞者，盡葬如禮。於是洗手赤立，至不給旦夕。一日，婦脱頭上簪，易斗粟，市人倍與之，君曰：『悮也。』歸其贏。冬夜行市中，見躶卧而呻於途者，即視且斃，急歸，持所覆衾覆之，然家故無餘衾也。嘗一出爲鹺商某主計數載，忽散橐中金，爲償諸傭之負主直者，一夕立盡，遂襆被返。人益義君，益嚴重君，然而君殊不屑屑措意也。

晚歲縱情詩酒山水間，或童冠耆舊雜坐竟日，燕笑無倦容。時復曳杖獨出，意行無定向，偶過村巷籬落，聞吟誦聲，輒低徊駐聽，聲寂乃去。葺一椽，劣可容膝課其子，手書『爲善最樂，讀書便佳』八字顔之，指謂其子曰：『此吾志也，汝其識之。』年七十有二，以太學生考授州司馬，卒於家。子湘，商籍附監生；孫百名，乾隆癸未進士。百名兄一騰，辛卯副榜貢生，嘗從余遊，以狀來，乞言於余。余讀而悲之，故爲之傳云。

論曰：漢李廣材氣無雙，而文帝曰：『惜乎子不遇時。』廣卒以數奇不侯死，然而廣亦足以自見矣。余觀君生平，昌黎所云『深山大澤，龍虎變化不測』者，意謂近之。雖然，此猶皮相耳。嗚呼，君真奇士哉！

許母饒安人家傳

母姓饒氏，歙縣郡城某里人，處士九英女，同邑處士許君聯鼎子州司馬璟之配也。幼以孝聞，年十八來歸。時處士貧，不能爲子婦陳饌，具合巹禮。而是夕又雨，甚漬，婦輿壞帷蓋采帛，輿人索新帛易壞者，否則更其費，皇遽無以應。母立脱身上衣，質錢更之，家人内慚，伺之無幾，微見顔色，用是人皆知其賢。

璟初習儒，念親老無以養，迺去而爲賈，業微，不給於食，母則涪敗蔬代餐飯，而以飯飯其舅姑，時復市甘脆以進，舅姑私相謂曰：『新婦孝，家其興乎？』已而果然。璟之於賈也，專静廉儉，而一之以恒，擇術觀變，與時消息。退然若讓，塊然若愚，韜精儲思，冥與道合。辟之歲功，餘分歸奇，而日有所贏矣。家既饒，母則益刻苦，習勤如其初。家之子若女，下及僮婢，年在毁齒以上者，各差其才力，而頒之事。其言曰：『十生一耗者富，一生十耗者餓，十生十耗者蠹。恃富者蠹，忘蠹者餓，故貧富常相代。吾習於貧，諗此，必人各以力自食，食乃安且久。』用是璟治外，母治内，斬斬有法度，而其後人亦用是道，以保世滋大。

乾隆辛未春，江以南旱，農不得耕，漕絶碓空，民大饑。官出倉穀平糶，且盡，郡太守諭諸巨室，各飛輓以繼。母力贊璟以集其事，民用全活，旌名於坊。其他若蠲租己責，施棺捨藥，梁津甃路，諸利人事，或遇輒行，或歲常行，習惠忘德，人視如例，而許氏遂以長者名里黨，則母之力爲多。母未常讀書，而動符古則，生有表異，雙睛含光，如黄星爛爛，能射人目。謦欬爲響，激聲遠聞，清若鐘磬，非尋常閨帷中儀範也，余蓋得之其孫正源云。

母長璟一歲。璟先母卒於乾隆乙亥之十一月某日，母則後十有七年，於辛卯三月某日卒，春秋七十有七。例封安人。子一人，文録，候選布政司理問。孫一人，正源，候補光禄寺署正。

舊史氏曰：太史公謂富人争奢侈，而任氏折節爲儉。其家約，非田畜所出弗衣，公事不畢，則身不得飲酒食肉，以此爲閭里率。余觀許氏，殆有其遺風焉。而巴蜀丹穴，用財自衛，方母劣矣。其孫正源，他日推是道以效於國，則富民可俟也。不龜手之藥，亦在乎善用者而已，夫豈小道哉！

太常寺少卿陸公傳

公姓陸氏，名紹琦，字景韓，號儆巖，先世居嘉興東鄉之九里亭。自明倉官名珪者，徙居郡城，始著籍秀水。珪生律，律生思賢，思賢生萬里，皆明諸生。萬里生公祖錫福，錫福生公考贈文林郎、翰林院檢討麟振，皆不仕。

公生有仁質，少穎異，能文章，而韜鋒斂耀，約己和物，粹然有成人君子之度。明亡，家燬於兵，又年十六而孤，垂四十年，資課讀以養其母。年三十有九，用廩膳生，領康熙乙卯鄉薦。又六年母亡。己丑成進士，入詞館，由檢討晉翰林院侍讀，轉侍講，終太常寺少卿。凡與文字之任者六。壬辰、乙未，充政治訓典及尚書館纂修官。丁酉典試福建，癸卯命閱北闈鄉試遺卷。是年秋，復與纂仁廟《實録》，未幾視學粵西，凡二十餘年，以忠勤奉職遠名。蓄德積誠以孚，故在位無赫赫譽，而尤悔蓋寡。

其爲學使也，粵西故邊徼，士寡學，試者率不能成一藝，國初取士，因其俗，不爲革變。而柳、慶、太、思諸府，其初無應童子試者，因取他府州士充之，謂之『飛撥』，久之沿舊爲例，試士無復有作一藝者。而假飛撥爲奸利，尤瀾漫不可究詰，學使者亦樂其便，安之。公至，禁督立絶。或請以其事上聞，公曰：『此吾職也，何奏爲？』用是士勸於學，蔚乎其文，觀聽頓易，殊俗咸慕。田州土司岑某，請立夫子廟於其土，餽公金，求文勒石。公爲作記，還所餽金，吏士民夷益嚴重公。三年，而公爲從來學政第一之頌，亦徹天聽矣。既累遷太常，猶念粵去中土遠，外連琉球，内雜夷獠，宅山阻幽，功令張下不徧不悉，嬰罪至死迷不得悟，閔之。乃具奏諸生宜講習律令，意爲粵士發也，得旨通行，今著爲令。

太常典祀事，公故執事敬，至此益虔，齊必遷坐變食如古禮。祀日，事不屬委，必親涖，連日夕不少休。時年已六十九矣，往往而憊，懼不稱，以老歸。歸八年卒，手書遺訓，付其子，立石墓側，戒無鋪張。《行述》如世俗例，内自言生平從不妄交一人，不妄爲一事，不妄取一錢，聞者信之，謂爲實録。春秋七十有七。勅授文林郎，翰林院檢討，例晉通議大夫，太常寺少卿。配沈氏，勅封孺人，例晉淑人。子一人，樹本，乾隆丁巳進士，翰林院編修。孫五人，繩祖，太學生；昌祖，庚辰進士，廣東羅定州牧；超祖，丁酉舉人；憲祖、發祖，均太學生。

論曰：文後公五十六年生，生五十九年，始爲公立傳，距公殁時，亦已三十有六年矣。而公『三不妄』之言，至今鄉之人言，自信而人亦信之者，唯公一人而已。讀公遺訓，其與子曾子啓手足，而曰『吾知免夫』者，何以異哉！

曹震亭傳

乾隆癸巳孟夏，震亭先生既殁之三月，其冢孫孝廉守浙江寧波府同知榜，暨季子邑生頤，以先生全集板燬重刻，常屬序於余，爰具狀以告曰：『生爲序，死爲傳，先志也。敢請！』嗟乎，先生殁，而老成典型亡矣，如後學何！敢不紀實以爲來者告。乃不辭而爲之傳曰：

先生姓曹氏，名學詩，字以南，震亭其號也，歙之榕村人。康熙辛卯，年十五，補學官弟子。乙巳食餼，己酉舉於鄉，壬子以貢士分校湖北鄉試。是年計偕入都。初，先生十有二歲，作《黄山賦》，一時手寫口熟以徧，傳達京師，聲動朝列。洎所著《香屑集》出，人争購爲枕中鴻寶，四五十年閒，言風雅者，必以先生爲宗。

當先生之初入都也，諸公卿咸以第一人擬先生，争欲客先生。先生厭苦，至是則徑入西山中，讀書僧舍，匿不以其名聞。桐城相國張文和公知之，屬先生友來招，不應，三反乃强起，謁相國於澄懷園，爲作《澄懷園賦》。已而詔開大科，相國來起先生，先生以博學名實難副辭，自後連上春官，輒報罷。戊辰成進士，出試爲令，守湖北之西陵。西陵多盗，前令坐是免，至則不旬日獲其魁，旋真授崇陽令。首讞盗妻者宋某事，論宋，而以妻還其故夫，《完鏡歌》所爲作也。

崇陽，天寶初始開山洞建治，地多山泉，故治田者必先治水。宋張公詠爲邑令，嘗築白泉山，引水灌田，而泉之出龍頭、青山、紫龜三巖者，農資其利。公相視高下，開築塘堰，民皆便之。其在縣東石硯陂者，明洪武、嘉靖閒，嘗修復之，餘漸廢没，今城東下津渡孔塘堰，猶宋遺址也。先生首即其處，按行循跡，輂木伐石，瀦流疏壅，備旱潦蓄洩灌注，因利禦災，石田以腴，千頃倍穫。於是農民各治塘堰，不督以勸，水利畢興，而縣之諸水，並滙而入於雋水。城西北隅有大畈堰，獨當其衝，故易崩，桀黠者歲斂民金錢以築，築則故爲庳薄踈漏，以速其壞，因緣爲奸利。至是亦成，且固以久，自是邑無荒田。

地僻俗陋，士鮮辨聲韻者，先生建桃溪書院以課士，而身爲之師，期年士皆能詩。時大吏言賢吏者，必首先生，勅羣吏曰：『若爲治，不必師古，其師曹令。』自制府而下，以使來乞先生文者，趾踵填接，先生濡筆應之，率不稽晷刻，而於公無廢事。三年，以母喪，襆被歸。久之，家益貧，或勸之仕，先生曰：『吾向者徒以有老母在也。』遂不復出。居鄉凡二十二年卒，壽七十有七。先生生平於書無所不窺，而尤邃於《易》，吉凶進退，身之心之。自言嘗坐蒲團參悟，得《二十一史》都在卦爻象中。晚年欲以史注經，惜未成書而卒。

論曰：先生方童子時，能立堂上，與縣官抗争，立脱其族被誣殺人者於死，其膽識宜可勝國家大任者，學又足以充之，而竟以卑宦終。嗚呼！世無不知有先生，先生故未嘗許其知也，先生其深於《易》者歟！

左都御史裴公家傳

公諱倖度，字晉武，號香山，山西曲沃人，唐太史晉國公三十世孫也。祖明鎮國將軍諱良積，勤邊事，道死。考諱加厚，年十六，走萬里外，負父骸歸。嘗粥餓者，活人多。時盜起，輒相戒避裴公家。不仕，均以公貴，贈光禄大夫，巡撫江西，右副都御史。

公爲光禄第三子，九歲而孤，立志遠大，能委己於學。年十七，補學官弟子，貢成均，受業韓文懿公門。工詩善書畫，王漁洋、沈繹堂、田綸霞諸名人，皆與之遊。兩應京兆試，薦不售，循例爲刑曹郎，非其好也。會喪偶，益不樂，去官，服道服，自稱一元道人，放跡吴越山水名勝處忘返。公貌魁碩，鬚長尺有六寸，謦欬如鐘，殷動牆屋，所至傾衆，知爲偉人。三年，伯兄促之乃還，就原職，遷户部正郎，出知澂江府，撫輯苗猓。以勞調廣南，未得替，大計被薦入覲，仁廟知公名能詩，命題應制者再，皆稱旨。欲大用，公意滇僻遠，不足張職，賜蟒衣，諭留。尋授兩浙江南運司分巡驛鹽道，至則立禁絶院司掣鹽供張，歲省金萬兩，洗手率屬，鹺政肅清。

時海寧海溢，興塘工，巡撫蝶園徐公奏以屬公。公受任，請免烟夫舊例，夫不吏擾，趨役麕集，帑倉卒不時濟，輒助輸家貲。工不淹晷，無晨夕寒暑風雨，行土木草石畚臿閒，不以饑疲自休止，一力齊事，衆險畢完。一夕，報有神燈没某塘下，衆惶擾。神燈者，海中陰火也，相傳所没處輒陷，往用爲符信不爽。已而風浪果大作，撼塘，塘震簸闕裂，群譁而奔。同官某疾掖公走，公曰：『非若任，若速避。某奉職無狀，願止死此。』據地坐不動，良久乃定，至今父老猶能指説前事，謂公生我也。公坐是中濕，患重腿者，終其身云。

凡五年，遷湖北按察使。下車，罷上官所庇不肖令，而出誣盜者於獄。又嘗縛姦婦於藩司署茶夫某室中，電照霆擊，捷出神怪。五閲月，去爲貴州布政使，送者填道。至黔，公曰：『治黔異治楚。』於是免掛兑，革平餘，用廉静，輯民夷，得其心。滿歲，憲廟御極，進右副都御史，巡撫江西，賜聖祖舊物十事，公奉受感泣，益自振奮。

時有巨盜温上貴、劉允公，散僞劄聚黨於萬載、新昌、寧州間，吏以叛聞制府，制府命勦。公道聞，疾馳止之，榜許首免，徒黨解散，擒誅其魁。制府惑人言盜淵藪廣信，廣信地連封禁山，山界閩浙，産銅，多巨木，土腴宜耕，盜資其饒，擣此則根株痛斷，而山利亦盡出，因奏請三省會勦，詔公議。公言山荒險，路絶不可田，無盜跡，亦無良材，其賦已勻入通省額征。前明以盜礦致亂，用兵討平，勒石封禁，弛禁必蹈前轍，請如故，從之。

藩司陳某患鄱陽險，因召對，言九江、南康舊有河二道，鑿之以達南昌，便，上下其議於公。公按視石根沙址，亘三十里，施功難。且北高於龍開河者十有六丈，南高於吴城港口者倍之，一旦開鑿，長江、洪湖及廬山諸水，并衝交滙，崩潰氾濫，害且首及省會，繪圖進，力陳其不可，事得寢。九江關舊設湖壖，舟比櫛艤候，猝遇風，撞擊敗溺，月日以聞。公奏移之，泊者枕卧無恐。

他若業流民，卹孤獨，崇學校，舉廢墜，政有毛髮利害及民者，施罷不竢日。公於人無心立異同，遇事持可否，必達其志，無所回撓，雖貴位俛首怗耳，莫敢枝梧。當是時，天下殷盛，所在以侈縱相矜高，上下盤互，侵帑逋課，戹漏山積，不可究切。公獨清苦自刻削，約吏軌民，矯時弊，故在任經入無耗失。且補歷年無着虧空十二萬五千五百餘兩，減南昌浮糧七萬餘兩，譽益隆起，而憚公者滋忌之。三年，就加户部左侍郎，俄擢左都御史，召還京。比公去，而某令以虧空敗，忌者乘之，事連公，有旨清釐江西官民積欠，命歷任院、司分承，而公爲首。落職，還山西待罪。六年，上念其舊勞，盡免責補所未入者，放歸田。公亦就衰，而重腿之疾增劇矣。

公生於富家，歷顯仕，而寧静澹泊，無姬媵優伶、狗馬世俗之好。遇親故，皆有恩意。喜讀書，晚尤嗜《易》，年七十有三，卒於里第。將卒，手書遺命詩一章，端坐而逝。子一人，宗錫，今兵部左侍郎，巡撫安徽。

論曰：公受知兩朝，爲時名臣，乃不獲以功名終，齒剛舌柔之理，信歟！顧黄老之説，容容者所託，公勿尚也。捍海封山，而兩折督、藩之議，已患於方烈，弭害於未形，公之樹立宏矣。

裴母鄧太夫人傳

乾隆三十八年癸巳，少司馬裴公開府安徽之二年，休寧學官楊某，賫公自撰太夫人行畧墓志來，致公命曰：『維太夫人既葬既銘，而家傳闕如，是用疚於厥心。今待子而具，用休寧其先靈。』文家淛西，受治副相。近客公部，載蒙蔭庥，宜祇命即事。且文舊史氏也，彤管書美，職其在余。迺作傳曰：

太夫人姓鄧氏，爲故都察院左都御史、山西曲沃裴公諱某之夫人。今兵部侍郎兼都察院右副都御史、巡撫安徽，名宗錫之太夫人，世爲江南泗州虹人。自明寧河武順王愈，從太祖定天下，封衛國。絶封，嘉靖初復封。四世孫繼坤爲定遠侯，予世襲，居江寧，遂爲江寧人。考獻璋，名行有立，不爵於朝，以處士終。娶明少宰顧文莊公起元女孫，生太夫人。胳胎前光，弱即殊衆，淵懿静專，允蹈維則。長而嗜書，閨訓《孝經》，誦不虚口，身用率止，父母愛之，踰絶同産。

年十六來歸。初，副相以勢門子登郎署，再娶無子而鰥，洒然欲屣脱出世，作汗漫遊，棄官，辭其兄中翰君衍慶，變服易姓名，走吴越，披荒縋幽，足跡歷名山川皆徧，家人莫識其處。會商邱宋公犖撫江蘇，中翰以書抵宋跡之，吏四出至金陵江干，見舟中一髯道人，貌甚偉，喉閒作晉音，驟詰之，不答，手中翰書微示之，則愯然起立受書，果副相也，遂掖於鄧，以太夫人歸副相。再起爲郎，出知徽江府，被薦，授淛江鹽運使，遷湖北按察使。未幾，又遷貴州布政使。世宗初元，巡撫江西，太夫人咸從。

其之湖北也，夜泊遇大風雨於洞庭，舟敗且没，舟中人皆哭。時少司馬幼，抱太夫人膝，太夫人執其手曰：『無恐，汝父無爽德，宜免。即死，命也，何泣爲！』神色如故常。俄以捄免，其遇事持重有膽識類此。秉内政，率勞以身，温惠密栗，罔有斁遺，不以毛髮家事計畫煩副相。副相偉畧宏度，劬躬焘民，不草薙櫛。比一於廉仁所在，不收聲而名，去後益顯以久，太夫人亦陰相之云。

已而即拜户部左侍郎，旋晉左都御史，入覲在途，而清查責賠之命下矣。仁廟末年，如天地容納，物恃以驕，吏黠民玩，侵逋交訌，經賦漏闕，銖累歲積，至靡計數。一旦籍名，户科督之，死絶亡逃，存不什一。於是迺責之官，副相坐是還江西待命，而太夫人僦屋居江寧，破産輸公，掃地赤立。吏胥連日夕至門，撞搪叫呶作聲勢。時少司馬奔侍副相，太夫人一手楮柱，營治瘽劇，凡六年，靡寢食寧，荷恩免，始得蘇息。久之，偕副相歸，家居晏如也。副相既歿，少司馬由濟南司馬守青州，奉迎太夫人。初以道遠辭，嗣聞將請歸養，則疾促裝行。至則立少司馬於庭，責之曰：『汝父受國恩未報，責在汝，汝以我故引退，是我致汝負國，不得完汝父志，是我以不忠孝訓汝。汝視我居何等！』少司馬跪謝，良久迺已。自累官至直隸按察使，咸奉太夫人以行。

其持内政如初，自奉儉，嘗舉陶母封鮓自况，勗以清節報君父。獄有平反，聞則色喜。後攖疢疾者八年，每駕巡畿輔，少司馬見上行在所，必顧問太夫人，太夫人聞之流涕，顧語少司馬，音澁不自達，輒以首擊枕，作頓首狀。未幾卒，年八十有一。累封晉一品夫人。子男一人，即今巡撫安徽、少司馬宗錫也。女二人，長適湖南布政司使，商邱宋公致子鼎金；次適雲南按察司使洪洞劉公藩長子、廣西泗城府知府晉棠。孫男二人，女五人。

論曰：文生晚，不及詳副相泣涕時事。今幸承乏紫陽，飫聞少司馬敬事惠養，内外單盡，黜陟賞罰，唯道是適，不以心與，竊歎有古大臣風，迺今而知得母氏之教深也。嗚呼！媲德娠賢，紹開厥家，耿耿祉哉，百世賴之矣。

刑部左侍郎馮公傳

誥授通奉大夫、晉贈資政大夫、刑部左侍郎馮公，名景夏，字樹臣，號伯陽，浙江桐鄉人。高祖孜明，隆慶戊辰進士，累官湖廣左布政使。曾祖國學生時昇，祖一虬，考翊，均邑庠生，以公貴，贈如公官。

公精敏有氣畧，喜讀史，歷代政典，張弛利病，博綜鈎貫，靡不究悉。壯多貧遊，通曉時務，該洽古今治術，富蓄經生俗儒之學，皆非所好也。康熙甲午，年五十二，始用癸丑科舉人，選授陝西長安縣知縣。時王師西征，兵出其地，公宿具資糧扉屨輿馬，逆而達諸境，迅無淹晷，兵民晏如。

有某帥者，縱兵虐民，民鬭傷兵，帥怒，欲奏論以傾大吏。大吏懼，公請辭於帥，帥盛氣迎，謂公：『吾且論若，若奚來？』公曰：『某一長安令，逆大帥，宜罪。顧天子方憂邊，屬帥以兵，期旦夕至，而盤桓宿留。且不戢士卒，丐取於市，擊無罪人，小鬭輒傷，懦不足恃。失伍無勇，由不訓練，不訓練由帥，巡撫將以狀上聞。帥且得罪，奈何！』帥色變氣沮，立爲好言，浼公謝大吏，疾馳去。自後軍行無敢譁者，羽書使傳，雲委雨集，治如故常，而公事無留牘。

公慮囚重死獄，善決疑案，雖他所冤民，往往待公以雪。有醴泉縣殺一家五口凶犯張九思者，以申鞠院司，牒寄長安獄。凡寄獄，令受牒納囚於獄，飭尉若獄卒，謹視無逸而已，漫不省何事。公視牒，怪九思狀良愿，疑有冤，夜半入獄叩之，得其情，請於巡撫，訊釋之。事騰秦民，秦民咸歸誠於公。興平縣民亂，城閉，上官更迭諭解，不聽，大吏命公以兵五百往。公請單騎赴之，至則民望見公，争門出，環馬首，跪泣請命。公曰：『疾取首惡來，則貰汝。』衆立縛其魁以獻，民用全活。公治行冠秦中，又以課民墾邊地，充軍儲，功最，遷山東膠州知州。

膠州瀕海，南門外河通潮汐，多水患。俗又畏旱，相傳旱魃爲陳户所化，愚民祭墓，土色微潤者，輒掘尸毁之，謂之『打旱魃』。公曰：『治膠，二者莫與校大。』於是禁毁尸，而隄南門河隄成，民德之，名『馮公堤』。久之，視聽大化，變俗革故，澤及枯骨矣。公令長安時，忤大將軍年羹堯，至是以虧空軍需，奏奪官追償。公留膠，破産稱貸，完不及數，膠人陰代公輸所未入者於官，公知，不及辭也。

雍正丙午，以原官起用入覲，世廟詢罷起狀，公奏以實，稱旨，即授廬州府知府，歲大熟，穀有一莖五穗者。戊申，遷布政司參政，道督蘇松常鎮太糧儲。五府州漕運甲天下，府姦藪弊，不可究切。有温鐵匠者，善造斛，便吏浮取，吏比之户漕利者數十年。公立杖殺之，盡收老奸宿蠹之尤無良者，置之法，震如雷霆，衆寐大覺。冬收倉糧，公輕舟往復按部，微服雜農民行倉厫閒徐去，或突升廳事，呼召擊斷，倉中人飲食寤寐，如公臨之，死條守要，莫敢弄以事。旴征日寬，賦無漏失，公私以饒。

公謂浮收之數，以斛口大小爲多寡，部頒斛式口大，不足用，製宜豐下殺上，以六寸三分爲口之徑。博其底，徑尺有六寸八分，崇其身，縱尺有二寸五分。剡口之木，冒以鐵脊，起如刃摩之，令滑不可駐粒米。底四角聯筍，嵌以木錠，外固漆木，用樟椐斛必爲概。概附口着斛角，可左右運，便民自概。斗方如斛升規之，並改用小口。凡尺寸準部尺度，其内爲率用此製，則概米易淨，浮亦立顯，便稽察；即不及察，浮數亦寡。上其法於漕帥，三請三駁，公復申議，云口雖小異而腹之所受，與部斛無毫髮盈縮。譬之尺，止論度之長短，不計其或濶或狹也；譬之砝馬，止論數之輕重，不計其或員或方也。然則是斛也，止當論所受之多寡同異，何必拘口之爲大爲小！卒不聽。

時茶陵彭公撫江蘇，韙其説，命公自行所屬。後十有餘年，爲乾隆辛酉，運軍以南北斛口大小不同訴，漕帥咨户部，將罪變法者，公援赦幸免，而斛仍改用舊製。其明年，巡撫祈陽陳公始用公製奏上，報可，頒式天下，而公始事之名不著。是製也，一沮於漕帥，再革於部議，其尺度形製，與今奏頒定式，或未能盡合。然至今蘇松閒民，猶指今斛爲『馮糧道小口斛』云。公既清漕弊，令民納米石，輸口袋錢四十二文，爲倉運費，以卹軍吏，例亦自公始也。

當是時，清釐江蘇逋賦，特命重臣臨之，而以常州一府屬公。公分官侵、吏蝕、民欠爲三等，鉤稽密微，萬狀畢出。官吏乾没無貸，民户之逃絶老幼篤癃者，多所縱舍。立順庄册，以塞奸竇，今著爲令，刑德並流，當時稱之。就加安徽按察使，尋轉安徽布政使，課吏第上下以實，盡其力能。未期，召爲刑部侍郎。時公年已七十，自念爲外吏久，熟刑名，思盡餘年，上弼聖教。俄得寒疾，乞歸，世廟欲留公，憐其老，遂得請。公家故貧，居官不立資，聚班所有於親舊不恡。既歸，如其初。初，部吏有用僞印文，盜取安徽藩庫銀二千兩去。事發，以當公任，檄下責償，旋被特旨放免，世廟久熟公廉名故也。年七十有九，卒於第，蘇松鄉民聞喪，會哭於門者數百人。至今言漕政之善，未嘗不及公，輒往往歎息泣下也。子二，長錦，陝西宜川縣縣丞；次鈐，乾隆丁巳進士，歷官巡撫安徽等處，都察院右副都御史兼兵部侍郎。

論曰：乾隆丙辰之秋，文與公家孫侍御浩同鄉舉，得以子弟之禮謁公於里第。時公已病，而目光射人，眩不敢仰視。退而歎曰：『昌黎所謂「龍虎變化魁傑人」者，公其是矣。』家居八年，布衣徒步，曳杖於僧寮田舍，竟日忘返，遇者不知爲公也。嗚呼！世之貴人，侈於外以耀庸衆耳目者，吾不知其中視公何如也。

吞松閣集卷之三十二

秀水鄭虎文炳也著

門人欽州馮敏昌編次
男師亮師靖師愈謹梓

文八 傳

江兆炯家傳

江君兆炯，字秀成，號曉村，歙縣江村人。父培青，候選州司馬，終隱不仕。生三子，君其仲也。甫束髮，受書通大義，聞人論古今事，間發一語，能驚其長老，人用是知其才。年十四，以父命棄書，隨其叔若兄於吴，佐理世業。沉厚寬博，然諾不欺，衆心歸之，用專厥任，家日以隆。吴郡繁盛甲天下，風靡俗淫，客者忘返。君痛絶之，所與交者，無貴賤少長，一依於正。久之，吴中賢士大夫，與四方知名之道吴中者，争以交君爲歡。人有患苦貧寡乏，絶不能自振者，咸歸君，君差次以徧，靡不爲之盡。他若豪猾貴重，相構陷，得君一言立解，時人方之王彦方云。

乙酉春，恭遇清蹕南幸，詔絲粟無煩民間，民用崩悦，彌殷子來。徽人之商於吴者，豫於甲申之冬謀祝釐，而委重於君。會君先二年，以配程安人殁，歸江村，畢先人葬，將營菟裘老焉。

至是衆以書抵君，君立起就道，曰：『此君父事，義不可自安。』遂至吴。明年病卒，聞者哀之。

君性至孝，客吴垂四十年，歲一歸。當親在日，每行有期矣，不以告，輒自飲泣。期數易，不時定，父母廉得其狀，促之乃行。自痛不得朝夕侍養左右，弔影觸聲，涕泗交下，終其身，未嘗不然也。自奉節約，而勇於義，君亦坐是困。凡負君金者，雖累千百，毫毛視之。故聞君名，咸以爲古義俠者流，及相見，故恂恂長者也。卒之夕，有密友養疴君所，君猶數顧語子某，謹視醫藥，俄卒，友哭之慟，亦卒，吴中人往往傳其事，聞者且以爲古人也。君卒於吴閶門之寓居，春秋五十有幾。候選州司馬。配程安人。子二，道增、譽增；孫三，士鉉、士銓、士銘。

舊史氏曰：嗚呼！交道之衰久矣。死生之閒，若左、羊、范、張者，後世鮮聞焉，君或者其流亞與！即友，亦可謂君之死友矣。

浙江温州府泰順縣學訓導杜公家傳

先生，文師也，雍正己巳、丙午之歲，先嚴延先生於家塾，命文及兄象占侍講席。越歲而孤，親故至者，户外無一跡，先生獨顧存之。服闋應院試，得覆文，蒙師某言於學官曰：『是冒籍，且上户。』上户，富家也，秀水著籍自文始，故云。學官將甘心焉，賴先生保任，補弟子員。自後各以宦遊，不相見者垂三十年。洎文以病乞身，而先生亦還自泰順，手集制科文，題曰《半村藏稿》，屬文校訂，甫卒業，而先生遽以老疾終矣。先生法應入《國史・儒林》文，舊史氏也，又屬知深，謹撰家傳，以俟輶軒之采焉。其傳曰：

先生姓杜氏，諱澐，字佳巖，號龍嘘，半村其别號也，世爲秀水人。祖肇功，候選府經歷；祖妣沈孺人，繼祖妣徐孺人。考掌衡，沈出也，終隱不仕。先生貴，贈修職郎，浙江温州府泰順縣學訓導；妣沈氏、張氏、沈氏，均贈孺人。張孺人生先生，爲冢子，幼慧，九歲能屬文。十九補學官弟子，又五年食餼，學使者歷試，輒許爲國士，名日以噪。先生學宗朱子，文必衷道，違心適俗，以爲大恥。嘗顧門弟子而言曰：『以珠彈雀，得雀喪珠，愚者不爲，何則？有形之珠，明所重也，豈知無形之珠尤重乎？動與詭遇，變易面目，充此一念，流極靡底。寧正毋邪，寧拙毋巧，非獨於文也，吾願與諸君畢世矢之。』先生自礪礪人率如此。顧人之經其指畫，掇科第以去者都有，而先生卒不遇，用歲進士，起爲泰順縣學訓導，時年已六十有三矣。

先生長身玉立，美鬚髯，温良恭儉，人無賢不肖，皆愛敬之。其在泰順，月必課士，兼主書院，門牆日盈，蕩滌磨洗，蒸蒸化成。學使毘陵錢少司寇按部至，歎爲得師，優以崇禮。先生每見學官之不自貴重者，事令如屬吏，滋輕之，益翫不震，習日衰替。故守道自嚴，不妄詣人，令非朔望謁廟，罕覯其面目，用是心折，嘗時先生一言以爲重。會歲饑，先生以平糶請，從之，邑無流亡，民至今德之。居無官廨，棲崇聖祠旁，屋三楹，庳隘穿漏，雨輒移卧，先生安焉。適倡修聖廟成，因餘力搆署，於是賓燕寢處，爨汲滌濯，始各得所，而牀几釜甑，甕盎之器亦具。先生曰：『後來者，可以慶攸寧矣。』顔其堂曰『協和』，自爲文記之。及致仕歸，籍物扃户，以遺後人。凡在任十二年，去之日，如初至云。

先生事祖父母、父母，能以色養，教育弟妹，迄於昏嫁，約不廉義，貧不悋財，有古君子仁孝之風焉。卒年七十有八，士大夫聞者咸歎息相謂曰：『老成典型亡矣。』配牟孺人，先先生卒。無子，以同産弟淳子天植爲嗣，嘉興府學生。孫三人，長時勳，秀水縣學生；時熟、時熙俱幼。

論曰：文聞先生之去泰順也，士若民交走於道，具萬民繖，爲位祝長生者，填城溢郭。此長吏去官，欲此不可必得，率僞致之以爲榮。若冷官，不可得此於士，况民乎？吾於是信斯民之足用爲善，如先生輩，惜無知而達之者，以穆仁讓之化也。嗚呼，何其爽歟！

蕭山故淇縣典史汪君楷家傳

故河南淇縣典史蕭山汪君，卒後三十有六年，其孤輝祖成進士，始以狀來，涕泣再拜，乞傳於余，曰：『某幸當代大君子哀其孤，而錫之銘誄矣。某辱先生門下，顧獨不得先生文垂不朽，必某不肖，棄某及親，某且無以視息於世。惟先生閔恤之。』余感其誠，諾之，病未有以應也。復固以請，乃力疾而爲之傳曰：

君名楷，字皆木，又字南有，系出唐越國公華，居婺源。凡一再遷，而至浙之蕭山，遂世爲蕭山太義村人。考之翰，生二子，長即君也。少師蔣太史栻之，通經義，以貧不能養，棄去，治刑名。學成，念非仁術，復棄而服賈。久之，致田可百畝，乃入貲爲淇縣典史，君曰：『是亦學者求仁之地也。且向以不忍廢所學，今可以不忍行所學矣。』於是愛囚如慈母之乳子，謹伺其飲食疾病，寒暑便旋燥濕，日入獄視，必辯不以閒，以故獄卒侵尅搒掠，非法刑噤，不得施用。

當君時，囚無瘐死者，遇獄有冤，若豪猾之爲民病者，隱若在己，必達其志乃已。有薄某者，隣人私其乳媪，匿媪，而使其夫誣薄掠死媪，薄愿不能自明，顧以不得尸未決。君察其冤，白令，復廉知隣匿媪密室中，乃名其人寄他縣盜贓，直入其舍，取媪出，而脱薄於獄。又有陳生某，以財雄，豪横無狀，怨家莫敢訟，訟亦不直。一日，使酒撲平人，受撲者恃君廉彊，乃赴愬，君立捕繫之。陳以白金啖君，君怒麾之，盡發其稔惡狀上之，令論如法。君之在事都類此，然未嘗爲家人道説，故不詳。後子輝祖得諸淇人之口，傳以熟者，僅此一二事云。

淇之人又曰：故事，尉歲必祝生，尉之父母若妻皆祝，歲可得錢百千。其他富室之死喪昏嫁，則有慶弔，縣符下，若鞫訊勘丈，搜捕鈎稽一切事，則有高下出入，是皆名錢而歲入無有常數者。吾公惟兩親生辰，受士民燭然於庭，以錢壽者，則曰：『是污吾親。』還之。餘皆禁斷，毫釐無所染。每飯，佐止瓜菜，闢廨東隙地，課種自給，賓至，庌左右民輒知之，以非是未嘗市酒肉也。去之日，吾公乘蹇騾，一老僕從，夫人公子乘獨輪席帷車，蕭然就道，送者擁路，未嘗不歎息泣下也。

君又嘗自言曰：『吾在官，不輕杖人。不得已而用之，爲不懌終日。人孰無廉耻！或受杖而愧悔以死，其可贖乎？』蓋君雖卑官，一於廉仁，倘所謂古之遺愛歟？在淇八年，念親老，家有産，足供菽水，遂引疾歸。歸則田盡逋積，旋遭父喪，益困，無以養其母，遊廣州，無所遇，竟卒，春秋四十有六。元配方孺人。繼配王孺人，後君三十六年卒；副室徐孺人，後君二十三年卒。乾隆二十三年，有司以雙節聞於朝，詔旌其門。子輝祖，乾隆乙未進士。孫四，繼坊、繼墉、繼埒、繼培。

論曰：君仁人也，宜富貴壽考，而竟不然，且以客死。哀君者，咸以破産咎其弟，弟誠爲世大僇矣，顧君生而安之，殁其銜之乎？余讀雙節事實，則又歎仁人之澤，如是遠且大也。《詩》曰：『自求多福。』《中庸》曰：『正己而不求於人。』余於此，竊有悟聖人無怨尤之學焉。

江南徐州府知府邵公家傳〔一〕

君名大業，字在中，號厚菴，别號思餘，姓邵氏，宋康節先生後也。康節孫徽猷閣待制溥，秘書省校書郎博，從高宗南渡，家於越之會稽。十世而都巡公忠遷餘姚，自都巡以下又二十三世，至君祖諱秉徽，禮部會同館大使。因父汝楫官天津遊擊，遂居京師，著籍爲大興人。君考諱琮，康熙丙子科舉人，四川大竹縣知縣。兩世均贈中憲大夫，河南開封府知府；妣胡氏，贈恭人。

君爲大竹公仲子，生有異稟，目能於十步外辨粟米大字書，再覽即不忘，爲文操紙筆立就。雍正癸巳，年十四，補學官弟子，旋餼於米廩。壬子領京兆榜，明年以《春秋》魁其房。君故文譽藹鬱，至是益噪，諸公卿争禮致君，君無所答。張文和，公座主也，君亦未嘗有私於公，公心重之。再舉，再不用，卒歸部爲選人。君爲人强正有節概，寬中和物，守義達志，樂清勤，自刻削，不習媚，以有立於世，卒亦坐是謫塞外。

今上初元，龍集丙辰，初出爲黄陂令。下車，投訟諜者數百人，君不移晷，決遣立盡。吏民一見，問姓名後，無不識者，人比之張睢陽，衆莫敢弄以事。聽訟務以誠格，不事刑威鉤致。有争産者，兄弟皆頒白，貌絶相類，令以鏡鏡面，問曰：『類乎？』曰：『類。』則進與語，絶痛，君亦不覺自淚下，且曰：『吾新喪弟，獨不得如爾二人白首相保也。』嗚咽至不能語，各相視涕泣罷去。

縣有溪環城，蛟雨溪漲，崩隄嚙城，城壞勢且潰，君即壞處泣拜，誓以殉，水爲驟止。拯溺粥餓，完毁岸，築民隄，民得無以水死。旱禱不應，則爲文焚告城隍神，雨立沛，民得無以旱饑死。禁民捨身於木蘭山之捨身崖，民得無以愚死。凡五年，制府宗室德公賢之，以其名上聞，會丁父憂去。

其服除而吏河南也，權開封府同知，收土惡號『木耳大王』者，杖殺之。授禹州，移睢州，均治如黄陂。睢頻潦，君破匿報習，請糶請借請賑，皆得之。他郡亦得請如睢州，民以不饑。挑惠濟河，以俸更直，民悦，立石紀之。凡四年，無遠近，皆名君曰『邵父』。

當是時，江南蘇州旱，米價昂，民告於守，守告大吏，不省，民譁於市。於是法譁者，而奪守官，民困甚，乃陟君守蘇州，至則盡得囤積罔利，持價使不得平者名，召集與爲家人語，皆心動曰：『惟命。』則出酒食、彩帛，勞遺之，價頓減，民怗怗無危心。君爲治，篤誠信，敦寬大，絶餽遺，簡酧接，嚴職司，清獄本，終身守是道不變。至是益振刷，飭躬壽物，莫不徯應。

松江舊獲二十餘盜，轇轕互引，獄無主名，多瘐斃者。則以屬之君，立取羣盜，至則皆斷脛折踝，腥穢螯鼻。君蹙然，呼之曰：『爾輩亦人子也，迫於饑寒，偶一試而習爲之，遂至是。猶茹刑詭辭，顛倒首從，誣殺非罪人，且誣殺人，何益於爾！』語未竟，有魁然者仰首曰：『公猶以人類待我耶！公廉正，不忍欺公。』公速命吏具紙筆，即起跪，呼其黨曰：『吾等今日結案也。』一日而獄具，由是獄無不待治於君者。

時兼權蘇松兵備道，俄而攝治藩司事，制府黄公、撫軍雅公交倚重君，首薦，部議格不行。辛未，今皇上初幸江南，成憲鮮據，屬君條具列，上頒行之。御舟左右，分兩岸挽行，名『蝦鬚縴』，君語嚮道大臣曰：『除道增縴，則必毁廬舍，平田塍，伐桑柘，梁支河，塞汊港，若此，非所以宣上德意也。』遂改單縴。黄公欲移君守江寧，雅公不許，黄疑君爲雅私人，忌者乘之。會積雨，治吴江，帳殿基未就，黄慮不及事，且得罪，豫以覸望劾君。至則供備咸具，上悦，黄亦悔，然卒以是左官去。於是君再至河南，撫軍則鄂忠烈公也，先以光州待君，俄而特授開封。開封民習知君，而鄂公又深相愛重，君謂可盡出所有以自効。未幾，而鄂去豫。

豫瀕河，多灘地，有陽武、祥符民，合控封邱史固村民侵占者。及清丈，侵占妄，而畝數則浮於額，撫軍欲照欺隱加賦，君持不可，顧無解於數之浮。考志乘及諸舊牘，始知豫省原分上、中、下三則，自萬歷間，改并中地十畝有奇，完上地糧七畝；下地十畝有奇，完上地三畝。畝數浮而糧不減，曰：『得之矣。』陳之撫軍，撫軍曰：『昔爲下則，今則膏腴，如之何不加？』君曰：『公以此爲膏腴乎？是河衝淤積，百姓以墳墓田廬，父母妻子所易之微利，奈何以爲膏腴而爭之！且今可爲退灘淤地，異日即可爲沙壓水衝，冬春播種，夏秋之收穫未可知。況此村向稱瘠苦，鶉衣鳩面，十室九空。加以上年河決，正當十三堡口門之衝，屋宇未盡葺，流亡未盡復，議賑議借，苟得延命。舊賦已艱，復增歲額，其何以堪！』撫軍作色曰：『是國計所在，誰敢撓之？』君曰：『公爲國計，某爲民生。民生即國計也。』撫軍怒甚，君起趨出，撫軍屬藩司富語曰：『吾將劾之，問能當得否？』君曰：『以撫軍劾一守，何云可當！況某蒙皇上棄瑕録用，若復被劾，更不可當。特不知所劾何事耳。』曰：『即封邱事。』君曰：『如此，則某當得矣。』富愕然。

君曰：『某被罪，不過一人之身家流離失所。彼桑户棬樞，蓬頭歷齒者，獨非身家乎？以某一人殉千萬人，何不可當之有！且强行之，恐興大獄。』富竦然問故。君曰：『加課封邱，封邱人無如何也，必歸怨控者，毆擊以洩忿。控者必多其衛以相鬬，鬬則官必禁壓，禁壓不止，則必逮究，從此抗官聚衆之事起矣。且汲汲欲以此爲功，部議亦未必即行也。』不聽，卒以加賦請。部議試種三年，乃加額，次年盡没入水，乃寢。未幾，以陽武工漫溢，復左官。於是君復至江南，知六安州歲餘，民户書『官清民安』四字於門。丁丑，駕南幸，治江寧行宫。明年，潁亳水利興，一以委君，自經始訖終事，民忘其勞。尋以緝盗例議降，去六安。

初，六安有祠，祀明六安牧越湖公者，君族之先世也。君爲葺祠，置祀田，君去，民謳思之，即祀君爲生祠。引見，再還江南，權知江寧府。壬午，駕南幸徐州，爲入境首程，守數更替，事多廢闕。乃以君攝郡事，駕至，即真授。初，上發帑治徐水利，爲久計，民免墊溺。君謂疏溝濬渠，工不閒歲，必躬必勤，毋飾毋怠。庶可保前勞，弭後患，勖己率下，用是爲先務。其宣洩規畫，所在多有，今民所號『邵公河』者，此其一也。

黄河自豫直下，至韓家山折而東，薄城西，勢如建瓴。由是而北而東，環城三面，水漲濤起，吹地欲裂。城中人仰視帆檣，如在屋上，驚走駭亂，户不帖席。顧東北循軌直下，西北則斜當其衝，雖有重隄，獨恃韓家山埽工爲固。失固，則破竹之勢成矣。君按視，得蘇公舊隄於城西，起雲龍山，迄城北月隄，修約三里，湮爲民居。君曰：『此堤似無用。然大堤猝潰，循此南下，城得免衝，保障之道，實在於此。』力請於大吏，卒復其舊隄。建蘇公祠，置祠田，夾植桃柳，自爲文記之。越歲，韓家山工幾潰，已而西門大堤又幾潰，民皆恃此以無恐。越二歲甲申，上命開荆山橋河，大吏以君習於事，令專之。河成，今相國高公爲河帥，設讌落之，親酌酒以贊於君。治徐七年，雖閒有水患，而民不災，無蝗害，至今誦之。

戊子春，君循例引見還，道聞訛言妖匪割辮事，至即坐是落職，謫戍軍臺，遂不復用。卒時辛卯四月九日也，年六十有二。上四幸江南，君皆躬遇，凡賜朝珠者一，貂幣者二，又賜武金牌者一，則以旌靈巖山救火功也。召對者三，文集中有『恭紀天語』一則，記上初幸顧問語也。

君所至，以勸學爲務。因黄陂二程子祠，創義學。葺睢州洛學書院，集生徒月課之，率親爲之師，得其指畫者，輒獲售。戊午，君分校楚闈，黄陂售者七人，君得士五，其一人即邑人，自後科第不絶，咸歸德於君云。君事親孝，爲諸生，以文學爲養。既仕，以『清慎勤』三字爲養，大竹公亦忻然忘其貧也。親殁卜兆，形家言不利於仲，伯欲改卜，君曰：『利伯，猶利仲也，何害！』遂葬。伯、季並先殁，愛其子逾己子，嘗自笑曰：『此亦第五倫之用心耶！』

在官，廉俸外不名一錢，削衣貶食，型家訓後，斷斷不少假。而族黨交戚之貧而歸君者，如其家食，常二千指。其諸櫝死藏幽出，危綿絶力，靡不爲之盡。君謫，各散去，多失所者。君解音善奕，能琴書，而尤獨嗜書，公暇未嘗去手。晚治古文有唐法，詩俊爽，皆有集。在塞外，著《讀易偶存》八卷，批《春秋》未竟而卒，皆未刻。其刻者，《制義恒爲》《真吾》二集也。

君配胡氏，早卒；繼以其娣，亦前卒，均贈中憲大夫，河南河北兵備道，候選州同知世安女。側室施氏、陸氏、顧氏。子男十，存者九人，自昌，乾隆庚辰舉人，内閣中書，今戊戌進士，翰林院庶吉士；自華，己卯舉人，任邱縣訓導，嗣季父某後；自榮，候選州同知；自悦，壬午舉人，昌同榜進士，禮部額外主事；自中、自和、自本、自彭、自巽，皆能業其家。女六人，皆適士人。

舊史氏曰：宗室德公嘗撫其座，謂君曰：『君學問治行皆第一，當以此屬君。然吾所期於君者，非僅在是。』嗚呼，此可以知君矣。德公，天下學者所稱『德夫子』者是也，後嗣封爲簡親王。

例贈文林郎廣東廣州府新安縣知縣蘇翁傳　代作

贈翁鶴巖先生諱潮，字清濤，鶴巖其號也，姓蘇氏，裔出周司寇蘇忿生之後，世居河南。自明季名某者，始遷於浙之仁和，遂占籍焉。翁祖某，某官，考某，廣東廉州府經歷，妣裘孺人。生丈夫子二，翁其長也。

翁五歲而孤，從孀母自粤扶柩歸，侍大父讀書家塾，穎悟壓其曹。年十三，大父亦即世，家中落，裘孺人又老病，醫藥甘旨，及一切米鹽凌雜事，皆取辨於翁。翁故負奇氣，喜交遊，重然諾，不屑屑治家人生産，坐是益困。翁感激思奮，默自念曰：『禄不逮存，昔賢所悲，河清其可俟乎？』則棄舉子業，究心當世之務，若兵刑錢穀，民風士俗之利弊情僞，靡不鈎貫洞達，如視諸掌。乃喟然曰：『此亦足以自見於世矣。』年十七，贅於徐，徐饒於財，而子皆幼，婦翁倚之如左右手。久之不樂，挈婦歸，鬱鬱無所遇，則小試所學，出以贊治於邦大夫之賢者，用是以養其母，而歲入亦稍稍有所贏。

初，翁處困頓抑塞中，嘗賣宅，代友以償所負矣。至是，恃翁以濟者環至，立應，未嘗以力辭。其於學，不事章句，顧手未嘗一日去書。課諸子，往往舉問經義，不能對，則檢示註疏，反覆辨析，必以通經致用爲説。嘗語人曰：『治家難，而教子弟爲尤難；教子弟讀書難，使子弟有識力，而不惑於不義爲尤難。』故翁於諸子，各量其才質，授之業，而守義必篤，爲義必勇，則庭訓之大較也。子孝廉君璨，起家爲令，翁書『不欺上官，不欺下民』八字授之，曰：『其謹佩此。』以故燦知江南之桐城，粤之博羅、新安，皆有能績。

翁篤於内行，其事母，能以色養。弟某出後從叔，荒業破産，始則泣誨之，貧則生養之，死則禮葬之，久而益哀思之。鄉黨中，事有糾紛者，得翁一言輒解，久而恥翁之聞，嚚凌之習化焉，蓋其德之孚於人者深矣。卒於乾隆丁酉歲之某月日，享年八十有二，例贈文林郎，廣東廣州府新安縣知縣。配徐孺人，贈台州府儒學訓導，肅寧縣典史某次女，先翁十年卒，例贈孺人。子男六人，兆楫、璨、璐、琳、瑛、珽，女二人。孫男十七人，女八人；曾孫男十二人，女七人，元孫男一人。

論曰：世宗初元，翁從弟某與余同舉於鄉，其知翁也舊矣。洎余得告歸，聞鄉之人推較耆宿，莫先翁者，此所謂能恒其德者與？新安君又與余子某同官於粤，爲言新安治行，有古循吏風。及讀翁狀，始知皆翁教也。嗚呼！世守其德，翁之流澤，寧有涯量哉！

徐君肇洲傳

徐君諱述基，字聖培，號肇洲，浙之仁和人。爲人濶達有幹畧，以義俠馳聲南北士大夫閒，垂三十年。年七十有六，卒於家。卒之日，戚黨會哭於次，皆失聲，自遠而至，呱呱然接於門巷者，數十日不絶也。

君甫毁齒，已能通《詩》《書》《易》及《左史》，識者器之。年九齡，有一弟才五齡，父病廢，家酷貧，母孟太宜人作苦供朝夕。一日，伴君夜誦，至漏盡，君忽廢書泣曰：『此尚可以膏火重累吾母乎？』請去而爲賈，沮勸之，不聽。即走明州，從人習其業，沉毅敏達，時出一論議計畫，驚其長老，咸委重君。久之有立，年若干，念家無視寢膳者，娶於戴，委以子職。會父卒弟殀，尋又喪偶，再娶於李，而太宜人春秋高，乃去明州侍養者六年。太宜人即世，君自二十年中，粗立門户，然寡所儲偫，而前後兩喪，盡哀備物，觀者以爲知禮。君自是無堂上憂，始襆被遊京師，至則主於其戚某。某敗陷於獄，君營救以免，於是義聲流聞，人滋欲交君。君亦用是得交天下賢豪長者，往往多所棄舍，以義市，而業亦隆隆以起。

初，君在明州，嘗脱人於難，報以腴産，歲可入千金，不受。其人病且死，語其子曰：『若必報德，不吾目不瞑。』至是遇君，不之識也，問知姓名，驚拜伏地，曰：『吾訪君有年矣。』爲語前事。明日奉五百金爲壽，却之，則曰：『君誠高，其如吾父子何！』置金而去。君之隱德多類此，君不自言，亦不盡記憶也。

京師有義園，寄埋浙人之死而無歸者，歲久地且盡，重棺疊冢，迷不可識。君拓地廣之，疏其行列，瘞而各揭其男女、姓氏、鄉貫於立石。有二冢，冢平遺之，夢二女自言其處，跡而得之，爲封植焉。又嘗重梓《感應説定》，既成，而屬序于今潼川太守沈公清任。沈夢若俗所謂老君者曰：『爲吾語徐子，盍圖吾貌，君爲繪像於簡端？』人謂君之誠於爲善，鬼神通之矣。

君性豪邁喜飲，飲可五七斗立盡。善談謔，凡遇朋儕燕歡，徵詩度曲，酒闌燈灺，促席雜坐，杯遲令嚴，𧮪數繁密，詼諧笑嘲，奇變百出，雖座有數十客，無不爲君傾意者。故京師賓燕，輒相語曰：『座無徐君不樂。』然克以禮讓自持，與人交，無炎涼疎戚終始之異，故君子尤愛重之。

丙子，李宜人卒於家，君有歸志。又八年甲申，君曰：『吾老矣，兩親未葬，可久此淹乎？』諸朝士之與君暱者留君，牽纏不忍别。至初冬成行，爲畫《潞河折柳圖》，各贈以詩，君亦口占答之，遂歸。歸即舉殯禮，送者遠近畢至，并葬其從父昆弟之不能殯者十餘喪，爲周急之會。贍貧乏，助婚嫁，歲除夕，有不能卒歲者，親懷金予之。夏藥冬棉，施及行路，歲率以爲常，若族屬姻黨之恃以濟者，無論已。家居凡十有五年卒，時乾隆戊戌九月二十有八日也。

君以候選布政使司理問，加二級，誥授奉直大夫。先世江南和州人。始祖彤，爲明江寧縣尉，徙居上元，六傳而爲萬歷兵部進士，累官至左都督心藿。心藿生玉立，即君高祖；玉立生若麗，即君曾祖；若麗生唐臣，即君祖；唐臣生尉章，即君考。君祖因其從祖温州守備瑞占來浙，卒於杭，後遂爲仁和人也。君考贈如君官，妣孟氏，贈太宜人。子二，堯鑑，候選縣尉；堯鎮，高郵州吏目，前卒。孫四人，治，仁和縣學生；濬、濤、沂，業儒。

舊史氏曰：君同里靖州牧戴君保豫，余親串也，以輕財好施，立名京師，自君出，而名直掩其上。戴以勞於王事卒，無後，而君之食報宏矣。嗚呼，休哉！

汪明經稚川家傳

今皇上御極之三十八年，歲次癸巳，詔修《永樂大典》，開四庫館，廣求遺書於天下。安徽學臣朱學士筠，以婺源汪氏紱、江氏永兩先生遺書上之朝，禮送兩先生主，入郡城紫陽山子朱子祠，春秋配享。時余主講於祠旁書院之古懷德堂者已六載，因得讀所上書，而盡交於兩先生之高第弟子。傳汪氏之學者，其同邑秀書余氏元遴一人而已，余歾後無聞焉；傳江氏之學者，首稱休寧東原戴氏震，歙松麓汪氏肇龍，及鄭氏用牧、程氏易田、汪氏在湘、方氏晞原、金氏蘂中六七君，皆知名。而歙之稱篤行君子，則必曰稚川先生云。

稚川，汪君松麓字也。君居郡城之某里，先世隱德不耀。考某，妣某氏，生三子。君少孤，又善病，兄夭嫂寡而弟弱，家徒四壁立。年十三，甫受書於童子師，尋廢罷，力食以供饘粥。長習賈，則喟然曰：『是非甚巧僞，不得稱善賈。』立棄而歸。習篆刻，資鐵筆以活者久之，稍稍通六書。君族今侍御名存寬者器之，勸之學，則大喜，從受章句，年二十有二矣。自是委己於學，至忘寢食，通《四子書》《五經》《左》《國》大義。已而，學制科文於方氏樸山及其子心醇之門，成一家言，論者謂如桃源中人，不知有漢，何論魏晉也。

後遊江門，專力治經，則梯階於宋王氏伯厚、本朝閻氏百詩，而以漢康成爲宗主。於是《爾雅》《説文》諸小學書，以及《水經》地理步算，鐘律音韻，器數名物之學，無不博綜羣籍，考據精審。而於《三禮》尤功深，師友閒咸服其精心果力，隱然以不朽之業相期待矣。庚辰補學官弟子，壬午東原舉於鄉，君亦以副榜貢入太學。乙酉駕南巡，藥中應召試，授内閣中書舍人。君偕遊京師，京師公卿知東原者，亦知君，咸招致君。君顧獨暱就余，延課余亡兒師雍，用是深知君。

君一日挈師雍遊太學，觀石鼓文，曰：『是可注而讀也。』退則摹其文，而注釋之，著《石鼓文考》，定爲周宣王時史籀所篆，非後世物。君於鐏彝鐘鼎諸古篆，雲鳥蝌蚪之文，遇目輒辨，暗中可手捫而識之，蓋古今絶學也。是年應京兆試，下第歸，歸猶一赴省試，遂絶意進取。日讀所未見書，悉資以考據，而學益深。庚寅易田登賢書，壬辰藥中舉殿試第一，東原尋以經學徵爲四庫館纂修，授編修，而君故落落無所遇，簞瓢陋巷，晏如也。君弟肇滘賈於湖南之益陽，有年矣，君念之不置，又自顧就衰無子，鬱鬱不自得。丙申春，挈一妾往從肇滘，居數歲，遣妾去，竟無後卒。

君長身玉立，鬚眉若神，見者知爲有道之士。顧色不精充，聲不氣斂，余素憂其無大年。逮君遊楚之明年，余將去新安，而東原初歿，因寓書於君，諷其早勒成《三禮》之書，然不意君之果至是也。今者遺編具在，叢殘斷闕，掇拾而綴輯之，俾有傳於後世，汪門諸子，當必有起而任其責者。余則老病龍鍾，慮不及與觀其成矣，悲夫！君性方嚴，矉笑不苟，友義崇重，勿替死生。親仁泛愛，雖遇横逆，游之太和中，而物亦自化，倘所謂聖人之徒者，君其是與？

君卒於乾隆庚子九月二十有三日，春秋五十有九。乾隆壬午副榜貢生，候補儒學教諭。娶方氏，無後，以弟肇溶子永祚嗣。女一，適同邑吴雲。肇溶亦孝友，事兄嫂如事其父母也，以狀來，乞爲君立傳。乃次其狀，而參余所親得於君者，爲紀其實，俾後之人有所考焉。

校勘記

〔一〕邵大業《謙受堂集》卷首冠此傳，尾署『乾隆四十四年，歲在己亥，賜進士出身，誥授奉直大夫，左春坊左贊善，兼翰林院檢討，秀水鄭虎文譔。』

吞松閣集卷之三十三

秀水鄭虎文炳也著

門人欽州馮敏昌編次

男師亮師靖師愈謹梓

文九　墓誌

代履親王作内閣侍讀學士完顔公墓誌銘

皇清誥封通議大夫，内閣侍讀學士兼佐領，總管内繙書房、武英殿事，皇子師傅完顔公卒，和碩履親王曰：『嗚呼！余師也。余否德，忝帝胄，幸不至隕越，以貽國之羞，公之教也。』乃走位哭，諸皇子咸會弔其孤，祭焉，而許以銘屬王，事鞅掌未果。越三十有一載，始克叙銘赴其葬。叙曰：

公諱和，字純德，始祖杭愛以勇聞，世居完顔部，遂姓完顔氏。曾祖魯克蘇，恭遇太祖高皇帝龍興東海，舉所部來歸，隸鑲藍旗。祖達齊哈，以女兄充太祖掖庭，復擢内府佐領，均未仕。考阿什坦，始由進士官刑科給事中，有聲。生二男子，公其仲也。

公生而穎異，初受業童子師，居數月，師辭去，曰：『生非常人，吾毋以俗學溷也。』年弱冠，以筆帖式起家，稍遷至内府員外郎，主幣帛庫。庫故財賦地，時國家法簡易，官吏乾没無度，公受任，一無所染，立鉤考法，迄今行之，吏不能爲奸。遷上駟院郎中，稱職，仁廟心嘉之。會諸皇子出就傅，擇師難其人，謂公嚴重，乃命公。俄被旨坐免，數日復起，爲武備院員外郎，仍充皇子師，累官至今職。

公之在禁闥也，垂四十年，早暮出入惟謹，雖瞻視，步武間必有尺度。遇諸皇子，侃侃不少寬假，諸皇子咸敬愛之，偶語及公，必稱爲夫子而不名。當仁廟親征噶爾丹也，公誓以死報，固請從，上曰：『皇子，國本也，事大。汝立功事小。』勉留之，其爲上所倚重如此。公博涉古今，不屑爲章句之學，嘗承旨作制藝，援筆輒就，情詞斐然。仁廟顧侍從曰：『和非甲科而能文，理明故耳。』嗟賞者久之。然公終不以此自多，亦不復更作也。國書尤爲衆所推服，有奉敕修纂《資治通鑑綱目》《性理》《孝經》《黄石公素書》，傳於世。

爲人篤於天性，居親喪，寢食如禮，與兄共匕箸，至老無閒。兄亡，撫兄子留保，卒以文學顯，爲國重臣。他於宗黨之孤煢，昏嫁姻續之事，力無所不盡。嘗脱人於難，終其身，不以語人。與人接，不設崖岸，人亦無能以私干者。性惡華靡，有戚屬某，富而高其門，公曰：『德不修而豐其屋，其能免乎？』已而果然。諸子請其故，曰：『不幸而吾言中，不願汝曹效也。』故居恒以謙謹儉約，爲諸子訓，人或方之萬石君云。

公於康熙五十一年予告歸，越六年卒，春秋六十有七。娶某氏，誥封安人。丈夫子二，長伯熙，内府郎中；次白衣保，監察御史。女二，適某、某。孫男四。公子以某年月日，葬公於某鄉。銘曰：

帝臣王師，玆焉允藏。以固以安，百世其昌。

都察院經歷王君介磐墓志銘

故侍御王君介磐，余同年生也。初未識君，自君爲御史有聲，始知君。自君左遷都察院經歷，有人指君示余於衆中，曰：『此即新言事鐫秩之某侍御也。』始一識君，其後絶不相聞。癸未春，余歸自嶺南，崑山顧孝廉鼐持君狀來，則歿已及期矣。越數月，君之孤其昌走京師，爲余言：『府君歿，貧不能葬，某將告哀於府君之執友，俾得歸骨泉壤，死且不朽。』而以銘泣請於余。余悲其昌之不幸，而心重君之爲人也。

君名荃，字景芳，號介磐。始祖夢聲，任崑山州學正，始遷自浙之分水。時崑山合太倉建州，治未析爲縣，十傳至恢，始居崑山縣。又再傳任，用明嘉靖進士，禮部主事，崇祀鄉賢。又五傳詩，詩生二子，長崧，即君考也。祖若考以君貴，各贈如君官。考早歿，歿四十九日，妣蘇太宜人始生君。

君生有至性，甫能言，問知考歿狀，即悲不自勝。見遺書，輒傍徨流涕，見者異之。既就塾，鋭力於學，夜課漏下至數十刻不寢。母憐之，諭少休，乃帷燈默誦，往往達旦。用是年甫冠，即以文章名於時。

君之仕也，用丙辰恩科孝廉，授内閣中書舍人，歷遷内閣侍讀，刑部安徽司郎中。尋轉福建道監察御史，所至以勤職聞，遇事敢爲，無所瞻避。其在刑部也，有民婦陳氏，其夫自外歸，一夕死。既殯，疑死於毆，控驗，坐誣論死。君謂例載誤執傷痕，不得與讎誣者同罪。民人王甲，聞母夜呼救急，握刀起，逐賊。既而知爲伊叔圖姦母氏，益憤，遂殺叔，論斬立決。君謂叔已自絶於倫常，不得以殺叔論，並駁議，上之，得免死。旗人色合臣，年八十，生子七格，會其家奴亦生子不育，即令奴妻乳七格。妻詐言實己子，族人據訟，逐七格，已定讞矣。色合臣屢訴，不省，君爲受理，乃得實，君之詳慎明敏率類此。及爲御史，御史分得言天下事，益自勵，二載章數上，被議左降者再，輒奉旨留任，君用感激自奮，風采益峻。

會歲大計，奏宜責大吏，杜奔競，黜浮華，以端吏治之本，語尤切直，聞者忌之。未幾，有廢官某起爲郎，故常巡撫某省以贓敗者也，君抗疏力争之，下其章于部，部以罷職請，上特貸之，遂左遷爲本院經歷。五年，請假歸，歸六年卒。卒之前數日，自題其照曰：『非松兮誰侶，非月兮誰語，非雁兮誰與？影答形兮余與汝，吁嗟介磐兮此其所。』此君之絶筆也，而君之生平亦略見於是矣。

君事母以孝聞，喪偶獨處，垂二十年，如枯僧。家故貧，食取充口，衣非甚垢敝，弗易也。鄉居，足不入城市，當途雖故舊，未嘗以名刺通。喜讀書，尤嗜朱子《綱目》，馬氏《通考》，以爲有裨實用。所作詩古文，真、行、草各書，咸有古人尺度。兼通醫，然都不屑屑措意。蓋君務爲經濟有用之學，思欲有所大用於世，而卒未竟其用，連卷抑塞，以至於死。死之夕，呼其昌曰：『吾一生無愧心事，死可不憾，然亦苦矣。雖然，不苦不能以無媿。汝其勉之！』嗚呼，君殆古之所稱狷者與？

君生於康熙壬辰某月日，卒於乾隆壬午某月日，春秋五十有一。配陸宜人，前卒。子男子二，長尚賓，前卒；次其昌。女子一，適張雲昂。孫女一。今其昌營葬未有月日，且未知葬何所，而先屬銘於余，懼他日之葬而弗克銘也，余何忍以不銘！銘曰：

生非我存死不滅，生哀死樂理互設。匪今自今與世絕，乃不絕兮固爾穴。

巡撫福建兵部右侍郎都察院右副都御史吴公墓志銘

乾隆三十年歲次乙酉，九月丙申，誥授中大夫，原任巡撫福建，兵部右侍郎，都察院右副都御史吴公卒於里。訃於朝，朝之士素與公遊者，知公受知天子深，蓄德哀施，行起大用，而卒不及俟，以竟所學，相與嘆息泣下，走唁其孤檢討玉綸於邸舍。玉綸則纍然喪服，頓首涕泣，乞銘於其師編修鄭虎文，曰：『不孝即日徒步出國門，忍須臾死，將謀葬先人於吉兆。維先生文直而不華，敢請銘。』文曰：『公行應銘法，勿敢辭。』明年，拜使者於庭，以公狀來。

按狀，公姓吴氏，諱士功，字惟亮，號淩雲，一號湛山，先世江西人。其仕於元者曰文盛，以武功顯，八世祖巍，始遷河南固始之張庄。又五傳而至自榮，歿與弟自顯同塜，里式孝友，實開厥基。是生公祖宏緒，歲饑，嘗出粟廩食餓者。宏緒生公考淇縣訓導用烈，淮水溢，具舟糧活人，人用是知吴氏後必有達者。均以公貴，贈如公官。

公生有夙慧，性嚴重，能委己於學，嘗讀書山庄，終歲斷跡城市。雍正壬子舉於鄉，明年成進士，入詞館。丙辰，今皇上御極之元年，改吏部主事，累遷至監察御史，歷湖廣、京畿道。時督撫臣輒奏請以所知官自隨，滋不法，公奏罷之。巡南漕，漕官貪縱丁，丁盜米賣，不問，奏設科禁。數言事，謇然有直名。未幾，閩督某奏他事，詞連公，落職。既白，還故官，或謂公宜謁謝白公誣者，公曰：『此是彼職，何謝爲！』人服其嚴正。

壬戌，出爲山東濟東泰武道，居後母喪去職。服闋，起爲直隸大順廣道，丁卯移山東兖沂曹道。是年屬郡饑，駕幸山左，召公入對，公具以狀聞，上爲截留漕米六十萬石，即命公董賑，既事，民忘其災。轉督糧道，再遷鹽運司使，六載廉不自潤。壬申夏，東昌、泰安、沂州蝗，吏捕不力，公親觸熱，晝夜馳數百里，盡六七十日，所至蝗立盡，大吏嗟賞，上其勞。又以循卓薦者再，上由是知公才，駸駸乎向用矣。甲戌，遷西安按察司使，丙子移湖北。湖北多私徵，廣濟爲甚，丁丑，會公攝巡撫事，窮治其獄，羣吏咋不敢蹈故習，民用完實。是秋，遷西安布政司使，冬移直隸。明年春，再遷西安，未至，遂有巡撫福建之命，未得替，仍留陝。

延榆鄜災，民旦夕且死，公更挽運法以濟。逋懸之未入，及入未備者，皆以丐之。地之多麥者，用抵倉穀，從民便。又奏更司庫交代法，天子下其章於天下，著爲令。首尾一載，法成令修，敕加兵部右侍郎，都察院右副都御史。踐閩任，至則臺灣以風災告，長樂、福清、晉江、南安、同安、漳浦、詔安等縣以旱告，公立馳奏，發倉廪，緩歲租，貸種食，民以大和。

明年，獲南洲盜。南洲四面阻水，初爲盜薛能太所竄伏。能太誅，其黨劉良福者，復嘯聚勢張，官噎媢，不敢出氣。又有林成功者，業漁，爲盜於江南閩浙閒，黨各數十百人。公皆收縛之，誅魁釋從，閩盜屏息。臺灣，海外上郡也，禁私渡，而民犯死偷渡者，日益衆。故臺灣令魯鼎梅修縣《志》畧云，内地窮民在臺者數十萬，其父母妻子欲就養，格於禁例，賄船户，冒水手姓名掛驗，婦女則載以小船出口，上大船抵臺，復用渡接載，率以夜行，名曰『灌水』。更有客頭勾通習水積匪，用濕漏船收載數十百人，閉置艙底，遇風則盡入魚腹。比及岸，遇有沙汕，驅之上，名曰『放生』。沙汕斷處，或距岸遠，行没泥淖中死，名曰『種芋』。或潮漲漂溺，名曰『餌魚』。窮民迫於饑寒，相率入陷阱，言之痛心。公於是據《志》語入告，請弛禁，從之。撫閩三年，凡有便於民者必奏，奏必得俞旨，刑德並流，民彝安之。既而提督馬龍圖以侵餉論繫，公治其獄，坐失出奪官，命往北路軍營効力，時辛巳冬也。明年放歸，又五年卒，年六十有七。

公篤於至性，幼侍母王太夫人疾，籲神以身代，若神許之愈。事繼母彌謹，葬贈公於道堂寺，躬負土，手足皴裂。撫兄孤子瑫如己子，今已長，爲名諸生矣。公體幹修偉，美鬚髯，爲人沉毅有大畧，能拯人於厄。好直言，意度豁如也。既歸田，終日擁書坐一室，未嘗有幾微感憤之色見於顔面。時公子二官京師，每見上，上必垂問及公。或以告公，謂公當復用，公瞪目曰：『果爾，必以死報。』既而自引其髯，曰：『臣精已銷亡，恐不堪復爲世用矣。』則又欷歔若不自勝者。卒之日，遺命勖兩子，盡心官守，以贖乃父負國之罪，無一語及家事。

公夫人任氏，湖廣辰州鎮總兵宣勳孫女、直隸山海關同知秉權女。後夫人李氏，山東巡撫熠孫女、候選同知盟女，皆有婦德，均累贈淑人。任夫人所出子二人，玉衡，刑部陝西司郎中，知湖南永州府；玉綸，乾隆辛巳進士，翰林院檢討。李夫人所出女一，適聖裔候選員外郎孔廣祚子，拔貢生昭烜。孫一，鼎颺。公之孤，將於乾隆某年月日，葬公於某鄉某原。兩夫人皆先公卒，甲戌葬任夫人於道堂寺先塋，癸亥葬李夫人於晉家庄，既固既安，遺命不祔。銘曰：

赫赫中丞，自其躬興。亦曜於時，胡卒不廷。非卒不廷，而年不再贏。惟贏其後以永名。

韓烈婦墓志銘

烈婦姓李氏，濰縣李斌女也。性至孝，年八歲，會歲饑斷炊，父食以餅，留不食，問之，曰：『頃母出，歸來當饑。』洎爲副室於同邑諸生韓君夢齡也，佐大婦事堂上，堂上安之。凡爨汲舂揄，績紡紉澣，以及筦簟箕帚，奉負呼召諸瑣屑事，必身必先，靡逸靡怨。凡八載，夢齡歿，哭撫其所生子若女，以勉自活。未幾，復相繼殤，遂絶哭。念韓氏有主者，義可以死，慮家人覺之，佯理故絮，作禦冬具，坦坦如平常。父斌來，則泣謂曰：『兒不得終事吾父矣。痛吾母歿，不及見兒今日。』父不悟，慰諭而去。越日，遂自經礑室中，室卑，縣繩長，跪承以項，卒面如生。殮之日，有香盈室，臨者異之。生於乾隆庚申某月某日，殉於乾隆甲申十二月十日，年二十有五。

諸城李進士林，以閻孝廉循觀所撰傳，來乞銘，曰：『烈婦已請旌於朝矣。今萝齡子某，將以某年月日，葬烈婦於某鄉，而更思所以不朽烈婦者，願先生銘之。』余曰：『是宜銘。』銘曰：

有餠有餠，心荼口飴。不食兒饑，兒食母饑。母饑兒饑，其徯母歸。率是孝德，以允内則。曰歸於韓，以相我特。非曰我特，惟大婦是式。大婦既孀，哀我未亡。非我未亡，我有出腹子女牽我腸。今何生爲從兩殤！昔在磑室，米兮如珠。今在磑室，珠兮漣如。死如棄如，我心則愉。有梁庚庚，有麻繩繩。縣而垂之跪以承，從容畢命不殑殑。嗚呼烈哉視此銘！

查封母王太恭人墓志銘

恭人姓王氏，江南銅山人，六歲能誦《内則》，習女紅。及笄，副室於贈中憲大夫天津慕園查公。逮事公母劉太恭人，垂三十年，劉太恭人視之如女，用是嫡馬恭人亦左右倚之，不啻以女弟畜也。馬恭人性澗達，不屑屑計米鹽事，恭人佐以綜核，馬恭人以爲能，俾專之。明義理，篤勤儉，莫不式法，以表於門。

初舉子，家人爲謀乳媪，恭人曰：『奪人子乳，乳吾子，不可。』卒自乳，凡四乳皆然。其後子貴且受封，不以貴驕逸都類此。事贈公五十年，無違言。洎公與馬恭人歿，遇設帨辰，輒泫然生悲，止子姓爲壽，而命以饋食張樂費周諸族屬姻黨。族屬姻黨之緩急者，雖衆集數至，必立應。隣之有凍瘃者，製絮衣衣之，歲必徧。而恩禮馬氏，於嫡殁後則尤篤，人咸以爲難。

子禮，初由户曹出爲粤西郡丞。其擢太平守而入覲也，欲以終養留，恭人曰：『大吏以汝習吏事，言於上，上俞所請。今以我故歸，負上恩。太平故邊郡，五年秩滿，無已，以其時歸可。』秩既滿，太守先以聞，恭人曰：『歸恐不我見，我若有夢告者。』一日，竟無疾卒。卒之日，太守初受代於粤，實乾隆壬午八月丁未也，春秋八十有五。

初，子爲義貴，敕封安人；後子禮貴，誥封恭人。丈夫子三，長爲仁，能文章，年十八，首舉京兆試，以誤書鄉貫黜，先卒；其子善長成進士，今禮部主客司郎中，先官刑部貴州司員外郎，遇覃恩，贈父如其官。仲爲義，江南淮南儀所監掣通判。季禮，太平府知府，所涖皆有治聲。女子一，適山陰李元。孫十人，其長即善長也。孫女十有二，曾孫九，曾孫女八。今於乾隆乙酉某月日，葬某鄉，太守以狀來乞銘，余與太守善，不獲辭。銘曰：

查實浙望，載興於燕。孰啟其慶，實亘實延。濬源蘊珍，希聲欽耀。俄星度漢，與月同照。依依孀姑，抑搔奉扶。新婦孝女，今言古符。俾專厥家，布帛菽粟。以莫不經，小大有肅。有肅其聞，有均其恩。非利則市，惟心之仁。人子我子，胡飽而饑？我子人子，胡瘠而肥？我子子之，如卵斯翼。我子不子，楨在王國。乃贏其躬，象服是崇。延畀承受，施於無窮。膴膴鮮原，爰位其墓。銘之藏之，以式永固。

湖南岳州司馬顧君墓志銘

君姓顧氏，名濤，字學山，一字寶田，江南崑山人。初用太學生起家，令四川銅梁，越歲丁父憂。時世廟初御極，振刷天下吏治，天下吏之才者，許大吏以奪情請。而銅梁又新置治，惜君去，議留君，不可。既去，銅梁民至今祠之。

越十有三年，起知河南寧陵縣事。寧陵，明吕新吾先生故里，有遺風，君因之爲分社立學，昌其教。每春月，載食與漿，親行田閒，勞耕農。五年，移石梁。石梁蝗，禱霧於神，霧立布，彌原野三日，蝗盡死。再期石梁裁，改知貴州印江縣，會歲凶，請於上官，不待報，發倉穀平市直，民忘其饑。又三年，移普定。普定苗疆，設提督，宿重兵，兵民苗雜處，相仇賊爲故常。急繩之，易怨以變，官其地者，率噤不敢問。君一推誠化之，立約束，一旦張下，衆朋悦，莫有枝梧。

乾隆十三年，朝廷討川夷，調黔兵，君部發兵赴蜀，民無擾者。又黔中窮治魏齋婆邪黨，檄下縣，縣村嫗有習治齋婆經者，君廉其情。會君配徐孺人殁，詭言爲孺人修佛事，召村嫗集，諭以禍福，咸泣悟，各歸焚其經，因盡釋不問。在普定凡十年，大治，旋以資遷湖南岳州司馬，不赴，謝病歸。歸而顔其室曰『宜休居』，且自爲之説，遂不復出。又十五年丙戌卒，春秋七十有八。其明年正月辛卯，葬元和縣中十九都祖塋。

君少有至性，年十六喪母，不食累日，三年不見齒。父病足，不任步，君事父，且代父事大父，孝稱於鄉。其在官也，仁而廉，故所居民安，所去民思。家舊有田數頃，宦成損其半，歸渡洞庭，舟輕，舟人取巨石鎮之，人比之『鬱林廉石』云。始祖千十二，元時官萬户，五傳至明贈少保武英殿大學士恂。恂生宜之，宜之生山西道御史潛，潛生江西右布政使夢圭，夢圭生山東莒州牧懋宏，懋宏生貢生天階，天階生增例監生錫純，明亡，錫純死之。錫純生廩膳生升，早卒。自恂至升，凡八傳，是爲君曾祖。曾祖妣朱孺人，以苦節受旌於朝。祖徵遠，祖妣朱孺人；父禹亮，妣陶孺人、晉孺人。皆以君貴，贈如君官。

配徐孺人，祖孚若，實徤庵、果亭、立齋三先生從兄弟也。三徐方柄用，而孚若以儒者老。父萊公，亦名諸生，有父風。孺人既稟教於家，來歸，言行悉有儀法。從之官，能不以家事煩君，故君得盡心官守。先君二十年卒，未葬，今祔焉。男子六，開基，廩膳生；鼐，乾隆丙子孝廉，候補教職；振業、國鼐，均太學生；維新，先卒；建中，候選州吏目。女子二，一適太倉太學生張庸熙，一未嫁卒。孫男十有四人，孫女十人。銘曰：

故相之門，忠義之孫。爲清白吏，以庇而後昆。歸骨封壤，依於先人。更千萬年，無傷其穴與墳。

國子助教侯君墓志銘

君姓侯氏，名宗峴，字見山。後冒陳姓，改名彬，注籍大興，實則浙之臨海人也。臨海有夷門先生者，於君爲季父，與同郡少宗伯齊公次風名相埒。乾隆初，以大科被徵，一時諸徵士會都下，夷門獨以才敏傾其曹。

往余與夷門客淮陰，見座客有求詩文者，伸紙於几，研墨醮筆，授夷門請書，則立起疾書，篇幅無定程，率以紙盡爲度。顧目短視，不能左右顧，必侍書者告曰紙盡矣，乃輟筆。有欲困之者，盡輒續之，書益駛，騷騷如龍蛇，不能自休，觀者駭歎。余因撫其背曰：『公真神仙中人也。』夷門顧余，誦昌黎詩，曰：『「六字常語一字難」，神仙那得解此！』因撫掌大笑。後竟不遇，以明經出爲丞卒。君爲其從子，親得指授，故爲文章，亦井井有法度。夷門歿，從余遊者有年，比余使楚、粵還，會禮部榜發，君名在第六，相見握君手，歎曰：『汝叔爲不死矣。』明年，君謀居於余，余廉其貧，割宅南偏舍其孥。又二年，余告歸，君泣而送之郊，鄭重別去。

今春夏間，余苦頭風，兩目垂瞽，終日閉置幃幔中，漫漫如長夜。忽報君郵書至，急呼兒子，就卧榻前誦之，則君弟宗嶧具君狀來請銘，且告哀焉，而君則已死數月矣。余伏枕且聽且泣，淚流離床蓐間，目疾增劇，置不復省者久之。兹病粗起，檢視來狀，追念疇曩，初哭其叔，再哭其姪，十年之間，死者再世。而余以沉綿委頓之餘，猶及爲君一志其墓，俾後世知君，因知有夷門者，而余其奚辭！

按，君先世居河南之祥符，宋高宗朝，仕至浙江布政司參政諱臣者，君之始祖也。其在宋末，始遷浙江臨海之夏館，庠生諱順者，是爲君高祖。福建興化游擊諱干城，崇禎甲申死國難者，是爲君曾祖。游擊生君祖廩生諱種玉，種玉生君考庠生諱嘉纁，均以君貴，贈文林郎、内閣中書舍人。祖妣葉氏，妣應氏，均贈孺人。贈公生二子，君其長也。

君生而英異，稍長有文名。同里富人李公即甫者，陰相之，喜，字以女；女殤，復字以次女。侯氏世儒素，自游擊死難後，益中落。君父母皆早世，而君又不善治生，至歲丁巳補博士弟子員，求爲童子師不可得，則盡括室中所有，典售以贍朝夕。久之，甕盎皆盡，則挈其弟，寄宿食於宗黨間，不可，則又轉易其處。或數日一食，或竟日不食，而君意氣自若，終不以是廢學。

辛酉，從夷門游京師，於是天下知名士與夷門交者，無不折輩行交君，君之學乃大進。留京六載，不得歸，而諸生之曠歲試久者，例褫名，欲就應京兆試，又無貲入太學。當是時，遊士之冒北籍者，踵襲爲常，君用是入大興籍，爲諸生。是年，夷門已爲漂陽丞〔一〕，君往省，遂畢娶。比去漂陽〔二〕，而江寧守某以校閲事，客夷門於署，一夕暴亡，宗嶧奉嫂無所歸，乃從君於京師。庚午試高等，食餼，己卯登賢書。辛巳會試，薦不售，有旨命大臣拔落卷佳者，備中書、學正之選，君與焉。隨入閣攝治中書事，遇覃恩，得贈先世如君官。是年李孺人卒，明年真授國子監學正，君笑曰：『此職稱我，不嫌奪我鳳凰池也。』

癸未成進士，轉助教。助教閒曹，俸入薄，善宦者必營攝典籍事以自潤，君曰：『此非師儒體。』不求攝，攝亦弗及。諸生徒有貧者以贄來，却不受，坐是大困，不能具輿馬。而君寓去太學可十里許，每入，非大雨雪，輒徒步，往往至疾作，顛躓中道，一禿僕攜持而歸，其刻苦自厲如此。卒之日，凡棺與墓之事，皆同官及其同歲生事之。宗嶧乃得奉君及李孺人之柩，合葬於齊化門外十六棵楊樹之陽。

君生於康熙乙未十一月己亥，卒於乾隆丁亥正月癸巳，年五十有三。配李孺人，富家女也，既來歸，積憂勞，至病且死，無怨色，先君卒。男一，曰鼎，年十三，聘内閣中書舍人王君宸女。助教金君以序來唁，見孤之幼也，惻然曰：『吾友之子即吾子，吾當長養，以待其成。』攜之去。

女二，長字山東兖沂曹道毛君嘉梓嗣孫、某道監察御史永燮嗣子某；次字刑部主事蘇君去疾子某。君既殁，兩姓各迎其女以歸。未幾，侍御嗣子卒，侍御無子，並無應嗣者，乃嗣以甥，實内閣中書王君嵩柱子也。王迎女於家，將待女除服而昏於毛，子既殀，有異議，女曰：『父喪夫亡，死固吾分。雖然，夫不可無後，吾死，誰爲吾夫立後者？夫嗣毛，吾義亦當歸毛。』或勸之，輒求死，乃聽其歸守焉。銘曰：

去族易姓俄萬刦，白骨不肉髮不絶。鶴歸何年牛告穴，重銘奚徵此其則。

校勘記

〔一〕『漂』，當作『溧』。

〔二〕同上。

吞松閣集卷之三十四

秀水鄭虎文炳也著
門人欽州馮敏昌編次
男師亮師靖師愈謹梓

文十　墓志

翰林院編修叔宀邵君墓志銘

今海内人士所推，能爲東京六朝初唐之文者，無論識與不識，必首稱吾友叔宀。叔宀與同歲舉進士名，能爲《史》《漢》若昌黎、河東文者，則有定興王君芥子。芥子初亦好爲文如叔宀，及見叔宀文，歎爲天授，遂輟不復作。二君同年齒，同官翰林，同以文學相引重，而又同以原官放歸田。未幾，芥子復起，累遷至湖南觀察，行大用，而叔宀則竟死矣。觀察嘗遺書索刻其文，將序以觀示後學，叔宀未及應卒。明年，其孤培德走使乞觀察銘其藏，觀察曰：『序，吾已生許之矣，銘請他屬。』培德則又泣而請於文。文與叔宀交，不後觀察，乃序而銘之。

君姓邵氏，名齊燾，字荀慈，叔宀其號也。先世在唐貞觀間，居杭之北市曰道宗，無子，以弟吏部侍郎説子好禮爲後。凡十有三傳，由杭而睦而歙，至饒州都帥顔子萬成，乃卜居休寧之黎陽。又二十傳，至鄉飲賓若水，始遷常熟。常熟後分縣爲昭文，遂著籍爲昭文人。

若水生君曾祖歲貢生庸齋，贈儒林郎。庸齋生君祖附貢生莊菴，莊菴生君考候補主事味閒，並贈奉政大夫，兵部武選司員外郎。味閒少孤，能强毅自立，遊義門何學士門，受其學。尤善書，得二王法。生五子，君其第二子也。生之夕，夢明祭酒馮公夢楨，以名刺來謁，聞若願借居三十六年云。寤而君生，因名君小名曰開。生三歲，生母曹安人卒，嫡母程太宜人撫之，愛如出腹子。甫受書，輒了大義，塾師驚，辭不能師。長而愈騫，有聞於時。

其學於古也，涵而揉之，去故遺迹，咀含浸淫，滲漉衍溢，乃大昌於辭。而惟自其己出，今古駢散，殊體詭製，道通爲一，涉筆矢音，金石咳唾，造次以之。允蹈維則，班、范、潘、陸，斯文未墜，君於本朝一人而已。乾隆壬戌第進士，其闈中文騰輦下，人皆口傳以熟。後有效者，輒得弋獲，雖形貌乖舛，羣相指爲『邵體』。君聞之，不以爲忤也。

君既入詞館，明年，駕幸翰林院，錫宴，彷柏梁聯句與焉。尋獻《東巡頌》，原道敷章，研神播采，揚、班之亞也，羣公器之，争欲致君門下。顧君冲澹，不省揣合，相澹澹爲曬。又習與一二静者遊，益躭閒，喜自弛置。時多少年暴起，意氣盛，各以才力相鬬煽，輿馬服御，燕欵相矜高。雖謹厚貧者，咸務此，不若不得比人數。而君族又有以貲雄者，世故誤指君爲富人。顧獨乘羸車，攝敝衣冠，傲然出衆中，則大駭。久之益落落，無以自見，乃自顔其齋曰『道山祿隱』。

在翰林十年，充書局纂修者再，充京兆分校者再。兩遇廷試，亦再屈，遂罷歸，時年三十六，説者謂符昔夢云。君通籍初，遭母兄喪，旋喪偶，思親圖歸，日夜以冀。既歸得侍，融融怡怡，如其兒時，退事著述，益肆以醇。閒遇國家慶典，皋賡禹謨，鎗洋廟堂，假羽飾喙，頡輝鸞鳳，郵書屬草者，使填於門。負鼇蟠螭，銘宫揭阡，人交走幣恐後，咸須君文以休萬祀。身晦名顯，日逾以崇。

乙酉，清蹕南巡，有詔徵在籍詞臣，集試闕下。時文官京師，或謂曰：『此舉意在邵某也。若與邵厚，曷促之來？』文曰：『邵某病，且母老，恐不果來。』已而竟以疾辭不赴。越四年卒，春秋五十有二。

君貌清古，豐下鋭上，首微窪，如仰釜。眉目疎秀，短視，精草章，入晉人室。每據案書，望之若隱几卧者。嚴冬，喜脱履擁爐，坐客至，倉卒覓履不得，隨取躡之，履異，旁觀竊視匿笑，君覺之，亦自笑。已且復然，終不以措意。當金川之平也，相國忠勇傅公旋師禮成，坐朝房，百官咸會，君立門外，面之取鏡諦視，公呼入，問曰：『若何視？』君微哂不答，徑趨出，其意度夷曠類如此。與之遊者，未嘗見愠色，即愠，未嘗出聲氣。性愛才，喜獎借後進，嘗主毘陵龍山書院，君殁，士有哀之若父母者。

君一兄三弟。齊烈，乙丑進士，選爲庶常，卒於官；齊熊，舉人，内閣中書舍人；齊然、齊烈同榜進士，由庶常改官兵部武選司員外郎；齊鰲，貢生。皆賢而有文者。配席安人，太學生贈文林郎永恂孫、附貢生鎬女，有高行，先卒，君已葬而銘之。繼配王安人，資政大夫户部侍郎原祁孫、通奉大夫巡撫廣東兵部侍郎謩女。子三，男二人培德、聖增，均縣學生。聖增少負志節，務矯厲不同俗，以自標置，先君一年卒。女一人，適太學生趙貴鯤。孫男廣鎡、廣衡，孫女二。乾隆己丑某月日，將葬君於席安人之封。培德，余壻也，使來速銘。銘曰：

斑斑之獸，弗擾於囿。噦噦其音，於桑之林。嗚呼叔亡，古誰不然！而克以有於萬年，維生不贏，維後之成，以鴻厥聲。

封朝議大夫福建道監察御史怡齋王君墓志銘

君名廷錦，字彥平，號怡齋，姓王氏，係出宋沂國文正公後。自益都徙桐鄉，自桐鄉三徙，始居吳江之同里。其始遷桐里之祖，明太學官生訪者，右僉都御史巡撫江西宗吉之從孫，蘇州衛指揮僉事敏之孫也。自訪以下，儒雅繼及，延徽趾美。康熙丁酉舉人，贈朝議大夫，福建道監察御史棣，是爲公考。妣龔氏，贈恭人。生二子，君其仲也。

君誕膺睿資，綿述家學，飭躬動音，允蹈維則。淵懿醇篤，性習交茂，君子之器，蚤孚物聽。同邑潘太史稼堂先生有女孫，式訓珩璜，旁通圖史。於時相攸，甚難其選，謂維君宜，乃歸焉。蓋夙成令德，老成屬心矣。

若乃總修百行，立本愛敬，永言因心，惟孝惟友。石慶厠牏之滌，曾參嚙指之痛，茂公燎須之勤，姜肱共被之愛，古所專美光備厥躬，用能休和内充，通塞同趣。爲名諸生者三十年，以明經終，人屈其遇，歎興在兹。君曰：田生取榮於致親，毛子動色於奉檄，自悲鮮民，絶望久矣。

從吾所好，若將終身也。洎乎賢子奮迹涔登柏府，崇封之禮，追往逮存，當夫龍章賁廬，改視易聽，僉曰休哉，此晝錦之榮也。君蹙然抱盛滿之懼，益務韜晦，與人爲同，足絶城府，跡儕耕漁。逸興偶寄，發言成詠，詠已輒棄，有復叩者，答曰：『已忘之矣。』蓋以浮詞爲心蠹，以虚名爲謗媒，非獨於詩爲然也。禮門義路，率由斯至，臨深履薄，造次以之。即其式穀之似，述祖訓孫，戒惟温飽窮達一節，治亂同命，可以知君之所養矣。總其生平，教不遺類，貧不悋施，和不狥俗，介不詭時，萬緒一揆，根柢性情，古所謂務本盛德之君子，君殆無媿色焉。春秋七十有一，乾隆三十八年某月甲子卒，遠近同好之人，聞者莫不揮涕，曰：『老成典型亡矣。』

君吴江縣學廩貢生，誥封奉直大夫，户部福建司主事，晉朝議大夫，都察院福建道監察御史。配潘氏，康熙博學鴻詞科翰林院檢討耒女孫，貢生其炳女。克相君子，佑啓後人，譽流居室，人無閒言。年七十一，先君一年卒，累贈恭人。子男二人，承翼，縣學增廣生；曾翼，乾隆庚辰進士，由户曹累官福建道監察御史。女二人，適廩膳生袁益之，庠生沈光珠。孫男二人，祖賔、祖武。女四人。二子以乾隆甲午某月日，合葬考妣於某阡，謀所以不朽其先人者，以御史君與余遊久，狀來乞銘。銘曰：

於皇先生，清夷粹温。非躭省曠，而遺世紛。在漢之季，亦郭亦陳。中郎往矣，虎賁是尊。於以銘之，孰存其真？非銘之存，存銘以人。斯銘斯人，其永有聞。

浙江寧波府知府王君紹曾墓志銘

王太史蒓鄉出守寧波，凡八閱月，而謫雲南軍前，不半歲卒，時乾隆己丑十一月二十一日也。越九載丁酉，始克卜葬君於某阡。君同母弟，禮科給事中顯曾撰狀，率十一齡孤具幣奉狀來，以志銘請。余手狀淚迸，咽不成誦，頃之竟讀，信乃志曰：

君諱紹曾，字衣聞，號蒓鄉，世居江蘇華亭之張堰，後入金山縣，故君爲金山縣人。我朝族之望於江以南者，太倉王氏，海寧陳氏而外，莫如華亭之王。仁廟朝，相國文恭公，實公曾祖。文恭公生君祖孝廉諱圖烺。孝廉生君考寧國太守諱祖庚。妣陳恭人，海寧大宗伯陳清恪公子，編修諱世侃女也。

君胚胎前光，性習殊衆，幼授書百過乃熟，恥之，每黎明入塾，塾門未啓。持書跪庭中，誦以俟，夜漏下四十刻乃已，率爲常。久之開悟，年十七，補縣庠生。又十年丙子，登京兆榜。明年成進士，改庶吉士，庚辰授編修。

君廣顙疎眉，瞻視威重，見者憚之。少倜儻負才，長而侍寧國公宦遊，歷事益鍊。既通籍，掌翰林院事，相國梁文莊公，少宗伯介文公咸才君，倚如左右手。奏君理院事，君明斷果鋭，持公抑私，無所撓避，同列皆斂手讓。壬午主雲南鄉試，得士多知名者。癸未充功臣、通考兩館提調，甲申充方畧館纂修，所至以才名，壓其曹，忌者滋衆。時館中人有爲蜚語所中者，掌院信之，將劾奏，君力救得寢。衆顧歸獄於君。君又倡修院署，會駕南幸，文公扈從道卒，復騰言。君知工興日月，不利於介，而甘心焉。用激當軸之怒，以撼君，君不能自明，於是稍稍學韜晦避事，顧事日填委，無以謝也。

尋丁寧國公憂歸，免喪復職，授寧波府知府。初，掌院承旨舉詞臣之才堪任道府者，君與焉。當是時，寧國公去保定守任，在部爲選人，君弟顯曾官儀曹，同居文恭公之錫壽堂舊第，一時冠蓋車馬，京師稱盛，寧國顧而樂之。寧國自恨不得入詞館，雅不欲君應是舉，而無以奪舉者意，君亦患苦口語，求出不復辭。及是乃有是命。至浙未幾，以會勘事被議，命從征緬甸於雲南，遂去寧。

君之治寧也，以郡邊海多盜，捕役豢縱不緝。檢舊牘，僅歲餘，得未完案百有五十，乃計案分役，責捕役五人爲曹，曹推一人爲長。又設督捕一人轄之。立比限滿十日，無一獲者，督捕帶比其長。獲一小案者免，獲案兩三，並獲非分捕本案者，第功以賞。條具牒縣，官吏惕息奉令，不數月，完案八九。郡稀告竊者，鄞俗尚拳勇，惡少年率數輩，或數十輩，白晝暴民於市，吏莫何問。君籍其姓名，立木城六門，戒無犯，犯輒盡法無赦，諸惡少咸匿跡，無敢高語於途者，郡以大治。

君坐堂皇聽斷，縱民聚觀，且謂曰：『余斷事無成心。苟未允，爾其各言余過，無畏。』斷畢，復詢如初，必衆曰允乃已。以故民樂就訴，無鉅細立剖，雖刑者無後言。君嘗書聯，榜聽事兩楹以自警，曰：『刑敢曰允，賞敢曰明，祇爲見不到時留地步；民何以安，吏何以察，總於斯未信處着功夫。』蓋實録也。將去，自爲文千餘言，與士民別，民益感動。去之日，送者自城迤邐相屬，至西壩凡二十五里，哭不絶聲。後聞凶問，相與南望聚哭曰：『我郡五六十年來，無此好官。今去且死，後望絶矣。』至今讀君別士民文，猶墮淚，因名《墮淚文》，方之峴山碑云。

君至雲南，作急裝，腰弓跨馬，逐諸健兒，隨制府阿公疾馳老管屯，軍前思一展割裂之，用以自贖。會病瘴，輿疾還騰越卒，春秋四十。君配初聘揚州戴氏，河南汝寧府知府諱汝槐女，未昏卒。娶無錫張氏，禮部尚書文恪公孫、庠生忠女。側室楊氏。子男一人，景高，楊出。女二，長適兵部尚書彭公啓豐孫、侍讀紹觀子、甲午舉人希范；次字湖南衡永桂江道汪公新子某，俱張出。景高聘戴氏，即汝寧公女孫。君念原聘戴雖未成婦，義不忍絶，歸其匶，將以禮葬。懼後世子孫廢墜厥祀，乃復爲景高聘於戴，以繫屬之，君之篤於倫義，此可觀矣。銘曰：

謫金齒横草功或以此，天何靳之以謫死？循良最迹古孰儔，南陽潁川今明州。君來桐鄉神夷猶，山深海濶道阻修，神兮歸來不可以久留。歸神幽宫釋塵憂，吾銘以誄君知不？

陶母孫太孺人墓志銘

孫太孺人，蕭山明經陶先生元藻之德配，甘肅某縣知縣廷珍、進士廷淑母也。明經詩文名天下，凡數東南壇坫老宿，必首篁村先生，篁村，先生字也，與余交厚且久，同寓跡於西湖。其嗣廷珍，就官甘肅，屬廷淑奉太孺人柩，於某年月日葬某村某原，而請銘其藏於先生。先生曰：『今崇文書院長宫贊鄭某，余服其文，可不朽，其以屬之。』廷淑則承命固請，余重其意，爲之志曰：

太孺人姓孫氏，遠祖某，故明忠烈公燧之從弟也。其後自餘姚遷山陰，世居陽川里。祖紹曾，康熙某科舉人，令四川開縣，累官京畿道監察御史，抗疏請建儲，謫軍臺。憲廟初元放歸，道卒。考書玉，先侍御公卒。母姚孺人，以節孝受旌於朝。生子四，男、女各二人，太孺人其仲女也。

生而端慧，侍御絶愛憐之。年四歲，會侍御初徵入臺諫，而篁村先生祖諱某者，亦由蜀之彭水令，陞福建漳州司馬。入都遇則懽甚，遂約爲昏姻。廉貧無以聘，則然燭拜而盟諸神，以成兩姓之好，一時朝士傳爲美談云。年二十二來歸，歸四十有三年卒。其間逮事王舅司馬公者十二年，逮事王姑胡宜人者五年，逮事舅雙峯公者十三年，而姑章太安人則事之迄没齒。

當章太安人之無疾驟卒也，太孺人病數月矣，至是驚出意外，忘其病，奮起痛哭，頓仆垂絶，良久甦。遂篤，不復進糜粒，夢中喃喃語，若以不得躬親含殮爲罪者。凡十有四日，竟卒。

初，太孺人之在室也，侍御謫戍，時才八九齡，即從寡母攻織組烹飪，井井如成人，故習勤而敏於事。後佐章太安人侍養堂上，凡湆髦割炙，與夫乾濡之羞，擘捶湛漬，和滲糔溲之屬，必太孺人手潔以進，則食而甘之，否輒不御。洎侍養章太安人，亦如之。既納婦，若潄澣滌濯，則率子婦爲竈婢先。至饋食，必躬親，雖病，猶强起將事。精於針工，素爲諸姑姊娣姒所推重，尋常紉綴緝補，謂無針綫迹，衆歸其妍則争以相委。始而偶然，其後習爲固然，遂日夕無休時。嘗冬夜漏下數十刻，四無人聲，饕風挾雪，颯颯入窗户，颭榻前燈閃閃欲滅，猶懷乳下兒，擁被事刀尺也。坐是兩目成痼疾，疾作乃輟，閒輒如故常。

子廷珍初生，夜善啼，懼驚舅姑寢，抱而旋於室。又惡有履聲，則起跪牀蓐，作膝行勢，以誘止之，往往達旦。暑月姑病，夜進藥，經中庭，蹈巨蛇，蛇蜿蜒避路去，至誠感神，凶毒不作，人皆異之。篁村先生既知名，四方之名藩賢侯，走書幣，以河渠鹽法郡邑志屬先生者，使踵至。先生爲負米計，起應其聘，凡歷幽燕吴楚閩粤，足跡半天下。所至動經數年。雲波阻絶，音問乖左，太孺人一手楮柱。遇儉歲，盎無宿儲，則脱身上衣，折閲市升合，供堂上，而均食子若女，復節其餘，爲姑明日作晨餐，未嘗得自飽。閒日食炊餅一二枚，或連日不食，然而晏晏温温，未嘗以愁悴容色戚其姑。姑至殁，卒莫審知其狀也。平生以廉儉自刻削，爲百行根本，故劬躬篤物，六族無閒言。論者謂篁村先生之高，惟太孺人配之，且有以成之也，信哉！

太孺人生於康熙某年月日，卒於乾隆丙申某月日，春秋六十有四。子男二，廷珍，乾隆乙酉科拔貢生，辛卯舉人，甘肅某縣知縣，娶山陰廣西慶遠府知府何君炌女；廷淑，已亥科舉人，辛丑科進士，娶同邑太學生來君某女。孫男一軒，聘同邑太學生王宗堯女孫。女四，長字同邑乙未科進士汪君輝祖子繼坊，未嫁卒；次字候補直隸通判何君裕嵊子某，餘幼，未字。銘曰：

存亡姑同，婦以孝終。相我詩人，不羸其躬。德昌以詩，福昌以嗣。其羸孰多，視此銘辭。

先室胡宜人墓志銘

宜人姓胡氏，其先文定公隨宋南渡，世居山陰之張漊村。自章廟朝，有諱昇猷者，官刑部尚書有聲，而張漊之胡，遂望於浙。祖贈奉政大夫，晉中憲大夫順之公，諱壯猷，司寇從弟也，從宦京師，復寓籍大興。考封奉直大夫，晉中憲大夫，候選知州南濱公，諱世安，卜居嘉興之郡城，始著籍秀水。妣裘太恭人，生妣王孺人。王孺人生一子兩女，宜人其長也。異母兄四人，姊五人，故行六。名松，字蘭君，南濱公篤愛之。年十八，欲壻余，或沮以貧，不聽，卒許字焉。余故少孤，時室有女兄三未字，兄文學經畬公未昏，恃先太宜人以長以教，以次嫁娶，力不贍。

而宜人時從父就養於安陸太守韭溪公署。韭溪諱振組，仕至河南河北水利兵備道，宜人之仲兄也。洎來歸，年已二十五矣。明年，韭溪守淮安，館余於署，且招宜人。宜人以姑老，辭不行，太宜人嘉之，久而益賢之，謂余曰：『新婦善體汝，事我且善，宜家人，汝無憂長客矣。』歲壬戌，余捷禮闈，入詞館，請假歸。會太宜人先見背，彌留遺言，以兄及適鍾氏姊，屬余謹事之，曰：『如我在時，兒歸若以告，若賢其共志吾訓。』故余事兄姊，自壯迄老，罔有闕漏乖忤，非宜人莫得余意也。

性莊而和，能篤仁禮，以恒其德。其祀先尤嚴，家禁宰，賓燕牲用羽屬市以供，而祭必特殺，湆芼必躬親，朔望必晨盥，躬潔祠宇，禮而退，時物必薦，薦後則獻，余乃衆給以辯。偶得佳菓珍味，亦如之。余故不善治生産，用財閒失之過，往往乏絶。或有以節嗇勸宜人爲言於余者，宜人笑曰：『誠乏絶，顧有藉以不乏絶者，姑勉爲之。』君嘗爲我言矣，分當贊行，敢以廉物乎？故雖困不悔。曩寓京師，食客常滿，一日以匱告，余曰：『某衣可質，以供賓。』宜人笑拔髻上銅簪示余，且指身上衣，曰：『止此矣，不然何煩聽爲？』力自貶削衣食，不以憂貽余類此。

生平不妄言笑，足不踰閾，夏服絺必衷以衣。從余楚粵署，演劇屏不視，家居，女尼盲婦戒絶無一跡，衆皆敬憚，罔敢有越禮者。顧遇物皆有恩意，貧病者，雖疎賤，撫愛出肺腑。僕嫗之亡而無歸者，歲必祭其塚。其他外事，不妄與，閒有贊助，非恒德不書，謹書其無媿色者，以傳信於後云。

宜人生於康熙乙未歲十二月十五日酉時，卒於乾隆辛丑歲十一月三十日戌時，春秋六十有七。敕封孺人，誥封宜人。子男子四，長師亮，國學生，娶孫氏；師雍，乙酉舉人，未娶殤；師靖，嘉興府庠生，娶周氏；師愈，國學生，爲經畬公後，娶魯氏。女子四，長適國學生姜貽績，次適舉人邵培德，次殤，次適國學生魯鵬南。孫男五，承祖、承宗、承瑞、承祥、承德；孫女三，次字朱銘，餘未字。宜人歿後，越二十有一月，龍集癸卯，秋七月庚寅朔，越十有七日丙午，始得葬於嘉興感化鄉，中一都正天圩之原。銘曰：

余長乎爾兮，垂再朞而虛旬。先休爾勞兮，歸厥真龍口之内兮，竹墩之濱。爾胥宇以待余兮，永同穴兮千春。

洪母蔣太孺人壙志銘

母姓蔣氏，江南武進人，明禮部左侍郎宗武十一世孫也。祖諱金聲，贈禮部祠祭司員外郎；父諱敦淳，雍正甲辰科舉人，雲南嶍峩縣知縣。妣龔氏，封孺人。

母生有夙慧，五歲能誦《毛詩》《爾雅》，稍長，熟漢魏樂府古詞，習《急就章》，父嘗令手書，以授弟若妹。辨正古今字畫音訓，無譌者，父奇之，曰：『吾終不以許俗人。』聞同里山西大同守洪公嶟子公寀，償大同官逋十有餘萬，不以累弟昺。受託趙氏孤，坐累家破，卒全之，藉藉有孝義聲。喜曰：『是有隱德。』遂以母許字公寀長子翿。翿字楚珩，倜儻尚義，有父風，昏時母年二十一，貧無居，僦屋臨大池，隘且濕，母擇處其尤陋者。暴雨，水浸淫漫床下，或覘之，晏如也。蔣氏饋以食，則以食家之人，辯乃啜其餘，盡則已。處約讓豐，卑己尊物，門内之譽，翕然以諧。

初，楚珩以國子監生應省試，屢躓，棄而幕遊。母侍甘旨無闕，闕則斥奩贈以濟，衣飾器物畧盡。或謂：『爾家素有德於人，盍貸諸？』母曰：『不可，是疑有取償心。』其能刻苦以自有立如此。洎楚珩病而歸，母聞信，倉卒挈二子舟迎。及三十里，遇諸洛社，識僕哭聲，號而投諸水，從嫗持之免，數求死不得。爲不食者旬日，時禮吉生才六年耳。自是益困，母則無早夜寒暑，凡針紉織組，可力以自食者，率三女，靡不更習而勤事之。龔孺人屢要之歸，以舅姑命辭。後一婢至，見母坐濕薦中，淘麥屑作食，大慟，以狀告，乃强迎之，始偕子女，從龔孺人居。

禮吉初從母受書，至《禮經》『夫者婦之天』句，哭絶良久，呼曰：『吾何戴矣！』遂廢是句。句讀凡《爾雅》及諸經難字，皆令手習，計字分日以課，未嘗出就外傅也，至是始讀書蔣氏塾中。已而，蔣以塾滿辭出，母復歸，禮吉乃從里中師。里中師不辨音訓，夜分，母爲是正其誤者，日不下數十字，母織子誦，至漏下四五十刻不絶聲。東隣有病叟惡之，以手搏左壁，且搏且罵，母泣爲罷織，而令禮吉默誦。明日遂易以績，勿與校也。歲饑，母與諸女食糠覈，而獨飯禮吉，禮吉不食，泣，母亦泣，必令禮吉食。或相視哽咽，淚流灘槃案閒，則皆罷食起，蓋往往然也。母故絶愛憐禮吉，顧訓督不少假，時時爲陳説祖若父抗節厲志事，以勖其成。雖一衣尺寸，必如先制。禮吉長出遊來歸，檢衣有非制者，怒曰：『此而從俗遷變，異日何以自立？』嘗却賈人金五百，而寓書禮吉，云：『汝歸，於歲入外浮一錢，非吾子矣。』時禮吉客某官所，賈人其所部也。

是時，禮吉以文章經術，名諸賢豪閒，所至咸賓禮之，母則力食如故常。而節其館穀所入，舉三喪七棺，厚撫從子，後先有寡者，迎與共寢處。性尤至孝，雖貧寡必勉自盡，然終以不滿志爲愧恨。居舅姑喪，毁甚，旋又哭龔孺人，遂得風疾，疾閒歲作，遂劇，竟以是疾終焉。母來歸凡十有八年而寡，寡二十五年而卒，壽六十三歲。子男二人，禮吉，乾隆甲午科副榜貢生，娶蔣氏，即母之兄子；迪吉，出爲季父翮後，娶楊氏。女三人，適芮光照、汪德渭、史禮。孫男三人，飴孫、盼孫、愍孫，愍孫則迪吉所生也。今乾隆戊戌某月日，祔葬某鄉先人之壟，禮吉以狀來請銘，銘曰：

維糠維秕，兒食不肥。奚以肥之，書田母遺。丹鉛涕洟，殷陸離，充汝笥兮貢天扉。母曰可矣，勉無墮矣。其旋其旋，以報所天。嗚呼噫嚱，鬻子之閔，斯吾銘其幽無媿辭！

河東河使李公配萬夫人墓志銘

夫人姓萬氏，福建晉江人。曾祖正色，國初征湖廣岳州有功，累官至提督，授爵雲騎尉。祖際祥，父毓秀均襲爵。夫人生三歲，而母施恭人殁，育於祖母黄恭人。年十九，選所宜歸，以萬氏與安溪李氏世昏，遂適李氏，爲贈文淵閣大學士兆慶之曾孫婦，户部主事鼎徵之孫婦，翰林院編修天寵之子婦，今河東督河使者清時之原配也。

河使實翰林院編修鍾僑季子，出後天寵。夫人來歸，逮事兩舅姑，以孝稱，嫂娣衆，處之無嫌。其諸有嫌者，得夫人言立解，以故衆倚之，既久化焉。李族貴而貧，河使又久不第，自諸生至官翰林，數出遊，則悉委夫人以家事。洎爲嘉興守，猶貧不能迎養，而姑病且殁，夫人一手楮柱，毋遺悔痛於河使。

河使之觀察運河也，以夫人從。時河使同産伯兄少司馬清芳，乞養母太夫人於家，夫人則歲奉衣履，甘脆必親製，如曩侍朝夕時，並下逮女侍，咸辯。在官舍，不關外事，有語及者，輒呵止之。率子婦躬紡績，治中饋，曰：『子婦非閫人，吾數與習吾土風，使歸而安焉。貧賤吾分也，不可以富貴易吾素。』其識大體，慮深遠類如此。凡十年，爲乾隆乙酉歲，河使被河東之命，而夫人病矣。入河使署，十有四日而卒，年五十有八。

男子子二，本彩、本濬。女子子六，孫男三，孫女二。夫人歿之明年，本彩亦卒，年三十有二。本彩字延鳳，國學生，敏慧能文章。長益務根本之學，好讀宋諸儒書，貌粥粥，若無能者。投以事，雖衆集數至，應之有餘。初善飲，偶醉，夢入大府，見一丈夫，衣冠甚偉，若有告者曰：『此衛武公也。』寤即手録《賓筵》詩以自箴，遂止飲。性至孝，居萬夫人喪，過毁遘疾卒。今於某年月日，葬夫人於某原兆，故本彩擇以葬母者，遂葬本彩於母塋，成其志也。銘曰：

崇其封兮坎其中，夫人之宫子以從，銘於好辭永無窮。

浙江運副贈公席君蓼堂配顧太恭人合葬墓志銘

浙江運副贈中憲大夫席君蓼堂，暨配贈太恭人顧氏，合葬於青浦縣之某原。其孤紹容以狀來乞銘。余維運副之卒，歲在丙子，仁和桑君弢甫爲志墓文，時故未克葬也。越十年乙酉，顧太恭人卒，又十六年，始克即事。紹容以桑《志》未備，復屬余銘之，將合而鐫諸石。余辭不得，乃爲之志曰：

君姓席氏，諱襄，字成叔，號蓼堂，江南清浦人。其先詳朱竹垞先生工部虞衡司主事諱啓寓《墓志》，工部即君祖。工部生中書舍人諱前席，即君考，兩世以君貴，贈如君官。祖妣吴，妣徐，均贈太恭人。生三子，君其季也。

君用太學生起家，以運副分司杭寧紹温台五府鹽運事，在任數年，洗手奉公，鹺政用肅。嘗權知湯溪縣，又攝理泉局，所至以能名。居家孝友，型里鄗。青浦饑，嘗出千金，粥餓者，其出處皆有聲稱，語見桑《志》。年五十有二，卒於曹溪里第。顧太恭人，世爲吴中望族，康熙壬辰翰林院庶吉士諱嗣立孫、州司馬諱日熾女，數歲授《幼儀》《内則》《小學》諸書，輒成誦，通曉大義。十齡喪父，哭踊如成人。年十八來歸，孝事兩姑，存没一軌，樛木逮下，鳲鳩均慈，贊治主饋，燾躬劬後，咸式於典，頌乎家邦。運副讓宅邱嫂，分金羣從，及諸冬衣夏飲，生藥死櫘，惠及行路者，太恭人皆贊成之，且終身事之，故卒之日，道路有泣者。春秋六十有二。例授奉直大夫，誥贈中憲大夫，原任兩浙鹽運副使。配顧太恭人，例封宜人，誥封恭人。子男一，紹容，户部山西司員外郎；娶蔣氏，候補員外郎名某女。女一，適山東沂州直隸州知州蔣名某子，太學生某。孫男二，長世臣，常熟縣學生；幼世良。女四，曾孫男二，鼎、晉。銘曰：

朱志章矣繼者桑，終厥銘兮晾無彊，固同穴兮永無傷。

浙江文化研究工程成果文庫

浙江文獻集成

浙江文叢

鄭虎文集

〔下册〕

〔清〕鄭虎文 撰
許雋超 陳曉藝 吕亞南 整理

浙江古籍出版社

吞松閣集卷之三十五

秀水鄭虎文炳也著

門人欽州馮敏昌編次
男師亮師靖師愈謹梓

文十一 行狀 誄 祭文 説 募疏

家兄經畬先生行狀

先生諱象占，字觀我，號經畬，又別號拾得，文同懷兄也。鄭氏先世居寧波鄞縣，譜亡，世系無考。明初，始祖惟得公以指揮鎮餘姚之臨山衛，因家焉。二世祖道公，洪武癸酉舉人，又七傳而至高祖敬吾公，皆諸生，世以文行望於鄉。崇禎甲申，山西按察司副使殉難死，諱之尹者，敬吾公兄也。時大亂，曾祖四維公，避地隱於秀水之幽湖，不應省試，以紹興府學生終，自是遂爲秀水人。

祖贈文林郎、廣寧縣知縣，晉奉直大夫、左春坊左贊善子韶公，餘姚縣學生，著有《友陶居士集》。考贈儒林郎、翰林院編修，晉奉直大夫、左春坊左贊善黛參公，雍正癸卯恩科舉人，著有《耕餘居士集》。祖妣宋氏，妣潘氏，均贈宜人。先大夫年四十始生先生，生之夕，夢有作樂驅象若虎者入寢室，寤而猶聞樂聲，故名象。越四載文生，以虎名，志夢也。

先生生數歲，儀度如成人，遇賓祭禮，若素習者。稍長通七經，見者目爲偉器。年十九而孤，時有處姊三待字，文未聘，而先生亦未娶。先大夫不屑屑治生產，卒見背，且立稿餓。或有以末業貧資之説進者，念無以供菽水，因泣請於太宜人。太宜人曰：『鄭氏十七傳，以詩書忠孝世其家，其緒不可自汝斬。吾雖老，猶能率在室女力女紅，以資汝二人學，毋爲異説所惑。』乃泣受命，退而率文讀書於經畬齋。齋額先大夫所顔，且跋以勗其後，因自號，以志不忘云。

既免喪，文與先生先後補博士弟子員，粗了昏嫁，困益劇，謀出爲負米計。文曰：『剛正詳密，弟不如兄；屈己同物，兄不如弟。弟請爲行者。』於是先生日夕侍太宜人側，而太宜人有夙疾，歲數舉發，發時輒惡聞一切聲，聞則驚眩昏絶，侍疾者屏氣，至不得息。與諸女兄更迭扶持，往往至彌月廢寢食。又疾非人參不克治，而文覓食四方，或遇或不遇，遇而有所將，亦不得時達。諸甘脆參苓之奉，自節縮衣食以濟，而匿不令堂上知。壬戌，文成進士，入詞館，請急歸，將爲太宜人七十壽。會太宜人前卒，先生一手搘柱，勞毁骨立，附身附棺，乃以無悔。嗚呼，文非先人子，先人子獨先生耳！胡先人之不先生祐，而遽奪其年也邪！

初，姊壻鍾君雪艇，嘗刻先大夫《耕餘居士集》，名國相者是也。家固饒於財，已而貧甚，至無一瓦之覆，太宜人命割居居之。姊亡，復以處姊嗣，昏於鍾。太宜人殁之明年，姊壻卒於油閘官舍，先生往持其喪歸，而迎養孀姊及其孤子女於家。丙寅，姊挈子女，從文於京師楚粤閒。壬午歸，從先生居，丙戌，文亦以疾歸，弟兄同匕箸。奉孀姊三十餘年，撫其孤。孤長有子，且九齡矣，復自課之，未嘗以勞辭。

先生少侍太宜人，每昏定，同姊若弟，一燈環坐卧榻前，必寢甚安，乃各退。如聲息聽小異，輒徬徨達旦。至是課餘聚語，如侍膝下時，閒及少年事，則各泣下，已而又大歡笑。諸婢侍久且倦，又不解所悲樂，故皆相背竊竊指以爲怪。蓋自丙戌至庚寅，五載中，無夕不然也，而今不可復得矣。

先生性豪邁坦率，於人無所不接，獨不喜見要人，而世之齪齪者，尤所畏惡。嘗遊淮陽閒，富人盛供帳欵之，且請留，笑謝曰：『吾不耐此。』去之。安溪大中丞李公惠圃初守嘉興，心重之，欲言於學使者，用優行，以先生名貢太學。適延見語及，矍然曰：『某辱公愛，此舉示人以私也。某不足惜，義不可以累公。』乃起趨出，其嚴正類此。

爲文高澹不入俗，或以貶格諷之，卒不悔。屢空，未嘗有憂色。客至貰飲，飲酣縱談天下事，目光奕奕射四座，論者方之陳同甫、辛稼軒一輩人。久之不遇，逃於禪，閉門持貝葉，如枯僧。遇有感觸，英氣勃勃出眉宇閒，意猶欲用其所未足也。

今年二月，文赴新安館，執手別。語及秋試，笑曰：『吾食餼久，歲已及貢，今秋尚當一往，以畢吾志。』七月書來新安，則云：『吾筮得明夷，凶，不復爲此事矣。』九月告病瘧，謂無大苦，手書紙未竟，云手戰不耐書，故令某續成之，無以爲怪。文反復字跡，如平常，意謂未劇，然終疑之。即屏擋作歸計，未成行，又得書，書無危言，然非先生手書矣。倉卒就道，及杭而凶問至，天乎人乎，夫何使我至於此極也！

猶憶丁亥之歲，文病目幾瞽，凡藥物，先生必手閲，日三四臨視，夜則露禱於神。明年，文長子師亮病，卧榻者三載，視其疾亦如之。今文病不即聞，聞不即歸，莫適爲主。醫藥雜進，驟罹斯禍，嗚呼，文病，先生活之；先生病，不啻文死之也。文之愧恨，將賫此入地矣。

先生少遭閔凶，數奇不偶，年二十五，始爲學官弟子。又十七年，始食餼，應省試者十有二科，卒不第。行貢入太學矣，遽病卒。生二子皆殤。初欲以文次子師雍嗣，師雍又殤。已而謂文曰：『若第四子師愈，文筆似師雍，可爲吾後。』遂以師愈嗣。彌留之夕，師愈以從學新安，不及奉湯藥，視含殮。女之已嫁者二。長女先六年卒，次則贅甫一載，後先生二十一日亦卒。天之所以阨窮之者，若惟恐其不至，殃祥禍福之説果不足信與，悲夫！

先生生於康熙四十九年庚寅十一月初一日丑時，卒於乾隆三十五年庚寅十月十五日丑時，春秋六十有一。秀水學廪膳生員。原配徐孺人，康熙乙卯舉人，中書科中書舍人諱三旂公孫女，候選縣丞諱元發公女，前卒。繼娶熊孺人，處士諱應飛公女，四川梁萬協都司諱培麟公姪女。側室王氏、徐氏。嗣子師愈，聘雍正癸卯進士、廣東香山縣知縣魯公諱遐齡孫女、乾隆丙辰恩科舉人、福建臺灣府海防兼管南路理番同知諱楷公女。女三，長適陝西葭州知州崔公諱九錫子，太學生鳳三；次適丙辰恩科副榜，江西安義縣知縣蔣公名惟炘子應岐。均熊孺人出。幼未字，側室王氏出。

先生既終老牖下，其所抱負，無徵不信，不敢强爲道説。至其剛方孝友，實有無愧古人者，使不存其崖畧，致就蕪没，則文且死有餘責。用敢以其狀，告諸當世立言之君子，俾幸而或傳焉。

汪明經松溪行狀

余初官京師，延君族人穉川氏肇龍於家塾，得讀其行篋中攜君所作《林大光傳》，心愛重之。余旋以病乞歸，戊子客於新安紫陽書院，君命次子灼從余學，遂交君數載。君於余，傾倒無所不盡，去年秋，君來山中，穉川亦至，聚數日，懽甚。未幾歸里，而君於是冬竟卒，卒之日，遺言以其狀屬余。今其孤述以固請，乃往哭其靈，而爲之狀曰：

君姓汪氏，諱梧鳳，字在湘，號松溪，歙西鄉西溪里人。新安汪氏，爲唐越國公華後者，凡十六族，君之族在焉。越國二十二世孫，宋江東安撫使若川，則始遷西溪之祖也。又十八傳，爲君祖州司馬景晃，有醇德，州里賴之。時婺源經師，今配享子朱子祠江氏永者，稱其爲協於周官大司徒之六行，爲立生傳。年九十有四，舉鄉飲大賓。祖妣鄭、吴、曹、許四安人。君考泰安，爲某安人出，終隱不仕。母某安人，生二男子，君爲長，逮事其祖者久，秉教率德，孚聞於家。年二十二，補學官弟子。又十四年，貢入太學。凡三應省試，三黜謝去，讀書不疎園中。不疎園者，其祖讀泉明『漸與田園疎』之句，感而顔其别業，爲君勖也。君於是足跡不出園者十二年，遂終焉。

君制義師淳安方氏棨如，古文師桐城劉氏大櫆。經學則與休陽戴氏震，同里汪氏肇龍，同出婺源江門。汪氏精《三禮》，而戴氏於諸經所得獨多，爲江門大弟子，其學與江氏相出入，君亞焉。江氏作君祖傳，即稱君與戴震俱研經學，有著述聞於遠近也。君既師江，而又客戴氏、汪氏於家，汪爲尤久。久處，昕夕無他語，語必經義，義疑輒辨，辨必力持不相下，則辨益疾。而君故口吃，嘗咽塞不能出聲氣，鬚眉動張，童僕往往背立睨視匿笑，已乃復辨，必彼我意通乃已。

君爲人沉毅有力，邁往自喜，凡常俗沉溺慕悦，與夫酬酢無益煩苦之事，可已而人訖不獲自已者，君能一切罷去，無所顧，世故罕與之。暱而學，亦用是能專且久，以卒底於成。

生平於書無所不觀，而《爾雅》《説文》《三禮》《三傳》《史記》西漢八家之文，皆有是正論説，惜尚未有成書。其成者，惟《詩學女爲》一書。顧君亦意不專此，以子灼習詩，排日書示之，久而卒業，釐爲如干卷。其中若律象地理，人物典制音韻，鳥獸草木蟲魚之類，援據該洽，考核精審，集之可自成一書。而於詩義，或折衷舊説，而疏其未通；或參悟本詩，而抒所獨見，皆有神解至理。論者謂漢儒病於泥，宋儒病於疎，惟君爲無病云。書既成，取夫子謂伯魚語，名曰《詩學女爲》，授子灼及其徒程敦。程敦者，懷唐里人，少常遊學於武林、吴門閒，負才有狂名。一日至西溪，見君《西湖紀遊》，大折服，遂師君。君居之不疎園，謂灼曰：『成吾志者，程生也，吾爲若得一良友矣。』今《松溪集》中，附刻《杜海山事畧》一首，即敦作也。君古文有《松溪文集》，劉氏大櫆所定。制義刻入《新安三子課藝》，方氏楘如所定，三子者，即君與戴震、邑人鄭氏牧也。君年不永，故所著止此，知君者，咸爲君惜焉。

君精力既大耗於學，又善飲，數苦下血，益羸弱，然未嘗以爲病。母某安人在堂，而君繼室某孺人，能得姑懽心，君倚之。會某孺人卒，姑哭之慟，君强作達，以慰其母，且益憂其母。越一月病作，投以藥，小瘥，猶手書不釋，寢食靡所異。少日，忽曰：『吾昨夢有延余去爲師者，病其不起乎？然且毋使太安人知。』其招吾友汪君稚川來，來與作别語，語如平常，衆皆駭，不肯信。已而曰：『吾不可殁於婦人之手。』其即正寢，自起而出，南向坐，處分家事畢，謂諸子曰：『吾不能瞑目入地者，未終子職，以貽高年憂。汝等其善體吾志，盡孝養，無重吾泉下之痛。一切恤嫠卹阨，養老孤，自汝曾大父、大父及汝父，所奉爲歲例者，其守之勿替。』復顧子灼及程生敦，曰：『吾生平著述，惟《詩學女爲》粗有成本。其餘經史文集，尚多論釋，散見於各書，本不自信，未嘗敢以示人。然亦不可散失，其裒集編次，謹藏之。』言已，遂不復語。少選卒，時乾隆三十六年辛卯十二月二十八日也，春秋四十有六。

配程孺人，繼配俞孺人，並先君卒。子男四人，某、某；孫男一人，某。嗚呼！君之爲人，其可書者多，然皆不備書，而獨書所獨得於己者如此，所以存其真於不朽也。

印母俞太恭人誄 并序

維乾隆二十九年月日，皇清誥封恭人，印母俞太君卒，春秋七十有一。嗚呼，哀哉！太恭人故廣西太平守寶山炳巖公之配，比部松汀執事之母也。余與松汀有孔李之睦，垂十五年矣，熟知太恭人賢。昨歲太恭人年七十，松汀將徵言於京師之大人先生以爲壽，而太恭人敕罷其事，余聞而心益重之。今年冬，松汀已具牒請急將歸，而太恭人之訃至。余即館唁，則號泣泥首以請曰：『願先生誄之，死且不朽！』於是且泣且爲之狀曰：

太恭人年二十喪母，即能撫其弟妹，如老成人。主内政，井井有法度。及于歸，出母篋笥奉外王父，封識漫滅，緘藤宛然，啓視，則皆母所遺物也。吾祖聞之，喜曰：『是真吾婦矣。』既來歸，祖母遘疾卧牀蓐，飲食卧起，必資太恭人。三年，雖極委頓，至廢寢食，終不以委諸娣姒。洎病革，執太恭人手，泣曰：『果報倘如釋家言，來生願爲汝婦。』言迄而逝。越數年，祖父殁，殁時亦曰：『曩者汝姑願爲汝婦以報汝，我則願他日汝婦事汝，如汝事我也。』嗚呼，哀哉！太恭人時爲不孝輩道此語，輒哽咽不能出聲，不孝輩兒時見其然，即至終身，未嘗不然也。

祖父母殁，貧未葬，雙棺在堂。時吾父初以宦遊去家，家寶山，故瀕海，海溢，平地水陡立數丈，家中人咸惶遽走避水，促太恭人行。太恭人麾令疾去，毋俱溺，而自挈諸兒女，痛哭伏棺上，誓與同存亡。水不及棺蓋者三寸許，卒不没，比水退出甿，同里彌望殘破，而家獨完好，人咸以爲至孝所感，至今里中人猶能言之，嗚呼，哀哉！若其他黽勉以襄有無，均平以字支庶，公忠以勖後人，推解以恤里黨，隨舉一節，良皆可用稱説。而在太恭人，猶爲小善餘美。不孝又在昏迷之際，故不具詳，粗述其孝德之大者，以告於先生，先生其誄之。余聞而歎曰：『嗟乎，是真可以誄矣！』遂作誄曰：

嗟母自幼，覯閔含譩。椿林日暖，萱背霜飛。宛宛我妹，我哺我衣。晨襟夜枕，身癯淚肥。耀首秦珠，充耳楚玉。錦襦繡裳，螺黛蛾緑。昔爲我容，今竟誰屬？眷焉顧之，清淚盈矚。封織緘藤，於今八春。迨冰之泮，桃實既蕡。出反於父，翁聞則欣。之子于歸，宜家宜人。姑也無禄，遘厲虐疾。扶持抑搔，飲食盥櫛。豈緊無人，姑也母暱。不敢告勞，三歲如日。姑泣而訣，今汝事吾。期以他生，我婦汝姑。亦越數期，翁也云徂。惟亦有言，心傷淚枯。庚庚雙棺，奠空堂兮。謂神孔安，靡永傷兮。秋風怒號，海波揚兮。漱野滌荒，浩湯湯兮。既嚙我城，爰及我屋。我子我女，我顧我復。我翁我姑，同爾顛覆。凴棺長號，海水倒縮。龍蛇既平，雀鼠既寧。乃瞻我廬，不震不驚。乃瞻我里，或陊或傾。維母之孝，格於神明。母相夫子，克婉克順。雜珮問之，雜珮贈之。維古有言，今克信之。凡今之人，尚或聽之。母字諸孤，異子同育。母字諸雛，異出同腹。惟鄰之居，母曰毋粥。惟鄰之家，母曰我畜。惟子之賢，作宰翁源。子讞疑獄，母則破顔。司勳司刑，郎官載遷。母附書至，曰維勉旃。昨歲令子，念爲母壽。徵言於朝，母聞曰不。嗟我未亡，毋使心疚。悠悠斯言，永矣難又。嗚呼哀哉！天不憖遺，需子假歸。部牒朝投，訃音夕來。元風烈烈，朔雪皚皚。撫兹棘人，增余慟懷。嗚呼哀哉！

誄胡宜人即書遺像以代讚

温温宜人，實維我相。哀我偏親，以教以養。室汝後時，饑來驅之。無非無方，寧親慰羈。恒德首善，慎終追遠。毋貽我罹，用是蹇蹇。勤以代匱，儉不廉物。如彼行潦，洞酌斯汔。舉動不愆，内則之篇。鍾禮郝法，曾何足言！優歌盲詞，非禮勿聽。表絺擁絮，惟敬之勝。薄身厚物，居鄙行鮮。古之君子，誄以勿諠。嗟此闇德，孰究孰圖！哀以送之，往從汝姑。姑而問予，予客海濱。癸卯，余館王給諫顯曾宅。予不汝即，哀哉鮮民！

祭天后祝文

維神孝格天心，靈昭海甸。疏朝宗於大壑，嗣禹之功；宏利濟於慈航，配媧之德。固已四溟是總，億載爲津。清晏效祥，明禋永肅。文往經袁浦，荷持覆於停沙；久客春明，遲前盟於獻服。兹膺帝簡，行跨瓊臺。爰製錦而薦玉衣，更封牲而陳紺殿。望洋不歎，幸同杯渡之安；彼岸輕登，竊冀馬當之助。庶不愆夫王事，尚克鑒夫臣心。用敢陳詞，伏祈來格。

祭江將軍祝文

維神川嶽英資，乾坤正氣。舍生取義，殲狼虎而雷驅；灑沈澹災，馴魚龍而海晏。帝嘉乃績，秩祀斯隆，民奠其生，薦馨斯在。文衡持東粤，槎渡南瓊，遠載皇靈，默祈幽贊。波恬颶息，不驚檣上之烏；風正帆圓，穩送天邊之鷁。臣心如水，藐此王人；神鑒其衷，護兹使節。敢陳微悃，尚克居歆。

祭王建人文

嗚呼哀哉！積善餘慶，不善餘殃。由君觀之，天道無常。念君之先，門衰祚薄。而翁聿興，如翔野鶴。游憩圖史，酣嬉杯杓。終以不遇，息影巖壑。憶癸亥春，而翁挈君。來請余曰：『余實旅人。年又衰老，而家甚貧。惟子與我，如骨肉親。敢以吾子，爲子之子。慰我生存，洎於没齒。』嗚呼斯言，婉婉在耳。胡天降罰，慘酷乃爾。自君之來，於彼衡湘。握手絮語，云翁道亡。車過腹痛，昔檝今傷。語悲聲斷，夜燭蒼凉。迴首鄉路，悠悠五千。自楚入粤，於今三年。昨君送我，竹外花前。今我哭君，風凄露寒。聞病軟脚，謂藥可痊。庸醫殺君，奄然九泉。不忍再讀，《將雛燕》篇。余贈建人詩篇名。君書求歸，答君少止。曰同兒輩，歸及春始。悔不聽君，誤君至此。君有老母，誰奉甘旨！君無兄弟，誰撫弱子！君生而貧，何況於死！

嗟我窮宦，半菽不飽。力不逮心，何以永保？而子吾孫，而母我嫂。惟力之從，以慰厥考。匪秋伊冬，歸君之靈。今此暫寄，魂其載寧。撫棺莫痛，執筆涕零。攄誠告哀，君來居歆。嗚呼哀哉！

祭提督廣東軍門胡公文

維公篤生，八閩之傑。系出安定，世載明哲。如彼醴泉，涌地自潔。如彼芝草，不根而茁。公少負材武，熟於孫胡。穀城元水，手追心摹。�鏜吹刃，中戟彎弧。衆工歸妍，謂之曰無。公乃杖策，自拔於行。會有劇賊，於潮之疆。跳波藪嶼，昏囂陸梁。公手縛之，如探諸囊。公名始宏，被薦而起。旋或中之，召對申理。帝廉其誣，不怒則喜。受知益深，大任降矣。憶自偏裨，陟兹元戎。四遷其地，再臨於東。亦有弦望，如月盈冲。不懈益虔，天眷彌隆。公昔涖吴，歲云薦饑。彼澤之鴻，爲梟爲鴟。滋蔓蔓草，斬非亂絲。以鎮以撫，民咸德之。公初南來，計旬未七。有盜伏莽，謀掠刻日。公乃先之，臨以斧鑕。窒迒塞蹊，靡匿靡逸。相公之度，如鶴斯翔。試公以事，如鷹斯颺。外和内朗，體柔用剛。允文允武，云胡不臧？緬維五管，南交鎖鑰。山海盤迴，民獠糾錯。通蠻達夷，地大物博。誰歟巖疆，堪此付託！帝顧將臣，無如公賢。往還於閩，榮以錦旋。暫移於浙，及期而還。復此駐節，於今三年。聞公之來，兼程觸熱。六月修途，一二豎内孽。俄以愈聞，載慰饑渴。曾幾歲時，而遽永訣。嗚呼哀哉！維夏之仲，公來會城。習射於圃，貫蝨飲翎。肆筵於堂，飛羽卧瓶。事往在目，悲來塡膺。嗚呼哀哉！天不慭遺，帥此南服。爾士爾民，街號巷哭。嗟我同官，功過誰告！啣哀叙誠，淚雨撒菽。嗚呼哀哉，尚饗！

采鹿堂説

采鹿者，淮安太守姜公禹門所以顔其堂者也。初，太守與其兄觀察公讀書天雄時，有能降仙於乩者，就而請之，爲書『采鹿堂』三字，因以顔其居。自後遂各致通顯，而太守之令嗣，又皆能振景拔迹，相顧以起。今搆新居於姑蘇，仍顔以『采鹿』，而屬余疏其義於後。

余曰，采者，事也。《書》曰『載采采』，又曰『亮采惠疇』。是采爲浚明有家之象，而鹿與禄同音，故唐麻安石，以得鹿爲得禄。今之亭選士而貢於朝者，歌《鹿鳴》之章，且以名其燕，則鹿之義，或者其在是歟？

余聞瑶光散爲鹿，是爲星精，形斑龍名，得乾之健，故最壽。歷千五百歲，其色白，王者孝及，德至鳥獸，則見。漢時因以爲皮幣，王侯朝覲，享聘必用，以薦璧。今諸公子遭際休明，固已如應瑞之白鹿，待見於世。其必有飾以藻績，藉手以獻者，區區隨車挾轂之祥，不足稱引矣。

又聞鹿六十年必懷瓊於角下，角有斑痕，紫色如點行，此所謂采也。然則采鹿其懷瓊之謂歟？韞匵待賈，聖賢重之，余敢爲仙靈廣其未盡之義焉。是爲記。

募修海安江將軍祠疏

乾隆辛巳九月，余蒇試雷陽。既蒇事，將按部瓊臺，吏告曰：『海安有江將軍祠，凡渡海者，必禱而濟，禮也。』余叩何神？吏不能悉，退考郡《志》，將軍故本朝雷州府副總兵官，以追賊溺海死，世宗憲皇帝敕封驍騎將軍，建祠以祀，《記》所云『以死勤事則祀之』者是也。余乃爲文祭告於祠，禮畢，周視廟宇，湫隘庳陋，體制不稱。其守祠孫某出見，年十許歲，儀度恂雅，具言祠後屋壁穿漏，不能奠朝夕以奉先靈，言已，狀有戚焉。

余聞往者瓊海驚險，覆溺時有，將軍數見神於海上。數十年來，波恬浪夷，渡者如亂平流，此誠聖天子醇德釀化，徵應清晏之瑞。而將軍之爲靈，亦用是彌復警動耳目，以故人咸德將軍，益嚴事將軍。顧獨於祠，猶因仍陋畧，似與妥靈答祐之禮，有所未安。

夫釋、道二氏，無勞於國，無澤於民，紺殿琳宫，窮泰極侈，有不惜傾貲以助者。如將軍祠，而置寬隘完毀於不問，可乎？雖然，余過客也，有志未逮，謹捐俸爲大人先生之往來斯土者倡，並述鄙意以告，願各隨力量輸，俾得觀成不日。所謂先民而後，致力於神者，當在斯時矣。至或徙祠而改卜爽塏，或因祠以增飾崇麗，經營荒度，則惟雷、瓊之當事主之，余何贅焉！

吞松閣集卷之三十六

秀水鄭虎文炳也著
門人欽州馮敏昌編次
男師亮師靖師愈謹梓

文十二　題跋　書後

書定南令胡葛山聽訟記署後

令於長民之官位最卑，自令以上，而刺史，而監司，而藩臬督撫，皆得制令死命，故事之惟謹。令謁大吏，大吏南向坐，具服進，北面三頓首，趨而左跪一足問安。以事啓，或更端，均跪如問安儀，必視色可否，乃進説，然猶囁嚅縮栗，不敢竟語。稍忤，斥辱隨及，令惶遽伏地，免冠頓首稱死罪。良久怒已，命冠冠，命起，復頓首謝乃起。大吏過治所，先期置頓宿具供帳，凡館舍器用服食，下及僕隸輿馬、芻糧扉屨之屬畢具。至日迎郊外，大吏坐安輿，呵殿冉冉至，即道左跪。吏一人執謁前趨，跪報銜名已，令俯而趨傍輿，跪問安，大吏顧視頷之。輿過，復狂奔至頓宿所，立館舍門外，候入乃退。及去，送之郊，如迎禮。署不謹，必獲譴，甚或以事去之。故日惴惴以善事大吏爲事，志氣懦下，不復振奮。民亦習見其側媚曲謹狀，滋輕之。桀黠干紀者，都不聽治，而吏日以衰替。

令所治地，大者或數百里，小者亦不下百數十里。凡薦紳士庶，徒隸卒伍，以及釋、道，無業之遊民，皆世衣食其地。於是有社稷學校典禮之重，有田廬關津百貨賦稅之入，有水旱刦殺姦偷鬭訟之事，咸於令一身任之。非廉仁誠信，練習民事，有威重者，不足以鎮。夫天下，衆邑之所聚也。一令賢，則一邑治；天下之令皆賢，則天下治。顧令不必皆賢，而亦未嘗無賢，是在大吏正好惡，慎取舍。知善伺候，甘屈辱，如奴隸婢妾之所爲者，必不可信。而實求之人民政事閒，以殿最其賢不賢，而上之朝廷，伸其誅賞，誅賞當，而凡爲令者勸。凡爲令者勸，而謂天下猶有不治之邑者，未之有也。

余讀定南令胡君葛山《聽訟紀畧》，其中如雪賴振輝之枉獄，察李廷顯之誣服，辨林甲之毒以鄰女，驗鍾婦之死以傷孕，嘗血而知自刺，視舌而知盜牛，發奸擿服，號稱神明，一皆以誠求得之，未嘗事刑威也。東里之不能欺，單父之不忍欺，殆庶幾焉。

余聞定南俗好訟，訟有主者，主者即城東南西門，畫地分三黨，揭號樹敵，搆鬭樂禍，傾富陷貧，習爲故常。胥役因緣爲暴，勢尤横，役衆至數百人，家各具鎖若鏈，有所鈎拘，不論罪有無重輕，輒鋃鐺驅牽行道中。至則閉置班房，班房者，係俗稱衆役入值所休止處也。則又係之柱，令背倚僵立，至不得寢食、溲溺，役則箕踞坐視，嬉笑嫚罵，或笞撲之，以爲戲樂。賄求，始稍稍得釋。諺云：『寧入囹圄，毋入班房。』可以知其酷烈矣。

葛山下車，毁班房，汰役收鏈，鏈綴名牌，内之署，用則給，畢則繳。於是無敢有擅係人者，久之，鏟至土蝕不可用。役之假威噬人者，咸自求退，訟日益稀，主訟者日益衰，三黨解散，五載定南大治。若其他課種二麥以足食，清釐社穀以待荒，議寢開河以息事，請免料田以安民，事不在聽訟之列，而爲《紀畧》所不載者，迄今婦孺都能道説前事，深去後思，則葛山非僅僅以折獄見者也。大吏誠能以其名上聞，俾得振拔出同列上，則凡如葛山與不如葛山者咸勸。即凡爲大吏者，亦各舉如葛山者，以勸其下，吏治蒸蒸日上，無疑也。即不能，俾長爲定南長，定南民猶可永食其福。乃卒以不善事上官，思逐之，又惡其無辭，竟以諱病戀職去之，嗚呼，惜哉！

去之日，傾邑祖送，奔號闐咽，至數十里不絶。然則葛山無論不病，即病，雖令其卧而治之可也，奈何以世之中風狂走者爲不病，而反以葛山爲病哉！葛山名澤洪，湖南寧鄉人，戊午孝廉。先爲山西岢縣令，岢民德之亦如定南云。

書熊鶴嶠同年送令兄曉谷遊直隸制府方公幕序後

余向居京師，以懶聞，寡所遊處，使楚、粤五載歸，益閒放如世外人。而鶴嶠以閒官，性又余近，時從之遊，故得熟聞曉谷善畫名，甚欲因鶴嶠以交於曉谷，計必得其一木一石，爲子孫世寶。而鶴嶠曰：『此吾家高士也，厭苦人事，願俟異日，爲君得閒以請。』

今年春，余就鶴嶠齋，飽觀所藏漢唐碑刻，及名人字畫真蹟。最後見畫山水册二十四幅，疑爲前明人手筆，詢之，則曉谷所作也，因遂復申曩者之請。鶴嶠曰：『斯言不可復矣。曉谷已爲宜田制府取去，明日且行。』嗟乎，天下事，有近在耳目几席閒，往往以易遇而坐失不得遇，亦有以爲乖暌隔濶，萬萬無遇理，而竟或一遇。遇與不遇，人事之不可料類然，豈獨余與曉谷哉！顧念古今來豪傑，建豎非常，當其乘時赴機，若風雨雷電之暴起猝至，無得以因循姑待之說，起而撓敗之者，故曰：『日中必熭，操刀必割』，蓋言時不可失也。

余今者亦既老矣，含恥徒穀，行且没世，聊欲附古人後，託空文以自見。而耳目瞶眊，精力衰替，度亦無可復用。追悔少壯，忽忽坐廢，如今日之不遇曉谷，類者正復何限！而不遇曉谷，其小者也。余往聞人言，沈石田先生嘗苦困於筆墨，將避於鄉，不言所之，呼小艇徑去，不知尾而行者，且數十舟也。及登岸入門，坐未定，人踵至，各挾縑素以請。先生欣然應之，無所忤，率滿其意而去，至今吴中人傳爲美談。

夫曉谷今之石田也，余非即尾而行者之一人乎？其必無所忤，而能滿吾意，必矣。然則余與曉谷必不遇，而後可一遇，以視傾蓋閒，輒握手出肺肝者，差爲不苟於遇矣。而特恐終竟不遇，將因循姑待，貽悔少壯者，彌復致憾於此日之可惜也。用敢附書鶴嶠文後，以代得閒之請。

書王觀察礪齋消寒詩後

君之嗣君衣聞太史周謨儀部與余有孔、李之睦，因得交於君，君亦用是不以余爲不肖，時相過從。且出近著消寒詩，依上平韻，凡十四章示余。余讀而善之。

君以相門之賢，歷試民事，所在有異政。今由郡守晉監司，待命闕下，故宜早夜籌所以答聖明，澤黎庶者，度未暇區區以詩文自娱。且京師爲名公卿，與四方賢士大夫萃聚遊處之地，所云軫接水，蓋成陰者，風實舊矣。故雖宦閒曹，職文章者，率困苦於此，鮮能息影鍵户，擁鼻作洛生詠，而况於外宦耶？外宦之來，則亦操羔雁，謁要津，奔走無休時。稍休，輒又爲朋舊招邀，燕樂牽率以去。無論無所作，即有所作，亦不過酬酢慶祝，哀誄數者，絶無與性情學問之事。而君獨閉户却掃，苦吟自怡，疑若就養子舍，有終焉之志者，抑獨何歟？

或謂君少負門閥，以儁才馳聲當代，一第進士，再舉詞科，咸罷去。出爲吏，積勞垂三十年，以監司，同諸後生在部爲選人，意不自得，故一於詩以破除之。果爾，則君之詩，無大異於世之不詩者，而何以詩爲？

君曰：『唯唯否否，而不見夫時乎？木落風饕，歲云暮矣，而余之來，適際之。而余之齒，適似之。適似之，而又適際之，則亦適然而詩之。其詩之，止於十四也。詩以寒始，故韻以寒終。若曰過此以往，未之或知也云爾，而他何知焉？』嗟乎，是言也，其知道乎？道在寒，不必必在寒，而詩其寄也。知道，故不必詩，亦不必不詩，而消寒其寄也。君特其寄耳，而余乃斤斤以刻舟之見求之，甚矣，余之惑也。

書朱節母傳後

朱節母婁孺人既殁，將葬，其孤煥因其從父獨山公槐，以朱宫贊草廬先生所作《節母傳》來，乞言於余。余與朱故舊戚，熟知母内行修謹，徵之傳，益信。宫贊性耿介，慎許與，爲文期必傳於後，生平未嘗肯以一字假人。用是世之操厚幣，乞志傳以諛朽骨者，交走公卿閒，卒無有敢干宫贊者。即干之，亦謝不答。乃今獨爲文以傳節母，此可以知節母矣。

余聞節母早歲即屏葷酒，終其身，若嚴守戒律者。顧性不佞佛，每見婦女有膜拜持誦佛號，喃喃如老尼者，輒心惡之，戒後人毋蹈此。蹈此，且爲奸盜媒，其識見正大，都類是。有僕婦馮，早寡，或將奪其志，母喻以義，遂感悟，母收恤之，俾終守焉。《易》曰：『信及豚魚。』不及豚魚，不可以爲信也。《詩》曰：『孝子不匱，永錫爾類。』不錫類，不可以爲孝也。

今節母能以其節，成己及人，證以《易》《詩》所云，知其所以完此身以全歸者，爲不苟矣。漢末蔡邕謂涿郡盧值曰：『吾爲碑銘多矣，皆有慚德，惟郭有道無愧色耳。』余三復斯傳，有同此歎。因復掇述所聞一二軼事，附書傳尾，以告世之讀斯傳者。

書曾孝女事示羅孝廉臺三

曾孝女名衍綸，山東長清人。父尚增，湖南郴州牧。性至孝，母病痪，侍母寢處。乾隆戊寅冬某月日，天大寒，老嫗熾火於母室，守幃外薰衣，寐，衣焚及幃。時漏下已四十刻，老嫗驚寤，出呼救，家人毁中門入，燄張，突入火中，挾女出。女噛挾者手及骨，負痛釋女，女復奔入火中，抱母死，年十有五。郴民哀之，祠焉。

明年，余按試郴州，永興令今遷東平牧沈君維基，出所作《孝女傳》，索余詩。且言親出遺骸灰燼中，兩骸相攣結，卒不可解，見者無不泣下云。顧其《傳》不載噛手事。未幾，尚增歿，其僕有給事余幕中友者，即挾女出火中人也，道其狀甚悉。因指手閒痕，告余曰：『此即向爲女所噛處也。』余視之信，惜沈傳失載，餘語皆與沈《傳》符。今京師所見《孝女傳》，舛錯遺漏，遠不逮沈，足下正之甚善，然臆決非實，故書此以告。足下尚須索得沈《傳》，合考其蹟，庶足傳信耳。

書濳山尋墓記後

余少讀柳州《襄陽丞趙君墓誌》，至其銘曰：『百越蓁蓁，羈鬼相望。有子而孝，獨歸故鄉。』不覺掉卷流涕，默念天下凡爲子，不幸而覯此者，宜無不爾也。長而縱觀羣書，如趙丞兒者，亦往往而有。顧竊怪目未得見，見則類多生去其父，而悍不一顧者，死父，則又何望？久之，聞有翁孝子事。

孝子名運標，餘姚人，父客楚不歸，孝子幼，罔識所在，長而孑然走數千里，得遺骸於湖南之道州以歸。已而以甲科起家，知道州事，民感其孝，刑措不用。余視學其地，猶聞土人口不忘翁孝子也，又久之，余客新安且五載，得讀方君淮《潛山尋墓記》，記贈公如珽，尋其曾大父匱於潛山之黄石坂，得之石洞而作也。贈公大父，先曾大父殁，父歸娶，而曾大父卒於潛山，會明亡，兵亂道梗，贈公幼孤，洎長，諸長老皆殁，無知大父事者。族有老婢，爲言從姑嫁長翰山程氏，年七十許，宜知，訪之猶存，云曾及見曾大父殁時狀。遂偕往，至則叩金城寺僧，僧指普同塔曰：此吾亡師亂後斂戰骨處也，恐入此中矣。乃相向哭，復徧跡之，用坂人言，求石洞，得敗棺，啓視，髻盡落，得白金簪於髮，從姑驗之信，乃負骨歸，歸距其曾大父卒時，已五十有六年矣，余用是而歎孝之果可通於天也！

夫以音容未接之孫，又當陵谷變遷之後，白骨如莽，盡歸僧塔矣。豈復尚冀有人能知之而告之者？即告之矣，或其從姑已不及待而死，從姑即不必死而族家之婢亦老矣，苟先從姑死，又烏知長翰山尚有十四齡，曾識大父殮時，綰髻一簪之從姑在也。嗚呼，豈非天哉！夫天者，天下之人之本，而祖若父者一家之人之本，本無異本也。故天可得而通，通於天之爲孝而孝，故凡爲子者，宜無不爾也，而世且以爲奇行也，悲夫！

書程孝子事

程孝子名文元，歙之洪坑人，生而質魯，然嗜學。家故業賈，孝子屢躓童子試，其家人勸沮之，年且四十矣，卒不悔。

性至孝，侍父母側，雖長，嬉戲如兒童時，意若可以終身。會父歿，一慟幾絶，已而自責曰：『吾今知父母之年，果不可不知也。天乎，吾罪其奚贖乎？』於是事其母益謹，皇皇若旦夕間即有不可爲諱者，遂病瘠。未幾，母病且篤，習聞人言，刲股可愈病，迺刲左臂肉，和藥以進，翼日瘳。則又大喜曰：『吾肉其足用矣。』自是瘠日益甚，人無知者。其姊氏廉得其狀，不言而心憂之。數年母復病，露禱於庭，左手掣佩刀，將刲其右臂。姊氏自後牽其肘，曰：『若不惜死，死且爲母憂。』因相持而泣。俗謂刲股有知者，必不效。孝子佯許之，姊氏與俱侍母病，不頃刻離。母旋卒，孝子以首擊柱而哭曰：『姊誤我！』毀甚，杖不能起。既殯，廬於墓，將終焉三年，家人迫之乃歸。歲數往叩墓門，涕泣呼父母，至於今常然。

孝子常從余學，試輒蹶，鄉人咸笑之。嗚呼！蔚宗文人，而以叛逆殺其母；太真烈士，而以絶裾棄其親，吾不知視孝子何如也？故爲記其崖畧，告同志者爲詩文以旌之。

書熊太史五十自壽詩後 代作

世言五日生人，不利於父，恒忌之。然舉者多貴顯，身都將相，自田文而後，可睹矣。而唐崔信明獨不顯，卜史以其文采當之，五日生，信多顯者與。同門友學橋先生五日生，生五十年，初度爲詩如干字，以示余。余讀之，黯然以悲，既而歎曰：『學橋可以顯矣。』客有從傍起而笑曰：『其奚恃而顯哉！其在翰林也，二十三年矣，不晉一階，閉户息影，終歲足不及貴人門，將顯以位耶？而固已落落如是。將顯以文耶，讀書破萬卷，通百家言，甚似而幾矣。顧性懶散，著述放失，又不屑屑存省爲傳世計，其奚恃而顯？』

余曰：『唯唯否否，子亦覽夫古乎？古之卿相，其姓氏或傳或不傳，傳而以功名著者蓋寡。然舉其數，猶多於世之以孝德傳者，此以知其難也。夫於田號嗞指痛，聞雷呼《蓼莪》廢，百世而下，楚若在已，遇同觸悲，涕落不已，惟其情之至也。學橋生四歲而孤，母教斯崇。既長既仕，以旌以封，得告歸侍，怡怡愉愉，母不密線，子不絶裾，孝養以終，而又何憾與！然而哀哀之音，淒迷纏綿，讀者心動，曾莫能以終篇。以視密之《陳情》，修之表《阡》，其感人也，古今人畧相及焉。五十而慕，余將於是詩信之。

『若夫依門户，走勢利，愧先世，辱遺體，良非守身事親之義，不足爲學橋道。即所云五日生，而以位顯者，則田文狡，王鳳擅，胡廣諂，鎮惡貪，徒以富貴震耀庸衆人耳目，識者羞之。其以文顯，若信明者似矣。顧於德行無聞焉，余咸不敢舉以似學橋也。且學橋以文章扇譽久矣，又際盛明，備侍從。異日者淵懿純茂之行，積而上聞，列在卿相，於是本孝德以被之上下，澤及後世，又烏知位不足顯學橋者！學橋不終有以顯其位耶，則學橋之所恃，甚大且遠，而奈何曰其奚恃而顯！』

於是笑者大慚，遷延避席而退。因叙其言，書學橋詩後，且以爲壽云。

書張君雲錦新安竹枝詞後

鐵珊先生少負儁才，爲當湖陸陸堂先生甥，盡得其舅氏之學，以詩名禾中者舊矣。一時名公卿慕其才，爭延之幕中。足跡半天下，久之不樂，謝去，不復出。以詩學教授其鄉人，四方之執業請益者，無虛時。吾郡故多詩人，而先生常爲諸公祭酒。

今年春，余客新安，先生亦來訪程君蘿補於東鮑潭，蘿補故常問詩於先生者也。居數月，出所作《竹枝詞》八章示余，讀而善之，謂其風格絕似竹垞《鴛湖櫂歌》。櫂歌凡百首，檇李之風土人情，古蹟物産，咸具其體，猶之《竹枝》也。今先生曷廣之如《櫂歌》之數，以補古歙志乘之缺，而水郭山村，且盡得捆載以入歸橐。陸生使越之裝，烏足方斯高致耶？果爲之，文請操筆從先生後，先生其有意乎？敢請。

書王石谷擬曹雲西林亭幽趣卷子後

余聞石谷論畫云：『皴擦不可多。厚在神氣，不在多也。』又云：『氣愈清，則愈厚。』今觀此畫，其神氣不媿『清厚』二字，雖擬雲林筆意，而本來面目自在。此如虞、褚臨《蘭亭》，各自有妙處在也。爲書其後而歸之。

敬録先大人寄世父餉菱詩以應趙甥竹初索書之請并識其後

此先嚴康熙戊戌，居幽湖莊涇草堂時遺句也。世父秦濤公居吴江之盛澤，而世父長子博也先兄同居草堂，世父以西蕩鮮芰餉，先嚴賦此以寄。詩中所云奴劍立者，即不肖文也，時年五齡，詩即是時口熟焉，今又六十有五年矣。

往歲余主講崇文，竹初以素册索書，久置行篋，不復省記。今年館張溪王給諫之十二研齋，新夏凉意如秋，偶檢得之，自念老病廢書，及今猶可勉塞所請，意欲録先人遺言以貽之。稿本缺於攜帶，因憶是詩，真家庭骨肉性情語也。且一詩而世父秦濤公，季父廣寧公咸於是乎在，用敢敬録，以歸之竹初。吾書不足存，竹初幸念所自出，藏之以示後世子孫，豈徒曰渭陽情乎？

跋鶴嶠所藏李穀齋副憲江皋圖手卷

當今畫手，世推穀齋副憲爲必傳，而贋者亦復雜出。凡購副憲畫，雖贋本，亦都喜購得之，用是假以資衣食者，偏京輦矣。此軸《江皋圖》，出自高司農家，深秀蒼渾，尺幅而有千里之勢，信《蘭亭》真本也。余昨自嶺南回，放舟長江，排日行圖畫中，惟恐其盡，今展卷，恍復置我青山碧水閒也。鶴嶠能卷贈我，我當横之壁閒，日夕焚香，坐卧其下。

跋半緣居士集聖教序詩册

半緣居士，少負不羈才，輕施與，重然諾，以任俠馳聲江南北。江南北之賢豪長者亦樂與之遊。每當觴酌星流，簫鼓雷動，賞花之詞貫珠，酬歌之縑束笋，酣嬉淋漓，意氣壯盛，或方之石曼卿、秦少遊云。顧余慕其人，未之見也。其令嗣俠君往嘗一過余舍，裘馬輕肥，騶從輝赫，奕奕有乃父風。盤桓彌日，爲長歌一章贈之，今且逸其稿矣，别去不復相音問。

昨歲來京師，意外握手，面目黎黑，鬢髮蒼素，各不相識。追念曏曩，蓋於今已三十年矣。爲問别後情事，默不忍語。第言今有老母在，不能養，浩然爲此遊，而實悵悵無所適也。余念居士揮金如土，其所振拔，後爲顯官者，殆不一二數，而卒無一人憐其後人而收恤之，此《廣絶交論》所爲泫然於西華之練裙葛帔，而作者歟！

嗟乎，余故少孤，貧不能養母，洎得升斗之禄，又不逮親之存。余與俠君年齒相上下，而俠君猶及爲負米計，走三千里外，其可悲也，抑又可幸也。余今老矣，於世爲陳人，無所補於俠君，而俠君獨眷眷以故舊視余，且出居士詩册，索言於余。余既自悲，因益悲俠君，而爲言其如此，以見死生盛衰之閒，有足慨者。至居士之詩法書法，王、彭二跋盡之矣，故不贅云。

書百壽圖幀首

余嘗見近之頌禱慶祝，有託隱語於繪事者，畧舉數端。則有圖蓉桂圖鹿圖缾若磬者，此即本古之以深孎爲深屬，以圍棋爲違期，以栢爲迫，以星爲心，以薏爲意之類。通其意，而寓之畫者也。若爲壽者圖鶴鹿，爲射策甲乙科者圖桂與杏，猶箴則進《豳風圖》，諷則進《范蠡五湖圖》，皆取之古事，其來抑亦舊矣。

至於初度日爲壽日，行介壽禮，非古也，然世競尚之，不可以廢。凡親串朋好，醵金製錦爲屏幛，則必取當世之有道德而能文章者一序以爲重。其餘之效祝嘏者，率以詩，而繪事無聞焉。顧未有不文不詩不畫，而以書爲慶且祝者。

今年春，有福州人萬年者，工篆書，書《百壽圖》以遺余。余曰：『壽，壽也；百壽，上壽也。是圖而非畫，視畫則彼假而此真。有書而無詞，視詞則彼文而此質。維真與質，壽之本也。況自蒼頡造字以來，歷千萬世而永存者，莫古於篆。則亦莫壽於篆。而且蝌斗雲鳥，鐘鼎籒鼓，斯碑體備於是，則所謂諸福畢集者，其視此矣。』因受而藏之，以待齒德之勝此者而歸焉。

攜之來新安，歲仲冬，爲聖母皇太后萬壽，普天同慶之月。時余友金吏部復堂先生，年七十有三矣，而德配某夫人，亦於是月爲七十壽。長君侍御，次君中翰官京師，京師士大夫咸進臺萊之章，而里中人之躋堂稱慶者，傾城鄉而往焉。余聞之曰：『萬年之圖得所歸矣。』乃爲之說，書諸幀首以獻。

華亭程老師信天吾齋額跋

華亭夫子早歲以名進士起家，歷膺民社，垂四十年。襆被歸里，閉户洛誦，罕與世接，因自顔其齋曰『信天吾』，而命文書之。

文起而請曰：『昔公宦燕時，不嘗有「信天不逐魚鷹飽」之句乎？此素志也，而今乃克遂矣。雖然，天生公才，未大用，必將有所待以顯，顯則爲端門之鶴，阿閣之鳳耳，區區信天，何足自况？且公體貌中充外腴，望之僅如四十許歲人，宜及時出任天下事。况今又叠遇國家慶典，千載一時，凡在藉臣工，咸祝鼇闕下，推恩類錫物，靡不被其休者。公顧蕭然自托於此，文竊惑焉。』

公乃囅然笑曰：『若所信者，人也；余所信者，天也。天者，莫之爲而爲，莫之致而致者也。欲爲其所莫爲，致其所莫致，是謂信人而逆天。逆天者不祥，故《中庸》曰：君子居易以俟命，不俟命，則必行險徼倖，而爲小人之歸。故孔子曰：「不知命，無以爲君子也。」孟子曰：「存其心，養其性，所以事天也。」不知命，必不能事天；不事天，必不能存養其心性。夫心性，吾之心性也，自棄其心性，是自棄其吾矣。《詩》曰：「永言配命，自求多福。」此言不棄其吾者也。《書》曰：「天作孽，猶可違；自作孽，不可逭。」此言自棄其吾者也。棄吾而有得於人者，謂之孽，不可謂之福。古今來，折足覆餗，負乘致寇，傾軌繼路，而鐘鳴漏盡夜行不休者多矣。此無他，信人之所致也。夫信天而後能有所不爲者，中庸俟命之學也。信吾而後能有所必爲者，孟子事天之學也。余也守之終身，勖之暮齒，懼莫克終，故命若書，而懸之以當座右之銘，他何知焉？若夫信天，特水禽之微者耳，其視淘河漫畫，勞逸差殊，抑亦委心任運者之所託，而非余之所取也。」

言未竟，文樓然避席而謝曰：『命之矣。』乃謹次其語，以復於公，公曰：『其并書之。』是爲跋。

書邵侍御薲村侍史抱琴圖幀首

天之元，地之黄，其色也，然而無聲。於是以風霆之盤薄，雨露之滴瀝，雪霰之飄灑，驚濤急湍，懸流飛瀑之奔騰。蕩潏者爲之聲，而天地亦遂以聲傳。若夫日月星雲、雄虹雌霓之章於天，山川草木、鳥獸蟲魚之傅於地，莫不各聲其聲，各色其色。即推而至於物之無色者，人皆能色之，物之無聲者，人皆能聲之。而天下遂無無聲色之物，亦無無聲色之處。烏得斤斤以妖麗艷冶之容，而名之爲色，以淫靡柔曼之音，而名之爲聲也哉？夫妖麗艷冶，淫靡柔曼之聲與色，亦聲色中萬有之一耳。使人果能同此一者於萬有，則聲色亦何罪於人，而必如虺蜴之不可近，鴆毒之不可觸歟？

吾聞柳季賢也，而擁艷於終夜；仲尼聖也，而忘味於三月。孟軻功不在禹下者也，而曰『今之樂猶古之樂』。又曰『不知子都之姣者，無目者也』。推而上之，舜有二女之果、南風之琴，文有寤寐之思、鐘鼓之樂。古之神聖賢人，其卓卓天下萬世者，必不如木石鹿豕之頑然漠然可知也。特人非聖賢，而又不能棄意絶累，遊虚遁空，蘄至於木石鹿豕以自全。於是妖麗艷冶之色，得而蠱之，淫靡柔曼之聲，得而溺之。此蠱之溺之者之過，而與聲色無與也。

嗟乎，頑然漠然，無情而不可爲也；蠱之溺之，縱情而亦不可爲也。然則必如之何而後可，曰太上化之，其次空之，又其次制之。雖然，化則忘，空則絶，忘則聖，絶則佛。是皆不可得而幾也。於是因其難化也故空之，因其難空也故忘之，因其難忘也故絶之，因其難絶也故制之。制之以不絶，絶之以不空，空之以不忘，殆於忘之，殆于化之，則固未嘗縱情，而亦未嘗忘情。要祇以萬有之聲色還之萬有，而我不存焉，聲色亦不存焉。我與聲色不存，而又皆存焉，其庶幾不入於佛，而或希於聖矣乎？

余同年友侍御蕢村，淡然無聲色之好者也，顧作小影，貌青衣，豐頤秀靨，綽約婉麗，抱囊琴以侍，儻即阮咸所謂『未能免俗』意歟？抑或泉明之《閒情賦》，無絃琴歟？蕢村曰：『目不留艷，耳不稽響，天下之足供人玩者鮮矣。虛耶實耶，等耳。吾不能爲天下之所爲，而亦不必不爲天下之所爲也。聊以寓諸圖，子曷爲吾文之。』余曰唯唯，遂退而申其説，書諸圖以歸之。

跋熊太史鶴嶠所藏董華亭墨蹟手卷

鶴嶠友人鄧君懷静，集董華亭尺牘，凡十有八則，裝成卷軸，出入必以自隨。攜遊京師，京師貴人出重貲購之，不可，一日，忽以遺鶴嶠。懷静重鶴嶠耶，豈以朱門多酒肉臭，不稱此，抑或以金多身閒，縑素充溢，未須以流壤助山海，故惟鶴嶠爲宜耶？然則重鶴嶠，亦重華亭耳。顧華亭他無可傳，獨傳其書。大臣而以藝傳，末矣，設華亭在今日，不知懷静視之，又當以爲何如也！乃得其區區遺墨，寶愛世守，不肯輕予人；即與，猶必得其人而後與之。嗚呼，一藝之成，其見重於天下後世如此，况表見卓卓者乎！人奈何不早自樹立，而卒一無所成也，悲夫！

題巴雪坪老梅圖小影

莊生有曰：『道之所以虧，愛之所以成』。佛者用其説喻之。河以懼溺者，故桑下不三宿。

絶愛於無愛，甚愛也，而我不知愛之生於心耶，生於物耶？生於非心非物耶？非心非物，而油然愛生，而樊然心生，而森然物生。物與心以愛交，而後乃今相繫。相繫則相遺，而後乃今生冤親。親生親，冤生冤，冤復生親，親復生冤。因緣乎無窮，而且奚知其初，而不見夫雲之溶溶乎？

以爲其升於山，而不見夫泉之涓涓乎？以爲其涌於地，庸距知山非雲之升，而地非泉之涌耶？庸距知未始升，未始涌之有始，其所未始者耶？見其見，不見其不見，見然而然，見不然而不然。迷乎無窮，而莫窮其無窮之初，而又奚以知其初？故曰：『至人無己，無己故無物。』無物，故能物物，而不物於物，遊乎物之初。齊萬物於一歸，於元同，是之謂化善乎？

巴君雪坪《老梅圖詠》之自序，曰：『怳怳乎，不知梅之爲梅。』不知梅之爲梅，莊周蝴蝶之物化也。莊之與蝶，巴之與梅，同耶異耶？莊之蝶，夢也；巴之梅，非夢也。異耶同耶，我不能知其然，又奚以言其然？爲不言，而寓諸言，懼虧道也。

嚴生偉哉感懷詩題詞

嚴生偉哉二十初度，值荷池正開，作詩五章以見志。明年丁酉孟夏，相見於新安紫陽山館，出示，讀之善。將歸，請言其詩。余曰：『余無以言也，子已自言之矣。』爲誦其詩之次章。已，復請，乃進而告之曰：『子亦知夫蓮乎？《爾雅》曰：「荷，芙蕖，其實蓮房也。」今率以蓮爲荷，郭璞所謂習俗傳誤，蓋自晉然矣。攷其性若茄若蕸，若菡若房，房中菂，菂中薏，及其根藕，無一不適於用，而華獨否。華，文章也，謏目之具耳，不足用。夫好無用，而惡有用，俗情類然矣，然不足以惑志士。子果欲聞余言乎？敢以是言進。』

書姊壻潘二雅奏遺照

君諱廷塤，字雅奏，別字訒齋，余姊壻也，居江南吴江之爛溪，爲稼堂先生孫。性開悟，家多藏書，又得所授受，早歲即以詩名。余世父秦濤公寓居盛湖，去爛溪一牛鳴地，知君，言君於季父廣寧公，遂以幼女壻君。君初來謁先大夫，先大夫適作《菜畦賞菊》五言古疊韻詩示之，次韻再疊以呈，先大夫語人曰：『此真謝氏鳳毛也！』憶余聞斯語時，去今已四十有六年矣。

是年冬，先大夫見背，余時時泣誦遺集，學作詩。君頻來吾家，余識先大夫語，亦出所作質君，君嗟賞之，遂大相愛。顧余衣食奔走，不數相見。已而别君去京師，君則益閉户，徧讀其所藏書，力以不朽業自期許，不屑屑爲制科文。制科文尤古，不諧俗，用是連不得志於有司。久之，母亡，父若兄相繼殁，妻死，子二，又夭其一，鬱鬱不自聊賴，而家亦中落。辛未，恭遇皇帝南巡召試，取二等第一，賜幣放歸。其同試得官，孫君夢逵曰：『潘某下第，吾等媿死矣。』自是君益困，年垂五旬，未嘗出里閈，至是以課讀客辰州某官幕，竟卒。嗚呼，可謂窮矣！

念余少孤貧，往往爲人所唾棄蹈藉，而君顧獨心許余。余不肖，不能讀父書，如君克有所著述傳後世，僅僅博一科第，以塞君望。而君又先歿，不及待余歸，復得如曩者，各出所作相商質，知己之感，逝者之悲，其有窮耶，其無窮耶！君初病頭風，不良於視，然完好如平常。今展遺照，訝其不類。其子大庚曰：『暮年體加豐碩，而目則竟渺矣。』嗟乎，既殘其形，復嗇其遇，吾於君不能無恨於造物矣。

爲姚侍御蘆涇書董思白書徐雷州墓表墨跡後

吾禾徐氏明雷州公墓表，華亭董宗伯所書也。余故越産，徙郡城，寡交戚，於徐氏無知聞，侍御蘆涇先生偶出此命跋，始悉徐先世。余因歎表志之信足重也，是宜徐氏所世守，乃不克守。久之，即其子孫且不能通知前人事，況他人乎？幸有慕古者代爲寶藏，而雷州之跡灼灼如在聽覩間。然非華亭書，則亦作故紙，委灰燼矣。然則表志重，作者爲尤重也。

雖然，古之表志，賴名人碑刻傳不朽。後之人，靡金錢以購之，文綺寶櫝以崇飾之，其珍重愛玩，至不忍去手，顧未聞有指碑中人，道説而嗟賞之者。昔蔡中郎謂，生平惟作郭有道碑文無媿色，而膾炙千百世，則亦惟此文。然則碑傳人耶，人傳碑耶？嗚呼，可以知所重矣。

爲姚侍御書明姚江吕氏家藏名卿墨妙卷子

侍御與余先後歸里門者有年矣。余長客，而侍御則足不入城府，即與余亦不數相過從也。

性躭臨池，好集名人尺牘，謂書法莫問好醜，其古拙書卷味，展玩便覺塵氣都盡。斯言也，非特知書，此侍御之所以爲侍御歟！

吾鄉少宗伯籜石先生，有同此好，曩余在京師嘗見之，已集十有餘册，今想益富。侍御曰：『彼嘗易吾所有以去，内有漳浦先生衛夫人玉卿墨跡，至今猶惜之。』時就侍御齋，觀所藏名卿墨妙卷子，爲識其語於尾云。

跋明尚書某公誥命卷後

乾隆己亥，文主講吴山之紫陽書院，有客攜示宋龜山先生所手集《楊氏世譜圖》，自漢迄宋皆詳焉。譜後則龜山先生以下，凡數世遺像及誥身，咸具丹墨之色，鬱然古光，至寶也。

明年，移主西湖之崇文。孟夏，吾宗桓度自吴門來，出其世守尚書公永樂初元所授誥命，命書卷尾。計制文凡百十有九字，後書『永樂元年十一月十六日』，上有寶；又後書『日字七百五十四號』，亦有寶，寶與字皆半之。歷今四百餘祀，字畫精整，完好如故，非醇德鬼神護之，奚以及此！顧楊氏譜已數易他姓，而此猶爲子孫寶藏勿失，則孝友代興，君子之澤，宜乎百世不斬也。嗚呼，休哉！

書江氏所藏海内名流尺牘後

岱瞻先生與賢嗣松泉、蔗畦兩昆，以才名雄江南北，時人方之眉山父子，惜余皆未之見也。乾隆戊寅、己卯閒，識蔗畦於衡州之清泉。時先生已殁，不可復見，欲見松泉，卒亦未遇。越十有七年，蔗畦權守徽州，與余相見於紫陽講舍，則松泉已於是年謝世，讀其所著《瀟湘聽雨録》，爲慨然也。明年，蔗畦得替去，出示所藏先生故交尺牘三册，則皆海内名流手蹟也，先生暨松泉亦各有手書跋語於後。東坡云：『歐陽行樂處，草木皆可敬』。況今親見其筆墨耶！

獨怪先生以如此才，而鬱鬱以老，二惠競爽，又弱一个。即今蔗畦積勤累官，駸駸乎大用矣，而復連卷抑塞，浮沉散吏中，宦不達，家益貧，趨呼召如傳客，居廨舍如枯僧，殆柳州所謂萬不遇而一試者也。文憎命達，詩能折官，斯言信不誣歟！

然而蔗畦之名且日以重，而先生之名亦日以昌，視世之富貴而姓名不掛人口者，又何如也！往常見古之名人，數千百載下，有掇拾其片紙隻字於灰燼中，輒矜爲希世之寶者，鑒往知來，吾於先生，可信兹册之必可不朽矣。爰書其後，以託於驥尾之附云。

吞松閣集補遺卷之三十七

秀水鄭虎文炳也著
門人欽州馮敏昌編次
男師亮師靖師愈謹梓

古今體詩 詞附

壽四明袁近齋同門尊甫滄涯先生八秩

吾聞浣花叟，七十誇古稀。老萊戲堂下，着綵同兒嬉。棘津感夢卜，輟釣爲王師。二子雖暮齒，忠孝方始基。偉哉袁公門，卜居鄞之涯。歷世登大耋，自明迄於兹。詩書或延澤，孰聞以壽遺。在世亦云偶，於公未須奇。緬思太古民，百歲常過之。近逢山澤癯，往往多厖眉。良由寡塵事，葆此性不漓。神仙豈異人，亦爾何復疑？奈使嗜欲戕，遂受陰陽欺。碩果閒一遇，驚告相嗟咨。豈知長生術，盡人可能爲？吾今爲公壽，祝公無他詞。公里實勝地，水石含清輝。杖策山之幽，放棹湖之湄。野花媚相引，好鳥鳴以隨。及此春爛漫，童冠相與攜。時時招近局，杯酒以自怡。世或愛軒冕，少猶貪文辭。如彼蕉鹿夢，一醒不更思。亦有兩兒郎，出處任所宜。八十初度日，宛若初生時。形骸弗爲累，造化何能羈？與化互終始，其算良不貲。滄桑豈無變，陵谷或漸移。摩挲看銅狄，五百須臾期。

寄祝海昌相國陳蓮宇夫子七十壽四首

高揖東山歲幾更，謝安端不負蒼生。三朝出入完終始，四海行藏繫重輕。相度春風茵可吐，臣心秋月水同清。欲知舊德聽歌祝，司馬兒童誦姓名。

三公布被不辭貧，安穩孫宏卧海濱。台宿依躔占故相，君恩隨地得閒身。鄰侯差許同高士，文靖原知是聖人。聞道湖山足消遣，近來七十更精神。

龍山千尺倚南天，雲白峯青意灑然。宏景頭銜原宰相，希夷家世本神仙。絲綸閣下啣恩舊，日月壺中拜賜偏。屈指巡方期隔歲，定應駐輦問高年。

赤舄風規感吐餔，虛懷謙德古今無。望塵尚想歸雙闕，獻畫寧煩託五湖。雪後喬松椿共壽，日邊鳴鳳鶴同孤。會開黄閣徵公起，準擬重陪絳帳趨。

爲蜀中張進士宏仁壽其師建寧鄭天錦之母八十

乾隆甲戌春，席帽走燕市。有客閩海來，遺我一雙鯉。中有尺素書，云自通德里。上言久離别，掐指歲已幾。下言長相思，要我渡汶水。中言壽母壽，七旬有五矣。稱觴期明正，燈月艶席綺。祝鳌徵詩文，是母夙所喜。朱書序懿德，封寄東笋比。時宏涉師命，東都問杖履。厠名魯諸生，柏梁頌聲起。鄭爲山東某書院長，諸生做柏梁體爲壽言，時宏仁亦與。倏别歲四週，獻策復來此。竊聞陶孟風，譽言盈頰齒。昔年朱書文，人各手一紙。八旬慶來春，獻頌滿朝士。惟宏受知深，欲默那得已？迴頭憶贈公，尹蘩下車始。十載仰神君，萬户依赤子。訟庭集生徒，俗學掃糠粃。從遊傾遠方，千里等尺咫。時爲具盤筵，咄嗟辦甘旨。維母克相之，委曲如所指。官去講堂留，却向蓉城徙！宏也無緣從，鯉庭執經史。館餐妥朝夕，童僕供驅使。出入勞母懷，顧復同我恃。即今倖一第，水木念所以。蛾眉山青青，巫峽水瀰瀰。山高會有窮，水深會有底。感此一片心，高深諒難擬。迢迢路幾千，忽忽歲盈紀。設帨及令辰，如川祝多祉。願母壽岡陵，宛彼武夷是。願母福川增，瞻彼滄溟似。願母吉且康，神明永無累。願母熾且昌，八座潘輿美。仁壽天所申，栽培物之理。於古良有然，即事知必爾。緬懷長筵開，玉窗燦梅蕋。十部沸笙歌，兩行耀朱紫。躋堂諒無由，悵望空徙倚。紛兹念舊心，託頌南山杞。

九月四日遣嫁莊女書此示之

汝祖故愛女，而吾尤過之。有女無不愛，愛汝情獨癡。汝父故貧賤，幼孤失瞻依。伶仃幸成立，倚汝祖母慈。汝母歸我家，標梅嗟後時。一索乃得汝，起卧親抱持。辛勤十八年，瑣屑難置思。念汝十二三，婉娩具令儀。縫紉及澣濯，枕蓆兼盤匜。事事俱在心，鉅細咸待治。冬膚坼縱橫，夏汗沾淋漓。代母事操作，勞瘁靡所辭。棃棗有推讓，出入無完衣。東家有美女，羅綺嬌不支。西鄰有少婦，珠玉盈履綦。富者相競鬬，貧者相嗟咨。汝視若無睹，泊然不爲移。頗能見其大，竊負男子奇。事我尤曲謹，委折罔不宜。如彼形與影，轉側不忍離。以兹遂成癖，愛汝逾羣兒。今歲次丁丑，爲汝親結褵。書堂作甥館，賣犬爲奩資。宜家自此始，畢生乃其基。庶克相夫子，敬勸同賓師。毋忘我家訓，相勖禮與詩。吾聞古賢婦，勸學斷機絲。桓車及孟案，往蹟汝所知。即今不共勉，後悔良已遲。知汝素賢淑，安用相憂疑？愛深慮彌遠，反覆多繁詞。嗟我年已暮，冉冉霜入髭。今雖不遽別，别亦須臾期。念此不能語，含毫淚先滋。吟成漏欲盡，四壁寒風吹。

沅州道中寄莊貞兩女

夢中不知愁，歡喜入懷抱。嬌癡如平時，笑語忘衰老。鑷白競挽鬚，搔背浼撮蚤。衾裯問燠寒，衣裳互顛倒。瑣屑豈嫌煩，憐愛不辭惱。宛如在家時，婉娩依厥考。春雷一聲鳴，驚破心杵搗。求之失所在，幻境已電掃。人生類如此，覺悟悔不早。如何老眼淚，似露含衰草。三更催放衙，起坐心慅慅。披衣謝明月，照人顔色好。

次寄貞女

蒲觴未成飲，送我榴花前。淚灑作梅雨，無聲自漣漣。淚痕未盡拭，秋月驚孤懸。歲月苟如此，人生空百年。

寄兩女

晝夜不得寢，偶此休我勞。汝何不我舍，寢輒見汝曹。山多障遠目，江深隔驚濤。神魂倚形影，不憚千里遥。汝來情脉脉，汝去心忉忉。此懷誰與共，離淚濕青袍。

讀兩女記夢詩因寄

十月歲試畢，稍稍親衾裯。黑甜有餘味，甘美逾珍羞。近况躭小飲，晚飯時一甌。昏然百慮盡，一枕聲鼾齁。以兹不復夢，夢亦醒便休。生死漸能外，聚散安足愁？可憐小兒女，初解别離憂。憂思故成夢，夢覺不自尤。還復作夢語，千里寄誠州。開緘就燈讀，哀怨啼雙猴。時從永順攜雙猴以歸。遥知緑窗下，一字一淚流。淚亦不得見，夢亦不得謀。空此夢中語，留與醒者謳。謳竟不能寐，開樽就牀頭。

寄貞女

生年不滿百，我老將半之。老幼不相待，何能無參差？所以泣風木，孝養傷其遲。汝本非男子，匪久當乖暌。人生死前痛，惟此别可悲。死别與生别，死者差便宜。瞑目一長往，啼笑兩不知。如汝第四妹，第四女殤于丁丑。永永與世遺。安知垂老親，血淚猶日滋。以兹較生死，願我先汝辭。當其未汝辭，庶以慰我私。念汝與汝姊，倚父如母慈。待我温與凊，時我渴與饑。我勞汝不怨，我歡汝則怡。譬之形共影，行動相追隨。追隨諒難久，旦夕聊自欺。憶昔游汴梁，汝姊淚綆縻。歸來看顔面，瘦削冰雪肌。汝時尚稍稍，猶逐羣兒嬉。可憐數年來，歡愛姊等夷。昔別才四月，今別經三時。昔別汝伴姊，今別汝獨支。有伴不自慰，獨支諒難持。況計明年冬，行將結其褵。去住由他人，焉得常在斯？我已薄暮年，筋力日就衰。一別遂永隔，恐此事非奇。如何當此日，已復傷別離？迢迢關山路，忽忽歲序移。懷親感夢寐，寄遠憑歌詩。詩悲不忍讀，但恨歸期遲。歸期詎云遥，一日三歲思。思長無斷絶，歷亂如棼絲。

試日得家問知莊女舉子却寄

連宵苦迷離，夢兒常在側。醒聞夜半鐘，撫枕心惻惻。待旦卜所疑，正變互衝尅。得臨之巽。似云吉且康，欲信仍眩惑。懷憂坐聽事，細雨亂如織。蚊蚓觸聽聞，煩冤不自克。放衙啓重門，傳檄插雙翼。開封得家書，觸手凛戰色。展誦未及終，失喜不能嘿。上言月在亥，丙子卯初刻。莊也已免身，不拆亦不副。下言徐家麟，孔釋親抱得。頭角自崢嶸，體貌復充實。寥寥數行書，寄我慰相憶。積愁已頓空，遠道難遽即。遥思到家時，忍惜提抱力。人言宅相賢，此事遠莫測。聊代含飴歡，稍稍展胸臆。獨感霜露零，西風日將昃。新故迭相催，撫景三太息。

連陽道中寄兩女長句四十韻

我愛兩女逾羣兒，寢食與共形影隨。願爲有家却愁别，于歸欲廢桃夭詩。紙房冷炕京師竹屋榻湖南，恬吟絮語時同之。自從先後啓甥館，持踵泣送禮則宜。强留不遣非久計，如舟帆風朽索維。及兹不聚縱即逝，出巢乳燕歸無期。昔者使車渡湘水，巡歷縱遠不及期。蠶絲自縛魚自餌，『蠶絲自吐層層縛，魚餌如吞曲曲鈎』，余使楚寄女句也。愁歎猶復形於詞。今游嶺海費日月，嶺重海濶天之涯。春風吹花紅映肉，微雨濯竹青入眉。可憐正是好時節，歸席未暖征帆移。庾嶺上巉劍脊瘦，連峽倒插畫壁奇。空巖陰森足虎豹，幽澗偪仄潛蛟螭。雖然耳目飽清勝，畢竟夢寐生憂疑。寒愁雷雨到咫尺，熱如釜甑遭蒸炊。僕緣頭腦百蟲集，嗜人肌肉甘餳飴。爬搔驅拂不停手，爪痕零亂成瘢胝。聞高廉雷陸行惡，瘴悶心膈濕瘻脾。瓊州海外尤絶遠，毒風中人吁可危。寒升夜氣夏砭骨，晴烘烈日冬流脂。行將遍歷今甫爾，觸暑犯險那得辭？昨年梅州度殘歲，登樓王粲紛鄉思。今年度歲在何處，分無骨肉同椒卮。明年况復異南北，胡馬越鳥悲風枝。人生團聚與富貴，二者相左難兼持。富貴辛苦團聚樂，以苦易樂寧非癡。况我本無濟世具，樗散錯受斤斧施。采蘭楚澤劚芠薙，網珠南海愁奸欺。適須天語荷殊獎，跪誦汗顙交雙頤。恩深責重難報稱，士習文衡慚職司。計周南服及瓜代，片香魂石去不攜。臣心如水拙自許，有道而穀恥可知。宜抽手版就閒曠，或虞山麓梁溪湄。鴛鴦湖頭放鶴處，青山緑水皆堪怡。汝來就我我就汝，惟意所適無睽離。即今應時新雨足，五月剛過黄梅時。珠蘭茉莉豆棚下，明月在地荷滿池。逍遥散髮坐庭石，一甌雪乳浮花瓷。爾時若吟此日句，十年應悔歸山遲。有田無田不復問，坡翁誓水非吾師。

舟中無聊戲成九禽吟

一字初將別恨裁，離聲長繞越王臺。單飛弱羽何曾慣，重度梅花嶺外來。雁。

白玉堂中舊燕雛，歸來簾閣未糢糊。經風經雨關山路，翠剪紅襟好在無。燕。

穩坐垂楊莫露身，金衣容易著紅塵。闌干一曲紗窗外，斗酒雙柑待主人。鶯。

無端身被北山羅，玉鎖金籠耐折磨。誦罷心經還告佛，愁多心是不曾多。鸚䳇。

張郎風調舊知名，人去空憐曉鏡明。螺黛拈來還又放，隔簾啼煞畫眉聲。畫眉。

水似迴紋乍織成，蓮開並蒂亦多情。生來合有雙飛分，狎盡風波也不驚。鴛鴦。

千般花氣釀東風，花底禽聲下上同。指點旁觀成一笑，紅粧隊裏白頭翁。白頭翁。

陣陣飛還對對啼，櫻桃斗帳是香閨。莫隨蜂蝶分張去，十箇都來一樹棲。十姊妹。

如何鳥亦解相思，鳥解相思人不知。人鳥相思不相管，含情閒賦九禽詩。相思鳥。

壽武陵楊文敏公配陳夫人七十

丈夫不聖賢，一藝亦自擅。惟婦必以德，德鮮名可羨。中庸諒難能，往往以節見。如其盛遭逢，處順艱履變。於兹得著稱，列女乃可傳。夫人相文敏，富貴自貧賤。兩境貞始終，二老妥安膳。太和洽門庭，芳型式親串。循循言行庸，而無耳目衒。徵今罕匹儔，緬古多淑媛。鍾郝嚴禮法，班謝工筆硯。鴻案與鹿車，丸熊及剉薦。類以一節奇，用致身譽扇。夫人不事此，温温飭規瑱。上德故不德，無善乃至善。昔予游武陵，采風溯邦彦。緑野閉殘春，桃花護深院。今見丹山雛，采耀銀海眩。述知晝狄勤，七十猶未倦。及秋洞庭波，張樂開廣宴。此邦多仙真，鸞鶴翔後先。稱觴無緣從，含毫寄深眷。

重五壽熊學橋同年五十初度

青梅已熟朱櫻圓，疎簾青簟花飛筵。聞君初度值佳節，孟嘗之日遽之年。長身等户似松栢，綵絲續命齊彭籛。鳳膏濃煎麟脯擗，菖蒲細切雄黄研。無人爲放丞相鴿，有酒共瀉錢唐船。君辭衆賓起自壽，長歌落紙飄雲烟。自言幼孤倚慈母，母家家法廬陵傳。太夫人歐陽氏。晝狄霜嚴十指裂，提絜雨泣千珠連。一手搘拄門户事，半生苦結虀鹽緣。凄音怨亂不可聽，秋聞哀猿春啼鵑。感余同病有深痛，如刃刺腹心針穿。迴思成童失所怙，但恐世業乖青氈。歡抱在膝怒予杖，寒補破衲饑炊饘。粗讀父書迫求食，常霑征袂如流泉。既離晨昏缺甘旨，又苦衰病嗟沉綿。甫登一第得歸告，行慶七秩歌增川。那知生死不相待，皋魚風木悲終天！視君錦衣侍萱背，親奉粟水羅甘鮮。已償前慳得後樂，《蓼莪》猶賦哀哀篇。余何人斯靦面目，竊位苟禄儕時賢。幸終沉淪亦已矣，倘被拂拭尤慚焉。維君之才十倍我，曹倉鄴架充便便。鞭驅雷電發光怪，磨治金石歸精研。争先已作星鳳睹，閒退尤愛蟲魚箋。即今五十鬢鬚好，中充外澤知天全。豈如蒲柳易衰歇，不堪桃李矜嬋娟。廿年共篤同譜誼，一歲差比鄉人先。余長學橋一歲。昨朝病起攬明鏡，黑頭幾日驚華顛。漸成老嬾百事廢，大招一弛難重弦。君誠瑚璉國重器，合置清廟明堂前。如何鴻文瀉江漢，朝宗每竭輸涓涓。揭來天恩眷幽翳，欲以符竹榮衰孱。一時嚴終盛冠蓋，千秋召杜争聯翩。脱身幸許同野鶴，避嚇曷不辭羣鳶。吾今酌酒爲君壽，君家家在廬山邊。香爐五老紛在眼，浮邱洪厓可拍肩。緑玉横拖兩脚健，黄庭倒誦三尸蠲。三元高會鸞鳳集，十賚下錫瓊瑶鐫。輕身上舉謝羈絆，兜羅下視空哀憐。顯揚定合陋卿相，壽考端不如神仙。芒鞵草屨吾已具，君其早辦青行纏。君聞我言只點口，蒲觴未飲先流涎。醉中夢化漆園蝶，飛去石榴花下眠。

長至前一日汪曉園侍講招飲同盧李二學士藥根上人即席分賦得牧字代汪明經稚川作

朔風吹面凉，人海坐空谷。不辭刺生毛，但感髀消肉。吾宗玉堂賢，設醴簡再速。破寂得此招，良夜欣可卜。八米今之才，千首膺所服。退食出青宫，雅會樂休沐。梧岡鮮凡禽，鄧林罕散木。而我復何人，盃酒共徵逐。燭花眩迷離，膚粟散濃郁。應候疑回陽，暖客比春燠。醉起興益豪，胸次羅萬族。分牋鉢敲鏗，拈韻手瑟縮。奉盤未登壇，學射慚斷竹。如何張贏師，而輒抗頗牧？偃旗事休兵，此諾良已宿。昨朝訪已公，啜茗坐茅屋。新詩竟先投，欲默轉自恧。歸來坐深宵，燈影照孤獨。吟成月初斜，如雪映窗縠。

壽德少宰保尊甫顯庵先生七十

吏部文章在，謂留少宰。回頭又十年。三元重啓會，七秩正開筵。茂德生非偶，躭閒性所便。漢陰餘舊甕，彭澤契無弦。家法敦顔訓，郊居續沈篇。風雲藏霧豹，鐘鼎出書田。素月含虚室，羣星聚樂賢。堂名。鯉趨龍燒尾，鶴和鳳隨肩。台宿明蘭𦱹，桃陰滿木天。退朝依杖履，舞綵集貂蟬。鸞誥頭銜改，霜花鬢影妍。譽流三徑外，身在九霄邊。牀下梁松拜，門中萬石傳。黄庭千遍孰，緑玉一枝圓。癯豈同山澤，名應是佛仙。忝隨朝士後，介雅祝增川。

壽羅孝廉有高尊甫敬亭上舍七十

維人立人道，守禮以爲固。不爾如敗屋，欹側終必仆。暴慢之所設，初焉罔知誤。漸可被天下，端或始跬步。不習斯畏難，不變以安故。所宜童蒙時，豫教式規度。爲國無異術，禮讓此其具。達士乃小之，棄跡如避污。極害不忍言，長夜永不寤。先生今醇儒，趨庭得良傅。婦翁況冰清，小學交手付。自治與治人，本此導先路。尺寸率以循，家國非不顧。吾思禮教重，慎終尤首務。變古非一端，大惑在營墓。一山分吉凶，衆子岐愛惡。相持不得決，數代甘暴露。江右多形家，結習久沉痼。先生妙其術，乃不爲所錮。大聲振羣聾，隻手披宿霧。斯真禮之宗，薄俗藉陶鑄。誰歟致以位，廊廟覲舉措。兢兢抱遺經，七十感遲暮。歆向家學綿，照眼盡璉璐。仲子實挺出，咄咄吾所怖。縱橫薄風騷，貫串及牋注。昨歲舉京兆，芳譽已四布。庶幾干霄心，寄此謝庭樹。今歸稱壽觴，卷紙索我賦。因風寄長懷，千里當良晤。

觀奕聯句

天門將開日光赤，仙真排雲不留跡。禹穴春深山下柯，小門生顧鼒。堯衢景麗風前夕。得錢未沽酒徒酒，門生商文超。試手先觀奕秋奕。一枰錯落珠璣圓，從子煜。百道交橫風雨擘。乘除生死互爲根，姨甥邵自昌。摩盪陰陽颯相迫。乾坤劃分地兩界，姨甥邵自華。河洛同參羲一畫。知彼知己著必先，姨甥邵自悅。用正用奇術宜擇。秦關漢壁勢俱雄，甥胡晉。雹激雷奔怒斯赫。有時閒道走陰平，余。有時假途舉虞虢。有時堅壘固陳倉，兒子師雍。有時奇謀出曲逆。有時徐行蛛聯絲，鼐。有時疾擊鷹展翮。擣虛批亢算無遺，超。破穴傾巢勢難格。微若兩角爭觸蠻，煜。鉅若七國競侯伯。變若夭矯騰蒼鱗，昌。猛若嶮巇負白額。密若雲際秋星繁，華。突若鴻遭腐鼠嚇。勝若組甲越六千，悅。敗若島人齊五百。智無不窮若扣囊，晉。堅無不破若貫革。若畫溝守和可成，余。若潰圍出縛可釋。或賈勇若呼梟盧，雍。或包羞若辱巾幗。手拈或若百琲連，鼐。子下或若六駮蓦。或堅於思宛坐忘，超。或悟而悔嗤屢易。或樹降旗或背城，煜。或亂殘棋或逃席。橘中相對儼神仙，昌。壁上環觀同項籍。森如立竹不辭勞，華。爛盡樵柯毋乃劇。喜心見獵祝代庖，悅。狂態披襟頭岸幘。咨嗟束手嘆龍鍾，晉。談笑揮肱驚嚄唶。似同休戚係存亡，余。如與虧成參損益。奩收響絕鼓瑟鏗，雍。觀止神行奏刀砉。轉頭頓息龍蛇爭，鼐。放眼真愁天地窄。自古長安似奕棋，超。何年絶塞無沉戟。疎簾清簟感蒼茫，煜。一刼千秋動魂魄。并吞欲鑄咸陽金，昌。失著空銜軹道璧。敗藏勝局鹽已腦，華。安寓危機迫人栢。縱操勝勢毒難懷，悅。但待機心動可策。險途世只論尋常，晉。抱義儒還羞咫尺。醒人消息局中尋，余。誤我流光身外擲。欣逢首夏月上旬，雍。況有中山酒千石。波浮杯影瀉琉璃，鼐。雲撥甕頭傾琥珀。眼前賓主盡東南，超。指下輸贏忘黑白。枯教舌本坐堪談，煜。喜入燈花浮可拍。新裁爛漫誇輕肥，昌。舊恨消除謝絺綌。初分苜蓿亦君羹，華。共啖紅綾皆帝澤。花明上苑鳳棲梧，悦。柳染宫袍狐集腋。相將待旦聽鳴雞，晉。看報泥金慰嘉客。非貪富貴爲求榮，余。要使蒼生無不獲。區區方罫何足躭，雍。博具陶公投勿惜！鼐。

歸鴻聯句

老去難岐路，閒來笑客身。柳隄風正暖，余。沙岸草初匀。催别鶯啼急，煜。驚心燕語新。歸雲徐出塞，胡晉。疎雨暗迷津。未惜關山杳，師雍。先欣羽翼振。夢遥衡浦月，煜。影斷楚江蘋。花圃穿紅錦，晉。蘆洲點繡茵。行行排恨字，雍。漠漠破邊塵。浩蕩天衢遠，芳菲帝里春。稻粱能欵客，余。桃李亦宜人。湛露三霄渥，煜。王圖萬里賓。鴛鴦多舊侶，晉。飲啄信前因。豈忘逵占吉？雍。還思陸可遵。冥飛寧避弋，息影欲完真。野渡秋波碧，余。寒山古黛皴。征途猶歷歷，煜。回首感駪駪。曩逐冲天鶚，晉。今隨縱壑鱗。龍庭消息近，雍。雞塞往還頻。宿羡枝頭鳥，勞慚釜底薪。敢辭鳴鶴和，願學没鷗馴。余。

壽汪明經在湘母七十

黄山白嶽非人閒，西溪直作西池觀。溪邊甲第何盤盤，重樓阿閣青雲端。中有壽母人中仙，二萬五千日跳丸，百四十歲猶童年。河車灌腦肥元田，齒髮不衰神固完。閒時自誦黄庭篇，薝蔔拂拂香諸天。堦前玉樹雙龍蟠，孫枝竹立珠爲竿。長君讀書追古賢，亡羊漂麥欖可穿。作爲文章蘇與韓，我從之遊敦古歡。抵掌與語一勝千，期期艾艾質更妍。陶公五斗恥一官，撫松采菊恣盤桓。王陽之綬貢禹冠，何如萊衣燠且安？兄先弟後時眠餐，融融怡怡稱欒全。仲冬六日風景暄，稱觴設帨張綺筵。鸞翔鳳舉雁鶩連，封胡羯末拜膝前。母顧而笑開心顔，金貂珠履門咽闐。奔趨絡繹如流泉，董家雲和許鼓絃。金母下擲蟠桃鮮，慈雲非雲烟非烟，氤氳摩盪兜羅綿。余今先期着歸鞭，臺萊豫獻無繁言。如岡如阜如增川，黄山白嶽西溪然。

代人壽家孟六十

義門孝友古所稱，誰其繼者今先生。先生不愛公與卿，亦不愛千秋萬歲名。只愛蕉窗竹屋風雨夜，黄門玉局對榻聽。有弟有弟在玉京，屈指寒暑二十更。鴛鴦湖頭秋水平，忽歸來兮扁舟輕。過頭杖，折脚鐺，長腰之米碧澗羹。芼而食之旨且馨，誰家白衣遺送酒。傾甆注，瓦盎盎，春流清空杯自持。弟坡老，重觴忘天兄淵明。醉巡庭桂脚不停，宛戲膝下肩隨行。夜挑一燈坐深閣，侍孀姊兮隨孤甥。談深燭暗雞亂鳴，倦婢立寐頭觸屏。退從其曹相怨憎，云何欒此非人情。猗歟先生孝弟之德可以型，明良之歌可以賡。奈何坐困油帘矮屋底，琴材爨下猶吞聲。君不見，鳳觜麟角不世出，古來大器須晚成。况逢聖人達聰明目四門闢，鵠書蒲輪行見來相迎。是亦爲政今異昔，十年毋守區區貞。願以我言勒作銘，六十初度如初生。萬里之行此其始，紀歷試取堯階蓂。

前　題

言尋谷口問洲東，雙桂庭前帶草風。漢代談遷今繼美，蘇家軾轍古誰同？聯牀被愛因人熱，煮藥鬚寧避火攻。孝德飲醇如麯糵，榮名隨分薄芩通。呈身未肯酬知己，詭遇何堪役賤工！莫問藏沽和氏璧，已忘得失楚人弓。偶澆磈礧呼賢聖，差喜安便學苦空。萬丈文光懷李杜，一時冠蓋笑嚴終。怒濤静處松停鶴，夜氣寒來劍吐虹。海運未逢聊蠖屈，風摶何慮不鵬沖！岡陵此日升恒祝，憲乞他年禮數崇。願獻黄山丹鼎藥，爲公介壽頌生崧。

壽方茂才晞原尊甫六十

雞鳴一閒分善利，幾希去存辨其異。放利則怨爲善樂，斯道而今棄於地。先生世澤篤以仁，仁先一本推親親。難能不愧孟莊子，覼行何止三年循！荆襄鹽筴守先則，維予宗人典乃職。職之不修乾没聞，幾微不一動顔色。盜臣有母愁尸饔，義不忍絶周其窮。一再而三釋不問，視百千萬鴻毛同。嗚呼孝友今鮮聞，葛藟何知庇厥根！操戈或且及同室，親盡況等途之人。先生内行罕倫比，母庶母兮弟其弟。本之既敦條自繁，睦族猶其餘事矣。謝家庭樹玉一枝，亭亭物表非凡姿。黄山秀鍾出文采，黼黻應及休明時。昔聞滿朝惟一子，先生食報宜在此。方從吾遊忽告行，趨庭片颿直西指。鸚武之洲黄鶴樓，漢陽江水碧于油。到時叱使變春酒，跪獻千鍾當海籌。

壽方明經心醰七十心醰文輈先生子

吾聞古有三不朽，而年不存焉。立德功言世不絶，此中安見彭與籛？詎不重此罕紀載，謂非人力難貪天。不然五福一曰壽，何以衍之洪範箕疇篇？先生故是名父子，談遷歆向磊落今古名蟬聯。羊裘老子君鄉賢，雲臺二十八將羞比肩。君師其高非漁竿，爲鄉進士不肯進，閉户獨愛蟲魚牋。扶風之帳皋比座，侍者立竹來奔湍。嗟余聞名未識面，一氊自挈覊新安。新安之士誰最好？汪氏稚川程易田。與之游，今三年，經則孔鄭文歐韓。云是君家後堂之崇宣，彌思君兮如流泉。春風拂拂春花妍，訪我忽渡漁梁船。不輿不騎亦不杖，着屐直上荒山顛。見君疑君少於我，松形鶴性精神全。那知問年已七十，太息真似人中仙！譬猶千里之行始足下，穆駕八駿今初鞭。不朽自在重以壽，雖古作者胡能然？昨聞羊裘徑，初度開長筵。醍醐在尊，麟脯在盤。曼倩桃熟，安期瓜圓？羣真再拜各進爵，祝君眉壽如增川。余來後期慚空拳，瑟縮不敢相後先。放歌贈君當管絃，冷冷萬壑秋風傳。

壽朱君祐庭六十

徽國休聲遠，鴛湖世德清。力田先孝弟，耕研出簪纓。早歲稱家督，羣宗奉主盟。一門風義重，四海友朋情。肝膈傾何處，車裘敝豈名？俠腸愁按劍，薄宦試遷鶯。曹視監州冷，官緣守道輕。鷹鸇期必逐，蚌蛤笑空争。鹿去蕉心卷，鴻飛雪爪平。閒知鷗可狎，狂托酒爲生。久慣躭孤飲，時還共老兵。醉醒從我法，得失付鄉評。宦槖餘清白，郊居懶送迎。行藏殊落拓，歲序忽崢嶸。亥字人初老，丁年貌似嬰。期頤綿歷算，福禄慶綏成。介壽筩裁碧，稱觴菊汎英。笙歌喧兩部，鸞鶴舞前榮。謝鳳毛呈采，梁鴻案對擎。此時秋正好，如望月同盈。有客頻延佇，離踪未合并。增川勞脉脉，祝嘏效硜硜。爲寄同心友，兼懷舊館甥。好留千日酒，歸待我同傾。

壽孫方伯含中五十初度四首

奎壁文光下斗邊，湖山花鳥各争妍。金閨才彦今方伯，海國名藩古大賢。不染心真仙佛侣，有容德信與胞全。欲知偃草風何易，收取人情藝作田。

山東出相古云然，望在蒼生簡在天。楚令尹宜光舊物，劉文正謂諸城相國合繼鄉賢。雲霓是處嗟奚後，雨露兹邦占得先。浙水重臨迎竹馬，村村齊唱召棠篇。

出入依然子弟身，問年五十慕方新。趨庭學禮先爲國，保赤求心爲悦親。昔侍鳴琴來下邑，尊甫曾尹秀水。今登行省肅朝紳。宜忠宜孝宜慈父，一念圓成萬物春。

擊缶聲轅貢性真，祝生常語敢輕陳。恩銜世德關鄉里，禮下衰年託故人。尊甫鄉科與余同丙辰。嶽降諒難詩繼雅，躋堂差許義同民。南臺北李歌君子，竊爲邦家慶得臣。

壽某中丞母二十四韻

孝治春暉暖，台垣寶婺光。母儀隆象服，坤德叶黄裳。梓里唐風古，濬源晉水長。于飛占是鳳，言秣嬪於王。開府懷先哲，維藩惠此方。蘇杭移節鎮，蘋藻式珩璜。繞砌蘭争茁，冲霄鶴早翔。三槐無改樹，兩浙復吟棠。繼迹臨薇署，升華殿海疆。二公前後拜，九牧姓名揚。祇訓齊元景，劬躬魯敬姜。循陔敦雅化，偃草被餘芳。冉冉慈雲覆，熙熙愛日祥。歸仁推大母，錫福仰維皇。美號寧求郡，崇封疊有章。七張金紙重，八座板輿香。返鮓心如水，扶鳩鬢未霜。引年尊耄耋，彌性得康强。案户流銀渚，聞樨記白藏。西池剛設帨，南極爲稱觴。粲戟珠盈履，湖山錦作粧。佛螺開鷲嶺，仙醞酌錢唐。十部笙歌沸，千門頂祝忙。忝隨耆老末，瞻禮一登堂。

壽吴翼堂前輩八十

先生舊史氏，漢學推經神。詎獨豔詞藻，賦手班張倫。講易穆宸聽，顧問日以親。旌寵矢弗諠，鐵筆書貞珉。公邃於《易》，蒙召對，講復卦良久，退刊『講易見天心圖』章一方以誌。誕敷帝文德，碑頌遺八閩。抗疏出冤獄，拂袖南溪濱。督學閩中，時得替。會武平有冤獄，民塞令署，因入素所惡二生爲首事，論當死，先生曰：我不可以去謝，緣露章自劾，且白二生枉，二生得雪，先生亦以是罷歸。屢薦不肯起，非惡簪與紳。象賢克嗣服，勉以致厥身。伯也尹京兆，張趙慙其仁。仲以觀察來，如赤保我民。有政各以告，用代甘脆陳。怡然悦雙聽，素履增天申。往予客紫陽，忽忽歲及旬。謁以後進禮，亦枉山中輪。晬盎不可狀，藹藹春風春。掃迹謝城市，肅禮宜僎賓。天都矗天半，惟公與嶙峋。秋初月七日，八十懸弧辰。軒車想闐咽，黄山集仙真。介雅禮莫展，祝釐辭亦塵。何以薦烏几，何以鐫青筠。質言紀其實，用式今之人。

祝金少宗伯海住年伯暨配胡夫人八十雙壽十二首

聖朝人瑞古名臣，仙佛公卿并一身。迎駕六巡才隔歲，八旬初度頌生申。

對誦黄庭對杖鳩，齊眉百六十春秋。當頭明月知人意，萬古團圞一鏡浮。

祝嘏常談未敢陳，一言自署早傳真。可知慙愧林菩薩，自有金剛不壞身。先生嘗寫《華嚴經》，見有『慙愧林菩薩』之名，謂合聖賢知恥之訓，取以自號。

宋儒理學漢儒經，李杜鍾王萃典型。天子敷文覃薄海，老臣名德傍前星。

虞廷人頌伯夷清，正己無求素位行。出入承華惕臨履，威儀重見古師生。

予告歸同洛社遊，湖山景物一囊收。望中樓閣觚稜夢，疑泛春波太液舟。

内外掄才玉尺持，鬼神屋漏鑒無私。即今閒作敷文長，冰雪聰明總不緇。

會狀掄元又館元，散館廷試第一，俗謂館元。當年聲價重璵璠。傳盃舊事分明在，衣鉢天教付外孫。狀元神仙之盃，彭方伯製贈金纂齋總憲，總憲贈莊滋圃中丞，後歸之先生。先生以女夫汪主事康古有異才，初昏時貽之。主事子潤民，於乾隆庚子恩科，會、殿試皆第一，一盃之授受，數定之矣。

更聞玉樹長孫枝，差喜推星我預知。往歲先生以兩嗣君星命，推算有子與否，余決其可即得，今果然。一語試留他日券，鰲峰重看插天時。

格言家訓語繩繩，先生著《格言》二十一則，《家訓詩》五十章，余手抄以訓示諸子弟。苦海慈航暗室燈。示讀幸參真實義，不辭百遍手抄謄。

執友叨班子弟行，瓊林花草被餘光。志心別有皈依處，豈獨南豐一瓣香？

病夫無分與賓筵，軼事追懷信手編。自愧無文聊紀實，侑觴可許入歌絃。

又代作

當代文章伯，臚傳第一人。壤流尊海嶽，奎璧煥星辰。馬帳追三輔，韓潮蹵九旻。休聲孚物聽，名德冠朝紳。諭教公其選，敷求典未湮。儲闈勤齒學，小輩藉儒珍。閑雅推疏受，優崇感賀循。漏催魚鑰啓，風動雪珂頻。素望宜宮相，升庸副閣臣。委蛇瞻乃度，夙夜矢惟寅。遂貳春官長，兼知貢舉新。整躬先禮樂，帥屬治人神。使節持尤慎，輶軒紀所巡。尋常關節斷，甲乙鑒衡真。朗映冰壺玉，虛含竹箭筠。詎同清者隘，誰似貴而貧？廿載承華地，三秋張翰蓴。拜章初得告，戀闕更霑巾。歸作湖山主，開招雞黍賓。嘯歌渾自得，福禄與駢臻。宅相徵衣鉢，庚子會狀汪君如洋，公之外孫也。孫枝降甫申。公新得孫。仙凫戲萊綵，雛鳳叶麟振。公令嗣，一由某令陞部郎，一記名四庫書局。桂魄剛三五，蘭陔正八旬。龍樓寄芳訊，鶴算祝長春。賤子懷先世，公典某科山西鄉試，先君子出門下。師門仰後塵。巢空幸完卵，火盡敢傳薪。岐路嬉羈迹，浮家失處仁。某初寓杭城，旋移寓先君子舊治之嘉善。躋堂思介壽，顧影獨憐身。却想羣仙集，因知綺席陳。團圞酌天酒，雙照月重輪。

附詩餘

夜寒不寐調寄燕山亭二闋

月杵霜鐘，二十五更，敲遍不勝凄緊。無限羈愁，一處都來，合眼幾番驚醒。鐵馬檐前，又送得、西風到枕。還試問，若個司寒，恁般作準？　回頭依約家園，正蟹美禾肥，小春光景。朝朝姜被，昔昔蘇牀，鄉心那堪重省！破帽殘衫，圖着甚、衝寒耐冷。最穩，算只有、樵斤漁艇。

淅淅泠泠，故向愁人，耳畔乍鳴還止。問是何聲？直恁凄涼，却道窗村櫺破紙。風急霜寒，這時節、侯門戚里。可便有，細酌羊羔，燈前帳底。　無情怨煞長安，被利網名韁，誤人到此！魂離遷客，腸斷孀閨，時同年凌比部鎬歿於官。盈盈淚痕如水。事不干卿，總也在、眉頭心裏。休矣！聽陣陣、早鴉飛起。

查太守恂叔招集接葉亭賞白丁香花調寄玲瓏玉分韻得真字

天也情多，遲花信、閏得青春。枝枝葉葉，巧將粉筆彈勻。試向雲階月地，倩梅魂梨夢，畫取真真。逡巡。亭兒邊、遊迹易陳。　　好事風流太守，想香山玉局，合是前身。接葉看花，質金釵、饌玉燒銀。盈盈晶簾斜捲，乍迴首、踈林晴雪，着意留人。更低問，甚年時、重訂後因？

其　二

春且歸歟，倩誰挽、一綫殘春。番番花信，幾曾傳到愁人。驀地尊前月下，詫冰姿玉質，別樣精神。紅塵。休欺他、姑射後身。　　一自亭開接葉，料詩筒酒籃，幾度良辰。膩粉濃香，轉頭閒、前刦後因。相看蕭蕭華髮，比枝上、堆霜壓雪，若個停匀。且消遣，眼前花、權當作真。

戊子姪兆龍偕赴徽州紫陽書院旋送之歸調寄滿江紅

病骨衰顔，况銷魂、客中送客。最今宵、打牕敲枕，雨聲凄咽。榆莢腰纏不當錢，珠蘭腸斷偏多葉。算人生、只有此時心，難如鐵。　　銷不盡，鬢根雪。解不開，眉頭結。儘鱣堂馬帳，鸞飄鳳泊。卅載聯牀玉局詩，秋庭虚幌鄜州月。恁凄凉、莫是不關心，回家説。

周幔亭招飲白雲庵賞紅葉命奚僮度曲侑觴調寄絳都春

詩仙酒隱。暫借得僧寮，蒲團坐稳。便有閒人，挈榼提壺，從君飲。騎鯨客去，龍辭井問若個，沙頭繫艇。天涯吾輩，休辜負了，灘聲月影。依稀重省。認取檻兒外何處，楓丹江冷。换眼看來，這石闌干休閒，恁鳳皇、欲下潜蛟醒。一曲曲歌喉越整。無端歸也，教人怎生意肯？

爲院中肄業生某送江別駕蔗畦權守徽州得替回池州調寄滿江紅

霜剪丹楓，又驚見、梅粧凝素。留不住、鹿輪碾草，隼旟衝霧。虹約雙橋眉共鎖，鐘敲十寺心先破。看花枝、夾道褭長紅，青山暮。　流不斷，漁梁渡。割不斷，賢關路。枉栽桃種李，露團雲護。雁字空留霞半幅，月鉤常帶星三個。爲留公、搔首欲呼天，天難訴。

吞松閣集補遺卷之三十八

秀水鄭虎文炳也著
門人欽州馮敏昌編次
男師亮師靖師愈謹梓

試帖體詩

圓靈水鏡 用昌黎《和崔舍人詠月》二十韻

慶霄輝海月，水鏡瀉瀴溟。象轉隨天蓋，光磨借日靈。參辰交讓彩，嶽瀆倒含形。馭氣騰空濶，排烟掃鬱冥。澄來明撮蚤，照處熖欺螢。素練清於洗，涼波委欲泠。涵虚常半破，入隙每斜經。有影紛相印，無聲静可聆。娥池分灧灧，鸞匣啓婷婷。似雪還通幌，如霜正可庭。風窗摇席綺，露葉碎秋星。拂拭窺妝閣，瀠洄下古亭。寒生疑動膽，凍定不流萍。一鑑浮同白，千山濯更青。奩開朝霧合，輪側暮雲停。撲朔盃迎兔，沉酣酒卧瓶。梧陰沾自濕，桂子落誰聽。小立苔初滑，遲眠户未扃。鳳凰低掩映，鳷鵲麗晶熒。良夜知三五，全抽玉砌蓂。

前題 得虚字八韻

圓靈疑不夜，皎月泛霜除。似水波同偃，無臺鏡本虚。浮疑湖是鑑，凍合石爲渠。鼓鑄來元造，摩挲出泰初。羣形昭洞達，萬象入含茹。啓匣煩青女，迴輪肅望舒。雲開天鑒遠，川印帝心如。微熖㡠藜照，清輝滿禁廬。

迎歲早梅新　得梅字八韻

萬象維新候，晴光已放梅。衝寒迎歲至，流影入春來。白雪輕枝綻，青陽老幹回。含香椒泛酒，破蕚爆驚雷。得氣緣依日，尋芳合占魁。九英欣共照，十月笑遲開。自合呼珠樹，多應住玉臺。隴頭休折寄，移傍鳳池栽。

前題　得新字八韻

早梅開禁苑，玉樹倚楓宸。孤幹緣冬老，繁英逐歲新。南枝催送臘，東閣待迎春。晴雪逢三朔，寒香入五辛。乍披雲似絮，斜拂月如銀。巧綴宫花剪，低横瘦影陳。羅浮回曉夢，姑射記前身。標格冰心在，清華肯離塵。

前題　得迎字八韻

百卉輸梅早，亭亭璨玉英。來疑知獻歲，開恰喜逢晴。椒頌分香至，春盤索笑迎。巡檐堪紀歷，入鼎待調羹。舊雨林和靖，新知宋廣平。淡姿羞俗艷，瘦骨剩孤清。偷眼容禽下，藏身避蝶争。東君應見護，先放一枝横。

莎留鳥篆斜 得莎字八韻

鳥跡開蒼頡，平沙篆刻多。印泥裁翰牘，畫荻傍烟蘿。斜作臨池勢，輕疑踏雪過。未容慚野鶩，端合换籠鵝。飛帛環江練，烏絲界緑莎。書空寧似雁，破體或同蝌。帖擬來禽號，碑從斷岸摩。同文昭聖治，四海頌猗那。

蜻蜓立釣絲 得閒字八韻

野興憑漁釣，蜻蜓意自閒。適來何遽集，因倦若知還。香餌寧相戀，游絲宛欲攀。似嫌雙翼重，未覺一枝艱。小立成幽趣，依人爲好顔。底須飛欵欵，應亦愛潺潺。上竹憐魚拙，穿花笑蝶頑。化同馴雉洽，聖德徧區寰。

買夏欲論園 得巢字八韻

揀樹春纔過，論園夏忽交。買來寧壓擔，摘去已垂梢。清暑惟鮮荔，宜人便樂郊。栽殊脩竹徑，居勝海棠巢。遶舍垂圓顆，登盤擘紫苞。嫩愁鶯共啄，香引蝶頻捎。取亦何嫌盡，貪應未怕嘲。會須占食指，海嶠託衡茅。

風梭織水紋　得梭字八韻

鱗鱗紋乍起，拂水曉風和。投處非關杼，拋來不是梭。騰疑龍未化，啣若鳳纔過。體作迴紋勢，功成少女多。横江初似練，疊雪宛如羅。鮫室聞虚織，并刀欲剪波。縐真披霧縠，濯豈待銀河！聖澤涵濡遠，薰絃入舜歌。

松栢有本性　得松字八韻

鬱鬱岡頭栢，丸丸澗底松。後凋存本性，凡艷薄時容。香葉曾棲鳳，虬枝欲化龍。自應栽漢殿，未合受秦封。殷地濤聲卷，參天黛色重。夜烏休見託，老鶴許相從。勁節經霜鍊，清陰帶露濃。移根來禁苑，睿鑒幸初逢。

金在鎔　得鎔字八韻

良金傳國器，功力在陶鎔。百鍊鋼斯見，雙南品獨鍾。投鑪疑點雪，躍冶願成龍。火色騰還上，星墟望欲衝。鑄來同夏鼎，銷去若秦鋒。繞指柔難化，披沙寶乍逢。滿籯寧足羡，受礪恰相從。萬物爲銅日，神功荷九重。

密雨如散絲 得咸字八韻

縈空絲宕漾，密雨灑雲嵒。斷續終成緒，經綸乍啓緘。織嫌機軋軋，纖謝手摻摻。散處渾難駐，棼來豈易芟！巧梭鶯亂擲，低剪燕頻啣。烟重迷輕縷，風斜繞碧衫。形疑抽雪繭，聲愛點蒲帆。聖樂諧清響，如聞奏大咸。

前題 得絲字八韻

細雨彌空際，濛濛散似篩。聽疑蠶食葉，形類繭抽絲。密處工於織，棼來亂莫治。鳴機煩電母，纖手倩封姨。民力勞堪惜，天工巧不辭。殘春寒食後，故國買新時。未許鶯梭擲，真愁燕剪遲。東風吹欲斷，零落罥花枝。

前題 得絲字八韻

天際雲羅布，長空雨若篩。斜飄渾作縷，密灑欲成絲。剪剪驚風斷，繩繩繫日遲。治棼彌歷亂，引緒各參差。綴網蛛同巧，爲緡釣可垂。罥枝增柳色，抽繭憶蠶時。梭或煩鶯織，機寧倩石支。如膏衣被遠，萬物荷恩私。

空水共澄鮮 得潭字八韻

水光浮淨靄，空影落寒潭。鮮色濃於染，澄波淡欲含。景緣虚處聚，妙向静中涵。不斷交晴翠，無邊共蔚藍。風拖霞瀲灔，雨洗日清酣。深碧依斜岸，遥青滴曉嵐。此時心自遠，是境與誰參？但覺天光合，從知聖澤覃。

清露點荷珠 得排字八韻

鳳沼新荷緑，田田水一涯。乍看清露點，錯認曉珠排。貫處纍纍是，圓來顆顆皆。未須傾蓋得，自覺走盤佳。柳拂思穿線，松横欲綴釵。肯教魚目混，真與夜光諧。帶月寧投暗，因風忽瀉懷。緣知涵帝澤，露灑萬方偕。

前題 得珠字八韻

鳳池清露滴，荷繖緑雲敷。點處差同雨，排來畧似珠。走盤明不定，傾蓋見應殊。的皪纍纍是，圓匀箇箇俱。驚風離更合，映月有還無。柳線穿何用，松釵綴豈須？未疑量斛買，差許疊錢沽。照乘歸宸鑑，含光貯玉壺。

夏雲多奇峰 得山字八韻

入夏雲衣變，奇峰燦若環。翠屏張碧落，青嶂叠銀灣。絮擘烟中島，鴉堆霧裏鬟。似洲來海上，如岫列窗間。雨漏疑穿石，風移孰負山。晚横霞綵斷，晴燒日朱殷。有路空寧鑿，無心出未還。天衢非鳥道，絶頂會須攀。

農乃登黍 得肴字八韻

仲夏方登黍，農歡競笑呶。榴霞烘繡甸，梅雨潤青郊。新月鐮初試，輕珠汗共抛。束來疑似楚，拔處慶如茅。比櫛連蓬徑，崇墉倚柳梢。積勞償秬秠，夙願慰方苞。豳谷春真徧，堯民壤互敲。乍看蒲莛扇，薌合薦君肴。

竹箭有筠 得皆字八韻

竹美章身具，亭亭瘦影排。已含筠卸籜，肯學箭藏鞘。蒼翠竿竿好，圓勻个个皆。清陰濃入户，寒碧碎瑶階。雨色苔疑借，烟痕柳未諧。底須因主重，自覺此君佳。勁節留松伴，虛心任雪埋。聖朝崇禮教，感物每興懷。

鯤化爲鵬 得于字八韻

溟漲鯤初化，鵬飛隘八區。三千從北徙，九萬奮南圖。横海騰身遠，垂天展翼殊。摩霄辭澤國，跋浪接雲衢。不作魚依藻，寧同鷃搶榆。一杯羞井處，六月破墟拘。毛羽真相假，風雷會與俱。龍門閶闔近，振翮起于于。

反舌無聲 得希字八韻

反舌因時異，無聲契化微。當春欣得氣，入夏類忘機。躁吉寧知辨，深沉豈畏譏？語憐新燕巧，歌悟曉鶯非。百囀何煩爾，三緘或庶幾。獨先羣鳥静，自覺太音希。肯去隨蟬噪，能來逐鳳飛。守雌還守默，苑樹萬年依。

春色滿皇州 得春字八韻

暖律迴韶景，皇州占早春。九重晴色麗，萬户物華新。苑樹花如繡，龍池草作茵。雲開三殿日，風静六街塵。淑氣乾坤轉，陽和雨露匀。桑麻堪入畫，鶯燕亦宜人。帝澤先東作，王畿拱北辰。近光依舜陛，擊壤託堯民。

春風扇微和 得微字八韻

淑氣融黄道，祥風動紫微。散寒冰乍釋，送暖燕初飛。似扇開晴色，翔和見化機。摇紅頻欵欵，颭緑更依依。日影花梢永，春光柳上歸。吹來塵自静，着處草應肥。無力將朝雨，含情漾落暉。聖恩迴黍谷，生意徧郊畿。

風動萬年枝 得吹字八韻

苑樹萬年枝，垂名託鳳池。嵩呼符聖壽，風動及春時。少女無聲度，東皇作意吹。舞空頻宕漾，摇碧更參差。密處雲初散，輕來鳥不知。疑隨花影亂，錯認柳眠遲。偃草情何異，鳴條治可思。移根欣得地，雨露荷恩私。

臺笠聚東菑 得臺字八韻

東作方興候，農人戴笠來。抽樓團巧式，障日試新裁。挈伴如雲聚，扶犂趁雨開。勞寧辭襏襫，眠或藉塵埃。共逐春鋤影，羣驚布穀催。耕耘同婦子，饁餉雜童孩。于耜時方屆，伊糾賦未該。堯民歌帝力，南畝是春臺。

雨散雲猶漬 得雲字八韻

薄霽收殘雨，餘陰漬亂雲。千重吹不散，萬族濕難分。淰淰含江色，鱗鱗帶水紋。放晴猶掩映，積潤故氤氲。擘絮參形似，跳珠斷聽聞。連蜷駕雌霓，烘染得斜曛。沛澤知何盡，屯膏異所云。太和彌覆處，帝德被無垠。

春水渌波 得波字八韻

遠浦生春草，方塘縐渌波。籠烟迷翠藻，涵日漾晴莎。鷗點風前雪，魚穿月下梭。平翻疑柳汁，濃染失漁蓑。觸岸鱗鱗起，浮舟淡淡過。人歸芳草渡，客醉夕陽歌。蘭渚流香遠，桃源助艷多。臨淵瞻睿鑑，萬頃鏡新磨。

書帶草 得書字八韻

瑞草生東漢，名傳處士廬。柔條欣作帶，秀質妙親書。詎備瑶函用，偏從藝圃舒。垂紳依講席，倒薤伴經畬。映蘚疑同色，當門未許鋤。有心窺二酉，無意課三餘。抽莢蓂全似，翻階藥未如。傾懷依舜日，葵藿寸丹抒。

如石投水 得投字八韻

納諫喻留侯，忠言許順投。臣心同介石，君德比清流。空洞窺難測，沉浮聽不謀。補天形落落，潤下性悠悠。迎距都無迹，模稜轉自羞。虛懷忘芥蔕，雅量協剛柔。觀水源堪悟，從圜象可求。如淵瞻聖度，頑璞喜兼收。

卧聽村村打麥聲 得敲字八韻

打麥懽晴晝，餘音達四郊。卧酣驚乍醒，聲近聽偏淆。似覺連村合，渾疑帶枕敲。兩岐齊落實，一一米共垂梢。撲豈堪同棗，于真不類茅。高低傳絡繹，笑語雜喧呶。入耳煩相送，關心未忍拋。從知廚篷伴，薌合薦珍肴。

循名質實 得先字八韻

循名收廣譽，責實見真賢。大器辭雕飾，凡材謝曲拳。是珠須赤水，如玉必藍田。維嶽鍾靈在，非熊入夢先。虛聲寧許盜，時艷莫争前。有斐淇園竹，含芳楚澤荃。馨香應待薦，歌詠與俱傳。採納徵謙受，宸衷本似淵。

前題 得先字八韻

課實嚴儒席，脩名託研田。似農應有歲，不殖豈逢年。美以含章貴，文知尚絅先。應圖千里至，頓綱六鰲牽。異數需真賞，殊姿出衆妍。登庸朝典重，克灼帝心傳。在暗珠寧棄，藏明鏡早懸。佇摶風九萬，鵬翼展垂天。

前題 得先字八韻

名實知難稱，旁求睿慮虔。干時聲可粥，籲俊道何先。鎖院新規改，長城舊律傳。剪紅花綴錦，彈汁柳飛綿。邊腹占書笥，倪鋤謝石田。浮華應共落，結習肯相沿。求亦寧辭備，才原不厭專。賢能羣待獻，如埴就陶甄。

秀質方含翠 得青字七言排律八韻

翠含秀質影瓏玲，半拂河橋半繞汀。百折腰肢初作態，一彎眉黛正舒青。籠烟低映堤邊草，帶月斜拖水面萍。細雨揉藍橫斷岸，曉風吹緑到離亭。王恭寫入陶家傳，隋渚描來漢殿形。好待鶯歌啼宛轉，未容燕剪試娉婷。壓殘金縷春偏重，聽徹黄驄日未暝。恰喜移根栽上苑，清陰常得翠華經。

日長農有暇 得農字八韻

遲遲清晝永，有暇慶三農。預識豐年樂，俱欣化日逢。晴明占爛漫，休息稱疎慵。釋耒披朝旭，投鋤憇夕春。村童横短笛，野老倚孤笻。牆脚桑陰轉，籬邊花影重。點蓑桃雨亂，枕笠柳烟濃。復旦興歌處，堯民擊壤從。

曉霜楓葉丹 得霜字八韻

朔氣沉平野，青楓醉曉霜。丹翻千葉密，紅剪一林芳。人去吴江冷，風生漢殿凉。濃陰迷舊態，老艷鬥新妝。金谷珊瑚碎，隋宫錦樹荒。重煩青女力，試作火旗張。映日真成綺，如花却遜香。臨流無限思，染筆寫秋光。

日暖萬年枝 得晴字八韻

苑樹萬年名，青葱漸發榮。枝高迎日早，氣暖占春晴。瑞旭移清影，繁條漏遠明。根含陽德盛，葉散曉寒輕。茂育天心見，融和物態呈。迎風如有意，得露更含情。殿柳欣同植，園葵許共傾。自來承睿鑒，高厚託生成。

平秩東作 得時字八韻

東作方興候，春原化日遲。耕耘同萬井，平秩首三時。土脈陽和轉，農官勸相宜。如雲催荷鍤，帶雨看扶犁。點染郊如畫，生成物自私。羲和宣木德，蒼帝載青旗。榆柳占新序，倉箱指後期。佇聞歌擊壤，聖澤邁伊耆。

池塘生春草 得生字八韻

謝客池塘古，雲開一鑑清。懷人春入夢，傍水草初生。釣石芳茵軟，漁磯碧毯平。燒痕和岸没，秀色映波明。曲澗青羅繞，長堤翠帶横。柳垂金縷重，鷺點雪衣輕。藉藓宜敷席，臨流合聽鶯。咸和徵聖化，雨露荷生成。

天驥呈材 得天字八韻

稱德懷良驥，權奇降自天。呈材歸聖阜，占象應星躔。八駿聲名遠，三花剪刻妍。雄姿羞伏櫪，逸足謝長鞭。金埒龍芻飽，銀鞍血汗鮮。空羣應待顧，畫肉恐難傳。驤首三霄近，榮身六印全。帝閑如可備，春草試連錢。

濁水求珠 得珠字八韻

濁水迷真相，韜光却孕珠。淵藏知孰是，川媚見來無。象罔求應得，摩尼較或殊。希聲緣守默，埋照豈同污！上下沿波討，升沉似月孤。未應遺赤水，肯使辱泥塗。在暗龍堪抱，投明玉共沽。席珍蒙帝採，獻瑞表貞符。

鶯聲細雨中 得中字八韻

春霭重陰合，鶯歌是處同。乍傳花影外，恰在雨聲中。斷續迷清響，幽揚度遠空。喚晴啼不住，愁濕曲逾工。潤處圓吭滑，飄來絮語通。投梭絲染碧，捎蝶粉流紅。會有遷喬慶，還欣濟物功。堯天膏澤溥，霑灑徧幽叢。

垂楊蔭御溝 得溝字八韻

春水初生候，晴波漲御溝。垂楊依遠岸，密葉蔭清流。倒影青如滴，涵空緑似揉。衙排應礙馬，枝亞欲侵舟。鏡與眉痕展，絲將荇帶浮。麴塵迷鷺羽，金縷罥漁鈎。細雨眠難定，斜陽澹欲收。託根欣得地，輦路待宸遊。

風光草際浮 得光字八韻

惠風迴暖律，瑞日散晴光。浮動春難象，芊綿草正芳。問誰參實相，是處見文章。袍色青何限，裙腰緑更長。燒餘含露氣，腐後鬱星芒。變滅藏空際，迷離少定方。有心依玉燭，無夢到池塘。即景徵王化，翔和萬物昌。

麥隴多秀色 得春字八韻

太和盈四野，麥隴自生春。秀色開青眼，晴光展緑茵。潤滋雲脚雨，淨洗陌頭塵。繡作苔痕軟，彈來柳汁勻。含芒金簇簇，吹浪碧粼粼。望歲秋先到，翔和雉亦馴。兩岐書竹史，九穗慰農民。翠輦巡芳甸，承恩繞御輪。

河鯉登龍門 得時字八韻

九折藏河曲，三春躍鯉時。龍門看乍闢，魚服竟長辭。雷雨經綸遠，風雲變化奇。騰身穿溟滓，破浪走馮夷。無用鵬猶恥，離羣螻未知。天衢瞻洞達，元氣與扶持。已遂冲霄志，寧嫌得路遲？爲霖如可望，効瑞應昌期。

落葉 得霜字八韻

病葉初凋候，平添摇落傷。風前渾似雨，月下不禁霜。瑟瑟寒聲碎，蕭蕭野色荒。盈堦愁不掃，敲枕夜偏長。高下應同盡，飄零各自忙。辭枝輕聚散，共樹惜分張。着眼尋孤幹，迴頭憶早芳。空然悲物序，寂歷對斜陽。

映雪讀書 得編字八韻

積雪空庭際，流光映簡編。囊螢堪共照，鑿壁好俱傳。朗逼清虚府，寒吟不夜天。闇明參黑白，珪璧悟方圓。吹杖星疑落，生花字亦妍。燭龍寧借熖，滕六與爲緣。冷味同烹茗，貞心等嚙氊。誰家艶歌舞，錦帳五更眠。

登泰山而小天下 得登字八韻

聖道攀躋絶，如從岱嶽登。衆山寧足小，天下已難勝。遠數烟輕點，高凌日共升。自卑方上達，蹈實豈空騰！目盡乾坤隘，雲開几席凴。混茫同一氣，盤礴出千層。峻德知何極，生民得未曾。景行徒有願，仰止問誰能？

松濤 得風字八韻

萬壑傳松響，洪濤下碧空。寒聲摇岱色，巨勢挾蒼穹。海水吹疑立，河流瀉欲同。盤雲常滚滚，殷地自蓬蓬。晴落千重浪，高摶萬里風。繪音難畫手，流韻入琴工。合洗幽人耳，應驚聽者聾。渾疑廣陵渡，秋月宿孤篷。

十月梅 得春字八韻

纔過重陽節，欣逢十月春。羅浮殘夢覺，大庾早梅新。暗送幽香遠，疎留舊影真。暖開無雪處，寒待履霜人。楓外雲凝絮，蓉邊月掛銀。艷辭桃作婢，晚許菊爲隣。未屑魁凡卉，何妨後此身！調羹意疎濶，索笑向風塵。

芙蓉 得寒字八韻

瀲灧蓉初放，輕盈色可餐。遶堤渾似綺，映水欲流丹。未展凌波步，何來舞鏡鸞？烟籠差不隔，露重若爲殘。冷艷欺楓老，春酣笑菊寒。紅雲移岸脚，初日下江干。如面懷肥婢，尋芳問錦官。秋光殊爛漫，留眼一相看。

滅燭聽歸鴻 得鴻字八韻

枯坐西牕夜，初消燭影紅。邊聲聞北嚮，歸信到秋鴻。天際呼羣急，雲間訴别同。高低渾咽露，斷續或因風。暗室人悲獨，明河影弔空。帶砧飄院落，啼月上簾櫳。似説銜蘆苦，如鳴繫帛功。關心羇旅客，聽徹漏聲中。

從善如登 得難字八韻

從善知何似，如登可借觀。下基覘上達，後獲策先難。有迹行須踐，無階步豈安？躁心憑一蹴，岐路惑千端。躐等原同畫，臨深敢自謾！學山期鋭進，拾級耐紆盤。仰恐彌高阻，途歸絶頂寬。問誰優聖域，道力在堅完。

宫漏出花遲 得含字八韻

刻漏金爲狄，繁英錦作龕。出花剛日午，遲景恰春三。苑樹疎還密，靈虬吐復含。穿林渾欲駐，隔葉試相探。露點如酬韻，風飄忽自南。肯遮香霧重，常與緑雲涵。宿蝶驚猶夢，來禽聽亦諳。宫庭清晝永，化育此中參。

百花香裏看春耕　得深字六韻

樹樹晴霞色，村村布穀音。香從花徑密，春入稻畦深。宿麥將成浪，新秧未吐針。鋤開雲疊疊，犂趁雨陰陰。禹甸休遊日，堯天耕鑿心。豳風如可續，擊壤效謳吟。

前題　得深字六韻

觀耕聊即目，小立百花深。紅送香盈袖，春流翠染襟。千塍龍脊卧，萬畝犬牙侵。雨壓犂聲重，雲團笠影沉。佩捐三尺犢，揮謝一鋤金。熙皥原無象，青郊試共尋。

鑿壁偷光　得光字六韻

叩户求非計，燃薪照豈常？宵燈通比屋，暗室借餘光。綫影流蟾魄，星輝入豹囊。向明宜面壁，守黑慣循牆。方信隣堪買，何知夜未央？寄言勤學者，此是饋貧糧。

前題　得光字六韻

莫笑家徒壁，深憂面正牆。穴坯非遁世，如月照容光。隙度駒留影，輝銜鳳欲翔。毁垣東里鄭，鑿空漢廷張。用作焚膏計，從看繼晷長。因懷藜杖火，辛苦試平量。

二月東風似剪刀 得花字六韻

二月春如錦，東風布物華。寓形呈巧製，新樣出奇葩。翠染千山黛，紅殘萬樹霞。并刀分淨淥，燕剪試圓沙。那及封姨手，能裁上苑花。披襟快閒賞，繡甸一停車。

翛竹引薰風 得翛字八韻

薰風移嶰谷，翠竹萬竿翛。策策枝相引，泠泠韻忽流。吹噓如有待，摇曳若爲留。碎玉檐前落，寒雲草際浮。過叢邀拂拭，傳響出飀飀。月瀉烟梢亂，苔紛藻影稠。迎颸來鳳管，送暖入麟洲。已叶虞絃奏，翔和散八遊。

嘉木開芙蓉 得嘉字八韻 以下借刻《楚南試帖》

丁石寧堪主，芙蓉水一涯。乍開初日麗，寒倚晚風斜。照艷波摇鏡，含情霧障紗。如人分半面，並蒂吐雙花。静逐珠塵落，紅宜寶帳遮。寫真吟繡褥，剪綵散晴霞。木末芳堪采，城頭錦漫誇。小春占物態，雨露沐休嘉。

清如玉壺冰 得冰字八韻

玉琢千金璧，壺藏六月冰。清襟渾共照，秋水與同澂。皎潔融朝露，玲瓏燭夜燈。祇宜臨皓魄，諒不玷青蠅。耐冷寒光斂，含章寶氣騰。虚明通處處，表裏徹層層。似岸横何在，如瓶守未能。願將純白質，就日矢淩兢。

宵殘雨送凉 得凉字八韻

一雨自然静，送來殘夜凉。濃陰暗螢火，清響出蓮塘。冰繭繅絲密，楸枰落子忙。花飄檐影細，點逐漏聲颺。風急吹還斷，簾疎隔不防。將秋上紈扇，如語答幽篁。蓑笠釣人畫，烟波鷗夢長。問誰傳暮景，乞與米襄陽。

高樹早凉歸 得凉字八韻

樹高不受暑，夏晚忽招凉。是處遲秋信，先歸到上方。濃陰參碧落，清影暗池塘。得氣枝承露，迎寒葉未霜。雨添青一色，風颭緑千章。坐蔭塵俱遠，行攀倦亦忘。最宜人宿直，頗愛日舒長。此景疑仙境，知身在帝鄉。

留得枯荷聽雨聲 得秋字六韻

聽雨宜何處，枯荷一鏡浮。霜遲渾未倒，風剪若爲留。錢訝千絲貫，珠疑萬顆投。龜巢雲半濕，魚戲露同流。不斷拋殘滴，將聲送好秋。牕蕉與庭竹，此響共清幽。

沅水桃花色 得花字八韻

沅溯且蘭遠，巫陽遶郭斜。恰看春水色，如傍武陵涯。澹得無邊麗，清知分外華。抱山疑度索，倚棹問胡麻。流艷添新雨，肥紅飲暮霞。漁郎尋古渡，桃葉賦宜家。鳥啄驚留影，魚吹誤落花。澄鮮誰解繪，殘照滿平沙。

停琴佇月明 得凉字八韻

海上遲圓魄，庭前納晚凉。暫閒琴在膝，凝望月窺廊。玉軫藏音遠，金波待漏長。會須迎顧兔，且莫問螗螂。流水與俱静，清輝殊未央。胎仙停妙舞，鷟鵲佇高翔。意趣無絃得，虧成不鼓忘。結璘如解事，流影到虚堂。

良玉比君子 得田字六韻

寶善欽君子，温其玉比妍。無瑕誰涅白，不磷與同堅。韞匵身如隱，輝山氣已先。磨礲成不器，特達瑞豐年。價謝秦城重，名慚鄭璞傳。暖烟依舜日，繅藉出藍田。

滿城風雨近重陽 得風字八韻

才近重陽候，漫天雨又風。滿城吹不散，搯指望何窮。未怕萸筵冷，先知菊圃空。鯉魚聲淅淅，黄雀影濛濛。愁濕啼雲鴈，禁寒咽草蟲。有心催令節，無術乞壺公。興發題糕外，秋先落帽中。關情佳客約，數問夕陽紅。

來雁有餘聲 得聲字八韻

籬脚花初放，雲頭雁有聲。餘音渾不斷，秋思若爲生。漫展揮戈志，聊看結陣行。來將邊日遠，寒帶朔風清。繫帛啼難住，銜蘆語未明。悠揚和葉墜，鵶軋落檐輕。豈爲司更苦，寧緣失侣驚。長鳴欣飽德，如訴稻粱情。

雲開雁路長 得長字八韻

風卷秋羅薄，雲收玉宇凉。九霄開雁路，萬里徹龍荒。絮擘渾如砥，峯奇不礙翔。垂天分鳥道，煉石鑿羊腸。緩度閒書字，争飛亂作行。近光應趁月，無迹豈憂霜！記里煩河鼓，歸途指帝鄉。安棲欣有日，振翮敢辭長。

鶴鳴于九皋 得秋字六韻

九皋棲野鶴，萬里唳清秋。警露新寒候，啼雲最上頭。地靈欣有托，天聽若爲謀。高引星辰氣，卑辭燕雀儔。鳴陰寧索和，望嶼莫輕投。倘附丹山翼，終陪阿閣遊。

秋蟬鳴樹閒 得秋字六韻

老樹仍含碧，寒蟬已入秋。鳴條風與度，啼葉露同流。似訴辭枝怨，渾將别語留。斜陽三徑外，殘月五更頭。密處遮難住，疎來斷欲愁。問誰憑妙指，玉軫譜歌喉。

斵雕爲樸 得天字六韻

亦藉人爲力，終將俗尚捐。不雕知未得，返樸豈無緣？斵削寧留迹，工倕别有權。似磨珪去玷，如制璞能全。學繕迷中性，民完鑿後天。休風三古上，聖治萬年傳。

以德爲車 得爲字六韻

帝德車垂象，無爲無不爲。動應儀斗極，静或止金柅。馭朽民同此，於衡目在之。乾行原至健，坤載復何私？旌結神彌斂，郵傳化若馳。爲吟黄屋句，先後聖心知。

冬日可愛 得冬字八韻

温温依愛日，凜凜薄嚴冬。浴影來滄海，窮陰耀燭龍。鴉飛冰樹裂，爐點雪泥鎔。大澤開堅腹，羣山醒睡容。慈輝争欲戀，離照若爲重。暖淨風霜氣，寒消高下舂。舒長遊化國，瞻就託堯封。曝背真堪樂，南榮杖策從。

涵虚混太清 得清字六韻

天水兢秋碧，湖流八月平。虚涵銀鏡徹，混合玉壺清。出入雙輪轉，乾坤一氣成。駕梁虹影落，題字雁行明。軒樂含高響，湘絃度遠情。長風吹萬里，變化壯鯤鯨。

澧有蘭 得蘭字八韻

春風吹澧澤，芳草數幽蘭。舊入騷人賦，新承君子歡。箭穿疏土碧，帶展嫩蒲寬。百畮同心契，三湘別種看。夢迴波渺渺，香澹月珊珊。紉佩應嫌晚，當門肯見殘。含情啼露慣，寫照入琴難。相對不言處，江聲清夜寒。

吞松閣集補遺卷之三十九

秀水鄭虎文炳也著
門人欽州馮敏昌編次
男師亮師靖師愈謹梓

文 書啓

與江西廉使馮公廷丞書

閣下曩涖浙東，照臨海澨，譽流王途，聲交夷舶。移棠八閩，載歌芠甜，叔度來暮之思，宣城去德之感，不獨文一人然也。嗣聞晉典邦憲，弼教外臺。廬嶽升曦，彭蠡涵澤，庸勳選德，宸聽維聰。一日九遷，十旬遠至，延登即拜，邁迹車茍矣。屬在舊部，曷勝抃慶！

文戢影衡廬，用休暮齒，邦君大夫，未嘗輒以名通。辱閣下過信流聞，猥先貶屈，枉沐旌麾，勤逾吐握。於時文憲之幕，英俊雲臻，元禮之門，清流鱗集。經學則戴徵君震，史才則章明經學誠，斐然狂簡之才，則汪茂才中，莫不賓之閒館，煦以春風。休休之度，山川容納，弘獎風流，許與氣類，古人所歎，曾何足云！文自揆凡陋，分隔飛沉，眷德滋深，貢言靡所。惟有仰模道範，矢之没世爾。

今者孝廉程名瑶田，歙産也，其才兄事東原，弟畜容甫，而清懿粹温，德器過之。閣下星雲之輝，炳曜藝圃，瞻言靡及，後睹懷慚。兹以遊湘，取途江右，願傾觀海之心，尚怯掃門之迹。文竊不自量，僭言塵聽，亦知良樂不靳賞於空羣，薛卞或幸許其長價也。尚望側階之容，兼被齒牙之惠。則一言之譽，東陵侔於西山；一盼之榮，鄭璞逾於周寶矣。

與袁生鈞書

頻得來信，以無便，初謂足下當來，已而又疑往江右，遷延不即作復。頃魯使至，讀手書及所著，甚喜慰。其使回，作雲圖慰問，書畢，遂忘復足下。老病健忘，轉頭便如隔世，此其徵矣，可勝歎耶！

足下得館，足供高堂甘旨，又可安心讀書，爲不朽之計，甚善！嫁妹積逋，此是貧者常境，然已了却一大事矣。僕今年夫婦相繼患病，至此月十八日，不得不去，其狀更非往歲可例。明年當辭新安之席，意得蕺山爲妙，然必仰面告人，吾老矣，不能用也，聽之而已。歲暮足下歸里時，或來禾中一晤，亦不甚費日力。吾自推星命，庚子、壬寅兩年間當歸，與足下輩無幾相聚。能多一聚，是樂事，足下念之。足下散文，其佳處不下古人，從此不懈益虔，豈特老朽退舍避席，即近之名能文章者，孰不斂手耶？勉之而已。

足下前後文三首，惟《溺女狀》最下，不足存。其二首記夢文，爲尤妙。第文中凡遇大士，必空字以致敬，此何説耶？不知足下文中，遇堯、舜、周、孔諸賢聖，亦復如是否？恐未免爲羅孝廉習氣所染。孝廉則已狂走失步如是矣，足下奈何復耽之？僕知足下重孝廉之才，如慕西施者，即其顰亦愛而效之，而不知其實病也。幸足下無復然。匡章不孝，不過斥遠其妻子而已。故孟子原其心，而不與之絶，然亦未嘗謂之孝。

今孝廉父死不奔喪，是無父矣。成佛作祖，皆本此父母所生之身，而可以無父乎？孝廉才人，不講於聖賢之學，故其流遂至於此，吾不願足下效之也。足下亦心非其所爲，而不免於佞佛，則此中尚欠主宰。苟無良師益友切磋匡救，不幸而爲境所困迫，吾烏知足下之所終耶！

尊大人聖賢之徒也，繼述之大，不僅區區文章富貴，循循庸行之中，而能勉爲其難者，則出處皆臧矣。惟足下勉思吾言。子孟去冬喪子，家益貧，吾作書令其往謁中州學使邵公，未知有所遇否？亦於月内啓行，貧遊遠别，真黯然無以爲心！紙短情長，言不盡意，惟善護客履爲屬。

與庶吉士邵甥自昌書

聞賢昆接翅天衢，分鑣雲路，式孚物聽，允迪前光，喜與忭會，莫能自名。猶恨足下失元，意將留諸後人，『上林春色倍還人』，請易審言詩奉贈，以爲他日之券耳。

先人家傳，屬作草稿舊矣，云與《通考案辭》同寄。《案辭》宛存，而書狀則未之見，不知從何漏失，當是由禾寄徽時遺之，或寄徽而老病昏眊，久置健忘。然鄙意猶以不得一讀行狀爲怪，今殆不可復考其故矣，自後足下亦竟不以一字相促，遂若未嘗有其説者。已而微問之師孝處，則相隔數年，狀不可得，無從措手。且不更得足下信，謂京師之有道德能文章者，近尤輻輳，必已有所屬，則又姑緩之。會進也歸自春明，搜得行狀，於他處晤二雲太史，傳足下乞傳之意甚篤，遂不辭老拙，屬稿奉質，聊用自贖。僕本不以此事自信，況久廢棄，心血枯涸，不能苦思。翻檢前後數過，輒頭目眩暈，勉而爲之，知不足用，足下酌定可耳。二雲當代作者，脱稿時，二雲歸越，不及與正。此千古事也，才如陳王，猶須相知定文，況僕耶？ 盍屬其點定，且以定本寄我，幸甚無極！

僕十載新安，以常病，有首邱之心。去而就崇文，脩薄而繁於酬接，差喜其近，貧病而外，餘無可言者。耘雅堂諸君，求一館不得，僕又孤冷，無可置力，如何如何！ 晴山先生去年竟得兩雄，進也過謁歸述，爲之狂喜，善人有後，天道果不爽也。與足下爲素心之友，當數通問，曾聞之否？ 賢昆會墨未全讀，寄示爲屬。儀曹君不更札，均此申意。

與童處士珏書

二樹先生侍者。前先生墨梅傳世之寶，辱贈累幅，其何以堪！ 惟命子孫世守之而已。伏讀鴻製五律，置之盛唐大家，亦是第一流，非貌似者所幾及。七古則得蘇、韓之精者，真浣花老人之的嗣也。自明以來詩人，先生殆有過之，敬服敬服！ 文不足與語此事，今雖以學語之語，塵之於前，非不知人間有羞恥事，欲得先生一加抹出，庶不終迷於末路耳，幸教之。

馮十四罷官，不得其消息，今知在洛。翠華南幸迎鑾，臣子分内事也，其有意乎？胡六内姪，先生處之甥館，外氏之書，當必盡讀，今秋能命中否？浙與京兆榜，文無一親戚中者，不知中州諸親串何如耳。又希亦下第，復入洛，明年當復歸，僕僕未識所止，益知先生高懷達節，爲不可及也。

聞先生有還山之計而未果，如及文未死前，或成小築於鴛湖之濱，文亦當移家具從之。東坡所云『風流二老對開關』者，何必非暮齒之大快事耶！先生以爲然否？文老病，久不作書，舉手輒誤，故常假書他人，然不敢以欺先生，脱漏塗抹，幸恕其慢焉。專此上狀。

答沈觀察榮昌書

文迂陋衰病，不敢與當世賢士大夫交，舊矣。公忽枉存於郊鄙窮巷中，且不惜降屈，齒文於伯仲之間，夫何素望敢以及此！又命公子執贄以師禮見，不敢當，不敢當。

文少孤露失學，長而困於衣食，讀書未半袁豹，輒事俗學，干利求進。既而恥之，惰不自策，迄以無成。今老矣，日益荒落，出而求主講院，非敢抗顏爲人師也，資以自活。雖慙於心，而不能自已，何公過聽，而亦以此事相屬耶！今公子持手書來，義無復辭。公子質厚而氣静，不染時習，與拙者臭味爲近，世德庭訓，具見於是矣，敬佩敬佩！近已作時藝數首，若徒與世較勝負，事未可知，蝥弧先登，要必能自成一軍者，乃克信耳。此非深於理法者，不足示異。

夫理法何異？臬彠我昭，則異矣。文告公子，先求端於《四子書》，必盡取三家村中之熟爛講章，束之高閣，博觀於漢、宋及本朝儒先之説，則義富識廣，而拘墟之心胸開矣。至其要歸，則必涵泳白文。有字處有義，無字處亦有義，分合順逆以求之。至經可證經，貫通無滯，則傳説之是非可定，而亦可廢，理乃得其真，而無人之見者存矣。

次重文律，必取衷先正，以王唐正其體，以震川茂其氣，以思泉厚其力。而後濬巧於隆、萬，搜奇於天、崇，升華於國初。類而推之，其足以愈愚饋貧者，惟己擇而取之耳。薈萃其精華，銷鎔其渣滓，效法乎上，可得乎中，未能勝古，可以抗今矣。二者闕一不可也。

至若《五經》《三禮》，《左》《國》《公》《穀》，《史》《漢》及韓、柳之文，必貴精熟。其未能者，隨其敏鈍，積漸以充之，得尺得寸，毋鋭毋怠，要不可一日去諸手口。此則根柢之學，約而易行者也。

持此以求進，得固無慚，失亦無憾。得失有數，豈必事俗學乎？俗學求速化，失則兩失；從吾之説，失之數者得之文，有得而無失者也。然而學之成否，則非教者主之矣。文嘗以之勖吾子弟，今即以告公子，此猶是經義入德之門耳。

然非是，則必昏於理，舛於法，盲於心，滑於口。譬之水，穢積而臭惡，雖烹以八珍，調以五味，其孰能甘之？擬之聲，萬口而一舌，如隣雞之鳴，村犬之吠，其孰能聽之？故不可不事乎此也。荷公委託，不敢以速成之説，爲公子告，且理無速化，文又不能，惴惴惟恐以迂濶誤公子，且誤厚意，故不敢自匿，畧談其粗，幸進而教之。

與汪明經稚川書

稚川足下。日前奉狀，草草未盡所懷，且以未得備悉尊况爲悵。頃得示差慰，情詞悱惻，心骨爲酸，老淚承睫，咽不忍讀，勉强竟紙，悲何可言！足下以朋友爲性命，况如文者，年迫日索，又不同鄉土，行且去此，會難預期。足下之念我，猶我之念足下也，亦復何云，亦復何云！益陽人士寥落，而親戚悦其情話，琴書可以消憂，泉明高致，想稱雅懷。開卷獨得，閉户自精，一簣靡虧九仞，用仰名山之業，天與之時矣，何嫌長此寂寂耶！

足下顧以闕於秋試，不能無老驥伏櫪之感，文竊以爲過矣。足下《三禮》之學，事之終身，惜尚無成書。文於此事，未涉其藩，焉測所底！十年以來，間聞緒論，輒謂心眼精密，殆過東原。東原被徵召，參書局，入詞館，其所述作，登之御覽，府之延閣，已有傳於後矣。足下獨遠一旦之名，持重不輕出，出雖後，如積薪然，將必上之。然百年鼎鼎，逝者如斯，奈何不早計也！

向者踽影鄉廬，殷憂嗣續，今則湘靈調瑟，楚蘭紉佩。天啓其祥，人盡其事，五舉丈夫，可坐而俟，更無他端足以攖其寧。由是一情辭餘，以崇所尚。説經則漢嗣康成，修德則宋師徽國，百世之名斯在，兩廡之座可參，其爲樹立宏達何如！區區科第，烏足爲足下重哉！近聞東原遽爾化去，人之云亡，其如命何！官書程迫，精易銷亡，得馬非喜，良用慨息。

憶昔評其星命，有乙未得官丁艱之説，後共足下檢視之，謂不全騐。計乙距丁，歲才兩周，則猶吉凶參半之度。吉過凶來，非親則身理，故一貫不騐而騐。小道可觀，今乃益信。準以預卜晞原之連得兩雄，則燕姞之蘭，可爲足下賀矣。令姪垂髫，巉然已見頭角，德門衍慶，瓜瓞方綿。德厚者流遠，足下第益培之，後且莫量。功名草頭露耳，東原非其往轍歟！

文於九月下旬將去此矣，漏盡夜行，義難再蹈，而戀戀不能忘者，諸公之高誼耳。『脱有經過便，念來存故人』。聊誦靖節句，以要足下爲别，不忍更作苦語相惱也。别遠會稀，離懷剌促，語無倫次，足下鑒之。

與同年熊贊善鶴嶠書

自癸巳以來，不相問者久矣，知公主講鹿洞，接武先儒。今得庚子十月告，始悉皋比移設嶽麓，此邦文嘗偶寄鴻爪之跡，未聞有能以師道自立，以文行勖多士者。公涖此，不啻張樂洞庭，令人復聞湘靈之瑟也。文十年新安，三載虎林，如托鉢僧，求飽而已，無可舉以相質者。今得公著，可藉以式多士矣。

文數年前，曾從陳太史揚對處，假觀公所注《易經》，似小有悟入處，惰不自策。又加以常病，遂以涉獵了事，無從窺見萬一。不知此書及《左傳紀事》外，尚有未梓以行者幾種？公之立言，已可不朽，文則休矣，如何如何！

公言今之人士，絶少真心力學者，非不力學，其心異耳。近年自皇上搜採遺書，徵用窮經之士，士乃争事經學，專精考据。視向者幾篇墨卷，一部講章，便希弋獲者勝矣，然而一知半解，輒以問世。文嘗謂窮得《十三經》，不若行得經中一字一句，藉以矜博，斯世徒增浮薄耳，國家亦安用此輩爲也！無源之水，其流不長，此鄉墨所以率無當於聖訓也。

吾浙鄉墨，率填寫經傳如鈔胥，其文體則熟爛墨卷耳。文於此事本在門外，故不敢求窺天下之文。相知之友，奉使過浙，偶有舉贈者，聊翻閲之。曾見己亥、庚子福建鄉墨，覺有可觀。己亥主試者朱學士石君，庚子則東皋也，可知天下未嘗無才，知之者鮮耳。知之者鮮，則詭遇者多；詭遇者多，則孰甘不遇者！此文所以率不軌於正也。

若使人甘不遇而必於正，此可求之於文乎？故文謂力學非難。當先正其趨於心，庶幾無慙於公所云『真心力學』者耳，然而難矣。中垣同年之嗣君，聞從公於書院，大匠之門無枉材，定能迪光前人矣，爲之慶幸無極！其同祖兄弟，孝廉名本楷，諸生名本松，松故雋才，公曾物色之乎？不知此可許爲『真心力學』者否？文心藏其人，而未與之處，幸公評復我。

文衰狀日增，自去冬得偏中之疾，近於左癱，百藥而得延喘息。入春來，手足漸可自主，然必杖而後行，雖仍西湖之席，尚視衰健爲進退耳。文近有三孫，長者九齡，幼才數月。三子屢試屢蹶，學亦未成，由其才智下，亦緣文病，不能不以一切事分任之，窮人窮忙，終年遂無一日靜功，文亦不以科第望之。第求其謹身寡過，做得三家村一訓蒙師，而不至貽譏『都都平丈我』，足矣。此非向公作謙詞，素心故如是，不知公以吾見爲然否？

近日同譜，惟海住年伯在杭時相往來。老人壯健，詩酒之興猶豪，今年八十一矣。孫二芥舟罷歸，僅一見，顏如四十許人。雖同鄉如海住翁，亦無從數見其面。國公本省大吏，名柬往還而已，此外更無新知可與談心曲者，可謂生趣索漠矣。叔宀之長郎，文壻也，己亥舉鄉試第二人，餘無見聞。聞王二芥子斷弦後，復丁年伯母憂。旭莊罷官，取道長江而歸，竟無緣與之一見。言念及此，如何爲懷！兹因便奉狀，拉雜無次，力疾以書，潦草可笑，惟公鑒之。

與同年胡給事之兄澤洪書

辛丑雨水後一日，接去冬十月十一日告，並郎君輩手書，欣慰不可言。想獻歲來與時偕泰，福履增慶。長君當已計偕入都，尋名榜頭，拭目俟之耳。

文自歸里，益復無聊，寄跡西湖，傭書取直而已，資以自活，何師道之可言！文故不足爲人師。近來人尤不重師，以昌黎之才望，好爲人師，尚取怪於當世。况文何人斯，而敢居此名耶！賢喬梓語問及之，輒過加獎寵，讀未竟，愧汗浹背矣。

次君必當著述，自皇上搜採遺書以來，天下争重實學，窮經之士輩出。次君文所素知，其不爲流俗之學者，未識其爲名世傳世計，所學何在？文學無根柢，不足與語此。顧竊謂通經以致用爲本，竹頭木屑，窮年矻矻於考据，而一字無益於身心家國者，雖博涉可以扇譽，亦同於玩物喪志者耳。賢郎可以爲傳人，又與文有舊，敢獻其鄙，私以佐庭訓於萬一，不知五哥不以爲迂濶否？

文去歲仲冬二日，忽得偏中之疾，踉蹌歸里，百藥而得不死，已如草霜風燭，數日而知銷亡之候。然迴憶令弟，文已多生十五六年！特與草木同腐，不能無憾於五哥書中之語，溺人必笑，轉用爲郎君輩相策耳。若文之諸子，才質均下，第勉其爲一鄉黨自好者，幸矣。然且迫於衣食，或猶未能。此非謙辭，屬骨肉之愛，故質言之耳。

與福建吴學使玉綸書

閩人來，言公公明清肅，士風振起。彼都之士，頗尚實學，足傳公衣鉢者。何郡之才爲多？試牘想必有梓以式多士者，幸惠數册，以開茅塞。去年，浙之魁墨，一種清氣，洗去肥垢舊習，而程文洵足起衰式靡。

因爲下第之幼子，講論是題，謂必以章末一節，爲歸宿之地。特即末節殊難解，若論出處之道，子與逸民原不得異，其有可有不可，與無可無不可，如何的的確確指得出來？文謂異不在三節毛舉一節求之也。即概言出處，逸民與沮溺輩異，則與孔子不異；與孔子異，則又與沮溺不異。其所謂無可無不可，不知畢竟何指。

文謂逸民不忘世，原與孔子同，特其本領則大異。使出而得行其道，則如孟子所謂『皆能朝諸侯，有天下』者，不異也；使不出，則逸而民之已耳。蓋逸民可治一世，不可治萬世。若孔子遇，則堯、舜、文、武且復出矣；不出，則即以堯、舜、文、武治萬世。是出亦可，處亦可，所謂無可無不可者，當作如此解。則故未嘗逸，未嘗民也，直堯、舜、文、武萬世矣。

故文謂：『文王既没，文不在兹乎？』此孔子以道統自任也，其辭顯；此章孔子以治統自任也，其辭隱。自來儒者曾未一語道破，遂令聖人本領心事，各以己意言之，而不知聖人已明目張膽，自言之矣。故孔子後，知孔子者，獨一孟子，文作此解，得諸『養氣』章之後半章也。

文近老病荒落，於辭賦之學，廢絶不觀。稍稍解得《四子書》，然不敢自信，而老成凋謝，舊友淪亡，無所取證。偶有所見，同於道聽而塗説，不復存録。因重公仕優能學，獨恨語默殊勢，無緣合并，不能罄懷相與賞析，此亦老境中於貧病外，尤不自得者也。興懷及此，書以奉質。公勿以世故處我，萬望批答，以示吾輩師弟相與尚有古道，亦式後學之一端也。公以爲然否？

與楊方伯廷樺書

去臘使回，附謝函。春首，有汪生大紳者，游朱學使幕入閩，附賀函，且以狀聞，兹不多及。

吾鄉有金茂才名啓東號文伯者，有聲庠序，其令祖與先君子同年友，其尊人用壬午孝廉，官學博，兩世均爲吾鄉之有道而能文者。文伯能得其家學，館於延平之南平令署，非一歲矣。今偕汪生大紳以行，素熟公清名，亦欲文以其名達公。非有所干也，得公齒及其名而奬借之，聲價倍增，舌耕異地之寒士，如托廣厦矣。

文自歸里以來，門庭無冠蓋之迹，而寒士及四方之通人，往往所至輒爲過從。或相質以文學，亦閒謀夫饑寒，齒牙難吝，筆札遂多。有咎文者，曰：『數煩人聽，聽者滋倦，毋乃非自爲計之道乎？』則笑應之曰：『僕生平故最不善自計者也，豈復求善於垂盡之年乎？』

且若不知僕，又惡知方伯之於僕。昔宋有士人之應試者，託東坡先生名，封識其物，渡關遇坡公，公爲署其封以達之。明有學究，自言鶴灘先生爲其門弟子，館於某姓。一日，鶴灘先生過其地，某姓意鶴灘必過謁其師，盛具供帳以待。學究乃先迎鶴灘，伏地請罪，自言其情。鶴灘不爲忤，許過其館，明日竟執弟子之禮以見學究，學究自此遂重於其鄉云。古人之曲意以濟渡寒士如此。而今乃吝此一言，言矣而謂人必吝此一聽，此可論常人，而不可以論吾輩也。

今自公晉位以來，去年二陳皆以文書，公一則資之以入都，一則資之以骨歸。今則汪、金二茂才，雖均無所求請於公，然而文書亦毋乃稍數乎？顧文之謝不與應者，不啻十之矣，其應者皆寒士，又分誼所難却，而品學足信，故不憚爲之，亦恃公知我之必不以公爲市耳。恐此後或尚有不可却之書，故聊於此書發之，公其幸聽焉。

與邵上舍毓亮書

日前賢金玉來，匆匆未及深叙而別，悵悵。李君回，得告知齒痛已愈，甚慰。訊之，則知李有危言，此要人以遷葬而自爲别開生面計也。董助教薦引，其人代董來爲吾定地之可否者，而董於兒子歸時，附書於僕，則云其人學有根柢，終係行道之士，言不必盡實。蓋慮僕信董之薦，爲其所誤耳。據此，則其説未可盡據爲典要，而皇皇以遷葬爲急。急遷不得地，勢必指爲避凶之策，起葬者而攢以待地，此事之必不可行者也。

僕事事主於脩己自求。聖賢作善降祥，作不善降殃之説，必不欺天下後世。獨於此不知命，而歸休咎於地。試思祖宗父母，孰不願子孫賢孝富貴？顧生而扶持教誨，不必盡能如其所責望於子若孫。豈有既枯之骨，尚足爲百世子孫任休咎耶？此不待智者而知其妄矣。

古人葬有定所，昭穆以序，日月以例，何能異同以從地師利不利之説耶？即形家之言，亦本於古，往往地借人爲靈，人必不恃地而吉。一飲一啄，皆非人力可强，况萬年埋骨之地乎？某應葬某地，大約數已先定。如數應得吉，雖屢遷，而吉輒隨之。反是，而凶亦宜如之。僕信此理甚真，而猶不廢相地之説者，詳慎於事前人事所應爾，非用此爲趨吉避凶之妙道也。

僕於丙戌告歸，其先後數年，先兄生子不育，僕降官病瞽子死，亦有地師言先塋不吉，必遷葬乃安，不然正未可知，其危詞亦有如李説者。愚兄弟不爲之動，非不稍稍心動而悸，顧念葬者，藏也，既藏則先靈安矣。以子孫之偶不安，而復使父母之靈出，而更易其處。使易之而仍有所未安，將更易之乎？況得地之難，同於奇貨。遷延歲月，人事難料，中見乖阻，待葬無期，此其負疚，如何可言！此僕當日所以反覆思之，而必不用其説者也。

今又垂二十年矣，雖無所爲吉，亦無所爲凶。一家人丁既多，一二死亡之事，勢豈可免！即後世所指爲劉國師所定之穴，其家豈人人老壽者耶？李君自負陽宅，亦有奇驗。因言敝居必有火災，此亦甚可畏者，然亦聽之。苟命合有此災，徙亦何益！孽不自作，吉凶何問焉！

據李云，足下似不甚深信其言，足見識力堅定。然僕亦不堅主不遷之説。苟得善地，力亦可辨，既售其地，因而移彼就此，未嘗不可也。特不可惑於避凶之説，易葬爲攢耳。馮晉翁爲掌科，令兄寧波太守所擇葬地，則李來閲之，又心折其眼力手法之高老，爲近所罕見者。僕赴館，張堰掌科爲言如此，某竊意馮之一人，必不應佳惡懸絶如此。況王非舊交，而與令先尊爲骨肉之好，豈爲尊塋而有不盡心者耶？求其故而不得，則吉凶果不係於擇者之明暗耶？或者王地不聞其凶，而邵地已詳殁者之數而云然耶？是皆僕之所不能參其故者。

僕於尊府知無不言，言無不盡，期他日可見亡友於地下而已，故僭陳其説，足下其幸聽之。

與陝西巡撫畢公沅書

伏念明公以天挺之才，馳聲華歲，召登薇省，列職禁近，文章經濟，公輔屬心。尋以廷試第一人受知聖主，虎豹之文，麟鳳之采，焕揚炳耀，藻被朝野。上允帝心，下孚物聽，誕膺節鉞，載鎮秦隴。嗣古音於周、召，第嘉頌於南豳。九牧讓能，羣流仰止，延登即拜，固已西望函關，識東來之紫氣矣。

文曩忝同官，瞻顔朝著，徒以迂陋自沮，闕於趨承。洎乎告歸田里，語默既殊，霄淵彌隔，老病日深，廢絶人事。豈復望當途貴人，尚知有田間人姓氏者？去春屬文一二舊游，來從公所，爲言明公齒及衰朽，眷同故人，夫何素望，敢以及此！明公本姬公吐握之勤，負元禮模楷之望，以今視昔，同揆合符。是以東南才彦，景臻響附，咸賦西征。文雖風燭待盡，不能奮飛，拊髀雀躍，輙不禁西向而笑也。

與河道總督李公奉翰啓

伏惟閣下蟠根仙李，挺瑞猶龍，皋益則繼武賡揚，談遷則傳家述作。世德斯崇，帝心用簡。念河渠之書，厥有傳者；寄節鉞之命，意在斯乎？等二公之在周，拜前而拜後；如五臣之咨舜，汝往而汝諧。用宏乃猷，克篤前烈。眇往古而論功，勝國則潘其選矣；第先賢而校德，本朝則靳莫尚焉。然而忠以作則，有導之先；孝以承庥，爰步其後。狂瀾順軌，德水朝宗。勤鑾輅以循隄，永彌蟻穴；覽塗泥之作藝，重税桑田。遵聖主指授之畧，守先臣冰兢之心，於以合萬姓之懽，上一人之慶。試爲準古以律今，非特淹潘而埒靳矣。此閣下繼繼承承，以上紓宵盱，下奠蒼生者，固天下仰之矣。

若夫獻之之筆，得諸右軍；審言之詩，傳於子美。昔賢所稱專美，閣下則有兼長，餘技多能，迪光趾美。則多士之傾懷者，何啻千百輩；老夫之醉心者，固已三十年矣。文之季父，幸託葭莩；文之從弟，謬參賓從。每有流傳，輒關視聽，竊自笑聾者亦與乎鐘鼓之音，瞽者亦與乎文章之觀者也。顧性既迂愚，勢尤疎賤。況養痾而歸田，豈呈身於當路！乃荷閣下垂心耕鑿之夫，結念衰庸之老，折柬以問之，鳴謙以親之，此昌黎所謂『得此於人蓋寡』者也。

至於舍姪師尚，分益卑矣。閣下且重亡弟之一言，不惜崇階之盈尺，輒呼入座，屢降寵光。仰見吐握之懷，海嶽之度，無非本孝德以垂慈，推篤親而念舊。其於亡弟，生則禮食之，死則哀贈之，而且無盡之情，及於文輩，皆有所不忍棄遺，則西華葛練，詎足爲亡弟身後慮耶！此尤文傾賢慕德，七十年來所未嘗見有如閣下者，義當爲亡弟投五體而申九頓者也。徒以江河間阻，兼之衰疾龍鍾，懷不能展，心益如擣。茲因羽便，敬佈積忱，惟閣下鑒之。不宣。

徵邵雪崖先生八十壽言啓

乾隆丙戌七月十有二日，誥封奉政大夫，江南道監察御史，提督山西學政雪崖先生八十初度。豫歲十一月下浣之五日，某等以恭祝聖母皇太后萬壽會闕下。既罷朝，謀所以壽先生者，告於其令嗣蕢村侍御。

侍御曰：『微諸公言，某願竊有請也。初，丙子之歲，某思爲老父舉七十觴，會祖母見背不果，今忽忽十年矣。明年，某將歸，歸必籌所以佐春酒之獻者，而老父顧獨落落無所嗜好，特躭吟耳。無已，敢請於諸公，願得一言，徧乞於當代之有道德而能文章者，錫之著述，俾老父得附名不朽之集，以壽百世。』某不敢辭。且今日聖母萬壽之日也，而諸公會語及此，此即聖人推恩錫類，下及萬物，萬物莫知其由然，所謂帝力何有者如是，是誠老父之幸也。某尤不敢辭，於是退而爲之啓曰：

先生姓邵氏，名胡然，字晉元，號雪崖，先世居越之餘姚。其遷於杭州錢塘也，十有五世矣。先生幼從祖文學公學，年十三能文，出應童子試，輒壓其曹。十五工詩詞，二十補博士弟子員，三十七餼於庠，四十貢太學，九應省試不第，遂棄去。凡諸同學及後進，或經先生口講指畫者，咸掇高第，仕爲貴人。而先生猶囊琴襆被，僕僕晉代吴楚間，歲取其館穀所入，以贍其家。家食指繁，性又喜施與，或往往至不給，則閉户高吟，絶口不道家人事。間客來與欵洽，懽然竟日，卒亦不知先生之困也。

初，介休馬公鍾華，以觀察鹺政涖浙，聞先生名，延之署，令子若孫受經於先生。比歸，固請往，留介休凡十年，介休人咸知先生名。其曹偶或語及馬氏師，必改容稱先生，無敢名先生者。後觀察子淇理來守嘉興，嘉興去杭近，一日夕可達，具舟迎先生。先生謝曰：『吾不溷若，若第爲好官。』麾使者去。使者三四返，卒不往，蓋其性情高曠，不樂榮利，故四十年絶意進取，無幾微感憤之色見於顔面。

會侍御貴，遇覃恩者再，初封編修，晉封御史，人皆歸德於先生。先生益欿然懼弗克副國家厚恩，卒亦了無喜色。時侍御視學山右，來迎先生就養官舍，先生諭之曰：『曩者汝嘗從吾客山右，今爲學使者於舊游地，榮矣。雖然，榮者辱之基也。昔吾爲一家人師，今汝爲全晉人師，慎毋使介休人謂邵某無子也。汝勉之，毋以我爲念。』諸戚友皆勸之行，不許。或叩之故，慨然曰：『吾少壯常客，今老矣，不可復負鏡湖魚鳥也。』其高致如此。

先生幼時，家故温飽，三代未嘗析居，長漸中落，先生起而力持之。世父無後，後世父者，先生之兄也。先生事世父如其父，事兄如事其世父，融融怡怡，垂老無間。所著有《尚論管見》《四書臆解》《客窗偶筆》《東野瑣言》《三晉紀聞》諸集，及詩古文詞、制藝如干餘首，皆足以傳世行遠。淑配趙宜人，有賢聲，殁十有三年矣。子三人，侍御其仲也。孫十一人，曾孫二人，咸能世其家云。

今侍御欲爲先生八十稱慶，而屬某等陳其崖畧，以乞言於世之賢者。徒以某等久與侍御遊，孰知先生，而先生之邃學高行，苟有作者取而傳之，洵可以祥盛世，式後學。故某等不敢效祝釐之詞，爲駢儷之體，懼其文而僞也，故第質言之如此。謹啓。

吞松閣集補遺卷之四十

秀水鄭虎文炳也著

門人欽州馮敏昌編次

男師亮師靖師愈謹梓

文

序　紀　行狀　祭文　贊　銘　訓士八則

河南鄉試録序

維乾隆二十有一載，歲在丙子，賓興屆期，禮臣以河南考官上請，欽命臣虎文，編修臣羅典往典試事。伏念臣虎文浙西下士，學術謭陋，以乾隆七年成進士，入詞館。十三年授職編修，二十年遷左贊善，寵逾非分，竦怍靡極。重以分校之司，屢蒙恩命，庚午、壬子、癸酉三與鄉試，甲戌一入禮闈，計自散館迄於今，茲歲遇興賢，輙襄茂典。今復仰承諭旨，校士中州，臣以何才，能堪此任！聞命之下，不遑休居，爰星馳就道，齋祓將事。

維時監臨則巡撫河南等處地方，提督軍務，兼理河道，兵部侍郎，右副都御史臣圖爾炳阿，紀綱整肅，内外嚴明。協同點名，則布政使臣劉慥，提調則糧驛鹽道臣翁藻，監試則南汝光道臣曹繩柱，内監試則汝寧府知府臣王錦，精勤練達，事舉弊清。爰進提督學政、通政使臣孫灝所録士五千有奇，扃院三試。臣虎文偕臣羅典，謹率同考官寧陵縣知縣臣倪日覲，柘城縣知縣臣張鵬九，內黄縣知縣臣劉縒，濬縣知縣臣邱柱，修武縣知縣臣吴映白，武陟縣知縣臣王靖，原武縣知縣臣王緯，孟津縣知縣臣沈元斌，上蔡縣知縣臣仇然，西華縣知縣臣柴瀚，長葛縣知縣臣楊天恩，郟縣知縣臣陳子檜，虚己和衷，盟心誓志。取士依常額七十一名，廣額七名，凡七十有八人，貢成均者十有三人，録文二十首，恭呈御覽。臣例得颺言簡端。

竊維士之自立，與其致用於世者，惟才與德。而當其藴而未發，往往見端於文。《宋史》顧稱歐陽永叔與學者言，未嘗及文章，惟談吏治。謂文章止於潤身，政事可以及物。劉摯之訓子孫，亦曰：『士當以氣識爲先，若一號爲文人，便無足觀矣。』是豈文之過與，抑亦徒文者之過也。

夫人言己之言者爲文，言聖賢之言者，爲經義之文，其本固與凡爲文者異。且孔子不曰『其旨遠，其辭文』乎？不又曰『言之無文，行而不遠』乎？善乎游定夫之言曰，不能文章，而欲聞性與天道，譬猶築數仞之牆，而浮埃聚沫以爲基也。然則有言而不必有德者有之，未有有德而不有其言者，亦在知言者審之毋爲僞，而辯者之所驚文，而欺者之所説而已。夫文之僞而欺者，大抵中於心之多所苟，而於應舉尤甚，何則？彼將以是爲嚆矢也，以是爲筌蹄也，揣摩弋獲中，安所得一言之幾於道者！而性情心術間，亦不可問矣，故文必期於無所苟而可也。

我皇上以天縱之聖，懋稽古之學，陶鑄羣倫，涵濡百代，文治之光，焕揚炳耀，罕有倫比。今又垂恩孝秀，增廣解額，過於禹謨無遺之美，姬雅作人之盛。臣竊不揣，輒思自効其拙。念往者伏讀聖製『志聖賢志，言孔、孟言』之訓，服膺終身，謂實萬世立言之準。用敢本此爲衡，反覆以求之，參互以證之，見有所謂可驚而可説者歟？必其不詭於孔、孟之言，無拂乎聖賢之志，庶幾非僞且欺，而不苟於其心者也。然後取而録之，非是則不敢以登。如是以爲求，而文之合者寡矣；如是以爲取，而文之不合者亦寡矣。夫知人難，知其人於文尤難，臣敢自信無謬取舍，且爲異日之多士信與？然拔十得一，拔十得五，竊深望多士之勉副所期，而臣因得藉手以仰報高厚於萬一，此則區區之心，所用以自竭者爾。

維時官斯土者，總督河南、山東河道，右副都御史臣白鍾山；總督漕運，都察院右副都御史臣瑚寶；巡視山西，督理河東鹽政臣西寧；巡視長蘆鹽政，兼理驛傳河道臣官著；巡視兩淮鹽政臣普福，分巡河南河務道臣鄧錫禮，分巡河北河務道臣永泰，分巡河陝汝道臣張學林，鎮守河南河北總兵官臣馬乾，鎮守河南南陽總兵官臣魏文舉，駐防河南城守尉臣拜林阿，護闈撫標中軍參將臣王經周，例皆得備書。左春坊左贊善，兼翰林院檢討，加一級，臣鄭虎文謹序。

楚南試牘序

歲在戊寅春，余奉簡命，視學湖南。由永州，歷試寶慶、靖、辰、沅、永、順六郡，凡八閲月，歲、科兩週。伏念我皇上振興文教，以清真雅正爲先，宣諸綸綍，天下蒸蒸，咸就陶鑄。湖南山水清佳，鍾毓秀異，鴻才碩學，地不乏人。顧學富而雜，才大而肆者，皆非舉業正宗。

下此無論矣。

爰於校閲之下，取文之合乎理法，無背聖訓者，選而登之梓。寧隘毋濫，用作圭臬，仰體聖天子作人之化，或庶幾焉。

楚南試帖序

或曰，賦者古詩之流也。詩原於《三百篇》，顧十五國之詩，獨缺楚風。然而《離騷經》爲千古風雅之宗，左史倚相，能讀古書；右尹子革，知誦祈招。詩固南國之擅場也。我皇上特詔鄉、會場屋，以及歲、科試，咸試以詩。蓋欲模範羣倫，於聲律身度之中，天下士咸將和其聲，以鳴國家之盛，况洞庭衡嶽間，素稱才藪者耶？余遵功令，以詩命題，又别設古學一場，以搜奇逸之士。每畢一郡，輙録其聲律克諧，情詞斐然者若干首，名曰《楚南試帖》。即此吉光片羽，足爲皐耳先驅，余樂觀其未歷之境，而望後之有成也。爰題數語於簡端。

粤東試牘序

文章之道，本乎性情，性情之不同，如其面焉。而文章因之，故不必如左史、漢魏六朝、八家之各自爲文，各自成家也。即蘭臺約龍門之文爲文，而已成爲蘭臺之文；昌黎約玉川之詩爲詩，而已成爲昌黎之詩。然則一人之文，而以衆人共爲之，必無有其人之文者存矣。近日試牘之刻，率以文少完璧，删改付梓，用垂法式。即予《楚南試牘》一編，亦未免此，既而悔之，無以自救。

今幸蒙恩量移五管，校閲所及，覺山海瑰奇清淑之氣，往往於文遇之。顧兹選不能盡登，僅録如干首，第加點評，不敢有一字增損，所以志慎，亦所以存真爾。

且天下之文，愈改而愈不當者，多矣。即幸而當，而其文必如是而當，不如是則不當，其故改者不言也，閲者不察也。文雖佳，度必不能勝，自明迄今，名世傳世之文，而又無以爲補偏救弊，立教訓士之助，而何以刻爲？兹之瑕瑜互存，褒貶各見，則又予願多士一隅三反之苦心也，夫豈好異哉！是爲序。

鍾生學禮尊甫七十壽序

鍾生學禮者，會稽人，吴興孫宫允端人先生主蕺山書院時所愛重士也。今副憲瑶峯梁公，先觀察嶺南，以書招生來。會梁公已去，落落無所遇，壬午孟春，余初畢端溪試，生以宫允書來謁，且言願以事宫允者事余。隨偕生歷試州郡，凡五閲月，分校明慎，益心重之。兹生歸覲，且應省試，乞余言爲明春太翁子嘉執事七十壽，辭不獲已，因進生而告之曰：

生亦知壽之道乎？萬有之物，無不得天地之生氣以生。其得之獨厚，而又能不戕賊剥喪者，其氣深固久遠，於是乎壽其事爲最祥。故《洪範》五福，一曰壽也。生氣之中，生理主之，理不亡，斯氣不盡，故《魯論》又曰『仁者壽』。

余聞太翁幼失恃，事繼母以孝稱；仕爲武功尉，典獄以慈稱，是皆仁之屬也，固宜壽。今皇上至德仁孝，超軼往聖，聖母皇太后坤德侔地，與天久長。皇上恭奉安輿，再幸南土，推恩錫類，霑灑布濩，深潛幽翳，靡不匝洽。物生其間，咸得舒裕悠永，罔有短促。而吾浙又清蹕屢經，爲行殿稱觴，寢門視膳之地，慈雲廣蔭，祥及草木。況太翁以宜壽之仁者，而又際此。則七十之慶，伊古稱稀，由今視之，特如千里之行，剛始足下耳，何則？壽之本於德性者，人爲之；壽之際乎運會者，天爲之。天與人合，而大年出焉，此不可必得之數也，而太翁適得之，此余所謂壽之道也。夫豈服食引氣，盜取歲月者，所得語於此乎？

若夫生之歸，而舉於鄉，貢於禮部，泥金之報，當懸弧燕喜之期，此又降祥昌後，自然之符，毋容余之多贅矣。余素拙於辭，不善諛，敢質言其理，書以授生。生其質之太翁，以余言爲然否也。

績溪尉張簡亭翁德序母陳生母沈兩太君壽序

我國家自建元開國以來，歷九百二十四甲子，爲今皇帝登極之三十有五載。歲次庚寅秋八月，恭遇皇帝六旬萬壽，明年冬，又恭遇聖母皇太后八旬萬壽。於時仁孝之符，盈塞天淵之間，駘背兒齒，黄髮之老，項背相望，蓋所謂至治之世，物不疵癘，而民以老壽者也。

余兄中翰公壻簡亭執事，時爲華陽尉八年矣。會太翁暨陳太君皆年垂七秩，又值沈太君六十齊年之慶，迺乞言於余，曰：『某欲壽吾親，而不及今壽吾親，是曠不匱之錫，而自處不類也。「三壽作朋」，願傳古訓，延洪休。顧非得公言，末由藻飾觀聽，敢再拜，固以請。』

余曰：『時哉，子之所以爲壽乎！雖然，時者如天地日月雨露，不私覆載，照隊於一物，而物之獲承靈貺，各有其本，則子必自有所操以爲壽者。而何操？』則曰：『某素貧，且卑宦，誠不能如世之展采張組，珠服玉饌，充庭溢閭，合樂獻舞，鏗耾有聲，以爲光榮。竊願請之上官，告諸僚友，乞咳唾之珠玉，寶弆藏乎篇章，俾吾親得掛姓氏於不朽之集，以永休譽於無疆。』

余曰：『非是之謂也，願聞所以操於己者。』則又曰：『吾父少席豐厚，勇於義，輕財，雖甚憊，不易其素。二母相之，無間言。當某之初涖華陽也，戒之曰：「尉卑易自輕，汝毋謂禄養，而以不義辱我。且典獄，獄，泥犁也，其無告在四民下。是亦赤子，不謹視之，且有冥譴。」某用是視諸囚如吾子然。時其寒暑燥濕，疾病醫藥，夕必以狀聞，乃即安。顧貧，嗇於養，膳常不給於鮮，輒曰：「吾食而甘於口，懼某之不安而以利染也，然而不可以爲子矣。」某其安所操乎？』

余曰：『可矣，善養志，而能貽以令名，孝之屬也。雖然，猶願聞其大者。』則又曰：『父嗜古篤學，著述必期可用於世。嘗創爲「義田義機」之説。其説墾土爲田，設局爲機，收族屬無家失業者。男歸田資之耕，女歸機資之織，歲貿所出粟布，以償耕織之資，而蓄其贏。粟贏廣田，布贏廣機，愈廣則所收養者愈衆，而爲利亦倍。由家而推之天下，斯人無不可用之力，地無不可生之利。朱子社倉，亦一時之制耳，今爲萬世法，苟用吾説，何必遜之！某不肖，不通古今，未知果足用與否？然拳拳之心，某雖自恨弗克振起爲繼述地，猶欲痛自鞭策，冀得一當。顧身處卑賤，言出謗隨，且其事猶需之異日，又萬無倖或一遂之理。而今何敢言！」

余聽未終，避席而歎曰：「子孝子也，子之親，仁人也。仁與孝，壽之本也。今天子所以合萬國歡，奉慈寧，禔百福，而施及萬類者，惟兹仁孝。甄虞育周，用固我丕丕基，絣諸萬祀。今子而能是，子之親而能是，而又何歉焉！而余之所以爲祝者，又何加焉！」

綿潭山館紀遊

余主講新安之紫陽書院者十年，歷數素心之友。其交於京師也，莫先於金編脩雲槐，今爲常州太守者，有孔、李之睦焉。其弟脩撰榜，又與余亡兒師雍同譜，與之談，所謂「元元本本，殫見洽聞」者也，而學尤深於《禮經》。

新安，子朱子故里，稱爲東南鄒魯，聞而慕之。已而歲丙戌十月，余以病告歸。明年，馮中丞柯堂先生聘主紫陽講席，則欣然曰：「彼多君子」。遂挈二子師靖、師愈以往。苦無師，聞汪君肇龍字稚川者，以文行爲羣賢所推，開私塾於朱子祠東之古懷德堂，而招汪爲兩子師。汪爲婺源經師江氏慎脩高第弟子，尊漢先、後鄭之學者也，始知金氏榜之學，亦同淵源。而江門弟子，若休寧之鄭氏牧、戴氏震，歙之程氏瑶田、汪氏在湘，皆得盡交之矣。稚川則尤精篆，嘗譯岣嶁禹碑、太學石鼓文，援据精確，能正古人所訛闕。又嘗得古盤，盤銘雖深通六書者讀之，皆舌橋不能下，稚川譯出之，定爲三代時卿大夫争田，兩姓結盟歃血之盤，其文則誓書也，衆咸歎爲絶學。

余怪而叩其學之所本，則曰：『此某幼所躭習，凡古之碑刻傳者，幸盡得見之矣。他若鼎彝欵識，秦漢印章，罔不旁搜博考，而一本於六書之學，以貫通之。然後歷代之沿變，庶幾不誤於形似。使信於耳，而未信於目，終鮮確據也。某幸有兄爲兵曹郎，名啓淑字秀峰者，博學好古，嘗集家藏漢以上銅章玉印，爲《印譜》，謂余粗學於此，命襄其事。余居於綿潭山館，晨夕考辨，而實證以古人之篆法者，殆彌歲月。某之學未成，而推測古今真贋，傳者之謬誤，如視諸掌矣。』余用是益知稚川，且尤愛慕秀峰也，欲放舟訪之，而秀峰官京師未歸。

曩歲稚川來禾，偕余及二子靖、愈，同舟溯新安江而上，小泊綿潭。稚川指謂余曰：『此即某兵曹兄之山館也，盍往遊乎？』余喜而登岸，兩子夾持以行，稚川叩門入，衆皆入，有塾師某君出，延賓於座，其律素廳耶，抑葆真堂耶？爾時莫之辨也，今追記之，且恍如隔世矣。稚川攜余子遊，遊亦未遍，余坐不能起，與某君談良久。茶飲畢，舟人促上灘，遂登舟解維去。未幾，秀峯請急歸，入城輒過紫陽，因得觀其《印譜》及他著述，知其於考据之功爲最深，真讀書種子也。

越數年爲癸巳，又十二年爲甲辰，皇上六舉南巡盛典。會秀峯在籍，取道於杭嘉，出關恭出迎聖駕。余以老病，不得與秀峯往返，閒輒小住來訪，且彙萃留題山館諸名宿詩文，爲一册出示，則索余補前遊之闕。余思爲之記，而老病健忘，歲月已恍惚不可復記，其在辛卯、壬辰閒之暮春時乎？

若山館之勝，爾時故未之歷，承命筆，益苦憒瞀如夢，久而未報。告之故，秀峰爲疏山館諸名勝位置題識，具畧以示。其畧曰：歙之水，南去郭三十餘里，曰綿潭。潭西有玉屏山，山後有仁源，邑乘云産硯石，今不可得矣。源口汪子秀峰綿潭山館在焉。入山館，由莓徑達翠香閣，歷律素廳，折而經友竹居、息軒，升葆真堂。巡西廊至訒菴，登清芬榭，過安拙窩，待月簃，入蓼陽茨室，穿花朠石瘦廊、青靄山房。進槐谷，渡宛轉橋，涉退齋、小善卷、澤花朠菜井，供煮茗。復折而東，取道愛吾廬、牀上書連屋、桂寮，造嘯雲樓。樓後一泓，即洗句池，池北爲慫慵所，秀峰偃仰讀書處也。

慫慵所後，面山南向，有樓三楹，曰『花巢』。庭中真假山，絶似鄧尉峰頭，故名『精黛巖』。迤其退齋左，出耐圃，則可登潄霞亭及爽臺，緣蘿磴添樹岡，有卧處可小憇。趨茗坡、花神廟，迤邐紅藥坪，過嶺則巖舫，竹中小隱在焉。半山中，有吟香檻、留雲壁、話雨牕、御詩亭，下山即挹秀闌，闌前梅桃最繁，坐聽泉精舍，則溪泉浪浪盈耳。越蕙橣鹿柴，出枳籬，步仁源，坐釣磯，看晴雪堰，飛流濺玉，廣雖不及百畝，因山高下曲折創建。廬屋四向，冬夏之景皆有所宜。凡山中舊有之修篁喬木，或得爲我有，或不得爲我有，而遠近高下山館，則無不得而有之。然後知造物故無盡藏，而善取於造物者，尤無盡藏矣。

余讀而歎曰：『此柳州《遊山》諸記，而參以昌黎畫記筆法，余何以加之！』故爲綴葺其首尾而書以復於秀峰。使稚川在，亦當録一通以示之，何意忽焉没矣，墓木雖未拱，而骨肉則久寒也。悲夫！

江南淮安府知府姜君禹門行狀

丙戌冬，余以病乞假歸，過君淮安官舍，執手道故，歡然爲留三日。見君昧爽視事，率漏下數十刻，始即安退。謂女夫貽績曰：『而翁年逾六旬，神明不少衰。然政務填委，勞不自惜，爾輩晨夕其善體事之。』歸里後，旋聞被議鐫秩，越歲丁亥夏，遂得凶耗，悲夫！其孤貽經等走使奉書，來乞狀。余故稔知君，又重之昏姻，其奚敢辭！時病瞽新愈，乃忍淚叙其行略，而爲之狀曰：

君姓姜氏，名順蛟，字雨飛，號禹門，世爲天水望族。始祖漢平襄侯維，越二十八世至紹夫，宋南渡時，贅上虞姚氏，遂家於餘姚咸池之南。又越五世至好勇，始徙居山陰，代有聞人。君大父存仁，考候選州司馬天濬，以君兄順龍貴，均贈奉直大夫，户部廣西司員外郎；祖妣李氏，妣陳氏，均贈宜人。天濬少工舉子業，不遇棄去，負經世大畧，王公大人争相延致，用是數出遊。康熙四十九年，遊直隸之大名，留數歲，愛其風土淳樸，挈眷屬家焉。生丈夫子二，長順龍，君其次也。君與兄先後以元城籍應童子試，補博士弟子員，遂爲元城人。

君性孝友，事父母，能以色養，居喪毁瘠，過期有餘哀。事兄和而敬肅，如嚴父。讀書專以經術爲本，不務俗學。嘗讀昌黎《原道》，廬陵《本論》，輒慨然有三代之志，由是文章孝友，爲世所推重。雍正乙卯，試拔貢，學使者錢公，即今秀水宫傅香樹先生也，按部聞君名，詢之元城令王公，師具狀以聞，錢公進君於庭，曰：『子大器也，勉之！』遂貢入太學。乾隆元年丙辰，試禮部，録十五人，君與焉，引見，發江南試爲令。明年丁巳，攝贛榆，旋移昭文。有竊盗某，數爲害於里中，里中人苦之。會某盗孀婦財，里中人欲殺某，屬孀婦并誣以奸，君廉其誣，活之。

戊午，移攝山陽。時未分阜寧縣，繁劇甲江南，而漕、河二院駐其地，又往往以趨走廢事，故吏之敏幹者涖此，輒以闒冗去。君言其狀於二院，二院寬假之，五閲月，清塵案三百餘件，釋繫囚六百餘人，上官異其才，遂真知宜興縣。宜民素健訟，君治數月，獄訟衰息。國制，分天下府州縣爲繁、中、簡三等，督、撫量其屬之才，以稱授之。宜訟繁，故以授君，今宜之得列爲簡者，自君治宜始也。

己未移無錫，至則斷遺訟師王某，徒土豪許某，由是豪惡斂手，民以大和。城中河道廢不治，行舟膠，疏之，民稱便。在治四年，上官益心重君，以他邑事屬君平反鈎稽者，無虚日矣。癸亥移吴，吴劇邑，公私事零雜煩猥，苦無聽訟暇，訟故積，積故亂，不可理。君治之如山陽、無錫時，鉅細事，無懸案一月不結者。又以縣志漫漶訛舛，久且失考，公餘輟寢食之暇，與海昌施君蘭垞，删訂增葺，手勒成書。君之處劇任，其整暇類如此。

越三年丙寅，擢知太倉州事。是年秋八月，州治水，民饑，君勘報賑恤，凡所部雖極窮僻地，靡不躬履。已而民病疫，復和丹藥施濟，民忘其災。冬十月，攝蘇州府事，以米價翔貴，詳請截漕米平糶。漕米須碾食，而市民家鮮碾具，請令長洲、元和、吴三縣舂糶。江以北流民來就食者衆，請設廠，粥以食餓者。春融，請給口糧，俾復其土，咸如所請行，民賴以全活者甚衆。丁卯四月，以亂民顧堯年率衆乞平米價事，坐落職，奉旨發往軍臺効力。旋復蒙恩釋免，君聞命感激，涕落如雨。深自咎才力短淺，上辜國恩，雖已退就散輩，而報稱之心彌篤矣。

初，順龍以康熙己酉科舉人起家，由户部員外郎，出守福建之福州，擢延建邵道。尋進四川按察司使，至是左官湖北武漢黄德道。君與兄不相見者，垂十年矣，乃之署，歡聚如兒時。君自蘇郡罷官後，即率眷屬歸大名之舊居，而身往來於燕楚閒者，凡四載。至壬申春，謁兩江制府今相國尹公於江寧，相國素器君，宜及時爲朝廷用，欲留之江南。明年，相國移鎮秦中，而順龍適被議奪職，發往軍臺，君疾赴楚迎嫂姪，喬居浙之杭州。君家故貧，雖宦遊，不名一錢，重以軍臺事，戌、亥兩載，益竭蹶奔走無休時。

丙子，尹公還鎮，語君曰：『吾之念念於汝者，無他意，惜汝才耳。』丁丑冬，尹公偕江蘇撫軍今相國陳公，奏留君於江南，得旨允行。戊寅，隨尹公巡視邳睢、桃源、安東河工，指畫井井，尹公曰：『汝非河官，何精當乃爾！』遂奏督六塘河堤工，又督開淮、徐、海三郡溝洫，陳四事於撫軍陳公，報可。三郡水患息，旋命鈎考阜寧柴蕩海灘田土坍漲之實，籍其數上之。己卯春，攝淮安府篆，未幾卸事。在任時，會有安東生員蔣遵叩閽事，上命少司農裘公、御史海公來治其獄，知君賢，屬爲奏章。君手具稿上之，靡不當意，遂心折焉。

是年秋，攝治海州。有蝗災，捕蝗不力，例奪官，涖任十五日罷。庚辰，築揚州女仙廟河堤，時揚州水，即命勘賑。辛巳，命理淮、揚、徐、海減免錢糧事，是年八月，特授海州知州。州地窪下濱海，水會趨，而不得其道以達，自乾隆八年以來，歲被水，民多流亡，田荒不耕。君曰：『導水，此救民首務也。』乃歷四境，勘其狀，條列事宜，繪圖上之大吏，大吏按視，如所請。於是開丁家口河四十里，響水口河十二里，濬鹽河以導其流，築五圖河口、孫家灣、三汊口諸壩，遏其旁漫，排之以入於海，自是民始得耕矣。明年秋，遷淮安府知府。君謂治淮宜先治水道，乃帥屬於農隙時行境内，相視通塞，塞即治之，歲以爲常。用是守淮四載，比有年，民氣和樂。

山陽縣有蠹役趙吉者，勢傾一邑。武生曾謹主育嬰堂事，即盜堂中財，與子監生朝英，相濟爲惡，横於鄉。君下車，悉置之法。三十年乙酉，翠華南幸，帥屬敬謹治辦。御舟渡黄河，是日風日晴霽，聖心嘉悦，詢知君名，召對於平河橋行幄中。上諭：『渡黄事宜，皆汝所辦，甚妥協。回鑾時，仍須汝辦。』奏對良久，天顏温霽。既退，賜貂皮三，荷包四，大緞三，蓋異數也。丙戌，開城南涇河，河爲商舟達阜寧、鹽城之道，通塞聽民自爲之，淤久不能運舟，貨滯，百物騰貴。至是請於大吏，借帑開濬，飭山陽、鹽城、阜寧三縣官任其事，河成，而二邑之物價平矣。是年冬十二月，以率轉山陽命案，例鐫一級，遂謝事，僦居淮之北門河下，宦橐蕭然，食指繁夥，人咸爲君慮，君處之意泊如也。既閑退，乃進子若姪，而訓之曰：『吾曩者以國事，不及課汝等學業。他日又終當振奮末路，稍展割裂之用以自贖，恐遂不暇爲此。今差閑，將徐考若所爲業。』因各以詩文進，隨進隨甲乙之，口講指畫，終日無倦色，自臘迄春日，不輟講。二月初旬後，飲食漸減，惟日進飯一甌，然無他病狀。

入三月，右手及兩足輒作酸楚，行必扶掖。四月，奉廉使檄赴省，力疾就道，貽經侍行。抵吳門旬日，病增劇，百藥罔效，急旋淮，於二十七日酉刻抵寓館，貽經等環侍榻前。至夜過半，君張目謂曰：『吾負國恩！汝等倘有遭際，毋忘而父賫志以殁之痛！』少頃又曰：『財身外物也，毋吝財而薄於宗族戚友。』言已遂卒。

君器識宏遠，端重有度，事上恭謹，而能守禮，未嘗以他途進。遇所當爲輒爲之，未嘗揣摩，卒亦無所忤於上。遇人初不爲翕翕之熱，久之人意自愜。性輕財，有請輒應，人知其然，咸接踵至，坐是亦往往而困，然卒不悔，且終身不復道其事，故雖家人不能盡知也。君與兄最友愛，當其謫戍軍臺也，君斥公産，以輸其費。後卒戍所，數千里外，復拮据奉其喪以歸，葬於北。泊守淮，痛兄之不及見，遂迎養邱嫂，而延師以課諸姪，事嫂如母，撫姪如子，猶恐不得其當也。他若同祖兄弟，兄弟之子，或自來，或挈眷來，官舍至不能容。其不能來者，資其費，歲必遍，此皆數年閒近事也。

初，雍正十二年，有同祖姪威遠者，居大名，幼聘山陰陳端士女，年三十，貧不能娶，請助於君。君無以應，時嚴冬，質衣裘，爲之完娶。未幾，威遠歿，遺腹一子，君出爲令，携其母子至署，撫之成人。其他類此者甚多。嗚呼，觀其彌留之際，猶諄諄以不吝爲後人勖，則其厚德之在人，豈能枚舉耶！

君生於康熙癸未十一月二十八日寅時，卒於乾隆丁亥四月二十八日丑時，春秋六十有五。誥授奉直大夫，江南直隸海州知州；例封朝議大夫，江南淮安府知府，加二級。配王氏，誥封宜人，例封恭人，淮安府清河縣河務縣丞守序女。子男子三，長貽經，乾隆癸酉拔貢生，乙酉科舉人；娶朱氏，翰林院庶吉士，改授兵部職方司主事履端女；繼娶程氏，太學生泰陛女。次貽綸，乾隆癸酉科舉人，歷任直隸趙州隆平縣教諭，四川龍安府石泉縣知縣，先卒；娶陳氏，翰林院編修世侃女；繼娶鄒氏，内閣學士兼禮部侍郎一桂孫，孝廉志伊女。貽績，太學生；娶鄭氏，余長女也。女子二，長適貢生周學濂，次適太學生范世彬。孫男、女各二，俱幼。

邵年伯母程太恭人祭文

嗚呼！春秋荏苒，崦嵫之景易收；河漢蒼茫，婺女之星俄掩。嗟金石之匪固，悼桑榆之不居。生也有涯，緈幃安仰；死而不朽，彤史庶幾。

恭惟太恭人歙浦疏祥，虞山誕慶。河洲待字，周卿士之華宗；桃葉宜家，唐侍郎之舊閥。既二門之藉甚，爰一德以洪休。時則家稱素封，世席富厚。而太恭人之來歸也，居勤執儉，牧己恒卑；保泰持盈，操心益厲。如臨如履，非我路之爲難；克寬克仁，洵其儀之不忒。固已珩璜式度，蘋藻流馨爾。

乃海上之桃不實，周南之木能樛，遂流別出之沱，各挺側生之荔。雖榛梅異託，而母以在桑；或毛裏靡依，而子同出腹。既辛勤乎卵翼，亦炳蔚其文章。桂比燕山，栽廣寒者四；雛皆神鳥，巢阿閣者三。或載筆以書雲，或含香而聽漏。或升太學，奪席者戴憑之經；或守杭州，明心者鄴侯之井。騏驥則九逵騁迹，鵾鵬則六月齊飛。而且繼繼承承，繩繩蟄蟄，驚雷起慈竹之孫，鳴鹿式嘉賓之燕。冠童采其芹藻，嬰赤識其之無，有樹皆珠，無胎不鳳，一門獨貴，五世其昌。於是歸榮令母，崇號恭人，可謂物聽式孚，天庥滋至者矣。

往者太恭人之慶八十大年也，叔子出守温陵，壽母就迎官署。剛逢元默昭陽之歲，才逾月正元日之辰。設帨張筵，春草墨池之舊地；修觴薦樂，邱遲子晉之遺音。躋堂則六邑稱觥，釀甌江之萬斛；列采則百僚介爵，削孤嶼之雙峰。於時太恭人清愛官梅，祇潔循陔之養；獻辭巨棗，不移封鮓之心。汝好爲之，慎懸蒲而不怒；吾其歸矣，雖載石其何嫌！豈不以作善降祥，惟仁克壽者也。從此北堂之草，允矣忘憂；南國之棠，於焉永憩。何意寇君願借，鵩鳥先臨！怛如失懷，淚以洗面；新悲乍觸，舊痛彌增。東壁西園，想像絛冰之號；紫薇紅藥，凄凉碩果之存。每不言而自傷，雖涉樂其奚笑！然而齒髮猶固，神明不衰，孫曾則環列承顔，姑婦則重行侍側。自兹旬歲，可祝百齡；以待來年，慶登九秩。俄促白駒之駕，遽來青鳥之迎。非膏肓之豎能欺，實仙佛之身合化。千秋長逝，六族同悲。虞殯初歌，隣春不相。洵備德而集福，極生榮而死哀者矣。

文舊參子弟，忝附昏姻，書彤管以揚休，託《薤歌》而寫痛。扶服展升堂之拜，懿範長違；欷戲瞻遺像之垂，徽音如旦。嗚呼哀哉！

永北太守袁信吾同年像贊

惟鄞之袁，效忠宋末。翊明造燕，先機省括。廓開厥基，曳組傳笏。道從汙隆，弦望如月。公嗣以昌，用賓於王。帝曰汝士，皋蘇汝襄。義以孫出，勇以仁强。求生出滯，教弼刑祥。乃徂於滇，迢迢萬里。五馬騤騤，匪曰余喜。頑與漸摩，秀迪文史。蕩夷滌蠻，禮以齊止。曰往有例，征永北金。非貢以饋，吏恣朋侵。公念非産，披沙奚尋。請罷則那，恬波静林。亦有奴子，永錮以世。公則脱之，倫罔攸棄。德風偃草，期月稱治。俄以憂歸，没齒疏食。公殂於京，遺孤十齡。余也視學，於彼南溟。素車白馬，志刻心銘。遠莫與展，涕無可零。余病乃老，念孤一髮。學海茫茫，誰與津筏？携登紫陽，賢關聖闕。遂闖而入，坐見超忽。今輯家乘，寫公之形。自我不見，二十周星。豐頤紫髯，脣丹髩青。謂是少壯，老成典型。公試視我，髮白面皺。行半九十，失足誰捄？懷哉直諒，往矣難又。羡公即安，萬古如晝。

曾大父四維府君像贊

維曾大父，實始遷禾。占天察地，萬象胸羅。避危即安，鳳將一雛。翔而後集，於彼幽湖。老婦不嫁，曾大父有《老婦吟》以自況。隱居授徒。歸宅先兆，曰完故吾。松形鶴性，高冠峩峩。其在於詩，碩人之薖。

先大父友陶府君像贊

祖善繼述，鸞鳳棲枳。脱我冠巾，謝彼朱紫。不釣不屠，亦元亦史。有菊則那，無酒亦已。把酒對菊，終焉可矣。抗志友陶，集署居士。榮不逮存，浩然没齒。

先子亦亭府君像贊

哀哀我生，十五而孤。戊申季冬，山崩海枯。念我父兮，陶今鑄古。揖讓相先，班揚李杜。林宗角巾，荀卿祭酒。王公慕之，或師或友。非曳我裾，非屈我膝。浩歌先王，胞與是戚。户外屨滿，室如磬懸。卜晝卜夜，文酒牽連。昌黎啼號，孺仲蓬歷。心如古井，曾不以激。晚博一第，仍蹶而歸。遽羅鞠凶，永失瞻依。生未盡養，没未表阡。泣拜遺像，空號旻天！

先妣潘太宜人像贊

哀哀我母，集蓼含辛。在室三女，藐孤二人。無瓦可覆，無壠可耘。貶衣削食，劬躬瘁神。教養婚嫁，如絲就綸。針痕指血，襟袖陳陳。兒也少子，愛不離身。長而負米，闕侍晨昏。辛酉之冬，移宅卜隣。母爲色喜，燕巢初新。曾不三日，扁舟在津。計偕促別，含悲莫伸。慰兒此去，作王國賓。明年待汝，慶七十春。胡圖永訣，歸不見親。非天之酷，殃祥有因。不孝罪積，罰彰鮮民。母亡兒存，兒悲母聞。母而不聞，兒將誰云！兒將從母，非久乖分。所恨新阡，不附母墳。告兒所宅，竹墩之濱。

先兄經畬先生像贊

元龍之樓，伯其可登。宗慤之風，伯其可乘。有才無福，終老儒服。生女非男，聊代似續。而亦無年，萬古轉燭。憶歲丙戌，余歸自京。夜共嫺姊，三人一燈。蟬聯絮語，漏盡雞鳴。憶歲己丑，錦屏綺席。周甲之觴，堯千孔百。嗣鳳乘龍，慶交履舄。昊天不弔，越歲而殂。含殮弗親，心崩淚枯！九里之滙，先塋之西。宅如異宫，膝下永棲。

先嫂徐孺人像贊

嫂徐先祖，故明尚書。蕺山漳浦，鼎足乘除。祖尹於楚，仕學流譽。蘭根茁芽，德懋璠璵。事我偏親，温其玉如。北花南雪，俄焉已虚。彭殤同盡，神其恬諸。

先嫂熊孺人像贊

嫂熊後兄，五歲而卒。亦儉亦勤，綢繆竭蹶。出腹異産，女先後歿。女亦鮮出，不延一髮。愈也承之，以余幼子師愈嗣之。孝敬毋闕。何年重泉，照以日月！

同年黄大震亭之官西蜀以舊硯贈行係之銘

磨墨硯黑，洗硯水黑，即之則污惟墨。

積墨如漆，以守吾元，以全吾天。

訓士八則

廣東督學使者鄭，布告多士曰：使者浙西之窮諸生也，通籍垂二十年，蒙恩司文柄者屢矣，今復由楚南量移粤東。粤東人文淵藪，讀書砥行之士，當未易更僕數。乃聞捍網觸法者，亦時時有之，豈士習之偷歟，抑學使者之不早豫教歟？不豫教之，使者之負士也；豫教之而不率教，士之負使者也。負士與負使者，皆爲負皇上恩，負皇上恩者，罰無赦，使者願與多士共凜之。今先粗舉法之所必不可容，及士之所必不可不勉者，條爲八則，備書於左，其敬聽之：

一，藏書宜慎也。士子讀書，《六經》爲上，史次之，子又次之，秦漢、六朝、唐宋人詩文集，抑又次之。此數者，終身遊之不能盡也。若夫稗官野史，釋、老二氏之書，務博者躭焉，已與韓子云『非聖人之書，不敢觀者』異矣，況末世之卮言乎？然而人情厭所習觀，欣於創獲，往往以狂人之邪説，爲獨秘之奇文。豈知作此者，非亡國之餘孽，即盛世之頑民。設其人而在，猶當尸之市朝，以昭憲典，而謂可珍此悖逆之空言，自貽喪亡之實禍哉！屈翁山，嶺外之聞人也，其覆車已前此矣。此外傳集，猶有類是者乎？急宜投諸水火，絶其禍媒。如或愛不忍割，固而藏之。一旦有人取之枕中，獻之闕下，比於逆亂，隕及身家，然後悔見事之不豫也，亦已晚矣，可勿戒哉！

一，著作宜慎也。古有三不朽，而立言與焉，此非後世詩文之謂也。然文以明道，詩以言志，固亦有不可苟者。後人惑於『窮而後工』一語，於是有以牢騷感憤，譏刺訕謗爲事。甚且悖禮犯義，身陷刑戮，殃及後嗣，何其惑也！夫《小雅》怨誹，《離騷》幽憂，杜陵忠憤，其所遇之時然也。使其作於唐虞三代之盛，抑亦悖矣。多士幸際休明，沐浴文治，絃歌禮樂，中外同風。我皇上更定科場，昌明詩教，蓋將收賡颺之士，以黼黻隆平也。所謂『和其聲以鳴國家之盛』

者，其在斯時矣。如或粗解操觚，罔知忌諱，據管窺而譏朝政，嗟瓠落而肆狂談，畧同横議之條，將比妖言之律，執而誅之，夫豈云枉！然而憫彼無知，原於不教，使者用是諄諄。願多士上矢忠愛，下惜身家，遠騐古人，近徵時事。養性情於温厚，蓄道德爲文章，達則繼明堂清廟之音，窮則續夏諺唐謡之響，不其休歟！

一，邪教宜屏也。士爲聖人之徒，凡非聖人之道，而其説足以惑人者，皆當辭而闢之，斷無不闢之而反從之之理也。夫釋、道二氏之教，今已無復有觝排之者矣。然第隱禍於心性，無顯患於身家，故國法不之禁耳。他若回回、西洋等教，則聽其族自爲之。非其族而崇奉之者，已干嚴例矣。至於白蓮傳經以蠱衆，挖窖授籙以愚人，術等左道，罪同叛逆，無毛髮之利，而有邱山之害，不待智者而後知也。市井無賴容有竄身其内者，何必爲讀書明理之士子慮乎？然愛護不嫌其備，教誡寧憚其煩！爾多士身爲聖人之徒，不可以不知道；身爲聖人之氓，尤不可以不知法。知道，則釋、道之教且不足惑，况其他乎！知法，則西洋、回回之教且不敢聞，又其甚乎！且又非特此也。推所以謹其身者，以令於家；又推所以型其家者，以化於鄉。俾愚無知者，咸得遠刑憲而全性命，則多士之造福於桑梓也大矣。《傳》曰：『不出家，而成教於國。』《魯論》曰：『是亦爲政。』使者於多士不能無厚望焉。

一，敦行宜遠利也。孟子曰：『無恒産而有恒心者，惟士爲能。』董子曰：『皇皇求財利，惟恐不得者，庶人之行也。』然則利豈士子所宜務乎？蓋既命爲士，上則觀成於道德，次則收譽於功名，等而下之，如近世之博科第，致通顯者，雖猶是古所譏干禄者乎？然積所學以致之，未甚謬於聖賢也。以視營營逐逐，心計力争於家庭鄉黨間，而得戔戔之利者，其厚薄得失何如也！嗟乎，競刀錐之末，疎骨肉之親，甚且父子異財，弟兄争産，操戈同室，投牒公庭，訟而不決，決且復訟，循環無休，以歲以世。卒之兩造同盡，夷爲荒烟者，蓋往往然也。同氣且然，戚友可知；戚友且然，行路可知。人心日偷，訟牘如雨矣，嗚呼！何其痛而不德也。

且彼之爲是紛紛者，徒知以利爲利耳。夫使爲利而果獲利也，然且不可。况利致争，争致訟，訟則衙門吏役之費耗之，往來守候之費又耗之，主訟刀筆之費又耗之，而所訟之勝與否未可知。即幸而勝，而所得之足償所費與否，亦未可知。然且有廢業之憂，有健訟之恥，有屈辱之患，是所爲利者小，而不利者大也。而世之人顧忍而爲之者，良以始於貪，成於忿，又有鬼蜮輩利其有事，得以侵漁乾没於其間也。於是甘言誘之，危言激之，而忽不及察，遂爲其所陷耳。設果能熟思而審處之，則一隙有明，夫寧至是耶！夫此而出於市井者流，傷已；出於膠序中人，抑又甚矣。使者不忍見，亦不忍聞也。爾多士幸毋近利以自小，好訟以自辱。安貧敦行，圖其大者遠者，則出爲良臣，處爲良士，尚其勉旃！

一，守身宜懷刑也。爲治之柄有二，教與刑而已。出於教，則入於刑，其介甚微，其機亦甚危，故曰『君子懷刑』。夫聖人之所謂刑者，幽獨之地有斧鉞焉，此誠不足爲常人言矣。若夫笞杖軍流斬絞之條，昭布森列，宜夫人知之而畏之也。然而玩視王章，輕捍法網，雖士子有不免者，何也？彼習見夫朝廷待士以禮，地方有司官，不得輕折辱士子，非有大故，褫其衣襟者，罪止發學戒飭而止。戒飭之辱，君子恥之，小人安焉，於是習爲固然，無所忌憚。居鄉則以一襟之威，武斷鄉曲；居城則以刀筆之才，顛倒是非。甚而阻撓公事，挾制官長，連名具牘，聚衆恣行。一朝潰敗，誅先首惡，喪身亡家，莫哀其慘。彼豈不知刑之深痛猛烈，固如是歟？徒以恃符之心勝，懷刑之心微，積而至於此極也。譬之爲劇盜者，始於攘羊攘雞，小試其技。無所懲警，以爲無患，遂至於胠篋發塚，肝人之肉，而不知其非也。彼士子不懷刑，而卒陷於刑者，何以異是！當今聖明在上，功令森嚴，執法無姑息之恩，避罪鮮逃刑之地，多士可無廩廩歟？

一，遭際宜安命也。《書》曰：『惠迪吉，從逆凶。』蓋言理也。《魯論》曰：『死生有命，富貴在天。』蓋言數也。理不可諉，故曰『君子居易以俟命』；數不可强，故曰『不知命，無以爲君子』。自夫人不知命，行險僥倖之風熾，於是窮通得喪，咸欲以人力爭之。爭之而得，欣然自矜，不知得之不係是也；爭之而不得，戚然自慚，不知不得之亦不係是也。求之非其道，處之非其分，顛倒沉迷，轉相倣效，蓋非一朝夕之故矣。古者四十而後仕，今則束髮而思嚮用矣；古者學古而後官，今則徒手而思捷得矣。即如童子一試，國家求賢之始，士子進身之初，不可得而輕也。凡爲子弟者，宜自量其才之克副是選而後就焉，不然寧遲之；爲父兄者，亦宜量子弟之才之克副是選，而後令其就焉，不然寧抑之。抑之而學奮，遲之而學成。如是而得，分應爾也；如是而不得，時未至也。退而力於學，以俟乎時焉，毋容以他途求也。

今也不然。其子弟自知不肖，徒欲欺其父兄也，而姑嘗之；其父兄又不知子弟之不肖也，而厚期之。或亦知子弟之不肖，恥其不若人，而欲以名相高也，而故迫之。於是因緣爲利之徒，遂得乘之以邪説，而鎗手連號頂替，代倩傳遞之弊，紛然起矣。夫使用是弊，果足以倖取，則凡目不識丁者，宜徧黌序矣，何以卒未之見耶？是必其術之不足用也，即用之，未必效也。且試思彼之蒙害犯患而爲此者，將爲名高乎，抑爲厚實乎？吾知不爲厚實，而爲名高也必矣。然而鬼蜮之情形，家之人則既見而知之矣，鄉之人則亦聞而知之矣。知而指目之，非笑之，詬彌甚耳，名何有焉！且非獨於其身也，近及其子，遠及其孫，後之人猶將指其祖若父之醜行，以相爲呰謷者。則雖幸脱刑章，難逃清議，稍知人間羞恥事者，尚斷斷不爲。況一襟雖微，名器所在，帝命所臨，明有王法，幽有鬼神，豈能漏網哉！爾多士各宜教誡其子弟，毋欲速，毋躁進，積學以力諸己，安命以聽於人，庶幾文品兼優，不慚始進耳。不然，整飭士習，釐剔弊端，學使者之責也。使者敢優容姑息，上負聖訓，下干衆譽哉！

一，文章宜有根柢也。制義原以明經，故曰『經義』。不窮經，必不能爲經義；不通諸經，必不能窮一經。是經學固其本矣。經以明理，史以紀事，執經斷史，可以正史之失；即史證經，可以抉經之疑。《尚書》《春秋》，經也，而即爲史；司馬《通鑑》，朱子《綱目》，史也，而原於經。經史實相爲表裏，故經經緯史，古所稱也。學者果能貫經史而得其精微，將於聖賢身心性命之學，以及禮樂政教兵刑錢穀之事，無不講明切究之，然後約而見之於經義。不必規規求合於古，而自無不合，所謂『作爲文章，其書滿家』者是也。當今經學昌明，人才輩出，豈無務實學如吾所期者乎？然非一概可以相量也。無已，請更言其淺近者，則莫若究心《四書》，爲入門第一義。

夫《四書》童而習之，父兄師友，口講而指畫之，人人自以爲得之矣。究其實，一部爛熟講章便了一生耳。豈知其説分離乖隔，最足誤人，宜永永束之高閣，令子弟先從事於漢唐注疏，次及宋以後諸儒之書，博學而詳説之。然後以自己靈明，將《四書》白文深思静悟，折衷諸説，而歸於至當。及乎行文，并不得復有注者之説者存，何則？注家疏解不妨增損其説；經義代言，貴乎肖題。題有恰好處，文亦要到恰好處，故尤須涵泳白文也，如是則理得其真矣。於是樹其骨於《五經》，茂其氣於《史》《漢》，華其色於六朝，肆其才於八家，所以文其言也。本之成、宏，以取其質；參之正、嘉，以正其體；游之隆、萬，以濬其巧；博之啓、禎、國初，以極其變。所以備其法也。理真言，文法備，而又養其氣以運之，密其心以持之，如昌黎、柳州論文諸書，一一師其意，而用以自力焉。則雖未能如前所云云者，庶亦近似而幾矣。不然，勦販以爲博，險僻以爲奇，艱深以爲幽，拗澁以爲古，枯寂以爲淡，塗澤以爲色，武斷杜撰以爲新穎，膚庸浮泛以爲當行者，皆非文也，吾不願士子爲之也。若夫平奇濃淡，以及篇幅短長，各隨乎人之性情才氣爲之，無所不可；執一格以繩天下，使者無取焉。

一，詩學宜知正宗也。凡學詩者宜先古體，古體宜先五言，五言宜先誦法兩漢，蓋舍是便無入手處也。漢之《古詩十九首》，蘇、李《河梁詩》，尚矣。其他諸篇，亦宜全讀，無容删選。陳思王、阮嗣宗，當塗之雄；左太冲、劉越石、郭景純，典午之盛。過江而後，篤生淵明，超晉軼魏，浸淫乎漢氏矣。自宋以下，漸事雕華，風格稍替。然宋則康樂、明遠，齊則元暉，梁則江淹、何遜，雋永深秀，並各冠冕一代，餘子莫及。隋楊處厚，較陳之孝穆、總持，周之子淵、子山，風格沉厚似爲過之。唐則陳子昂、張九齡、李白、王維、孟浩然、韋應物、柳宗元、儲光羲，卓然漢魏之遺也。杜少陵則上追兩漢，下啓百代，自闢門户，冠絶後先，然而五言古法亦自此少變矣。

自魏迄唐，凡二十一家，皆爲正宗，皆當誦法。七言古，高祖《大風歌》，武帝《秋風辭》，其權輿也；宋之鮑昭，唐之青蓮，其先河後海也。工部沉雄頓挫，出没變化，無體不備，當時與爲抗者，青蓮一人而已。王摩詰、岑嘉州、高達夫，又其次也。若唐之退之，宋之永叔、介甫、東坡、魯直，皆工部之雲礽也。

北宋以後，若陸放翁、元遺山、虞伯生、高青邱，又東坡之雲礽也。學者以工部爲宗主，以蘇、韓爲階梯，而出入於諸家之閒，於以沿波討源，則是非可不謬矣。五律宜求端梁陳閒古詩，而以唐之李、杜、王、孟、韋、柳爲矩矱。七律易爲難工，宜就其性之所近而造焉。如學盛唐，少陵爲上，摩詰次之；學中唐，夢得爲上，微之次之，香山又次之。學晚唐，玉溪、樊川爲上，温、許次之。學宋，東坡爲上，劍南次之。五絶，六朝之小樂府皆是也，唐則摩詰爲上。七絶斷以青蓮、龍溪爲準的，而依類以求之，歷代可誦法者甚多。惟少陵一體，畢竟别調，不必學也。排律少陵諸什，罕與匹儔，然高不可攀，不如取徑元、白，法律易明，吐屬亦雅。精熟於此，推之試帖，斯亦無不宜矣。至於樂府，古人原以協律，詞與題合，後人以古題詠時事，漸遠漸失，遂不復可以入樂。然約而言之，其爲音也，與五、七古異；其爲體也，與《三百篇》同。漢爲上，魏、晉次之，唐惟昌黎之《琴操》，柳州之《鐃歌》《平淮》《西雅》，足以步武漢人，餘均無取焉。

我皇上聖學高深，多能天縱，宸章睿藻，包孕古今。而又陶鑄羣材，俾歸風雅，以詩取士，令甲昭垂。使者自慚荒陋，不足上承休命，倡教海邦，然職守所存，無容辭避。第詩之源流沿變，臚列爲煩，今特粗舉大凡，用標圭臬，一隅三反，自在諸生。如有宏通博贍之士，以兹所陳說爲罣漏，使者其何辭焉！若謂取工試帖，無事多求，猶以余言爲河漢也，則多士之陋也，豈使者殷殷屬望之初意哉！

跋

馮敏昌跋

昌總角時，以詩賦受知於誠齋夫子，然顓蒙不克負荷。後五年丙戌，選拔至京，復以詩進謁，粗承指示，旋復出都，心益悵然。迨庚寅計偕再來，而夫子已告歸，欲更承誨言，不可復得。近思惟憶曩者拜别之頃，夫子云『余所作詩，時論但推七律，然自思尚不若五七言古體。近思將舊稿删削，但存五七言古七八十首，以俟將來。若他時更不滿意，當悉去之』云云。時余不敢請，而私心竊懼其悉爲焚棄。向後每見夫子詩，必手自甄録，然不過七八首，又無鉅篇，心嘗恝焉。訪之同門，或無所録，或少有所録，而秘不肯宣，雖再拜以求之不得，將謂終不可得見，益自憾前此之不能力請一觀也。比癸巳入都，得交黄子景仁，黄子爲邵叔宀先生高第，亦嘗從夫子請業，叩之，亦云未有所録，但稱夫子詩類其爲人耳。

迨戊戌，余自館請假，歸里復來，從黄子齋壁見所書《吞松閣詩鈔》，歸，晝夜諷誦。越數日，又從黄子案頭，得夫子之壻邵君所録各詩一册，即此本也。時黄子他出，因向同寓生假歸。方一夕，而黄子以邵君言來索，有如索逋。余因拜求再留一夕，與弟輩及同寓張、梁二君，四庫館校録方君，竭一夜之力，鈔此草本，而後還之。雖未知爲夫子所自定之本與否，然夫子之詩大畧具在焉。

昌惟夫子之詩之工，所以直追杜、韓者，雖不敢置論，然前後二十餘年，企仰之心，亦庶幾不虚矣。此後或更遇他本，當并録以蘄全觀，今先誌事因於後。

時辛丑五月，受業馮敏昌敬跋

馮敏昌再跋

昌自十五歲時，蒙師知遇，感在寸心，自違教誨，幾二十年，無由再見。祇於辛丑之歲，從黄子景仁所鈔得吾師詩一册，大抵最初之作，至視學粤東諸詩而止，約計二十餘篇。特鈔後未遑校，而黄子即索還，故中多譌字，心嘗恨焉。

及本年秋間，得晤令嗣七兄師靖，詢師起居，不勝慰願。詎意曾不踰旬，而師訃遽至。昌哀惟一慟，恨有千秋！追念生平知己之恩，末由仰報萬一，蓋今後無復見師之期矣。顧又以世兄即返，而諸冗坌集，未得一寄蕪詞以申厥志。臨别時，始從世兄處詢知，又有所携來師集一册，因再假歸讀，即接前所鈔之一册詩也，中間並多吾師手蹟，披對尤深感愴。緣竭一日之力，倩人鈔録訖，仍於燈下，暨仁和孝廉陳生開基，同校一過，至二更後始畢。

重惟師詩直繼杜、韓，無俟仰歎，而惟是不能再見，僅得從手蹟之後附跋，尤不勝感矣。跋訖，即送覆世兄，明發即出城，亦不及另録也。

甲辰十一月初二夜，受業馮敏昌謹跋

鄭師靖跋

嗚呼！先君子以道德文章，爲海内推重者四十餘年。顧志在實用，不屑屑以文章見，故生平著述極富，每不自愛惜，甫脱稿，輙任人持去，存者蓋寡。詩則壬申以前之作，早自燬棄，集内三、四二卷，即燬後於友人處轉鈔以歸者。丙子而降，稍復事此以應求請，終鮮。特作文亦大率類是，今所存僅十之二三耳。

靖兄弟四人，惟仲兄雍早慧，不幸先先君子夭折。靖等碌碌困於一衿，箕裘將墜，又不獲昕夕侍左右，早爲裒集散亡。即此僅存之遺集，猶俟棄養二十有五年後，始克勒成一編，甚矣，靖等之不肖也！然其間遲之又久之故，良非得已。

記自甲辰，鮮民抱痛，饑驅四出。伯兄亮游汴游楚，終以病歸，爲里中句讀師。癸亥秋，得春間手書曰：『吾年垂六十，先人事，自問無能爲役，惟有多録稿本，校正精審，留待兩弟之能者完此志，死亦無憾。』聞當除夜，漏下四十刻，猶兀兀呼凍手，寫不稍休，其志堅苦若此。孰意是夏遽爾奄逝，得書之日，已在死别之後，良可痛心！

靖則自乙巳，携先集客山左兖郡書院者十四寒暑。遭家多故，卒不得積累，以資剞劂，計無復之，棄去，呼將伯謀升斗禄。於庚申來粵，需次五載，日不暇給。甲子秋，始補新安縣尉，又入不敷出，憂懼莫措。時弟愈客閩學使署，家賴以活者有年矣。悉靖狀，報書曰：『先集事兄任之，家人事弟任之，兄可無容分念。』靖因得一力。辭餘得數十金，意先事詩，徐圖全集。更苦隻身海外，繕工鋟匠，均萃於順德之馬岡村，非會城莫辦，而堪託經紀者，尤難焉。

迨歲壬戌，欽州馮比部魚山先生諱敏昌者，來主講粵秀書院。比部故先君子視學所得士，篤行邃學，尤敦師誼。曩靖入都，曾以先集請其閲定，至是復與邂逅，再求詳訂，並乞序言。比部既諾，以母憂歸廬墓，携集去，去三年復來，始知癸亥之夏，集幾没於水，幸得無恙，而序則猶俟諸異日。會靖將赴新安，并以刻事諄託之。比靖抵任，懼力不足，書商比部。比部曰：『《全集》例賦爲首，詩次之，文又次之，分刻非體。且一先一後，事或不測，悔將無及。君第勉力於前，某亦必勉力於後，冀圖塵露之凝，仰報師恩於萬一。序則俟集竣撰刻，必無負宿諾。』於是選訂之勞，讐勘之繁，與夫定式命繕、鳩工衡價，一一皆比部手自擘畫，於乙丑孟冬始付梓人。而比部遽於丙寅春仲歸道山，嗚呼，天何厄我先集之甚也！

當是時，雖定章程，誰爲接手？靚兹倉卒，懼即散亡。不得已，復求同官中相知能文，而需次省會者，幸得錢唐陳君名塘、同邑何君名灝，慨然起而代爲經理。嗣子承祥亦自禾中至，命往來海上，通商確於二君。二君他去，則又賴錢唐沈君名開甲、吴縣吴君諱春霆者，互爲襄贊。而陳、何二君，則尤始終此集者也。越今三年，爲戊辰之孟冬，《全集》始告訖工，而比部墓草已宿，序終不可復得矣。比部舊有詩後二跋，刻之集尾，以誌相知之素。嗚呼！靖兄既先亡，弟又在遠，貧宦寡學，有玷家聲，校讐莫精，歲月徒積，承訛習謬，疚心滋深。然向非諸世好相與僇力，歷久無倦，集雖至今，可以無成。甚矣，靖等之不肖，而諸君子之德，世世不能忘也。

《全集》凡四十卷，賦一，應制詩一，古今體詩十有八，國史傳三，通考案詞一，文十有二，補遺詩一，試帖詩一，文二。靖等身處卑賤，父執又多凋謝，集端一序，莫敢求請，謹以墓志哀詞，列諸集首。倘蒙當代大人先生，俯賜觀覽，畧加採擇，錫以鉅製，俾先集得附驥以傳不朽，則靖等之銜感，與世俱永矣。

嘉慶十三年戊辰孟冬，男師靖謹識

鄭虎文詩文補遺

鄭虎文詩文補遺

口占

風綻寒蘆白，霜留野菊黄。尚嫌山色澹，紅葉醉斜陽。

——《吞松閣集》卷八，南京圖書館藏嘉慶十四年刻本

留榻仙圃明府行館劇談至五鼓賦謝兼呈龍莊進士

譙罷歸來燭影紅，石頭泥滑怯衰翁。眠宜仲舉常懸榻，跡類東坡暫點鴻。尚論喜逢天下士，素心許共使君公。老難聚會貪深坐，禁得春寒五夜風。誠齋文草稿。

——汪輝祖輯《雙節堂贈言續集》卷十九，《稀見清代四部輯刊》影印清嘉慶間刻本

寒夜聞霜鐘

寒籟沈殘夜，嚴鐘應早霜。是何聲戛擊，乃爾韻悠揚？帶雁還低度，因風更遠將。磬同催月落，鈴共語更長。不作三生聽，初驚一枕涼。氣原深感召，理自足參詳。紀漏隨銅史，嗚

珂候景陽。莛撞慚就日，篪設仰垂裳。

——法式善輯《同館試律彙鈔》卷六，《四庫未收書輯刊》影印清乾隆刻本

輕風生浪遲

細浪生平渚，微風度翠巖。小舟容晚放，斜日正低銜。皺處將成縠，吹來未飽帆。但看波宕漾，不作勢嶄喦。白鷺沙堤静，青松石壁巉。練横投月帶，鏡净豁冰函。高興迴蘭棹，新涼到葛衫。緣知涵聖澤，相與滌塵凡。

——法式善輯《同館試律彙鈔》卷六，《四庫未收書輯刊》影印清乾隆刻本

風過簫

風過鳴天籟，簫迴韻乍高。含和終莫秘，流響適相遭。不作知音聽，寧煩按指勞。度空渾闃寂，入律轉嗷嘈。嶰竹頻吹鳳，雲和忽奏璈。霜鐘機共感，葭管理同操。静會元音合，中藏萬竅號。南薰傳舜樂，披拂遍神皋。

——法式善輯《同館試律彙鈔》卷六，《四庫未收書輯刊》影印清乾隆刻本

日華川上動

麗景晨熹合，平川夜氣降。曙光浮瀲灧，曉色動琤瑽。露散明沙岸，烟圓净石矼。似鋪霞

作綺，欲認錦爲江。暖漲波千尺，晴眠鷺一雙。印潭輕桂魄，吹皺笑魚缸。深碧摇書舫，清暉映水窗。聖恩同浩蕩，化日仰鴻龐。

——法式善輯《同館試律彙鈔》卷六，《四庫未收書輯刊》影印清乾隆刻本

蘭池清夏氣

長夏蘭池静，宜人水一涯。淺深清共澈，日夕氣偏佳。草色青垂岸，沙痕緑浸堦。霞拖光灎灎，雲度影湝湝。最喜風微皺，過疑鏡乍揩。雨餘聞吠蛤，月度聽鳴蛙。坐覺澄波静，涼生熱客懷。塵襟如可滌，鳳沼許相偕。

——法式善輯《同館試律彙鈔》卷六，《四庫未收書輯刊》影印清乾隆刻本

三讓月成魄

法天垂禮教，鄉飲事初諳。美德人稱讓，虚明月共參。盈虧光未一，晦朔魄成三。曉見依辰北，宵移傍斗南。避陰陽不奪，敬客主無慚。漸作鈎臨浦，旋飛鏡滿潭。撝謙還化競，示闕若懲貪。親遜歸皇極，仁風頌遠覃。

——法式善輯《同館試律彙鈔》卷六，《四庫未收書輯刊》影印清乾隆刻本

白受采

白賁旋加飾，天章式具瞻。斐然文乍焕，宛爾采頻添。莫以淄爲累，休將絢是嫌。山龍紛作繪，雲日爛相兼。守潔原妨玷，翾華未損廉。變寧同墨染，投豈藉膠黏！素質非終棄，初衣肯久淹。輝煌丹陛近，睿藻被摩漸。

——法式善輯《同館試律彙鈔》卷六，《四庫未收書輯刊》影印清乾隆刻本

指佞草

指佞如先覺，祥徵草不凡。屈伸隨所向，邪正默相監。宛示三緘戒，寧殊十手嚴！無言能辨慝，垂象若憂讒。低是風斜偃，傾疑日半銜。堯蓂應共植，漢柳肯同芟。葑菲懷臣節，芻蕘達諫函。敷榮覘聖瑞，大化洽和諴。

——法式善輯《同館試律彙鈔》卷六，《四庫未收書輯刊》影印清乾隆刻本

題石顛檢書看劍小影

書足記姓名，劍乃一人敵。持此欲何爲，披圖壯懷激。君不見，嫚罵山東隆準公，腐儒何足傾英雄！横磨十萬妄言耳，邊塵徒壓長安宫。小夫俗學匹夫勇，臨事倉卒真兒童！即今

王師下西域，封狼雖剪狡兔匿。誰提玉龍決浮雲，波静伊犁烽火熄！嗟余櫜筆備宫臣，内苑君爲供奉人。一般同事毛錐子，横草磨崖功不齒。雄心空傍燭花紅，折盡西窗一夜風。送君勸進一杯酒，萬事酕醄復何有！石顛先生將南歸，以《檢書看劍小影》屬題，率成應命，即以道别，並正。秀水鄭虎文。

——北京保利國際拍賣有限公司二〇二二春季藝術品拍賣會圖録

聽松圖福泉屬題

自堯甲子自秦封，嘯似鸞吟蓋似童。却喜六飛臨幸後，怒濤平處解呼嵩。秀水弟鄭虎文題。

——北京保利國際拍賣有限公司二〇二四秋季藝術品拍賣會圖録

側理紙賦

稽晉代之遺文，偉張華之博識。錫秘府之華箋，供石渠之翰墨。丹函乍進，已分麟角之花；青錢同頒，更染麝煤之色。疑斜疑整，浮藻影而文迴；非監非横，映簾紋而勢側。近鋪御案，雲飛辰極之旁；遠溯佳名，綺落海南之域。原夫書契雖興，方絮未起。削荆折竹，代有傳焉；截柳編蒲，風斯古矣。紀元則東漢以還，數典自蔡倫而始。爰啟路於後塵，遂遵塗而競軌。於是揚題六合之名，蜀紀雙流之美。搗蕉葉於剡溪，采楮皮於吴市。三韓而外，貢得鴉青；百越之南，紋成魚子。各遷地之皆良，固異名而並齒。

亦有牋素新裁，姓名斯紀。謝公入韓浦之詩，左伯盡仲將之技。燒糠熁竹，傳巧製於洪兒；暈碧流紅，染餘香於女史。他若鳳尾團雲，雁頭換綺。玉管承苔，金花賜李。收魚網於臨池，耀麥光於鋪几。繙貝葉於梵中，獲衍波於夢裏。莫不溶溶灔灔，霜雪其輝；緝緝鱗鱗，繭絲其理。

然而欹側成文，縱横满紙。相彼殊姿，伊何可比。分明界畫，莫認烏絲；宕漾漣漪，難名玉水。苔痕未剥，粘素壁以離離；海色初含，皺蒼波而瀰瀰。展來燈下，疑錦字之未工；吹向風前，裂春冰而近似。欲贈松皮之號，雨溜都存；倘邀竹膜之稱，霜痕猶是。若謂雲凝遠岫，誰將粉筆皴來；或疑雪疊香羅，可有龍梭織此？助條理于詞章，展經綸于尺咫。羌纂組之因人，洵卷舒之在己。豈徒花生有夢，難窮江海之才；固已筆正由心，可契公權之旨。

然而古不同今，新還奪故。伊年代之貿遷，非金石而奚固！寧同魯殿之猶存，便起鳳樓而亦蠹。乃片雲冉冉，千載常停；尺雪盈盈，二難斯具。歷歲月而彌新，想神靈之默護。所由上荷宸褒，恭承睿顧。資點染於尚卿，出琅玕於文庫。捫之稜起，訝皺縠之未伸；視或棼如，儼眠蠶之乍吐。爾乃飛藻采於天章，落珠璣於元圃。萍紋宛轉，折釵股以交横；脉理氤氲，满屋痕而並注。于是譜入弦歌，傳觀鵷鷺。共聲擊缶之音，齊學絶塵之步。增盛事於藝林，永芳徽于油素。呵凍墨以含毫，命御題而索句。揣形摸象，未登華省以分牋；捫燭叩盤，敢考拾遺而作賦。

——沈業富編《古今賦略》，南京圖書館藏乾隆四十八年刻本

淛嘐存愚序

乾隆乙酉歲，余請急將歸，郁齋少司空出一編示余曰：『此吾先人視學兩浙時，與諸生辨晰四子書義，或録或遺，綿祀累帙，久懼散落，梓以永存。子其序之。』余敬受卒業，伏而思之，以爲天下大矣，天下之人類亦博矣。其性情之頴鈍强弱，乖和險夷，齟齬參錯，至若水火黑白之不相入。而欲使之合迹同軌，粹然一出於正，自非國家齊之以教不可也。

顧教之爲術，不過欲人人共適於堯、舜、禹、湯、文、武、周公、孔子、孟子之道，共明夫君臣、父子、夫婦、昆弟、朋友之義而已。非有蹈水火，齒鋒刃，强人以必不可能之事也。然而父訓其子，師勉其弟，猶或有不率者，况可必之形格勢阻，君民上下間哉！吾用是知制科以經義取士之法，爲不可易也。何則？堯、舜、禹、湯、文、武、周公、孔子、孟子之道，君臣、父子、夫婦、昆弟、朋友之義，莫備於五經、四子書。顧五經、四子書之文，既非若詩賦詞曲之旖旎綺麗，足以怡懌人之心志；又非若百家雜説之縱横怪偉，足以震耀人之耳目。譬諸古樂，聽者思卧，其孰從而傳習之？惟是設爲制科，衡以經義，利禄所在，人争趨之。於是人手一編，家置一册，耳濡目染，貫習成性，非真欲求堯、舜、禹、湯、文、武、周公、孔子、孟子之道也，而猶知有所謂道者存焉；非真能明君臣、父子、夫婦、昆弟、朋友之義也，而猶知有所謂義者存焉。故雖狂恣暴悖之人，力足以撤藩潰防，終有所畏忌顧惜，不敢畔而去之。則恃此漸摩之術，陰驅而潛率之也。

乃世之好爲高論者，往往謂制科中無士。經義中無文，嗚呼，其亦弗思耳矣。且使制科中果無士，經義中果無文，而已足範愚不肖于謹身無過之地，則爲利亦博矣。而況司教士之責者，誠能篤於學，勤於誨，明聖賢之道以導之，安見文不皆明道之文，士不皆實學之士耶？不此之務，而苟且以求之下，亦苟且以應之，上下相苟，以訖於敝，因而咎制科、經義之不足用。夫制科、經義之設，豈端使然哉！

曩者世廟之末年，吾師安溪先生以視學至浙；今皇上登極之初，以典鄉試事再至。余兩受知於先生，親見先生與諸生口講指畫，日昃忘倦。諸生親之，亦如其父兄師長，質疑往復，必各得其意而後退。凡所闡發，類是編所載者，皆足以補箋疏傳註之闕。於時士品文風，駸駸乎有復古之望焉。洎乎先生以得替去，繼先生後者，矜奇弔詭，務爲荒唐謬悠之詞，以相提唱，一時靡然從之，牛鬼蛇神，文敝道喪，其流毒垂三十年，未之盡變。今日展誦是編，追念疇昔，俯仰盛衰，應若影響，孰得孰失，夫亦可以審所尚矣。

即如余者，兩使楚、粤，經歷五載，兢兢然一以先生爲法，雖甚材智懦下，猶得黽勉既事，遠於謗尤。然則銜天子命，居師儒之職者，誠得是編讀之，師先生之意，而不爲苟且之求，則所謂篤于學，勤于誨，明聖賢之道以導之者，庶亦近似而幾矣。夫何患經藝之不足以爲文，制科之不足以得士與！

乾隆乙酉孟夏，受業門人秀水鄭虎文謹序。

——李清植《瀫嘐存愚》卷首，遼寧省圖書館藏清光緒十八年浙江書局刻本

黄海吟秋録序

余讀前輩張天扉、汪紫滄諸公黄山紀遊詩，心向往之，思一躡天都，坐蓮花峰上，與容成、浮邱把袂拍肩，話軒轅天子事，而黄海遥遥，紅塵隔斷。歲戊子，來新安作寓公，與李太守有黄山之約，青鞋布韈，行有日矣。而山水緣慳，有海上三山到，輒引去之慨。同儕遊者，歸各以詩投，讀之不啻置身奇松怪石、深溪危彴間。因笑謂曰：『諸君無傲我。諸君以山水遊，吾以諸君之詩遊。諸君足跡間有不到，諸君詩筆則無險不搜，是吾之遊反無所不到。諸君或一二遊，吾每一諷誦，即當一遊，是諸君之遊暫，而吾之遊常也。』皆相視而笑。

今秋，巴君予藉以《黄海紀勝》卷見示，怪來詩思清人骨，造化何以當刻鑱！山靈真大狡獪，故託巴君筆端，幻作韻語，以亂游人耳目。吾自是不敢矜遊黄山，并欲持此以告世之遊黄山者，因跋而歸之。

乾隆三十九年歲次甲午立冬後五日，秀水鄭虎文述。

——巴慰祖《黄海吟秋録》卷首，安徽省圖書館藏清刻本

紫薇山人詩鈔序

今之爲士者，一行作吏，輒舉曩日詠歌先王、吟誦風雅之舊習，弃而勿道。非其嗜好之頓異，誠以刑名錢穀，呼召迎送，與夫一切餽宴酬應之煩猥，疲形勞神，夜以繼日，懼或不給，故其勢有所不能。即有能者，又懼以迂踈之名，觸忌干戾，故必消磨剗削，痛斷其根株，而後可以爲能吏。嗚呼，此雅化之所以難覯，下情之所以日偷也。

昔宓子賤之治单父，民不忍欺；西門豹之治鄴，民不敢欺；趙廣漢之治潁川，民不能欺。前人論三不欺，而以宓子賤爲不可及。然西門豹、趙廣漢之事跡，《史記》《漢書》檏寫特詳。子賤之治，史不能言，劉向言之，亦僅曰彈琴，身不下堂而已。孔子曰：『道之以政，齊之以刑，民免而無恥；道之以德，齊之以禮，有耻且格。』自孔子之道不行，諸賢學於孔子者，率能小試其端。若子賤之彈琴，子游之絃歌，此皆化以禮樂，爲後世吏治之所萬萬不能及。蓋不揣其本而齊其末，末之能齊，亦取小治，然而其本則遂亡矣。

延平太守沈君，初令湖南永興縣，治行稱最。未幾移長沙，知東平州，最後升今官，所在皆有聲。以服喪歸，他日以其詩若干卷，乞余爲之序。余讀其詩，而知其學之不以仕廢也。夫歌誦先王、吟誦風雅，若無與於治者。顧夫子有言曰：『君子學道則愛人，小人學道則易使也。』用之於武城，而民皆絃歌矣；用之於單父，而民不忍欺矣。學亦何負於治哉！

　　昔唐白樂天氏，宋歐陽永叔氏、蘇子瞻氏，宦遊所至，往往窮山水之勝，極吟咏之歡。黄童白叟，傭夫販婦，皆相與爲狎媉，若兩忘其爲吏者。然百姓思之，累世不衰，迄今傳爲美談。此其爲政，不知與彈琴弦歌者若何！而其流風餘韻，輝映後先，又與彼之僅僅以吏治見者，其分别固大有在也。沈君之詩，不知與三君者若何。然有民社之寄，獄訟之責，他人所率責未遑者，君乃能耽心吟玩，不改舊習。其於吏道，不幾恢恢其有餘哉！

　　説者謂君之政績，固多可紀。其宰長沙也，縣河壖田若干，有議欲去之者，君争之大吏得免，百姓到今賴之。此尤卓卓較著者，君集中亦紀其事。余謂此特一事之可紀者耳，又爲吏之職當然，不足異。蓋致治能得其本，彈琴絃歌，亦有何事可紀！而孔子顧兩稱之。余因序君之詩，有感乎此，因明述其意，俾世之學仕者知化民之本，不徒求諸簿書期會之末，則詩不詩誠何與於殿最哉！

　　乾隆四十三年歲在戊戌，洲東老漁鄭虎文序。

——沈維基《紫薇山人詩鈔》卷首，清乾隆刻本《四庫未收書輯刊》影印

雙桂軒詩草序

　　《記》曰：『温柔敦厚，《詩》教也。』《詩》豈易言乎哉！凡不本性情而出者，雖綺靡奪目，清新悦耳，均不足以爲懲爲勸。故古《詩三百》，而孔子蔽以『思無邪』，爲千古定論，甚矣詩之

難言也！近觀詩家日盛，詩體日華，求其有關風教者，蓋難其選。

庚子春，余自安徽旋里，有姪孫科發，偕其同門友翊堂仲君來謁，且出其詩稿，囑余序之。余挹其丰度，温如也；聆其詞旨，藹如也。傾蓋間，已訝其超越澆薄習氣。及閱其詩，隨所攄，皆得古人忠厚之意。詠乳燕而念生人之孝養，賦擊柝而歎黎庶之貧窮，吟秋扇則以久要規良友，欲播穀則以大有頌君恩，如此之流，未易枚舉。則明人倫，敦教化，移風俗者，胥於是乎在，豈僅作嘲風弄月觀耶！

先輩論文章壞心術、不關教化者，雖工無益，余謂于詩亦然。昔杜少陵流寓西川，觸景言情，纏綿悱惻，不失忠君愛國之旨。故唐詩不下數百十家，而杜獨爲之冠。今仲君之詩，以世道人心立言，善可以勸，惡可以懲，真得《三百篇》之遺，將有合于温柔敦厚之旨也夫。余故樂爲之序，以質諸當世之善詩者，亦以余言爲然乎否？於是仲君惶然謝，而科發瞿然曰：『謹受教』。時乾隆四十有五年，歲次庚子三月，槜李誠齋鄭虎文拜譔。

——仲廷銓《雙桂軒詩草》卷首，上海圖書館藏清嘉慶七年刻本

鳳城集序

余來新安，主紫陽講席，間與諸生言及郡之宿老，而以文章名於時，爲經生家圭臬者，則群推鄉先生江君越門也。君成進士後，以西曹主事乞養，家居十年，復起官，遞陞郎中。又十年，

奉命出爲保寧郡守，潔己而勤政，愛民而恤物，保寧人安之。已而以疾假歸，當庚寅之仲春，訪余於紫陽山。宦笈所藏，有《蜀道》《東歸》二集，詩成珠玉，其清風襲人，甚可愛也。

先是，君以孝廉教授生徒，經承口指，皆脱穎而出，把文來謁者，户外之屨恒滿。以故君與里人别，官京師十有餘年，而人之向往於君者，猶稱道不置也。

余曩與君同官於朝，知之不甚深。及來紫陽，因諸生之言，而竊有慕乎君。君又適假歸，得時時挹其風采，以爲文陣雄師，經生家圭臬，信在於是。而不知其凌轢唐宋，希踪漢魏，詩律之細，幾於少陵老境矣。

顧念君以畫省文臣，際朝廷崇尚風雅之時，供職之餘，意必作爲詩歌，宣佈令德，抒下情而盡忠孝，如《蜀道》《東歸》二集，哀然成帖者。因叩之君，君果出《鳳城集》以示。余受而讀之，炳炳琅琅，吐氣皆成五采，而忠君愛國之意，溢於楮墨之外，信乎其爲盛世之音矣！

余又見《鳳城集》中，有書其先世諸公詩集後，凡九篇，文采風流，後先輝映，爲君族之望。而其中有明侍御瞻城公者，立朝有本末，今西臺奏疏，猶家有其書，然則君之詩，固淵源有自。而出守西蜀三年之中，澹泊寡營，不家於官，此又即君之所以能致君成上理之具。雖暫息漢陰之機，而其不能與君以久家食也，審矣。雍容揄揚，歌詠駿烈，又君之餘事，讀君詩者，慎毋以詩人目君也。秀水鄭虎文。

——江權《正頤堂詩集》卷首，天津圖書館藏清乾隆四十二年刻本

鳳凰廳志舊序

《記》曰：『南不盡衡山。』自衡湘以南，皆古蠻徼之域，有虞氏格苗以後，殷周之際，號稱荒服。楚開黔中，秦伐所之。漢興，立武陵郡，迨乎東京五溪，驁狠不馴，歷唐宋元明，羈縻弗絶而已。其中有土有苗，始也土挾兵以讐苗，苗亦倚土以作暴。繼而土弱苗强，故前代苗民逆命，則又土爲之導也。國家聲教誕敷，改土歸流，而苗亦恭順，各安其業。余奉命視學湖南，行部辰州，校士閱文，觀諸生進止，咸雍容有禮法，豈苗之真不可化哉！良由治之不得其道耳。

辰屬有鳳凰、乾州二廳。設廳之由，康熙二十八年，紅苗劫掠村堡，官兵討平之。三十七年，移鎮臣以援勦之。四十三年，檄兵巡以彈壓之，又設通守以分防之，然土官猶仍其舊習。四十六年，土司田宏添不法，偏沅巡撫趙恭毅公奏請斥革，不與世襲，廳始得專其政令。雍正五年，更設永綏一廳，與鳳凰犄角，而疆圉永靖，蓋用力如此其勤也。

原夫鳳凰之名，因山受氏，地本唐渭陽縣治，歷宋元明，或廢或置，命名不一。宏惟我朝疆理邊陲，初曰營，後曰廳。通守與鎮、道大員，同駐鳳凰廳城，最爲嚴重。顧方輿弗誌，識者病焉。遼陽楊君力肩斯役，而實成於烏程潘君之手。二君老成練達，明允篤誠，莅兹巖疆，休養而振興之。觀化聽風，事不勞而集。楊君公謁之頃，出志問序於余。余披覽畢，喟然而作曰：

古之言政者，以清慎勤爲大要，而惟清則於殊俗尤宜。故東漢張奂之，爲安定屬國都護時也，羌人獻馬，奐舉酒酹地，曰：『使馬如羊，不以入廐；使金如粟，不以入懷。』張堪之爲漁陽太守也，民歌之曰：『桑無附枝，麥秀兩歧。張君爲政，樂不可支。』然則奉分守之符，作邊方之吏，其於清也，曷可忽乎？是志也，採掇於兵備副使王公葉滋，削稿未就而遷去。時部民歲貢田仁瀣，實創輯之，今之緣以起例者，蓋其遺緒也，厥功烏可泯？例得附書。乾隆戊寅仲冬，督學使者秀水鄭虎文序。

——道光《鳳凰廳志》卷首

潮州府志序

余奉命視學，涉歷楚粵，凡爲志序者二，楚沅州，粵肇慶。肇慶無論矣，最善《沅志》之考據巫水，特爲精核，以爲有功《水經注》。其時太守瑭君珠，賢而不苟於治，故有舉必善，志其一端也。今潮州刺史周君，楚人也，守潮六年大治。凡潮之山川風土，人材物産，以及刑名、錢穀之事，積數歲中所得諸親歷者，彙而成志，其詳贍精確，固不亞於《沅》之志巫水。而尤歎其高識遠見，有非經生俗吏之所知者，則獨在載虔鎮沿革表一通。

昔者諸葛武侯未出草廬，隆中一對，視天下如運諸掌，其後率無以相易，蓋熟於地利故也。夫地利何在，在形勢；形勢何在，在險隘。險隘者，人所憑以爲控制之具也。不知形勢，則不知險隘；不知險隘，即不知控制。及一旦猝然臨之以事，而後商。控制不得，而審險隘；審險隘不得，而規形勢。倉皇顛倒，鮮有不敗者矣。

嗟乎！經生多而經濟亡，俗吏盛而政事廢。庸庸泄泄，於天地休明之日，方且謂天下一家，其險可夷，其隘可闢。即有陳烽故壘，近在郊圻，指爲不祥，剗削必盡，誰復於承平無事時，籌及於屯兵扼塞，轉輸應援之臂指相使，呼吸相通者？書曰有備易曰設險，斯即君志虔鎮之意也，豈徒然哉！

往者君守廉，教民紡績，自君去，而民之紡績亦廢。余過廉，讀郡志，慨然於政之廢興存乎人，不存乎志。然則虔鎮之志，毋亦徒令後之讀者，笑爲迂濶而不切於事與？雖然，君固不爲笑者計也。志所當志，去所不當志，君之修志，如是而已，他何問焉！乾隆壬午孟冬，督學使者秀水鄭虎文序。

——乾隆《潮州府志》卷首，光緒十九年重刊本

沅州府志序

天下形勝之區，楚爲最重。湘中，楚南一都會也；黔中，又三湘之咽喉也。沅於秦、楚之際，爲黔中郡，於漢爲武陵郡地。東鑰辰、常，南控寶、武，北與紅苗相接，西逼獠玀交界，深谷竣嶺，而阻塞足恃；枕川帶流，而明秀可觀。通金馬碧雞之道，值象郡金潾之邦。羅施異族，奉貢輸琛。夜郎夷王，交臂屈膝，關隴倚之爲屏翰，邛筰於焉而深入，蓋勢處邊陲，最

關緊要者矣。

郡城則明山鎮其後，舞水滎其前，綰轂四省，彈壓五谿。惟滙流之迅急，實八番之奥壤。原夫立州伊始，開自宋代；分府剖符，惟我聖朝。其附郭芷陽，本漢之無陽也；外領黔陽，則漢之鐔成也。麻陽，漢沅陵、辰陽二縣之境也。迨明嘉靖年，設五省總督以節制之；萬曆中，命偏沅巡撫以蒞治之，沅固重鎮哉！直目之民，獷悍而弗擾；鉗耳之徒，狃竄而難馴，故舊制，軍門每歲半駐沅城，半駐偏橋關，所以聯絡其聲勢，而安輯其居民。國家以長沙爲荆襄上游，始發節往焉。上龍飛之始元，撫臣鍾公之請，陞沅爲府，迄於今，文獻無徵，識者病焉。太守長白塘公政事之暇，物諴人和，有意興廢舉墜，起而修之，間關歲月，勒成鉅製。余奉命衡文是邦，公出以相示，并請一言，序其顛末。

余伏讀之，卒乃嘆曰：『賢哉守也！沅雖僻陋，可無憾矣。功力之勤，議論之卓，世有作者，蔑以加諸。緊古之志地理者，《爾雅》《山經》而外，班、馬尚矣。土地釋例之書，寰宇分合之記，類皆能言之士，博雅之群。而近代如顧亭林之《肇域志》，顧宛溪之《方輿紀要》，號稱精審。是志極辨沅、潕之非一水，舉《漢志》《水經注》，以糾朱鬱儀、顧宛溪之失，而拄其頰，非佔佔畢視簡牘者，所能庶幾也。余不敏，獲承嘉命，聊舉一端，以明公好學之勤，採擇之富，一切慈祥愷澤之教，作興盛世人文之美，具見於斯編。而余得附名不朽，詎非幸與！是爲序。』進士出身，儒林郎，命提督湖南學政，左春坊左贊善，兼翰林院檢討，武英殿行走，充會典館纂修官，庚午、壬申、癸酉順天鄉試同考官，甲戌、丁丑會試同考官，丙子河南鄉試正考官，前翰林院編修，庶吉士，加一級，紀録一次，秀水鄭虎文撰。

——乾隆《沅州府志》卷首

段太安人八秩序

昔虞山之誌婦德者有三，一曰順，婦之於夫，猶地之於天也，故曰取乎其順也。一曰和，宜室宜家，惟内君是視，故有取乎其和也。一曰慈，親之於子，飲食教誨，以身先後之，故有取乎其慈也。夫有順德以承之，有和德以接之，而又益之以慈，則家庭之内，雍雍靄靄，家道以成，諸福畢至。賡介眉壽而祝華封，洵非諛已。

恭惟王母段太孺人，迺文學聖治先生繼配也。先生敦敏好學，名噪士林，而孺人敬戒無違，時以雞鳴昧旦相勖。及其事尊姑張太孺人也，匪惟潔盤匜、供旨甘，而晨夕侍左右，先意承歡。凡夫子所欲致於慈親而未能者，孺人悉有以體會而曲奉之，其順德爲何如也。先生昆弟姊妹十餘人，子姪輩森森滿堦，孺人則接之以禮，聯之以情，歲時伏臘，慇懃顧問，禮數周匝，恩誼協洽，故數十年妯娌無間言，而家人咸相親愛也，是有得於婦德之和焉。先是，鄭太君遺有兩子二女，孺人鞠育顧復，勞於所生，婚嫁大事，靡不殫厥心力，而又訓之以義方，使積習於名教，雖仲郢之母，何以過是！是爲母德之慈。

夫德者，福之本也；而福者，德之徵也。孺人之懿德，歷歷如是，有不享大年而膺厚福者哉！白首同歡，自古爲難，孺人則夫婦齊眉，同臻遐齡，迄於今。先生往矣，而流風遺韻，見孺人如見先生也。况諸嗣挺挺玉立，或觀光上國，或對策金門，行見龍章鳳誥，光耀閭里，直指顧間事耳。而蘭孫復環繞膝下，效萊衣之舞，進含弄之飴，孺人杖履優游，顧而樂之，歡可知也。

今歲三月，爲孺人八旬設帨辰，二三姻友，咸謀稱觴致祝。司馬鑒堂公，與余姻戚也，走書都門，索一言以佐西池之爵。予曩者奉命給假，僦寓吴門，與孺人之季子荆璞友善，因稔悉孺人之懿徽，而書其大概如此。他日應有西王母降，進萬歲冰桃，千年碧藕，則孺人之慶，又將爲期頤大年預卜也。是爲序。乾隆十七年，歲次壬申暮春，賜進士出身，翰林院編修，武英殿行走，充會典館纂修官，庚午科順天鄉試同考官，年眷晚生鄭虎文拜撰。

——王楷蘇修《洪洞薄村十甲王氏族譜》卷十一，清嘉慶二年刻本

恭祝慶先翁德配汪太安人七旬榮壽序

靈萱毓秀，青環愛日之廬；慈竹垂陰，緑映春暉之座。問介眉之酒熟，慶衍齋居；數繞膝之人多，歡騰績室。白茅黄耳，點頜分暮歲之甘；翠柏蒼松，舞袖慰慈容之老。

恭惟洪母汪太安人，乃慶先先生德配也。夫其淑慎出自性成，貞静非由人授。銘椒咏絮，夙著芳徽；佩芷餐蘭，素稱令媛。未笄而練裳自適，何須玉繫羅襦；于歸而綦縞是甘，詎必環

嗚繡閣！　奉高堂之色養，洗手而潔羹湯；竭爾室之勤勞，椎髻而操井臼。妯娌化嘻嗃之習，茞贈東階；豆登佐妥侑之忱，蘩香北牖。

維時慶先先生，頻年株守，驥足未舒；一室磬懸，牛衣暫困。爰效計然之策，拮据西江；惟資德曜之賢，主持中饋。何無何有，曾黽勉以相求；克儉克勤，敢優悠以自逸。既而稻粱漸裕，簾邊之食雀初馴；阡陌頻開，谷口之啼鶯略遍。外傅勵諸郎之訓，念切遺經；内助成夫子之名，聲蜚太學。創建之鳩工任重，畫堂開晝錦之光；持籌而燕寢心勞，鏡匣減香奩之色。而且具盤匜于賓客，無慚截髮之賢；寬意氣于奴僮，絶少翻羹之怒。厚鄉隣而庇恤，人人遍種福田；待姻戚以慈祥，處處群推佛性。焚盡歷年之券，寧權子母于分毫；享諸無祀之神，長慰幽冥于風雨。

抑有甚焉，尤其難者，治家能忍，御衆以和。雖食指之逾繁，規條愈肅；當厨烟其未析，誶詬不聞。所以犬亦同牢，感仁風之翔洽；烏能反哺，徵孝意之纏綿。服賈牽車，心存頤養，下帷開篋，志切顯揚。試看桂子叢生，于今猶似竇家五桂；更喜龍孫間出，自昔不殊張氏十龍。朝夕瞻衣，詎費手中之線；殷勤省問，應含口上之飴。宜其静保遐齡，百尺之仙梧共老；宏開壽界，千秋之寶婺常輝也。

兹者月正建丑，人恰逢庚。梅蕋含芳，閬苑初飛青鳥；雪花兆瑞，星河正焕黄姑。釀臘酒于歌筵，共醉延齡之醖；添弱紋於戲綵，如增續命之絲。怡顔觀介壽之圖，五色斑藍入畫；屈指數登堂之客，一時冠蓋如雲。

僕也遊心古歙，素懷白嶽之奇；問道新安，暫主紫陽之社。偶以傳經之彦，曾聯姻婭于朱、陳；因而鼓篋之餘，略識賢風于陶、孟。爰徵祝嘏，謹勒蕪詞。陳進爵于流霞，助升歌于絳雪。飲菊泉之味，知巾幗亦有彭籛；乘蓬島之槎，識杖履長懸錦帨。行見鯨沾春雨，欣鼓奮于天池；鶚荐秋風，羡翺翔于雲路。黄綾輝焕，鳶章錫自北堂；紫誥榮封，鶴筭綿于東閣云爾。是爲序。

時龍飛乾隆三十七年，歲次壬辰季冬月穀旦，誥奉直大夫，賜進士出身，翰林院編修，前春坊贊善，兼翰林院檢討，翰林院編修，庶吉士，提督湖南、廣東學政，教習庶吉士，充武英殿、會典館、方略館、國史館纂修官，充乾隆丙子科河南正考官，庚午、壬申、癸酉三科順天鄉試同考官，甲戌、丁丑二科會試同考官，加三級，紀録五次，年家眷生鄭虎文頓首拜撰。

——乾隆《江西婺源官源洪氏總譜》卷末，乾隆刻本

抱經樓日課編序

余友編修邵君叔宀有言：『摹印，小技也。然其中有古今雅俗，非博考篆籀，深究筆法，熟觀秦漢銅印，而得其體勢之變，不能工也。每見士大夫多聞識者爲此，其氣味乃與專門名家者不同。』余聞其言而是之。顧余於此道未嘗究心，有爲余摹刻名印者，受而藏之，亦不深辨其

爲古爲今也。

已而，余交新安汪明經稚川。稚川通經，尤精六書，工篆刻，自以爲法秦漢，因歷舉秦漢以來印章之可考者，源流宗派釐然也。余子師靖學於稚川，以其餘亦試爲之，其佳處，稚川則又以爲秦漢也。《傳》曰：『人心不同，如其面焉。』又曰：『文章如面。』摹印耳，而必兢兢求似於秦漢，過矣。

甬上盧生，家多藏書，其師曰倪君韭山，故學者多藝。嘗約舉時令，計日授篆以課生，久之成編。生乃具書，並其生平所作詩，介余門人袁鈞書，請序於余。夫余於篆刻，尚不能知稚川，又焉能知生！然余固深知稚川之學，而生之孳孳不懈，以希進於古，亦觀其詩而可得之。此編鐵筆之善，余雖未盡其理，然如叔亠所論説，則有合也。抑余聞甬上有史漢老者，詩人也，博學能摹印，甚貴重，不輕爲人作，嘗遊維揚，維揚人至今稱之。而鈞言其鄉人之事此者，多宗漢老，或者生其有得於此耶？果爾，則生之志不夸矣。

若夫小篆之學，許氏《説文》爲最，而生書乃旁引側出，不盡由許氏，何也？豈如叔亠之言，所謂『得其體勢之變』者耶？生志於學者，余故以此詢之。乾隆四十六年閏月，洲東老漁鄭虎文序。

——盧登焯《抱經樓日課編》卷首，哈佛燕京圖書館藏清乾隆四十六年刻本

增修學宮碑記

歲己卯，科試澧州，適安福增修學宮，告成請記。伏維國家弦歌禮樂之化，漸被廣遠，雖外藩君長，咸願請子入太學，沐浴文教，況屬在中土乎！

楚南夙號名邦，其邊境多雜苗猺，馴獷不常，歷代羈縻而已。如永順兩界黔蜀，山水險峻，土司彭氏據之，垂九百餘年。而我世宗憲皇帝，不動聲色而去之，列其地爲郡縣，襲其人以冠裳。他若乾州、鳳凰、永綏，皆苗境也，莫不設官建學，彬彬乎鄒魯之風焉，嗚乎，何其盛與！澧固腹地，其聲名文物，不與永順各郡廳等。而安福爲澧分邑，向設衛，後改爲縣，乾隆二年，始置學宮，規制或有未備。

今唐君廷琇，以昭潭歲薦，司訓兹邑。見黌墻迫促，祠宇失次，不足妥神靈而肅祀典，欲恢廓而增新之。因出薪俸爲倡，而諸生咸皆踴躍，共襄厥成，倘亦仰體聖天子崇儒重道，作人造士之至意，而爲之與！是亦可以觀士風矣。雖然，不日新其廟貌，不足以奠神靈；不日新其道德，不能以敦人品。諸生於廟貌，既日新之矣，諸生於道德，其亦能力追古人，修之家而獻之廷乎？余尤願司董率之任者，日進諸生，以其致力於神者，致力於其身而可已。

——《安福縣志》卷三十二《藝文》，國家圖書館藏同治八年刻本

文學蔣繞亭先生傳

公諱樞，字星旋，一字繞亭，以文章孝友，稱於鄉里。少讀書五行俱下，操管爲文，豪不停楮。年十八，爲博士第子員，名噪甚，小試屢冠其曹。

父子益公，雖家非富厚，而性好周邺，戚友有告貸者，未嘗辭以當匱。彌留時，已不能言矣，目視公，若尚有所囑者。公泣曰：『翁於心豈有餘恨，其殆爲諸貧交之不能償負者故耶？兒敢不成翁之志！』立檢篋中舊券若干，焚之，子益公遂瞑。公生平好爲人排難釋紛，自子益公來，素以信義著於宗族，争訐者得公父子一言輒解，終不涉官訟者數十年。

邑西南有湘湖，蓄水溉田，九鄉攸賴。宋時楊龜山始爲定制，計地勢高下，次第洩之，咸有時刻，以均利遠近。自子益公毁豪强之築土塘，便私路者，則利大溥。至康熙壬寅歲大旱，三四兩鄉奸民，欲專擅其澤，行賄胥吏，偷洩霪洞數十餘處，載之高地，水不及窪鄉，鄉民大窘，以告公。公知吏之主其役也，遂得其交通賕賂事，以狀列，官禁之，弊遂絶。公於經史百家諸書，無所不覽，下至書畫琴弈卜祝之技，悉習也，有志用世，而景命不融。屢困場屋，悒鬱以卒，年十九歲，知者無不悼歎焉。

公于行爲伯，撫仲怡怡如也。孺人夏，賢而善治家。生八子，長曰惟燦；次二惟煇，出繼鶴千公；次三惟炳，次四惟燿，皆有名於時。次五惟炘，即予丙辰同年也；六惟熙，亦出繼鶴千公。次惟煒，次惟煌，皆英俊，將來未可料。

論曰，文章之士，每迂闊而拙於事，公不然也。蕭邑嘗重繕文廟，薦紳咸推公，公爲料理工費，即竹頭木屑，皆簿記之，以不棄於用，此足觀其用世之一節也。天厄其遇，竟終諸生，惜哉！日講官起居注，左春坊，翰林院編修，湖南學政，年姻家姪繡水鄭虎文拜撰。

——浙江《蔣氏宗譜》卷首，上海圖書館藏光緒二十七年木活字本

國子監生呂君家傳

君姓呂氏，名揚廷，字對宸，號誠齋，江蘇常州人，宏文院大學士宮元孫也。曾祖方嘉，祖鈞，俱歲貢生。父灝，候選州同知；母徐氏。鈞無子，灝以兄子爲鈞後。君幼而沉静，有器度，九歲讀《五經》。卒業，下筆成章。年十九爲諸生，每夏夜讀書，兼衣以禦蚊蚋，渴則就池掬飲。無何入太學，應南北鄉試，凡十二不售。君三世素封，均財好義，家遂以落。洎君雖貧，益慷慨喜施與，遇人窮厄，不以難辭。嘗佐山西陽高令周君世紫幕，縣有軍餉解省，省與縣相距千餘里，限甚迫，無能任者。君於是道捷徑，履山險，兼晝夜行。塗半遇虎，馬驚墜澗，捫葛披榛，僅乃得免，三日達省中，令賴以謝重譴。後周君坐法死，君已他往，單車赴弔，并傾囊恤其家。同里吴啓文，夙與君爲撫塵交，館於君族父榆社令瀛署中。君聞其疾，從陽高往視，會卒，適屆秋試，或勸君行，君泫然曰：『脱余去，誰與送吴君喪者！』竟留畢事。

君爲青陽書院長，時族子元燮有遠行，路過舟覆，旋遘病，君留養兩月，病良已，厚資其行。君性孝友，成童時丁父艱，哀毁不食，遂患痹，腸出寸餘，保姆以敗絮摩挲，久之然後愈。常侍太夫人疾，不脱冠帶者三月，筋骨爲傷，後遇陰雨夜，輒作楚，不得眠。太夫人治家嚴，有不當意，輒責君，君退而喜曰：『余年已踰四十，尚承母訓，人子之幸也。』伯兄孝廉君重華，病於京邸，君正送吴君之喪，在亳州聞之，戴星而往。至月餘，兄殁，君拮据摒擋，扶櫬首途，更遠取吴君柩同歸。有持兄券至者，錢罄，解衣授之，不令留所負焉。居恒事寡嫂以敬，撫孤姪以慈，同氣中處瘠推肥，能忘其困。乾隆四十三年卒于家。娶錢氏，封資政大夫刑部左侍郎錢公人麟女。子一，星垣，府學廪生；女一。孫男一，寶璐；孫女一。

論曰：君嘗拒奔女于衛輝旅舍，終身未嘗言其事，真盛德君子也。跡其生平，敦氣節，重然諾，求之昔賢，殆朱暉、劉翊之亞歟？顧其才萬不一試，而没没以死，嗚呼，其可悲也！其子星垣，幼能委己於學，長而益騫。余讀其文而偉之，必將有所不以朽其親者在矣，遇不遇，詎足爲君惜哉！

——王昶《湖海文傳》卷六十五，《續修四庫全書》影印清道光十七年經訓堂刻本

王介石傳

王見川字道存，號畜齋，别號介石，溪南錦峰鄉人。傳曰：

師生而慧穎，早歲遊庠食餼，雍正壬子登賢書，癸丑成進士。是年，太師卒，師未廷對，得訃奔喪。乙卯除服，會功令以初登進士，分校鄉闈，奉調充浙江同考試官。

越今上登極之元年，師以試策稱旨，選讀中秘書，側文學侍從之列。會例大臣得行保舉，保師者，滿州禮部左侍郎徐公元夢也，看語曰：『爲人孝友，篤志學問。』入館未幾，蒙恩詔舉行褒贈慶典，師奉郎官册榮歸，留養在籍，歷朝考皆不與。乾隆七年壬戌，赴京考散，除縣職。方師來京候補也，奉委往六安州查水災，旋奉委解銀，往天長、盱眙、泗州賑濟，剴切指陳，大稱上官意。授歙治，師以一書生領此要缺，不特催科撿字，善載口碑。加以上江衝道，憲轅徵發，案卷蝟集，咄嗟立辦，尤見經濟文章，與有實學。

迨秩未滿，而告養馳歸也，以母老去籍數千里，不能迎養爲憾。及終養，師年五十餘矣，猶辛苦不暇，纂修邑志，以書局自隨，留意風察。館太平，建高陂石橋，創汲古文會。還，則爲其里立麗澤文館，歲時課士。功甫竣，倡建鳳山書院，提綱規畫，刊志成書。年既晚，校訂宗譜，爰謀合建七户總祠，額曰『奕槐堂』，俾人皆知敬宗睦族之誼。

比年應嘉應州刺史詹公之請，掌教培風，講學造士，此皆士庶之所謳思，儒林之所瞻仰者。獨念余才疎學淺，乙卯鄉闈，蒙師首荐，雖不獲售，而知遇之感，耿耿于懷。爰綜先師行誼，而爲之傳。

——民國《永定縣志》卷三十五

致吴玉綸

期虎文啓香亭中丞閣下。馮太史歸，得告領到諸碑刻及公大集，且損俸惠存，一一拜受，謹志不敢忘。公經義力追正、嘉以前諸老風格，而散文情文悱惻，可謂醇雅，真歐、曾之雲礽也，可傳可傳！文老病窮困，本寡學，而近尤廢失，無可復語此事，讀尊著，喜吾道爲不孤矣。數年來，東原甫得一官，遽爾下世，今年又喪笥河學士，此皆吾黨眉目，云亡之歎，如何可言！

聞嗣主壇坫者，公與魚門、覃溪、二雲諸公，宏奬風流，翔譽京華。而秋帆中丞延接名俊，四方之有道而能文者，歸之如流水，德星之聚，疑在關中。天子右文，諸公卿從，而翊贊之人文化成，於斯爲盛，尤望公黼黻其間，黜浮崇實，得敦樸有用之才，以事其上，保民利國，實在於是。此固公承先報主之素心，而文有嘉於公之仕學互進而益上，聊復及之，知不嗤其迂濶也。

文得偏中之疾，終年藥裹，崇文之席，虚擬而已，足跡未嘗一至西湖。秋來手足小便持行，而家運惡劣，精神益復委頓，正不知尚有幾何月日耳。明歲仍舊館，尚未知力疾能赴與否，如不能決，當辭避。此時心尚如懸旌，未有所薄也。文三子亦粗解操觚，而秋試屢薦不售，公後起有人，聞之爲公慶，而孺仲不能無蓬歷之媿矣。別語另紙，草此奉謝，並候。不宣。辛丑十二月廿又一日，文再拜啓，謹空。

內子患乳巖之疾者，越二一載矣，至秋而劇，至冬仲之晦而下世。明秋擬卜宅兆，以歸其體魄，而文之精亦銷亡盡矣。即自爲歸全之計，更無可復緩，得埋骨有所，一旦瞑目，真含笑入地矣。妻喪何敢遠訃！公輩通門之好，不可自外，且旌障聯額，率欲假諸舊遊銜名，以爲光寵，而可不以聞乎？此文所以赴告諸公之意，非因以爲利也。文意不能遍白，幸公代白之。外有書有訃，或有訃無書，或有書無訃，具開於後，乞照所開，遣長班分送。其一書致貴同年張名天相者，張爲阜城令，今聞調繁，未詳何縣，幸查明加封寄達。文不能無望渠麥舟之助，公必速寄爲囑。又一書，寄覇昌觀察祥名鼐者，祥嘗受業於文者也。文又啓。

先炳也夫子歸田後，每馳諭玉綸以讀書作人之法，寶而藏之，奉爲座右銘。癸卯秋，余試竣浙闈，督學於閩，所有寄存書笥，及手抄夫子致札一卷，批定玉綸詩文稿八本，俱以甲辰春，燬於樸園太守姪賈家衕衕之舊寓，不戒於火，可惜也。此札乃得之行篋中，録以附梓，遡師承之有自，傷墓草之久荒，淚下涔涔，竊不敢忘所得力云爾。甲寅除夕前一日，玉綸跋。

——吴玉綸《香亭文稿》卷八《上鄭炳也先生書》後附，《續修四庫全書》影印清乾隆六十年滋德堂刻本

致陳大化

鄭虎文謹啓松江使君閣下。自公下車以來，老成廉明之頌，浹乎鄰封。而貴部張堰王掌科名顯曾者，文之舊游也，時過禾道及治化，益用心企賢。大吏剡章之薦，公其首選矣，曷勝翹

賀！去冬，文之老僕荷公寵光，俾貧主不致貽童僕以鶉結之羞，感何可言耶！

茲有舍親孫名賫祖，常熟人，其尊人名夢逵，文壬戌同榜，曾任宗人府主事，以《易》學名於時，公儻知其人乎？與文爲兒女姻親。窮宦既歿，家益中落，其大世兄近又失館，來商於文。顧文閑退，言不足取重於世。況收漕一席，争者皆挾權力以求之，文則何敢輕向人道説！計惟公古道，不棄迂鄙，而又閔故交子弟之困，别無善策以拯之，故復覥顔陳請於公。幸公推愛曲全，薦一收漕之地，俾得稍霑餘潤，以禦殘冬。則一夫之獲，澤及鄰治矣，伏肯進而教之，幸甚無極！專此奉瀆，藉候崇禧！不具。（乾隆四十三年）九月廿二日，文再拜上狀於西湖之崇文書院。敬冲。

——上海敬華藝術品拍賣有限公司二〇〇一秋季藝術品拍賣會圖録

致范永祺

弟鄭虎文白莪亭先生足下。往以隸書見示，張之素壁，輒復坐卧其下，爲之神怡。頃讀經義，則淹貫六籍，運以精心，高論奇情，開拓胸臆，豈復於今之名手較工拙哉！弟寡學，於前人門户，豪髮無所得。先生誤聽告者之過，以僕爲識途老馬，下問勤拳，足徵壤流不擇之盛心，私心敬佩，則又不僅在文章矣。

尊著本欲附識數語於文尾，託以不朽，第愛不忍割，薦爲家塾課本，不復奉繳。如全刻告成，尚祈從陶軒處寄示。弟雖齒髮衰暮，尚思以炳燭之光，進探其奥耳。專此佈復，並候道履萬福，不具。弟文再拜。八月十九日。謹空。

——龐元濟輯《龐虚齋藏清朝名賢手札》第五册

致汪輝祖

文白龍莊進士足下。先人家傳，久未命筆，以病故，亦緣《臺山傳》幾於崔顥題詩矣。今迫足下忘醜之愛，勉强報命，幸爲定之。臺山故孝子，當必不終墮魔道，聞爲足下回心向學，甚爲狂喜，然未知果否，喜心倒極，不能不轉生疑懼耳。

甬上袁君鈞者，臺山之知己也，其詩文可不懈而入於古。文初未識朱君仕琇，聞其淹博名，今讀所著，意謂令袁爲之，有過之無不及。今持其師張明府書，衝寒來謁貴東，若得延之在署，足下與之爲忘年交，當不孤寂。而貴東記室之才，盛於唐之賢藩，無論爲吾浙冠也，足下以爲然否？藉便奉復，並候客履清安，餘不具。戊戌十月十七日，虎文拜手。附詩一首，希爲定可。又白。

——汪輝祖輯《雙節堂贈言續集》卷十九《鄭誠齋先生書》，《稀見清代四部輯刊》影印清嘉慶間刻本

致邵齊燾

文白叔宀三兄足下。前月擬及足下歸，一至虞山，聞信未確，又以寒雨浹旬不果。此月望

後，始成吴門之行，以淮南眷屬，初來定居此間，爲一看視。第念足下在常，不得相就爲憾。比審西河之痛，當稍省。右臂何似，何日當歸，能來蘇作少時歡笑否？

近得旭莊手書，縷縷數百言，大抵友朋聚散存歿之感爲多，文病且老，不堪復視也。二思身後，得增榮矣，然畢竟何補！其喪歸未？因念昨歲見孫書，意度非昔，今狀云何也？兹因姜氏迎董助教之便，草此佈候，不具。文再拜。

——故宫博物院藏手札

致顧衣言

虎文力疾白衣言先生足下。久别思念勞苦，不可爲心。意謂足下於秋試，當偕嗣君來杭，而文以病癨先期歸，則不復得聚，謂可邀足下過禾，作信宿留。不謂足下不來，得手書，殊難爲懷也。嗣君無從與一談，真是閟絶。後起者得一第固妙，然得一第，亦無甚妙處，但得一喫飽飯處，則無不妙耳。文自徽移杭，首邱之意而已。然省會酬應之繁，雖閑退孤冷者不能辭，明年殆不堪久此矣。馮公貧老且病，而勇於自責如故，異哉！貸子母錢，爲葬親計，益困不悔。聞足下連歲亦復多費，耕讀以課其後，固窮之道得矣。未知著述更添幾許？語言筆墨，近宜加謹，常恐於無意中失檢耳。

詩本無益於根本之學，文近絶筆不作。惟日讀《四子書》，覺愈讀愈有味，每悔少壯時，直一字不曾解得也。胸中欲言者多，論經正不知從何説起，聊附一二。道遠不能數相聞，惟爲道自愛，善珍眠食，不具。七月十八日，文再拜白。

——故宫博物院藏手札

致朱存仁

出闈後，隨有札奉復前語，附急足寄達，想已收閲矣。旋得手諭，備悉尊況，讀之汗下。以弟與足下有骨肉之好，無論舊德銘心，當思所報，即素無緩急，獨不當借箸一籌乎！乃弟既以遠隔三千里，又以窮官餬口不給，遂至呼而未應。論其形跡，幾與世之病狂喪心者，相去無大懸絶，然此心則天地鬼神知之矣。

來諭云與及門諸生謀之，此言誠然。但諸生之於弟，能如當日足下之於家兄，則弟以現在情事告之，何難代弟一清所負之項！豈知人情不古，如足下者，誠古人耳，豈可望之今人哉！是以扼腕太息，非特以有負盛德爲慚，實念足下日後生計，必何如而後可，每中夜不寐，爲足下籌之，忽不覺其達旦也。現在竭力謀所以報命者，數年積逋，恐未能併奉。中秋間，當措寄少許，多則滿百，少恐猶未足此耳。然此尚屬仰給他人者，即弟亦未能豫必。若論弟近況，既未出外任，又未連得美差，非從天降，非從地出，豈遂今富於昔耶！然弟之爲人，必不肯負人，足下毋以尋常人相測也。

敬持兄來，道及虞守兄甚怨弟不爲款洽，且貸費四金而不得，以弟爲薄。豈知其時弟正當饘粥不給之日，一日兩飧，尚未知所出，奚暇及此乎！然弟亦置之不辨，第問心無愧而已。足下視弟，豈反眼若不相識者等哉！黄臨川書已轉寄，恐渠未信，並將兄與弟原札並寄，使其知是真景，非泛然索逋人語耳。然此人非人情，弟不能定其何如也。此達存仁老世講先生。弟文頓首。六月十三日字。

——故宫博物院藏手札

再致朱存仁

八月廿又二日，虎文頓首存仁老世講先生足下。與足下别，垂十餘年矣。自粤東返京，曾一得足下信，寄書人未嘗自來，始終不知其去來蹤跡，故不及答。時文亦作計告歸，足下乃已先我乞身，謂可一同兕水之棹矣。既而文以書局牽挽，遷延至去冬，始得抵家焉。聞足下猶滯楚中，意甚念之。

今令嗣持足下書來，讀竟，知客中健飯，差慰勞積。别語極知足下出於不得已，且亦素以文爲尚可與言者，故以情告我耳。雖然，知己易，知彼難。足下别遠，未悉近狀，故及此。不然，豈有簞瓢陋巷之回，向紙冠藜杖之憲而請急者耶！

文雖不肖，五年楚粤，頗知自愛，凡世人以爲分所應得者，皆謝不取。此游於楚粤者皆所親見，楚粤之士，至今猶能言之，足下豈無見聞乎！以養廉之所入，供公私之所出，僅可敷用。乃初度嶺，即遇萬壽。是年畢次女嫁事，大費駢集，寅支卯糧，創鉅痛深，遂不可復起。況十年京宦，舊負如山，挈眷往來，長途費重，即此數端，已可空五年之所入矣。況五年中，南北公私，何事不資於此！此文之所以垂橐言旋，沿途托鉢也。還留都下，又復五年，即有宦囊，亦當告罄，又何論於文耶！且乙酉之春，敝廬被火，重煩蓋造，富者猶不堪此，如文益又可知！

曩者在粤，已違足下之命，以數十金資令弟之行，尚費移那，至今日更不須言説矣。足下或出於懸揣，或得之風聞，謂文饒裕，亦未可知。則試即以足下推之，十年楚宦，亦有謂足下忽然以病乞歸，殆已得有林泉之趣矣，即文私意，亦謂爾爾。今得手示，方知如此，則文之光景，亦猶是耳。

文素性伉爽，又與足下厚，苟可爲力，無不可爲之盡者。奈近狀斷難相助，惟足下諒之。至足下來諭，有『天道好還』之説，意若有甚不足於文者。文與足下，實因家兄與足下有孔李之睦，蒙推師門之誼，通及有無，文用是感激，不敢自外。然當足下服官之初，以及赴楚後，其所以爲足下効指臂者，雖不足爲山海之助，亦未始無小裨高深也。好還之理，豈盡誣耶！獨惜足下盛時揮金似土，其不至爲放豚之不可返者，文之外，惟臨川一人耳。況將伯之助，豈必在財！如必財而後可，天下安得盡富者而交之耶！如不必在財，則以文論，尚可備朋友之一格。不然，文請從此辭矣。

雖然，文寒士也，深悉寒士之苦，故知足下不得已之衷。文亦於不得已之中，爲足下畫一策，敬與不敬，非文之所及知也。監利周公，足下舊識，昨歲監利入都，與文新有婚姻之約，今文爲足下作書致之。未知監利去足下處遠近，又未知監利宦況近復何似，足下持書自往，或遣人，惟自酌之。監利非無情者，文書或足用，亦未可定；如無用，幸勿更見誚讓。別遠念深，伏惟珍重，不宣。文再拜。

——臺北某藏家收藏手札

致胡澤潢

二月十日，虎文頓首星岡六兄同年足下。去歲抵泲上，有書屬河使寄達，想已入覽。改歲來，未審動静何似，諒已善飯健步也。只久不相見，便已千里同，況三千里邪！念之悒悒。老嫂體中佳安否？世兄學業當有進，舊師抑別延邪？便中幸詳示我，以慰懸懸。

文於十一月十八日抵家，骨肉都好在，白頭兄姊相見，真是破涕爲笑。此樂於老年爲尤難得，得之更何問饑寒邪！鹿鹿便除歲，而外間親知，絶不知文之垂橐而返也，環集數至，漸且典質以應之。而今歲講席，茫如風影，瑋庭之説，如墮空杳，並不得一耗，他更無端倪可尋矣。不得一喫飯處，大是可慮。

現在將訪叔宀於虞山，作拂水之遊，歸途擬主元和，看元墓晴雪，一觀靈巖之勝，稍將二十年來塵容俗狀，洗滌一過，亦窮餓中快事也。所委崔階州之診金，曾否已得實收？國子先生蹤跡何如？文歸，渠孤獨可憂，如欲親近賢者，幸引而近之。

兒子輩皆健飯，兩幼子家兄督課，長、次文自爲指授，獨恨饑軀不得家食，不能免於荒落也。知關念，敢附以聞。别遠念積，言不盡意，伏惟珍護，不具。文再拜。謹空。

——故宫博物院藏手札

致袁鈞

李明府來，接來札，知尊堂太夫人及世兄起居都安，差慰結念，然展誦之餘，不禁潸然泣下也。念令先尊厚德，自當永享遐齡，流澤民庶，不意遂至於此！天不祐善，尚何言耶！

昨歲，僕次子師雍得婿高門，乃問名之禮初成，遠人且未得信，而訃音恍惚，得之風聞，未敢遽以爲實。旋於秋杪，始接掌科陳公書，吉兇並詳，且悉旅次倉卒狀。自恨遠在天末，不得嘗藥於生前，復不得憑棺於死後，其爲悲愴，如何可言！擬致薄奠，當寄京師，從掌科處轉賚。此間無便，即有便，恐浮沉也。

聞世兄延師就塾，定能勉承先志，併日加功，一髮千鈞，惟世兄是賴。吾輩寒氈世業，舍此便化爲異物，當於饑寒中忍而爲之，斷勿可爲異説所惑。僕與令先尊，重之以同譜，申之以婚姻，他日有可以爲世兄地者，當不敢辭！但不得朝夕相從切磋，以報令先尊知己之愛，用是耿耿耳。

道遠晤希，情長紙短，不盡勞積。惟世兄保惜精神，善事慈顔，讀書以昌先人未竟之緒，甚望甚幸！兹於連陽使署，見尊紀林姓者，云將返鄞，故草此奉唁，並候孝履。尊堂太夫人前，尚望緩頰問安，餘俟續悉，不備。袁世兄足下。五月十九日，年眷姻世弟鄭虎文頓首。

——故宫博物院藏手札

致張師載

頃有札，從運河司馬處轉達，未識曾否入存敬聽？比審五兄大人尊候多佳，眷聚多吉也。文歸計中變，無力禦寒，因爲取衣寄京之瀆。此真瑣事，上煩朝廷重臣之聽，文之草野，大率如是，非公何以自解罪譴耶！思之不覺失笑也。

兹有鄉試敝年姪高名世鑽者，浙之吴興人。其尊甫丁巳甲榜，官止州牧，今已物故。然青氈世業，能讀父書，來應京兆試不遇，歸赴曲阜嚴公署中，嚴其内父也。世鑽嘗問字於文，文知其好學，而渠亦謂官舍非潛修之地，欲得一下帷之所，庶幾斆學相長。文意東省州縣中，書院義學，度所在都有，第得一有力嘘植者爲難耳。因乘其歸途過沛之便，介以晉謁，幸進而教之，感且不朽。餘言令其口悉，即文近狀，叩之當得一二也。恃愛屢瀆，惟知己諒而宥恕之。專此，奉問近祉，餘不宣備。弟名另具。謹空。

——故宫博物院藏手札

致徐浩

弟虎文頓首飛山三兄同年。去冬姚君來，得書儀，即附謝啟申達。聞姚不即至晉，此書未知何日得到。又從貴屬顧令處得寄項，亦即具復，此書在前，當已入聽也。比想公宦履增慶，侍奉康茂，第未知轉銜又在何日。能移駐近處，使山中人再得一覿光霽，真大快事耳！文昨病一載，冬盡又有喪子之戚，老懷可知。今以所作稚兒《小傳》寄呈，公覽之，得毋亦爲作惡耶！

兹有舊識許天宰兄，曾謁公，以手談受知。今攜其自製湖筆，來遊雲中，於公不爲生客，幸推愛嘘拂之。若公謝不應，許將爲公治失業流落之客民矣，惟善遇之。文今日赴徽郡書院，啟行走筆爲此書，不能多爲先容。如文之門下士，藉公言，當愈增重耳，餘狀許君面盡。幸善珍眠食，不具。二月二十日，文再拜。

——故宫博物院藏手札

致印憲曾

虎文啟淞汀掌科足下。久疏問，甚懸情，遥憶尊候佳安，宦興美茂也。令郎世兄輩，想俱接武雲衢矣。今歲聞蔣給事之郎，亦雋京兆榜，老朽得信甚喜。而還顧群兒，依然猶席帽蒙頭，雖不作孺仲之愧，然不能無感於暮齒耳。僕況無可陳。兹有僕新安舊徒，新孝廉項名名槐者，貧士，尤醇謹，異於其土富者之習，故特介以謁足下。僕近歲蹤跡，詢之可得其略。項君寡交，意得君子者以爲事友之助，足下幸嘘拂之。無他事，圖得一善館，且有所商，幸正告之而無隱，此僕之意也。專此，藉候近祉，不具。仲冬五日，文再拜手啟。謹空。

——故宮博物院藏手札

致集成

頃舍姪玉揚曾奉狀，想已入聽，比稔四兄客履多吉也。兹舍親朱名槐者，故方伯名一蜚之族弟也，曾任獨山州，謝事歸。曩在粤，與鹺使有舊，今來維揚謁之，知公在彼久，又以文辱戚末，欲一識公，文因爲言。兩賢相遇，吾知其必有合也，惟鑒之。文狀略具前札，不更及。二月二十日，期弟虎文頓首，謹啟集成四兄先生侍下。

——故宮博物院藏手札

再致集成

弟鄭虎文頓首集成四哥先生足下。文與兄别久矣，去冬至蘇，又值文駕先期啟行，不及晤。今春有客赴維揚，致書一通，不果行，此書想亦未達也。比稔公意興定益佳，文恨不得從遊，一聆竹西歌吹耳。此刻文束裝就館黄山，境頗孤寂，不若公遊處錦繡窩中也。

兹有同祖舍姪名師尚，字人表，能醫，頗知名禾中，粗通詩文，有幹才，可任以事。近習六壬奇門，知公善此，欲求教，能語其精乎？彼貧者也，公能推愛，出其餘力以措置之，如文被惠矣，且亦能爲公効終始之報，惟善視之。春風扇和，伏惟萬安，千萬珍重，餘不具。二月二十日，文再拜。謹空。

——故宫博物院藏手札

致隅三

虎文啟隅三世兄足下。月前擬先遣小兒詣尊大人靈，遥先申生芻之敬，俟文至館，再爲展叩。詎意行舟拘拏一空，無從雇覓，遂爾不及如期赴唁，此中懸悼，夫何可言！文到館，酌於回鑾之後，則約在三月之杪，四月之初，蓄此悲念，幾於以日爲歲。用具哀辭一章，呈之先靈，專力賫達。

文與尊大人，古之交也。質言一生出處，持身治民之大略而已，然猶多所藴而未盡。今足下讀之，當知吾懷耳，至於辭之不工，文所不計矣。足下行止何如，想定居大河之北，當無易初志。未知文來會城，尚得幾番見面也，興言及此，不知流涕之被頰矣。即日，文隨班迎駕於蘇、常之間，來奴隨行，幸世兄手書近狀一二，立遣之歸，以慰老懷。尊體宜慎重保愛，勿過哀勞，諸眷屬想各清佳，專此佈狀以聞，餘不具。二月二日，文拜手啟。謹空。

——故宫博物院藏手札

致太谷

文頓首白太谷明府足下。去秋舍甥歸，奉手教，並領分俸之惠，一溉之苗，後枯知感矣。久欲書謝，緣無便遲遲，想蒙見諒也。比稔足下尊候清佳，宦興何似，道遠不能數相聞，懷戀反側，我勞何如！

兹有舍親朱名國楨者，原任楚北瑪瑙館巡檢，以病告歸，精堪輿星命之學。向爲石君方伯舊屬，且有譜誼，今挾其術西遊，索言於文。文試其術常驗，篤信之，故敢進之足下，曷於公餘之暇，一召試之？其人故士人，幸勿以尋常之術士相目也，屬屬！草此佈謝，並候近好，不具。三月六日，期鄭虎文再拜。敬冲。

——故宫博物院藏手札

奏爲典試河南事竣復命事

鄭虎文　羅典

河南省考官，左春坊左贊善臣鄭虎文，翰林院編修臣羅典謹奏，爲恭謝天恩事。

臣等荷蒙聖恩，典試河南省。今事竣復命，理合繕摺，恭謝天恩。謹奏。乾隆二十一年閏九月初七日。乾隆帝於鄭虎文名側硃批：『明白妥當，學差去得。』乾隆帝於羅典名側硃批：『未定，新進，再看。』

——中國第一歷史檔案館藏宮中硃批奏摺

奏報到任接印日期並謝恩事

湖南學政臣鄭虎文謹奏，爲恭謝天恩事。

竊臣以庸才凡品，寵荷殊恩，視學南楚，於二月十八日恭請聖訓後，即日起程，於四月十五日抵長沙，駐劄公署，接印受事。伏查前任學臣毛輝祖，尚遺永、寶、辰、沅、順、靖六府州，未經歲試。而通省科試，十三府州合歲、科兩試，共計十九棚。惟是境土遼闊，應試生童人數衆多，道途涉歷，及按臨閱文日期，每棚動須一月，方得竣事，距己卯科鄉試之期，不無迫促。臣一面尚緊趲辦，務於明年七月以前，刻期告竣，不致怠誤。或有未及，屆期另摺奏聞，恭俟訓旨。

臣自入境以來，訪察湖南士習，澆淳不一，文武生中，亦間有未能安分者。臣仰蒙聖諭諄詳，首以整飭士風爲要務，隨即出示各府州縣，反覆開導。並飭各學教官，嚴行約束，毋得姑息容隱，務使尊君親上，沐浴皇化。倘有無知頑梗，不遵法度者，臣一有所聞，定當執法痛懲，嚴加究治，斷不姑容狥縱，有負皇上委任之至意。理合繕摺恭謝天恩，伏祈睿鑒。謹奏。乾隆貳拾叁年肆月十九日。乾隆帝硃批：『實力爲之，不可空言。』

——中國第一歷史檔案館藏硃批奏摺

題報到任日期事

提督湖南學政，左春坊左贊善，兼翰林院檢討加二級，臣鄭虎文謹題，爲恭報微臣到任日期事。

竊臣一介寒微，學殖譾陋，仰蒙皇上生成教誨，由乾隆柒年進士，拔置詞館。拾叁年授職編修，貳拾年陞右贊善，旋轉左贊善，身輕恩重，圖報無由。而又五膺分校，一典試事，聖慈疊沛，莫效涓埃。今於本年貳月初貳日奉上諭：『毛輝祖現在丁憂，提督湖南學政，著鄭虎文去。欽此。』欽遵。臣當於本月拾捌日，繕摺恭請聖訓，仰蒙皇上召見，訓諭諄切，恭聆之下，感激無地。夙夜思維，敢不精白矢心，恪勤職守，仰副皇上教育人材之意於萬一！

隨星馳就道，於肆月拾伍日，抵湖南長沙府駐劄衙門。准護理湖南巡撫，帶理學政臣公泰，委長沙府學教授沈玉衡，恭齎欽頒學政關防壹顆，《聖諭廣訓》壹本，《御製朋黨論》壹本，欽頒上諭肆本，上諭貳拾肆本，上諭叁拾肆本，上諭拾本，《欽定訓飭州縣規條》壹本，上諭壹道，上諭貳本，《欽定學政全書》壹部，又《新頒學政全書》壹部，《大清會典》壹部，《大清律例》壹部，《續纂條例》貳本，《駁吕留良四書講義》壹部，《吏部則例》壹部，《中樞政考》壹部，《督捕則例》壹部，《刑部續纂條例》叁本，及各項册籍，移交到臣。臣隨恭設香案，望闕叩頭謝恩，即於是日接任受事訖。除一切學政應行事宜，照例舉行外，所有微臣到任日期，理合恭疏題報，伏祈皇上睿鑒。

再，查湖南玖府肆州屬，其長沙、岳州、衡州、常德、澧州、郴州、桂陽州柒府州屬生童，已經前任學臣毛輝祖歲試事竣。所有未經歲試之永州、寶慶、辰州、沅州、永順、靖州陸棚，容臣次第考校辦理，合併聲明。爲此具本，謹具題聞。乾隆貳拾叁年肆月拾玖日。乾隆帝硃批：『該部知道。』

——中國第一歷史檔案館藏題本

奏爲自京至湖南沿途雨水禾苗情形事

湖南學政臣鄭虎文謹奏，爲奏聞事。

竊臣自京起程，所過直隸、河南地方，正在望雨，於三月初十日，行至河北衛輝府遇雨。十六日至河南許州，二十二日至確山縣，大雨竟日，河南北皆霑足普遍，麥苗菁英彌望，民氣安静和樂，道無乞人，如未嘗被災者然。三月杪入湖北境，四月初旬至湖南境，楚地本以稻收爲稔，而麥秋盈野，已占大有。且其人民勤作，治田高下有法，山泉疏導，千渠萬澮，總歸漢川，水不壅滯。聞之往年間多雨水，或有两次插秧者，今年雨水調匀，只須一次，一望青猗，十分豐美。

臣仰見皇上宵旰憂勤，無日不以水旱豐歉爲念，謹將目睹情形，據實奏聞，伏祈睿鑒。謹奏。乾隆貳拾叁年肆月十九日。乾隆帝硃批：『欣然閱之。』

——中國第一歷史檔案館藏宫中硃批奏摺

題報奉到欽頒湖南學政坐名敕書日期事

提督湖南學政，詹事府左春坊左贊善，兼翰林院檢討加二級，臣鄭虎文謹題，爲恭報微臣奉到敕書日期事。

乾隆貳拾叁年肆月拾捌日，據湖廣京提塘官李昌運，領齎欽頒臣湖南學政坐名敕諭一道，到長沙府。臣即出郊跪迎，至署恭設香案，敬謹宣讀，望闕叩頭謝恩祇受訖。伏念臣一介寒微，學殖譾陋，荷蒙皇上天恩，拔置詞館。授職編修，洊登贊善，典試河南，叨榮逾分，無補涓埃。今又簡畀湖南學政重任，欽頒敕諭，凡整飭士風，振興文教，一切要務，煌煌天語，指示周詳。臣跪聆之下，感悚交深。惟有仰奉聖謨，矢公矢慎，實力奉行，冀酬高厚於萬一耳。除敬謹刊刷謄黄移行，一體欽遵外，所有微臣奉到敕書日期，理合恭疏題報，伏乞皇上睿鑒施行。爲此具本，謹具奏聞。乾隆貳拾叁年肆月貳拾叁日。乾隆帝硃批：『該部知道。』

——中國第一歷史檔案館藏題本

奏爲具陳體察整飭靖州等地考試情形事

湖南學政臣鄭虎文謹奏，爲奏聞事。

竊臣荷蒙皇上天恩，簡畀湖南學政，於四月十五日接任受事，隨具摺奏聞。六月二十一日，於寶慶考棚欽奉硃批上諭：『實力爲之，不可空言。欽此』。臣伏讀之下，雖至愚極陋，敢不益加奮勉，以仰副皇上委任之至意。

兹於五月間歲試永州後，隨至寶慶，現今考畢，即日起程前往靖州。其永、寶二郡，地雜苗、猺，更兼屢更學政，久曠試期，臣恐其漸忘規範，因刊發教條，嚴加整飭。猶幸士習淳樸，奉法維謹，其餘各郡，雖未親歷，率多安静。至於歲、科兩週，計及己卯鄉試之前，慮難完竣。緣楚地遼闊，水行則江湖紆遠，未易刻期。臣因概從旱路，行則兼程，考則排日，上緊趕辦，務期竣事。

臣本駑下，仰荷殊擢，夙夜兢兢，總不敢存一毫姑息怠惰之念，下干士譽，上負聖恩。所有現在考試情形，理合繕摺奏聞，伏祈睿鑒。謹奏。乾隆二十三年六月二十九日。乾隆帝硃批：『知道了。』

——中國第一歷史檔案館藏宮中硃批奏摺

奏爲遵旨恭奏考試各屬情形事

湖南學政臣鄭虎文謹奏，爲遵旨恭奏考試情形事。

竊臣於正月初二日，奉到軍機處抄寄乾隆二十三年十二月初五日欽奉上諭：『據謝溶生奏辦理考試情形一摺，内稱「查獲魚臺、曹縣、定陶各處，僱倩鎗手，現在照例審究」等語。鎗手諸弊，於考試大典，甚有關係。司文柄者，必隨時實心整頓，有犯必懲，庶可遴選真才，肅清學校。第思此等積習，恐不止山東一省爲然，何以各省學政，從未有陳奏及此者！或該學政等以爲職分應辦之事，就案審理究結，未及逐一奏聞，亦未可定。若謂各省竟無此弊，則殊非情理也。生童考試，爲士子進身之階，弊竇不清，則良莠混淆，真才無由而見。由此而鄉試、會試，安望得才品兼優之士而用之！甚非籲俊掄才之道。著傳諭各省學政，遇有此等情弊，務必實力釐剔，毋得稍事姑息。仍將一年考過所屬，有無鎗傌諸弊，及如何辦理之處，於歲底專摺奏聞。謝溶生摺，著一併抄寄閱看。欽此。』

臣蒙皇上天恩，於乾隆二十三年四月十五日接印受事，即於五月初四日，起程赴永州考試。至十二月十七日，始回長沙駐劄衙門，凡九閱月。考過永州、寶慶兩府歲試，靖、沅、辰、永順一州三府歲、科兩試，常德一府科試，共十有一棚。各府州均係苗、猺錯處，僻在萬山，士皆散居巖谷，讀每兼耕，畏罪奉法，頗稱樸茂。惟常德地接長沙，水陸孔道，氣象較繁庶。但商賈聚居城市，生童半處鄉僻，猶未盡離山澤純静之氣。臣歷考各棚，深念鎗冒等弊，始於該童，成於廩保，廩保守法，鎗冒自除。

臣因仰體皇上嚴行保甲之良法，略倣其意，用之考試。豫飭各學教職，選擇廩生中端謹素著，耳目聰明之人，臣復加體驗，方令保認各童。并以廩生之賢否，即爲教職之功罪。又令教職於臨考之前，傳集廩生，率領所保各童，於點名册上，親筆填寫年貌履歷，及保認之廩生姓名，廩生畫押者，乃准收考。而填寫名册之時，又令諸童分坊分村，各爲彙集，互相識認，必衆云無弊，乃給册與填。其點名册，亦令提調照此造送，俾點名時各童皆依村坊聚集，聞聲識面，人自爲攻，奸無所容矣。入場封門之後，臣衙門胥役一概鎖閉，不令到棚，止擇教職可用者數人，周流監視。臣復時加查對坐號，防亂號、换卷等弊。至場外則嚴飭提調，嚴密訪察，稍有來歷可疑之人，即行查訊。臣用此法兢兢行之，風聲所播，頗知畏避。

惟歲試永州，有永明縣童生王方夏，頂替伊族兄童生王丕績進考。科試辰州，有漵浦縣童生吴廷贊，頂替童生向榮光進考。又有沅陵縣童生王繼椿，倩鄰號童生顔守光改削文字。俱當即盤獲，飭發提調，照例審擬。至於僱倩鎗手，隨棚扞法者，就臣歷考各棚，尚無其人。或緣以上各府州文陋額寬，苟文稍清順，便可録取，無庸更求能手角勝求售耳。現在開印前，臣已檄行取齊岳、澧等處，次及長、衡、郴、桂、永、寶各府州。内長、衡、岳三郡，在湖南文風較勝，或弊亦滋多。臣惟有益凜聖訓，實力釐剔，斷不敢少存姑息，致負我皇上整飭士習之至意。

再，湖南士子，聲韻之學，解者更少。臣於六月間接准部咨，歲、科兩試，即加試五言六韻詩一首。閲卷時，求其詩、文並合者，甚難其人。間有音律調適之卷，雖文藝稍遜，必拔置前列，以示鼓勵。所有臣半載以來，考試各屬，辦理之處，謹據實繕摺奏聞，伏祈皇上聖鑒。謹奏。

乾隆二十四年正月初九日。乾隆帝硃批：『覽奏俱悉。』

——中國第一歷史檔案館藏宫中硃批奏摺

奏報本年考試情形事

湖南學政臣鄭虎文謹奏，爲恭奏考試情形事。

竊臣於本年正月初九日遵奉諭旨，謹以去歲考試情形具奏在案。臣益加兢惕，通飭各提調，仰體皇上整飭士習，遴拔真才之至意。仍遵照臣舊定規條，嚴責教官，慎選廩保，查明各童住址，分別鄉城都圖，填寫名册。而臣於按試下學之日，傳齊生童於明倫堂，復行申警，至再至三，所在士子，無不肅然就範。

自正月二十五日開考，至閏六月初五日竣事。凡考岳、澧、長、衡、郴、桂、永、寶八府州，止有華容縣童生涂久翺，倩鄰號童生伊族兄涂久震，改削文字；澧州童生賀新緒岐考，安福濫保廩生王居藻，澧州夾帶童生易永魁，桂陽學夾帶生員劉承惠，均當即盤獲，飭發提調，照例辦理。

又有童生之不完卷，及抄録他題舊文者，澧州屬五十本，長沙府屬三十五本，郴州屬二十本，亦飭發提調，嚴提父師究治。至於搶手頂替，招摇撞騙等弊，實在並無其人。現今科試已畢，臣於閏六月初十日回長沙，駐劄衙門，辦理遺才事務。所有考試情形，理合繕摺奏聞，伏祈皇上聖鑒。臣謹奏。乾隆二十四年閏六月十九日。乾隆帝硃批：『知道了。』

——中國第一歷史檔案館藏硃批奏摺

奏報風土年歲情形事

湖南學政臣鄭虎文謹奏，爲恭奏風土年歲情形事。

竊臣自周歷湖南以來，仰體皇上宵旰憂民之至意，每按試所涖，密爲諮訪。竊見永、順、靖、沅，士有古樸之風，其上也；長沙、常德，士有詩書之氣，其次也；衡、寶、岳、澧、辰、永、郴、桂，氣質粗野，賢則近樸，愚則多詐，又其次也。若衡之衡山，岳之華容，寶之新化，辰之溆浦，尤稱囂雜，經臣繩以一切之法，嚴厲整肅，始讋服而不敢有所犯。其餘各州縣士子，尚爲安靜。此則士風之大略也。

湖南富於土穀，民皆力耕自給，器用財賄，取資儉約，故不能廣致他省商販。人亦安土重遷，無浪遊四方者，漸染無自，風猶近淳。惟負氣重利，錙銖必争，長、衡、郴、永、辰、澧之民，差爲健訟，而田産坟墓，訟爲尤多，然此猶情僞之常。獨溺女一節，最爲通省敝俗。大約編户之家，初生長女則育之，餘並溺之，溺女則女少，於是一女兩字，生妻再嫁，孀婦争娶，習爲故常，訟牒繁矣。歷經地方官設法申禁，然積迷不悟，變革爲難。此則民風之大略也。

衡、永、郴、桂、沅五府州多猺人，辰州多苗人，靖州有猺有苗，永順有苗有土。苗、猺、土之生童，文藝粗就規矩，間有斐然可觀者，而容止氣習，咸彬彬有士風。其業耕織者，亦漸革陋習，恥聞苗猺之名。惟鎮筸紅苗，歷無就學者，以故視諸苗稍爲頑獷。大抵苗、猺、土爲類雖殊，性習相似。官其地者，嚴察漢奸，廣洽文教，恩威濟而信義立，則馴順守分，有過於民人者。此則彝風之大略也。

湖南無地不山，無山不田，田皆緣山高下，其形如梯，故俗名『梯田』。梯田之臨於溪澗者，銜竹引流，自下而上，不資人力；其遠於溪澗者，環塘蓄水，用則啓之，自上及下，以次而灌，停蓄頗難，宣洩甚易。故春夏間十日不雨，則農民望澤矣。今歲雨澤應時，霑足普徧，早禾成熟，穎栗堅好，晚禾豐碩，已卜有秋。長、衡、岳、澧、郴、桂、永、寶，皆臣所身履目覩者，其餘府州，聞亦相同，通計當均有十分。此則田功歲事之大略也。

臣本知識短淺，又係關防衙門，絶少聞見。謹以所得之一二，據實陳奏，伏祈皇上聖鑒。臣謹奏。乾隆二十四年閏六月十九日。乾隆帝硃批：『覽奏俱悉。』

——中國第一歷史檔案館藏宮中硃批奏摺

奏爲敬陳府縣録取文童宜有定額等學政各事宜事

湖南學政臣鄭虎文謹奏，爲敬陳管見事。

竊臣以至愚極陋之才，仰荷殊恩，簡畀湖南學政之任，兢兢業業，隕越是懼。經歲以來，徧歷十三府州，凡考十有九棚，粗識考試中一切利弊，勉竭智慮，設爲規條，敬爲我皇上陳之。

一，府州縣録取文童，宜有定額也。湖南大縣文童，多者至二千六七百名，小縣亦不下五六百名，此中半係鶩名弋獲之輩。經臣嚴加整頓，遇有不完卷及抄録他題舊文者，均發提調，嚴究父師，以故望風引退。每試臨，點不到者頗多，然陋習未能盡革也。嗣後，請照鄉、會試録送科舉之例，分別大、中、小縣。大縣每入學一名，府試録送五十名，州縣試録送七十名；中縣府試四十名，州縣試六十名；小縣府試三十名，州縣試五十名。再，照額録送外，每十名又加取二名，以備酌撥。府學之數，寧缺毋濫，庶無魚目混珠之弊矣。

一，考試武童，宜照武闈定例也。向例，武童外場之入挑與不入挑者，第由學臣暗中默識，並不明分差等。是以概試内場，往往有文童兼考武童，希圖内場代倩漁利者。嗣後，請照武鄉試例，外場分雙挑、單挑、合式三等，入等者許試内場，不入等者概行扣除，以杜代倩之弊。

一，保認童生，宜慎選廩生也。向例，文武童生考試，凡爲廩生，皆與保認之列，賢否雜糅，或以滋弊。臣辦理湖南學政，責成教官，遴選廩生中品行端謹，耳目聰明者，具結保送，乃令保認各童。臣於本年正月初九日具奏考試情形摺内，曾經奏聞在案。如蒙聖鑒採納，頒諭遵行，庶可永著爲令。抑臣更有請者。教職有六年保薦，八年引見之例。如有濫保廩生之教職，除與廩生通同舞弊者，當即參究外，餘均以保舉不實，記過注册，由學臣咨明督撫存案。遇當保薦及俸滿引見之期，督撫會同學臣，酌其去留，仍於具題本内，聲明有無濫保記過緣由，則選擇嚴，而廩生得人矣。

一，造册填册，宜立法嚴密也。考試文武童生，例由提調依府案名次，造册賫送。各童親筆填寫履歷，廩生畫押，唱名散卷時，核驗相符，方准收考，法亦密矣。然而弊猶未絶者，以弊在童生，廩生得而防之；弊在廩生，他人不得而防之也。臣以爲，與其依府案造册，不若令該州縣查明各童住址，依鄉城都圖造册，則同里相聚，奸僞難藏。册具，然後責成該廩生，飭取同都同圖之五童互結；結具，然後廩生各率所保諸童，齊集公所，教官驗結給册，監視填寫。如造册朦混，罪在州縣；填册朦混，罪在教官。以廩保童，而童生之弊清；以童保童，而廩生之弊亦清矣。然或者填册時本童親筆，入場時更易他人；又或領卷後乘天色未明，彼此换卷歸號，則鎗替代倩之弊，猶慮未能盡除。更請於卷面上，令該童填寫年貌都圖及廩生姓名，惟不列三代，以符糊名之例。則查號時年貌可稽，閲卷時筆跡可對矣。

一，府州縣試，宜悉照考規定例也。夫考規之坐必編號，卷必彌封，廩生必親身保認，非專爲學臣考試設也。乃直省府州縣試，有未能一一遵循者，殊非慎重掄才之道。嗣後，請將彌封編號，以及遴選廩生，分别都圖，飭取互結各例，自州縣試時，即實力遵照辦理。由州縣而府，府亦如之；由府而學臣，學臣亦如之。漸次釐剔，弊無自生；即或有弊，斷無漏網。如該府州縣，有不遵考規，草率滋弊者，學臣指名參處。

一，歲貢選授訓導，宜酌爲變通也。伏查各省廩生，大率充補三十年，乃得貢；貢後又十餘年，乃得訓導。故訓導由歲貢出身者，無不衰庸尸位。若概與休致，則方來之人，已屬可休之數，不幾法有所窮乎？臣思與其汰除於得官之後，何如甄别於未貢之先？而甄别之法，莫若即以保認童生爲斷。如廩生既爲教官所遴選之人，内係新廩，從未與保認之列者，定以歲試五次，科試五次。係舊廩，曾與保認歲科一次者，定以歲科各四次。大概通計前後，總以歲科各五次爲準。其已經五次以上者，亦必再與保認，或歲一次，或科一次，各無濫保滋弊等情，即准出貢，是爲實貢，歸部銓選。至不入選之廩生，果係素不安静，確有實據者，即褫革衣頂。係衰頽無用者，由學臣親驗相符，别立班次，仍照舊例，挨年出貢，是爲虚貢，不得歸部銓選。如是則訓導既可得人，而廩生之保認童生，益知慎重矣。

一，古今體詩，宜集選成書，頒發直省也。臣歷試湖南各郡，遵例考録經解一場，雖在苗疆，頗知誦讀御纂諸經，良以頒貯學宫，漸摩歲久所致也。楚省聲韻之學，素所未諳，今遵功令，稍知習學。然師資無人，書籍絶少，雖有志之士，咸憂倀倀。伏懇皇上欽定《歷代詩選》一部，標示正宗，用作圭臬，頒發直省，藏之學宫，俾多士咸得觀覽，識所趨向。數年之間，楚雖邊隅，將見和其聲以鳴國家之盛者，彬彬接踵矣。

一，苗疆士子，宜設學以廣文化也。伏查湖南辰州府屬之乾州、鳳凰、永綏三廳，皆係新闢苗疆。乾、鳳二廳，已於雍正年間設學取士，人文日開，比隆内地。惟永綏建治稍後，未經設學，雍正十二年八月，欽奉上諭：『聞六里亦有就學子弟，似應酌設學校，以隆作育，著酌量定議具奏。欽此。』隨經撫臣鍾保，以六里地方苗民感戴皇恩，悉已革心向化，争趨就學，各思向上。但目前未能出而應試，再培養數年，庶幾名實相副等因，具疏題覆在案，迄今又二十餘年矣。苗童之就學者頗多，徒以未得應試，未免有向隅之歎。仰祈皇上軫念苗民久被文治，望光情切，許依乾、鳳二廳之例，一體設學，以昭一道同風之盛。如蒙俞允，敢請勅下督撫，妥議具奏，恭候欽定。以上各條，據臣愚昧之見，不敢自匿，是否有當，伏祈皇上訓示。臣謹奏。乾隆二十四年閏六月十九日。乾隆帝硃批：『該部議奏。』

——中國第一歷史檔案館藏宮中硃批奏摺

題爲查核科舉文武考生優劣造册送部事

提督湖南學政，詹事府左春坊左贊善，兼翰林院檢討加二級，臣鄭虎文謹題，爲請定學臣舉黜優劣，隨棚造册達部，以杜奉行不力事。

案查雍正陸年定例：『嗣後舉黜優劣，隨棚造册達部，叁年報滿，具疏彙題』等因。又查乾隆元年定例：『嗣後直省文武生員，祇令各該學臣，於歲試時隨棚舉報優劣一次，造册送部，仍俟叁年任滿彙題。至科試舉報優劣之處，俱行停止』等因。又查乾隆拾伍年定例：『嗣後學政歲考時，如遇一學教官到任未久，及半年以上者，不得以無優無劣，草率申覆。許學臣於歲試時造册，先行聲明展限，飭令再加詳訪。如報有優劣，學臣察核得實，於科試補行報部』等因各在案。

竊臣恭荷簡命，補授湖南學政，到任以來，夙夜兢惕，董率教官，訓誡士子。伏念舉黜優劣，乃關激揚大典，臣凜遵定例，飭行各府州縣學，實力奉行。每按考一棚畢，面加獎戒，宣揚聖化，勉其優者益加奮勉，劣者改過自新。隨將文、武優劣各生姓名，造册分送禮、兵二部，並飭各府州縣學，一體加意約束，不時查察外。今臣歲、科兩試已週，遵例於報滿日具疏彙題。

查前臣毛輝祖任内，歲考湖南長、岳、衡、郴、澧等府州屬，報過優行各生，係長沙府學生員戴聖隆，長沙縣學生員張尚達，善化縣學生員張儼思、熊元善，湘潭縣學生員李湟，湘鄉縣生員歐陽濬、蕭深仁，巴陵縣學生員方捷昌，平江縣學生員凌之梓，華容縣學生員侯定超，衡州府學生員歐陽正燭，衡陽縣學生員劉克珖，衡山縣學生員周世金，常寧縣學生員王萬瑩，衡陽縣學武生朱俊偉，郴州學生員曹宗漢，永興縣學生員劉道純，興寧縣學生員蔡貽誠，宜章縣學生員吴集功，常德府學生員吴俊升，武陵縣學生員楊世禄、陳長槐，龍陽縣學生員彭經遠，沅江縣學生員譙國舉，澧州學生員雷和。

再，臣任内歲考永、寶、沅、靖、永順等府州屬，報過優行生員，係零陵縣學生員孫占鰲，祁陽縣學生員蔣開沛，寧遠縣學生員樂師尚，寶慶府學生員徐仁元，邵陽縣學生員陳夢熊、王焜揚，沅州府學生員湯桂，芷江縣學生員龍啓鰲，黔陽縣學生員楊正貳，麻陽縣學生員聶恒，靖州學生員儲厚，辰州府學生員萬太恒，沅陵縣學生員李上舉，辰谿縣學生員劉纘德，溆浦縣學生員向達朝，合計肆拾名。其餘各生，僅能閉户讀書，斂跡自愛，已經隨棚獎賞。臣係接任未及兩載，尚未深知，未便遽請升入太學。

又查前臣毛輝祖任内，報過劣行文、武生員，平江縣學李以享，興寧縣學黄體乾，永興縣學王旗，共叁名。内武生王旗，怙終不悛，照例除名。其生員李以享、黄體乾，據該學教官具結詳稱，報劣以後，實能改過自新，臣覆查無異。但各生内或有勉强於一時，不能始終遷善者，亦未可定。又經檄行各該學教官，時加約束，再有違犯之處，即行詳報褫革。所有現今改過緣由，遵例於原册内開註，除咨呈禮、兵二部外，理合彙疏題明，伏祈皇上睿鑒，勅部查核施行。爲此具本，謹具奏聞。乾隆貳拾肆年拾月貳拾貳日。乾隆帝硃批：『該部知道。』

——中國第一歷史檔案館藏題本

題爲到任受事三年期滿事

提督湖南學政，詹事府左春坊左贊善，兼翰林院檢討加二級，臣鄭虎文謹題，爲遵例報滿事。

竊臣一介庸愚，學識淺陋，仰荷皇上天恩，補授湖南學政。於乾隆貳拾叁年肆月拾伍日接任受事，即由永州、寶慶、辰州、沅州、永順、靖州陸棚，舉行歲試，當經具疏題報在案。今歲、科兩試事竣，遵例將各學前列原卷，並捐納歲貢各册籍，查明核對清楚送部訖，例應報滿。

伏查康熙拾捌年，吏部等衙門，題覆左都御史魏象樞爲學道一官等事疏稱：『學政任滿，亦將剔除十弊之處，開明具題。』臣謹遵例題報，一，考試童生，並無府册無名，徑取入學之弊。

二，考試悉遵定額，並無濫取撥學之弊。三，彌封編號印簿，並無收署私查之弊。四，考完即發紅案，並無遲延更改之弊。五，考案俱臣手定，並無出入嚇詐之弊。六，童生各取各額，並無以文充武之弊。七，各府俱係親臨，並無憚勞遠調之弊。八，教官不許私謁，並無縱容包攬之弊。九，考試憑文去取，並無曲狥請托之弊。十，部册俱照原額，並無頂補朦混之弊。凡此十弊，臣俱實心剔除，並無捏飾。至於宣揚聖化，整飭士風，振拔孤寒，崇重實學，凡事關學政者，臣皆竭力遵循，奉行惟謹。

伏念盛世之作人悠久，聖朝之文治光昭。頒經籍於學宫，幸際正學昌明之會；廣教思於多士，咸荷君師樂育之仁。臣雖勉竭愚蒙，亦何能少效涓埃於萬一。謹循例開明，伏祈皇上睿鑒，勅部查核施行。爲此具本，謹具奏聞。乾隆貳拾肆年拾月貳拾貳日。

——中國第一歷史檔案館藏題本

奏爲奉旨調補廣東學政謝恩事

湖南學政臣鄭虎文謹奏，爲恭謝天恩事。

乾隆二十四年十月二十日，奉到本年九月二十日内閣欽奉上諭：『廣東學政，著鄭虎文調補。欽此。』臣伏念一介庸愚，至微極陋，於乾隆二十三年二月内，蒙皇上簡畀湖南學政之任。受事以來，恪遵聖訓，辦理諸務，方懼才力短淺，勿克負荷。今復蒙恩調任粵東，粵東幅員遼闈，士子衆盛，較勝湖南，臣之駑鈍，尤慮隕越，聞命之下，悚懼實深。惟有益矢冰兢，實力整頓，以仰報皇上高厚之恩於萬一耳。

臣謹將任内未完事務，趕辦清楚，於十一月初一日，將湖南學政關防一顆，委員賫交撫臣馮鈐訖。隨於初二日起程，迅赴新任，仍照例具題外。所有感激微忱，理合繕摺恭謝天恩，伏祈聖鑒。謹奏。乾隆二十四年十月二十四日。乾隆帝硃批：『覽。』

——中國第一歷史檔案館藏宫中硃批奏摺

題爲奉旨調補廣東學政謝恩事

提督湖南學政，詹事府左春坊左贊善，兼翰林院檢討加二級，臣鄭虎文謹題，爲恭謝天恩事。

竊臣接准吏部劄開，爲欽奉上諭事。乾隆貳拾肆年玖月貳拾日，内閣奉上諭：『各省學政，現届差滿。福建學政汪廷璵，廣西學政鞠愷，俱於本年任事，無庸更换。江蘇學政，著劉墉調補。浙江學政，著李因培調補。江西學政，著謝溶生調補。廣東學政，著鄭虎文調補。湖南學政，著吴鴻調補。安徽學政，著劉星煒去。山東學政，著閔鶚元去。陝西學政，著鍾蘭枝去。河南學政，著湯先甲去。山西學政，著邵樹本去。湖北學政，著温如玉去。四川學政，著陳筌去。雲南學政，著李中簡去。貴州學政，著馮成修去。直隸學政金德瑛，著仍留原任。欽此』

等因到臣。臣隨恭設香案，望闕叩頭謝恩訖。

伏念臣一介庸愚，至微極陋，遭逢聖世，屢沐天恩。乾隆貳拾叁年貳月内，蒙我皇上補授湖南學政，到任以來，黽勉供職，毫無報稱，時切悚惶。今奉上諭，調任廣東學政，臣何人斯，復膺重任，聞命之下，感激難名。惟有益加惕勵，恪遵聖訓，實力奉行，整飭士習，以圖仰報天高地厚之恩於萬一耳。除將印信册案，照例移交湖南巡撫臣馮鈐，暫行帶理外，臣即於拾壹月初貳日起程，往廣受事。所有微臣欽奉上諭，調任廣東學政，理合恭疏題謝，伏祈皇上睿鑒施行。爲此具本，謹具奏聞。乾隆貳拾肆年拾月貳拾伍日。乾隆帝硃批：『該部知道。』

——中國第一歷史檔案館藏題本

題報交印起程日期事

提督湖南學政，詹事府左春坊左贊善，兼翰林院檢討加一級，臣鄭虎文謹題，爲恭報微臣交印起程日期事。

竊臣一介庸材，至愚極陋，仰荷皇上天恩，簡畀湖南學政，臣於乾隆貳拾叁年肆月拾伍日接任受事。今歲、科兩試事竣，除册卷送部，具題報滿外，今奉上諭，調任廣東學政。遵將欽頒學政關防壹顆，《聖諭廣訓》壹本，《御製朋黨論》壹本，欽頒上諭肆本，上諭貳拾肆本，上諭三十肆本，上諭拾本，《欽定訓飭規條》壹本，上諭壹道，上諭貳本，《欽定學政全書》壹部，又《新頒學政全書》壹部，《大清會典》壹部，《大清律例》壹部，《續纂條例》貳本，《駁吕留良四書講義》壹部，《吏部則例》壹部，《中樞政考》壹部，《督捕則例》壹部，《刑部續纂條例》叁本，及各册籍，於乾隆貳拾肆年拾壹月初壹日，委長沙府學教授沈玉衡領齎，移送湖南巡撫臣馮鈐帶理，臣即於初貳日起程往廣。

所有微臣移送印務，起程日期，理合恭疏題報，伏祈皇上睿鑒施行。爲此具本，謹具奏聞。

乾隆貳拾肆年拾壹月初壹日。乾隆帝硃批：「該部知道。」

——中國第一歷史檔案館藏題本

奏報抵任接印日期并謝恩事

廣東學政臣鄭虎文謹奏，爲恭謝天恩事。

竊臣一介凡庸，蒙恩於乾隆七年拔置詞館，十餘年間，由編修陞授左贊善，而又五膺鄉、會分校，一典河南試差。二十三年，仰荷聖慈，簡畀湖南學政之任。適當任滿之期，復蒙恩寵，調任粵東，於二十四年十月二十日欽奉諭旨。隨於十一月初一日，將湖南學政關防一顆，交撫臣馮鈐接受訖，初二日束裝就道。兹於十二月初八日抵粵，即於是日接印視事。

伏念臣以至愚極陋之人，屢被温綸，疊司文柄。嶺南幅員遼闊，士子衆多，自顧菲才，益難勝任，夙夜冰兢，隕越匪報。惟有勉遵聖訓，實力整飭，務期於士習文風，稍有裨益，以仰報皇上高厚之恩於萬一耳。爲此繕摺，恭謝天恩。

再，臣初入粵疆，訪知本年豊稔，逾於往歲，民氣和樂。現在彌月雨澤稍稀，適當昨晚甘霖大沛，來歲有年，於兹可卜，恐厪聖懷，謹此附奏以聞，伏祈睿鑒。謹奏。乾隆二十四年十二月初九日。乾隆帝硃批：『覽。』

——中國第一歷史檔案館藏宮中硃批奏摺

題爲慶賀西域平定逆酋事

提督廣東學政，詹事府左春坊左贊善，兼翰林院檢討加二級，駐劄廣州府城，臣鄭虎文謹題，爲聖武遠揚，平定西域，恭疏慶賀事。

乾隆貳拾肆年拾貳月初拾日，准吏部劄，爲欽奉上諭事。驗封司案呈：『内閣鈔出上諭壹道，相應知照該學政可也。計黏單壹紙。』内開，乾隆貳拾肆年拾月貳拾叁日奉上諭：『將軍富德等奏報：「拔達山漢、素爾坦沙告稱，奉將軍大人檄，即將和卓木等，拘禁柴扎木地方。嗣因和卓木欲與渾都斯及我仇國，暗行攻襲，其所遣人，爲我擒獲，當即率兵擊勦。大和卓木、波羅泥都，已被我兵臨陣蹂殺，因將小和卓木、霍集占逆酋屍獻出，並所有手斬和卓木之人，及看守逆屍之捫多索披等，一併呈送。臣等勘驗明確，即將逆酋首級，並生擒之俘，馳送京師」等語。前者大兵平定伊犁，準噶爾各部悉入版圖，而東、西布魯特，左、右哈薩克，無不傾心向化。獨有逆酋和卓木、霍集占兄弟，辜恩反噬，不得不興兵問罪。雖葉爾奇木、哈什哈爾等城，以次撫降，設官定賦，將就蕆事。而兇渠一日不獲，則軍務一日不竣，是以旁午軍書，焦勞籌畫，并非好爲窮兵黷武之舉。自將軍兆惠、富德等，勵衆選兵，先後追剿，屢獲全勝，賊勢愈蹙。阿集延與拔達山諸部，共知感仰恩威，歸誠恐後。

『今既捧檄自效，逆酋授首，從此邊陲寧謐，各部落永慶安全，露布遠聞。此皆仰荷上蒼福佑，宗社洪庥，俾朕得纘成皇祖、皇考未竟之丕緒。惟益勵持盈保泰之心，夙夜倍切冰兢，此意當與中外臣民共之。茲當殊勳克奏，茂典應修，郊廟告功，宜申昭報。時當長至，朕方躬祀圜丘，其敕所司敬舉受釐宣捷之忱，載諸祝册，用申䝟款。恭惟盛京三陵，禮應親謁叩謝，但以序屆冬寒，恐勤屬車之衆，特遣親王，前往恭代。東陵西陵，即擬恭赴展謁，而計程往返，適届慈寧萬壽慶辰，敬以明年獻歲陬日，親詣行禮。然終不足以抒積悃，擬告祭太廟之日，朕親行展事。至方澤社稷，照例遣親王恭代。冬至次日，朕恭詣皇太后宫行禮，亦於表文内增撰武成慶語。其御殿頒詔諸儀，一併舉行，既以循令節而迓崇禧，即以慰慈懷而佈溥惠。其餘一切典禮，各該衙門察例舉行。

『將軍等凱旋至京時，朕當親臨郊勞。念我大臣官弁等，敵愾奏功，勛施懋著，酬庸論賞，應備恩榮。將軍兆惠，已晉公階，並迭賜章服，其加賞宗室公品級、鞍轡，以示寵異。將軍富德，著晉封侯爵，並賞戴雙眼翎。兆惠、富德，再著加恩，各授一子爲三等侍衛。參贊公明瑞，參贊公阿里袞，並賞戴雙眼翎。舒赫德及在事大臣官員，均交部從優議叙。兵丁之在行陣者，著賞給兩月錢糧。其葉爾奇木等城兵丁，並賞錢糧一月。爰著策勛之令典，益昭綏遠之鴻猷，將此通諭中外知之。欽此』等因到臣。

欽惟皇上道冒八埏，恩翔六幕。握乾坤而造物，海内知春；均亭毒以同仁，域中無外。固已合璧照臨之地，候月歸琛；大鑪覆載之間，占風納賮矣。往者伊犁克定，西域歸懷，莫不録名部守之曹，編數要荒之服。

詎有逆酋和卓木、霍集占者，豺狼有性，梟獍難馴，反噬辜恩，抗誅逃化。我皇上作六師而討罪，伸一怒以安邊。萬里宣威，昭率土莫非臣之義；九天授律，明聖人不得已之心。斷自宸衷，宏兹廟算。將從天落，咨方召以襲行；兵似山行，擁貔貅而撻伐。受降城而成則壞，鹿險不驚；撫諸部以執前殳，鴞音盡革。靈旗直指，天網遐張，鼠窮無淵藪之逃，狼顧有鶴風之警。勢成掃穴，殘喘奚存；請絶祈骸，並生何望！於是元兇授首，逆黨縻纓，拓生民未拓之邊，臣自古不臣之族。凡此戎機之神妙，皆稟聖略之精微，故能枕席行師，版圖啓宇。

爾乃告功郊廟，樂薦狼歌；崇禮慈寧，慶歸虹渚。册勳飲至，歌《杕杜》以勞還；第賞酬庸，賦《彤弓》而覺報。垂洪玉版，上媲黄軒北逐之隆；考懿瑶緘，遠同丹浦南征之盛。臣欽承諭旨，喜奉捷音。仰聖武之濯征，功軀偃伯；識帝紘之丕冒，道被來王。從此易沙漠爲亭徼，六合在庭階之内；變嚴霜爲湑露，八荒遊化育之中矣。臣實切踴躍歡忭之至，謹繕疏慶賀，伏乞皇上睿鑒施行。爲此具本，謹具題聞。乾隆貳拾肆年拾貳月拾陸日。乾隆帝硃批：『該部知道。』

——中國第一歷史檔案館藏題本

題報奉到欽頒坐名敕書日期事

提督廣東學政，詹事府左春坊左贊善，兼翰林院檢討加二級，駐劄廣州府城，臣鄭虎文謹題，爲恭報微臣奉到敕書日期，叩謝天恩事。

乾隆貳拾伍年正月初壹日，據駐京提塘胡殿珂，差齎欽頒坐名敕書一道到臣。臣即跪迎至署，恭設香案，望闕叩頭，謝恩祇領訖。伏念臣質本樗庸，學同牆面。湖南視學，已驚逾分之隆；嶺嶠掄才，彌切曠官之懼。兹仰承聖訓，跪捧天章，申重巽於再三，冀遵循於萬一。臣惟有彌加黽勉，益矢精勤，贊文治於光天，飭士風於遐徼。所有奉到敕書日期，理合恭疏題報，伏乞皇上睿鑒施行。爲此具本，謹具題聞。乾隆貳拾伍年正月貳拾貳日。乾隆帝硃批：『該部知道。』

——中國第一歷史檔案館藏題本

奏爲陳明廣州等府歲考情形事

廣東學政臣鄭虎文謹奏，爲彙奏考試情形事。

竊臣蒙恩調任粵東，自涖任以來，伏查通省士習，平日尚屬安靜，惟遇考試，隨棚鎗替，犯案累累，雖歷無寬縱，而變革未能。臣詳究其由，緣粵東府州縣試，概不用廩生保認，及至學臣按臨該郡，始行註保送試，人繁期迫，奸弊滋多。臣因嚴飭各府州縣，悉遵定例，於考試日，務即令廩生親臨保認，如無廩保，不得濫行收考。該府州縣不實心奉行，草率朦混者，由臣會同督、撫，據實參奏。經臣通飭去後，府州縣試均遵用廩生，倍加詳慎。

臣自三月至六月，考畢廣州、肇慶、惠州三府，回省辦理遺才。十月武闈後，隨詣潮州，至十二月中旬試畢，即日起程，往嘉應考試。凡考四府，有廣州商籍夾帶文童一名沈超，肇慶高明縣夾帶武童一名程東圃，惠州考試經解，龍川縣文童鄧必進，倩鄰號歸善縣文童王虞莊，改削經解，均當即盤獲。又廣州順德縣文童劉源璋，頂其姪已故文童劉之泰名入場，經本廩保黃奇才識認稟首，各童均發提調，照例辦理。廩生黃奇才，照自首例免議。至實在鎗手、冒籍等弊，現在尚無其人。嗣後，臣惟有益加黽勉，實力釐剔，以仰副皇上整飭士習，遴拔真材之至意。

再，粵東文風，廣州、潮州、嘉應三府州爲上，次肇慶、惠州、瓊州三府，餘皆荒陋。詩學一道，緣粵音支離，四聲不辨，廣州省會之地，諸生粗解平仄，其餘生童，均未諧律。臣於考試，遇有詩可入選，而文藝稍遜者，即爲甄拔，以示激勸。至現在遴取生童各卷，其於對偶聲韻之法，未能悉合也。臣本譾陋，荷蒙天恩稠疊，圖報良難。惟有勉竭駑駘，期於文風詩教，稍著成效，以仰報高厚於萬一。茲當歲終，謹將實在考試情形，繕摺奏聞，伏祈皇上睿鑒。謹奏。乾隆二十五年十二月十五日。乾隆帝硃批：『好！諸事認真辦理。』

——中國第一歷史檔案館藏宮中硃批奏摺

奏爲查辦肇慶等府冒籍應考生員事

廣東學政臣鄭虎文謹奏，爲恭奏查辦冒籍情形事。

竊臣於乾隆二十五年八月奉到部覆，廣西學臣鞠愷查辦冒籍條奏，議令查確者即改歸本籍，未經查明者，於部文到日，勒限一年。著落本生自首，咨回本籍，仍取具本籍地方官及儒學印結，送部查核。逾期不首，將該生斥革，不行詳查之地方官及教官，照例議處。再，查確冒籍，應照例罰停鄉試一科，並行文雲南、貴州、四川、廣東學政，遵照諭旨，留心查察，毋致冒試滋弊等因。臣當即轉飭各府州縣，通行查辦去後。隨據肇慶府學查出，由鶴山縣撥入府學冒籍生員二十八名，鶴山縣學查出冒籍生員六十二名，各牒送該縣，該縣覆查無異，具詳到臣。

臣伏查粵東人文，遠勝粵西，各府州冒籍絶少。惟鶴山縣係雍正十年新設，其時廣州府屬民人共一百五户，願捐修城工，題奉部議，給還捐項，准其移居入籍，子弟一體應試。嗣於乾隆二十一年，因該户並不移居，徒滋冒濫，經學臣劉星煒奏准，百五户民必築墾現居，給有門牌，列入煙册，方准應試。仍移知原籍，不得兩處重考。其不願徙居鶴山者，即在本籍應試，遵照在案。但其時止嚴童試，而諸生之應否改歸，並不議及，是以未經辦理。今據該縣會同該學，徹底查明，由百五户籍，於乾隆二十一年以前取進各生，除府學武生吴國瑞，已列入煙册，應准入籍外。其餘府、縣兩學文武生員，共八十九名，均現住廣州府屬，合行咨回本籍肄業。

臣思此項冒籍生員，雖與詭名易姓，無因至前之冒籍有間，然現在諸務肅清，豈容留此，以滋弊藪！臣一面嚴飭鶴山縣，再行詳查該生等於二十一年清釐之後，有無牽引混冒情弊，並此外有無遺漏隱匿；一面飭取該生本籍地方官及該學印結，到日咨部，照例辦理外，所有查辦情形，理合繕摺恭奏。

再，臣今歲考試，現歷廣、惠、南、韶、連、羅、嘉七府州之地，各處雨澤應時，米價頗平，早禾成熟，即秋收可卜豐稔。臣雖不能備悉通省情形，即目所見，徵之聽聞，視去歲當又過之。知廑聖懷，故敢據實附奏以聞，伏祈皇上睿鑒。謹奏。乾隆二十六年六月十二日。乾隆帝硃批：『覽奏俱悉。』

——中國第一歷史檔案館藏宫中硃批奏摺

奏爲彙奏乾隆二十五年底至二十七年初嘉應等處考試情形事

廣東學政臣鄭虎文謹奏，爲歲終彙奏考試情形事。

竊臣於乾隆二十五年十二月二十八日，迄於二十七年正月初四日，歷考嘉應一州歲試，南、韶、高、廉、雷、瓊六府，連、羅二州歲、科兩試；肇慶一府科試，共歲、科考十六棚。有曲江縣武生劉綸，在場凌辱鄰號，當即責革。又懷挾合浦縣文童周烜韜，海康縣武童陳紹祖，瓊山縣文童吴本；又化州文童姚陞中，頂已故文童姚充中名入場，當即盤獲，並將該廪保吴君賓斥革，均發提調，照例辦理。

又肇慶府陽江縣知縣楊楚枝，示期於九月初六日縣試文童。先因初三日該縣審理縣民姚嗣勝毆傷許摺身死一案，嗣勝之兄武進士姚見恃符抗護，該縣鎖項示辱。姚見不甘，當晚浼伊戚武生陳煔，以阻考賄商廪生伍少陵。伍少陵造寫匿名白帖，逼令門徒陳受、蘇淳、梁挺華抄謄粘貼，諸童見帖觀望。伍少陵又捏該縣將閉城查拿之語，煽惑阻考，諸童畏懼，不敢投卷，陸續星散。當由督臣、撫臣飭該府縣，訪拿首、從各犯，解省審理，該縣亦即於是月二十六日縣試竣事。

時臣正值考試瓊州，距肇遥遠，又險隔重洋，至十月十五日後，該府縣學始陸續稟報到臣。臣隨飛札，會同督、撫，由督臣、撫臣委員嚴審究擬，會摺具奏在案。伏念姚見、伍少陵、陳煔，膽敢阻罷考試，脅制官長，不法已極。除本犯照例定擬外，臣於按試肇郡之日，嚴飭提調，查明三犯之嫡屬現與科試者，一概停其考試，以昭炯戒。其餘一切鎗手冒籍等弊，各郡尚無所犯。現在尚有廣、惠、潮三府，嘉應一州，未經科試，約計六月前可以竣事。所有一切考過各府州情形，理合繕摺恭奏。緣臣科試肇慶，自十二月二十日開考，至正月初四日甫畢，是以彙奏一摺，未及於歲内恭進，合並聲明。

再，去年粵東豐稔，倍於他歲，臣所經高、雷地方，穀價有至三錢一石者。各府州均屬平減，訪之耆民，咸謂目所僅見。臣目覩之下，慶忭無量，謹敢附奏以聞，伏祈皇上聖鑒。謹奏。

乾隆二十七年正月十二日。乾隆帝硃批：『知道了。』

——中國第一歷史檔案館藏宮中硃批奏摺

奏爲敬陳應將考試生員土商改歸民籍客商宜歸本籍等釐正商籍等管見事

廣東學政臣鄭虎文謹奏，爲釐正商籍，以杜冒濫事。

竊臣蒙恩調任以來，仰體皇上整飭學校之至意，勉思釐剔。各府州鎗冒等弊，幸無所犯，惟查商籍一項，其途叢雜，掄真防僞，約有數端，敬爲我皇上陳之。

一，土商宜改歸民籍也。伏思商籍之設，原因遠商子弟，勢難回籍應試，因設籍以便商而恤士，非爲商多，闢一倖進之途也。今查粵東商人，即以粵人充當者，十居三四，其子弟則民、商並試，惟便所適。以近有民籍之土商，與遠難回籍之客商，商異籍同，既與設籍原意未符。況一人重考，一門異籍，種種弊端，率由茲起，尤非慎重試典之道。嗣後，請土商之子弟，其已經取入商學者，盡行改歸民籍，從此不得復以商籍冒應童試，違者照冒籍例治罪，則本省之冒濫可清矣。

一，客商有宜歸該省本籍也。臣查廣西、江西、福建、湖南四省，行銷粵鹽地方，其埠商子弟，例宜歸商籍考試。但四省埠商中，即有以該省人充當者，如廣西人即充廣西埠商是也。在該商子弟，各就本籍應試，近在户庭，乃反遠就粵東商籍，非貪重考，豈樂長征？況此等商人，埠設該省，粵本無居，試畢便歸，臨場方到，其爲踪跡，未易詳查。嗣後，亦請勒歸本籍應試，則客商之冒濫可清矣。

一，立法稽查，宜加嚴密也。臣思稽查商籍，視民籍較難者，其故有二。土著民童，其里居姓氏，雖未出應試，同鄉共井者咸識之，然且鎗冒時聞。若商童本係僑居，又復散處各埠，臨考投名，人鮮素習。即其同類，尚未深知，況在官司，豈能徧悉？此致弊之由一也。民童有弊，詰以廩保；廩保有弊，攻自諸童。交制互防，易於覺察。若商籍則童與童不相忌，商與商不相訾，而所憑之保商，又例用該童父兄，則權自己操，議無旁起。此致弊之由二也。臣再四籌畫，欲除二弊，則一在先試期而勤考核。請嗣後應試商童，豫年令伊父兄報名運司，運司察核無弊，給與執照，照上填註該童年貌、籍貫、保商姓名。每歲春秋二季，保商各率該童，赴運司衙門驗照一次，亦即扃試文藝，以核其真僞優劣。其未經給有執照者，一概不准收考。一在嚴保商而專責成。臣查商人一切公事，皆由總商經理，則考試亦宜照例飭辦。嗣後，請停罷該童父兄保認之例，令運司於總商中，擇其身家殷實，品行端方者數人，專其保認之責，其餘散商，概不准與保。如此，則二弊可除，而本商之冒濫可清矣。

一，取録商童，宜酌減進額也。查商童進額，歲、科各取進二十名，而應試者每考不過百餘人。今將土商及四省客商，各勒歸本籍，而又嚴立規制，痛加澄汰，則童數不啻減半矣，進額自宜量爲酌減。然臣此時未能懸定其數。如蒙皇上採用臣言，敢請敕下督撫，會臣徹底清查，酌定額數，另行會摺恭奏，請旨定奪。以上四條，據臣愚昧之見，備陳其略，是否有當，伏祈皇上訓示。謹奏。乾隆二十七年正月十二日。乾隆帝硃批：『該部議奏。』

——中國第一歷史檔案館藏宮中硃批奏摺

奏爲本年科試惠州等府州及在任三年辦理考試情形事

廣東學政臣鄭虎文謹奏，爲彙奏考試情形事。

竊臣於本年二月科試惠州，次潮州，次嘉應，次廣州，至閏五月二十二日竣事。惟歸善縣童生王希元、鍾琰、薛雲、鄭鵬元、鄭至元五名，赴考經解，不守考規，當即責逐，並飭提調扣除正考，不准册送。饒平學廩生陳士進，於保認童試日玩愒遲到，當即革去廩生，留學充附。其餘鎗手冒籍頂替，匿喪懷挾等弊，一無所犯。

臣蒙皇上天恩，簡任湖南學政，兩載調任廣東。廣東士子性多愚悍，又山海僻遠，罔識律令，故輕於犯法。犯法之人，非盡狡詐，率由無知。臣每於生童雲集之時，口講指畫，委曲開示，隨時隨事，反復譬解，俾各凜然於禮法禁令之所在。並飭教官，輙轉訓諭，勿憚再三，遇事則概以嚴肅持之，不敢稍存姑息之念，以故諸生稍稍知所畏懼。三年以來，廩生保認諸童，俱能認真辦理，鎗架積棍，咸各引避。即頂冒、匿喪、懷挾等項，歲試間有犯者，科試則人習規令，安静無弊。

再，聲韻之學，惟廣、肇、潮、嘉四郡頓改舊觀，其餘府州，書籍鮮少，語音支離。今雖漸調平仄，粗解屬對，尚未盡能入律也。兹當各府州科試告竣之期，謹將今歲所考四府州，及三年中辦理考試情形，繕摺恭奏。

至今年粵省雨澤霑足，早禾大概有九分以上，晚禾近多栽插，可望有秋。現在省城米價，自一兩六錢至一兩二錢不等，外府亦俱平減。臣雖未能周悉，謹敢就所見聞，據實附奏以聞，伏祈皇上聖鑒。謹奏。乾隆二十七年六月十二日。乾隆帝硃批：『知道了。』

——中國第一歷史檔案館藏宮中硃批奏摺

題報供職三年歲科兩試事竣任滿事

提督廣東學政，詹事府左春坊左贊善，兼翰林院檢討加二級，駐劄廣州府城，臣鄭虎文謹題，爲遵例報滿事。

竊臣一介庸愚，學識淺陋，荷蒙皇上天恩，簡畀廣東學政。臣於乾隆貳拾肆年拾貳月初捌日到任受事，殫心供職，矢志勵操。今叁載歲、科兩試事竣，遵例將各學前列原卷解部訖，例應報滿。臣謹將剔除十弊之處，遵例開明具題。一，無童生府册無名，徑取入學之弊。二，無溢取撥學之弊。三，無私查號簿之弊。四，無遲延更改之弊。五，無出入赫詐之弊。六，無以文充武之弊。七，無憚勞遠調之弊。八，無縱容包庇之弊。九，無曲狥請託之弊。十，無頂補朦混之弊。凡此十弊，臣俱實心剔除，并無揑飾。至於宣揚聖化，整飭士風，振拔孤寒，崇重實學，凡事關學政者，臣皆竭力遵循，奉行惟謹。

伏念盛世之作人悠久，聖朝之文治光昭。頒經籍於學宫，幸際正學昌明之會；廣教思於多士，咸荷君師樂育之仁。臣雖勉竭愚蒙，亦何能少效涓埃於萬一。謹循例開明，伏乞皇上睿鑒施行。謹具題聞。乾隆貳拾柒年拾壹月初貳日。

——中國第一歷史檔案館藏題本

題報交印起程日期事

提督廣東學政，詹事府左春坊左贊善，兼翰林院檢討加二級，駐劄廣州府城，臣鄭虎文謹題，爲恭報微臣送印起程日期，仰祈睿鑒事。

竊臣奉命視學粤東，文武科場事竣，業於乾隆貳拾柒年拾壹月初貳日，遵例報滿在案。兹新任廣東學政，蒙聖恩補授，臣例應離任。謹將提督廣東學政關防壹顆，及節奉御書並吏書文卷，各項册籍，於乾隆貳拾柒年拾壹月初拾日，移送撫臣明山接受兼管，俟新任學臣張模到任交代，臣即日離任起程。所有微臣交印起程日期，理合恭疏題報，伏乞皇上睿鑒施行。爲此具本，謹具題聞。乾隆貳拾柒年拾壹月初拾日。乾隆帝硃批：『該部知道。』

——中國第一歷史檔案館藏題本

奏呈衰老應去教職名單

蘇昌　鄭虎文

兩廣總督臣蘇昌，廣東學政臣鄭虎文謹奏，今將會驗教職衰老應去者七員，開呈御覽。計開，新會縣教諭蕭純佑，花縣教諭林鸞翔，惠來縣教諭歐陽顯，豐順縣訓導鄧汝遇，新興縣訓導翁慶春，恩平縣訓導莊璋，高州府訓導梁芳。（乾隆二十七年）

——中國第一歷史檔案館藏録副奏摺

附録

附録一　傳記檔案

鄭畊餘傳

陳梓

公諱世元，字亦亭，號黛參。雍正癸卯舉人，與余家均自越遷禾，遂家於幽湖。公生有異質，丱角能屬文，試輒冠曹。長益博學，肆力爲詩，宗少陵，得其神髓，每出一篇，藝林傳誦，然嫉惡嚴，與俗寡合。意氣豪邁，館苕中，與江子岷源、韓子自爲及方外轉菴，日嘯傲山水，學彌進。弟蘆村官粤，公度嶺，作《南征集》。後入燕爲王門師，公卿争引爲重，作《北征集》。公長余一紀，與余倡和獨多，作《先吾集》。門人江相、壻鍾國相裒數十種，合録之，號《畊餘居士詩》。

公生平自處高峻，而虚懷好善，朋儕子弟以所著録就質，輒開譬之，口説手批，亹亹不倦。然其所獨得，世俗卒鮮有解者。嘗與余屏户，頫仰天地，相對泣數行下，兒曹竊窺笑之，不自禁也。丁未北歸，明年冬病，卒年五十八。配潘氏。子二，象占、虎變，能世其業云。轉菴者，吾鄉孫子旦也，膂力絶人。少起義兵，敗被獲，以奇計逸去，遂削髮隱苕中。

論曰：余平生交友，造詣純篤者，間不乏人。而燭理若犀利，處事如斷金者，自公而外罕睹也。嗚呼，以公之才，隆其遇，天下事，必有可觀者。而奔走窮悴以死，豈非天哉！其詩文枝葉，垂於不朽，非公之志也。

——《删後文集》卷九，國家圖書館藏清嘉慶二十年刻本

鄭世元傳

鄭世元，字亦亭，號黛参。由姚江入籍秀水，居莊涇。器宇不凡，雖屢空不改其度。館于湖，其門人江星刻其集，曰《耕餘》。雍正癸卯，中順天鄉試。弟蘆村亦能詩文，爲廣寧知縣。子虎文，字炳也，號誠齋，乾隆壬戌進士，授編修。典河南鄉試，督湖南、廣東學政，歷左贊善。著有《吞松閣詩文集》。

——《濮川所聞記》卷三，國家圖書館藏嘉慶二十五年刻本

鄭世元傳

鄭世元，字亦亭，先世自越遷禾。雍正癸卯舉人，博學肆力，爲詩宗少陵。與俗寡合，然朋儕子弟以業請者，輒開譬不倦。陳梓謂其燭理如照犀，處事如斷金，使其得遇，當不僅以詩文見。著有《耕餘詩草》。子虎文，自有傳。從子炎，貧而豪于詩，才敏贍，千言立就，而琢鍊精警，時出新奇。著有《雪杖山人詩集》行世。伊《志》。

——光緒《嘉興府志》卷五十三《秀水·文苑》

鄭虎文列傳

鄭虎文，字炳也，浙江秀水人。乾隆七年進士，改翰林院庶吉士，散館授編修。三充順天鄉試同考官，尋遷贊善。二十一年，充河南鄉試正考官。二十二年，充會試同考官。二十三年，提督湖南學政。二十四年，提督廣東學政。

虎文少孤，有至行，於學無所不通，尤工詩文。乾隆十年，得元至元二年玉甕，置承光殿南，御製《玉甕歌》，命廷臣賡和，時以虎文之詩爲最。歸後，主徽之紫陽書院十年，主杭之紫陽、崇文兩書院五年。家有盛湖草堂，詩酒之會，一舉彌月。性不苟取，囊篋每空，家人以告，笑曰：『姑强支持，寒餓當共之。吾寧苦身，無以病吾心也。』素以經濟自負，嘗願爲知縣，謂：『縣令親民，知疾苦。一令賢，一縣治；天下令賢，天下治。』時以爲名言。著有《吞松閣集》。

——《清史列傳》卷七十二《文苑傳三》

鄭先生家傳

先生諱虎文，字誠齋，秀水人。雍正癸卯舉人世元之子，邑諸生諱典之孫。乾隆七年成進士，改庶吉士，授編修，直武英殿，與修《國史》《會典》《續文獻通考》。一主河南鄉試，三充順天鄉試同考官，再充禮部會試同考官。教習庶吉士，提督湖南、廣東學政，官至左春坊左贊善。

乾隆四十九年八月甲午卒，年七十一。

少孤，竭力奉母。母病，禱于神，請減算畀母，竟如所禱。事其兄如父，王太岳撰《墓志》。老而彌篤。邵自昌撰《文集序》。迎寡姊，終老于家，撫諸姪諸甥及其子女，分衣共爨，五十年翕如也。收恤宗族子弟，屋宅皆滿，至無以容。親戚故人，待以爲養葬者無虛歲，就食于其家者無虛日，囊篋每爲之空。家人或以告，先生笑曰：『姑强支持，寒餓當共之。吾寧苦身，無以病吾心也。』皆笑而退。《墓志》。

先生植品孤峻，沈業富撰《文集序》。性無苟取。歲時餽遺，非其人，雖親舊不受。大官富人，贈獻累數千百金，惡其無名，皆却之若浼。獨嘗遠出教授，資歲糈以給饘粥，猶不足，典衣賣屨，終不怨悔。逮於晚歲，病不能復出，益用坐困，遂乃憔悴阨塞，以及于死。《墓志》。先生鬚眉秀異，吐音洪亮，身不滿七尺，而心雄萬夫。邵《序》。有濟用才，居閑無所施，徒以文學名於世。居京師，搢紳戚好，公私事有疑者，往往得先生一言而决。事或不易了，以屬先生，從容指畫，咸就條理，身不出户，小大皆辦。爲人草奏，陳利病，輒見採納，施之事，人並受福，而莫知君之爲之也。《墓志》。

爲文及詩，一宗漢魏，而出入于韓昌黎、杜工部。歌行超妙，轉似東坡，其趣博，其指嚴，他人强效莫能及。《墓志》。嘗自言生平於古人所作，縱觀博取，不持意見，但領會其空中流行之脈耳。釀花成蜜，得魚忘筌，意在斯乎！沈《序》。先生于書無所不閱，詩文隨筆立就。邵《序》。

先生汲引後進，凡獨行奇節，以及博學宏文，無不爲之表彰。所論大都經史疑義，及當時世務，瀾翻四出，援引古今，談必以夜，夜必漏盡而止。邵《序》。詞館先後輩，靡不推重之。

金壇于文襄官翰林學士時，以進呈詩册，屬爲改正，先生謝曰：『前輩何敢輕議也！』乃別爲一篇，文襄斂手欽服。于後文襄當國，重先生，欲得一見，屬陳銀臺孝泳數道意，先生姑諾之，終不往，文襄自是不能無慨於中。而先生欲請歸，諸城劉文正公謂曰：『誰不知鄭太史爲今時巨手，今《國史》《通考》兩書未成，乃舍我去，我將焉倚！』不得已，勉留一載，終以疾辭歸。沈《序》。主徽之紫陽書院者十年，主杭之紫陽、崇文兩院者五年。其殁也，王芥子作哀詞，以爲善人云亡，百身曷贖！先君作《墓志》，又與朱文正書，稱之曰『一代名德碩學』。

先生在館日，撰《續通考國用考案》十一則，有云：『國之用博矣，而足用之要術有三焉，曰生之有道，取之有制，用之有禮。』其序《節用》云：『我朝開國之初，太宗文皇帝首以崇尚節儉，誥戒臣下。聖子神孫，遵祖訓，式舊章，莫不躬儉德，爲天下先，百餘年間，海内殷富，民氣和樂。皇上綏定西陲，拓地二萬餘里，而閭閻不知，帑藏不匱，此可以思其故矣。蓋三年耕必有一年之蓄，九年耕必有三年之蓄，然後以三十年之通制，國用不加賦，不吝施而裕。夫不節則財不可得而蓄，不蓄則用不可得而制，然則節用者，制用之本也。』

其序《庫藏》曰：『蠲復之詔歲頒，賞賚之典月舉，初無損于紅腐貫朽之盛，此豈有異術歟！夫以漢文之富，後人猶推本于躬履樸儉之所致，況以聖人節用之道行之。故序《庫藏》于

《節用》之後，用昭我國家之恭儉有制，信足彰信兆民，垂訓萬世也』。

其序《用額》云：『國之用，經費其大端矣。於經費之中，頒之式，而準是以爲損益，則有定用者，有定額也。非經費之用，預其事，而多方以爲儲偫，則無定用者，亦有定額也。常用有額，而量入爲出之法具；偫用有額，而有備無患之慮周。故敘《用額》于《賦額》之後，俾人知天下之財，還爲天下用之。而聖朝經國之猷，亦略見於是矣。』其序《會計》云：『貪墨之風靖，斯會計之法明；會計之法明，斯出納之數實。然後利不中飽，澤必下究，上不病國，下不病民。』此先生經世之大法也。

先生提學廣東，有《訓士》八則。其一，敦行宜遠利也。競刀錐之末，疏骨肉之親，甚且父子異財，弟兄争産，操戈同室，投牒公庭，訟而不决，决且復訟，循環無休，以歲以世。卒之兩造同盡，夷爲荒煙者，蓋往往然也。同氣且然，戚友可知；戚友且然，行路可知。人心日偷，訟牘如雨矣，嗚呼，何其痛而不德也！且彼之爲是紛紛者，徒知以利爲利耳。夫使爲利而果獲利也，然且不可。况利致争，争致訟，訟則衙門吏役之費耗之，往來守候之費又耗之，主訟刀筆之費又耗之，而所訟之勝與否未可知。即幸而勝，而所得之足償所費與否，亦未可知。然且有廢業之憂，有健訟之恥，有屈辱之患，是所爲利者小，而不利者大也。而世之人顧忍而爲之者，良以始于貪，成于忿，又有鬼蜮輩利其有事，得以侵漁乾没于其間也。於是甘言誘之，危言激之，而忽不及察，遂爲其所陷耳。夫此而出于市井者流，傷已；出於膠庠中人，抑又甚矣。使者不忍見，亦不忍聞。爾多士幸毋近利以自小，好訟以自辱。安貧敦行，圖其大者遠者，則出爲良臣，處爲良士，尚其勉旃。

其一，守身宜懷刑也。爲治之柄有二，教與刑而已。出於教則入于刑，其介甚微，其機亦甚危，故曰『君子懷刑』。夫聖人之所謂刑者，幽獨之地有斧鉞焉，此誠不足爲常人言矣。若夫笞杖軍流斬絞之條，昭布森列，宜夫人知之而畏之也。然而玩視王章，輕捍法網，雖士子有不免者，何也？彼習見夫朝廷待士以禮，地方有司官，不得輕折辱士子，非有大故，褫其衣襟者，罪止發學戒飭而已。戒飭之辱，君子恥之，小人安焉，於是習爲固然，無所忌憚。居鄉則以一襟之威，武斷鄉曲；居城則以刀筆之才，顛倒是非。甚而阻撓公事，挾制官長，連名具牘，聚衆恣行。一朝潰敗，誅先首惡，喪身亡家，莫哀其慘。彼豈不知刑之深痛猛烈，故如是歟？徒以恃符之心勝，懷刑之心微，積而至於此極也。

其一，遭際宜安命也。《書》曰：『惠迪吉，從逆兇』。蓋言理也。魯《論》曰：『死生有命，富貴在天。』蓋言數也。理不可誘，故曰『君子居易以俟命』；數不可强，故曰『不知命，無以爲君子』。自夫人不知命，行險僥倖之風熾，於是窮通得喪，咸欲以人力争之。争之而得，欣然自矜，不知得之不係是也；争之而不得，戚然自慚，不知不得之亦不係是也。求之非其道，處之非其分，顛倒沉迷，轉相倣效，蓋非一朝夕之故矣。古者四十而後仕，今則束髮而思向用矣；古者學古而後官，今則徒手而思捷得矣。即如童子一試，國家求賢之始，士子進身之初，不可得而輕也。凡爲子弟者，宜自量其才之克副是選，而後就焉，不然寧遲之；久爲父兄者，亦宜量子弟之才之克副是選，而後令其就焉，不然寧抑之。抑之而學奮，遲之而學成。如是而得，分應爾也；如是而不得，時未至也。退而力於學，以俟乎時焉，毋容以他途求也。今也不然，其子弟自知不肖，徒欲欺其父兄也，而姑嘗之；其父兄又不知子弟不肖也，而厚期之。或亦知子弟之不肖，恥其不若人，而欲以名相高也，而故迫之。於是因緣爲利之徒，遂得乘之以邪説，而鎗手連號頂替，代倩傳遞之弊，紛然起矣。夫使用是弊，果足以倖取，則凡目不識丁者，宜遍釁序矣，何以卒未之見耶？是必其術之不足用也，即用之，未必效也。

且試思彼之蒙害犯患而爲此者，將爲名高乎，抑爲厚實乎？吾知不爲厚實而爲名高也必矣。然而鬼蜮之情形，家之人則既見而知之矣，鄉之人則亦聞而知之矣，知而指目之，非笑之，詬彌甚耳，名何有焉！且非獨於其身也，近及其子，遠及其孫，後之人猶將指其祖若父之醜行，以相爲訾謷者。則雖幸脱刑章，難逃清議，稍知人間羞恥者，尚斷斷不爲。況一矜雖微，名器所在，帝命所臨，明有王法，幽有鬼神，豈能漏網哉！爾多士各宜教誡其子弟，毋欲速，毋躁進，積學以力諸己，安命以聽於人，庶幾文品兼優，不慚始進耳。不然，整飭士習，釐剔弊端，學使者之責也。使者敢優容姑息，上負聖訓，下干衆譽哉！

先生忠清之風，於此可見其概。

——國家圖書館藏鈔本《國朝名家小傳》

鄭虎文傳

鄭虎文，字炳也，浙江秀水人。乾隆壬戌進士，二十四年，以贊善任廣東學政，敦崇正學，不事浮詞。文藝中引用書籍於《五經》之外，必遭指駁。常語諸生曰：『八股文者，《四書》衍義也。周秦諸子之書，非不古雋，往往不合聖人意旨。諸生代聖賢立言，舍《五經》奚適哉！』是以一時談藝者，悉以經術爲宗。論世者謂粤中經學，惠士奇實爲之倡，而虎文復振其墜緒焉。

——道光《廣東通志》卷二百五十六《宦蹟録》

鄭虎文列傳

鄭虎文，字炳也，乾隆壬戌進士，授編修。典河南鄉試，督湖南、廣東學政，歷左贊善。歸主徽、杭書院十數年卒。虎文於學靡不通，衡文兼攬衆長，無遺美。少孤，竭力養母，母病禱於神，請減算畀母，竟如所禱。事兄如父，撫諸姪諸甥如子，分衣共爨，五十年如一日。素以經濟自負，嘗願爲知縣，謂：『縣令切近民，易知民間疾苦，一令賢，則一縣治；天下之令賢，則天下治。』人以爲名言。著有《吞松閣詩文集》。季子師雍，讀書過目了了，而其意邈然，視文字若糟粕者。十五舉於鄉，十七夭。伊《志》。

——光緒《嘉興府志》卷五十二《列傳・秀水縣》

廣東學政鄭虎文坐名敕書

乾隆帝

勅提督廣東等處學政，詹事府左贊善鄭虎文。自古帝王治天下，率以興賢育才爲首務。稽察前制，學政用詞臣督率之，任至重也。近來士習未變，文事未彰，良由督學各官，不能仰體朕意。今特命爾前往廣東等處，提督各府州縣學政。

爾尚端軌儀，崇經術，勤勸課，嚴坊刻。振維新之典，革積衰之弊。毋炫華而遺實，毋避怨以市恩。俾士有真才，國收實用。粤東人文所萃，尤宜加意作新，多方鼓舞，以稱朝廷培植人材至意。

所屬道府州縣提調等官，凡關係學政者，聽爾據實考核。具禮部題准申飭事宜，當著實舉行；向有傳諭，嚴禁考試情弊，當恪奉遵依。至於本處督、撫，各有攸司，不得互相干預，如遇公事交接暨文移往來，俱照平行。其布、按二司接見禮儀，往來文書，有干係學政者，俱照學院衙門例行。

爾受兹委任，務嚴絶情面，一秉虚公，振拔孤寒，澄汰污賤。教士有程，取文有法，俾士風丕變，時惟爾功。如或蹈常襲故，違命曠職，亦惟爾罰。爾其慎之！故勅。乾隆二十四年十一月二十日。

——臺北『中央研究院』歷史語言研究所藏敕書

奏報湖南學政鄭虎文考試情形並試竣回省事

馮　鈐

湖南巡撫臣馮鈐謹奏，爲學臣試竣回省，恭摺奏聞事。

竊湖南九府四直隸州，學臣鄭虎文於上年四月十五日到任，接前任學臣歲試未竣之永州府、寶慶府、辰州府、沅州府、永順府、靖州等六棚開考起，歲試畢後，即繼以科試。現在歲、科試事俱竣，於閏六月十一日回省，辦理録遺送場。臣自上年六月抵任以來，時加體察考試有無弊竇，及一切不法情事。查得每考一棚，該提調府、州，俱詳悉具稟，據稟俱屬安静，非惟無弊，且尚能整飭約束。臣復隨處體訪無異。查學臣鄭虎文係臣同府之人，臣亦係蒙恩曾充學差之任，而公事公言，既有稽查之責，實不敢一毫涉私飾詞，聖主之前，自干罪戾。所有學臣考試情形，臣謹據實具奏。

再，現屆科塲，臣職任監臨，惟有恪遵定例，一切詳慎敬謹辦理，以仰副國家掄才大典，合併陳明，伏祈皇上睿鑒。謹奏。乾隆貳拾肆年柒月初肆日。乾隆帝硃批：『覽。』

——中國第一歷史檔案館藏宫中硃批奏摺

附録二　題贈序跋

家人來聞正月二十七日舉第二子兼得三月十一日次女兇問痛而有作

鄭世元

失女實可悲，得子亦堪喜。人言一女换一子，道我時運那有此！不爲我弔爲我賀，都云女是賠錢貨。俗人重利昧天性，斯語真爲仁義禍。雖然輕重微有分，若説耶娘總無些。我生四十始舉男，有女肩隨六箇大。目今行年四十四，不料生雛竟有二。只可涪翁拾得呼，敢云天上麒麟賜。去年中元别我妻，我妻有身瘦削肌。今春聞得益憔悴，我女憂娘背面啼。憂娘年老血枯槁，臨月臨盆命難保。那知母子命雙全，可憐兒女一命捐。阿弟方纔喫湯餅，阿姊牀頭肉旋冷。阿娘哭女手抱兒，東望良人益悲哽。大女歸家掩雙袖，緑窗粧鏡還依舊。筆墨塵封硯匣閑，簪花小格無人鬭。三妹四妹學做花，天吴紫鳳誰教繡？五妹要梳頭，六妹覓梨柚。只有小弟不知愁，索飯呼娘面皮瘦。阿耶思量心似剮，竹奩布被方新買。今冬定賦大刀頭，准備明年遣兒嫁。如今物在人已亡，臨風老淚如珠瀉。留得呱呱手抱雛，眼前失却掌中珠。指頭十箇連心動，一指傷殘一身痛。歸來繡褓弄兒嬉，喜心只恐翻悲慟！

——《耕餘居士詩集》卷十六，國家圖書館藏清康熙四十五年江相刻本

六公咏 其六

羅天尺

入嶺已知鑾府句，還朝猶寄士安篇。郝隆笑爾無佳咏，枉爲三城洗瘴烟。右鄭學使炳也。公于奬賞諸生日，以拙刻遍示士子，復序以行。

——《瘦暈山房詩删·續編》，國家圖書館藏清乾隆三十一年刻本

奉呈編修鄭炳也前輩

黄 達

聞辭京國戒歸程，水驛相逢快識荆。一舸琴書清宦味，千山雲樹故鄉情。陶家斗米辭官失，疏傅囊金醉客輕。此去鴛鴦湖畔住，新詩傳遍秀州城。

——《一樓集》卷六，《四庫未收書輯刊》影印清乾隆刻本

鄭誠齋庶常詩序

沈維材

千秋事業，扶輪之大雅無多；四海交遊，傾蓋之新知不偶。即今翰苑，誰是神仙；從古才人，自然富貴。太史公走如牛馬，亦復可憐；文章伯現若鳳麟，固應罕覯。父書盡讀，豈惟中秘之書；仙籍早登，洵是上清之籍。鑾坡風月，劉井柯亭；藝苑波瀾，潘江陸海。《三百篇》尚傳絶學，《十七史》總付狂歌。雖窺管未得其全，而嘗鼎已知其旨。學海之濫觴有漸，要削卮言；詞壇之擊刺無虚，如通劍術。似嘗橄欖，回味尤甘；不唱《鷓鴣》，聞聲已苦。

于是蒼茫題畫，都覺可觀；集中多題畫之詩。當其痛哭成詩，不堪卒讀。情陳烏鳥，難寛泉路之期；箋到《蓼莪》，莫報昊天之德。君壬戌館選後，乞假不允，而太夫人訃音至矣。集中有《痛哭》詩四首。只圖綵服，襲以恩袍；不料麻衣，縫非密線。知顯揚之至性，貽親自得令名；寫鬱結之哀思，筮仕翻成憾事。悲生風木，颯颯有聲；淚落霜禽，斑斑是血。

迨吉之援琴或鼓，未免餘哀；居憂之挾策而遊，原非得已。薪炊車脚，勞亦何辭；米淅矛頭，危寧如許！石曼卿親喪未葬，豈能無望於故人；黄次公御札遥徵，正復有期於懿戚。君贈禹州刺史邵厚庵詩五章，語最真切。叙義門之譜牒，旁及浦江；聯仁里之姻親，近依秀水。君爲胡觀察非溪妹婿，近亦卜居秀水。朱陳村裏，十里杏花；王謝堂前，六朝燕子。茫茫人海，升沉各自有時；歷歷家山，存歿又凡幾輩！只應蔣徑，敬持孝廉。爲爾掃除；可但莊涇，尊甫先生嘗徙居莊涇，因以名集。寄人慨想。望中墳墓，碑衣之秋冷深青；夢裏池塘，書帶之春生重碧。令昆青渠亦工詩。故里之侯門似海，瓜田曾見滄桑；前朝之將壘無烟，烏幕不聞風鶴。君家原籍姚江，系出某侯。須來先集，觸緒牽情；索到弁言，含酸茹歎。每慚貧女，頻年之金線常添；轉憶前賢，流俗之鉛華不染。爨桐終遇，何止一枝；繡梓並傳，又將七葉。蓬觀之名猶烜赫，能不心欽；鯉庭之學有淵源，況兼胎習。

由來破的，最早知名，鋒鋩孰敢與争，毫髮不留餘憾。四句皆用少陵《贈鄭諫議》詩。詩家標準，示我百篇；亦用少陵《贈鄭十八賁》詩。旅館光華，購君一字。起衰八代，古人不讓昌黎；增重三都，今世誰爲玄晏？論才地亦雲泥迥判，何敢言交；略形骸則文字相知，固應投契。君真吉士，藹藹如斯；我亦瘦生，稜稜若此。物情可見，何嘗白眼看人；公望攸歸，只待黑頭作相。疇昔之看花得意，春風尤戀春暉；他年之視草餘閑，晝漏頻傳晝接。瞻雲之眼，何處望雲；愛日之心，今惟向日。待看鄭志，豈徒傳世之一經；若問沈詩，已少承家之八咏。

——《樗莊文稿》卷一，《四庫未收書輯刊》影印乾隆十四年刻本

寄鄭太史誠齋

沈維材

自笑依人，誰爲知己？萍踪適合，蘭契有加。二十年憔悴青衫，但教作嫁；三千里飄零白帽，不已于行。連夕深談，不辭露坐；幾時重會，所愧泥行。比漢上之題襟，唱酬不少；歎河干之判袂，感觸偏多。耿寨書來，鄭重正宜三復；商邱車過，繆恭可有十分。那免胡盧，倍增沈鬱。人無雲誼，難買清風；君有冰銜，足銷酷暑。可知悵望，神馳梁宋之間；何忍安眠，夢到羲皇以上。富客不如貧主，佛語有之；美遊何似惡歸，世情乃爾。荷花香處，儘好行舟；梧葉飄時，定應到宅。詩篇滿載，有情只愛江山；圖畫重開，無恙尚留烟雨。先王之制，追吉援琴；下輩之忱，興懷賫鏡。末由會葬佳城，看馬鬣之封；只合馳書遠道，托魚鱗之寄。可勝縷縷，不盡依依！

——《樗莊文稿》卷三，《四庫未收書輯刊》影印乾隆十四年刻本

將之楚南留别施尚白鍾千仞鄭炳也王介子袁性五周芝三諸子 阮學浩

騷人餘韻溯瀟湘，校士來尋卉草芳。棘院持衡頻奉使，瓊林罷宴更嚴裝。極知此席才難稱，苦念諸生境未忘。珍重良朋敦勉意，冰霜風月照行藏。

——《綬堂詩鈔》卷五，上海圖書館藏稿本

次鄭炳也庶常見投韻 阮學浩

清風忽到雀羅門，一坐從添笑語温。怪爾鶯聲遲出谷，憐予萍跡乍歸根。兩情曠蕩看吟鬢，萬事蒼茫付酒痕。最是不勝腸斷處，平泉花木記銜恩。安溪座主新逝，予兩人同出門下。

浮雲往事話斜陽，除却迂疎百不長。我輩故應堪耐冷，世途偏自愛和光。朅來復覩三年面，此去重薰五夜香。緑字青編塵味少，平生手眼特精詳。

江湖浩渺雁書遲，幾度花前繫遠思。早識風流同沈約，肯將意氣托袁絲。六經業在今誰匹，三絶名留世所師。漫説金門容大隱，文章合有九重知。

——《綬堂詩鈔》卷八，上海圖書館藏稿本

次韻答鄭炳也

阮學浩

半展霞箋讀未終，洒然拂坐有清風。積薪莫漫嗟長孺，投轄唯應愛孟公。四序歡緣塵境減，一囊慳許故人同。左徒《天問》從來錯，閶闔門高夢不通！

——《緩堂詩鈔》卷九，上海圖書館藏稿本

新正四日歸自館局集舍弟寓齋同坐者楊四樗園夏十三孺子邱五砥瀾王二介子鄭八炳也曹大容圃是日值予初度

阮學浩

和風惠日逗暄妍，馬齒新增媿紀年。四庫頻窺如宿負，八人闔座即良緣。重來夢得愁方劇，退直休文病可憐。正好城南街鼓鬧，踏歌須趁早燈先。砥瀾、容圃，皆扶病而來。

帝里逢春幾歲華，雙輪猶自逐奔沙。道傍艷説當壚酒，夢裡驚看隔院花。入世並應難適俗，縱懷無奈更思家。平生不少元龍氣，揮手尊前一笑譁。

——《緩堂詩鈔》卷九，上海圖書館藏稿本

咏物和鄭炳也朱東江倡和韻

阮學浩

菡萏池平一鏡收，輕颸纔動水煙浮。紅衣弄影微飄粉，翠蓋翻波乍引舟。似逐清涼蓮葉雨，不勝摇曳藕塘秋。西湖十里吹殘暑，絶憶風荷泛碧甌。荷風。

三徑陰成愛笛欒，瀼瀼帶曉未全乾。脩篁得氣晴含潤，碧篠擎珠碎作團。影覆池荷同掩冉，節凌仙掌並高寒。更看晚翠侵霜雪，膏露從來肯妄干！竹露。

束筍攢莖作意舒，飛泉濺沫晚凉餘。幾經滴碎心猶捲，正使傾翻葉愈疎。欹枕聽來聲歷亂，隔窻洗去緑清虚。試尋尚有啼痕在，苔染蘿垂畫不如。蕉雨。

孤桐百尺與雲齊，林罅潛移皓魄西。乍覺高空含樹迥，頻摇疎影向人低。誰家庭院真瀟灑，此夕風光費品題。照徹客懷清絶處，漫勞蟲語更生凄！梧月。

——《綏堂詩鈔》卷九，上海圖書館藏稿本

鄭誠齋太史手録近詩屬予評跋率題卷後

商　盤

昔聞吴子華，百篇中有兩句佳。又聞張外史，寫詩盈册貽知己。古人才大心更虚，今人持較多不如。先生標格清且腴，揮毫散落千璠璵。季冬之月雪片麄，衝寒下直承明廬。新詩戢戢自編録，結習深重真難除。願爲狂瀾作砥柱，力將巨刃摩雲衢。僕也愛詩抱微尚，恨少鐵網搜珊瑚。對公何止退三舍，中原敢與争馳驅！琳瑯相示出意外，定文拊几言非誣。倦圃云亡竹垞死，禾中風雅歸誰歟？得公數輩共提倡，頓令藝苑開榛蕪。鏜鏞本爲堂上樂，蝌蚪豈是人間書！鈎深遴險皆僞體，總以韓杜爲權輿。滄浪表聖不可作，君其許我言詩乎？

——《質園詩集》卷二十三，南京圖書館藏清乾隆斟雉山房刻本

舟夜懷人絶句 其六

商　盤

簪毫延閣列群英，風雅中朝要正聲。通德門高書帶滿，稱詩留得鄭康成。秀水鄭誠齋太史。

——《質園詩集》卷二十五，清華大學圖書館藏清乾隆刻本

送鄭炳也宫贊假歸嘉興三首

彭啓豐

康成經學推詩傳，夾漈淵源志略編。天禄藜光應少色，乍隨書册泛吴船。

粤東絳帳曉雲生，湘楚衡才玉尺平。京雒故人增繫戀，閑情那許狎鷗盟！

暑雨滂沱濕錦囊，潞河新水送歸航。久離鄉井縈清夢，竹垞流風汲古香。

——《芝庭詩稿》卷十三，國家圖書館藏清乾隆刻本

禮闈同鄭誠齋虎文同年作用聚奎堂壁間韻 甲戌

金　甡

文昌風景占春深，東壁遥看斗柄臨。堂上懸衡平似水，門前立鵠竦如林。三更炳燭餘茶話，廿載探珠憶海沈。得句正須防翦截，莫教騰笑負初心。

曾記三秋夜色深，虛窗談罷月斜臨。千金誰定文章價，一葉先辭著作林。丁卯與同年湯葯岡共事。小別且留香篆在，重來徒聽漏聲沈。望江南曲愁同唱，誠齋甲子與同年邵叔宀共事，詩寄意焉。此夕應懸兩地心。

——《静廉齋詩集》卷五，《續修四庫全書》影印華東師大圖書館藏清嘉慶二十五年姚祖恩刻本

金　甡

重游海幢寺　其三

自起毘盧閣，曾邀作記來。倩人殊不免，掠美更堪咍。妄語證明易，私心懺悔纔。鄭虔雖老去，鴻爪即香臺。寺僧嘗請余作《毘盧閣碑記》，實浼同年鄭誠齋代作，今碑勒余名，然不敢掠美也。

——《静廉齋詩集》卷十四，《續修四庫全書》影印華東師大圖書館藏清嘉慶二十五年姚祖恩刻本

金　甡

題梁慎五徽司馬臨懷素自敘帖

我昔懶臨書，搦管便求似。躁心限天分，竟以不成止。粗解辨真行，草書空瞪視。狂僧有懷素，張顛避逸軌。自敘得意深，腕底龍蛇起。何人珍舊搨，梁鵠裔孫是。癖嗜與神謀，運筆得其髓。我初不識字，眩轉陣圖裹。一氣渾迴旋，千詞窮比擬。聊借任華詩，移贈盡之矣。正如影與形，隔鏡無彼此。鄭公今妙手，先我契斯旨。鄭誠齋有跋。鄭善草書。

——《静廉齋詩集》卷二十一，《續修四庫全書》影印華東師大圖書館藏清嘉慶二十五年姚祖恩刻本

新蕉與及申炳也两弟聯句

鄭炎

枯葉久剥落，及。春心乍捲舒。漸窺牕影密，青。静聽雨聲疎。緑覆初成夢，炳。雲鋪未染書。及。清香殊可挹，聊借一椽居。青。

——《雪杖山人詩集》卷一，《四庫未收書輯刊》影印清嘉慶五年鄭師尚刻本

炳也弟初度詒以二律

鄭炎

閉户待糧久，出門遭雪深。歸來因老弟，款曲表愚心。易得千金寳，難傳一手琴。家藏詩卷在，骨肉是知音。

十五桑蓬志，三旬將相材。遇人持惻惻，生我念哀哀。石竇通雲氣，梅花照酒杯。新鶯纔一囀，便覺燕飛來。

——《雪杖山人詩集》卷一，《四庫未收書輯刊》影印清嘉慶五年鄭師尚刻本

上巳過盛湖再次炳也弟寄鼎姪之韻

鄭炎

纖塵應不染雲裾，塢上桃花笑六如。老境已甘梅破月，殘春一任雨侵書。蚌胎忍淚旋還濕，龍籜虚心長自徐。我尚恬然而莫歎，能文切勿較贏餘！

歸來語燕若爲家，難問甘瓜與苦瓜。相對不言看木杪，此來欲去等天涯。尋芳可摘無過草，照夜能香不是花。慚媿半生真落拓，投膠何異水調沙！

短衫兒輩喜牽裾，一派天真我不如。暫飽一餐頻藉友，長貧半世爲傭書。鏡銜啼笑分明假，水簇陰晴冷煖徐。五雨十風農笠好，九耕何日慶三餘！

能詩猶自説專家，仍傍東陵學種瓜。墨飽恐教言有盡，情長自覺思無涯。今秋雪展雙鵬翅，昨夜風開滿樹花。待到潮平煙浪静，蓬萊水淺玉爲沙。

——《雪杖山人詩集》卷四，《四庫未收書輯刊》影印清嘉慶五年鄭師尚刻本

和炳也弟冬日寄懷韻

鄭　炎

纔除熱惱逗清凉，又歎無衣苦夜長。官瘠豈因田有秫，身肥未必食皆糠。冰梭冷入詩人格，梅鏡春涵學士坊。一擲果能參百萬，海沙猶可較籌量。

羔裘究究豹居居，荷牐何年繞白渠？好趁風聲入臺閣，長留雪色照裙裾。有奴任彼呼君實，無賦從誰問《子虛》？偶向城西覓殘句，一痕新月挂真如。

——《雪杖山人詩集》卷四，《四庫未收書輯刊》影印清嘉慶五年鄭師尚刻本

七夕有懷炳也弟

鄭　炎

我作初秋感，君爲北闕遊。乘槎銀水爛，拒馬碧花稠。遠樹横魚鼻，孤雲拂雁頭。應憐貧阮寂，高倚曝衣樓。

銅馬門前月，新居近若何？當窗看束鹿，傾盞瀉浮鵝。滿架葡萄熟，盈箱薏苡多。燕京風俗美，山亦戀紅螺。

紫笋生龜谷，黄姑毓鼠精。五回天漢近，七夕泰階平。共挽車方駐，同遊蓋屢傾。鶺鴒原有阪，不減舊詩名。

共話房淵道，家筵憶獨流。五花城吐月，孤竹國含秋。郭相兆星瑞，延年列絳騶。近無持藁者，王母不行籌。

曲奏昇平樂，雙蓮到處開。殘星飄甲帳，片月傍金臺。綵女同心綬，檀郎合巹杯。嘉禾新得雨，泥飲不容催。

屋角書盈斗，街心花滿瓶。瓜燈書鳥篆，翠燭閃銀屏。許我獨長嘯，問誰能夜扃？寄書天外雁，蛩語緑莎廳。

入朝初賜笏，乞願首陳瓜。笋尹常相聚，芝泥本一家。河填靈鵲噪，蓬繪九燈華。小阮關余念，應分鶴架茶。
菱紙當殘暑，生紗袖拂蠅。天臺千尺雪，鈴索一條冰。雨過懷佳客，風來接舊朋。欲穿雙九孔，抱女曲欄憑。
手捉一軍持，秋花供一枝。竛竮聊解醉，辛苦自供詩。子去更誰和，我懷長念之。寸田垂忍草，惟有索郎知。
秋月烏頭白，山花鶴頂紅。口傳頻畫肚，心解叵妝聾。鐵子黄金釧，蓮房碧玉筒。詩家風景别，不與俗兒同。
偶收茶一串，不取鬻帆肥。赢得珠能走，何如字欲飛？關山懸片月，花木繞雙扉。念爾烏蘭峪，佺期定賜緋。
碧蘿纏麂眼，自愛畫屏紆。綺節宵無寐，鸞坡興豈辜！牛牽星一聚，兔擣月偏孤。仙樂雲中降，描成百媚圖。

——《雪杖山人詩集》卷七，《四庫未收書輯刊》影印清嘉慶五年鄭師尚刻本

次炳也弟寄姪鼎之韻

鄭　炎

恥學牽裾頓截裾，蹉跎歲月竟焉如！苦無畚插償兒債，只傍篝燈讀父書。冰裏鷽鳩何數數，釜中赤鯉且徐徐。多君先路彈冠慶，花下行吟帶有餘。

脚跟不定媿名家，且待芳聲榜噎瓜。踢破甕齏猶有分，打開棋劫已無涯。糖經熟煮鋪殘雪，酒被濃蒸滴絳花。欲試雲中弄丸手，且隨時輩檢金沙。

每爲諸郎驗手文，掌家操管直云云。賣刀未必禾連陌，佩韘徒能筆掃軍。業已蘭田生赤箭，豈無丹闕捧紅雲！新年共咏君新句，笑把偏提送夕曛。

陸機落落志相從，一棹南來興不窮。蠟炬照波能燭怪，春菘挑雪勝肭熊。九秋壽帨曾添鶴，千里鄉音欲附鴻。不見余言空得得，由來樹大獨當風。

——《雪杖山人詩集》卷七，《四庫未收書輯刊》影印清嘉慶五年鄭師尚刻本

酬鄭炳也太史餞送元韻

江　權

去年下馬話西征，今年策馬都門行。爲君道別過闕里，君來贈策我行矣。君自石渠天禄還，皐比絳帳臨黄山。荆州豚犬頑如石，授以校讐中秘冊。案頭光怪騰長虹，如椽巨筆燕許

雄。廟堂著作仗公等，虛位還應在臺鼎。郊寒島瘦愧難齊，合辭簪笏老耡犂。朅來道路累千萬，又向君門求自獻。勳名少小已蹉跎，六十年華等逝波。今日爲君一頫首，鞅掌王程別應久。班荆道故會有時，記取紫陽山月祠。

——《正頤堂詩集》卷五，天津圖書館藏清乾隆四十二年刻本

送鄭贊善虎文視學湖南

錢　載

使節青冥下，征軺霽靄間。春風瀁明月，湘水遶衡山。采采叢蘭紫，蕭蕭舊竹斑。知君真静者，緒論使淳還。

——《蘀石齋詩集》卷十八，《四庫未收書輯刊》影印清乾隆刻本

和鄭八炳也太史見寄五首

邵大業

風流早許白眉良，太乙樓高接妙香。谷口門庭新氣象，雲間事業舊丹黄。心澄似水清無底，穎脱如錐鋭莫當。一自春明乍攜手，看君雲漢倬爲章。

石火光中歲月飛，相逢但羨錦囊肥。高懷千古蘭爲佩，浪跡經年緇染衣。漫説我醒人盡醉，也知今是昨全非。茫茫去住真無那，潁水東流好送歸。

粗繒大布足清狂，解脱天然接混茫。雲翼儼隨黄鵠伴，風塵浪逐紫騮行。還吴有願悲張

翰,入洛無端笑陸郎。陽翟山頭勞駐馬,滿槃冰檗與君嘗。

面目真慙秘省郎,石尤風攬一身藏。凡胎欲換知何術,仙路難通詎有方! 輈負幾年曾困阪,絲牽此日又登場。舊時結習消磨甚,孤負清詞沁齒涼。

紛紛談笑總天真,半榻圖書証夙因。調鶴詎同清白吏,脫驂偏負棘欒人。相攜花下空聯袂,笑對牀間但積塵。珍重蟹筐千古事,敢忘甯匐救凡民。寄詩有『馬鬣終須累故人』句。

——《謙受堂集》卷一,國家圖書館藏清嘉慶二年刻本

癸酉歲余以事入都寓正陽門之興勝寺值歲除一時親串友朋晨夕過從頗不岑寂今又改歲矣適于役皖城甜三聖菴佛火依然同人隔越時易得而境屢遷懷人所不免也得十四絕句 其六

邵大業

螭頭載筆意如何,歲晚猶聞賦玉珂。偏是春風相狎甚,年年桃李傍門多。鄭炳也。

——《謙受堂集》卷二,國家圖書館藏清嘉慶二年刻本

太史鄭誠齋壽序

王元啓

乾隆癸卯正月二十七日,太史誠齋先生七十之誕辰也。先是,其家嗣上舍生師亮校文湖

郡，與余同役，議論多相契。及是師亮來，請余文爲壽序。

君自少挾册遠游，資脩脯以營羞膳。後登進士，由庶吉士授編修，轉春坊贊善，自右歷左，復降編修，先後再遇覃恩，得追榮其父、祖。後累主書院講席，仍以脩脯自給，入其室，蕭然如寒士，里中論先達之賢者，必首推君。君事母至孝，能先意迎承其志，自先大夫見背，君姊未嫁者三，兄亦未娶，君獨力撐拄，爲兄姊治婚嫁畢，乃始及己。一姊已嫁而寡，并其孤收養之。兄性高簡，不營生産，一切薪水之費，必先期措奉。君示内書曰：『吾寧令若輩凍餓，必不令兄姊凍餓也。』姊得書，以示君兄，曰：『吾不意吾弟孝友肫摯若此！』姊弟至對泣不能止。昔宋曾鞏氏爲其弟婚妹嫁，營治勤劇，至於力疲意耗。君能兼治其兄、姊婚嫁，又終身敬養不怠，則更鞏之所未有也。

君四子，仲子師雍幼慧，君兄乞爲己子，領順天鄉薦，早夭，復取君季子師愈爲嗣。君配胡安人，前二年卒。伯子師亮，叔子師靖，并僕婢等，上下十有餘人，而三族之無歸者，悉資君以養，每食至三四十人。唐李虚中爲御史，同輩皆樂在朝廷，圖進取，虚中獨念寡稚，求分司東出，昌黎韓子稱其仁。君收卹寡稚，至不憚棄官以營養，其賢於古人尤遠矣。

君嘗五司分校，一爲河南鄉試正考官，視學楚南、粤東二省。在粤東，前制府知其廉貧，期滿恐不能歸，囑諸屬吏善謀之。及期，廣守首出五百金爲贐，且云諸郡且繼至，君笑謝之。守曰：『某等豈敢辱公！往例，使者按部，各屬預儲公費常不給，公至，獨有餘贏，此即其贏也。』

卒謝不受。别遣人貸諸故人之宦閩者，始得行。

掌院學士介公，與君同事棘闈者三，獨心推重君，薦爲上書房師傅，君以疾辭。初充會典館纂修官，嘗具牒告歸，總裁履親王語劉文正公曰：『公許鄭編修去，館事將誰任之？』文正公焚所具牒，强留之。後爲通考、國史各館纂修，復請假，會有旨增修《通考》『國用』一門，文正復强留之，至竣事乃歸。先是，金壇相國三遣人招致，不往，金壇不能無憾，然見君於朝，益致敬禮。聞君將告歸，屬君門下士留君曰：『上識君名，將大用，奚去爲？』君唯唯而已。君爲當代大人所器重，其立朝居官，多可紀，而余也鄉邦之人也，書其族戚所恒道者，故於君之内行獨詳焉。而其冲粹之度，與介然不可屈之節，皆可即此想見云。

——《祇平居士集》卷十一，國家圖書館藏清嘉慶十七年刻本

與鄭誠齋書

陶元藻

正月八日，藻白。湖上風景殊佳，然必得良朋論古談心，流連朝夕，庶不負水光山色，供養一場。自足下西去，僕亦即挂席東歸。新正，聞漱莊梅花，有一枝兩枝開者，欣然而至。遂拏舟抵南山，梅花大盛，高高下下，掩映崖谷。花稀處，微露石痕，青翠彌妙，始知横斜疏影，不必在清淺水中也。傳柑節後，恐漸有落英，願足下早來，同坐梅根，咏觴數日。此佈。

——《泊鷗山房集》卷十一，國家圖書館藏清嘉慶十八年衛河草堂刻本

題鄭編修炳也詩稿即以代柬

陶元藻

鴛鴦湖畔詩人窟，冰雪清辭清到骨。袖中一卷出示余，怪底松風起蓬勃。秀如女几生春雲，浄如洞庭漾秋月。有時大力攻中堅，如石在山怒猊掘。有時淺語亦復佳，如果在口輕脱核。我本柴桑蕭散人，太瘦生來吟不歇。詞壇到處蒙招尋，踏破雲門舊布襪。長安社結湖海豪，把臂成交肝膽揭。比鄰尺咫虎橋南，君忘自吴我忘越。紅蘭省裏校書回，日鑄出茶燒榾柮。同話江南鷗鷺村，春波一翦明於笏。漁洋老死大雅亡，海内風騷危一髮。天生我輩豈無意，忍使三唐坐汩没。七菹七醢堆春盤，甘美誰憐在筍蕨！繁絃急管錯褋彈，一曲嵇琴自超忽。此中微妙知者稀，孤抱區區爲君發。新詩吟罷萬籟空，眼底西峰撑突兀。

——《泊鷗山房集》卷十七，國家圖書館藏清嘉慶十八年衛河草堂刻本

柬鄭誠齋宫坊四首

陶元藻

豐湖煙隔水潺湲，目望星槎去未還。時鄭校士惠州。霄漢錦雲量玉尺，皇華天使駕仙班。題襟舊繞三湘月，酒眼初開百粤山。高詠有人傳白鶴，瓣香知在大蘇間。

珊樹精華鐵網盤，公明譽滿故人歡。溪中靈石連雲割，海上奇文擁几看。書帶有香原屬鄭，潮陽無士不尊韓。要觀蜃氣蛟涎外，迴得狂瀾萬頃寬。

車笠交情辨古今，嗟余萍跡總浮沈。人辭燕市唐花久，夢隔揚州璧月深。赤手竟無持户策，半生多悮好名心。常懷舊雨柴門下，幾對寒梅擁鼻吟。

嶺表南來噉荔枝，敦槃重會榷新詩。秋鐙逝感迷離夢，黄絹題成絶妙辭。余笈中攜有亡女《秋鐙夜讀圖》一卷，曾索鄭題詩甚工。九曜新晴雲汗漫，五羊微暑燕差池。塵心頓負羅浮約，應被煙霞笑鬢絲。鄭嘗訂余遊羅浮不果。

——《泊鷗山房集》卷二十二，國家圖書館藏清嘉慶十八年衛河草堂刻本

同顧光禄秋亭鄭宫坊炳也讌集九曜書堂

陶元藻

亭邊石丈許同參，零落熙寧字可探。入座且教删揖讓，銜杯何必到沈酣！禽聲上下濃陰竹，欄影横斜淨緑潭。正是杏花春雨日，那堪鑾徽話江南！

——《泊鷗山房集》卷二十四，國家圖書館藏清嘉慶十八年衛河草堂刻本

壽鄭誠齋宫贊七十

陶元藻

曩時太乙精，吹火天禄下。熊熊老人星，今復照休暇。癸卯斗插寅，過國杖逢乍。若教日比年，七十猶未夜。無限夕陽佳，煙光滿桑柘。憶我識君初，春明虎坊舍。三年離緒生，風雪逐行靶。重逢五嶺間，聯韻對珊架。摩挲熙寧書，九曜碧如砑。雲波阻雁魚，又別幾冬夏。籃

興過山莊，鬢髮感並化。君文澹彌醇，垂筆智珠瀉。靈光巋然存，一硯浙西霸。我詩類寒號，應候嗌敢嗄。媿無才可量，擢穎抗曹謝。天聚兩衰翁，塵冠許長卸。挽强入詞壇，魯縞尚能射。傾醪荻風舟，煮菽蘿月榭。宛疑王與裴，幽夢寄元灞。今年泊鷗荒，未枉故人駕。吾亦愛吾鄉，雞黍戀豳蜡。年華長二齡，頹朽怯天借。一齒擺郎當，肉食常自怕。誦讀疎且忘，老嬾遭客罵。君本松柏姿，學《易》年應假。雙眸碧於湖，炯炯良可藉。名山實奇勳，抽秘正難罷。伸紙小長蘆，龍蛇走松麝。展以屏九雲，植以燭雙樺。羅拜兒孫賢，一一畢婚嫁。願得壽而康，餘甘勝於蔗。

——《泊鷗山房集》卷三十一，國家圖書館藏清嘉慶十八年衛河草堂刻本

齊天樂 湖上送鄭誠齋宫允歸嘉興

陶元藻

故人久旅金沙北，閲遍堤花開謝。煮茗焚香，風亭月舫，長共水天閑話。回首當年，燕市前盟，嶺南舊社。晨星落落，幾人猶對西窗夜。　漫説香山坡老，絡繹游驄，誰似書籌多暇？底事思歸，紅塵輕惹，今夕帆風天假。人何在也？烏桕塘灣，白蘋洲汊，涼雨蕭蕭，獨坐孤篷下。

——《泊鷗山房集》卷三十八，國家圖書館藏清嘉慶十八年衛河草堂刻本

己巳正月十七日王輯青袁信吾鄭炳也金古矜陳雪園諸同年集陳敦來同年寓余以少宗伯沈公在座不與聞諸君即席分韻因和六首

邵齊燾

休沐無多日，韶光不待人。若無軒蓋集，真負歲華新。皎皎牆陰雪，醰醰盞底春。滿堂豪翰客，斟酌莫辭頻。得人字。

燈市將闌夜，相呼試舊醅。含香出建禮，視草下蓬萊。遥羨群賢集，能忘一醉迴。過逢有長者，歡讌闕追陪。得萊字。

爲問陳遵座，何人興最濃？盤行銀鯽鱠，饌出紫駝峰。辨縱莊生馬，談驚鄒奭龍。遥知賓有禮，既醉亦雍容。得峰字。

酒罷開文陣，分旗未肯降。春風飄郢雪，醉墨灑潘江。書几檠三尺，臺郎管壹雙。驚人争覓句，流月上東牕。得牕字。

獻歲今年暇，年年定不如。連鑣元會後，對雪放燈初。逸藻争春麗，清樽幾夜虚。傳來新句好，知是醉中書。得書字。

徵逐雖隨俗，諸君意自殊。文章論鮑庾，風義薄蕭朱。交分期能久，年華惜易徂。明朝重有約，取次掣驪珠。得朱字。

——《玉芝堂詩集》卷上，國家圖書館藏清刻本

十友歌簡鄭炳也陳雪園

邵齊燾

十友者，桐城姚以銅，安溪李授侯，海寧鍾梧村，錢塘孫芥舟，桐鄉朱浚谷，鄞縣袁信吾，秀水鄭炳也，歙縣金古矜，嘉善陳雪園，祥符周芝山。余戊辰還都，同年中往來尤數，所至輒俱者，此數君焉，雖性尚各殊，並以忘形俗外。三年以來，忽遂乖散，古矜況爲異物，獨陳、鄭猶共晨夕，感念疇昔，潸然作歌。辛未四月廿一日述。

戊辰之春吾入都，始識鄭子清而臞。是時芝山亦鄰居，負氣各與流俗疏。群才騄騄躍皇塗，要津何曾足趦趄！晨夕獨有數子俱，風清月白時相呼。雨雪不辭泥没車，盤中隨意羅嘉蔬。燈花落盡傾春壺，高談雄辨陳詩書。長風蕭蕭來坐隅，迴寒變煖隨呴嘘。快意那復知其餘，歡娱未足風景殊。三年聚散真須臾，周鍾最早飛仙鳧。又見孫李麾隼旟，就中最惜金頑夫。寶劍何處投黄壚，素冠先後悲袁朱。以銅飄然滄江漁，萍浮梗泛無根株。山川茫茫不可踰，春風微寒夜窗虚，細雨濕瓦燈糢糊。獨與陳鄭銜一觚，搔首話舊增感吁！君不見，浮雲蔽日龍蛇驅，雷雨一夕春膏敷！山苗離離節甲舒，碧葉光寵枝相扶。眼前萬族各有徒，獨行踽踽毋乃愚！不如朱門曳長裾，追逐衆駿飽粟芻，何事索寞逢揶揄！迎風一笑萬念祛，還共歡

歆留隙駒，三人同心德不孤！

——《玉芝堂詩集》卷上，國家圖書館藏清刻本

與蔣秋涇同舟余新因鄭炳也識蔣因話舊遊

邵齊燾

昔因芝山交炳也，今别炳也逢秋涇。論文邂逅各適願，投分先後俱忘形。逍遥許我能無用，蟬蜕羨君直獨醒。同舟閑話十年舊，回首烟嵐幾處青。

——《玉芝堂詩集》卷上，國家圖書館藏清刻本

舟中懷炳也

邵齊燾

偕隱君留約，先歸我失群。濛濛秋岸雨，漠漠帝城雲。桂樹清霜老，藜燈獨夜勤。定知行有日，敢擬北山文。

——《玉芝堂詩集》卷上，國家圖書館藏清刻本

奉寄鄭炳也編修因懷周芝山明府竝簡孫中伯舍人袁信吾郎中陳雪園侍御八首

邵齊燾

不復嘆榮落，能無傷别離。寡諧俱物外，易退忽天涯。半榻亂書帙，一溪垂釣絲。須知慵

更甚，莫訝報章遲。

芳訊傳赬鯉，遐心賦白駒。金門猶著作，松徑久荒蕪。渤澥凫寧少，蓬壺鶴易孤。期君拾瑶草，此計未全迂。

五載連門巷，群賢聚斗魁。雨留深夜聽，詩被落花催。白眼從人忌，清襟共爾開。如今一分手，陳迹付寒灰。

同宅陳侯住，多情近日無。論人如燭照，適俗有廉隅。幽抱頻年接，清言二妙俱。比聞移爽塏，誰與慰羈孤？

最憶陽高宰，蕭然絶俗姿。伊人舍我去，此别至今悲。淚灑郊亭月，箋分驛路詩。苔岑同所托，絃望竟何時！

頃歲孫中伯，蓬蒿共卜居。暫爲雙鳥會，頗慰十年疎。懶性真吾輩，淳風太古初。情知能憶我，不惠一行書。

昨日袁夫子，輕帆枉敝廬。瀟瀟逢暮雨，草草醉村酤。驥足將千里，漁竿自五湖。更添新别恨，那復舊歡娱！

一逐九秋雁，又聞五月蜩。涸鱗思溟渤，病翮憶雲霄。舉世疵文雅，何鄉免寂寥？遥天知己在，引領獨長謡！

——《玉芝堂詩集》卷中，國家圖書館藏清刻本

至南昌聞湖南學使鄭炳也同年調任廣東途中先寄此詩

邵齊燾

湘江潭潭衡嶽雄，芷若滿洲蘅作藂。左坊玉尺懸瓊瓏，欲往就之遠莫從。向長婚嫁未許慵，跋涉踐期水陸重。八年離居恨飄蓬，欣此一去慰蹷蛩。理棹及秋冬遽中，千里落盡江南楓。飢渴但思旦暮逢，百川滔滔涸以冬。我路九折何由通，又聞新恩移粤東。珠江候吏來顒顒，便慮翩反如騂弓。作書寄與衡陽鴻，語君莫行茀從容。波溯章江渺難窮，前路況愁冰雪封。夜中轆轤轉我胸，縱君能留亦匆匆，能得幾晨燕笑同！江神不助船尾風，恨無大翼凌遥空！

——《玉芝堂詩集》卷中，國家圖書館藏清刻本

至醴陵聞炳也已赴廣州作此示信生

邵齊燾

漫喜浮湘一帆輕，故人不爲駐雙旌。與君合有溪山分，又得三旬嶺外行。

——《玉芝堂詩集》卷中，國家圖書館藏清刻本

至陸口問知炳也定發途中寄此

邵齊燾

聞君定先邁，我征乃垂詣。行永歡息肩，望乖轉愁思。君胡不我徯，周爰迫王事。我來自故鄉，里已三千計。今欲往就君，厥途又將倍。人事好乖謬，故作此迢遞。容容石廩雲，渺渺湞江澨。君旌望已遥，我艑尋當繼。地暖多冬花，時淹逼新歲。溪山洵可娱，徒能亂人意。

——《玉芝堂詩集》卷中，國家圖書館藏清刻本

立春日舍館廣東學使公廨作與炳也

邵齊燾

背秋理征楫，税兹春已獻。姻故就爾居，適館授之粲。自從語默乖，踪跡分長遠。方耿金門闊，詎期珠海面。君來才浹旬，未久離楚甸。我亦道長沙，追路敢告倦。俱易耒江舠，共閲郴山變。瀧頭同涉險，峽寺各飛翰。參差十日期，庚甲遂三换。我既久索居，君方感孤宦。殊方遇同心，把袂愕還忭。鬢鬚訝各蒼，筋力問誰健。僮僕無故識，篇翰多未見。方悟别時積，語昔盈惋歎。少壯不再來，朋舊日凋散。詩人勸樂酒，雨雪感集霰。及爾如兄弟，念之意紛亂。幸得同堂處，復此新歲宴。及辰共爲歡，視陰復數箭。

——《玉芝堂詩集》卷下，國家圖書館藏清刻本

爲鄭贊善作肇慶府志序　上章執徐

邵齊燾

郡邑之有志，所以審疆域，察境俗，鏡今古，别善惡，所謂『居然而辨八方』，抑亦爲政之一助也。而今之有司，往往忽焉不講，蓋以簿書期會，禁令徵發，日汲汲焉而未暇及此。又以爲此特文人學士，用以誇聞見，資博洽而已，非當務之急者。故邑之舊有志者，猶且聽其編殘簡斷，漫漶而不可考，況望其能釐正删潤，增續其所未備，以垂信於後耶！雖然，欲爲一書，而不博之於古，參之於今，廣羅異聞，周詢遐僻，使夫博達有識之士，操斤定墨，磨以歲月，未見其能成文也。故作志之難，古之良史猶或闕而未逮，豈易言哉，豈易言哉！

歲庚辰，余奉命視學粤東，首試肇慶府。錢塘吴君作守是邦，於兹七年，吏安其職，民服其教。余素聞粤之士風，輕於犯法，百弊叢集，思所以懲艾之，而以肇爲先聲，故於條教號令，多所更易。試之日，吴君訓勵指示，諸生奉法循令，帖然無敢干禁者，余以是心服吴君之能。

及既蕆事，吴君出其所輯新《志》，問序於余。余惟肇之爲郡，壤接粤右，濱於漲海，地多岡陵，民俗武悍，實維劇郡。舊《志》毁於兵燹，康熙初，太守史君重加修輯，綱目粗舉。迄今八十餘年，國家涵濡漸被之澤，日新月盛，視昔有加焉。吴君既能宣奉德意，使遐陬之民，克樂其業。而又以其間蒐輯舊聞，補輟闕略，使是邦之山川疆理，户口貢賦，人物風土，開卷如指諸掌。蓋不獨考古之士入境問俗，得以廣其見聞，而亦足以徵其爲政之多暇也。

因不辭而爲之序。

——《玉芝堂文集》卷四，國家圖書館藏清乾隆刻本

將至都門先柬諸同好五首 鄭太史誠齋

程晉芳

晚甘春曉共探尋，早識澄波不染心。興到狂時吟句穩，情從淡處締交深。蟬餐墜露風偏急，鶴唳清宵月未沈。漫擬故山松桂隱，海棠如雪一開襟。太史舊有咏白秋海棠詩。

——《勉行堂詩集》卷七，天津圖書館藏清嘉慶程氏刻本

送鄭誠齋太史南歸

程晉芳

零景集元冬，離思興暮節。故人夏將歸，及此乃言別。官書有程期，館職虞失闕。已成舟不繫，復作驥蒙絏。久留知故欣，寖耗囊橐竭。豈有二頃田，輒慕五湖濶。古人守茲身，謂巧勿勝拙。山寒花自秀，溪冷魚亦活。由來太清質，不假浣冰雪。與君昔投紵，淮水帶林樾。吾家晚甘兄，素卷映元髮。相顧各少年，相期追曩哲。君庭樹桃李，材士搜楚粵。余攜長甕汲，歲晚蓬樞閉。年華瑟柱遍，鬢影星光徹。壬戌識先生于淮，今二十五年矣。春明近來往，肝膽數披閱。才周事顛末，言罄心曲折。趨陪門生後，奚啻郲莒列。余兩會試蒙薦，一爲露仲王公，一爲雨齋阿公，皆出先生之門。顧爲略分交，筆陳開鬱硉。連篇申去意，葅韭慚薄設。荒亭未掃塵，凋樹不

障月。此情何可道，此酒宜深啜。眼中三塔紅，小市登薺蕨。竹鄰竹可問，梅里梅争發。故鄉誠苦貧，視此孰優劣！抵淮訪二阮，白帽重嗚咽。先生出吾淮巢園太史之門。太史没將二載，兩嗣君皆守制里中。爲言余老蒼，歸志久逾切。晚甘今宿草，忍淚應一醊。得暇書可著，編詩稿宜脱。如君所藏蓄，定自不磨滅。終當從之遊，經疏與研説。鄉居無他箴，高卧亟捫舌。

——《勉行堂詩集》卷十八，國家圖書館藏清嘉慶程氏刻本

雪杖山人詩集序

馮　浩

雪杖山人者，昔友鄭君清渠號也。乾隆初元，余偕鄭誠齋前輩舉於鄉，清渠其從兄，屢相見。余方弱冠學詩，清渠名騰庠序，試必前茅，尤耽吟詠，手口不暫輟。兼好酒，極貧不知愁，得錢沽飲爲急，米鹽其次。胸次鬱塞，蓬勃之氣，耳目應接，觸忤疑怪之端，盡以詩寫酒澆之。友朋會合，抵掌軒眉，雄談恣肆，稍不愜，嬉笑怒駡無顧忌，人畏其狂疎，且避焉。

顧頻來余齋，茗甌酒盞，留連移晷，余傾聽其上下古今，抑揚評騭，忽歌忽泣，忽醉忽醒，而中腸坦白，絶無城府。矛戟豪以狂，奚足畏哉！意其掇科第，或膺徵辟，亦自謂易於拾芥。乃凡有機遇，動輒阻閡，余在史館，每與誠齋遠憶太息之。其後出遊楚粤者數載，歸老于環堵，吁，其狂之爲累歟！抑必如是，乃全其狂而不可及歟！余自丁丑母艱回里，病不再出，今既耄，曩昔淺學，荒廢已盡。山人化去久矣，一子人表，亦老諸生，植品端潔。兹奉其先集，屬製

序，余不勝今昔之感，而駭服其詩才之大，少時雖習熟，未窺十一也。

夫在心發言，心有獨得，而言乃日新，非徒拾古糟粕，强事塗澤。山人詠懷感事，閱景物寒暄之變，賞山川流峙之靈，静處一室無幽愁，投足萬里無羈緒，交洽金蘭，狀窮動植。凡形於詩篇者，凌厲沈著，奥衍奇詭，如江湖之濤瀾騰瀉，洋溢涯涘也；如連峰疊嶂，盤亘峻邃，樵采路迷也。倔强如老樹枯藤，變幻如烟飛雲卷，一章一句，莫不逞其狂態，遂莫不暢其詩情。詩中有人，斯非雪杖山人之詩而誰詩歟？

空山杖雪，其寒可以僵，其高潔可以仙，畢生之窮苦，而超出塵滓者具見矣。其《論詩隨筆》云：『意趣得而詩自成章，必屏除一切，日進不休，方能得天地自然之韻。若一出于有欲之衷，則雾埃頓起，心之靈明安在哉！』嗟乎！山人之心精孤詣，可傳後世者以此，固非身世間人人所易能者已。

誠齋前輩製作，館閣仰重，屢操衡鑒。性樂推與，俸錢所入、門下士所餽遺，隨手散盡，身後窘乏，集稿未克付梓，賢子孫門才正盛，不妨有待。人表年逾七十而無子，銘心刻骨，以未刊家集爲情事，夢寐迫切，竟得顧子退飛、鮑子渌飲，爲選編校鐫之。人表之誠孝感動，二君之闡發幽光，皆吾鄉行誼之美者。余雖不足敘山人之詩，感舊抒懷，亦安能嘿焉！

——《孟亭居士文稿》卷一，國家圖書館藏清嘉慶七年刻本

留别同年鄭炳也學使

竇光鼐

自經梅嶺度，頻向海雲占。山借仙人鏡，泉知使者廉。清樽容共酌，好鳥恰當簾。話别多年駛，論詩一夕淹。文星南斗逼，春水北江添。火樹重重直，英峰箇箇尖。舊風吹自急，南海多舊風，即颶也。今雨過仍霑。爲寄相思子，盈筐試細拈。

——《省吾齋詩賦集》卷十一，國家圖書館藏清嘉慶六年諸城竇汝亞瑄刻本

懷鄭誠齋

王太岳

鏡湖歸賀監，抽簪早遺榮。一朝棄家去，泠然御風行。適館聊寄傲，授徒還帶耕。著書豈不勤，自欲成一經。觀化未始有，稽古厥初生。發皇晷緯象，役使百物精。以此永朝夕，泊然萬慮冥。顧視二三子，高倡誰當賡！

黄山藹仙都，夫子遠超邁。振策澗松顛，結廬岫雲背。裹糧惟紫芝，晞髮就璚瀨。行逢樵唱過，坐愛林叟對。自傳葛天民，人擬輞川柴。屈曲雖世間，逍遥已塵外。宿昔□□□，□□人宛在。何時紉秋蘭，涉江贈長佩。

——《清虚山房集》卷一，黑龍江省圖書館藏清光緒十九年刻本

寒夜尋鄭八煨芋小飲

王太岳

高人閉户無所營，怪底深宵聞剥啄。中庭昏黑立多時，曳履初聞聲橐橐。薰鑪獨擁大如拳，那知客座寒無氈。呼鐙旋埽塵滿席，問客何事來衝寒！答言比夜長，獨處情無豫。古有鄭杜同襟期，今我非君誰與語？主人聞此振衣起，促膝挑鐙重授几。高言眇指窮河源，苦語深心泣山鬼。卮酒雖薄興倍濃，蒸梨煨芋味不窮。笑謔春生卻冰雪，意氣飈發排霜空。今日樂相樂，此樂堪千古！此酒此談更何所，天街月曉騎馬歸，多少氈葦笑酸腐。人生趣舍萬不齊，鶴長鳧短更相嗤。會得此中真意在，始知癡叔原非癡！

——《清虚山房集》卷二，黑龍江省圖書館藏清光緒十九年刻本

次答鄭八誠齋見訪城南新居不遇之作

王太岳

祇是登樓客，頻吟卜宅詩。蓊蓬才有徑，種竹且無貲。煙火人三户，關河鳥一枝。憐君策羸馬，真爲故人遲。

斜日迴車路，人傳鄭谷詩。劇懷呼酒興，自少買鄰貲。思假晨風翼，因吟山木枝。南村如可接，白首未嫌遲。

——《清虚山房集》卷二，黑龍江省圖書館藏清光緒十九年刻本

送鄭炳也同年還家覲省

王太岳

雲漢秋明粲錮衣，輕帆直下雁争飛。同時遊宦君如此，捲地寒風我送歸。拂袖緑楊千里過，采蘭明月一江肥。湖山最藉春暉好，早晚題詩報旅扉。

——《西城小築詩》，《清代詩文集彙編》影印清鈔本

與鄭誠齋

王太岳

誠齋足下，遠别且十年，僅從湖南齊都督一聞動履而已。嶺海逾遠，消息闊絶，但有歎想。比見試目，方喜使車還朝，而遽聞蹉跌，遠望可勝慨然！以足下之才，恭逢右文之世，假以時命，何渠不躋通顯！若徐疾之數，偶未可知，則且閉門晏坐，日飽太倉米，著文章自娱，視古人白首郎潛，未爲不遇。方今才俊競起，但留一二老成，作魯靈光足矣，小小進退，固不恨也。稍暄，惟順候珍重。

其　二

都下仍歲穀貴，日用百需，無不長價。而少年裘馬，日益鮮華，足下驟見此，得不少煩枝拄耶？朋舊零散已甚，近者荀慈不出，息存逕去，而近齋、中伯最稱厚德，俯仰之頃，便已終古，

不見斯人，當與足下長共此痛也。僕比碌碌，如女道士脱冠帔，着嫁衣，雖僶俛梳裹，不免生慚愧心。此外亦自粗遣，頃復生一兒，萬事具足。所不知者，當復何日從公等聯譽賦《早朝》耳。足下子女，今有幾人？婚嫁各已了未？諸郎成就必不凡，想復抱孫久矣。郵便，幸不惜具示，瞻奉未涯，臨書但有悵惘。

其　三

八月初，羅泰初人還，上問必不沈浮。太岳九月間有延榆之役，歸而使至，領惠貺，一一珍奇，感怍不已。比得荀慈書，頗説足下三年嶺海，而歸橐不名一錢，省手示，益審古人沈香卻研，於足下深信其然也。阮紀西歸，念其衰老，須遣人伴行，輦下親朋，不免一一附問，以此紛然，遂淹信宿，計其反命，已逼歲除矣。太岳凡百粗遣，獨苦痔患，又索寞既久，日益憒憒，柳子厚云『樂瘖默，思與木石爲徒』也。新春，無緣共醉柏酒，惟萬萬保愛。不宣。

其　四

得示，知鴛水居鄰，不戒於火，此柳柳州用以賀王參元者，而公豈其人哉！歎息歎息。聞欲請告，自非得已，顧起造不易，公縱歸，能遽辦耶？此間有公門弟子三數人，太岳已略與計會，定當爲公了此，莫便嗔王録事不寄草堂貲也，一笑。太岳東上，竟已三四易期，年來作事邅迴，大要如蹇驢着磨，轉轉不離故處，亦無憾於兹行矣。雪園以何時去，真率會中，又減一人，計太岳到時，亦未必能與公等從容晨夕，懷抱何時得暢也。積雨溟濛，秋窗欲暝，飲少酒逕醉，信意遣此，未盡什一。

其　五

見二思，具悉盛指，臨潼書竟未附去。道遠，此間論議，恐公未悉，書中不免牴牾也。諸俊秀從邊郡買穀良便，不能坐候指揮，專之可也。去住之計，公意定何如？僕蓋計之至，審前書所陳，似無以易，公必無歸，待一兩月間，聞有操秦聲叩門者，即王某至矣。彼此日益老大，暫一握手，得之十年契闊之餘，悲喜詎可量也！未閑，惟順時保護，餘具别紙。

其　六

得五月十七日教，浩然之志，似不可留，鄙意殊不爾。東方待詔，雖不免向丞相借車，視柴桑叩門乞食，顧不勝耶？公幸聽我，無遽歸。必欲歸，待僕一見未晚也。公意云何，遽中專望馳示。

其七

歲前得書，知不果行，甚善。郎君舉京兆，乃出弱齡，又可喜也。若遂捷禮部，繼入翰林，爲士友之美談，成一時之盛事，尤大慶也。萬一不然，更望公審度去住。僕前書粗盡事理，雖善計畫者百輩，恐無以易也。羽便，草草布問，人還，專望批示。不悉。

其八

去臘人還，遣奴伴行，計歲末歲初必達，延望報書，真以日爲歲也。新中丞爲子延師，屬其事于僕，今專使迎請曉章，并求金詹事爲我勸駕。如不果，即須別請，欲得一有道而文者，慰主人傾遲之意，輒以干足下，伏惟留神。仍可與海住翁熟商，務在濟事，不論彼此也。使行悤迫，百不陳一，惟萬萬保愛。不盡。

其九

夏末得示，知買舟逕歸，歎其健決。比承到家既久，新居起造當有涯，薪米百需，不大費營度耶？半年中，邱令憂歸，莊生謝病，許汝州更以詿誤解職，當時賦贈行者四人，獨太岳在耳。世間萬事，難可逆期，猶喜公歸計得早辦也。

其十

中朝冠蓋，吾輩益少。往歲詣都下，恨不見密齋。明年往，又不見足下及雨叔，朋友契合至難，而乖隔若此，懷抱何緣得好開也！

其十一

太岳頃尤疲曳，殆無一日佳。架上數百卷書，經歲手不一觸，偶欲有所賦詠，苦思終不成句。記得書傳中某字如此，舉筆試書，點畫偏傍，落紙已誤，更如此兩年，竟是一不識字人矣。固由根底淺薄，不耐外間喧擾，亦緣與公等别久，無復高情勝解，發其意思也。以此論之，相思豈有量哉！足下家不少事，日與昆弟友生，彈琴詠歌，足以相之，又有湖山助其奇氣。及今未老，多著文章爲當，此人亦當與千户侯等矣。自餘瑣瑣，無足言者，千萬自愛而已。不宣。

其十二

月前得書教，知郎君昏禮，已卜近日，宗事有承，伏惟歡慶。又聞公體氣平復，然猶時苦河魚之疾，懸情不可言！以鄙意揣之，患胃脾者，責歸命火，必資丹劑，旦夕填補，仍自珍重乃爲要也。此間燕暑異常，入秋轉更增酷，太岳早夜奔走，竟亦無恙，老母氣力非舊，幸可支持耳。

兒子頑劣喜事，將來竟是一健犢，然不耐寒燠，甚煩老親撫視也。

其十三

徐君來，五月未赴前請，已馳書光州，爲曉章勸駕。是家子弟，蓋將以讀書通世務，初不爲科舉，於眭似尤宜也。

其十四

公空乏特甚，太岳豈得無意，顧平居苦無的便。偶有便，又以恖恖失之，亦緣多事，心力已憊，遂且蹉跎，然非敢忘也。又所云風聞者，故是妄傳，今則不妄矣。説果行，當獲握手從容，快寫十年來積悶也。未閑，惟倍萬保愛。

其十五

秋間上問，必達足下，苦腹疾，計今平復久矣。令子就婚江南，亦已歸侍下耶？中伯家何似，念之泫然！曉章以此月二十二日南去，徐君仍諾前請，二十五日就館矣。太岳亦以是日西行，歲除可反舍。比來碌碌轉甚，不近筆研者，殆欲彌年，此可笑也。奴子有幹至都下，附上少物，佐郎君置酒拜嘉慶也。明年三四月，當得握手爲樂，此不具悉。

其十六

久不得問，闊懷如海。頃得荀慈書，云公病眼前已如舊，此大慶也。大抵世間人，盲於心者，日月差易過。至如卜子夏、左邱明輩，胸中正有無數事，發揮不了。而一旦坐廢，其爲摧抑悶瞀，牢落之狀，詎可言耶！道遠，不知虛的，初得此耗，百念並作，至今爲公心悸。疾患雖已平，更宜慎護，惟斷遺外緣，愛嗇精氣，仍以葠桂輔養，迺爲至要，古人云『善藥不離手』也。令子所業必更進，家居諸況如何，風便，無惜諭示。秋氣稍厲，惟倍萬保愛。

其十七

藍田人附書至，且喜公眼患已平，紙盡語了，忽見手所題字，不覺雙目開張也。然得荀慈書，又云與公同有哭子之哀，而公子乃是國士，遽聞殞謝，殆有魯狩獲麟、尼父反袂之痛。雖然，亡珠毀璧，念其光采，豈復可追，正足益人摧割耳。公新愈，方宜戒護，豈可更令多出淚損目睛耶！西河之過，足爲深戒，想公必察此意。道遠，略無紙錢絮酒之奠，南望但有惋怛。

其十八

黄仲則清神逸氣，章采斐然，信良將部下無孱卒也。太岳荒耄，無能爲損益，念此君貧甚，亟謀禄養，且欲勸之頫首下心，勤舉子業耳。得不得自是有命，要不可操瑟當竽耳。

其十九

黄山奇勝，平生欲一望見而不可得。公居其下，日與諸生彈琴詠歌，此樂宜非人間所有。人才衆多，教澤廣被，是亦爲政，何必廟廊！范文正不爲良相爲良醫，豈殊此意耶！講德之暇，惟勤加頤養。不一一。

其二十

違闊二十載，勞結豈復常懷！自太岳官雲南，音塵曠隔，比將去，適得箋教，怱促無便，竟闕還答。既歸京師，卜居石甕山陰，往還都絶。然以編校之役，時一入城，每從東南士友聞公動止，私用爲慰。自去年九月，以舊患風痺，冒寒增劇，偃卧林閭，忽已改歲。朱學士人至，出公手書，披諷再三，感歎殆不可遣。念彼此並皆老大，公既不出，太岳又病發，茫茫南北，更以何緣再圖會合！此身未死，但有長相思耳。

承居紫陽，教授勞神，顧非此何以自給！况去家最近，風土又足樂耶？令子想不離侍下，美才懋學，日望領解入京也。羅泰初頃亦休去，歸路必與公相見，家居能復得飽飯喫耶？此間纔有東皋及太岳兩人，聊作長庚伴月，日昨以太岳悼亡，遠來相看，對話半日而去，爾後杜門奉侍之外，益索寞矣。知公垂念之勤，力疾遺此，惟順時保練。不宣。

——《清虚山房集》卷九，黑龍江省圖書館藏清光緒十九年刻本

懷編修鄭炳埜

邵齊熊

細雨船窗冷，懷人意不禁。十年官未達，四海望應深。秋樹連清禁，歸雲繞碧岑。遥憐玉堂夜，兀坐只孤吟。

——上海圖書館藏稿本《萬卷樓詩草·南歸集》

蘆洲倚棹圖爲鄭編修炳也虎文題

王昶

吾家茅屋吴淞上，翠澰澄潭遠相向。湘簟流平暮靄匀，鞾紋色浄柔波漲。每看連雁下晴空，時有飛鳧來蕩漾。霜落蒹葭映遠汀，秋寒筠篠疎層嶂。未能家具備三舟，聊付閑情消五哯。近乘薄笨入春明，日日瑶階侍仙仗。望中煙雨憶漁竿，夢裏溪山懷鶴舫。開圖滿眼足菰蒲，欒瀨欱湖連竹瀁。一路蘋花映玉沙，半江楓葉明銀浪。燕尾波深桂櫂浮，鯉魚風起蒲帆颺。會稽夏統共吟謡，上洞楊禺伴疎放。生綃隱約寫東湖，疎柳枯荷足遥望。羨君高隱計先成，顧我歸耕心不忘。他時乘興過南田，扣舷好作山陰訪。

——《春融堂集》卷七，國家圖書館藏清嘉慶十二年塾南書舍刻本

長夏懷人絶句　嘉興鄭編修炳也

王昶

燕許文章信筆成，盛年何事遽歸耕！無人解讀漁洋句，三代而還盡好名。

——《春融堂集》卷二十四，國家圖書館藏清嘉慶十二年塾南書舍刻本

張西潭觀察招同錢辛楣學士鄭炳也編修宋蒙泉中允胡羽堯給事吴香亭編修白華吉士飲紫藤花下作

趙文哲

君家第宅幽且空，欄檻雙迴簾四控。無多水石畫不如，到來便當江南夢。昨朝折簡招看花，幾輩朝回玉鞭鞚。丁子落後嫢尾前，一樹山櫐垂帶重。古藤首數吏部廳，吕氏三株亦奇縱。龍奔蛇結孰敢捕，往往摩挱生怖恐。兹藤位置池館間，翹尾葳蕤停紫鳳。蜂聲蝶影芳晝陰，時有飄紅綴鬃鬆。幾枝斜引香過墻，不識靈根何處種！君言兹藤閲歲淺，泉活泥融數滋壅。十年之計一日居，斯意今人恣嘲諷。昔君隨宦在鐵甕，爲買梧桐損清俸。飄零大樹今在不，風雨天涯聽誰共！畫函英節又生花，取次河橋片帆送。明年花開我獨游，感此深杯聊復中。看竹拚嗤客是桓，誅茅尚擬隣依宋。藤乎應作嘉樹頌，飲酒難忘是張仲。

——《媕雅堂詩續集》卷三，《四庫未收書輯刊》影印清乾隆五十六年刻本

仲夏送鄭炳也師南歸二律

吴　璜

悟後閑雲任卷舒，不勞詹尹卜何如。清聲早已鳴雛鳳，鄉思原非爲膾魚。十丈軟紅應障扇，千章濃緑正圍廬。丹鉛雲笈知無用，且校叢殘笠澤書。

採風來自嶺南邊，重入蓬瀛未老仙。通德定推三館後，受知曾愧十年前。平分蓮琖消炎飲，安穩蒲帆聽雨眠。無計留公倍惆悵，沙頭且纜潞河船。

——《黄琢山房集》卷八，國家圖書館藏清乾隆刻本

秋晚同人集陶然亭餞送炳也師南歸次留别原韻

吴　璜

一抹秋光畫裏臨，叢蘆折處叩禪林。登高不減重陽會，對酒偏驚祖道心。去國戀生桑下久，受知恩與海同深。雲山那忍齊回首，數點歸鴉夕照沉。

插花霜鬢未全凋，潞水如何遽返橈！鎖院衡文奎聚璧，禁園修史稿焚蕉。平生出處期無負，後會追隨夢亦迢。猶有青衫舊痕在，臨岐淚漬更難銷！

迴翔先後日華東，舊侶招邀出餞同。授杖正思長共侍，抱經無奈隱將終。巨魚縱浪仍歸壑，雛鳳清聲早巘桐。廿載師門欣有後，定看講集石渠中。

載書放鶴却同船，擬結南湖未了緣。歸向烟波重泛宅，買將風月不論錢。鄉心已逐隨陽雁，仕路休看站水鳶。一曲亭前賦招隱，笛聲吹徹判分筵。

——《黄琢山房集》卷八，國家圖書館藏清乾隆刻本

遊峽山寺和壁間鄭炳也宫贊韻 清遠縣北四十里

翁方綱

峽山山頂高崚嶒，蕭梁遺事老衲徵。夜來羅浮夢離合，疑有風雨移丘陵。瑰特聞自二禺化，縹緲合以飛來稱。晝合陰翳夜生白，冬來雷雹夏結凌。石洞猶疑白猨嘯，松門但有蒼鼯騰。曲磴千盤巖勢變，古殿一徑嵐煙凝。斯須老衲導我登，大石疊翠如雲蒸。彼豎義者彼服膺，誰非北秀非南能？初祖講經石。忽聞半山響若膺，飛雨急鬭不可升。以笻借我我不憑，但縱遠目追秋鷹。禪關更上滑難上，衲顧我笑勿我矜。我經匡廬想飛瀑，昏黑獨倚青厓藤。昨登大庾問古蹟，挂角寺下風淩兢。豈知緣江一艬棹，使我詩力百倍增。噌吰遠近荅谿澗，杖屨三五攜友朋。萬斛秋江會颯沓，萬壑秋樹紛鬅鬙。來於何處飛何處，請以公案煩山僧。我置無言櫂船去，滿江却印禪堂鐙。

——《復初齋集外詩》卷二，遼寧大學圖書館藏上海古籍書店影印

新安方道坤所藏鄭誠齋宜黄手牘跋

翁方綱

新安方君道坤，以其師誠齋鄭先生手書，裝册屬題。竊念方綱獲厠詞垣，於先生爲後進，

先生期待方綱，有踰儕輩。歲甲申秋，方綱奉命視廣東學政，先生來握別，語以幕友惟在選擇正士，及服用飲食宜力加減省，音朗然如在耳也。蓋先生前視粵學，至今粵士猶稱之。

先生書法索靖《急就章》，此其書贈道坤，並手牘，皆晚年筆也。道坤學有師法，於先生遺跡，弆藏之謹若此，亦足爲學人篤志之勸矣。

——《復初齋文集》第七册，臺北「中央」圖書館藏乾隆嘉慶間手稿本

陪鄭侍讀炳也邵太守闇谷太史二雲泛舟湖中作

錢維喬

闤居偶出郭，豁眼慚青山。如何瀟灑人，負爾窈窕顔！秋風不散暑，炎歊久閉關。庶幾百頃湖，滌此塵襟斑。濃色罨諸嶺，遥光漾前灣。衰荷卧欲折，野竹亂未删。群公悉碩彦，五馬能蕭閑。雖忝群屐陪，令德邈難攀。金閨隔夢想，宴笑殊清班。雙峰峙千古，非肯高髻鬟。軒冕容暫來，薜蘿期大還。樓明夕陽外，舫出净渌間。溪邊白鷗立，哂我幽興慳。終當覓蓴鱸，一往弄潺湲。

——《竹初詩鈔》卷十一，《續修四庫全書》影印上海辭書出版社圖書館藏清嘉慶刻本

乞鄭贊善炳也序拙稿

錢維喬

當代有一鄭司農，蒼然秀峙冬嶺松。又如秋霄下獨鶴，引吭迥越非寰中。朝衫早卸辭絳

宫，生不願作黑頭公。受經弟子多夔龍，化之以雨煦以風。我識先生吴山之麓，形臞不勝衣，骨清不耐肉。乃其發論滚滚瀉萬斛，百家經史羅尺腹。去膚瀝液沐且浴，九天霏霏散珠玉。雕蟲賤技數卷詩，爝火竟敢投陽曦。孺子可教首頷之，大宗細桷無不治。尤長論衡王仲任，爲我磨蝎身宫尋。先生曾推余命主入磨蝎，謂與韓、蘇同格。我無韓蘇之才而迺有其命，至今眉摧頰泚煩沉吟。我思人生窮達何足數，墜茵落溷悉黄土！文章有阿士，筆墨非客卿。鄙簏一何愚，負乘徒爾傖。先生知我禄位屯，何不令我竄名公集大有神，如蠅驥尾容依因。千秋萬歲過眼雲，後世相知者誰人！

——《竹初詩鈔》卷十二。《續修四庫全書》影印上海辭書出版社圖書館藏清嘉慶刻本

寄鄭贊善炳也

錢維喬

塵衫暫脱訪湖濱，兩謁皋比臭味親。局外較能籌世事，座中深媿目才人。貧艱藥餌留貞疾，老倦逢迎厭雜賓。最喜郎君俱玉立，定教風雅有傳薪。

紛紜蕉鹿夢生疑，欲問前途詹尹知。寡過未能緣作吏，浮名無著漫論詩。置身但可憑青簡，入世惟虞失素絲。何日抽簪謝榮禄，心安蔬水也相宜！

——《竹初詩鈔》卷十二，《續修四庫全書》影印上海辭書出版社圖書館藏清嘉慶刻本

寄鄭誠齋書

錢維喬

某啓誠齋先生閣下。得手書，稔過夏以來，杖履無恙，甚慰遠思。書中推許云云，某何人斯，奚克當此！然以先生雅重丰裁，慎施華衮，顧拳拳鄙人不置，明知愛忘其醜，而亦未嘗不私心冀幸，以爲不見絶于有道如是，什百中或有一二也。詩以真性情爲主，誠探原之論。温柔敦厚，詩之教也，不本于性情，而能温柔敦厚乎？興觀群怨，聖門之學詩也，非性情存，而尚何興觀群怨乎？

士大夫身世遭際間，不能百順而無一逆，于是纏緜委曲之故，振觸于不自已。或援古以況之，或託喻以明之，雖繪景賦物，稱名小而寓意微，皆非塗餙雕砌，苟悦人目而已。後人以意逆志，誦而傳之，故聲歌雖小道，足以不朽也。漢魏清淳，不失《三百篇》大旨，六朝以降，遂有過矜藻采，意不勝詞者。使聖人復起，操釐正之任，恐就删者不少耳，謝不及陶，職此之故。

至李、杜稍分軒輊，鄙見未以爲然。杜詩忠君愛國，十篇六七，夫人而見之矣。李詩逃于僊似虚渺，涉于酒似曠蕩，然此皆其寓言。龍門幽憤，乃有《任俠》《貨殖》諸篇；三閭放逐，爰多美人香草之喻，非可執烟雲而滓太清。後如致光骨鯁，唐季名臣，而《香匳》一集，專爲綺豔，將廢之不存乎？金罍雜佩，咏于《國風》；天姝帝武，載在《雅》《頌》。荒耶誕耶，將何説也？李之生平，後人頗加訾謷，《唐書》列諸文藝傳，未有貶詞。若夫永王之初，本無逆迹，白始遭迫致，旋即逃歸，大節更無可議。彭原走謁，官拜道途；夜郎竄還，恩垂死後。兩公之遇，亦尚有幸有不幸歟？

嘗論杜篤實而李豪縱，故詩之胚胎雖一，而蹊徑稍殊。陽冰序云，凡所著述，言多諷興，正合風人之旨，不詭于聖賢矣。至微之悉力崇杜，謂李不能涉其藩籬，何况堂奥！抑揚過當，未爲平允。故因先生論詩而並及之，亦知人論世之一端耳。

某姿本中人，少未能勤學，根柢甚薄。中年奔走謀食，乃者浮湛簿書，身心相迕，猶欲自附鉛槧，豈唯不暇，亦不敢。唯腹笥本陋，偶有抒寫，文不足以掩其質。譬諸方言俗諺，時具情理，可備軒輶，或者在是，而先生譽之過甚，彌增厚顔。夫奬借後進，固前輩雅懷，然好人譏彈其文，某亦願希曩哲，唯先生有以教之。附呈律詩二首，達不盡之意。新涼，伏惟珍攝。不備。

——《竹初文鈔》卷三，《續修四庫全書》影印上海辭書出版社圖書館藏清嘉慶刻本

和鄭誠齋先生虎文留别同人元韻即送歸浙西

曹錫齡

平生畏離别，聞别心茫然。十載示親宦，暫住行復旋。長安紅塵裡，飛蓋隨雲軿。如何我公歸，所在張離筵。門墻昨餞别，留别遺長篇。臨川感逝者，去去不能延。雅韻追河梁，遥情耿千年。讀之三歎息，别意翻自憐。朔風吹動地，寒日升遥天。自顧元申列，仰企三年前。行

矣望結旌，何以慰纏綿！

——《翠微山房詩集》卷一，國家圖書館藏清鈔本

上鄭宫贊書

汪梧鳳

梧鳳頓首上書誠齋先生閣下。孟冬拜送，不意閣下遭兄經畬先生之喪，每欲郵寄一言，以問左右，恐閣下攖目刺心，以是遂止。伏念閣下來主紫陽，成造固有其人，然精言妙旨，惟梧鳳友朋，或能領之。年邁事牽，不克時親左右，輒用自愧。私欲求有志後生一二人，進之閣下，而士習卑靡，千百中不能得一，英才之難，蓋如是也。

今有程生敦者，字伊在，本歙人，僑居浙之蘭溪。年十七八時，有志於學，而不喜爲帖括之文。小蘭邑之士，於是奔走四方，與有學君子遊處，今來從梧鳳游四月餘矣。生温潤誠篤，言行具有本根，尤長於詩，自古以詩名家者，生罔不誦習焉。梧鳳甚愛惜之，因謂之曰：『國家以經藝取士，子年富，可以有爲，豈能决其必不遇，而舍經藝，以業於詩古文辭哉！余不足爲子之師，子之師，誠齋先生其人也。』然生家貧，無以供其費，梧鳳又曉之曰：『先生愛才，絶不言利。子不足，則姑取資於我，子何疑乎！』於是生樂甚，願趨謁先生之門，列爲弟子，而屬梧鳳以爲之介。閣下試與之處，熟觀其人，必將樂而教育之也。

今夫經藝者，摹繪聖賢之語言，可以覩其人之學識，可以程其文之矩度，而非可以高下任

心也。今世猥鄙之徒，棄經束史，茫乎諸子百氏之書，惟取一日倖獲之文，人手一編，口摹形肖。否則索之杳渺，極之寂寥，人不我知，則怨尤生焉。是二者所趨雖異，所失則同也。閣下獨不然，本程、朱之指，運以韓、歐八家之詞，其精譖譖，其光熒熒，可以諧古，可以宜今。然則程生之樂出於其門，而梧鳳敢爲之介者，固其宜也。

且程生之志，又有可悲者。生乎今之世，處乎境之窮，而不逐利，不馳名，力行好學，思以古聖賢爲法。世之人見生貌莊言異，則族指群非，及與梧鳳游，而多口益甚，蓋梧鳳之迂濶於時俗也久矣。閣下行古人之行，言古人之言，自主紫陽以來，齪齪者且以爲高遠不諧於世，今梧鳳又進生於閣下，則生之得罪愈益甚。雖然，使生蒙教益，學幾於成，雖遇不遇，猶非其志，况於區區之謗刺乎！昌黎云：『有志乎古者希矣，志乎古必遺乎今。』吾誠樂而悲之，然則閣下亦將樂程生而悲之矣。梧鳳再拜。

——《松溪集》，安徽圖書館藏同治十二年刻本

增訂四體書法序

劉若璪

《周官》『保氏教國子以六書』，而漢法又有『六體』，書之由來已久。自蔡邕創『永字八法』，而高松變爲七十二法，爲後學入門，書之大法漸悉。我朝制作明備，高宗純皇帝體天地之撰，溥同文之模，於古今帖式，綜核精詳，體大思深，洵稱盡美。

前學使鄭炳也先生，膺命楚南，校訂《書法》一編，於七十二法外，廣爲八十四法。今又增爲九十二法，指點透澈，誠爲書家之珍寶也。惜傳本不多，世亦罕覯。兹存原本於易氏之壁，余心愛久之，摹倣不釋，蓋實有以引掖後進，精而且明者歟！遂命遵依原刻，附梓公世，爲諸君子樂共參稽焉，因贅數語於篇首云。時嘉慶戊寅年春月，新宕劉若璪撰，於聚文堂梓行。

——《增訂四體書法》卷首，南京圖書館藏同治九年刻本

上鄭炳也先生書

吴玉綸

竊某以蓼園樗櫟，忝列門墻。客臘公車北上，得奉教於夫子，不待以衆人，而期以國士，幸甚愧甚！被放歸來，一路霖潦連綿，客狀殊惡。季夏朔四日抵鄂，漢口爲南北襟喉，九曲亭前，古賢豪遺跡猶在，覽魯臺、沔口諸山川，誠非寒瘦無聊，所克表其形勝。署有鵠山，頗幽邃，去黄鶴樓數武，誅茅選徑，築室數椽。定省之餘，少理故業，成古體文三篇，古今體詩數十首，習字萬五千有奇。獲佳夢，占之，利父師在官者，維時家嚴適奉秦藩之命矣。

伏惟夫子起居安吉，福履攸綏，世兄親承庭訓，所造當益進。今春追隨左右，商量舊學，辨晰毫芒。如《鄜州》一首，以得新解，辨宋人用杜句『看茱萸』之謬，以細法律，大抵皆聞所未聞。某以管窺之見，依類深思，嘆大宗匠學行深厚，提要鈎元，即一吟咏間，知人論世，上溯淵源，下開門仞，所謂鼓吹大雅之材，蘊而恢之。以黼黻聖天子太平文治，台階杓斗之占，當有符

夢兆而旋至立應者。

且居今日，以抗懷古人，名之不朽，皆有實以副之。太上立德，次立功，次立言。即立言者，不專以詩文傳也，而人未嘗不重其文與詩。蓋有本之言，言以人傳，非人以言傳。以言傳者，如榮華之飄風，好音之過耳；以人傳者，如日月之經天，江河之行地也。學者惟希其實，勿務其名，於以馴致乎古，不難矣。某聞夫子緒論久，竊以此三不朽爲夫子信，而亦稍自勗也。束裝伊邇，由樊襄一帶入關，黄葉西風，衝寒跋涉，學本弗植，何堪重兹荒落！擬於明正赴都，載侍函丈，永荷裁成，私心嚮往，更摇摇如懸旌焉。近課一册，乞賜斧削，臨穎不勝依戀之至！

——《香亭文稿》卷八，《續修四庫全書》影印清乾隆六十年滋德堂刻本

紅豆和鄭誠齋虎文贊善

邵晉涵

客思偏深南國秋，丹砂點就倩誰收！半籬垂實西風淚，千里懷歸遠道愁。金縷難穿珠作佩，瑛盤空晃月如鈎。龜年零落維摩老，一曲湘中感舊遊。

籬落斜陽見一枝，幾回采擷淚如絲。疎簾蕭瑟詞人賦，半野飄零少婦思。送遠不堪飛豆子，賭歌何處覓紅兒！匀圓萬顆愁仍寫，可似朱櫻受賜時。

碧梧秋影翳棠梨，比較情懷總未齊。餘粒定教鸚鵡啄，離魂猶認杜鵑啼。春潮比目何由見，羅帶同心枉自攜。一種思量消不得，臙脂山近轉淒迷。

月明滄海奏雲和，争奈丹心寸斷何！辨色幾看連荳蔻，問名端合混蘋婆。物猶如此相思甚，妾亦奚爲薄命多。莫唱南山腸亂曲，待看珊網並枝柯。

——《南江詩鈔》卷二，《續修四庫全書》影印清道光十二年刻本

聞鄭誠齋先生主講崇文書院寄呈二首

黄景仁

講院風連曲院清，蕭閑巾履恣經行。湖干花鳥參經座，橋下黿魚識杖聲。送酒恰逢賢太守，謂邵闇谷先生，時守杭州。論文偏愛老諸生。人倫風鑒饒辛苦，不爲龍門一代名。

浪遊京洛困塵緇，慚愧生平國士知。梁苑鄒枚空綴賦，韓門郊島例窮詩。每多未了嗟生拙，敢以無才説數奇。常共衰親向南望，手拈香瓣話恩私。

——《兩當軒集》卷十三，國家圖書館藏清光緒二年武進黄氏刻本

歲暮懷人 其二

黄景仁

當時置驛起聲名，老去傳經倍有情。慚愧西游邴根矩，東家孤負鄭康成。鄭誠齋先生。

——《兩當軒集》卷十四，國家圖書館藏清光緒二年武進黄氏刻本

鶯啼序 鄭誠齋先生招集白雲庵，周幔亭圖爲小册，分賦，用曹以南韻

黄景仁

童子何知，解領略、溪山詩酒。也繾綣、折柬招來，追隨許附塵後。疊嶂忽嵌高閣聳，巉礙

怒拍江聲吼。只畫圖深處，幾箇閑人消受。　兩袖空中，長襟風際，真箇雲生肘。認微茫、城西十寺，疏鐘飄度溪皐。界隨青眼放時寬，情到醇醪傾處厚。忽清談、天外吹來，霏霏璚玖。書生此際，頓露昔時狂態，幾曾言擇口！更十五雲郎，喚向尊前，歌聲清瀏。幔亭有小僮善歌。客解吹簫，有客施姓者能吹洞簫。郎能顧曲，曲皆幔亭自製。當筵相對移情否？問此樂，天涯幾人有？　閑情豪興，一齊迸向吟腸，難按處，傾一斗。夜云深矣，飽酌金罍，四座交相壽。待到歡闌，綺席推起，山窗明星欲滴，蒼烟如糅。堤邊燈火，酒人歸去，數聲爆竹千山響，更深潭、驚起蛟龍走。者般高會曾逢，他日溪山，多應不朽。

——《兩當軒集》卷十七，國家圖書館藏清光緒二年武進黃氏刻本

喜鄭誠齋先生歸新安之信

黃景仁

半生恩遇在師門，古誼真逢衣被温。詎料負書來歲杪，未能立雪侍黃昏。烏聊雲黯離旌色，練水灘留別淚痕。從此池陽誦襦袴，寸心差擬向朝暾。

幾多青睞獨垂憐，無那操鉛癖未捐。稍可報公無一事，不堪回首是經年。樓傳蕭相春城裏，臺訪昭明落日邊。此地人民望時雨，登臨未許重流連。

——《兩當軒集》卷二十一，國家圖書館藏清光緒二年武進黃氏刻本

書鄭誠齋先生贈績溪方道坤手蹟後

袁　鈞

右先師鄭子己亥年書贈新安方君體道坤者，去今十年，先師厭世，亦已五年矣。道坤頃來甬上，出示鈞，手澤如新，哲人已萎，爲之泫然出涕。

憶鈞十八歲時，先師教授紫陽書院，執經從行，前後凡五年，粗識爲學之路。貧不能養母，已乃東西走爲負米計。少孤失學，甫學矣，旋復放廢，今三十有八，無一端足自信。而道坤與余同學於先師，不相見者十五六年，乃所造已卓然，觀其人，讀其詩若文，皆不媿鄭門弟子。既敬之畏之，又自念學之無成，竊自傷也。先師既棄及門，鈞方皇皇不知所事，而道坤乃復得朱先生以爲依歸，觀先生跋語，所以期勉之者甚厚。

昔先師嘗爲鈞言大興兩朱先生。竹君先生嘗侍其言論，古之學者也，已歸道山；石君先生方爲兩浙學使者，謂可旅進請業，而以先恭人之喪，不獲試。嗟乎！當世賢人君子，指不多屈，得一覯止，固有數存其間耶！

此册又有北平翁先生及婁東李君兩跋。翁先生精金石文字，李君爲錢竹汀先生高弟，亦深於《説文》者。道坤集師友之益，不懈益虔，其進正未有已。視鈞之瓠落樗散，賢不肖爲何如，其幸不幸又何如也！

——《瞻衮堂文集》卷五，《叢書集成續編》本

七哀詩　鄭誠齋夫子　　金　翀

新安回首不勝情，先生主講紫陽時，余得從遊數月。太白樓前月自明。滄海飛鳧慚百里，半生潦倒爲虚名。先生評余詩，有『異日定當以詩名天下』之語，故云。

——《吟紅閣詩選》卷二，黑龍江省圖書館藏清刻本

謝鄭贊善虎文　　吕星垣

一字落紙立一山，通篇渾成動江關。惜墨費苦心，脱手如丸彈。七百年來已無此，作者難，知者亦鮮矣。其文其人仰止景行止，信可以傳先君子。

——《白雲草堂詩鈔》卷一，國家圖書館藏清嘉慶八年刻本

附録三　評論雜記

梧門詩話

法式善

鄭炳也虎文先生善爲排律詩，館中有難題，輒請先生擬作。先生握管輒就，傳誦甚多，然非其至者也。如『荒村古渡雞聲月，寒雨空江雁背秋』。『一徑草深香引路，四圍枝亞翠交門』。『疲驢席帽三年客，細雨斜風兩鬢秋。』乃自見性靈之作。

——《梧門詩話》卷一，《續修四庫全書》影印國家圖書館藏稿本

乾嘉詩壇點將録

舒位

芒碭山舊頭領三員。

混世魔王杭堇浦。世駿字大宗，仁和人。乾隆丙辰鴻博，官編修。著《道古堂集》。

八臂那吒齊次風。召南字瓊臺，號息園，天台人。乾隆丙辰鴻博，禮部侍郎。著《賜硯堂集》。

飛天大聖鄭炳也。虎文號誠齋，秀水人。乾隆壬戌進士，授編修，官左贊善。有《吞松閣集》。

一作王西莊。鳴盛字鳳階，號西沚，嘉定人。乾隆甲戌榜眼，官閣學。有《耕養齋集》。

——《乾嘉詩壇點將録》，《續修四庫全書》影印宣統三年刻本

全浙詩話

陶元藻

虎文字炳也，號誠齋，秀水人。乾隆壬戌進士，至翰林院贊善。

《海嶼詩話》：『紅豆嶺南最多，其色殷紅，質堅如石，形同扁豆，圓者尤佳。篁邨陶丈在潮州時，曾賦七律四首，爲粤人膾炙，和者甚衆。誠齋亦和四章云：「萬點相思萬劫同，斷腸人獨倚簾櫳。偶迴倦眼看成碧，欲寫閑愁賦比紅。記曲掌擎珠錯落，埋憂身付骨玲瓏。從教灑盡啼鵑血，散在枝頭泣曉風。」「斗帳紅珠彼一時，别來容易見來遲。西方秋老人初去，南國春濃物有知。樓外絳雲迷舊夢，窗前朱鳥啄空枝。如何得傍金釵底，方勝同心結綵絲。」「誰屑珊瑚綴碧條，也隨桃雨怨風飄。三生未化燒心火，半面渾遮暈頰潮。繫得赤繩殊可合，承來紺袖唾難消。蓮塘一自輕抛擲，驚破鴛鴦夢裏蕉。」「記取靈芸别後身，玉壺清淚血痕新。傷心略似燃於釜，繞宅何緣幻作人！一點紅宜留玉臂，十分圓欲上櫻唇。只嫌不及榴房子，空結團圞未了因。」瑚琢綺麗，不減温、李遺音。』

——《全浙詩話》卷四十八，《續修四庫全書》影印清嘉慶元年怡雲閣刻本

國朝詩人徵略　　張維屏

鄭虎文

字炳也，號誠齋，浙江秀水人。乾隆七年進士，官贊善。有《吞松閣集》。君少孤，竭力奉母，母病禱於神，請減算畀母。事兄如父，迎寡姊歸老於家，撫諸姪諸甥五十年，親戚故人，待以養葬者無虚歲，就食於其家者無虚日。囊篋每空，家人以告，君笑曰：『姑强支持，寒餓當共之。吾寧苦身，無以病吾心也。』性無苟取，歲時餽遺，非其人，雖親舊不受。《王芥子文集》。

君一主河南鄉試，三充順天鄉試同考官，再充禮部會試同考官，提督湖南、廣東學政。家居主徽之紫陽書院十年，主杭之紫陽、崇文兩書院五年。同上。

摘句：

憶昨夢慈母，語酸聲不揚。不願兒富貴，願兒常在旁。

天水相與際，蒼然入虚空。積氣舉其外，萬象生其中。《渡海》。

甘於諫果三分澁，苦到蓮心一味清。《讀慎齋詩》。

有人望遠千行淚，比我思渠十倍愁。

三朝臣妾明忠順，百粵屏藩漢竇融。《冼夫人》。

山暗霧疑文豹隱，海腥風挾毒龍行。
西方秋老人初去，南國春濃物有知。《紅豆》。

——《國朝詩人徵略》卷三十一，《續修四庫全書》影印清道光十年刻本

晚晴簃詩匯

徐世昌

鄭典，字子韶，餘姚人。有《友陶居士詩集》。《詩話》：『鄭氏家本義門，散處江浙，子韶籍隸姚江，其裔再遷檇李。子挺不群，有秦濤居士詩；孫炎清渠，有《雪杖山人詩》。嘉慶間合刻。炳也贊善，亦其諸孫，以文學有聲乾隆朝，通德之門，其澤遠矣。』

——《晚晴簃詩匯》卷五十二，《續修四庫全書》影印民國十八年退耕堂刻本

鄭世元，字亦亭，一字黛參，號耕餘居士，嘉興籍，餘姚人。雍正癸卯舉人。有《耕餘居士詩鈔》。《詩話》：『耕餘詩思沈格老，如「人皆欲殺今之白，我醉須埋昔者伶。」「于今負背多芒刺，以後甜頭望蔗漿」。皆純用宋法。若「芳草路旁都是恨，暮山樓上對誰青？」「樹底暖鶯初轉舌，客中寒食最銷魂。」則又似晚唐人語。』

——《晚晴簃詩匯》卷六十五，《續修四庫全書》影印民國十八年退耕堂刻本

鄭虎文，字炳也，號誠齋，秀水人。乾隆壬戌進士，改庶吉士，授編修，歷官左贊善。有《吞松閣集》。《詩話》：『誠齋少孤，母病禱於神，請減齡益母算，母病遂瘳。事兄如父，撫諸姪諸甥如子，分衣共爨，數十年如一日。通籍後，出典河南鄉試，督學湖廣、廣東，衡文兼取衆長，士論翕然歸之。素以經濟自負，嘗

謂：「縣令切近民，易知民間疾苦。一令賢，則一縣治；天下之令賢，則天下治。」故願爲知縣，不欲以詩名也。』

——《晚晴簃詩匯》卷七十七，《續修四庫全書》影印民國十八年退耕堂刻本

鄭炎，原名源，字清渠，秀水人，諸生。有《雪杖山人集》。王惕甫曰：『山人詩，出入於昌谷、山谷，賅孕既博，取徑於生奥。當其得意，往往輪囷離奇，譎幻不可方物，去人絶遠，宜乎世之相與狂山人，山人亦庶幾克副其名而無愧也已。』《詩話》：『清渠爲誠齋贊善從兄，時撵石、穀原、柘坡諸家，皆以辭必己出相尚。清渠與同里閈，乃欲别闢蹊徑，力求自異。其《偶感》絶句有曰：「恨不生逢李謫仙，招呼謝朓立山巔。小窗亦有驚人句，寄語知音莫浪傳。」「粗粗度歲又經春，看到梅花惱殺人。心血爲他消耗盡，尚嫌筆上有纖塵。」蓋自道甘苦語。詩後附其大父子韶《友陶居士集》，父不群《秦濤居士集》，用《山谷》附《伐檀》，《晦庵》附《韋齋》例也。』

——《晚晴簃詩匯》卷八十七，《續修四庫全書》影印民國十八年退耕堂刻本

雪橋詩話三集

楊鍾義

鄭誠齋贊善家本義門，官翰林二十四年，植品孤峻。于文襄官學士時，以進呈詩册屬爲改正，謝曰：『前輩何敢輕議！』乃别爲一篇以獻，文襄斂手推服。後文襄當國，欲要之一見，屬陳銀臺孝泳數道意，姑諾之，終不往，文襄自是不能無概於中。乃欲以病辭職，劉文正謂曰：『今《會典》、《通考》兩書未成，乃舍我去，我將焉倚！』强之留數月，終辭歸。其提學湖南，去任時，有二截云：『輿前羅拜各陳詞，左設方圓右進卮。苦道南方風俗陋，野蔬村味獻宗師。』

『遺珠不怨采珠人，一例孤寒感激真。敢信鑒衡公論洽，須知耕讀士風淳。』短身而鬢眉秀異，吐音洪亮。馮魚山，其視學粤東所得士也，爲定遺集。

少時常夢行萬山中，淩絶頂，頂無雜樹，多松，松徑翼然而出者如亭然，顔曰『吞松閣』。俯視斜日，松陰滿亭，洞庭周笠爲寫圖，遂以名其集。論詩謂：『人之性情好尚，不得强附，在能自得師。僕于古人空際流轉處，差有體會貫通耳。』與錢稼軒言作詩『須取古人神味，如薰香然，久自染化。』宗旨略同。

從兄雪杖山人鄭炎，字清渠，爲客星山人陳古民女夫，師友多鉅人長德。詩筆豪蕩，屢試不入，廢于酒人，醉即潦倒任誕，駡坐酣寢。句如『到夜不饒花底月，逢時且過眼前春』。『花開自媚窗前月，葉落方知天下秋』。所謂『好襟懷初不要人知』者。其祖名典，字子韶；父挺，字不群，詩集附《雪杖集》後以行，猶山谷、晦翁兩集之遺意也。

——《雪橋詩話三集》卷六，中國人民大學圖書館藏民國八年南林劉氏求恕齋刻本

清續文獻通考

劉錦藻

吞松閣集四十卷 鄭虎文撰

虎文字炳也，浙江秀水人。乾隆壬戌進士，官左贊善。

臣謹案，虎文性情篤厚，於學無所不通，在詞館，以詩受純廟之特知。今讀其集，諸體傑作，足與杭世駿、齊召南相抗衡，益信聖主睿鑒之不虛也。

——劉錦藻《清續文獻通考》卷二百七十六，《續修四庫全書》影印民國商務印書館十通本

郎園讀書志

葉德輝

吞松閣集四十卷 嘉慶己巳刻本

《吞松閣集》四十卷，鄭虎文撰。王昶《湖海詩傳》：『鄭虎文字炳也，秀水人。乾隆七年進士，官左贊善。有《吞松閣集》。』王太岳《芥子文集》：『君少孤，竭力奉母，母病禱於神，請減算增母壽。事兄如父，迎寡姊歸老於家，撫諸姪諸甥五十年。親戚故人，恃以養葬者無虛歲，就食於其家者無虛日，囊橐每空。家人以告，君笑曰：「姑强支持，寒餓當共之，毋病吾心也！」君一主河南鄉試，三充順天鄉試同考官，再充會試同考官，提督湖南、廣東學政。家居主徽之紫陽書院十年，杭之紫陽、崇文兩書院五年。』

袁枚《隨園詩話》八：『許太監者，名坤，杭州人，在京師頗有氣焰，而性愛文士。嘗過杭堇圃太史家，採野莧一束去，報以人參一斤。欲交鄭太史虎文，鄭不與通，人疑鄭故孤峭者。然其詠《紅豆》詩，頗有宋廣平賦《梅花》之意。紅豆生於廣東，乾隆丙戌，鄭督學廣東，梁瑶峰少

宰爲糧道，故彼此分詠。』禮親王《嘯亭雜録》：『承光殿南，乾隆十年建石亭，以置元代玉甕。純廟御製《玉甕歌》以紀其事，命廷臣賡和，以鄭虎文之詩爲最，命刻於甕。』

今按，《紅豆》《玉甕》兩詩，今載集中，洵爲佳什，然諸體傑作，與此類者甚多。蓋先生性情篤厚，於學無所不通。在詞館，以詩受聖主之特知，故衡文之事，絡繹不絶。晚主徽、杭講席，嘯歌自適，功力益深。以全集論之，足與杭堇圃、齊次風相抗衡，餘子殆不足數矣。

——《郎園讀書志》卷十一，臺北文明書局影印民國二十七年活字本

清人詩集敘録

袁行雲

吞松閣集四十卷補遺二卷　嘉慶十四年刻本

鄭虎文撰。虎文字炳也，號誠齋，浙江秀水人。鉽子。乾隆七年進士，由翰林官左贊善，歷主河南鄉試、順天鄉試同考官，提督湖南、廣東學政。晚講徽州紫陽書院，杭州紫陽、崇文兩書院。卒於乾隆四十九年，年七十一。事具王太岳撰《墓誌》。

集名《吞松閣》，詩文詞四十卷合刊，受業馮敏昌編次，沈業富序。乾隆嘗製《玉甕歌》，命廷臣賡和，虎文所詠稱最。今卷一二俱爲應制詩，雖極工練，終歸無謂。卷三以下爲古今體詩。《度磨石嶺》《觀雲海》《飛來寺》《渡海》《度秦嶺謁昌黎祠》《曲江懷古》等篇，氣勢奔放，

排奡有力。《土家竹枝詞九首》，記湘西土家族風俗甚詳。

虎文與王太岳、張九鉞以文字相切磋，與程晉芳、朱筠亦有贈酬。《伏生授經圖》、《題邊頤公葦間書屋圖》、《題查儉堂榕巢圖》、《題李給諫西華巡視臺灣圖》、《讀潮州志》、《贈金陵岳水軒》、《别袁鈞》、《贈儀徵汪容甫》、《送邵二雲北上》、《次答童二樹自題墨梅大幅歌有序》、《程孝廉瑶田歸自京師出所作九穀考及花譜見示即題其册》，多載文獻掌故。詠《紅豆》詩，有『西方秋老人初去，南國春濃物有知』句，爲袁枚《隨園詩話》所稱。虎文老而彌堅，吟詠至富，唯作詩以教化爲尚，未工反拙，是其短耳。

——《清人詩集敘録》卷三十，文化藝術出版社一九九四年版

鄭炳也等名人手翰跋

吴受福

己亥之秋，族兄伯珍將遊粵西，畀余隨園尺牘一紙。越五年庚辰，訪銘青鮑君於東鄉之夜字圩，索觀其所藏書畫，摩挲竟日。最後出尺牘兩版爲贈，一竹垞翁，一漁洋山人也，歸而珍諸篋衍。客冬，有人持脞碎手卷求售，閲之皆尺牘也，以青蚨五百易之。去其殘者，得王芥子二通，邵叔宀三通，鄭炳也十六通，而王、邵二君之書，又皆致鄭君者。蓋鄭氏搜藏世守之卷，不知何以入佗人手。頃來西泠，歲餘清曠，爰取而手自裝潢，並王、朱、袁三葉，合成一册，得三十八葉。續有所獲，冀當次第彙入，不欲限於此也。

夫尋常短札，作者本不甚措意，顧出自名人，吐屬自爾雋永。右軍《十七帖》後，累朝名蹟，時或散見於集帖。至專取墨跡小翰上石，自勝國始，迄我朝尤夥。此戔戔者，安知數十百年後，流傳輾轉，不亦有好事者舉而勒之貞珉邪，可弗護諸！　光緒十一年乙酉仲冬九日，嘉興吴受福裝竟並識。

己丑秋冬間，先後得朱西畯、杭堇浦、金冬心三通，彙裝誌幸。

壬辰春，割邵荀慈一通，鄭誠齋一通，贈韓君磐上。是年頗有所得，今並前朱、金等三通，別裝一册。

——故宫博物院藏